KAREN SWAN

Ein Geschenk zur Winterzeit

GOLDMANN

Buch

Ein Urlaub auf den Malediven soll die Ehe von Natasha und Rob Stoneleigh retten – eine Woche Strand und Sonne mitten im November. Doch auf dem Heimflug verliert die dreijährige Tochter Mabel ihr heiß geliebtes Kuscheltier. Die Kleine ist untröstlich und beschert ihrer Mutter Natasha schlaflose Nächte. In ihrer Verzweiflung bittet Natasha schließlich in den sozialen Medien um Hinweise. Ihr Hilferuf geht viral und erreicht sogar den Bergsteiger Duffy, der gerade zum Trekking im Himalaja unterwegs ist – im Gepäck das Stofftier, das er unterwegs gefunden hat. Da er keine Möglichkeit hat, es nach England zurückzusenden, beginnt er, regelmäßig Fotos und Nachrichten an die kleine Mabel zu schicken. Bald wartet nicht nur Mabel sehnsüchtig auf Neuigkeiten aus Nepal, sondern auch Natasha. Denn dieser Fremde am anderen Ende der Welt scheint ihr näher zu sein als ihr eigener Ehemann …

Weitere Informationen zu Karen Swan sowie zu lieferbaren Titeln der Autorin finden Sie am Ende des Buches.

Karen Swan

Ein Geschenk zur Winterzeit

Roman

Aus dem Englischen
von Sylvia Strasser

GOLDMANN

Die englische Originalausgabe erschien 2022 unter dem Titel
»The Christmas Postcards« bei Pan Books, an imprint of
Pan Macmillan, London.

MIX
Papier | Fördert gute Waldnutzung
FSC® C014496

Penguin Random House Verlagsgruppe FSC® N001967

1. Auflage
Deutsche Erstveröffentlichung September 2023

Umschlaggestaltung: UNO Werbeagentur, München
Umschlagmotive: Alamy / Tim Gainey; shutterstock
Redaktion: Beate De Salve
LS · Herstellung: ik
Satz: GGP Media GmbH, Pößneck
Druck und Bindung: GGP Media GmbH, Pößneck
Printed in Germany
ISBN: 978-3-442-49452-1

www.goldmann-verlag.de

Für Michael Georges –
dafür, dass er so viele Löcher gegraben hat.

Prolog

Whinfell, Cumbria, Oktober 2018

»Ich kann nicht.« Natasha hielt das Drahtseil so fest umklammert, dass ihre Knöchel weiß hervortraten.

Der Steg schwankte ein wenig, als Helena am anderen Ende herunter- und auf die Plattform sprang. Sie war eher wie ein Eichhörnchen aus Disneys *Schneewittchen und die sieben Zwerge* über die Holzplanken gehüpft, nicht wie eine Zahnärztin im Praktikum aus Somerset. Jetzt drehte sie sich schwungvoll um. Als sie Natasha sah, die in der Mitte des Stegs wie versteinert dastand, änderte sich ihr Gesichtsausdruck. Die übermütige Freude wich Überraschung und dann einem spitzbübischen Grinsen.

»Sag bloß, du hast Schiss!« Lachend klatschte sie in die Hände. »Das ist echt zu komisch!« Sie griff zu ihrem Handy und schoss ein paar Fotos von der zur Salzsäule erstarrten Natasha.

Die schaute sie voller Panik an. Sie stand da wie angewurzelt, aber selbst ein Blinder hätte sehen können, dass es keine Wurzeln gab, die sie hätten festhalten können. Sie befand sich knapp zehn Meter über dem Boden, und ihr einziger Halt war das Drahtseil.

»Ich kann nicht«, sagte sie noch einmal mit so viel Nachdruck wie möglich.

»Schätzchen, wenn du in deinen Vintage Jimmy Choos betrunken über Kopfsteinpflaster laufen kannst, dann kannst du, verdammt noch mal, auch hier drüberlaufen! Nicht runtergucken! Blick geradeaus – und zack, zack! Du hältst den ganzen Betrieb auf.«

Natasha blickte ängstlich wieder nach unten und versuchte, sich auf ihre Turnschuhe zu konzentrieren, als wollte sie ihre Beine durch schiere Willenskraft zwingen, sich in Bewegung zu setzen. Aber wie von einem kleinen Teufelchen dirigiert, richtete sich ihr Blick geradewegs in die Tiefe. Der mit Kiefernzapfen übersäte Boden schien sich wellenförmig zu bewegen. Natasha ging wimmernd und mit gespreizten Beinen in die Hocke, was weder elegant noch würdevoll aussah und vor allem höchst unbequem war. Ihre Oberschenkel brannten.

Der Baumwipfelpfad schwankte erneut, als Sara hinter ihr einen Schritt auf sie zu machte.

Immer drei Schritte Abstand zueinander halten, hatte ihnen der Typ eingeschärft, der ihnen das Sicherheitsgeschirr angelegt hatte. War sie denn die Einzige, die ihm zugehört hatte? Wahrscheinlich waren die anderen zu sehr von Helenas lasziven Tanzbewegungen hinter seinem Rücken abgelenkt gewesen.

»Jetzt mach schon, Nats!«, rief Sara hinter ihr. »Komm endlich in die Gänge! Es wird kalt, wenn man sich nicht bewegt.«

»Ich … ich …«, stammelte Natasha. Sie versuchte sich aufzurichten – vergeblich. Ihr Körper fühlte sich an wie in Zement gegossen. »Ich kann nicht!«

»Denk an die Margaritas, die auf uns warten, Nats!«, rief Helena. »Mmh!«

Von der sicheren Plattform rings um den Baumstamm aus ließ sich das leicht sagen. Natasha warf einen verzweifelten Blick dorthin. Dreizehn Schritte, und sie wäre in Sicherheit. Warum war sie überhaupt stehen geblieben? Wäre sie weitergegangen, wäre alles längst überstanden. Sobald sich ihr Hirn einschaltete, fingen die Probleme an. Immer.

Weiter hinten wurden ärgerliche Stimmen laut.

»Was ist denn los da vorn?«

»Warum geht's nicht weiter?«

Sie hatte einen Stau verursacht. Wegen des Sicherungssystems gab es keine Möglichkeit, jemanden auf dem Pfad zu überholen, und ausgeklinkt werden konnte man nur auf einer der Plattformen. Solange sie alles blockierte, saßen auch alle anderen fest.

»Ich kann nicht, ich kann nicht, ich kann nicht«, flüsterte sie so leise, dass niemand es hörte.

Sie senkte den Kopf und merkte, wie sehr sie zitterte. Sie konnte weder vor noch zurück. In luftiger Höhe wartete sie auf den Absturz.

»Hey!« Der Ruf drang durch den Nebel, der sich über sie gesenkt hatte. Unten stand der Typ, der sie eingewiesen, ihnen das Sicherheitsgeschirr angelegt und die Dose mit dem Passionsfrucht-Martini-Mix von Helena entgegengenommen hatte. Die Hände in die Hüften gestemmt, schaute er zu ihr hoch. »Alles in Ordnung?«

»Können Sie ihr nicht sagen, dass sie weitergehen soll?«, schrie jemand von hinten.

»Sie hockt jetzt schon seit fünf Minuten so da!«, warf ein anderer genervt ein.

Der Mann betrachtete Natasha einen Augenblick.

Ihm musste klar sein, dass kein Mensch freiwillig in dieser erniedrigenden und schmerzhaften Stellung ausharren würde.

»Okay, ich komm rauf«, sagte er schließlich.

Natasha beobachtete, wie er die Leiter zu der Plattform an dem Baum vor ihr hinaufkletterte. Sekunden später stand er neben Helena. Sie sagte etwas zu ihm, und er nickte. Als er auf den Steg trat und dieser sich unter seinem Gewicht straffte, schnappte Natasha unwillkürlich nach Luft. Doch der Mann schlenderte so unbekümmert auf sie zu, als bewege er sich in einem Pub.

»Nats, nicht wahr?«

Sie nickte.

»Geht es Ihnen nicht gut? Ist Ihnen schlecht?«, fragte er, als er vor ihr stehen blieb.

Sie schaute aus ihrer kauernden Position zu ihm auf.

»Sie … Sie haben sich gar nicht eingeklinkt«, flüsterte sie ungläubig und klammerte sich noch fester an das Drahtseil. Er könnte jeden Augenblick in den Tod stürzen.

»O Scheiße!«, entfuhr es ihm, als er an sich herunterschaute und feststellte, dass er ungesichert war. »Das vergess ich jedes Mal.« Er klinkte den Karabinerhaken, der an seinem Geschirr befestigt war, an das Seil. »Sagen Sie bitte meinem Boss nichts davon«, schob er grinsend hinterher.

Natasha erwiderte nichts darauf. Seine lässige Unbekümmertheit half ihr in keiner Weise.

Er ging vor ihr in die Hocke, die Unterarme auf den Knien.

»Sie kommen also wirklich nicht weiter, oder?«

»Ich kann nicht«, flüsterte sie. »Tut mir leid.«

»Das muss Ihnen nicht leidtun. Wir kriegen Sie schon wieder da runter. Ihnen wird nichts passieren, versprochen.«

Sie warf ihm einen flüchtigen Blick zu. Er hatte gütige Augen und machte sich nicht lustig über ihre Feigheit. Als er sich aufrichtete, schwankte der Steg ein wenig, und sie klammerte sich wimmernd an das Drahtseil. Ihr Atem ging flach, und plötzlich hatte sie ein Engegefühl in der Brust. Ihr war, als würde sie jeden Moment abstürzen, vielleicht sogar sterben.

Er legte seine Hand auf ihre, und sie hielt das Seil so krampfhaft umklammert, dass es ihr das Blut abschnürte.

»Okay, Nats, ich bin Tom. Ich werde nicht zulassen, dass Sie hinunterfallen, versprochen. Vertrauen Sie mir?«

Was war das für eine Frage? Er war ein Fremder! Wieso sollte sie ihm vertrauen?

Er lachte leise, als sie nicht antwortete. »Das heißt dann wohl nein.«

Ihre Augen – das Einzige, was sie bewegen konnte – wanderten in seine Richtung.

»Macht nichts. Mit Verachtung und Misstrauen komm ich schon klar.«

Unwillkürlich musste sie lächeln.

»Ha, sehr gut! Sie lächelt.« Er grinste, und trotz ihrer Panik bemerkte sie, wie gut er aussah: Er war einer dieser unbekümmerten, fröhlichen, athletischen Burschen, bei denen alles spielerisch wirkte. »Okay, als Erstes versuchen wir, Sie auf die Füße zu stellen. Keine hastigen Bewegungen! Richten Sie sich ganz langsam auf.«

Aufrichten? Genauso gut hätte er verlangen können, dass sie einen Handstand machte. Ihr Lächeln erstarb, ihr Atem ging schnell und flach.

»Nein.« Sie musste in dieser geduckten Haltung bleiben, klein und unauffällig.

Einige Sekunden lang sagte niemand etwas. Sie spürte seinen abschätzenden Blick auf sich ruhen. Offenbar wurde ihm gerade klar, dass sie nicht einfach nur Angst hatte. Sie befand sich in Schockstarre, war so bewegungsunfähig, als wäre sie festgeschweißt worden.

»Okay, dann probieren wir es mit ›Aufstehen für Anfänger‹. Sie halten sich rechts und links fest, und ich greife Ihnen unter die Arme und ziehe Sie langsam hoch. Das gibt Ihnen ein Gefühl von Sicherheit und …«

Sie schüttelte den Kopf. »Nein.«

Wieder entstand eine Pause. Wie sollte sie gehen, wenn sie nicht einmal aufstehen konnte?

Sie sah, wie er sich hin- und herdrehte. Vermutlich hielt er nach einem Kollegen Ausschau, aber der nächste hatte ein paar Bäume weiter alle Hände voll mit der Geburtstagsgesellschaft eines kleinen Jungen zu tun. Zutiefst gedemütigt beobachtete sie, wie die Kinder freihändig und ohne jegliche Angst auf den Stegen hüpften und herumturnten.

Tom drehte sich wieder zu ihr. »Okay, dann versuchen wir es anders. Wenn Sie erlauben, werde ich Sie in die Arme nehmen. Sie machen die Augen zu und überlassen es mir, Sie zu führen.«

»Nein«, hauchte sie kaum hörbar.

»Na ja, entweder das oder ein Betäubungspfeil.«

Ihr Kopf fuhr hoch.

Tom zuckte mit den Schultern. »Das hab ich nur halb im Scherz gemeint.«

Sie schluckte kräftig.

»Schließen Sie die Augen. Tun Sie's für mich. Ich mache nichts, ehrlich. Schließen Sie einfach die Augen, und spüren Sie dem Gefühl nach, wie es ist, hier oben zu sein.«

»Genau das will ich eben nicht«, murrte sie.

»Ich weiß.« Er grinste, als hätte sie einen Witz gemacht. »Aber wenn Sie ein Gefühl für die Höhe entwickeln und merken, dass Sie nicht runterfallen, wird Ihre Intuition das Kommando übernehmen. Ihrem Körper gefällt es hier oben vielleicht nicht, aber Ihr Verstand wird begreifen, dass Ihnen nichts passieren kann. Versuchen Sie es. Ich bin bei Ihnen, ich passe schon auf Sie auf.«

Als sie zögernd die Augen schloss, schärften sich ihre anderen Sinne. Sie registrierte deutlich den Wind ringsherum und sogar unter sich. Sie fühlte das gedrehte Drahtseil, das sich in ihre Handflächen grub, das stabile Eichenholz unter den Füßen, das Brennen in den Oberschenkeln. Sie bekam ein Gespür für ihren eigenen Körper – die Gefahr war da, aber sie war beherrschbar.

Sie machte die Augen wieder auf.

»Okay?« Tom musterte sie aufmerksam.

Sie nickte.

»Können Sie jetzt aufstehen?«

Hastig schüttelte sie den Kopf.

»Darf ich näher kommen und Sie halten? Ich verspreche Ihnen, ich werde keine Dummheiten machen. Aber das wird Ihren Nerven die Lust verderben, sich so danebenzubenehmen, wie Sie es jetzt gerade tun.«

»Also gut.« Sie verzog den Mund zu einem angedeuteten Lächeln. Sie würde alles tun, wenn sie bloß hier wieder runterkam.

»Sehr schön. Also, ich werde jetzt auf die Planke treten, auf der Sie stehen. Der Steg wird ein wenig schwanken, aber er wird nicht kippen, und wir werden nicht abstürzen.«

Bevor sie zum Nachdenken kam, machte er auch schon einen Schritt auf sie zu. Der Steg schaukelte leicht, und ihre Hände schossen auf der Suche nach Halt instinktiv nach vorn. Als sie das Drahtseil losließ, legte er im selben Moment seine Arme um sie, zog sie an sich und hielt sie ganz fest. Jetzt konnte sie außer dem schwarzen Fleece seiner »North Face«-Jacke zwar nichts mehr sehen, aber immerhin war sie auf den Füßen.

»Alles in Ordnung?« Sie spürte die Frage eher als tiefes Vibrieren in seiner Brust, als dass sie sie hörte.

»Mhm.«

»Wunderbar! Und jetzt stellen Sie sich auf meine Füße.«

»Hä?«

»Stellen Sie sich auf meine Füße!«

»Das kann ich nicht. Ich will Ihnen doch nicht wehtun.«

»Das wird wohl kaum passieren.« Er lachte, und auch das nahm sie als dumpfes Vibrieren wahr. »Na los, machen Sie schon. Keine Bange, der Wahnsinn hat Methode.«

Vorsichtig trat sie ihm erst auf den einen, dann auf den anderen Fuß. Das war absolut lächerlich, aber anscheinend die einzige Alternative zu einem Betäubungspfeil.

»Und jetzt gut festhalten!«

»Was haben Sie vor?«, fragte sie und klammerte sich an ihn.

»Stellen Sie sich einfach vor, dass wir tanzen.«

»Tanzen?«, quiekte sie entsetzt.

»Ja. Wir …«, begann er und drehte sich plötzlich auf den Fersen um hundertachtzig Grad, »… wenden.«

Bevor sie protestieren konnte, war es auch schon passiert. Er nahm eine Hand von ihrem Rücken und fingerte dann zwischen ihnen an einem Karabiner an seinem Geschirr herum. Sie begriff, dass er sich erst aus- und dann wieder einklinkte, damit sie sich nicht verhedderten. Danach hantierte er an ihrem Geschirr.

Nur wenige Augenblicke später lagen seine Hände wieder auf ihrem Rücken. Er bewegte sich schnell und mit schlafwandlerischer Sicherheit. Angst schien für ihn ein Fremdwort zu sein.

»Immer noch alles okay?«

Sie brachte ein knappes Nicken zustande, und das auch nur mit Mühe. Was tat sie hier eigentlich? Sie stand einem Fremden auf den Füßen, klebte förmlich an ihm und wartete in zehn Meter Höhe auf den tödlichen Absturz.

»Können Sie Walzer tanzen?«, fragte er, wartete aber nicht auf ihre Antwort. »Das ist kinderleicht. Eins, zwei, drei; eins, zwei, drei; eins, zwei, drei.«

Eine Hand auf dem Drahtseil, die andere auf ihrer Hüfte, bewegte er sich im Takt, bis er auf einmal einen großen Schritt machte. Sie schnappte unwillkürlich nach Luft und klammerte sich noch fester an ihn.

»Sie können die Augen jetzt aufmachen«, sagte er nach einer Weile.

Hä? Sie waren stehen geblieben. Vorsichtig öffnete sie ein Auge und bog sich zurück, so weit sie konnte – was nicht sehr weit war, weil er ihre Sicherheitsgeschirre irgendwie miteinander verbunden hatte. Dann klickte der Karabiner, und sie war frei.

»*Terra firma* sozusagen«, sagte er und grinste, als er ihren auf die Plattform gerichteten Blick bemerkte.

Natasha stieg von seinen Füßen und taumelte rückwärts.

»O Gott, es ist vorbei, es ist vorbei!«, wisperte sie, die flache Hand auf ihrer Brust.

Dann sank sie auf die Knie und ließ den Kopf hängen. Es war vorbei.

»Nach so einer heldenhaften Vorstellung hätte *ich* auch weiche Knie!«, spottete Helena und lachte Tom kokett an. Sie würde mit jedem flirten, und wenn es der Postbote war. »Wie kann sie Ihnen nur danken?«

»Nicht nötig, das gehört zum Service«, antwortete Tom schmunzelnd. Er klinkte sich vom Sicherheitsseil aus und ging vor Natasha in die Hocke. »Geht es wieder?«, fragte er leise.

Sie schaute auf, und ihr wurde flau im Magen, so peinlich war ihr das Ganze. Zum ersten Mal sah sie ihn richtig, ohne mit vor Angst getrübtem Blick. Er war, wie sie bereits wusste, groß, hatte braunes Haar, buschige Brauen und blaue Augen. Da war etwas in seinem Lächeln, in seiner freundlichen Stimme, was in ihr den Wunsch weckte, ihm die Arme um den Hals zu legen und ihr Gesicht an seine Halsbeuge zu schmiegen. Er wirkte irgendwie vertraut, als wären sie einander schon einmal begegnet.

»Ich weiß gar nicht, wie ich Ihnen danken soll. Ich bin ein richtiges Weichei.«

»Unsinn! So was kommt andauernd vor. Machen Sie sich keinen Kopf deswegen. Sie haben sich wacker geschlagen.«

Das sagte er aus reiner Freundlichkeit. Die Knirpse dort drüben hatten mehr Mumm als sie.

Er schien ihr anzusehen, dass sie ihm nicht glaubte.

»Sie trauen mir noch immer nicht, hm?«, fragte er mit einem leisen Lachen in der Stimme.

»Doch, ich … doch.« Sie nickte kraftlos.

Sie wollte, dass er ihr das glaubte, aber das Adrenalin machte sie stumm. Sie hatte das Gefühl, Körper und Geist gerade erst wieder unter Kontrolle zu bekommen. Was genau war dahinten eigentlich passiert? Sie rief sich ins Gedächtnis zurück, wie er sie geschickt mit seinen Scherzen abgelenkt hatte, wie sicher sie sich in seinen Armen gefühlt hatte, wie verwirrend es gewesen war, auf seinen Füßen zu stehen und zwischen den Bäumen hindurchzutanzen …

»Ich mein's ernst, Nats. Sie haben sich wacker geschlagen.« Sie schaute ihm in die Augen, und in diesem Moment spürte sie ein Knistern wie von einem Stromschlag. Anscheinend bemerkte er es auch, denn er runzelte leicht die Stirn. Sie hielten länger Blickkontakt als nötig. Er machte den Mund auf, aber die Worte kamen mit Verzögerung: »Na, dann wollen wir Sie mal auf die Füße stellen, okay?«

Tom richtete sich auf, streckte ihr die Hand hin, und sie griff danach. Seine Hand war so viel größer als ihre, sein Griff fest, als er sie mühelos hochzog. Wieder schwiegen sie beide.

»Tja, also …« Er lächelte, schüttelte kurz den Kopf und brach dann den Blickkontakt ab. »Äh … tja, also, ich weiß, dass Sie für die komplette Runde über den Baumwipfelpfad bezahlt haben, und es ist selbstverständlich Ihre Entscheidung, aber wenn Sie mich fragen – ich würde es für heute gut sein lassen. Sie hatten einen richtigen Schock, und das hier soll ja Spaß machen und keine Tortur sein.«

»Sehr richtig!«, bekräftigte Sara, die jetzt zu ihnen auf die Plattform trat und sich ausklinkte. »Wir feiern hier immerhin deinen Junggesellinnenabschied. Die Tortur kommt nach der Hochzeit, Nats, nicht vorher!«

»Sie wollen heiraten?« Tom trat einen Schritt zurück und stützte die Hände in die Hüften.

»Schockiert Sie das?«, spöttelte Helena angesichts seiner Reaktion.

»Es ist nur …« Er zuckte mit den Schultern und schaute wieder Natasha an. »Sie wirken noch so jung.«

»Na ja, wahre Liebe kümmert sich einen Dreck um das Alter«, sagte Helena gedehnt. »Romeo und Julia waren Teenager.«

»Ich bin kein Teenager mehr«, entgegnete Natasha schnell.

Tom nickte langsam. »Na dann … herzlichen Glückwunsch.«

»Danke.« Sie heftete ihren Blick wieder auf den Steg, wo eilig die Füße derjenigen vorbeitrabten, die hinter ihr im Stau gesteckt hatten. Vermutlich wollten sie für den Fall, dass Natasha ihr Glück noch einmal versuchen sollte, schnell zur nächsten Plattform gelangen.

»Und keine Sorge«, fuhr sie fort und strich sich die Haare zurück, »ich habe nicht die Absicht, mich – oder sonst jemanden – noch einmal in diese Situation zu bringen. Tut mir wirklich leid, dass ich Ihnen solche Unannehmlichkeiten bereitet habe.«

»Das haben Sie nicht.«

Sie hob den Blick und stellte fest, dass er sie immer noch musterte, allerdings jetzt nicht mehr grinsend, sondern mit ernster Miene. Die Luft rings um sie herum schien elektrisch aufgeladen zu sein, und Natasha nahm aus den Augenwinkeln wahr, wie Helena mit schockiertem Entzücken Mund und Augen aufriss, als könne sie es auch fühlen. Natasha war klar, dass die Freundin ihr diesen unverhofften Flirt noch lange aufs Brot schmieren würde.

»Äh, die anderen wundern sich bestimmt schon, wo wir so lange bleiben.« Sie schaute kurz Sara an, die Organisatorin dieses Trips.

»Nö, alles gut.« Sara winkte ab. »Ich hab Rachel vorhin eine Nachricht geschickt, dass sie im Baumhaushotel auf uns warten sollen. Die sind alle schon seit einer Weile durch.«

Natasha verdrehte die Augen und schlug sich die Hand gegen die Stirn. Dieses ganze Durcheinander war allein ihre Schuld.

»Ich bin so eine Idiotin!«

»Nein, eigentlich passt es so ganz gut. So haben sie Zeit, den Stripper zu verstecken.«

»*Was?*« Sie ließ die Hand sinken.

Helena prustete los. »Dein Gesicht!«

»Ich hab gesagt, keine …«

»… keine Vegetarier«, beendete Sara den Satz, wobei sie nachdenklich die Stirn runzelte und sich mit dem Zeigefinger an die Unterlippe tippte. »War es nicht das, was du gesagt hast?«

Natasha sah kurz zu Tom, der die Szene belustigt verfolgte, doch als ihre Blicke sich trafen, verblasste sein Lächeln.

»Hört sich nach einem spannenden Wochenende an. Zum Glück haben wir dafür gesorgt, dass Sie es noch erleben dürfen.«

»Ich wär lieber abgestürzt«, stöhnte Natasha. »Ein Stripper, der sein Becken vor meinem Gesicht kreisen lässt! Da verbringe ich lieber eine Nacht auf der Intensivstation!«

»Das würdest du nicht sagen, wenn es Channing Tatum wäre«, stellte Helena trocken fest.

»Ist wirklich wieder alles okay?«, fragte Tom.

»Ja, mir geht's gut. Ich komme mir nur so unfassbar dumm vor.«

Tom sah die anderen an. »Ist sie immer so streng mit sich?«

»Sie haben ja keine Ahnung!« Sara seufzte. »Wir nennen sie nicht umsonst Little Miss Perfect.« Sie zog die Nase kraus. »Sagen wir einfach, sie legt die Messlatte ziemlich hoch an.«

»Oh.«

»Perfekte Haare, perfekte Wohnung, perfekter Körper, perfekter Verlobter …«

»He, ich stehe direkt neben dir!«, rief Natasha entrüstet. »Ich kann alles hören!«

»Sehen Sie? Perfektes Gehör.«

Tom grinste. Das Funkgerät an seinem Gürtel erwachte knisternd zum Leben.

»Die Pflicht ruft. Ich muss dann wieder an die Arbeit.«

»Sie arbeiten jetzt doch auch«, meinte Helena. »Können Sie nicht bleiben? Immerhin haben Sie ihr gerade das Leben gerettet!« Sie klimperte theatralisch mit den Wimpern.

»Ich fürchte, eine Unterhaltung über Stripper lässt sich nur schwer als Arbeit rechtfertigen«, witzelte er. Dann sah er sie der Reihe nach an, zuletzt Natasha. »Tja, es hat mich sehr gefreut, Sie alle kennenzulernen … Ich wünsche Ihnen noch viel Spaß beim Junggesellinnenabschied, Natasha.«

»Danke. Für alles.« Sie konnte nicht verhindern, dass ihre Stimme angespannt klang.

»Und falls Sie mal wieder in den Bäumen tanzen wollen, sagen Sie mir Bescheid«, fügte er achselzuckend hinzu, den Blick immer noch auf sie gerichtet, während er sich schon abwandte.

»Das sagt er bestimmt zu jedem Mädchen«, brummte Helena.

Natasha schaute ihm nach, als er auf dem Weg zur Leiter in sein Funkgerät sprach. Ob er wieder jemanden retten musste? Bei ihm sah das so lässig aus.

»Erde an Nats!«

»Hä?« Natasha fuhr blinzelnd zu Helena herum, die mit den Fingern vor ihrem Gesicht schnippte.

»Ja, guck nur noch mal richtig hin, Süße. Du hättest sehen sollen, wie cool er da draußen war. Wie er dich aufgesammelt hat … das war unglaublich sexy.«

»Wenn du das sagst … Hab leider nicht darauf geachtet. Dafür war ich zu sehr damit beschäftigt, keinen Herzinfarkt zu kriegen«, grummelte Natasha und kämpfte gegen die Verzweiflung an, die in ihr aufstieg. Ob das an ihrem sinkenden Adrenalinpegel lag?

»Was war eigentlich los, sag mal?«, erkundigte sich Sara mitfühlend und legte ihr eine Hand auf die Schulter. »Gerade noch warst du super drauf, und im nächsten Augenblick erstarrst du wie ein Reh im Scheinwerferlicht.«

»Ich hab keinen blassen Schimmer.« Natasha schüttelte den Kopf. Sie konnte es sich selbst nicht erklären. »Ich hab mich echt gut amüsiert, und auf einmal ging nichts mehr.«

Sara schaute verwirrt zu Helena.

»Mich darfst du nicht fragen«, sagte die achselzuckend. »Ich hab erst mitgekriegt, dass etwas nicht stimmt, als ich hier angekommen bin und gemerkt hab, dass sie nicht mehr hinter mir ist. In der einen Sekunde haben wir noch über die Trauung geredet, und in der nächsten hat sie die Bremsen reingehauen und sich praktisch in die Hose gemacht.«

»Aber jetzt geht es dir wieder gut?«, fragte Sara besorgt.

Natasha nickte. »Ja, alles in Ordnung. Es war irgendwie freaky.«

»Na ja, jedenfalls können wir mit Fug und Recht behaupten, dass wir alle mächtig Herzklopfen bekommen haben«, stellte Helena lachend fest und versetzte Natasha augenzwinkernd einen Rippenstoß. »Der Typ macht es wieder wett, dass wir in einem Center Parc feiern.«

Als Sara bestürzt der Unterkiefer herunterklappte, legte Natasha ihr beruhigend eine Hand auf den Arm.

»Ich find's toll hier«, versicherte sie.

»Wirklich?«

Natasha nickte. Der Gedanke, sie könnte enttäuscht sein, machte der armen Sara sichtlich zu schaffen. Eigentlich wäre es Helenas Aufgabe gewesen, das Wochenende zu organisieren – schließlich war sie ihre älteste und beste Freundin –, aber sie wussten alle, dass das sehr schnell ausgeartet wäre. Da wären Stripper noch das Harmloseste gewesen.

»Okay, gehen wir zu den anderen zurück und essen was«, schlug Helena vor. »Ich bin am Verhungern. Knackige Typen machen mir Appetit.«

»Wollt ihr zwei denn nicht die ganze Runde über den Pfad machen?«, fragte Natasha. »Ich setz mich so lange irgendwohin und warte auf euch. Wenn ihr meinetwegen darauf verzichtet, habe ich ein schlechtes Gewissen.«

»Nats, wir sind hier, um dich abzufüllen, und nicht, um Vögel zu beobachten.« Helena fingerte ihre E-Zigarette aus der Jeanstasche und zog daran, während sie die Leiter zum kiefernnadelbedeckten Boden hinunterkletterten.

»Du hast doch nicht wirklich einen Stripper bestellt, oder?«, fragte Natasha, als sie durch den Wald zu ihrem Wochenendhaus zurückradelten, wo die anderen – und möglicherweise ein Mann mit Stringtanga – mit Glühwein auf sie warteten.

»Keine Vegetarier, das ist das Einzige, was wir versprechen können«, antwortete Helena achselzuckend.

Sie und Sara hatten Natasha in ihre Mitte genommen, sodass sie sich eher wie eine Gefangene als wie eine Braut in spe fühlte. Doch sie lachte auf und ignorierte die dumpfe Angst, die sich in ihrem Herzen eingenistet hatte und nicht mehr weggehen wollte. Tapfer radelte sie weiter. Weiter, immer weiter, ihrer Zukunft entgegen.

1. Kapitel

Wien, Samstag, 26. November 2022

Wo ist es denn?«, fragte Natasha und schaute an dem Mehrfamilienhaus hoch.

Sie wollte so schnell wie möglich rein. Inzwischen waren sie seit über dreizehn Stunden unterwegs und hatten vier Zeitzonen durchquert. Kein Wunder, dass die Kleine, die jetzt in ihren Armen schlief, die halbe Zeit nur gebrüllt hatte.

»Im vierten Stock«, antwortete Rob, während er den Taxifahrer bezahlte und wie üblich ein viel zu großzügiges Trinkgeld gab. »Der Gastgeber heißt Huber, der Name sollte an der Klingel stehen.«

»Hast du nicht gesagt, er sei dieses Wochenende gar nicht da?«

»Doch.« Er griff nach ihrem Gepäck und kam die Stufen hinauf.

Sie stand da wie immer, wenn sie Mabel auf dem Arm hatte: Sanft wippend drehte sie sich hin und her, eine Hand an Mabels Kopf, der an ihrer Schulter lag.

»Hat er gesagt, wo er den Schlüssel hinterlegen wird? Bei einem Nachbarn vielleicht?«

»Nein, in einem Schlüsselkasten neben der Wohnungstür. Ich hab den Code, keine Sorge.« Er schob die Hand in die Jackentasche, in der sein Handy steckte.

»Und wie kommen wir ins Haus? Hat er das auch gesagt?«

Der Ausdruck auf seinem hübschen Gesicht sagte alles. Natasha sah ihm an, wie es ihm dämmerte.

»O verdammter Mist! Nein, das hat er nicht erwähnt.«

»Na toll!« Erneut überlief sie ein Frösteln. Es ging ein kalter Wind, und es war schon dunkel, die Stadt funkelte in vorweihnachtlichem Lichterglanz. Instinktiv legte sie die Arme fester um Mabel.

Sie trugen immer noch ihre Insel-Sachen: leichte Baumwollkleider und nackte Beine, lediglich ein Cardigan diente als Zugeständnis an den europäischen Winter. So konnten sie nicht ewig hier draußen in der Kälte stehen. Die Temperaturen waren schon unter null Grad gesunken.

»Klingel bei einem der Nachbarn. Die sind das sicher schon gewohnt.«

Rob starrte die Reihe von Namen an. Hubers Wohnung war die Nummer acht.

»Meinst du, Slesinski in Nummer sieben hat es satt, von irgendwelchen Airbnblern rausgeklingelt zu werden?«

»Woher soll ich das wissen, Rob? Ich will nur, dass unsere Tochter endlich ins Warme und ins Bett kommt.«

Er zog die Nase kraus. »Pluta. Nummer vier. Die trifft es wahrscheinlich nicht so oft. Ich werde es da versuchen.« Er drückte auf den Klingelknopf und wartete.

Nur wenige Augenblicke später meldete sich eine Frauenstimme.

»Ja?«

Natasha beobachtete, wie er sich zu der Gegensprechanlage beugte. Er spreche »leidlich« Deutsch, behauptete er immer, aber für sie hörte es sich recht flüssig an. Das einzige Wort, das sie verstand, war der Name Huber. Er unterhielt sich ein Weilchen mit der Frau und lachte schließlich sogar.

Dann summte der Türöffner, und die wuchtige Haustür öffnete sich klickend.

»Siehst du?« Rob hielt sie ihr lächelnd auf. »Sie hat sich gefreut, dass sie uns helfen kann. Ich wette, Slesinski hätte einfach aufgelegt.«

»Das kannst du doch nicht wissen«, entgegnete sie matt und trat auf den alten Marmorboden.

Während Rob das Gepäck hereinholte, schaute sie sich in der großzügigen Eingangshalle um. An einer Wand standen ein mit abgewetztem grünem Samt bezogener Sessel und ein Schirmständer. Es gab auch einen Holzschrank mit Postfächern, die teilweise leer, teilweise mit Briefsendungen vollgestopft waren.

Sie schoben sich in einen kleinen verspiegelten Fahrstuhl, der gemächlich nach oben glitt. Natasha betrachtete das Spiegelbild ihrer schlafenden Tochter – die geröteten Pausbäckchen, den rosaroten Schmollmund, die dunklen Locken. Die arme Kleine war völlig erschöpft. Natasha durfte gar nicht daran denken, dass sie Mabel morgen schon wieder in ein Flugzeug verfrachten mussten. Vielleicht wäre es besser gewesen, die Reise nicht zu unterbrechen und die fünfstündige Wartezeit am Flughafen in Kauf zu nehmen. Andererseits würde es ihnen allen nach einer erholsamen Nacht in einem bequemen Bett sicher besser gehen.

Die Fahrstuhltür öffnete sich, und Rob schlurfte rückwärts hinaus, das Gepäck mit sich ziehend. Dabei rammte er sich zum x-ten Mal das Reisebettchen ans Schienbein.

Wohnung Nummer acht war leicht zu finden. Er gab den in seinem Handy gespeicherten Code ein und nahm triumphierend den Schlüssel aus dem Kasten.

Als er ihn ins Schloss steckte, rief jemand von unten herauf. Rob trat ans Treppengeländer, schaute hinunter und winkte. Er wechselte von Neuem in sein »leidliches« Deutsch, wobei er lebhaft gestikulierte.

Natasha trat neben ihn. Zwei Stockwerke tiefer lehnte eine junge Frau am Handlauf. Sie war barfuß, trug Workout-Kleidung und hatte einen zerzausten Pferdeschwanz. Sie rief Natasha etwas zu, was sie leider nicht verstand.

»Das ist die Frau aus Nummer vier, die uns reingelassen hat«, erklärte Rob. »Sie sagt, wir sollen einfach klopfen, wenn wir Fragen haben.«

»Das ist nett«, sagte Natasha kühl, lächelte der Frau höflich zu und drückte ihre Tochter ein bisschen fester an sich. »Ich werde Mabel ins Bett bringen.«

Sie stieß die Tür auf und betrat eine luftige Wohnung mit hohen Decken und fast bodentiefen Fenstern. Vorhänge schützten vor den neugierigen Blicken der Hausbewohner auf der gegenüberliegenden Straßenseite. Die schmalen Zimmer waren im Stil der Fünfziger- und Sechzigerjahre möbliert, mit Messinglampen und einem Wollbouclé-Sofa, wie man es in den Siebzigern hatte. Rob bevorzugte eigentlich den englischen Landhausstil, aber es war ja nur für eine Nacht, und morgen früh wären sie von hier aus schnell wieder am Flughafen.

Die Decke des marineblauen Schlafzimmers war mit Stuck verziert, und an der Wand prangte der Schriftzug *Lovers* in grellem Neonpink. Mabel bewegte sich, wie irritiert durch die plötzliche Stille. Es war erst kurz nach sechs, aber für ihre innere Uhr war es weit nach zehn und somit lange nach ihrer gewohnten Schlafenszeit. Sie durfte jetzt nicht aufwachen, sonst würde es unter Umständen Stunden dauern, bis sie wieder einschlief.

Dummerweise befand sich das Reisebettchen noch im Treppenhaus. Natasha überlegte kurz, ob sie hinausgehen und Rob bitten sollte, es endlich hereinzubringen, aber sie wollte nicht als nörgelnde Ehefrau dastehen. Schließlich konnte Rob nichts dafür, dass er gleich mit jedem ins Gespräch kam, das war einfach die Wirkung, die er auf andere Menschen ausübte. Also schlug sie stattdessen die Bettdecke zurück, warf das oberste Kissen auf den Boden und legte Mabel behutsam auf die Matratze, die ihren kleinen Körper sanft umschloss. Dann drückte sie ihr das geliebte Kuscheltier, die Kuh Moolah, in die Arme und deckte sie zu. Als das Mädchen in ein tieferes Schlafstadium glitt, wanderte der Daumen automatisch zum Mund. Sie versuchten alles, um Mabel das Daumenlutschen abzugewöhnen, aber jetzt brachte es Natasha nicht übers Herz, sie daran zu hindern. Sie waren alle erschöpft, und alte Gewohnheiten hatten etwas Tröstliches. Natasha legte sich zu ihrer Tochter, streichelte zärtlich ihre Wange und verspürte den starken Drang, wie Mabel in den Schlaf abzutauchen. Ein Jetlag war einfach ätzend.

Ihr fielen schon die Augen zu, als sie Rob im Zimmer nebenan hörte, wie er die Vorhänge zuzog, das Licht anknipste und den Fernseher einschaltete. Dem Gemurmel nach zu urteilen, lief irgendeine Talkshow. Einen Moment später erschien er mitsamt Reisebettchen und Gepäck in der Tür, wo er stehen blieb und die beiden betrachtete. Beim Anblick seiner Tochter, die sich mitten im Bett zusammengerollt hatte wie ein Igel im Winterschlaf und sich definitiv nicht von da fortbewegen würde, zog er eine Braue hoch.

Natasha lächelte verlegen. »Du hast zu lange gebraucht, fürchte ich. Ich musste sie doch schlafen legen.«

»Ich habe mir erklären lassen, wo es die beste Bäckerei in der Stadt gibt«, murmelte er, trat ans Bett, schaute auf Mabel hinunter und küsste sie zärtlich auf die Wange. »Die mit den besten Bewertungen auf Tripadvisor.«

»Oh. In dem Fall …«

Rob Stoneleigh wollte immer das Beste, ob es sich nun um Backwaren, Autos oder Schuhe handelte.

»Du willst doch nicht schon schlafen, oder?«

»Ich bin todmüde, Rob. Im Gegensatz zu anderen hier Anwesenden hab ich im Flugzeug kein Auge zugetan.«

Er hob beide Hände. »Hey, ich kann doch nichts dafür, dass sie sich immer dich aussucht.«

»Nein.« Natasha blickte lächelnd auf ihr Töchterchen. Obwohl es anstrengend war, genoss sie es insgeheim, unersetzlich zu sein und gebraucht zu werden.

Rob betrachtete sie einen Augenblick, dann beugte er sich zu ihr hinunter und küsste sie innig.

»Aber es war ein schöner Urlaub, oder?«, vergewisserte er sich.

»Der schönste.«

Er küsste sie wieder. »*Du* bist die Schönste. Die Beste. Was würde ich nur ohne dich anfangen?« Angst huschte wie ein Schatten über seine hellgrauen Augen.

»Die Frage ist überflüssig.« Sie legte ihm zärtlich die Hand an die Wange und flüsterte: »Ich gehe nirgendwohin.«

In der vergangenen Woche hatten sie viele Gespräche geführt. Offene Gespräche über Dinge, die ihnen auf der verletzten Seele gelegen hatten. Aber sie hatten den Sturm überstanden und befanden sich wieder in ruhigen Gewässern.

»Nicht einmal mit mir ins andere Zimmer?« Seine Augen hatten dieses gewisse Funkeln. »Das Sofa sieht richtig bequem aus …«

Sie musste schmunzeln über diesen Wink mit dem Zaunpfahl.

»Unser letzter Urlaubsabend, machen wir doch das Beste draus.« Er zwinkerte ihr zu. »Ich hole uns einen guten Tropfen Wein, was zu essen … das Wiener Paradies.«

Sie berührte erneut seine Wange, um ihn zu stoppen, bevor er sich hinreißen ließ.

»Das klingt wundervoll, aber im Moment sehne ich mich nur nach einem weichen Kissen und acht Stunden Schlaf.«

Es entstand eine kleine Pause. Vermutlich überlegte er, ob sie das ernst meinte.

»Du weißt aber schon, dass es noch nicht mal sieben ist? Wenn du dich jetzt schlafen legst, bist du heute Nacht hellwach. Nach einem langen Flug soll man sich immer an die Ortszeit anpassen.«

»Ja, ich weiß das, aber Mabel nicht. Sie wird mich wecken, wann immer ihr danach zumute ist. Malediven-Zeit, österreichische Zeit, ganz egal. Deshalb möchte ich schlafen, solange ich die Gelegenheit dazu habe. Mir fallen wirklich die Augen zu.«

Das Funkeln in seinen Augen erlosch, und er richtete sich wieder auf. Als die Matratze ein wenig schaukelte, bewegte sich Mabel im Schlaf. Ein klitzekleines Babyschnarchen entschlüpfte ihren feuchten Lippen.

»Tut mir leid«, wisperte Natasha. »Morgen werde ich mich bestimmt anpassen.«

»Gut. Alles klar«, erwiderte er beiläufig, zog sich sein Hemd über den Kopf und warf es auf einen Stuhl. Dann durchquerte er das Zimmer und zeigte auf das Reisebettchen. »Soll ich das jetzt aufstellen oder nicht?«

»Lass es da, wo es ist. Dann müssen wir es morgen nicht wieder zusammenklappen. Heute Nacht schläft sie sowieso hier bei uns.«

»Okay.« Er wuchtete den Koffer auf die Gepäckablage und machte den Reißverschluss auf. Sehnsüchtig blickte er auf die von ihrem letzten Bad im Indischen Ozean noch feuchte Schwimmbekleidung. Aber ab morgen herrschte wieder Alltag.

»Kannst du mir mal meinen Schlafanzug geben?«, bat Natasha.

Er kramte in dem ordentlichen Stapel Schmutzwäsche, bis er den weißen Leinenpyjama mit der marineblauen Biese gefunden hatte, und warf ihn ihr zu. Natasha schälte sich im Liegen aus ihren Sachen, kickte sie auf den Fußboden, schlüpfte in den Pyjama und kuschelte sich wieder neben ihre Tochter.

Rob sah sie verdutzt an. »Willst du dir denn nicht die Zähne putzen?«

»Nö. Heute Abend nicht.«

»Aber du putzt dir immer die Zähne! Du hast sie dir sogar nach dem Barbecue bei den Parkers geputzt, als du dich fünfmal übergeben und Lauren eine eingebildete Kuh genannt hast.«

»Da kannst du mal sehen, wie müde ich bin«, murmelte sie und schloss die Augen.

Wenn er sie doch nicht immer wieder an jenen grauenvollen Abend erinnern würde! Lauren war wochenlang beleidigt gewesen. Erst ein Wellnessgutschein hatte sie wieder versöhnt.

Sie hörte, wie er den Reißverschluss seiner Jeans aufzog und herausstieg.

»Also ich geh jetzt erst mal unter die Dusche und zieh mich um, und dann mach ich mich auf die Suche nach was Essbarem. Bist du sicher, dass du nichts willst?«

»Ganz sicher«, nuschelte sie. Seine Stimme klang wie von weit her. »Denk an den Wecker.«

»Mach ich. Ich stell ihn auf acht. Dann haben wir Zeit, um zu diesem Bäcker zu gehen und einen kleinen Spaziergang zu machen. Spätestens um zehn müssen wir hier raus sein.«

»Okay«, murmelte sie schon halb schlafend, während, scheinbar weit in der Ferne, die Dusche aufgedreht wurde. »Zehn.«

*

»Mummy.«

Natasha machte ächzend ein Auge auf, war aber nicht imstande, den Kopf zu heben. Mabel kniete neben ihr, den Daumen im Mund, und spielte mit einer Strähne von Natashas langen blonden Haaren.

»Ich hab Hunger.«

»Mmm?«, brummte Natasha und versuchte, zu sich zu kommen. Ihr tief in die Matratze eingesunkener Körper fühlte sich bleischwer an.

Auf der anderen Seite des Bettes schnarchte Rob. Natasha hatte ihn nicht kommen hören. Normalerweise schlief er eng an sie geschmiegt, aber letzte Nacht hatte ihr Töchterchen zwischen ihnen gelegen und es verhindert. Deshalb hatte sie wohl auch so gut geschlafen.

Mabel patschte ihr mit einem klebrigen Händchen ins Gesicht.

»Hab Hunger, Mummy.«

Natasha runzelte die Stirn. »Was hast du denn da an deiner …?«

Sie griff nach Mabels Hand und betrachtete sie genauer. Ein körniges, hellblaues, gelartiges Zeug klebte an ihren Fingern.

Schlagartig war Natasha hellwach und fuhr hoch. »Was hast du gemacht, Mabel? Was ist das für Zeug?«

Mabel guckte sie groß an.

»Mummy ist dir nicht böse, Schatz. Zeig mir einfach, was du gemacht hast. Hast du gespielt?«

Mabel krabbelte über das Bett und rutschte am Fußende herunter. Natasha beobachtete sie mit wachsendem Unbehagen. Sie musste aufgestanden sein, ohne dass sie oder Rob es bemerkt hatten. Wenn sie die Kleine in ihr Reisebettchen mit den hohen Seitenteilen gelegt hätten …

Sie warf die Decke zurück und folgte ihrer Tochter durch das Wohnzimmer in die Küche, in die sie gestern Abend vor lauter Müdigkeit keinen einzigen Blick geworfen hatte. Eigentlich hätte sie der Traum eines jeden Minimalisten sein sollen: matt anthrazitgraue Schränke und eine schwarze Specksteinarbeitsplatte, auf der lediglich eine teure Kaffeemaschine stand. In Wirklichkeit war sie der Albtraum jeder Mutter. Mabel hatte den Schrank unter der Spüle geöffnet und alles herausgerissen. Rote und gelbe Spülmaschinentabs lagen kunterbunt durcheinander; aus einer umgekippten Flasche Spülmittel sickerte grüne Flüssigkeit, und der Inhalt einer aufgerissenen Packung Spülmaschinensalz vermischte sich mit dem Spülmittel.

Auf einmal begriff Natasha, woher das klebrige Zeug an den Fingern ihrer Tochter kam. Sie riss sie hoch und wusch ihr die Hände unter fließendem Wasser ab.

»Hast du dir die Finger in den Mund gesteckt, Mabel?«

Mabel, sichtlich verwirrt wegen der plötzlichen Hektik und der nicht mehr schläfrigen, sondern jetzt strengen Stimme ihrer Mutter, blinzelte überrascht.

»Mach den Mund auf, Mabel, lass Mummy mal nachsehen.«

Natasha öffnete mit sanfter Gewalt den kleinen Kiefer und spähte hinein. Keine schaumigen Bläschen, kein verdächtiger Geruch. Sie ergriff die nassen Finger und drückte sie an ihre Wange.

»Mabel, Schätzchen, hast du dir die Finger in den Mund gesteckt? Sag es mir.«

Mabel machte große Augen.

»Hast du von den Sachen da auf dem Boden irgendwas gegessen?«

»Nein, Mummy.«

»Bist du sicher? Denn wenn doch, würde dir furchtbar schlecht werden. Und das will Mummy nicht.«

»Ich hab Hunger.«

»Ich weiß, aber …« Sie seufzte. Sie wusste nicht einmal, wo die nächste Kindernotaufnahme war. So durfte ihr Urlaub nicht enden. Oder ihr Tag beginnen. »Rob!«

Mit Mabel im Arm lief sie zurück ins Schlafzimmer. Rob lag mit gespreizten Armen und Beinen auf dem Rücken und schlief den Schlaf des Gerechten.

»Rob!«, blaffte sie.

Er erschrak so heftig, dass es beinah komisch war.

»Hä? Was ist los? Ist was passiert?«

Sein Blick fokussierte sich langsam auf seine Frau und seine Tochter. Er ächzte und griff sich mechanisch an den Kopf.

»Mabel hat die Küchenschränke aufgemacht und sämtliche Putzmittel herausgerissen. Sie hatte eine Mischung aus Spülmittel und Spülmaschinensalz an den Händen, und ich weiß nicht, ob sie das Zeug auch gegessen hat!«

Rob schwieg verwirrt. Offenbar brauchte er einen Moment, um diese Flut von Informationen zu verarbeiten. Er ächzte erneut und wirkte blass unter seiner Bräune.

»Wie viel hast du gestern Abend eigentlich getrunken?«, fragte sie finster.

Er ignorierte die Frage und sammelte sich allmählich.

»Wenn sie etwas davon geschluckt hätte, würde sie es doch erbrechen, oder?«, meinte er und stützte sich auf die Ellenbogen.

Natashas Blick wanderte zu seinem Waschbrettbauch. Die Haare standen ihm vom Kopf ab, und er hatte den benebelten Blick eines aus dem Schlaf Gerissenen, aber er sah immer noch besser aus als die meisten Männer in ihrer Bestform.

»Musste sie spucken?«

»Nein, aber sie hat Hunger. Deshalb hab ich Angst, sie könnte etwas davon gegessen haben.«

Er zog die Nase kraus. »Sie hätte es bestimmt gleich wieder ausgespuckt. Überleg mal, wie das schmecken muss. Das kriegst du nicht runter.«

»Kleine Kinder sollte man nicht unterschätzen. Die stecken sich alles in den Mund.« Sie musterte Mabel, die auf ihrer Hüfte saß, und suchte nach Anzeichen einer Vergiftung. »Sollen wir sie nicht vorsichtshalber in die Kindernotaufnahme bringen?«

»Nats, wenn sie Spülmaschinensalz geschluckt hätte, wüssten wir das. Dann würde jetzt der letzte Spülgang laufen.« Er lachte leise über seinen Witz.

»Das ist nicht komisch!«, wies sie ihn scharf zurecht, obwohl sie zugeben musste, dass er nicht ganz unrecht hatte.

»Außerdem müssen wir unseren Flieger kriegen. Falls sie irgendwelche Symptome zeigt, rufen wir zu Hause den Notarzt. Wie spät ist es eigentlich?«

Als er sich zur Seite streckte, um nach seinem Smartphone zu greifen, präsentierte er seine eindrucksvolle sonnengebräunte Rücken- und Bauchmuskulatur. Kein

Wunder, dass Mabel schon in den Flitterwochen gezeugt worden war.

Er zuckte zusammen, und sie erstarrte unwillkürlich, als sie eine böse Vorahnung überkam. Rob starrte sie mit weit aufgerissenen Augen an.

»Nats, es ist fünf vor elf!«

Was? Sie wich einen Schritt zurück. Unmöglich! Es war doch immer noch dämmrig im Zimmer.

Sie rannte zum Fenster und riss die Vorhänge auf. Es schneite, und der tief hängende graue Himmel ließ keine Helligkeit durch. Auf der anderen Straßenseite brannte Licht in einigen Wohnungen.

»Fuck! Dann war unser Wagen da und ist wieder weggefahren!«, rief Rob, warf sein Handy hin und sprang aus dem Bett.

»Aber wieso haben wir verschlafen? Hast du den Wecker denn nicht gestellt?«

Natasha schaute zu, wie er in seine Jeans stieg, sich das noch zugeknöpfte Hemd vom Vortag über den Kopf streifte und in seine Schuhe schlüpfte. Das Ganze dauerte nicht einmal eine Minute, während sie immer noch im Pyjama dastand, Mabel auf dem Arm.

»Doch, ich glaub schon«, antwortete er und kratzte sich am Kopf. »Wahrscheinlich war das Smartphone auf lautlos gestellt oder so was. Hör zu, ich geh runter und versuche, ein Taxi anzuhalten. Ihr zwei zieht euch schnell an, und wir treffen uns unten.«

»Aber …«

Hastig zog er den Reißverschluss des Koffers zu und schnappte sich das Reisebettchen. »Das nehme ich schon mal mit runter.«

»Aber unsere Sachen!«

»Zieh an, was du gestern angehabt hast, und klemm dir den Pyjama unter den Arm. Wir stopfen ihn ins Handgepäck.« Bevor sie auch nur ein Wort entgegnen konnte, stürmte Rob auch schon aus dem Zimmer. Er hatte nicht einmal gesehen, wie es in der Küche aussah! Sie konnten die Wohnung doch nicht in diesem Zustand zurücklassen. Aber wenn sie ihren Flieger noch erwischen wollten …

»O mein Gott!«, wimmerte Natasha.

Sie setzte Mabel aufs Bett, sammelte ihre Sachen vom Fußboden auf und stieg hektisch hinein, den Slip verkehrt herum und das Kleid falsch zugeknöpft.

»Warum bist du traurig, Mummy?«, wollte Mabel wissen, als sich Natasha aufs Bett fallen ließ und versuchte, die Schnürsenkel zu öffnen. Gestern Abend hatte sie die Turnschuhe mühelos von den Füßen gestreift, aber jetzt hätte es einen Houdini gebraucht, um die Knoten zu lösen.

Natasha zwang sich zu einem starren Lächeln. »Mummy ist nicht traurig, Schatz, nur ein bisschen in Eile. Wenn wir uns nicht beeilen, wird das Flugzeug ohne uns abfliegen.«

»Ich hab Hunger.«

»Ich weiß, Schätzchen. Am Flughafen besorgen wir dir gleich was zu essen, versprochen.«

»Hab *jetzt* Hunger.«

»Ich weiß, Süße, es dauert nur noch ein paar Minuten, okay?« Im Geist ging sie hektisch die Snacks durch, die sie möglicherweise in ihrer Handtasche hatte. Ein kleiner Babybel? Eine Tüte Rosinen? Ein paar Sesamkekse?

Sie hob Mabel hoch, lief ins Bad und setzte sie aufs Klo.

»Mach Pipi, Schatz. So schnell du kannst, hörst du? Wenn wir im Auto sind, können wir nicht mehr anhalten.«

»Aber ich muss nicht.« Mabels Stimme begann weinerlich zu klingen. Der Stress ihrer Eltern forderte seinen Tribut.

»Nicht? Hast du denn schon Pipi gemacht?«

Aber wie hätte das gehen sollen? Es gab keinen Tritt zum Hochklettern und kein Töpfchen. Das verhieß nichts Gutes …

»Mabel? Sag Mummy, wo du hingemacht hast.«

Mabels Unterlippe zitterte.

»Nicht weinen, Schatz, Mummy ist nicht sauer. Ich muss nur wissen, ob ich was wegputzen muss, bevor wir gehen.« Sie konnten die Wohnung unmöglich so verlassen. Das ging einfach nicht.

Sie hob Mabel von der Kloschüssel und setzte sich selbst darauf. Robs Waschbeutel stand noch auf der Ablage, daneben Rasierapparat, Zahnbürste und Zahnpasta. Sie drückte die Spülung, wusch sich die Hände und stopfte alles in den Beutel.

»Okay.« Sie wuchtete Mabel wieder auf ihre Hüfte und lief ins Schlafzimmer zurück, wo sie den Kulturbeutel auf ihren Pyjama warf. »Wo hast du denn Pipi gemacht, hm, Schätzchen?«, fragte sie in ihrer besten gut gelaunten, unbekümmerten, absolut stressfreien Singsangstimme.

Sie gingen ins Wohnzimmer hinüber, und dieses Mal fiel Natasha sofort die kleine Pfütze an den Vorhängen auf. Gefährlich nah an den Vorhängen.

»Oh! Okay. Okidoki.« Sie setzte Mabel ab und rannte in die Küche, wo sie abbremste, um auf dem glitschigen Boden nicht auszurutschen, und schaute sich hektisch nach einem Putzlappen oder einem Mopp um. »Wo ist der verfluchte Mopp?«

Im Schlafzimmer klingelte ihr Handy. Das konnte nur Rob sein. Anscheinend hatte er ein Taxi gefunden.

»Scheiße, Scheiße, Scheiße!«

Sie schnappte sich eine Rolle Küchenpapier, raste zurück und wischte die Pfütze auf, wobei sie sorgfältig darauf achtete, dass die Vorhänge nicht mit dem Urin in Berührung kamen.

Inzwischen weinte Mabel.

»Alles gut, Schatz«, beruhigte Natasha sie so unaufgeregt wie möglich. »Alles erledigt, siehst du? Alles wieder gut.«

Sie lief in die Küche zurück, warf die nassen Papiertücher in den Mülleimer, schnappte das Spülmaschinensalz und das Spülmittel und stellte beides in den Unterschrank zurück. Noch eine Handvoll Spülmaschinentabs in die Packung, aber mehr schaffte sie nicht. Ihr Handy klingelte ununterbrochen. Rob war eindeutig gestresst.

Sie nahm Mabel auf den Arm, klemmte sich Pyjama und Waschbeutel unter den Ellenbogen und drückte auf die Antworten-Taste, während sie die Wohnungstür aufriss und zum Fahrstuhl stürmte.

»Ja, ja, ich komme schon! Ich mach, so schnell ich kann, Rob!«, schrie sie, als er schnauzte, dass die Maschine ohne sie abfliegen werde.

Die Fahrstuhltür schloss sich im gleichen Moment, in dem die Wohnungstür zufiel. Natasha legte die Hand auf

Mabels Hinterkopf und redete tröstend auf sie ein, während der Fahrstuhl nach unten glitt.

Das war nicht der exklusive Abschluss ihrer Ferienreise gewesen, den sie geplant hatten, aber sie würde sich ihren Traumurlaub nicht davon vermiesen lassen. Alles war perfekt gewesen. Einfach perfekt.

2. Kapitel

Vier Stunden später

Duffy stand auf der Straße, den Kopf in den Nacken gelegt, und schaute an dem Gebäude hinauf, blinzelnd, weil ihm Schneeflocken in die Augen trieben und an seinen Wimpern klebten. Das helle Senfgelb des Hauses schien über viele Jahrzehnte vom Regen abgewaschen worden zu sein. Zwischen den hohen Fenstern prangten Kapitelle, und unter dem steilen Dach verbargen sich ausgebaute Zimmer. Es wirkte, als sei es in Würde gealtert, wie ein betagter General, der immer noch seine Auszeichnungen trug.

Das musste es sein. Er las noch einmal die Mail auf seinem Smartphone.

Gegenüber ist eine Bushaltestelle.

Er drehte sich um, und da war sie. Eine alte Frau saß auf der Bank im Wartehäuschen, ihren Einkaufstrolley neben sich. Die Kälte schien ihr nichts auszumachen.

Direkt vor dem Haus ist ein Fahrradständer.

Ja, hier war er richtig.

Duffy ging die Stufen hinauf und guckte wieder auf die Mail. Adresse, abgehakt. Anweisungen, wie er hineinkam … Er hatte einen Code für einen Schlüsselkasten erhalten, in dem sich der Wohnungsschlüssel befand, aber – sein Blick wanderte über die alten Mauern – hier draußen war nichts. Und Otto Huber, der Wohnungseigentümer, war übers Wochenende verreist.

Er starrte die Namen neben den Klingelknöpfen an. Vielleicht würde ihm Slesinski aus Nummer sieben aufmachen?

Duffy streckte schon die Hand nach der Klingel aus, als die Haustür aufging und eine hübsche junge Frau in Leggings und Stiefeln heraustrat. Sie hatte dunkle Haare, unglaubliche haselnussbraune Augen und Sommersprossen auf der Nase. Ihre Schönheit traf ihn wie ein Schlag in die Magengrube.

»Danke«, sagte er auf Deutsch – er sprach nur ein paar Brocken –, als sie ihm die Tür aufhielt.

Ihr Mund verzog sich zu einem trägen Lächeln, und da erst wurde ihm bewusst, dass er sie anstarrte.

»Huber?«, fragte sie, während sie ihn von Kopf bis Fuß musterte.

Ob er in seinen Jeans und der Daunenjacke wie ein typischer Tourist aussah?

»Ja«, bestätigte er.

»Vierter Stock«, sagte sie in perfektem Englisch.

»Danke.«

»Gern geschehen.« Sie wandte sich zum Gehen, drehte sich dann aber wieder zu ihm um. »Sind Sie das erste Mal in Wien?«

»Ja.«

»Und wie lange bleiben Sie?«

Duffy gab es auf, so zu tun, als hätte er noch mehr Deutsch auf Lager.

»Nur heute Nacht«, antwortete er auf Englisch. »Morgen fliege ich weiter.«

»Hm, das ist aber schade«, entgegnete sie monoton und legte den Kopf schief. »Wien hat so viel mehr zu bieten, als man an einem einzigen Abend sehen kann.«

Flirtete sie etwa mit ihm?

»Ich würde schon länger bleiben, wenn ich könnte.« Garantiert.

»Aber Sie können nicht.« Ihre Brauen zuckten nach oben, als würde sie das nicht zum ersten Mal hören. Ihr Blick hatte etwas Wissendes, und in ihren Worten lag etwas Suggestives.

»Wohnen Sie hier?«, fragte er, um sie weiter in ein Gespräch zu verwickeln, da sie es ja offenbar nicht eilig hatte.

»Nummer vier«, antwortete sie achselzuckend.

Sie hätte auch einfach Ja sagen können. Er spürte, wie ein Lächeln seine Augen erreichte.

»Ihnen geht das ständige Kommen und Gehen im vierten Stock bestimmt auf die Nerven, oder?«

»Normalerweise schon, aber nicht immer.« Sie hielt seinem Blick stand. Vermutlich wusste sie um die Faszination, die ihre Schönheit auf andere ausübte. Mit einem geheimnisvollen Lächeln wandte sie sich langsam ab. »Hüten Sie sich vor der Katze. Sie kratzt.«

Duffy überlegte, was er sagen könnte, um sie aufzuhalten, doch da er seit einer Ewigkeit nicht mehr geflirtet hatte, durchforstete er sein Gehirn vergeblich. Wo sie an einem Sonntagnachmittag wohl hinging? Ins Fitnessstudio? In den Supermarkt? Würde sie bald zurückkommen?

Er schaute ihr nach und verspürte ein kurzes Triumphgefühl, als sie sich, rätselhaft lächelnd, einmal zu ihm umdrehte. Dann betrat er die Eingangshalle, die eine Aura von verblasstem Glanz verströmte. Schäbige Antiquitäten standen neben funktionalen Möbeln, die für die Verwaltung eines Mehrfamilienhauses unumgänglich waren.

Obwohl es einen Fahrstuhl gab, stürmte er, in Gedanken immer noch bei der wunderschönen Hausbewohnerin, mit großen Sätzen die Treppe hinauf.

Der Kasten ließ sich mit dem Code problemlos öffnen. Er nahm den Schlüssel heraus, schloss die Wohnungstür auf und ging auf leisen Sohlen hinein.

Es roch streng nach Putzmitteln. Amüsiert betrachtete er die stark stilisierte Einrichtung. Das Ganze wirkte auf ihn wie das Filmset eines Doris-Day-Films.

Schulterzuckend streifte er seinen Rucksack ab, ließ ihn auf den Boden fallen und wanderte durch die Räume. An einer Wand des marineblauen Schlafzimmers hing ein Neonschriftzug, der wohl einen künstlerischen Akzent setzen sollte, aber einfach nur kitschig wirkte.

Er warf einen Blick ins Bad: Fliesen mit Marmoreffekt, bodengleiche Dusche, keine Wanne, dicke, flauschige Handtücher. Es war groß und sauber. In der Küche, die auf der anderen Seite des Wohnzimmers lag, waren sämtliche Utensilien in den Schränken verborgen, sodass die Zubereitung einer Mahlzeit der Suche nach Wegen aus einem Escape Room glich.

Er öffnete den Schrank neben dem Durchgang und fand ein Bügelbrett und einen Mopp darin. Auf der Arbeitsfläche stand eine Kaffeemaschine, aber kein Wasserkessel. Herr Huber war eindeutig kein Teetrinker. Einen Toaster konnte er auch nicht entdecken, was schade war, weil er extra ein kleines Glas Marmite mitgenommen hatte. Die Würzpaste war das Einzige von zu Hause, auf das er nicht verzichten mochte.

In der Jackentasche klingelte sein Handy.

»Und, bist du drin?«, fragte eine Stimme mit leichtem Akzent. Keine Einleitung.

»Ja, bin ich«, antwortete Duffy. Mit einem kleinen Lächeln auf den Lippen schlenderte er ins Wohnzimmer zurück.

»Und?«

»Und es ist der Traum jeder amerikanischen Vorstadthausfrau aus den Fünfzigerjahren«, erwiderte er und strich leicht über einen mit Marabufedern verzierten Lampenschirm. Der Messingfuß war wie das Bein eines Flamingos geformt.

»Schalt auf Video«, befahl die Anruferin. »Das will ich sehen.«

Er gehorchte und schwenkte die Handykamera durchs Zimmer. Ein Ausruf des Abscheus, dann: »Uuh, wirklich wunderschön. Noch besser als auf den Fotos.«

»Die reinste Verschwendung. Ich hab dir doch gesagt, ein Einzimmerapartment würde mir vollkommen reichen.«

Er trat ans Fenster und schaute auf die Straße hinunter. Es schneite heftig. Die alte Frau wartete immer noch auf den Bus. Ein Teenager in einer »North Face«-Pufferjacke schlenderte vorbei und nickte rhythmisch zur Musik aus seinen Airpods. Keine Spur von der jungen Frau aus Nummer vier.

»Es ist doch nur für eine Nacht«, ergänzte er.

»Genau deshalb hab ich die Wohnung ja ausgesucht«, erklärte sie. »Ich dachte, eine letzte Nacht Komfort und Luxus würde dir guttun.«

Duffy wandte sich vom Fenster ab. Selbst wenn er sich nur hinsetzte, würde es danach unordentlich aussehen. Er tat es trotzdem. Dann lehnte er das Handy an eine ananasförmige Keramikvase auf dem Couchtisch, schnürte seine Stiefel auf, schälte sich aus seiner federleichten Daunenjacke und ließ sich in die Sofapolster fallen.

»Es war total nett von dir, dass du die Wohnung für mich gebucht hast, Anya«, sagte er höflich und sah die frustrierte Blondine auf dem Bildschirm an. »Ich weiß das zu schätzen.«

Man konnte das »Aber« hören, das in seiner Versicherung mitschwang.

Ein zartes Seufzen wehte ins Zimmer. »Kein Wunder, dass wir Schluss gemacht haben.«

»Du hast einen Mann verdient, der Pratesi von … Pappardelle unterscheiden kann.« Er legte die Stirn in Falten. Passte das?

»Allein die Tatsache, dass du Pratesi kennst, beweist, dass du nicht so ahnungslos bist, wie du dich gern gibst.«

»Kein Kommentar. Wäre ich dir nicht so auf den Geist gegangen, hättest du mich nicht abserviert. Du hättest nie in deinen Jägerbomb-Cocktail geheult und Henrik kennengelernt, du wärst nie hierher zurückgezogen und glücklich geworden … und ich würde mich jetzt nicht mit dir von dieser wundervollen Wohnung aus unterhalten.«

»Ich will aber, dass du auch glücklich wirst, Duff.«

Er legte sich hin und starrte zu der Stuckrosette an der Decke hinauf.

»Ich weiß.« Er lächelte ihr flüchtig zu. »Ich hab's fest vor, keine Sorge.«

»Hoffentlich«, sagte sie, aber man konnte ihr ansehen, dass sie sich Sorgen machte.

Sie sorgte sich immer um ihn.

Er drehte sich weg.

Sie betrachtete ihn prüfend wie eine Mutter.

»Hast du zugenommen?«, fragte sie und schob ihr Gesicht näher an die Kamera.

»Ich geb mir Mühe. Kann man es sehen?«

»Ein klein wenig.« Eine Pause entstand. »Es tut mir so leid, dass wir nicht da sind. Das Timing könnte nicht schlechter sein.«

»Nicht zu ändern. Wie geht es ihr?«

»Ganz gut. Der Sturz war nicht so schlimm, wie wir zuerst befürchtet haben, aber Henrik hat sich furchtbare Sorgen gemacht.«

»Na klar. Ich meine, sie ist seine Mum. Es ist gut, dass ihr hingefahren seid.«

»Aber jetzt verpasse ich *dich*.«

»Uns bleibt immer noch Paris«, zitierte er den berühmten Satz aus *Casablanca*. »WhatsApp, meine ich«, fügte er träge lachend hinzu.

»Ich würde dich vor deiner Abreise so gern noch sehen. Wir sind morgen Nachmittag zurück. Kannst du nicht doch eine Nacht dranhängen?«

»Nein. Dann verpasse ich meinen Anschluss.«

Als er seinen Blick jetzt durch das Zimmer schweifen ließ, konzentrierte er sich auf die Details: die Bose-

Lautsprecher in der Decke, die Diptyque-Kerze auf dem Couchtisch, die übergroßen Bildbände, die einen gewissen Sinn für Ästhetik unter Beweis stellen sollten. Der Vorhang bauschte sich am Boden. Offenbar lag etwas dahinter.

»Dann versprich mir wenigstens, dass du dich öfter meldest. Schreib mir so oft, wie du kannst, damit ich weiß, wie du vorankommst. Ich mach mir Sorgen, wenn ich nichts von dir höre, das weißt du doch.«

Sein Blick kehrte zu dem geheimnisvollen Etwas hinter dem Vorhang zurück. Schließlich siegte seine Neugier: Er stand auf und ging hinüber.

»Hä? Ach so, ja klar. Wo es das Netz erlaubt.« Als er den Vorhang zurückschob, kam ein kleines schwarzweißes Stofftier zum Vorschein.

»Gut. Immerhin etwas.« Anya klang ein wenig besänftigt.

Duffy hob das Plüschtier auf. Was sollte das eigentlich darstellen?

»Aber gerat nicht in Panik, wenn du eine Weile nichts von mir hörst, okay?«

Er drehte es hin und her. Eine Kuh?

Ein Gefühl des Wiedererkennens überkam ihn. Etwas klickte, öffnete sich. Emotionen überrieselten ihn wie Schweißtropfen.

»Was verstehst du unter einer Weile?«

Die Frage drang erst nach ein paar Sekunden zu ihm durch. Er wandte sich der Blondine zu und versuchte, sich auf die Unterhaltung zu konzentrieren.

»Oh, äh, ein paar Wochen oder so. Ich werde nicht überall Internet haben, also flipp nicht gleich aus.«

»Soll ich dir immer noch die Ergebnisse von Chelsea schicken?«

Er betrachtete das Stofftier. Es war so vertraut! Genau so, wie er es in Erinnerung hatte.

»Ja«, murmelte er zerstreut. »Aber nicht, wenn wir gegen Liverpool verlieren; das tut nur weh. Erspar mir das.«

»Hast du deinen Vater schon angerufen?«

Sein Blick richtete sich reflexartig auf den Bildschirm. Im Hintergrund war eine Stimme zu hören.

»Ist das Henrik?«, fragte er hoffnungsvoll.

»Lenk nicht ab. Hast du ihn angerufen?«

Er seufzte. »Noch nicht.«

»Aber du fliegst morgen!«

»Ich weiß. Ich werde ihn vom Flughafen aus anrufen.«

»Das ist zu spät.«

»Quatsch! Ich werde stundenlang warten müssen. Dann hab ich wenigstens was zu tun.«

»Versprich mir, dass du ihn anrufst.«

»O Mann …«

»Versprich es mir«, verlangte sie mit Bestimmtheit.

Duffy verdrehte die Augen. »Meinetwegen. Ich verspreche es.«

Sie sagte nichts. Als er wieder aufschaute, blickte er in ein zutiefst beunruhigtes Gesicht.

»Ruf du ihn doch an, wenn du dir solche Sorgen machst«, meinte er achselzuckend. »Dich hat er sowieso immer lieber gemocht als mich.«

»Das ist nicht wahr, und das weißt du auch«, entgegnete sie ruhig.

Man konnte Henrik wieder rufen hören. Jetzt war sie es, die die Augen verdrehte.

»Scheint dringend zu sein.«

»Ja. Ich schau besser mal nach.« Sie schnappte nach Luft, als ihre Blicke sich trafen. »Hör mal, Duff …«

»Ich weiß.«

»Aber …«

»Ich weiß. Mach dir keine Sorgen. Alles in Ordnung. Guck, ich hab jetzt einen Glücksbringer.« Er hielt die Plüschkuh hoch.

»Was ist das denn?« Sie beugte sich lachend vor, bis ihr Gesicht fast den Bildschirm berührte. »Sieht aus wie ein Putzlappen!«

»Vielen Dank! Das könnte ein Doppelgänger von Moodle sein, damit du's weißt.«

»Ein Doppelgänger von Moodle«, wiederholte sie langsam.

»Jap.«

»Duffy, ich habe keinen blassen Schimmer, wovon du redest.«

Er lachte. »Moodle war Lotties Kuscheltier. Sie hat es überallhin mitgenommen. Buchstäblich überallhin.«

»Und was hast du gehabt?«, fragte sie grinsend. »Einen unsichtbaren Freund?«

Wieder lachte er, dann zuckte er mit den Schultern.

»Ich hatte *sie*«, erklärte er lapidar.

»Wo hast du das denn her?«

»Ich hab's hier gefunden, hinter dem Vorhang.« Er sah sie an. »Eine glückliche Fügung, findest du nicht?«

»Eigentlich nicht, nein.« Ekel spiegelte sich auf ihrem Gesicht wider. »Ich würde ja sagen, irgendwo da draußen sucht jetzt ein Kind danach, aber so, wie das Ding aussieht, tippe ich eher auf ein Hundespielzeug.«

Hatte sie recht? Abgenutzt war es, das stimmte; an einigen Stellen war das Florgewebe fast fadenscheinig. Aber selbst wenn es ein Hundespielzeug wäre … Diese unglaubliche Ähnlichkeit mit dem Stofftier aus seiner Kindheit, jenem, das seine Schwester überallhin mitgeschleppt hatte, auf dem Weg zur Schule oder zum Spielplatz, das sie abends auf ihr Kopfkissen gebettet hatte …

Und er hatte es ausgerechnet hier gefunden, in dieser Stadt. Hätte er gewusst, dass Anya gar nicht da war, sondern bei ihrer Schwiegermutter, wäre er niemals hergekommen. Ein merkwürdiger Zufall. Das war wie ein Zeichen.

»Das wird mein Talisman sein.« Er grinste ihr kurz zu, aber sie wirkte traurig.

»Ich liebe dich, das weißt du, nicht wahr?«

»Ja, das weiß ich. Ich liebe dich auch.«

Sie zog eine Braue hoch. »Mehr als Margot Robbie?«

»Spinnst du?«

Sie lachte.

Obwohl er wusste, dass das Lachen nur ihre Angst kaschierte, musste er lächeln.

»Ich maile dir, wenn ich dort bin, okay?«

»Okay.« Ihre Augen schwammen in Tränen. Sie tat ihr Bestes, um die Fassung zu bewahren. »Mach's gut.«

»Du auch, Anya.« Er beendete das Gespräch und schloss mit einem hastigen Blinzeln die Augen. »Mach's gut.«

Der Rest dieses einen Tages in Wien verging langsam. Unspektakulär. Duffy war weder an Sightseeing noch an

Shopping interessiert, und er musste sich beherrschen, um nicht ständig auf die Uhr zu starren. Das war nur ein Zwischenstopp, sagte er sich, ein notwendiges Pausieren, während sich die verschiedenen Elemente seines bevorstehenden Abenteuers aneinanderfügten. Er gönnte sich die kleinen Annehmlichkeiten und Rituale, die er zurücklassen würde: Er duschte und genoss bewusst das Gefühl von fließendem Warmwasser; er machte sich einen Kaffee mit Milchschaum – nicht weil er ihn gern so trank, sondern einfach weil er es konnte. Er bestellte bei *Uber Eats* ein Hähnchen arrabbiata und aß es am Tisch mit dem Edelstahlbesteck, dessen Gewicht er in seiner Hand spürte. Er wusste, dass er in den kommenden Monaten unzählige Mahlzeiten auf der Ladefläche eines Lastwagens oder auf irgendeiner Sitzgelegenheit auf seinem Schoß balancierend einnehmen würde; er wusste, dass er Wochen am Stück nicht würde baden können; er wusste, dass er nur Wasser aus Flüssen trinken und dass der Alkohol, den die Einheimischen ihm anbieten würden, entweder zur Besinnungslosigkeit oder zu Halluzinationen führen würde. Und als er auf dem Bett lag und die seidige Baumwolle an seiner Haut spürte, spreizte er Arme und Beine weit ab, weil er wusste, dass das in der Enge eines Schlafsacks unmöglich war.

Er starrte auf das *Lovers*-Neonmotiv an der Wand gegenüber. Es schien ihn zu verhöhnen, denn das war das Einzige, was er in dieser letzten Nacht in der Zivilisation nicht hatte, das Einzige, was wirklich zählte: jemanden, mit dem er verschmelzen, in dem er sich verlieren konnte.

Die Erinnerung an den Flirt auf der Treppe surrte lauter. Er hatte sie den ganzen Nachmittag im Hinterkopf gehabt wie einen milden Juckreiz. Er sprang mit einem Satz vom Bett herunter und ging ans Fenster. Schneeflocken wirbelten vorbei; inzwischen lag der Schnee etliche Zentimeter hoch. Es war Viertel vor zehn, der Abend neigte sich dem Ende zu. Noch einmal duschen und dann ins Bett, einen Film ansehen, das war es, was er tun sollte. Sein Rucksack stand gepackt an der Schlafzimmertür. Noch eine Nacht, noch einen Anruf und einen Flug, und er hätte das nächste Etappenziel erreicht.

Ja, das war es, was er tun *sollte*. Zumal One-Night-Stands normalerweise sowieso nicht sein Ding waren. Aber was an dieser ganzen Geschichte war schon normal?

Duffy verharrte ein paar Augenblicke regungslos. Dann drehte er sich um, durchquerte das Zimmer, schnappte sich den Wohnungsschlüssel von dem Konsolentischchen und ließ die Tür hinter sich zufallen. Er sprintete die Treppen hinunter und blieb vor der Tür mit der Vier aus Messing darauf stehen. Er klopfte, und sie öffnete eine Sekunde später, als hätte sie hinter der Tür auf ihn gewartet.

Als sie seine nackten Füße bemerkte, trat ein Leuchten in ihre Augen. Dass er sich nicht einmal die Zeit genommen hatte, um in seine Schuhe zu schlüpfen, musste für sie auf eine akute psychische Krise hindeuten. Sie hob den Blick.

»Wie heißt du?«

»Duffy.«

Sie betrachtete ihn prüfend.

»Du hast traurige Augen, Duffy«, stellte sie dann fest, trat einen Schritt näher und legte ihm eine Hand an die Wange.

Er war perplex, nicht nur wegen ihrer Worte, sondern auch wegen ihres Muts.

»Und wie heißt du?«, fragte er.

»Klara.« Sie sah ihn unverwandt an, schien sich ihrer selbst und seiner sehr sicher zu sein. Hatte er genau das getan, was sie erwartet hatte? Wieder dieses rätselhafte Lächeln. »Du kommst spät«, sagte sie und trat zur Seite, um ihn hereinzulassen. »Ich habe fast schon nicht mehr mit dir gerechnet.«

3. Kapitel

Frome, Somerset, Montag, 28. November

Der schwarze Audi ihrer Freundin stand schon in der Einfahrt, als Natasha das Tor passierte. Helena selbst hockte auf der Treppe, in der Hand den Rest eines Smoothies, neben sich eine große verknotete Plastiktüte mit Mabels Goldfisch darin.

»Sorry«, rief Natasha keuchend, als sie auf den Kies sprang und den Funkschlüssel drückte. Das Auto reagierte mit einem Blinken, und das Tor schloss sich automatisch. »Der Morgen hat's echt in sich.«

»Die ganze Woche hat's echt in sich. Wahnsinn, wie braun du bist!«, sagte Helena bewundernd, stand auf und umarmte sie.

»Ha! Mir kommt es vor, als wäre es schon eine Ewigkeit her, dass wir Urlaub im Paradies gemacht haben.« Seufzend schloss Natasha die Haustür auf. »Mabel hat Moolah verloren. Ich glaube, mehr muss ich nicht sagen …« Sie verdrehte die Augen. »Auf dem Rückflug hat sie gebrüllt wie am Spieß und wollte nichts essen, und was Schlafen angeht … Wir haben vielleicht zwei Stunden gedöst. Prompt haben wir heute Morgen alle verschlafen, weil uns der Jetlag noch in den Knochen steckt, und Rob war stinksauer, weil er ein wichtiges Meeting hat …«

»Klar, er ist ja auch ein wichtiger Mann«, entgegnete Helena achselzuckend.

»Und als ich Mabel in der Kita abgeliefert habe, wollte sie mich nicht gehen lassen. Die Erzieherin hat die Hühner mit ihr gefüttert, um sie abzulenken.«

Helena schnaubte. »Und da fragen mich die Leute, warum ich keine Kinder habe!« Als sie Natashas Gesichtsausdruck bemerkte, schob sie hastig hinterher: »Aber mein Patenkind liebe ich natürlich abgöttisch! Vielleicht solltest du einen Wodka zum Kaffee nehmen? Ich bin ja schon vom bloßen Zuhören gestresst, und ich muss nachher eine Wurzelbehandlung durchführen.« Sie schaute sich suchend um. »Wo ist eigentlich Bella?«

»Noch bei Hattie Pinkham.« Die Witwe aus dem Dorf war die Hundesitterin der Familie. Sie verwöhnte den geliebten Golden Retriever nach Strich und Faden, und Natasha musste Bella nicht erst sehen, um zu wissen, dass sie die Hündin unverzüglich auf Diät setzen musste.

»Hm. Irgendwie merkwürdig, nicht von einer kalten, feuchten Nase bedrängt und von einer Wolke übelstem Mundgeruch eingehüllt zu werden.«

Natasha schälte sich lachend aus ihrem Mantel und warf ihn über den untersten Treppenpfosten.

»Wie lange kannst du bleiben?«

»Mein erster Patient kommt um zehn, das heißt …« Helena schaute auf die Uhr und stieß einen leisen Pfiff aus. »Zwanzig Minuten? Fünfundzwanzig, wenn du mir besonders pikante Details erzählen kannst.«

»Pikante Details?« Natasha grinste. »Das war ein Familienurlaub!«

»Ah-ah-ah. Du hast mir klipp und klar gesagt, dass es für euch zwei hopp oder top heißt.« Helena folgte Natasha in die Küche, die wirklich beeindruckend war: In der Farbe von hellem Cappuccino gehaltene Shaker-Schränke, weiße Arbeitsflächen aus Silestone und ein Schieferboden. Eine der Wände bestand nur aus Glastüren. Sie führten auf die Terrasse, an die sich ein rechteckiger Rasen anschloss, und boten einen grandiosen Blick auf die sanft hügeligen Wiesen und Felder dahinter. Manchmal standen dort Pferde auf der Weide, aber meistens waren es Schafe, die von fern aussahen wie vom Wind verwehte Wattebällchen. Rob arbeitete nicht umsonst wie ein Verrückter.

»Also?« Helena stieß Natasha, die zwei Tassen aus dem Schrank angelte, mit einem knochigen Finger an. »Hopp oder top?«

Natasha konnte ein Lächeln nicht unterdrücken. »Top natürlich.«

»Logisch! Hab nie daran gezweifelt!« Helena warf die Arme in die Luft, was wohl als Zeichen der Solidarität zu deuten war.

»Es war wundervoll«, schwärmte Natasha, während sie ihre Getränke zubereitete. »Endlich hatten wir Zeit für uns. Das war alles, was wir gebraucht haben, weißt du? Und Mabel fand es ganz toll.«

»Du siehst definitiv besser aus. Und nicht nur wegen der Bräune. Du wirkst wieder frisch wie der junge Morgen.«

»Was ich da vor unserer Abreise gesagt habe …« Natasha warf ihr einen nervösen Blick zu. »Vergiss es einfach, okay? Ich hätte das nie sagen sollen.«

Helena zog einen unsichtbaren Reißverschluss über ihrem Mund zu. Sie wussten alles – oder praktisch alles – voneinander. In siebzehn Jahren hatte Natasha nur ein einziges Geheimnis für sich behalten.

»Ich hör dir sowieso meistens nur mit halbem Ohr zu«, behauptete sie.

Natasha kicherte. »Sehr gut. Mir ist einfach alles über den Kopf gewachsen. Wenn ich jetzt zurückdenke …« Schaudernd erinnerte sie sich an ihre Tränen und das Türenknallen in den Wochen vor ihrem Urlaub. »Ich glaube, ich war schon halb paranoid. Sobald ihn eine Frau auch nur angesehen hat, hab ich schon das Schlimmste vermutet. Und so bin ich nicht! Ich bin nie der eifersüchtige Typ gewesen!«

»Ha, eher andersrum. Und wie hat er es geschafft, dich vom Baum zu holen?«

»Er hat mir sein Handy gegeben und gesagt, ich soll alles durchscrollen.«

»Wow, nicht schlecht!« Helena lachte verblüfft auf. »Der Mann hat Mut.«

Natasha nickte. »Er hatte nicht das Geringste zu verbergen. Inzwischen komme ich mir so blöd vor.«

Das Gesicht zu einer schmerzlichen Grimasse verzogen, reichte sie Helena ihren Kaffee.

»Bei einem Mann, der so viel arbeitet wie Rob, würde jede Frau ab und zu misstrauisch werden. Ich kann's schon verstehen.« Die Freundin zuckte mit den Schultern. »Und dann die Belastung wegen Du-weißt-schon-was. Unterschätz das nicht. An manchen Tagen ist mir mein Waschlappen vitaler vorgekommen als du. Dir ging's echt beschissen, also sei nicht so streng mit dir. Ich geh mal davon aus, dass es eine Menge Gelegenheiten gab, ein Baby zu machen?«

Helena zwinkerte ihr anzüglich zu.

»Ja, schon. Aber selbst wenn ich jetzt schwanger wäre, wären es immer noch vier Jahre Abstand zwischen Mabel und dem Baby.«

»O mein Gott, hör doch auf, Mutter Natur bis ins Kleinste regulieren zu wollen! Mabel wird die allerbeste große Schwester sein, ob nun vier Jahre Abstand dazwischen liegen oder vierzehn!«

»Vierzehn?« Natasha zuckte zusammen.

»Ich weiß.« Helena nickte. »Hoffen wir um unser aller Seelenfrieden willen, dass uns das erspart bleibt.«

Natasha ging in die Speisekammer und kam einen Augenblick später mit einer Keksdose zurück.

»Einen Schoko-Vollkornkeks?«

»Ich sollte eigentlich nicht.«

»Ich auch nicht«, entgegnete Natasha achselzuckend und griff in die Dose.

Ihre Freundin tat es ihr nach und folgte ihr dann von der Küchentheke zu den mit kariertem Leinen bezogenen Sesseln an der Terrassentür.

»Okay …« Helena ließ sich in die bequemen Polster fallen und sah Natasha prüfend an. »Glaubst du denn, dass du schwanger bist?«

Natasha hielt ihre gekreuzten Finger hoch und blickte himmelwärts, als würde sie den Segen einer höheren Macht erbitten.

»Also wenn es jetzt nicht geklappt hat, dann weiß ich auch nicht. Wir waren beide total relaxed und richtig ausgeruht …«

»Na dann!« Helena hob grinsend ihre Kaffeetasse und prostete ihr zu.

Natasha erhob ebenfalls ihre Tasse. »Und falls es doch nicht geklappt hat, suchen wir im neuen Jahr einen Spezialisten auf. Rob ist endlich damit einverstanden. Noch ein Fortschritt.«

»Wunderbar! Wird ja auch Zeit. Aber wahrscheinlich könnt ihr euch das jetzt sparen.« Helena biss ihren Keks einmal durch und schob sich dann beide Hälften in den Mund. »Kommen wir zu den wichtigen Dingen. Habt ihr Haie gesehen?«, fragte sie und versprühte Kekskrümel dabei.

Natasha lächelte. Ihre Freundin fand Haie sehr viel interessanter als Babys.

»Dutzende«, bestätigte sie. »Aber nur kleine Riffhaie.«

»Und hast du es geschafft, Rob zum Tauchen zu überreden?«

»Nein, er kann sich immer noch nicht damit anfreunden«, antwortete Natasha seufzend.

Das war die einzige Enttäuschung in diesem Urlaub gewesen. Da sie selbst seit ihrer Teenagerzeit tauchte, hatte sie gehofft, Rob für diesen Sport begeistern zu können. Wie gerne hätte sie gemeinsam mit ihm die Korallenriffe erkundet, aber er hatte nichts davon wissen wollen.

»Ein Jammer!«

»Ja, aber immerhin haben wir einige Schnorchelsafaris gemacht. Es gab eine gute Kinderbetreuung, und Mabel ist gern hingegangen, während wir mit dem Boot rausgefahren sind. Aber sonst war hauptsächlich schwimmen angesagt und Sandburgen bauen und viel schlafen. Besser gesagt, viel Sex und danach schlafen.«

»Igitt, hör auf, mir wird gleich schlecht! Schnorchelsafaris, Sex, kleine Haie …« Helena gab sich einen Klaps auf die Hand. »Du weißt doch, dass mich zu viel Glück nervös macht.«

Natasha grinste. »Und was war hier so los? Hab ich viel verpasst?«

»Hier? Im wilden Frome? O ja, hier hat der Bär gesteppt, während du weg warst.«

»Hast du dich noch mal mit dem neuen Tierarzt getroffen?« Helena, Dauer-Single aus Überzeugung, hatte an dem Abend, als Natasha abgereist war, ihr zweites Date mit dem neuen Partner in der Tierarztpraxis gehabt.

Jetzt spielte ein scheues Lächeln um ihre Lippen. »Möglicherweise.«

»Ich will Einzelheiten.«

»Wir sind reiten gegangen.«

Natasha warf ihr einen belustigten Blick zu. »Das ist zwar sehr gesund, aber du reitest doch gar nicht.«

»Wem sagst du das! Ich bin drei Tage lang im besten John-Wayne-Cowboygang in die Praxis gestapft! Meine Helferin hat sich vor lauter Lachen in die Hand geschnitten.«

Bei der Vorstellung musste Natasha ebenfalls lachen. Mit ihren knapp eins achtundsiebzig, dem kastanienroten Lockenschopf und den strahlend grünen Augen war Helena auch so schon eine beeindruckende Persönlichkeit, ganz ohne Cowboygang.

»Du musst ihn wirklich mögen, wenn du dir das antust.«

»Er ist ganz nett«, meinte Helena mit einem unverbindlichen Schulterzucken.

»Ganz nett?« Natasha zog spöttisch die Brauen hoch. »Jetzt machst du ihn aber ganz schön runter!«

»Er ist *verdächtig* nett. Ich warte nur darauf, dass seine ausgeflippte Seite durchbricht.«

»Er ist Tierarzt. Wie ausgeflippt kann er schon sein?«

Helena verdrehte die Augen. »Du hörst dich an wie eine jüdische Mutter, die über Ärzte redet.«

»Na ja, wir müssen doch einen anständigen Mann für dich finden. Wie heißt er noch mal?«

»Dave. David Trenchard. Das klingt schon so tierarztmäßig, findest du nicht?« Ihre Augen waren schmal geworden, als würde sie Material suchen, das sie gegen ihn verwenden konnte.

»Wirst du ihn wiedersehen?«

Helena lachte leise. »Du bist eine ganze Woche fort gewesen, Schätzchen. In der Zeit kann viel passieren.«

»Wie viel genau?«

»Na ja, heute Morgen hat er mir schon zwei Nachrichten geschickt – von meinem Bett aus.«

»Oha! Dann magst du ihn also wirklich! Und wie oft habt ihr euch getroffen?« Als ihre Freundin nicht sofort antwortete, schob sie hinterher: »Jeden Tag? Du hast ihn seit unserer Abreise täglich gesehen?«

Helena zuckte gleichmütig mit den Schultern, aber ihr Bein wippte nervös, als sie Natashas aufgeregten Gesichtsausdruck bemerkte.

»Den musst du uns dann aber vorstellen. Du kannst ihn nicht verstecken wie alle anderen und nur zum Sex benutzen!«

»Verstecken kann man das wohl kaum nennen. Seine Praxis ist nicht mal einen Kilometer von hier entfernt.«

»Schon, aber er ist Großtierarzt. Keiner, den ich wegen Bella oder Goldie aufsuchen würde.«

»Äh, ja, wo wir gerade davon sprechen …« Helena verzog entschuldigend das Gesicht und rutschte unruhig hin und her. »Ich muss dir etwas sagen …«

»O nein!«, stöhnte Natasha mit einem Blick zu der verknoteten Tüte auf der Küchentheke. »Ist das da drin etwa nicht Goldie?«

»Ich glaube, die Heizkörper sind zu heiß geworden.«

»Du hast ihn *gekocht*?« Natasha hätte fast ihren Kaffee verschüttet.

»Nein! Das Goldfischglas hat nicht auf dem Heizkörper gestanden, Dummerchen. Aber ich habe anscheinend den kühlenden Effekt der geöffneten Fenster über- und die Hitze der Heizkörper unterschätzt. Das Wasser war lauwarm, als ich ihn gefunden habe … mit dem Bauch nach oben an der Wasseroberfläche.«

»Lauwarm.«

Ihre Blicke trafen sich über den Polsterhocker hinweg.

»Nats, Mabel ist drei Jahre alt. Der Fisch ist orange. Wenn *ich* sie nicht unterscheiden kann, kann sie es bestimmt auch nicht.«

»Ts, ts, ts«, machte Natasha vorwurfsvoll. »Du hast ihren Goldfisch umgebracht. Du bist eine grauenvolle Patentante.«

»Ach was, grauenvoll ist nur dieser süße, knuddelige Teil von mir. Warte nur, wenn sie erst mal im Teenageralter ist! Dann kommt meine große Zeit, denn gibt es nichts, was ich nicht schon vor ihr getan hätte. Ich werde immer einen Schritt voraus sein.«

»Das warst du immer schon.«

Die beiden Frauen waren seit ihrer Schulzeit befreundet. Damals war Helena mitten im Schuljahr in die fünfte Klasse gekommen, und Natasha sollte sie unter ihre Fittiche nehmen. Dabei hatten sie sich keineswegs auf Anhieb gemocht. Natasha war Klassensprecherin gewesen, und Helena hatte sie unverzüglich darüber aufgeklärt, dass sie wegen ihres ständigen Fehlverhaltens von ihrer vorherigen Schule geflogen war. Unter anderem hatte sie im Kunstraum mit Farbe geworfen, das Mikrofon für den Morgenappell ausgesteckt und eine Banane in den Auspuff des Autos ihres Direktors gestopft. Doch kein Mensch war auf die Idee gekommen, die Gründe für ihre Aufsässigkeit in der noch andauernden schmutzigen Scheidung ihrer Eltern zu suchen.

Das hochgewachsene, schlaksige Geschöpf mit den zu Stacheln gegelten Haaren (niemand sonst benutzte im Alter von neun Jahren Haargel) faszinierte und schockierte Natasha gleichermaßen durch seine unglaubliche Frechheit. Ihr Instinkt riet ihr zwar, sich von Helena fernzuhalten, aber zugleich war sie ein verantwortungsbewusstes Kind. Als Einzelkind und ganzer Stolz ihrer Eltern erledigte sie immer alles, was von ihr verlangt wurde, und zwar mit Bravour. Und so zeigte sie der Neuen alle Klassenzimmer. Sie erklärte ihr, welche Lehrer besonders streng waren und was sie nicht ausstehen konnten (bloß kein herzförmiges i-Tüpfelchen bei Mrs Holmes-Neeld; kein Aufsatz in Du-Form bei

Mr Wilkins), und setzte sich in der Schulkantine neben sie (Finger weg vom Makkaroni-Käse-Auflauf!). Und Helena starrte sie die ganze Zeit finster und mit zornigen Augen an, einen höhnischen Zug um den Mund. Für beide verstand es sich von selbst, dass sich ihre Wege nach dem Ende dieses Tages nicht mehr kreuzen würden. Doch dann kam alles ganz anders …

Kurz vor Schulschluss folgten ihnen zwei Jungs, die als Schulhofrowdys alle tyrannisierten, aufs Mädchenklo und forderten Helena auf, ihnen ihren Schlüpfer zu zeigen. Stattdessen zeigte sie ihnen einen *Kuchiki-taoshi*, einen Beingreifwurf. Wie sich herausstellte, hatte sie einen grünen Gürtel in Judo und zusätzlich einen von den Dartpfeilen ihres Vaters in ihrer Blazertasche.

Natasha, die so etwas noch nie gesehen hatte, war hin und weg. Die Tür hatte sich noch nicht hinter den flüchtenden Jungs geschlossen, als die beiden Mädchen auch schon Freundinnen geworden waren.

Natashas Blick blieb an der großen Küchenuhr hängen. »Schon Viertel vor zehn.«

»Mist, ich muss los.« Helena stürzte den Rest Kaffee hinunter und sprang auf. »Freitagabend sind wir übrigens zum Essen bei Lauren.«

»Alles klar.« Natasha war es gewohnt, dass ihre beste Freundin ihr gesellschaftliches Leben organisierte und Termine für sie vereinbarte.

»Rob wird doch da sein, oder?«

»Ja, bis Freitag ist er zurück.«

»Wo ist er denn diese Woche?«

»Leeds. Irgendein Pharmaunternehmen, soviel ich weiß.«

Rob war selbstständiger IT-Berater, der nicht nur Schulungen vor Ort, Support für die jeweilige IT-Infrastruktur und Datenschutzlösungen anbot, sondern sich vor allem auf Cloud Back-ups und Disaster-Recovery-Lösungen spezialisiert hatte.

»Ganz schön glamourös!«

»Wirst du Dave mitbringen?«, fragte Natasha, als ihre Freundin sich im Eingangsbereich den Mantel überwarf.

»Ich weiß noch nicht.«

»O bitte, bring ihn mit! Sonst muss ich mir einen Esel kaufen, damit ich eine Ausrede habe, um ihn kennenzulernen.«

»Warum ausgerechnet einen Esel?«, prustete Helena.

»Ich liebe Esel!«

»Die sind störrisch. Genau wie ich.«

»Der arme Dave! Vielleicht sollte ich ihm eine Art Bedienungsanleitung geben, damit er weiß, wie er dich behandeln muss.«

»Nicht nötig. Er weiß ganz genau, wie er mich *handeln* muss«, versicherte Helena mit einem vielsagenden Schmunzeln. Sie umarmte Natasha und drückte sie fest. »Ich bin jedenfalls froh, dass du wieder da bist und frisch und munter wirkst. Ruf mich an, wenn ich dir nach der Arbeit beim Weintrinken Gesellschaft leisten soll. Du weißt, ich finde es nicht gut, dass du den ganzen Tag allein hier hockst.«

»Mir geht's gut. Ich hab Mabel und Bella, die halten mich auf Trab.«

»Hm.« Helena wirkte nicht überzeugt. »Und was hast du heute vor, während ich fröhlich meine Patienten quäle?«

»Bella bei Hattie abholen, die Kohlezeichnung von Sue Chelfords Weimaraner fertigstellen und dann Mabel um zwölf von der Kita abholen. Aber zuallererst muss ich nachsehen, ob Rob den Airbnb-Menschen in Wien erreicht hat. Die Leute von der Reinigungsfirma müssen Moolah doch gefunden haben.«

»Und du bist sicher, dass ihr sie dort vergessen habt?«

»Ganz sicher.«

»Und wenn sie Moolah weggeworfen haben?«

Bei der bloßen Vorstellung gefror Natasha das Blut in den Adern.

»Die werfen doch kein Kinderspielzeug weg … oder?«, fügte sie verzagt hinzu.

Helenas Schweigen war eindeutig: *Sie* hätte es weggeworfen.

»Na ja, ihr habt euch ja gleich mit den Leuten in Verbindung gesetzt«, meinte sie dennoch tröstend.

»Ja, gleich gestern, als wir nach Hause gekommen sind, aber der Typ war übers Wochenende weg. Er hat sich noch nicht gemeldet.«

»Moolah taucht schon wieder auf. Und wenn nicht, besorgst du dir übers Internet Ersatz. Es gibt heutzutage nichts, was sich so nicht finden lässt.«

»Hoffentlich behältst du recht.«

»Viel Glück, Schätzchen. Ich möchte nicht mit dir tauschen. Da zieh ich lieber Zähne.«

Natasha lachte. »Das ist nicht witzig!«

»Das sagst du jedes Mal.«

Helena grinste und lief leichtfüßig zu ihrem funkelnden Auto. Vor dem Einsteigen drehte sie sich noch einmal um und zwinkerte Natasha zu. Dann setzte sie zurück, gab so heftig Gas, dass eine Kiesfontäne in die Hortensienbeete spritzte, und fuhr durch das Tor, das sich mit einem leisen Surren automatisch öffnete und wieder schloss.

Natasha winkte, bis ihre Freundin außer Sichtweite war, und ging dann zurück in das prächtige Haus, für das Rob so hart gearbeitet hatte. Für einen Moment lehnte sie sich an die Tür und versuchte, es mit anderen Augen zu sehen.

Das Haus war Robs Hochzeitsgeschenk gewesen und wurde von jedem bewundert, der zu Besuch kam. Es nötigte geradezu Bewunderung ab, so wie eine Föhnwelle vom Friseur. Etwas abseits der Landstraße gelegen, thronte es stolz auf seinem über anderthalb Hektar großen Grundstück auf einer Anhöhe. Theoretisch konnte sie von hier ins Dorf radeln. Als Rob sie über die Schwelle getragen hatte, hatte sie davon geschwärmt und sich vorgestellt, wie sie mit dem Rad einkaufen fuhr, frische Möhren und Eier besorgte. Doch dann war sehr schnell Mabel gekommen, und Natasha hatte es viel zu gefährlich gefunden, sie im Kindersitz auf dem Rad mitzunehmen, wenn die Autos mit knapp hundert Stundenkilometern an ihr vorbeirasten.

Das Haus war erst fünfzehn Jahre alt und aus weichem Cotswold-Kalkstein erbaut; Innenwände und Decken wurden von Eichenbalken akzentuiert. Bläuliche Grüntöne waren die vorherrschenden Farben – »England im Nieselregen«, hatte Rob gemeint, als sie bei *Farrow & Ball* in der Schlange standen. Im Garten hatten sie eine Schaukel für Mabel aufgestellt; auch ein paar Obstbäume wuchsen dort. Der Rasen hinter dem Haus neigte sich sanft Richtung Horizont, und nachts konnte man in der Ferne die Lichter der Dörfer ringsum funkeln sehen wie die Glut von Lagerfeuern benachbarter Stämme. Alles war wundervoll …

… und dennoch war sie nie zufrieden. Die Regale waren immer eine Spur zu leer, an den Wänden fehlte immer irgendwo ein Bild. Die Jalousien passten nicht, ein Zimmer musste frisch gestrichen werden. Sie konnte nicht ein einziges Mal benennen, woran genau es lag, dass sie ihr Zuhause nicht liebte.

Rob verdrehte die Augen, klagte dezent über ihre Verschwendungssucht und ließ sie gewähren. Das sei eben ihr Nest, sagte er immer. Ihm gefiel ihr ständiges Herumwerkeln, weil er ihre Unzufriedenheit mit Perfektionismus verwechselte.

Sie brühte sich einen Kräutertee auf und nahm ihn mit in ihr Atelier. Die Staffelei war leer. All ihre Auftragsarbeiten steckten in großen Ledermappen, die sie in Schubladen verwahrte. Sie schaltete ihren Laptop ein. Während ihre Mails geladen wurden, checkte sie ihr Handy auf WhatsApp-Nachrichten.

Sie hatte mehrere. Eine von Helena, die sich beschwerte, dass sie sich auf der Treppe die Titten abfror. Eine von Sara, die sie an den Buchclub morgen erinnerte und wissen wollte, wo sie den Bikini gekauft hatte, den sie auf ihrem letzten Insta-Post trug.

Und eine von Rob. Sie klickte sie an. Ihr Herz machte einen kleinen Hüpfer, als sie sah, dass es sich um eine weitergeleitete Nachricht handelte.

Hey, Robert, es freut mich sehr, dass Sie und Ihre Familie den Aufenthalt in der Wohnung genossen haben.

Ich habe die Leute von der Reinigungsfirma gefragt, aber sie haben keine Plüschkuh gefunden. Sollte sie doch noch auftauchen, werden sie sich bei mir melden. Seien Sie doch so nett, und geben Sie eine Bewertung ab. Ich hoffe, Sie werden unser wunderschönes Wien wieder einmal besuchen. Herzliche Grüße, Otto

O Gott, o Gott … Natashas Magen verkrampfte sich, als sich Moolahs Status von »verlegt« zu »verschwunden« änderte. Dabei war sie überzeugt gewesen, dass jemand das Kuscheltier in der Wohnung finden würde. Sie erinnerte sich genau, wie sie der schlafenden Mabel die Plüschkuh in die Arme gedrückt hatte. Im Geist war sie die Szene immer und immer wieder durchgegangen. Da hatte sie Moolah das letzte Mal gesehen, hundertprozentig. Den Gedanken, dass dem Stofftier etwas Schlimmeres passiert sein könnte, als schlicht verlegt worden zu sein, hatte Natasha nicht zugelassen. Das war etwas ganz anderes, als wenn sie im Haus verloren ging, und selbst das bedeutete oft stundenlanges Suchen hinter Sofas, im Garten, im Buggy und im Auto. Falls sie tatsächlich irgendwo zwischen Wien und Somerset abhandengekommen war, war sie wirklich und wahrhaftig … futsch.

O Gott. Sie rieb sich mit beiden Händen übers Gesicht. Wie sollte sie das Mabel beibringen?

Sie durfte keine Zeit verlieren. Hastig tippte sie verschiedene Begriffe bei Google ein. Aber was sie auch eingab – Spielzeugkuh, Plüschkuh, Babyspielzeugkuh, schwarz-weiße Plüschkuh –, das Richtige war nicht dabei. Nicht auf eBay, nicht auf Facebook Marketplace, nicht auf Etsy, Gumtree, Preloved. Es wurden Spielzeugkühe in rauen Mengen angeboten, aber eben nicht *ihre* Kuh. Nicht Moolah. Natasha wünschte, sie könnte sich an den Hersteller erinnern, das wäre immerhin ein Anhaltspunkt. Sie konnte das an der rechten Seite angenähte Label vor sich sehen. Gelesen hatte sie es allerdings nie. Hätte sie es doch getan!

Vielleicht hatte sie ein Foto abgespeichert, auf dem man das Label erkennen und heranzoomen konnte …

Vierzig Minuten später gab sie es auf. Auf jedem Foto mit Moolah darauf war das Label entweder zerknittert oder von einer Kinderhand verdeckt.

Natasha starrte ihren mittlerweile kalten Kräutertee an. Den hatte sie vollkommen vergessen. Sie wusste noch, dass sie Moolah in einem französischen Supermarkt gekauft hatte, gegen Robs Willen, der es lächerlich fand, Mabel noch ein Plüschtier zu kaufen, aber Natasha hatte es irgendwie süß gefunden.

Wie hieß der Supermarkt noch gleich? Falls er eine Website hatte, waren möglicherweise die Spielsachen im Sortiment aufgelistet. Selbst wenn sie die Plüschkuh nicht mehr im Angebot hatten – immerhin war es drei Jahre her, dass Natasha sie gekauft hatte –, konnte man ihr dort vielleicht den Hersteller nennen, und sie könnte sich mit dem in Verbindung setzen. Ganz sicher war sie nicht die erste verzweifelte Mutter auf der Suche nach einem Ersatz für ein verlorenes Lieblingsspielzeug.

Sie rief sich die Namen aller französischen Supermarktketten ins Gedächtnis, die sie kannte. *Monoprix, Intermarché, Géant, Carrefour, Hyper U* … Wen gab es noch?

Zwanzig Minuten später, als sie gerade einen besonders schönen Reblochon-Käse betrachtete, klingelte das Telefon.

»Ja?«, meldete sie sich zerstreut.

»Nats? Hier ist Lauren.«

»Lauren, hi!« Natasha bemühte sich um einen fröhlichen Tonfall.

»Ich wollte nur mal hören, ob ihr schon zurück seid. Ich will den Käsekuchen für Freitag bestellen und muss wissen, wie viel ich brauche.«

»Ja, wir sind wieder im Lande. Ich kann einen feinen Reblochon mitbringen, wenn du magst«, bot Natasha an und rieb sich mit der freien Hand übers Gesicht.

Diese Sucherei war sinnlos. Moolah war weg. Ihr Kind würde nie wieder schlafen.

»Ooh, das ist eine tolle Idee! Könnt …«

»Nein, vergiss es. Ich habe mir nur gerade die Angebote französischer Supermärkte angesehen.«

Verblüfftes Schweigen am anderen Ende der Leitung.

»Französische Supermärkte? Was hast du gegen *Waitrose*?«

»Nichts. Absolut nichts.« Natasha seufzte. Sie merkte, dass Lauren auf eine Erklärung wartete. »Mabel hat ihre Plüschkuh verloren, Moolah, du weißt schon.«

Lauren schnappte so entsetzt nach Luft, als hätte jemand eine Waffe auf sie gerichtet. Sie hatte knapp zweijährige Zwillingsmädchen und wusste daher ganz genau, was für eine Katastrophe ein solcher Verlust bedeutete.

»O Nats, nein!«

»Leider doch. Ich hab Moolah in einem französischen Supermarkt gekauft, als Mabel ein paar Monate alt war, und seitdem sind die beiden unzertrennlich gewesen. Sie kann nicht ohne Moolah schlafen, Moolah muss beim Essen mit am Tisch sitzen und so weiter. Du kannst es dir vorstellen.«

»O ja, Liebes, und ob ich mir das vorstellen kann! Das ist ja furchtbar. Hast du im Internet nichts gefunden?«

»Nein. Aber ich weiß jetzt, wo ich Leinenbettwäsche und teuren Käse bekomme.«

»Und wenn du nach Frankreich fährst und dich dort umsiehst? Am besten in dem Laden, wo du Moolah gekauft hast. Weißt du noch, wo das war?«

»Ja, in Pézenas im Languedoc. Ganz ehrlich, wenn die Chance bestünde, dass sie die Stofftiere noch haben, würde ich es sogar machen«, erwiderte Natasha lachend. »Aber das ist drei Jahre her.«

»Wer weiß, vielleicht verstaubt eins im Lager. Oder eins ist hinters Regal gefallen. Nichts ist unmöglich!«

Lauren war eine unverbesserliche Optimistin, vermutlich weil sie zu den Menschen gehörte, denen so etwas tatsächlich passieren würde. Ihr Leben war wie ihre Haare – formschön und perfekt.

»Hm«, machte Natasha zweifelnd. »Für diese minimale Chance den weiten Weg auf sich nehmen … ich weiß nicht recht. Außerdem glaube ich nicht, dass einer von uns diese Woche noch einmal in ein Flugzeug steigen will.«

»Kann ich mir vorstellen. Und das Essen am Freitagabend darfst du auf keinen Fall versäumen. Da werden wir Hels' Neuen kennenlernen. Dave. *Den* Dave.«

»Dann kommt er also doch? Sie hat mir gerade gesagt, sie wüsste es noch nicht.«

»Ja, das hat sie bei mir auch versucht, aber ich habe ihr gesagt, dass ich darauf bestehe. Wir sind doch alle auf den neuen Tierarzt gespannt, und ich habe das Gefühl, dass sie verrückt nach ihm ist. Sie ist sehr viel sarkastischer als gewöhnlich.«

»Das ist immer ein gutes Zeichen.« Natasha seufzte zerstreut. »Hör mal, hättest du was dagegen, wenn wir Mabel am Freitag mitbringen? Normalerweise würde ich Rosie bitten, auf sie aufzupassen, aber im Moment will ich ihr das nicht zumuten. Mabel ins Bett zu bringen ist eine echte Herausforderung. Die letzte Nacht war der reinste Horror!«

Rosie, eine professionelle Hundebetreuerin aus dem Dorf, führte jeden Morgen bis zu acht angeleinte Vierbeiner aus, und zwar bei Wind und Wetter. Da sie früh unterwegs war und nachmittags oft freihatte, hatte sich zwischen ihr und Natasha eine bedarfsorientierte Babysitting-Routine eingestellt. Mabel liebte die fröhliche, zuverlässige Rosie, aber die momentane Situation war so ungewöhnlich, dass es Blutsbande brauchte, um sie zu bewältigen.

»Natürlich nicht! Das kriegen wir schon hin. Das arme Dingelchen. Aber vielleicht hat sie sich ja bis dahin beruhigt. Oder Moolah ist wieder aufgetaucht. Die Koffer hast du bestimmt schon auf links gedreht, oder?«

»Mehrfach.«

»Weißt du denn, wo ihr Moolah verloren habt?«

Das war die Art von Frage, die Helena auf die Palme bringen würde. *Wenn ich das wüsste, müsste ich nicht suchen, oder?* So oder so ähnlich würde sie antworten.

Aber Natasha wusste tatsächlich, wo Moolah geblieben war: in dem Wiener Apartment. Es konnte gar nicht anders sein. Seit sie bemerkt hatte, dass sie die Heimreise »in Unterzahl« angetreten hatten, wie Rob es den anderen Fluggästen – lächelnd und charmant wie immer – erklärt hatte, war sie jenen Morgen im Geist immer wieder durchgegangen.

»Ja, und das ärgert mich am meisten. Auf dem Rückflug von den Malediven haben wir wegen Mabel einen Zwischenstopp in Wien eingelegt, nur für eine Nacht. Wir waren in diesem Airbnb-Apartment, und ich weiß hundertprozentig, dass sie Moolah noch hatte, als ich sie am Abend ins Bett gebracht habe. Am nächsten Morgen haben wir total verschlafen – Jetlag, du weißt schon – und hätten um ein Haar unseren Flieger verpasst. Wir haben die Wohnung Hals über Kopf verlassen und saßen schon im Flugzeug, als mir das erste Mal aufgefallen ist, dass Moolah fehlt.«

»Habt ihr den Gastgeber schon kontaktiert?«

»Ja, haben wir. Die Leute von der Reinigungsfirma haben nichts gefunden, sagt er.«

»Aber Moolah *muss* doch dort sein!« Lauren klang so empört, als hätte man ihr an der Fischtheke erklärt, dass es keinen Zackenbarsch mehr gab. »Ich meine, wenn du dir so sicher bist, dass ihr sie dort noch hattet … Vielleicht ist sie hinters Bett gefallen? Können die nicht noch mal nachschauen?«

»Ich kann sie nicht dazu zwingen.«

»Hmph«, machte Lauren. »Du kennst doch diese Airbnb-Unterkünfte. Reinigungsfirma? Wahrscheinlich sind sie einmal mit dem Lappen über die Klobrille gefahren, haben die Laken glatt gezogen und das war's.«

»Iiih!«

»Tut mir leid, aber ist doch so. Wenn du jetzt hingehen würdest, hättest du Moolah in weniger als zwei Minuten gefunden, wetten?«

»Tja, vielleicht sollte ich nach Wien zurückfliegen.« Natasha seufzte.

»Das wäre eine Option«, pflichtete Lauren ihr bei. Offensichtlich war ihr der sarkastische Unterton entgangen. »Nach den Gesetzen der Logik muss Moolah dort sein, es sei denn …« Sie brach mitten im Satz ab.

»Es sei denn *was*?«

»Na, es könnte doch sein, dass jemand nach euch in dem Apartment gewohnt und das gefunden hat, was die Reinigungsleute übersehen haben.«

Natasha schnaubte verächtlich. »Glaub mir, kein Mensch würde Moolah mitnehmen. *Wir* lieben sie, aber für andere ist sie nichts weiter als ein alter Lumpen.«

»Auch nicht für ein Kind? Wenn nun eine Familie dort war?«

»Die Wohnung war nicht gerade familiengerecht.«

»Ihr habt doch auch dort gewohnt.«

»Ja, weil nichts anderes zu bekommen war. War alles auf den letzten Drücker. Aber da gab es keine Kindersicherungen in der Küche, gar nichts.«

»Du lieber Himmel!«

Natasha rollte mit den Augen. Mutter zu sein war für Lauren eine höchst professionelle Angelegenheit.

»Ja, ich war auch schockiert.«

Lauren holte hörbar Luft. »Ich hab's! Setz eine Vermisst-Meldung in die sozialen Netzwerke.«

»Du meinst, wie die Leute, die ihre entlaufenen Hunde suchen?«, sagte Natasha zögernd.

»Ja, genau!«

Natasha lachte. »Lauren, ich kann doch kein Spielzeug als vermisst melden.«

»Und warum nicht? Moolah ist für Mabel genauso wichtig wie Bella!«

Das stimmte allerdings.

»Ich habe schon viele solcher Posts gesehen. Eine Mutter hat auf Mumsnet gepostet, dass ihr kleiner Schatz einen Handschuh im Park verloren hat, und Tochter und Handschuh haben sich noch *am selben Tag* wiedergefunden!«

»Aber wir reden hier von einer schicken Wiener Airbnb-Unterkunft, nicht vom heimischen Park und seinen Mums. Ich müsste ein viel größeres Netz auswerfen, um die infrage kommenden Leute zu erreichen.«

»Mit dieser Einstellung kommst du nicht weit, das sage ich dir. Ich finde, es ist einen Versuch wert, und du solltest einen Post auf Facebook schreiben. Was hast du denn zu verlieren?«

»Mmm, da hast du recht. Mir graut es jetzt schon davor, Mabel nachher abzuholen und ihr sagen zu müssen, dass Moolah noch nicht wieder aufgetaucht ist.«

»Tu es einfach, Nats. Und wenn das nichts bringt, würde *ich* mich in den Flieger nach Frankreich setzen. Oder nach Österreich. Oder beides.«

»Ja, weil du eine Irre bist«, befand Natasha grinsend.

»Allererster Güte«, erwiderte Lauren kichernd. Das Etikett gefiel ihr offensichtlich. »Okay, dann kann ich den Käsekuchen also bestellen?«

»Ja, tu das, du kannst uns mit einplanen. Wir freuen uns auf dich. Und auf *den* Dave.«

»Wunderbar! Gut, ich muss dann wieder los. Seid um halb acht da, bevor Helena Gelegenheit hat, sich volllaufen zu lassen. Weißt du noch, als sie meinen Multi-Haarstyler als Windmaschine für ihren Karaoke-Auftritt benutzt hat?«

Natasha lachte und legte auf. Wie könnte sie das vergessen!

Die himmlische Ruhe am Strand auf den Malediven schien ewig weit weg zu sein. Der Alltag mit seinen Dinnerpartys, den Fahrten zur Kita und den geschäftlichen Terminen hatte sie wieder fest im Griff. Laut, chaotisch, hektisch.

Rob war über dreihundert Kilometer entfernt, und sie würde ihn erst am Freitagabend wiedersehen. Dennoch fühlte sie sich ihm näher als seit vielen Monaten.

Sie legte sich die Hand auf ihren noch flachen Bauch. Sie wusste, wie viel Glück sie hatte. Ihr Leben war nahezu perfekt. Es galt nur noch diesen kleinen Sturm im Wasserglas zu bewältigen.

Natasha tippte auf die Tastatur und betrachtete nachdenklich den Laib Reblochon. Lauren hatte recht: Sie hatte drei Möglichkeiten – Frankreich, Wien oder Facebook.

Sie öffnete einen neuen Tab und loggte sich ein.

4. Kapitel

Wien, Montag, 28. November

Duffy saß am Flugsteig, einen Fuß auf dem Knie des anderen Beins, und schaute zu, wie die Maschine aufgetankt wurde. Der Schnee hatte sich in Matsch verwandelt und türmte sich grau an den Wänden des Terminals. Auch der Himmel war ein einheitliches Grau. Ein wenig Helligkeit lieferten nur die rotierenden orangeroten Lichter der Schlepper, die das Gepäck von und zu den Flugzeugen beförderten. Sein Mobiltelefon in der Hand, starrte Duffy seit vierzig Minuten aus dem Fenster, ohne etwas wahrzunehmen.

Ein kleiner Junge, vielleicht sieben oder acht Jahre alt, saß im Schneidersitz neben ihm auf dem Fußboden und versuchte, einen Kartentrick aus einem Buch zu lernen. Duffy beobachtete, wie der Junge immer frustrierter wurde, weil ihm bei jedem Versuch eine Karte zu fehlen schien.

Der Vater des Jungen, der neben Duffy saß, schaute sich mit eingestöpselten Kopfhörern einen Film auf seinem iPad an. Die Mutter war im Sitzen eingenickt. Ihr Kinn war auf ihre Brust gesunken, und ihre Hände hielten eine Plastiktüte auf ihrem Schoß so fest umklammert, als befände sich bündelweise Bargeld darin.

»Du kannst den Trick mit mir ausprobieren, wenn du

willst«, bot Duffy an. Er beugte sich vor und stützte die Ellenbogen auf die Knie.

Der Junge drehte sich zu ihm um, und Duffy lächelte ihm zu.

»Wirklich?«

»Na klar.« Er steckte sein Handy in die Jackentasche.

Der Junge schob die Karten zusammen und rutschte auf den Knien näher an Duffy heran. Der wartete geduldig, bis der Kleine die Karten unbeholfen einmal und dann noch einmal gemischt hatte, abhob, drei Könige aus dem einen Stapel zog und sie nebeneinanderlegte.

»Wähl eine Karte aus.«

»Irgendeine?«, fragte Duffy, ohne eine Miene zu verziehen.

»Ja, eine von den dreien«, antwortete der Junge ernst, die braunen Augen ganz groß.

Duffy zeigte auf den Pik-König rechts.

»Okay.« Der Junge wollte die Karten in den ursprünglichen Stapel zurückstecken, aber Duffy hinderte ihn mit einer Handbewegung daran. Stattdessen nahm er die oberste Karte und schob sie ans untere Ende.

»Und jetzt versuch's noch mal.«

Der Junge steckte die drei Karten zurück, legte beide Stapel aufeinander, hob wieder ab, wedelte theatralisch mit den Händen, schnalzte mit den Fingern und drehte die oberste Karte des einen Stapels um. Es war der Pik-König.

Der Junge riss verblüfft die Augen auf und strahlte.

»Die ›falsche‹ Karte ist das Geheimnis, verstehst du?«, flüsterte Duffy und wartete, während der Junge überlegte, was dieses Mal anders war.

Als er den Trick durchschaute, klappte ihm der Unterkiefer herunter. Duffy hielt ihm die Hand hin, und der Junge klatschte ab.

Jetzt wurde der Vater aufmerksam. Er zog die Brauen zusammen, als er seinen Sohn in einem fröhlichen Austausch mit einem Fremden sah. Dann stieß er seine Frau an, um sie zu wecken, stand auf und zog das Kind am Arm vom Boden hoch.

»Komm, das Boarding wird bald beginnen. Geh vorher lieber noch mal aufs Klo.«

Der Junge, sichtlich geknickt, warf Duffy einen scheuen Blick zu, bevor er die Karten in die Schachtel zurückpackte und sein Buch aufhob.

Duffy zuckte mit den Schultern und zwinkerte ihm zu, als seine Eltern mit ihm zielstrebig zu den Toiletten eilten.

Die Maschine war inzwischen aufgetankt worden, und die letzten Gepäckstücke wurden verladen. Duffy konnte seinen Rucksack auf dem Förderband zwischen all den Koffern, die leichtgängige Rollen, robuste Schlösser und Fluganhänger hatten, leicht ausmachen: Das grell orangerote Ripstop-Nylon stach hervor. Der Rucksack hatte ein Volumen von fünfzig Litern, und jetzt, da er auch noch seinen Glücksbringer – Moodle, die Plüschkuh – hineingestopft hatte, war jeder Kubikmillimeter ausgenutzt.

Ein Lautsprechergong, dann ein Räuspern. Duffy schaute zum Schalter hinüber, wo sich ein Flughafenmitarbeiter über das Mikrofon beugte.

»Aufruf zum Boarding für Flug QR184 Qatar Airlines nach Doha. Alle First-Class- und Business-Class-Passagiere bitte zum Schalter. Reisepässe und Bordkarten bitte bereithalten.«

Duffy fiel ein, was er Anya versprochen hatte. Er zog sein Handy aus der Jackentasche und starrte auf den Bildschirm. Ihm blieb nicht mehr viel Zeit, dabei hatte es ihm keineswegs an Gelegenheiten gefehlt. Es war ein geruhsamer Tag gewesen. Er war spät aufgewacht, und zwar in seinem Bett – wie sich herausgestellt hatte, hielt Karla nichts von Übernachtungsgästen –, und hatte den Luxus einer durchgelegenen Matratze genossen. Dann hatte er einen guten Kaffee getrunken, sich ans Fenster gestellt und die Leute unten auf der Straße beobachtet. Nach einer halbstündigen Dusche war er zu einem Spaziergang an der Donau aufgebrochen und hatte in dem Café, das Karla ihm empfohlen hatte, Blaubeerpfannkuchen mit Karamellsauce gefrühstückt. Es war ein träger Vormittag voller Annehmlichkeiten gewesen, an dem es zahllose Gelegenheiten zum Telefonieren gegeben hatte.

»Aufruf für Flug QR184 Qatar Airlines nach Doha. Alle Passagiere der Reihen eins bis zwanzig bitte zum Flugsteig. Reisepässe und Bordkarten bitte bereithalten.«

Obwohl nicht alle in den ersten zwanzig Reihen saßen, schienen sich alle gleichzeitig zu erheben. Duffy lehnte sich zurück, klickte auf »Kontakte« und suchte die Nummer heraus. Beim Anblick des Namens zuckte er wie üblich unwillkürlich zurück, aber dieses Mal drückte er auf »Wählen« und hielt sich das Handy ans Ohr.

Es klingelte siebenmal. Dann, kurz bevor der Anruf auf die Mailbox umgeleitet wurde, meldete sich eine Stimme.

»Hallo?«

»Hey, Dad, ich bin's.« Eine Pause entstand. Duffy beugte sich vor, die Ellenbogen auf den Knien, und rieb sich mit der freien Hand die Schläfe. »Lange her. Wie geht's dir?«

»Wie immer.« Ein Seufzer pfiff durch die Leitung. »Meine Hüfte macht mir immer noch zu schaffen.«

Sein Vater sagte das, als hätten sie vergangene Woche zuletzt miteinander gesprochen und nicht vor acht Monaten.

»Immer noch? Warst du denn nicht beim Arzt?«

»Wozu denn? Was sollen die denn machen? Das ist einfach das Alter.«

»So alt bist du nicht, und das Einsetzen einer künstlichen Hüfte ist heutzutage ein Routineeingriff. Ein paar Tage Krankenhaus, und du wärst ein ganz neuer Mensch. Du hättest keine Schmerzen mehr und wärst beweglicher. Kannst du überhaupt schlafen?«

»Ja.«

»Nachts hast du keine Probleme damit?«

»Weniger als sonst.«

Duffy schaute auf, als ein Paar Beine nur wenige Zentimeter entfernt an ihm vorbeiging. Dann lehnte er sich wieder zurück. Es schien, als würden sich sämtliche Passagiere zum Boarding bereit machen. Duffy saß in Reihe neun.

Das Schweigen zog sich hin.

»Aber abgesehen von der Hüfte ist alles okay?«, fragte Duffy betont munter. »Bridgeclub?«

»Die gleichen alten Trottel wie immer. Da ändert sich nie was.«

»Golf?«

»Nach dem vielen Regen? Steht alles unter Wasser.«

»Ach so, ja kl…«

Der Gong der Lautsprecherdurchsage, dann: »Aufruf für Flug QR184 Qatar Airlines nach Doha. Passagiere der Reihen eins bis vierzig bitte zum Flugsteig. Reisepässe und Bordkarten bitte bereithalten.«

»Wer ist das? Wo bist du denn?«

»Äh, am Flughafen in Wien.« Das Misstrauen in der Stimme seines Vaters ließ Duffys Blutdruck in die Höhe schnellen.

»*Wien?*« Es klang völlig verwirrt. Das war kein typisches Reiseziel für Duffy. »Ich dachte, du wärst in Buenos Aires! Was, in aller Welt, machst du in Wien?«

Duffy schluckte. Sein Körper fühlte sich schwer an, sein Herz träge.

Sag's ihm. Sag's ihm einfach.

Er stützte den Kopf in die freie Hand. Sein Magen fühlte sich an, als wäre er mit Steinen befüllt.

Er hat ein Recht, es zu wissen.

»Hallo? Hallo? Bist du noch d…?«

»Sorry, Dad, die Verbindung war kurz unterbrochen.«

»Was ist los? Was machst du in Wien?«

Duffy kniff die Augen zu. »Nichts Besonderes. Ich wollte mir bloß die Stadt ansehen.«

»Ein Städtetrip? Du?«

»Wieso nicht?«

»Mit wem bist du dort?«

Duffy schluckte erneut. »Erinnerst du dich an Anya?«

»Die Deutsche, die dir den Laufpass gegeben hat?«

»Genau die. Sie ist jetzt mit einem Österreicher verheiratet und wohnt hier.«

»Hast du dir Schloss Schönbrunn angesehen?«

»Ja«, log er.

»Und den Stephansdom?«

»Natürlich.«

Ein kleines Grunzen. »Das ist jetzt alles voller Touristen. Die schlimmstmögliche Zeit, um sich die Stadt anzusehen.«

Duffy massierte sich die Schläfe. Der Anruf war ein Fehler gewesen.

»Na ja, als sich die Gelegenheit geboten hat, habe ich eben zugegriffen.«

»Klar hast du das.« Der missbilligende Unterton war nicht zu überhören. »Und ich nehme an, du bist jetzt auf dem Weg hierher, oder?«

»Na ja …«

»Falls du anrufst, weil du über die Weihnachtstage ein Bett brauchst, muss ich dich enttäuschen. Ich werde nämlich nicht da sein. Ich habe einen Haussitter engagiert und mache eine Nilkreuzfahrt. Eine richtig exklusive, nicht auf so einem schwimmenden Monstrum.«

»Oh, gut. Das hört sich … fantastisch an.«

»Ja. Weihnachten in diesem verfluchten Land ist nichts für mich. Die Feuchtigkeit. Sie kriecht mir in die Knochen.«

Sie wussten beide, dass das nicht der Grund war, weshalb er Weihnachten hasste. Duffys Blut geriet plötzlich in Wallung. Die Hand zur Faust geballt, stand er auf, trat an die Glasfront und presste die Stirn gegen die Scheibe.

»Hör mal, ich muss los, das ist der letzte Aufruf.« Der Junge mit den Karten schlurfte hinter seinen Eltern zur Gangway, emsig damit beschäftigt, seine Mischtechnik zu verbessern. »Es freut mich jedenfalls, dass es dir so weit gut geht … Viel Spaß auf dem Nil.«

Ein Zögern. Wie so oft stellte sich dieses Gefühl ein, das er von Unterhaltungen mit seinem Vater kannte, jene bedeutungsschwangeren Pausen, die ganze Welten von festgefrorenem Schmerz in sich bargen.

»Ich muss Schluss machen. Da ist jemand an der Tür, und ich muss mit Bertie raus.«

Dann war die Leitung tot.

»Wiedersehen, Dad.« Sein Vater war nie ein Freund langer Abschiede gewesen.

Duffy verharrte einige Augenblicke regungslos und versuchte, die freigesetzten Emotionen zu verarbeiten: Zorn, Bitterkeit, Enttäuschung, Frustration. Wut darüber, dass sie nicht aussprechen konnten, was wirklich zwischen ihnen stand.

Es war immer das Gleiche. Warum nur hatte er sich von Anya zu diesem Anruf drängen lassen? Sie hatte keine Ahnung, wie verkorkst das Verhältnis zu seinem Vater tatsächlich war. Für sie war das reine Theorie, eine Geschichte, die sie mit fehlgeleiteten Gefühlen verknüpft hatte, aber nicht immer musste eine Entfremdung eine Tragödie bedeuten. Manchmal war sie nötig für die seelische Weiterentwicklung oder schlicht, um zu überleben, und sowohl er als auch sein Vater zogen es vor, die Wunden vernarben zu lassen.

Duffy schloss die Augen, tat ein paar tiefe Atemzüge und zwang sich loszulassen. Erledigt. Er hatte sein Versprechen gehalten und seinen Vater angerufen. Es war nie die Rede davon gewesen, dass er ihm die ganze Geschichte erzählen würde. Oder Anya die ganze Wahrheit. Es war besser, und zwar für alle, wenn die Dinge nicht unnötig verkompliziert wurden.

Er steckte sein Handy zurück in die Jackentasche und reihte sich in die Schlange ein. Einer von Hunderten, die ungeduldig darauf warteten, von hier weg- und woanders hinzukommen.

5. Kapitel

Whinfell, Oktober 2018

Die Tür schlug hinter ihnen zu, und Natasha blickte nach oben.

»*Da* klettern wir rauf?«

Die zwanzig Meter hohe blaue Wand war mit unterschiedlich geformten, knubbeligen bunten Griffen bestückt. Ein paar Achtjährige wuselten hinauf wie Spider-Man. In der Halle herrschte ein ohrenbetäubender Lärm, und der Geruch von Gummimatten erinnerte sie an den Sportunterricht in der Schule. Das war nicht gerade das Wellnesserlebnis, das sie sich für ihren Junggesellinnenabschied gewünscht hatte.

»Das schaffst du schon.« Sara schob ihren langen, dünnen Arm durch den von Natasha und drückte ihn. »Guck dir doch mal die Kinder an!«

»Das macht mich ja so nervös.«

»Du bist die ganze Zeit mit Gurt und Seil gesichert«, meinte Sara beruhigend.

»Das war sie das letzte Mal auch, und du weißt ja, was passiert ist.« Rachel verdrehte die Augen, während sie ihre rote Mähne zu einem Pferdeschwanz bändigte.

»Das war bloß ein … ein bescheuerter Krampf!«, protestierte Natasha. »Ich war früher schon klettern. Damals war ich gar nicht schlecht.«

»Abwarten.«

Die zweifelnde Bemerkung verunsicherte Natasha. Sie konnte sich ja selbst nicht erklären, wieso sie auf dem Baumwipfelpfad zur Salzsäule erstarrt war. Sie hatte noch nie Höhenangst gehabt.

Allerdings erinnerte sie sich an einen Skiausflug mit ihrer Klasse, als sie elf gewesen war und oben an einem steilen Berg gestanden hatte, unfähig, sich vom Fleck zu rühren. Sie *wusste* einfach, dass sie stürzen und den Hang hinunterrutschen würde. Umkehren ging aber auch nicht. Die einzige Möglichkeit wäre gewesen, aus der Luft gerettet zu werden.

Es war eine höchst ungewöhnliche Erfahrung, vor Angst wie gelähmt zu sein und doch zu wissen, dass sie hinunterfahren *musste*, obwohl sie stürzen und sich verletzen würde. Sie hatte keine andere Wahl gehabt, als sich der Schwerkraft, der Dynamik ihres eigenen Schwungs, auszuliefern.

Die anderen kamen zu ihnen herübergeschlendert. Lauren und Helena waren früher vom Mittagessen aufgebrochen und vorausgegangen, um den ganzen Papierkram zu erledigen.

»So, die sind für euch.« Helena verteilte die Kletterschuhe mit den weichen, griffigen Sohlen. »Wir haben unseren eigenen Kursleiter, er wird mit uns zu der Wand dort drüben gehen. Das ist die für Erwachsene.«

Sie zeigte auf eine dunkelgraue Wand, die sich kein bisschen von der blauen zu unterscheiden schien.

»Wo ist denn der Unterschied?«, fragte Lizzie stirnrunzelnd. Vertikal war vertikal, oder etwa nicht?

Sie setzten sich auf eine Bank und wechselten die

Schuhe. Die Kletterschuhe schmiegten sich wie elastische Socken an die Füße.

»Okay, ist das die Larson-Gruppe?«, fragte eine Männerstimme hinter ihnen. »Sara Larson?«

Sie drehten sich um. Der Kursleiter, sechs Gurtgeschirre über dem Unterarm, kam auf sie zu und blieb plötzlich wie angewurzelt stehen.

»Oh, hallo noch mal«, sagte Tom lächelnd, als er einige aus ihrer Gruppe wiedererkannte. Sie auf alle Fälle.

Natasha lief rot an. Sie hatten doch bestimmt eine Menge Personal hier, warum musste da ausgerechnet er ihr Kursleiter sein? Nachdem sie sich vor allen – vor *ihm* – so blamiert hatte, hätte sie gern auf ein Wiedersehen verzichtet.

Das Lächeln erreichte seine Augen.

»Wie war das Mittagessen?«, erkundigte er sich. »Irgendwelche … Vegetarier?«

»Nein, keine Vegetarier«, antwortete Helena grinsend. »Jedenfalls noch nicht.«

»Da sind Sie wohl noch mal mit einem blauen Auge davongekommen, Nats.«

»Sieht so aus.« Er erinnerte sich an ihren Namen. Natürlich erinnerte er sich. Sie würde ihm bis in alle Ewigkeit als die dumme Gans in Erinnerung bleiben, die er auf seinen Füßen rückwärts vom Pfad heruntergetanzt hatte.

Sie schaute weg. Die Direktheit seines Blicks machte sie nervös.

»Und was halten Sie von dieser Sportart?«, fragte er angesichts ihrer Befangenheit. »Ich meine, die Geschirre, die Seile, die Höhe?«

»Das macht mir nichts aus«, antwortete sie schnell.

»Sie hat uns gerade erzählt, dass sie ziemlich gut im Klettern ist – angeblich«, verriet Sara.

»Bin ich auch! Ich hab wirklich keine Höhenangst.«

»Was ist es dann? Die Kleider der Brautjungfern?« Helenas Augen waren schmal geworden. »Ist meins zu tief ausgeschnitten? Eigentlich wollte ich einen tieferen Ausschnitt haben. Einen sehr viel tieferen.«

»N-nein, ich hab überhaupt kein Problem mit deinem Kleid, Hels«, stammelte Natasha, verwirrt über den plötzlichen Themenwechsel.

»Ich dachte nur … weil wir davon geredet haben, kurz bevor du deine Show als lebende Covent-Garden-Statue abgezogen hast.«

»Sehr witzig.«

»Okay, aber wenn du keine Höhenangst hast und es auch nicht an den Kleidern liegt, dann …?«

»Können wir vielleicht endlich anfangen?«, fiel Natasha ihr ungeduldig ins Wort. »Es war einfach irgendwas total Merkwürdiges, okay? Tom sagt, so was passiert andauernd. Nicht wahr, Tom?«

Er schaute überrascht auf.

»Äh, ja, genau«, bestätigte er. »Andauernd.«

Rückhaltlose Unterstützung klang anders.

Natasha reckte das Kinn in die Höhe. Sie würde es ihnen schon zeigen. Sie würde diesem Typ beweisen, was in ihr steckte, und wenn es das Letzte war, was sie tat.

Tom betrachtete die kleine Gruppe. Alle trugen Fitnessklamotten – Leggings und langärmelige Sweaty-Betty-Yoga-Shirts. Nur Lizzie, eine richtige Frostbeule, hatte sich für ein Eminem-Kapuzenshirt und eine blaue Trainingshose entschieden.

»Seid ihr schon mal an so einer Wand geklettert?«

»Ja!« Saras Hand schoss hoch wie in der Schule. »Und es war fantastisch!«

Tom grinste. »Freut mich. Und ihr anderen?«

»Nein, aber ich versuch's«, antwortete Lizzie achselzuckend. Sie machte eine Ausbildung zur Köchin im *Harvester* in ihrer Heimatstadt und war daher an Adrenalinschübe gewöhnt.

Helena, die neben Lauren stand, legte plötzlich beide Hände auf deren Schultern.

»Lauren ist Expertin im sozialen Aufstieg.«

Lauren schnappte nach Luft, und alle lachten.

»Helena!« Sie gab ihr einen kräftigen Klaps auf den Arm, musste aber selbst auch lachen.

Tom schmunzelte. »Schön, wie ich sehe, habt ihr alle die Haftungsausschlusserklärung unterschrieben. Dann kann's ja losgehen.« Er führte sie zu der grauen Kletterwand. »Einige von euch kennen mich noch nicht. Ich bin Tom. Und wie heißt ihr?«

»Ich bin Hels.« Sie legte sich eine Hand auf die Brust. »Das sind Sara, Lizzie, Rachel, Lauren und Natasha. Aber an die haben Sie sich ja erinnert.«

»Na ja, kein Wunder nach ihrem denkwürdigen Auftritt«, sagte er leichthin und lächelte Natasha entschuldigend zu.

Er hatte ein reizendes Lächeln. Es war unmöglich, es nicht zu erwidern.

Als sie am Fuß der Kletterwand standen, legten alle den Kopf in den Nacken und schauten hinauf.

Tom richtete die Geschirre nebeneinander auf dem Boden aus.

»So, jetzt jede mal neben ein Geschirr stellen und in die Beinschlaufen steigen, und zwar so.« Er demonstrierte es an seinem eigenen Klettergeschirr und wartete, bis alle so weit waren. »Dann bückt ihr euch und schiebt die Arme hier durch.« Wieder wartete er. »Und dann hier vorn einrasten lassen.«

Lizzie bückte sich ein paarmal unbeholfen und fuchtelte mit den Armen. Dort, wo die Geschirrgurte sich um ihre Arme und Beine spannten, bauschte sich das dicke Sweatshirt unvorteilhaft auf.

»Seh ich wie einer von den Ghostbusters aus? Oder eher wie eine Fallschirmspringerin?«, scherzte sie.

Tom grinste. »Ihr könnt abwechselnd klettern, immer paarweise. Nur um auf Nummer sicher zu gehen – seid ihr alle mit dem Abseilen vertraut?«

»Ich *liebe* es«, säuselte Helena mit einer mädchenhaften Kopfbewegung.

»Wenn nicht, dann klettert einfach wieder auf dem gleichen Weg runter, wie ihr raufgekommen seid. Das Abseilen geht schneller, aber es kommt nicht auf die Geschwindigkeit an. Ihr könnt eure eigene Route wählen. Lasst euch Zeit, und versucht, so weit wie möglich hinaufzukommen. Lizzie, vielleicht klettern Sie als Letzte, dann können Sie den anderen zuschauen, und ich kann Ihnen noch ein paar Tipps geben.«

»Wofür ist denn der große rote Knopf dort oben?« Helena hatte die Hände in die Seiten gestützt und starrte hinauf.

Tom lächelte träge. »So was wie ein Ansporn für diejenigen, die einen möchten.«

»Ein Wettlauf also.«

»Muss nicht sein. Ihr könnt euch so viel Zeit lassen, wie ihr wollt.«

»Aber in Wirklichkeit geht es darum, wer als Erster oben ist«, beharrte Helena und nagelte ihn mit einem herausfordernden Blick fest.

Er lachte leise. Vermutlich wusste er, dass sie ihn nicht vom Haken lassen würde.

»Also gut. Ja, genau darum geht es. Wer als Erster oben ist.« Er warf einen besorgten Blick auf Natasha. »Das Erreichen des Zielgriffs ist optional, aber das Runterkommen ist obligatorisch.«

Natasha lachte. Er hörte sich an wie ihre Mutter früher.

Lerne, dich durchzusetzen. Sei freundlich, aber bestimmt.

»*Ich* hab nicht das geringste Problem damit«, versicherte sie.

»Bist du sicher?«, fragte Helena und kontrollierte ihre Geschirrgurte wie ein Profi.

Natasha zog eine Braue hoch. »Absolut sicher.«

»Na dann, Bi-itch! Wir gehen als Erste. Los, Tom! Anseilen!« Helena stieß triumphierend die Faust in die Luft.

Verdammt! Natasha hatte das deutliche Gefühl, dass sie Helena in die Falle getappt war.

»Jawohl, Sir!«, witzelte Tom und befestigte eins der Seile, die von der Wand baumelten, an Helenas Sicherungsgerät.

Natasha blickte nach oben. Aus dieser Perspektive sah die Wand sehr hoch und sehr senkrecht aus. Eine klare Route war nicht zu erkennen. Sie würde also spontan entscheiden müssen, welchen Griff und welchen Tritt sie als Nächstes anvisierte.

»Okay.« Tom wandte sich ihr zu und legte das Seil in das Sicherungsgerät ein. Während er mit sicherem, raschem Griff einen komplizierten Knoten band, rührte sie sich nicht, sondern beobachtete ihn heimlich. Er hatte ungewöhnlich lange Wimpern.

Als Tom am Seil ruckte, um den Knoten zu prüfen, schwankte sie ein klein wenig.

»Gut, seid ihr …«, begann er und sah sie an, bemerkte ihren auf ihn gehefteten Blick. »… startklar?«

Er starrte sie an. Suchte er nach Anzeichen von Panik? Immerhin hatte er sie peinlicherweise als klägliches Häufchen Elend erlebt. Mit einem Mal war sie entschlossener denn je, hier zu gewinnen. Sie wollte ihm beweisen, dass sie keine komplette Niete war.

Er trat aus Natashas Dunstkreis. »Okay, Ladys, dann ran an die Wand!«

»Sorry, Tom, schlechte Akustik hier drin. Hab das nicht richtig verstanden. An die Wand oder an den Mann?« Helena lachte schallend, als sie seine verlegene Miene sah.

Er warf Natasha einen kurzen Blick zu, doch die schaute nach oben, zu dem roten Knopf.

Dann traten die beiden Frauen an die Wand und tasteten mit erhobenen Armen nach den Griffen.

»Kriegen wir kein ›Auf die Plätze, fertig, los‹?«, fragte Helena.

Tom verzog das Gesicht. »Bin eigentlich eher der Typ ›Allseits bereit‹.«

»Na schön. Das passt auch.«

Natashas ganzes Augenmerk war auf den großen roten Knopf gerichtet.

»Auf die Plätze!«

Sie konzentrierte sich auf den ersten Griff.

»Allseits bereit?«

Sie streckte lachend die Hand danach aus.

»Los!«

Kichernd begannen sie hinaufzuklettern. Natasha bewegte sich mit ungeahnter Flinkheit und schaffte es in kürzester Zeit, Hände und Füße zu koordinieren. Helena war zwar größer und hatte deshalb auch eine größere Reichweite, aber Natasha war gelenkiger – jetzt zahlte es sich aus, dass sie als Kind so gern getanzt hatte. Auf den ersten Metern lagen sie praktisch gleichauf.

»Los, Nats, vorwärts!«, feuerten die anderen sie an. Sie mussten natürlich zu ihr halten, schließlich war sie die Braut in spe und offizielle VIP dieses Wochenendes.

Doch Helena hatte sich noch nie unterkriegen lassen, auch nicht, wenn sie im Rückstand lag. Im Gegenteil, das spornte sie eher an. Natasha konnte sie lachen und fluchen hören. Der Wettstreit machte ihr ganz offensichtlich Spaß.

»Na los, Nats! Nicht so lahmarschig!«, stichelte Helena, die inzwischen eine Armeslänge voraus war. »Stell dir einfach vor, der rote Knopf wäre Rob!«

Natasha hatte den nächsten Griff im Auge, einen dicken pinkfarbenen Knubbel direkt über ihrem Kopf. Sie streckte die Hand danach aus, überlegte, wo sie ihren Fuß platzieren sollte, und sah, wie hoch oben sie bereits war. Sie musste schnaufen. Ihre Muskeln begannen zu brennen, als sie sich streckte, den Griff umklammerte und sich, auf einem schmalen Vorsprung balancierend, daran hochzog. An manchen Stellen wölbte sich die Wand vor, sodass man ausweichen und eine längere Route wählen musste.

»*I'm getting married in the morning …*«, trällerte Helena atemlos und kletterte höher und höher hinauf. Der Abstand zwischen ihnen vergrößerte sich. »Der arme Rob … Ich hätte erwartet, dass du verbissener kämpfst.«

Helena streckte die Hand aus, griff aber daneben und schaukelte einen Moment im Seil, bevor sie mit dem Fuß einen Tritt ertastete und wieder Halt fand. Für Natasha war das eine gute Gelegenheit, zu ihr aufzuschließen. Doch so weit kam es nicht.

»Von wegen!«, rief Helena lachend und kletterte bereits weiter, sogar schneller als zuvor, als ob das Adrenalin ihr einen zusätzlichen Schub verlieh.

Bei Natasha verhielt es sich genau umgekehrt. Etwas in ihrem Körper veränderte sich. Sie schien schwerer zu werden. Oder lagen die Griffe und Tritte hier oben weiter auseinander?

Der rote Knopf war nur noch wenige Meter entfernt. Helena würde ihn gleich anschlagen. Und auf einmal wusste Natasha, dass es schon wieder passierte.

»O nein, nein, nein«, wisperte sie, als die eisige Kälte durch ihre Adern kroch. *»Nein!«*

Sie versuchte, sich vorwärtszuzwingen, aber alles fühlte sich weit weg an. Irgendwie watteartig, als trüge sie Ofenhandschuhe. Über ihr summte der rote Knopf, gefolgt von Helenas Triumphgeheul. Einen Augenblick später seilte sie sich ab, wobei sie sich mit den Füßen an der Wand abstieß.

»Mach's gut, du Flasche!«, rief sie Natasha zu, zog eine Grimasse und zeigte ihr den Mittelfinger. In diesem Moment sah sie genauso aus wie die Zwölfjährige, die sie einmal gewesen war.

Natasha rührte sich nicht, es ging nicht. Sie kam sich vor wie eine Fliege in einem Spinnennetz, von klebrigen Fäden fixiert. Sie war klug genug, nicht nach unten zu schauen, sondern machte die Augen ganz fest zu. Tränen rollten aus den Augenwinkeln. Warum? Wieso passierte ihr das? Sie merkte, dass ihr Atem schnell ging, viel zu schnell, und ihr Herz hämmerte. Ihr wurde schwindlig.

Wie aus weiter Ferne hörte sie ihre Freundinnen. Die Mädels – und Tom – riefen ihr etwas zu, aber sie bewegte keinen einzigen Muskel. Sie *durfte* sich nicht bewegen. Ihr Instinkt riet ihr, sich ganz still zu verhalten. Sie musste abwarten und atmen, abwarten und atmen. Doch ihre Hände und Füße begannen zu kribbeln, sie atmete nicht gut genug.

Natasha tat ihr Bestes, um nicht an die anderen Kletterer zu denken, die sie ganz bestimmt aufmerksam beobachteten, und auch nicht an Tom. Sicher schaute er herauf, schüttelte fassungslos den Kopf und verfluchte sein Pech, dass ausgerechnet er ihre Gruppe – *sie* – schon wieder am Hals hatte.

Die Kletterhalle fing an sich zu drehen, Geräusche wurden ausgeblendet, und ihre Welt schrumpfte zu einem Rechteck der grauen, einen Felsen imitierenden Wand zusammen. O Gott. Natasha machte die Augen wieder zu und begann zu zählen. Bei hundert wäre der Spuk bestimmt wieder vorbei. Ganz bestimmt.

Eins, zwei, drei …

Sie war bei sechsunddreißig, als sie den festen Druck einer warmen Hand auf ihrer spürte. Sie öffnete ein Auge, nur eins – und blickte in lächelnde blaue Augen.

»Hey, ich schon wieder!« Tom hielt sich dort, wo Helena geklettert war, lässig an einem der Griffe fest. Es wirkte fast, als würde er schweben. Wie Peter Pan. »Alles in Ordnung?«

»Ich weiß echt nicht, was zum Teufel mit mir los ist«, flüsterte Natasha. Sie hielt den Griff immer noch so krampfhaft umklammert, dass ihre Knöchel weiß hervortraten.

Er begriff offensichtlich, wie tief ihre Angst saß, denn er wirkte keineswegs verärgert oder genervt.

»Alles gut, Nats, wir kriegen Sie schon wieder runter.«

»Ich weiß einfach nicht, wieso mir das passiert«, sagte sie noch einmal, diesmal mit vor Panik schriller Stimme.

»Alles gut«, wiederholte Tom. Er drückte ihre Hand fester und rieb mit dem Daumen über ihre Haut.

»Aber Sie verstehen nicht! Das bin nicht ich. So etwas passiert mir sonst nie! Ich bin normalerweise nicht so ein … so ein Weichei. Wirklich nicht.«

»Ich weiß.«

Er wusste es natürlich nicht. Er war nur höflich. Weil sie ihm leidtat.

»Ich habe keine Angst vorm Klettern. Ich habe auch keine Höhenangst. Und ich habe keine Angst vor dieser Wand.«

»Ich weiß.«

»Warum kann ich mich dann nicht mehr rühren?«

Tom blickte ihr in die Augen. Sie konnte buchstäblich sehen, wie es hinter seiner Stirn arbeitete.

»Ich weiß es nicht«, antwortete er schließlich. »Ich weiß nur eins: Ihre Klettertechnik ist ausgezeichnet, das habe ich gesehen, als Sie raufgeklettert sind. Sie sind stark und gelenkig und definitiv in der Lage, diese Wand zu meistern. Daran gibt es keinen Zweifel.«

Das waren Psychotricks, um sie zum Runterklettern zu bewegen.

»Nein, ich kann nicht.« Sie schüttelte den Kopf und flüsterte: »Ich dachte, ich könnte es, aber ich kann nicht.«

Ihr graute davor, sich bewegen zu müssen. Vom Verstand her war ihr klar, dass ihr nichts geschehen konnte – selbst wenn sie danebengriff, würde sie nicht abstürzen, sondern am Seil baumeln wie eine Spinne an ihrem Faden. Trotzdem schlug ihr Herz schon wieder schneller. Alles ringsum drehte sich. Das Gefühl der Enge in der Brust machte das Atmen zur Tortur.

»Nats? Nats, sehen Sie mich an.«

Seine Stimme drang wie aus weiter Ferne zu ihr. Der Druck auf ihre Hand ließ nach. Eine Sekunde später spürte sie eine Berührung an ihrem Bauch, als er etwas durch ihr Geschirr fädelte und sie dann näher zu sich zog.

»Ich habe Ihr Geschirr mit meinem verbunden, Nats. Ihnen wird nichts geschehen. Halten Sie sich einfach an mir fest, okay?«

Seine Stimme klang irgendwie blubbernd, als befände er sich unter Wasser. Mit einer Hand löste er ihre Arme von der Kletterwand, und dann fiel sie sacht gegen ihn. Ein bekannter Duft stieg ihr in die Nase. Sein Duft vermittelte ihr ein Gefühl der Geborgenheit inmitten des

Wechsels von Abprallen und Fallen, der jetzt begann und sich einige Male wiederholte.

Tom redete weiter, aber Natasha spürte die Worte mehr als Vibrationen, als dass sie sie hörte. Sie trieben vorbei wie Luftblasen. Ihre Hände kribbelten, und ihr Kopf fühlte sich furchtbar schwer an …

Das Abprallen hörte plötzlich auf, und Natasha spürte etwas Festes unter ihren Füßen. Stimmen. Hitze. Ein Loslösen. Sie wurde hochgehoben und getragen. Zu einer Bank.

»Beugen Sie sich vor, Natasha. Ja, so ist es gut. Stecken Sie, wenn möglich, den Kopf zwischen die Knie; und atmen Sie tief durch.« Eine warme Hand legte sich beru higend auf ihren Rücken und besänftigte ihr ängstlich flatterndes Herz. »Sehr gut. Atmen Sie langsam und tief«, murmelte Tom neben ihr. »Alles gut, Ihnen wird nichts geschehen, das geht vorbei. Konzentrieren Sie sich einfach aufs Atmen.«

Sie konnte Füße sehen. Sehr viele Füße.

»Treten Sie bitte zurück. Es geht ihr gut. Machen Sie bitte Platz.« Seine energische Stimme klang ein wenig weiter weg, aber sie konnte immer noch den Druck seiner warmen Hand auf ihrem Rücken spüren.

»… Krankenwagen?«

»Nicht nötig, es wird ihr gleich besser gehen. Sie braucht nur einen Moment Ruhe. Und ein bisschen Privatsphäre. Danke.«

Die Füße entfernten sich, und ineinandergreifende lila Gummifliesen kamen zum Vorschein.

»Natasha, nennen Sie mir drei Dinge, die Sie hören können. Tun Sie mir den Gefallen? Drei Dinge.«

Sie antwortete nicht sofort, weil das eine schier unlösbare Aufgabe zu sein schien.

»Drei Dinge, die Sie hören können.«

»Sie«, murmelte sie.

»Gut. Was noch? Noch zwei Dinge.«

»Wind.«

»Okay, ja, das ist die Klimaanlage. Was noch?«

»Gelächter.«

»Okay. Und jetzt bewegen Sie bitte drei Körperteile für mich. Egal welche.«

Natasha streckte langsam ihre im Schoß gekrümmten Finger aus. Dann wackelte sie mit den Zehen, und zum Schluss zuckte sie mit den Schultern. Allmählich strömte wieder Sauerstoff in ihre Lunge, und die Taubheit in ihren Händen ließ nach. Toms warme Hand lag immer noch schwer auf ihrem Rücken.

»Super, Sie machen das großartig. Und jetzt nennen Sie mir noch drei Dinge, die Sie sehen können.«

Sie starrte auf den Boden. »Lila.«

»Okay.«

»Füße.«

»Eins noch.«

Sie war so erschöpft.

Als könnte er ihren Energiepegel auslesen, senkte er den Kopf und schob ihre Haare zurück, die ihr wie ein Vorhang vors Gesicht fielen.

Natasha drehte den Kopf ein wenig.

»Blaue Augen.«

Die blauen Augen lächelten. »Wie fühlen Sie sich jetzt?«

Geborgen. »Besser.«

Sie hatte ihre Atmung wieder unter Kontrolle, und ihr Herzschlag hatte sich normalisiert, aber sie fühlte sich ausgelaugt und leer.

»Hatten Sie das früher schon mal? Ich meine, vor dem heutigen Tag?«

»Nein.« Sie sah, wie er ein wenig die Stirn runzelte, und ließ den Kopf hängen. Plötzlich hatte sie das Gefühl, versagt zu haben.

»Nats?«, hauchte eine Stimme.

Helena kauerte auf allen vieren vor ihr und schaute mit vor Sorge weit aufgerissenen Augen in ihr von Haaren eingerahmtes Gesicht.

Natasha wollte lächeln, aber ihr Körper verweigerte den Dienst wie ein Auto mit kaputter Gangschaltung.

»Es tut mir so leid.«

»Du kannst nichts dafür.«

»Ich komme mir vor wie ein richtiges Miststück.«

»Nein.« Natasha schüttelte schwach den Kopf. Dann schloss sie die Augen und holte tief Luft, um ihren Körper mit Energie zu versorgen. »Ich bin einfach ein Waschlappen.«

»Hören Sie auf damit!« Der Druck auf ihrem Rücken verstärkte sich.

Natasha richtete sich langsam auf. Ihre Haare fielen nach hinten, und sie konnte wieder klar sehen. Praktisch jeder in der Halle schaute zu ihr. Lauren, Sara, Rachel und Lizzie standen im Halbkreis ein paar Schritte hinter Helena, die immer noch am Boden kniete. Lauren hatte die Hand vor den Mund geschlagen, und Lizzie kaute nervös an ihren Nägeln. Alle vier wirkten völlig verstört.

»Mir geht's gut«, versicherte Natasha, um ihre Freundinnen zu beruhigen. »Tut mir echt leid. Ich weiß auch nicht, was mit mir los war … ich meine, warum ich …«

»Das war eine Panikattacke«, sagte Tom sanft. »So was steckt man nicht so einfach weg.«

Sie machte ein verwirrtes Gesicht. »Das verstehe ich nicht. Woher kommt so was?«

»Das ist ein Zeichen von Stress. Ihr Körper will Ihnen etwas sagen.«

»Zum Beispiel?«

»Keine Ahnung«, antwortete Tom achselzuckend.

»Aber ich habe keine Angst vorm Klettern. Auch nicht vor Höhen«, sagte sie leise.

»Das ist es nicht.«

Was dann?, wollte sie fragen, aber ihr fehlte die Kraft für dieses Gespräch. Wenn er sie bloß nicht so anstarren würde …

»Sie sollten sich jetzt lieber hinlegen und ausruhen«, meinte er schließlich. An die anderen gewandt, fragte er: »Wo wohnt ihr denn?«

»Im Baumhaus«, antwortete Lauren und trat vor.

»Okay, ich werde einen Buggy kommen lassen.« Tom griff zu dem Funkgerät in der Gürtelhalterung.

»Ich brauche keinen B…«, protestierte Natasha.

»O doch«, unterbrach er sie und sah sie unverwandt an, während er ins Funkgerät sprach. »Okay, sie werden in ein paar Minuten da sein.«

»Zum Glück haben Sie gewusst, was zu tun ist«, sagte Sara und ging neben Helena in die Hocke.

Tom zuckte nur mit den Schultern. Natasha konnte es spüren, weil seine Hand immer noch schwer und warm auf ihrem Rücken lag. Sie wünschte, die anderen würden gehen. Ihre auf sie konzentrierte Aufmerksamkeit schien zusätzlich an ihren Kraftreserven zu zehren.

»Sie hat in letzter Zeit ganz schön geracken, x Überstunden gemacht wegen der Hochzeit und den Flitterwochen. Könnte das die Ursache sein?«, fragte Sara mit gedämpfter Stimme.

»Gut möglich. Was macht sie denn beruflich?«

»Sie ist Statikerin.«

Natasha spürte das Vibrieren eines kurzen Lachens durch die Hand auf ihrem Rücken.

»Was?«, fragte Sara.

»Na ja, unter einem Statiker stelle ich mir eigentlich jemanden vor, der nicht so ... so ...« Tom suchte offenbar nach dem richtigen Wort.

»Was?«

»Nicht so glamourös ist.«

»Ha!«, entfuhr es Helena. »Sie sollten sie mal mit Schutzhelm und Overall sehen!«

»Du weißt aber schon, dass ich dich hören kann, oder?«, scherzte Natasha, obwohl ihr nicht danach zumute war. Sie wollte nur schlafen, sonst gar nichts.

Jetzt, wo klar war, dass sie weder eine Mund-zu-Mund-Beatmung noch eine Defibrillation oder etwas ähnlich Dramatisches brauchen würde, zerstreuten sich die Leute wieder und seilten sich zum Klettern an. Mit ausdrucksloser Miene beobachtete Natasha, wie ein paar Kinder – vermutlich dieselben, die wie Eichhörnchen zwischen den Baumwipfeln herumgehüpft waren – die Wand hinaufkletterten, als würden die Gesetze der Schwerkraft für sie nicht gelten.

Toms Funkgerät erwachte knisternd zum Leben, und er lauschte einen Augenblick.

»Danke, Kim. Wir kommen jetzt raus.« Er steckte das Walkie-Talkie in die Halterung zurück und sah Natasha an. »Können Sie aufstehen?«

Sie nickte.

»Ist Ihnen schwindlig?«

»Nein, alles okay.«

Sie spürte, wie er seine Hand von ihrem Rücken nahm. Die Wärme und der sanfte Druck hatten ihr Halt und Sicherheit gegeben, sie gleichsam geerdet. Langsam stand sie auf, und ihre Freundinnen eilten zu ihr, um sie notfalls zu stützen.

»Meine Kollegin Kim wartet draußen direkt am Eingang«, sagte Tom.

Natasha drehte sich zu ihm um.

»Kommen Sie denn nicht mit?«, fragte sie erschrocken.

Sie brauchte ihn, um sich sicher zu fühlen, sah er das denn nicht?

Anscheinend nicht.

»Äh, ich habe gleich noch einen Kurs«, antwortete er sichtlich überrascht. »Tut mir leid.«

Das hier war sein Job – und sie eine Kundin von vielen, nichts anderes. Sie wusste selbst nicht, warum sich das so ernüchternd anfühlte.

»Oh. Also dann … danke.«

Er zuckte mit den Schultern. »Kein Problem.«

Kein Problem. *Sie* war kein Problem mehr. Jedenfalls nicht für ihn.

»Komm, jetzt ruhst du dich erst mal aus, und dann

bist du wieder wie neu. Und *danach* lassen wir es so richtig krachen. Auftritte als Angsthase hast du genug gehabt, jetzt zeig mal die Tigerin, die in dir steckt!«, versuchte Helena, sie aufzumuntern.

»Tigerin statt Angsthase«, murmelte Natasha. »Alles klar.«

6. Kapitel

Frome, Dienstag, 29. November

Tut mir echt leid, Sara, aber ich muss die Prinzessin mitbringen. Es macht dir doch nichts aus, oder?« Natasha hatte einen Arm um Mabel gelegt, die im Schlafanzug auf ihrer Hüfte saß, den anderen streckte sie, um ihrer Freundin eine Flasche Wein zu reichen.

Mabel lutschte am Daumen. Sie sah blass aus und hatte dunkle Schatten unter den Augen. Es war bereits die dritte Nacht ohne Moolah, und noch immer war das Einschlafen nicht einfacher geworden. Tagsüber quengelte sie mehr denn je, weil sie völlig übermüdet war.

»Natürlich nicht! Fehlt ihr was? Sie macht so einen erschöpften Eindruck.«

»Nein, es geht ihr gut, aber sie will einfach nicht ins Bett, seit sie ihr Lieblingskuscheltier verloren hat. Außerdem ist sie so was von anhänglich geworden! Gut möglich, dass ich mit ihr auf dem Schoß essen muss.«

»Oje, das arme Ding!«

Das Wetter konnte sich nicht zwischen Schnee und Regen entscheiden; Flocken peitschten wie Geschosse durch die bernsteinfarbenen Kegel der Straßenlaternen. Natashas Haare flatterten im Wind, und sie hatte ihre kalte Hand schützend auf Mabels zerzauste Locken gelegt.

»Kommt schnell rein«, drängte Sara. »Es ist ganz schön kalt geworden.«

Sie zog die schmale Eichentür aus dem siebzehnten Jahrhundert hinter Natasha zu und nahm ihr den Mantel ab, aus dem sie sich unbeholfen schälte, weil Mabel sich wie ein Koala-Junges an sie klammerte. Unterhaltungen und Gelächter drangen durch die schmalen offenen Türen. Das hier war etwas völlig anderes als die sanfte Stille, die sie zu Hause zurückgelassen hatte.

Bella hatte sie traurig angeschaut, als sie gegangen waren, aber Natasha hatte unmöglich mit Kind *und* Hund im Schlepptau hier aufkreuzen können. Seit wann waren denn alle so anhänglich?

»Es sind schon alle da, und das Essen ist auch gleich fertig«, sagte Sara aufgeregt.

»Womit wirst du uns denn heute Abend verwöhnen?«, fragte Natasha, während sie über abgetretene Teppiche gingen, vorbei an verblichenen Samtvorhängen und antiken Bobbin Chairs. Unwillkürlich streckte sie die Hand aus und berührte alles, was sich in ihrer Reichweite befand. Dieses Haus atmete Geschichte; es war förmlich, als könnte sie die Energie seiner früheren Bewohner fühlen. Sicher, es war chaotisch, unordentlich und sehr staubig, aber Natasha liebte es. Dieses Haus lebte, und die Küche war sein pulsierendes Herz.

»Nur Lasagne.«

Aber Natasha wusste, dass es nicht »nur« Lasagne wäre. Sara, ihres Zeichens Bronzebildhauerin, war eine überragende Köchin und Kuchenbäckerin und komponierte bodenständige Gerichte, die alle begeisterten, vom Kleinkind bis hin zum Vorstandschef, der die Nase voll hatte von Nouvelle Cuisine. Ihre Lasagne hatte mit Sicherheit irgendeine geheime Zutat, die alle in Ekstase versetzen würde.

Natasha fühlte sich immer ein bisschen beschwipst, wenn sie durch dieses Haus mit seinen schrägen Decken und dem unebenen Fliesenboden ging. Der Weg in die Küche war wie der Gang über ein Schiffsdeck auf stürmischer See.

»Du siehst übrigens *fantastisch* aus!«, sagte Sara über die Schulter hinweg. »Diese Bräune! Wart ihr wirklich nur eine Woche fort?«

»Ja, ich wünschte, wir hätten länger bleiben können. Ich meine, so ein langer Flug für gerade mal sieben Tage! Aber Rob konnte nicht länger freimachen.«

»Er ist der reinste Workaholic«, meinte Sara. »Aber sieh dir doch mal euer Haus an! Und ihr könnt euch exklusive Ferien leisten. Marty und ich werden die nächsten paar Jahre unsere Urlaube auf Balkonien verbringen. – Das Wetter war gut, nehme ich an?«

»Ja, in der ganzen Zeit bloß ein einziger Sturm.«

»Ich wäre so dankbar für ein bisschen Winterbräune. Ich sehe aus wie Porridge. Noch dazu schlabbriger Porridge!« Sie lachte ordinär und klatschte sich aufs Hinterteil.

Gemeinsam betraten sie die gemütliche Küche, die all das war, was Natashas Küche nicht war: lang und schmal, die Möbel aus Rotkiefer im Stil der Achtzigerjahre, mit einem Blick ausschließlich in den Garten, der mit seinen Azaleenbüschen vor dem Zaun und den in Stufen angeordneten Geranien- und Schmucklilientöpfen einem Dschungel im Miniaturformat glich. Auf den

Sitzbänken am Tisch lagen Schaffelle, und leere Weinflaschen dienten als Halter für rote Kerzenstummel. Das Haus aus dem siebzehnten Jahrhundert hatte etwas von einer urigen Taverne. Was ihm an Grundfläche und luftiger Helligkeit fehlte, machte es an Atmosphäre und Lage wett. Einfach jeder kam an dem Reihenhaus in der historischen Hauptstraße vorbei, sodass Sara immer alles als Erste erfuhr. Helena nannte sie die Stadtausruferin – man musste nur Sara fragen, wenn man etwas über den neuesten Skandal wissen wollte.

»Nats!«

»Da bist du ja!« Die anderen freuten sich, als sie eintrat, doch die ausgelassene Begrüßung schlug schnell in Sorge um, als sie sahen, was – oder besser gesagt, wen – sie auf dem Arm trug.

»Oje, ist sie krank?«

»Was ist denn passiert?«

Helena zwinkerte ihr nur zu und streckte die Arme nach ihrem Patenkind aus.

»Es geht ihr gut, wirklich, aber sie will im Moment einfach nicht ins Bett«, antwortete Natasha ohne weitere Erklärungen.

Das Ganze grenzte ans Lächerliche. So ein Theater wegen eines alten Plüschtiers?

»Ist Rob denn nicht da?«, fragte Sara und hielt eine Flasche Rotwein in der einen und einen Holunderlikör in der anderen Hand hoch.

Nach kurzem Zögern deutete Natasha mit dem Kinn auf den Likör.

»Nein, er ist in Leeds und kommt erst am Freitag zurück.« Sie nahm das Glas, das Sara ihr reichte. »Danke.«

»Deine Posts auf Insta waren der Hammer! Seid ihr da tatsächlich mit einer Schildkröte geschwommen?«, fragte Ros Whiteman.

»Ja, sie war plötzlich da, am Korallenriff direkt vor unserer Villa«, antwortete Natasha achselzuckend. »Wir haben später eine Familie getroffen, die richtig sauer war, als wir davon erzählt haben. Sie hatten extra für einen Tauchausflug zum Schildkrötenbeobachten bezahlt und nicht eine einzige zu Gesicht bekommen! Wir hatten wohl einfach Glück.«

»Du bist eben ein Glückspilz«, neckte Helena sie.

»Oh, ich bräuchte so dringend eine Auszeit vom Winter!«, sagte Rachel seufzend, obwohl sie natürlich wusste, dass die Chance dafür gleich null war. Ihr gehörte der Blumenladen im Dorf; und die Zeit vor Weihnachten war eine der hektischsten im ganzen Jahr. Schon jetzt waren ihre Schaufenster mit extravaganten Mistelkreationen dekoriert, und nächste Woche begann ihr erster Kurs im Kranzbinden.

»Die bräuchte ich ja wohl dringender!«, schnaubte Emma Bingley. »Ich bin nicht mehr aus meinen Jeans rausgekommen seit … elf Jahren?«

Die anderen verdrehten die Augen. Niemand arbeitete oder jammerte mehr als Emma. Bereits seit über hundertfünfzig Jahren bewirtschaftete ihre Familie einen Milchbetrieb mit hundertzwanzig Hektar Land, und die Routine auf dem Hof wurde weder vom Wetter noch von Geburtstagen oder Feiertagen unterbrochen. Emma würde in kniehohen Gummistiefeln die Kühe durch den Morast treiben und gewiss nicht ihre Zehen in warmem goldenem Sand vergraben, weder an Weihnachten noch in absehbarer Zukunft. Vielleicht sogar nie.

Natasha betrachtete Mabel, die, den Daumen im Mund, auf dem Schoß ihrer Patentante saß und verschlafen mit deren Haaren spielte. Helena streichelte ihr zärtlich die Wange und schaute mit einem fast mütterlichen Ausdruck auf sie hinunter. Als sie merkte, dass Natasha sie beobachtete, setzte sie eine neutrale Miene auf, aber es war zu spät: Natasha hatte gesehen, was sie ohnehin schon seit Jahren wusste – die Eiskönigin hatte ein gütiges Herz.

»Komm, Nats, setz dich«, sagte Ros, während alle etwas dichter zusammenrückten, um Platz für sie zu machen.

Ros gehörte der Friseursalon am anderen Ende des Dorfs. Sie wohnte in der Wohnung über dem Salon, hielt sich eine Schlange als Haustier, hatte einen weißblonden Pixie-Haarschnitt und Ärmeltattoos. Natasha amüsierte sich köstlich darüber, dass sie den Großteil ihrer Zeit damit verbrachte, den überwiegend reiferen Jahrgängen in der Stadt die Haare silberblau zu tönen und auf Lockenwickler zu drehen.

»Himmel, wenn ich bloß Wein trinken könnte!«, stöhnte Natasha und kippte das halbe Glas Likör in einem Zug hinunter.

»Harter Tag?«

»Auf alle Fälle ein langer.« Sie seufzte. »Ich bin seit halb fünf auf den Beinen, nachdem ich vier Stunden mehr schlecht als recht geschlafen habe, und seitdem weigert sich Mabel, sich auch nur eine Minute hinzulegen.«

»Sie zahnt doch nicht mehr, oder?«

»Nein, sie hat im Urlaub ihr Kuscheltier verloren. Sie hat es immer mit ins Bett genommen, aber uns ist jetzt erst klar geworden, dass sie buchstäblich darauf angewiesen ist, um schlafen zu können.«

»Ah! Meine Nichte hat auch so ein Lieblingsspielzeug. Das ist jedes Mal eine Katastrophe, wenn sie es nicht finden. Die größte Sorge meiner Schwester ist, dass es im Park oder im Haus von Bekannten verloren gehen könnte.«

»Tja, *den* Albtraum erlebe ich gerade. Und es ist wirklich ein Albtraum. Ich weiß, wir sind gerade aus einem Traumurlaub zurückgekommen, und ich bin so ein Glückspilz … bla, bla, bla. Aber ganz ehrlich, nach drei durchwachten Nächten und Tagen, die an den Nerven zerren, weil Mabel einfach nicht schlafen will, ist die ganze Erholung schon wieder futsch. Und Rob ist die ganze Woche weg, es hängt also alles an mir. Mir steht's schon wieder bis hier oben!« Sie zeigte auf ihre Ohren und nahm noch einen Schluck Holunderlikör.

»Kann ich dir irgendwie helfen? Ich könnte morgens mal mit ihr auf den Spielplatz gehen.«

»Du bist ein Schatz, aber sie will nicht, dass ich sie allein lasse. In der Kita haben sie mich jeden Tag angerufen, damit ich sie früher abholen komme, weil sie ununterbrochen weint.«

»Gott, du Ärmste, das ist echt hart. Wann kommt Rob denn zurück?«

»Am Freitagabend. Er ist total im Stress. Wahrscheinlich glaubt er mir gar nicht, wenn ich ihm erzähle, was für ein Drama sich hier abspielt.«

»Kannst du keinen Ersatz für das Spielzeug beschaffen?«

Natasha schüttelte den Kopf. »Hab's versucht. Ich würde eher den Heiligen Gral finden als eine zweite Moolah.«

Ein erfreutes Raunen erhob sich, als Sara den Backofen öffnete und die Auflaufform mit der blubbernden Lasagne herausnahm. Der köstliche Duft senkte sich wie Nebel über die Gruppe und ließ die Unterhaltungen verstummen.

Natasha betrachtete die vertrauten Gesichter. Nicht alle Frauen waren gute Freundinnen. Einige – wie zum Beispiel Julia Canford oder Caroline Somerville, die beide deutlich älter waren – waren lediglich Bekannte. Dennoch spürte Natasha, wie sich ihre Anspannung löste. Es tat so gut, unter Erwachsenen zu sein. Ihre Wochen waren oft lang und einsam, aber diese hier hatte es ganz besonders in sich, und sie konnte nur ein bestimmtes Maß an Alleinsein und Babysprache ertragen.

Der Buchclub traf sich seit dreizehn Jahren. Gegründet hatten ihn Julia und einige ihrer unmittelbaren Nachbarinnen in der Hauptstraße. Aber mit der Zeit waren einige weggezogen oder aus unterschiedlichen Gründen nicht mehr gekommen, und so waren nach und nach auch Mitglieder aus anderen Straßen aufgenommen worden. Die Gruppe kam jeden zweiten Monat zusammen, immer bei jemand anderem, meistens allerdings bei Sara. Die Clubregeln waren streng: höchstens zehn Mitglieder, neue Anwärter mussten von jemandem, der bereits Mitglied war, vorgeschlagen und empfohlen werden; die Mitglieder mussten im Dorf wohnen. (Natasha, die am äußersten Ortsrand wohnte, war nur aufgenommen worden, weil sie noch zum selben Postleitzahlbereich gehörte und weil Helena kein Nein akzeptiert hatte.) Eine Altersbeschränkung gab es jedoch nicht. Aktuell waren die Mitglieder zwischen dreiundzwanzig und sechsundsechzig Jahre alt.

Wer die Clubsatzung akzeptierte, musste sich strikt daran halten: keine Absagen in letzter Minute, es sei denn wegen echter Notfälle wie vermisster Kinder oder kalbender Kühe; und das Buch, das zur Diskussion stand, musste von jedem gelesen werden, und zwar von der ersten bis zur letzten Seite. Das führte immer zu äußerst lebhaften und angeregten Gesprächen, und nicht selten war das Gelächter sogar draußen auf der Straße zu hören. Die Debatte über *Fifty Shades of Grey* war so hitzig und lautstark ausgefallen, dass sich Marty, Saras Ehemann, ins *Three Feathers* geflüchtet hatte.

»Wie geht es dir, Jo?«, erkundigte sich Natasha und tätschelte die Hand der Frau auf der anderen Seite neben ihr. Die Schneiderin starrte auf ihren Drink. Sie war blass und machte ein Gesicht, als würde ihr Kopf jeden Moment auf die Tischplatte sinken. »Du siehst fast so müde aus, wie ich mich fühle.«

»Schlimmer!«

»Wieso, was ist passiert?«

»Ich habe ein Brautmonster am Hals. Das versaut mir mein ganzes Leben, das kann ich dir sagen.«

Natasha lächelte über die melodramatische Bemerkung und warf einen kurzen Blick auf Mabel, der trotz des hohen Geräuschpegels die Augen zufielen. Vermutlich würde es nur noch Minuten dauern, bis sie einschlief. Helena hatte den Arm um sie gelegt, ihr Weinglas in der anderen Hand, und lachte über etwas, was Lizzie zu ihr sagte.

»Und wer ist das Brautmonster?«, fragte Ros neugierig und beugte sich vor, ganz entzückt über den Wechsel zu Klatsch und Tratsch.

»Das kann ich nicht sagen«, antwortete Jo, wirkte aber selbst verärgert über ihre Diskretion. »Das wäre unprofessionell.«

Ros' Augen verengten sich zu schmalen Schlitzen. »Becky Morrison vielleicht?« Sie zog eine Braue hoch. »Sie ist es, hab ich recht?«

»Darf ich nicht sagen.«

»Aber es ist eine Dezember-Braut, oder? Das kannst du uns doch verraten. Das ist kein Tratschen, das ist eine Antwort auf unsere berechtigte Sorge um dich. Wir wollen wissen, ob dein Arbeitsstress bald weniger wird.«

Natasha kicherte. Das war es, was sie brauchte: diese Frauengespräche.

»Also gut. Ja, die Hochzeit ist im Dezember«, bestätigte Jo.

»Und wo findet die Trauung statt? In Saint Mary's? Oder All Saints?«

»All Saints«, antwortete Jo argwöhnisch.

»Dann ist es Becky Morrison!«, rief Ros triumphierend und lehnte sich wieder zurück. »Hab ich's doch gewusst!«

»Woher weißt du das?«, fragte Natasha lachend, in der einen Hand ihr Likörglas. Ihr Blick wanderte alle paar Sekunden zu ihrer fast schlafenden Tochter.

»Ich habe heute den Pfarrer in der Post getroffen und ihn gefragt, ob er schon in Weihnachtsstimmung ist. Er hat gemeint, er habe nur eine einzige kirchliche Trauung im Dezember, deshalb könne er sich schon auf die Feiertage einstimmen. Ich mache Amy Barker die Haare, aber sie heiratet in Saint Mary's, also muss es Becky sein.« Ros sah Jo an. »Was hat sie denn bestellt?«

»Ein Kleid mit abnehmbarem Rock und perlenbesticktem Spitzen-Catsuit darunter für den anschließenden Empfang.«

Verblüfftes Schweigen trat ein.

Jo ließ den Kopf in ihre Hände sinken. »Ich weiß! So habe ich auch reagiert, als ich es das erste Mal gehört habe.«

Natasha schüttelte lachend den Kopf. »Was glaubt sie denn, wo sie ist? Auf dem Las-Vegas-Strip?«

»Ursprünglich sollte ich ihr die Haare machen«, erzählte Ros. »Sie wollte einen Wasserfallzopf mit eingeflochtenen Kristallschmucksteinen. Ich habe rundweg abgelehnt.«

»Und wieso?«

»Glaubst du, ich hätte vergessen, dass sie mir einmal eine Zwei-Sterne-Bewertung gegeben hat, weil ich ihr einen Shag Cut à la Miley Cyrus verpasst habe und sie trotzdem nicht – o Wunder! – wie Miley Cyrus ausgesehen hat?«

Natasha sah, dass Mabel endlich eingeschlafen war. Ihr Mund stand offen, Speichel lief ihr übers Kinn, und ihre Hände hingen schlaff herunter.

»Entschuldigt mich bitte einen Moment«, sagte sie und stand auf. »Die Prinzessin schläft endlich.«

Sie ging zu Helena hinüber, formte mit den Lippen ein lautloses *Danke* und nahm ihr das kleine Mädchen ab. Mabel rührte sich nur ein ganz klein wenig. Sie war in tiefen Schlaf gesunken und lag schwer in Natashas Armen.

»Ist es in Ordnung, Sara, wenn ich sie im Nebenzimmer hinlege?«

Sara, die gerade die in riesige Rechtecke aufgeschnittene Lasagne servierte, schaute auf.

»Du kannst sie gern oben in eins der Betten legen«, bot sie an.

»Dann höre ich sie aber nicht, wenn sie aufwacht.«

»Auch wieder wahr. Dann wirf Daisy einfach vom Sofa. Sie meint immer, es gehört ihr.«

Daisy war der Irische Wolfshund der beiden, ein sanfter Riese, der gar nicht wusste, wie viel Kraft er hatte.

Natasha trug Mabel ins Nebenzimmer, das in dunklen Orangetönen gehalten war. In einer Ecke stand ein buschiger, mit bunten Lichterketten dekorierter Christbaum. Die tiefen weinroten Clubsessel und das große, durchgesessene gelbe Sofa mit den blauen Flicken verströmten eine heimelige Atmosphäre.

Daisy hatte sich tatsächlich vor dem Kaminfeuer auf dem Sofa ausgestreckt und schlief selig. Es war ein friedlicher Anblick, und Natasha fand es genauso ungerecht, *sie* wecken zu müssen, wie Mabel zu wecken.

Sie betrachtete die Clubsessel: drei hohe Lehnen und ein dickes Sitzpolster. Der perfekte Platz für Mabel, um sich hineinzukuscheln. Es war so gut wie ausgeschlossen, dass sie herunterfallen könnte, zumal ein Polsterhocker davorstand und zusätzliche Sicherheit bot. Einfach perfekt.

Natasha nahm das gerüschte Baumwollkissen, das Martys Füße im Lauf der Jahre flach gedrückt hatten, vom Hocker, warf es auf den Sessel und legte Mabel behutsam so hin, dass sie sich mit dem Rücken an die Rundung der Rückenlehne schmiegte und ihr Kopf auf dem Kissen lag. Dann wickelte sie ihre Tochter fest in die bestickte Decke, die über der Lehne hing.

Heute Nacht würde Mabel bei ihr schlafen. Rob, von Natur aus ein souveräner Vater, war strikt dagegen, dass ihre Tochter »in diesem Alter« noch im Ehebett schlief – als wäre sie neunzehn und nicht drei. Aber Mabel würde auf der Fahrt nach Hause garantiert aufwachen, und Natasha hatte keine Lust, eine weitere Nacht mit ihr auf dem Arm im Flur auf und ab zu gehen. Nicht, solange sie mit allem allein fertigwerden musste. Rob konnte seine Regeln durchsetzen, wenn er zu Hause war und alles live miterlebte, aber nicht vom ruhigen Zimmer eines exklusiven Viersternehotels aus.

Natasha kehrte in die Küche zurück, wo Sara immer noch die dampfende Lasagne servierte. Eine große Schüssel mit grünem Salat wurde herumgereicht. Helena hatte den Korb Knoblauchbrot beschlagnahmt.

»Und, schläft Mabel?«, fragte Rachel.

»Wie ein Murmeltier. Im Moment jedenfalls. Mein Zeitfenster ist vielleicht nicht allzu groß, deshalb werde ich vorsichtshalber schnell essen«, erklärte Natasha grinsend und setzte sich wieder an ihren Platz.

»Du Ärmste«, sagte Emma. »Hels hat mir gerade erzählt, was passiert ist.«

»Tja, ich bin für jeden guten Rat dankbar. Lauren Tennant meint, ich soll doch nach Wien fliegen, wo wir das gute Stück verloren haben, oder nach Frankreich, wo wir es gekauft haben – vor drei Jahren.«

»Aufs Geratewohl durch ganz Europa fliegen wegen einer Plüschkuh?« Rachel schnaubte. »Die hat gut reden! Sie hat ja auch mehr Geld als Verstand.«

»Sie hat auch vorgeschlagen, einen Post auf Facebook oder Mumsnet zu schreiben, aber das war reine Zeitverschwendung. Ich meine, es ist ein abgegriffenes altes Ding. Man könnte es glatt mit zerlumpten Socken verwechseln und einfach in den Müll schmeißen.«

»Aber die Idee ist gar nicht schlecht«, warf Caroline ein, die ein paar Plätze weiter saß. Vor der Geburt ihrer Söhne hatte sie in der Marketingabteilung bei *Sainsbury's* gearbeitet. In der Gruppe galt sie als Technik-Genie. »Wenn du genug Nutzer erreichst, ist alles möglich. Die am häufigsten gelikten Seiten sind die am häufigsten geteilten, werden also am häufigsten angeklickt, theoretisch von einer unbegrenzten Zahl von Leuten.«

Unbegrenzt war die Zahl jener, die Natashas Post angeklickt hatten, definitiv nicht.

»Als ich das letzte Mal nachgesehen habe, so um die Mittagszeit, hatte ich elf Likes.«

Caroline verzog das Gesicht. »Wann hast du es denn reingestellt?«

»Gestern Morgen.«

»Autsch!«

»Ja, genau. Als ich ein Foto von meinem Frühstückskaffee gepostet hab, war das Echo größer.«

»Dann sorg dafür, dass es viral geht«, meinte Helena achselzuckend und rückte widerstrebend das Knoblauchbrot heraus.

»Ist ja auch ein Kinderspiel«, sagte Sara lachend, während sie sich vergewisserte, dass alle mit Appetit aßen.

»Na ja, wenn Teenager es mit Videos schaffen, die sie in ihren Zimmern drehen …« Wieder zuckte Helena mit den Schultern. »Wie schwer kann es schon sein? Eine meiner Patientinnen ist ein TikTok-Star, ihre Posts kriegen Zehntausende Likes, bloß weil sie sich vor der Kamera ein bisschen verrenkt.«

»Ich kann mir nicht vorstellen, dass Natasha das Kuscheltier mithilfe von ein paar Verrenkungen zurückbekommt«, wandte Caroline ein. »Zumal sie besagtes Kuscheltier nicht in die Kamera halten kann.« Sie sah Natasha an. »Du hast doch bestimmt Fotos davon?«

»Hunderte. Mabel hat es nie aus der Hand gelegt.«

Julia Canford, die Matriarchin des Buchclubs und achtfache Großmutter, räusperte sich.

»Ich verstehe nicht einmal die Hälfte von dem, worüber ihr da redet«, gestand sie. »Aber sogar ich weiß, dass, wenn etwas virus gehen soll …«

»Viral!«, verbesserte Rachel sie lachend.

»Wie auch immer. Wäre es dann nicht hilfreich, prominente Unterstützung zu haben? So funktioniert es doch, oder?«

»Schon, aber das ist leichter gesagt als getan. Ich kenne jedenfalls keine Promis«, sagte Lizzie wehmütig.

»Ich auch nicht«, warf Emma ein. »Es sei denn, wir beziehen auch Rinder mit ein. Da kenne ich nämlich den Besitzer der auf der diesjährigen Landwirtschaftsausstellung preisgekrönten Kuh.«

Alle lachten.

Julia riss ein Stück Knoblauchbrot ab. »Wahrscheinlich ist das nicht besonders hilfreich, aber meine älteste Enkelin arbeitet für einen unglaublich erfolgreichen Sänger. Engländer, lebt jetzt aber in den USA. Er hat zu dieser Band gehört, die immer im Fernsehen zu sehen war.«

»Echt?« Ros' Neugier war geweckt. »Wie heißt er denn?«

»Harold oder Harry noch was. Oder war es Henry? Stolziert herum, als würde er sich für Mick Jagger halten.«

»Harry? Wie in Harry Styles?«, fragte Ros.

»Ja, genau der! Den meine ich!« Julia strahlte. »Danke. Harry Styles. Genau.«

Jo, Rachel und Lizzie klappte der Unterkiefer herunter. Sie waren die Jüngsten im Club, für sie war diese Information noch sehr viel bedeutsamer als für die anderen.

»Deine Enkelin arbeitet für Harry Styles?«

»Ja. Lily. Sie ist jetzt zwanzig. Fragt mich nicht, was genau sie macht. Sie hat es mir einmal erklärt, aber ich hab's trotzdem nicht verstanden.« Auf Julias Stirn bildeten sich kleine Falten. »Sie hat irgendwas von Content gesagt. Keine Ahnung, was das heißen soll, aber jedenfalls hat er großen Erfolg. Zurzeit ist sie in Amerika auf Tournee mit ihm.«

»Deine Enkelin ist in Amerika auf Tournee mit Harry Styles?«, wimmerte Rachel.

»Ja. Sie kommt Weihnachten zurück. Wird auch Zeit, sie ist total erschöpft. Dieses andauernde Herumreisen, Packen und Auspacken, dann das ungesunde Essen …

Ihre Mutter kocht schon seit Wochen kräftige Knochenbrühe und friert sie ein, damit sie Lily wieder aufpäppeln kann.«

Alle wechselten belustigte Blicke, nur Jo tippte hektisch auf ihrem Smartphone. Das köstliche Essen hatte sie völlig vergessen. Nach ein paar Sekunden schaute sie auf.

»Er hat zweiundvierzig Millionen Follower!«, verkündete sie.

»Na, das sollte reichen!«, rief Helena lachend. »Harry wird dafür sorgen, dass Moolah wieder nach Hause kommt.« Sie hob ihr Glas wie zum Toast.

Natasha lachte ebenfalls und schüttelte den Kopf. »Garantiert.«

Jetzt griff auch Caroline zu ihrem Telefon. »Mmm, sein Grindr enthält nur Daten und Termine – seine Tournee, sein Album, nichts Persönliches. Die Posts werden sicher von seinem Team verfasst.«

Helena hätte ihren Wein fast wieder ausgespuckt. »O mein Gott, Caroline, das kann nicht dein Ernst sein! Er wird doch keinen Post über Mabels verlorenes Kuscheltier erstellen!«

»Und wieso nicht? Wenn ihn eine Bekannte darum bittet? Er könnte wenigstens einen Hinweis in seine Storys setzen.« Sie sah Julia an und fügte erklärend hinzu: »Eine Story wird nach vierundzwanzig Stunden wieder gelöscht; das ist kein ständiger Post. Das ändert nichts an der Optik seines Auftritts.«

Julia machte ein verwirrtes Gesicht. »Tja, also, ich frag sie gern, ob sie ihn nicht darum bitten kann. Wer nicht wagt, der nicht gewinnt, sage ich immer.«

»Keine Chance.« Helena schüttelte energisch den Kopf. »Das macht der nie!«

»Sei doch nicht so negativ! Zugegeben, es ist unwahrscheinlich, aber wieso sollten wir es nicht versuchen, wo das arme Kind nicht einmal mehr schlafen kann!«

»Es ist jedenfalls billiger als ein Rundflugticket durch Europa«, sagte Jo, die glänzende Augen bekommen hatte beim Gedanken daran, fast auf Tuchfühlung mit Harry Styles zu sein.

Natasha verfolgte ungläubig die Unterhaltung. Unfassbar, dass ihr häusliches Drama den Buchclub gekapert hatte. Sogar Saras fantastische Lasagne war in Vergessenheit geraten. Vor lauter Reden hatte niemand mehr Zeit zum Essen.

»Mmmh, das schmeckt einfach toll, Sara«, schwärmte sie, in der Hoffnung, das Thema wechseln zu können. »Was ist denn das Scharfe?«

»Eine winzige Prise Cayen…«, begann Sara, aber Caroline ließ sie nicht ausreden. Dass Helena so gar nichts von dem Vorschlag hielt, stachelte sie erst recht an.

»Du hast es auf Facebook gepostet, nicht wahr, Natasha?«

»Ja, aber …«

Caroline griff zu ihrem Handy und tippte auf dem Bildschirm herum.

»Ah ja, da ist es.« Sie blickte kurz zu Natasha hinüber. »Du hast jetzt fünfzehn Likes.«

»Wow!« Natasha lächelte. »So viele Freunde! Wir werden Moolah im Nullkommanichts zurückhaben.«

»Okay, Julia, ich hab's geteilt, und da wir beide uns auf Facebook folgen, müsste es jetzt auch in deiner Chronik erscheinen. Kannst du es mit Lily teilen und sie bitten, ihn zu fragen, ob er uns helfen kann? Ich meine, wir verlangen ja keine Niere. Es wäre einfach schön, wenn er die Nachricht teilen würde.«

»Mach ich. Lily ist ein Schatz, immer schon gewesen«, sagte Julia lächelnd.

»Ich finde es total lieb, dass ihr ihn fragen wollt, aber ich kann mir nicht vorstellen, dass Harry Styles sich für unser Missgeschick interessiert.« Natasha war das ganze Theater schrecklich unangenehm. »Teilt den Post auf euren eigenen Seiten, wenn ihr wollt, und selbst das wäre fast schon zu viel. Ich weiß eure Hilfsbereitschaft wirklich zu schätzen, aber Moolah ist höchstwahrscheinlich schon im Müll gelandet.«

»Wieso habt ihr sie eigentlich Moolah genannt?«, fragte Julia neugierig.

»Das war Robs Idee.« Natasha verdrehte die Augen. »Moo, weil Kühe eben muhen, und Moolah …«

»Weil er so viel davon hat?«, witzelte Emma.

Natasha wurde rot. Die alberne Wortspielerei, die Rob sich ausgedacht hatte – *moolah* war ein umgangssprachlicher Ausdruck für Geld –, war ihr peinlich. Für ihre Tochter war Moolah einfach nur der Name ihres Lieblingskuscheltiers, aber hier und jetzt, aus dem Kontext gerissen, fühlte sich die Anspielung irgendwie ordinär an.

»Jetzt, wo das geklärt ist, können wir ja zum Grund unseres heutigen Treffens kommen«, sagte Sara, sichtlich froh darüber, dass sich alle wieder der Lasagne widmeten. »Was haltet ihr von dem Buch? Also ich fand es grauenvoll! Schwülstig, langweilig …«

Und schon wurde es laut, als zehn Frauen durcheinanderredeten, die einen protestierend, die anderen zustimmend, aber alle voller Eifer und jede Sekunde genießend.

Natasha lag im Bett und summte immer noch eine Melodie aus *Die Eiskönigin*, während sie Mabels Kopf streichelte und wach zu bleiben versuchte. Es war kurz vor drei, und der Mond schwebte an der Erdkrümmung entlang wie ein silberner Ballon, der sich losgerissen hatte. Im nahen Wäldchen bellten Füchse; ihre heiseren Schreie waren das einzige Geräusch, das die vollkommene Stille durchbrach.

Mabel schlief unruhig. Nach ihrem letzten Weinkrampf ging ihr Atem stoßweise und zitternd.

Wie Natasha vorhergesehen hatte, war sie auf dem Weg zum Auto von der kühlen Nachtluft geweckt worden. Zwar war sie dann noch einmal eingenickt, aber als sie im dunklen Auto aufgewacht und Moolah nicht da gewesen war, hatte sie das völlig verstört. Nachdem Natasha zwei Stunden lang mit dem Kind in den Armen auf und ab gegangen war, hatte sie kurz nach Mitternacht ein Bad einlaufen lassen. Während duftende Schaumblasen rings um sie herum lautlos zerbarsten und Natasha die Kerze beobachtete, die mit einem sanften Flackern langsam herunterbrannte, hatte Mabel auf ihrer Brust gedöst. Danach hatte sich die Kleine anstandslos zu Bett bringen lassen.

Die Sekunden verstrichen in der zähen Dunkelheit unendlich langsam. Ihre Haare auf dem Kopfkissen waren immer noch feucht, Mabels hingegen zu kleinen Löckchen getrocknet.

Rob hatte während des Treffens bei Sara angerufen, doch das hatte sie wegen der lautstark und hitzig geführten Debatten nicht gehört. Er hatte eine Nachricht hinterlassen; seine Stimme klang müde und eine winzige Spur verärgert – er schien völlig vergessen zu haben, dass sich ihr Buchclub an diesem Abend traf. Und während sie sich jetzt eulengleich blinzelnd durch die Nacht quälte und ihre kleine Tochter tröstete, konnte Rob durchschlafen und sich ausruhen.

Sie bemühte sich, deswegen nicht sauer zu sein, immerhin wusste sie ja, dass er es am Wochenende wiedergutmachen und sich verstärkt um Mabel kümmern würde. Nach einer langen, anstrengenden Woche in der Kundenbetreuung in die Rolle des Vollzeitvaters zu schlüpfen, um sie zu entlasten, war sicher auch nicht leicht. Es war für sie beide keine einfache Situation. Aber vielleicht hätte sich Mabel bis dahin gefangen und würde wieder durchschlafen, und die ganze Episode würde der Vergangenheit angehören. Schließlich konnte es nicht ewig so weitergehen, oder?

Natasha beobachtete einen Satelliten, der am Nachthimmel funkelnd seine Bahn zog, und fragte sich, ob es für sie je wieder so sein würde. Sie hatte Schlafstörungen. Abends fiel sie zwar todmüde ins Bett, aber nach ein paar Stunden wachte sie mit Herzrasen wieder auf. Dann jagte ein Gefühl der Beklemmung durch ihren Körper, und ihre Arme sehnten sich schmerzlich nach einem Baby, das immer noch nicht in ihr heranwuchs.

Dabei wünschte sie sich so sehr ein Geschwisterchen für Mabel, jemanden, der ihr Grenzen setzte und sie forderte, sie liebte und formte. Kinder brauchten die Herausforderung, anstatt sich immer im Recht zu wähnen. Sie mussten lernen, zu teilen, zu warten, bis sie an der Reihe waren, zuzuhören, Platz zu machen …

Als Kind hatte sich Natasha einen Bruder oder eine Schwester gewünscht, aber ihr Vater war dagegen gewesen. Er hatte die Ansicht vertreten, dass sie sich kein zweites Kind leisten konnten – oder besser gesagt, dass sie sich ihren Lebensstil mit zwei Kindern nicht mehr erlauben konnten. Das hatte nicht nur ihr, sondern auch ihrer Mutter das Herz gebrochen, und kein Spielzeug der Welt, keine noch so hübschen Dinge hatten sie je über ihre Enttäuschung hinwegtrösten können.

Dass sie sich eine große, turbulente, chaotische Familie wünschte, war eines der ersten Dinge, die sie Rob von sich erzählt hatte. Und schon bei ihrer zweiten Verabredung hatte er zu ihr gesagt, er könne sich eine gemeinsame Zukunft mit ihr vorstellen. Ihr Wunsch nach einer großen Kinderschar schien ihn also nicht abzuschrecken, im Gegenteil: Er behauptete, das sei auch sein Wunsch.

Als Mabel in den Flitterwochen gezeugt worden war, hatten sie das Gefühl gehabt, dass ihr Traum in Erfüllung ging. Warum also klappte es jetzt nicht aufs Neue? Was hatte sich geändert? Lag es an ihr? Oder an Rob? Sie aßen beide weniger Fleisch und verzichteten weitgehend auf Alkohol. Vielleicht war das zu wenig. Vielleicht sollten sie spezielle Nahrungsergänzungsmittel nehmen. Folsäure nahm sie schon seit einem Jahr.

Robs lässige Einstellung – »wenn es sein soll, wird es schon passieren« – tröstete sie keineswegs. Allmählich litt sie vor lauter Kummer unter der Wahnvorstellung, er könnte doch mehr ihrem Vater ähneln, als sie gedacht hatte. Ihre stille Verwunderung darüber, dass er im Gegensatz zu ihr nicht am Boden zerstört war, schlug in Wut um. Dass es ihnen nicht gelang, ihre Familie zu festigen, fühlte sich für sie so an, als ob sie als Familie versagten. Mabel brauchte Geschwister, warum konnte er das nicht begreifen?

Es war ein zerbrechliches Gleichgewicht, das sich zwischen ihnen eingestellt hatte. Die Ferien hatten ihnen die gewünschte Entspannung gebracht. Rob hatte, soweit sich Natasha erinnern konnte, nie zuvor so viele Tage am Stück freigenommen, und zum ersten Mal seit langer Zeit hatten sie spontan Sex gehabt – nicht erst nach einem Blick in den Kalender, um ihre fruchtbaren Tage zu bestimmen. Ihr unerklärliches Gefühl, etwas Grundlegendes zwischen ihnen sei kaputtgegangen, hatte sich in nichts aufgelöst, und sie waren wieder glücklich miteinander.

Und doch fühlte sich dieses Glück noch sehr zart an, wie eine Schutzhülle, die aushärten musste. Über die Entfernung hinweg diese Verbundenheit aufrechtzuerhalten war schon schwierig genug, aber beim Wiedersehen völlig übermüdet zu sein wäre definitiv nicht hilfreich.

Natasha griff nach ihrem Smartphone, tippte auf den Bildschirm und öffnete die Facebook-App, obwohl sie wusste, dass es dumm war.

Ihr Beitrag war zweiundzwanzigmal geteilt worden.

Mit einem leisen Stöhnen ließ sie das Telefon auf die Bettdecke fallen, starrte an die Zimmerdecke und wartete darauf, dass es endlich hell wurde.

7. Kapitel

Nepal, Freitag, 2. Dezember

Die Arme locker über die Knie gelegt, saß Duffy am Straßenrand und wartete auf den Bus. Der hätte schon vor einer Viertelstunde kommen sollen, aber die Verspätung war nicht tragisch, Duffy hatte es nicht eilig. Um ehrlich zu sein, war er ganz froh über die kleine Verschnaufpause, nachdem er praktisch die ganze Woche unterwegs gewesen war: am Montag von Wien nach Doha und von dort einen Tag später weiter nach Kathmandu, wo er in einem Hotel mit fladenbrotdünnen Wänden mehr schlecht als recht geschlafen hatte. Am nächsten Tag war er per Anhalter nach Pokhara gefahren, wo er ein paar Tage geblieben war, um am See entlangzuradeln und ein paar Formalitäten bei den Behörden zu erledigen, während sich sein Körper an die neue Zeitzone anpasste.

Wien und die europäischen Annehmlichkeiten kamen ihm hier an der staubigen, lauten Straße wie eine ferne Erinnerung vor. Während seine Hände langsam kalt wurden, starrte er vor sich hin und rief sich Klaras saubere, duftende Haut ins Gedächtnis, ihr lässiges Lachen, ihren provozierenden Blick …

»Hey, Mann.«

Duffy sah auf und in das Gesicht eines Typs mit Zottelhaaren und Nasenring.

»Sprichst du Englisch?« Ein Amerikaner.

Duffy nickte kurz. »Yep«, antwortete er lächelnd.

Der Amerikaner strahlte. »Das hier ist die Bushaltestelle, oder?«

»Theoretisch ja. Wo willst du denn hin?«

»Kande. Wir warten jetzt schon eine Stunde, aber von Bus keine Spur.«

»Tja, willkommen in Nepal. So läuft das hier. Er kommt, wenn er kommt. Aber hier bist du schon richtig.«

»Gut. Okay. Dachte, ich frag lieber noch mal nach.«

»Dein erstes Mal in Nepal?«

»Ja.« Er winkte einem Mann, der an einem Geländer lehnte. Es war verbogen und sah aus, als hätte es eine kleine Auseinandersetzung mit einem Bus gehabt. »Ich bin Jay, und das dort ist Stevie.«

Stevie hatte einen beeindruckenden dunkelblonden Irokesenkamm. Ein Adlerschwingen-Tattoo blitzte unter seinem Jackenkragen hervor.

»Freut mich«, erwiderte er und gab beiden die Hand. »Ich bin Duffy.«

»Wir haben dich hier sitzen sehen, und du hast so einen coolen Eindruck gemacht … Wie jemand, der schon mal hier war.«

»Stimmt, war ich auch«, bestätigte er.

Die beiden Amerikaner trugen fast die gleichen Sachen wie er: leichte Trekkinghosen, Daunenjacken und Mützen. Das war in diesem Teil der Welt so eine Art Uniform. Es war nicht schwer zu erraten, wo sie hinwollten.

»Wo kommt ihr denn her?«

»Portland, Oregon. Und du bist Engländer, stimmt's?«

»Yep.«

»London?«

»Cumbria, das liegt weiter nördlich. Aber inzwischen gelte ich wahrscheinlich nur noch als Brite ehrenhalber. Ich bin fast vier Jahre nicht mehr zu Hause gewesen.«

»Und wo warst du?«

»Hauptsächlich in den Staaten und in Südamerika – Peru, Bolivien, Chile. Zuletzt in Argentinien.«

»Da hast du aber eine Menge Meilen heruntergerissen. Muss ganz schön was kosten.«

»Kommt drauf an, was man für Ansprüche hat«, entgegnete Duffy achselzuckend. »Ich brauche nicht viel. Da und dort einen Job hinter der Kneipentheke, gelegentlich Gartenarbeit, das reicht normalerweise, um sich über Wasser zu halten.«

»Und wie oft bist du schon hier gewesen?« Jay zog den Reißverschluss seiner Jackentasche auf und kramte Zigarettenpapier und Tabak heraus.

»Das ist jetzt das dritte Mal.«

»Und wohin willst du?«

»Kande, wie ihr.«

»Echt jetzt?« Jays Brauen schossen hoch. »Machst du auch den ABC-Trek?«

»Yep.« Der Annapurna Base Camp Trek gehörte zu den beliebtesten Touren im Himalaja. Die meisten großen Reisegruppen starteten allerdings von Nayapul aus.

»Dann willst du ihn jetzt zum dritten Mal absolvieren?«

»Yep.«

»Hört sich an, als wärst du genauso kaputt wie wir.«

»Ehrlich? Was habt ihr denn gemacht?«

»Den EBC-Trek. Wir sind schon seit fünf Wochen hier.«

Duffy setzte eine beeindruckte Miene auf. Der Weg zum Base Camp des Mount Everest war der Traum jedes Wanderers, Trekkers und Bergsteigers weltweit und, weil auch noch die Sherpas und Guides dazukamen, hoffnungslos überlaufen und kommerziell ausgerichtet.

»Wie Glastonbury im Schnee«, hatte einmal jemand zu ihm gesagt. Keine zehn Pferde würden ihn dorthin kriegen.

»Und wie war's?«, erkundigte er sich dennoch.

»Voll.«

»Mmmh. Aber wahrscheinlich immer noch ruhiger als zu anderen Jahreszeiten«, sagte er.

Jay schnitt eine Grimasse. »Das will ich lieber nicht herausfinden.«

»Ich auch nicht. Deshalb sind wir jetzt hier, oder?«, fragte Duffy. »Weil wir die Massen vermeiden wollen.«

»Bei der Hälfte der sogenannten Bergsteiger, die sich vom Basislager aus auf den Weg zu Camp I gemacht haben, frage ich mich, wie die überhaupt zum Basislager gekommen sind. Die ganze Hilfe, die sie dafür gebraucht haben! Wahnsinn! Erschreckend, wenn du dir vorstellst, dass die noch weiter hinaufwollen.«

Duffy seufzte. »Das ist ja das Problem mit dem Everest. Jede Menge Fixseile und Sherpas und Orangensaftdosen – die schaffen jeden da rauf, wirklich jeden. Damit lässt sich das ganz große Geld verdienen.«

Alle drei gaben missbilligende Laute von sich und schüttelten die Köpfe, während sie auf den Verkehr starrten.

»Na ja, wir sind trotzdem froh, dass wir es gemacht haben«, fuhr Stevie fort. »Verglichen mit anderen sind wir buchstäblich hinauf*gerannt*. Hast du den Everest schon mal bestiegen?«

»Ich? Nein. Aber ich hab das Ganze vom Lhotse aus gesehen.« Duffy hatte die Menschenmengen durchs Fernglas beobachtet.

»Du solltest es versuchen. Der Everest ist der Big Daddy, so was wie eine Auszeichnung, würde ich sagen. Wir sind noch sechs Wochen hier, eine für den ABC, und dann noch den Circuit Trek, dafür braucht man noch mal drei.«

»Mann, ich freu mich schon auf die zwei Wochen Nichtstun am Schluss«, scherzte Jay. »Die nächsten vier Wochen werden brutal.«

Duffy nickte. »Ja, solche Touren ohne Pause dazwischen verlangen dem Körper alles ab. Aber wenigstens liegt der ABC auf moderater Höhe.«

»Stimmt.« Jay bot ihm seine Zigarette an, aber Duffy lehnte ab. »Und was hast du danach vor?«

»Weiß noch nicht. Im Moment habe ich noch keine Pläne. Ich lasse es auf mich zukommen.«

»Ein echter Weltenbummler, hm?«

Duffy schaute die Straße hinunter. Der Bus kam. Mühsam quälte er sich durch den dichten Verkehr, flankiert von mindestens dreißig Mopeds und Royal-Enfield-Motorrädern, die ihn – unablässig hupend und mit dröhnenden Motoren – rechts und links überholten und vor ihm wieder einscherten.

»Da ist er ja.«

Er zog die Beine an und stand auf. Die Amerikaner

drückten ihre Zigaretten aus und schwangen sich ihren Rucksack über die Schulter.

»Wie lange werden wir unterwegs sein, was meinst du?«, fragte Jay, als sie vom Straßenrand zurücktraten, damit der Bus halten konnte.

Menschen wuselten um sie herum, schrille Stimmen riefen nach Kindern, und alte Männer spuckten den Betel aus, auf dem sie herumgekaut hatten.

»Eine knappe Stunde«, antwortete Duffy. »Andererseits hätte die Fahrt von Kathmandu hierher nicht länger als sechs, sieben Stunden dauern dürfen, aber letztendlich waren es fast zehn.«

»Du bist hierher*gefahren*?« Jay sah ihn verblüfft an. »Du weißt aber schon, dass es einen Flug von Kathmandu nach Pokhara gibt, der um die dreißig Minuten dauert? Und es gibt mehrere Verbindungen täglich.«

»Ja, ich weiß.« Duffy packte seinen orangeroten Rucksack am Griff und hob ihn hoch.

»Und du bist trotzdem lieber zehn Stunden mit dem Bus gefahren?«

»Eigentlich auf der Ladefläche eines Lastwagens. Zusammen mit drei Ziegen. Aber wie heißt es so schön? Der Weg ist das Ziel!«

Jay und Stevie brachen in schallendes Gelächter aus.

Die Bustüren öffneten sich, und alle drängten lautstark schwatzend hinein, als würde der Bus schneller abfahren, wenn sie sich eilig einen Platz suchten.

Duffy ging auf den Busfahrer zu, der das Gepäck in den Laderaum lud, und wuchtete seinen Rucksack selbst hinein.

»*Namaste*«, grüßte er.

»*Namaste*«, antwortete der Fahrer.

Als Duffy ein paar Minuten später einstieg, saßen Jay und Stevie schon drin. Ihre Rucksäcke hatten sie in den niedrigen Netzen über ihren Köpfen verstaut, was sie vermutlich noch bereuen würden. Die Straßen waren die reinsten Schlaglochpisten, und die Stoßdämpfer des Busses waren wahrscheinlich auch hinüber. Auf ihren Plätzen ganz vorn würden Jay und Stevie jede kleine Unebenheit spüren, und ihre Rucksäcke würden früher oder später auf ihrem Schoß landen.

Auf der Suche nach einem freien Platz ging Duffy lächelnd durch den Mittelgang. Hinten angekommen, drehte er sich zum Fahrer um und zeigte ihm achselzuckend seine Fahrkarte. Die Busse waren nicht selten überbucht.

Der Fahrer zuckte ebenfalls lässig mit den Schultern und winkte Duffy zu sich ins Führerhaus. Es war nicht groß, aber hinter dem Fahrersitz gab es einen zweiten, schmaleren Sitz, von dem man einen panoramaartigen Blick auf die Straße hatte. Dekoriert war das Führerhaus mit einem großen laminierten Bild einer Hindu-Göttin, einer um den Innenspiegel gewickelten Glöckchenschnur und einem aufs Armaturenbrett geklebten Gefäß mit einem Räucherstäbchen darin.

Wenig später fuhr der Bus ab. Während er im Rhythmus des Busses schwankte und durchgeschüttelt wurde, starrte Duffy gelassen durch die Windschutzscheibe auf die Straße vor ihnen. Es gab keine Fahrbahnmarkierungen; auf Gegenverkehr reagierte man spontan und mit blitzschnellen Reflexen, begeistertem Hupen, abruptem Bremsen und natürlich wilden Ausweichmanövern. Ein

Gewirr von Stromleitungen hing schlaff über den Straßen, und die wie Legosteine übereinandergestapelten Wohnhäuser wirkten behelfsmäßig. Fast jede Wohnung hatte einen Balkon, über den sich Wäscheleinen spannten; Nachbarn plauderten miteinander über Straßen- und Häuserschluchten hinweg.

Sie passierten einen Ballonverkäufer, der seine rosaroten Folienballons wie eine riesige Kaugummiblase hinter sich herzog. Ein Kind radelte wie verrückt einem Hund hinterher. Ein Mann saß auf einem Schemel und reparierte Fahrräder.

Duffy betrachtete die Gesichter der Menschen auf der Straße, hörte den Tonfall ihrer Stimmen. Sie kamen an einem Fluss vorbei, der Richtung Straße mäanderte, als wollte er sie küssen; Wasserbüffel weideten friedlich an seinen Ufern. Ein dünnes Rinnsal eisigen Schmelzwassers schlängelte sich durch das Flussbett; scharfkantige Felssplitter waren darin verstreut wie schwarzes Konfetti.

Duffy drehte sich um. In der Ferne konnte er immer noch den Phewa-See ausmachen, ebenso die an Holzpfählen vertäuten, in unverwechselbarem Kornblumenblau und Aquamarin gestrichenen Fischerboote. In einem Baum schaukelte ein Affe …

Es gab unendlich viel Leben hier, in unendlich vielen Formen. Alles war vertraut und neu zugleich. Tiefe Wolken zogen über einen kalten grauen Himmel, aber überall leuchteten kräftige Farben: wattierte Jacken, Fahnen, Boote, Autos, Ballons, Häuser. Duffy konnte die Energie des an diesem wilden Ort gelebten Lebens spüren. Überall um ihn herum waren Menschen, die sich irgendwie durchschlugen, die das Abenteuer suchten, auf der Flucht vor sich selbst waren, sich selbst fanden.

Und er? Lief er vor sich selbst davon, oder war er auf der Suche nach sich selbst?

Der Busfahrer musste scharf bremsen, weil ein Moped einer Ziege auswich. Eine Sekunde später hörte Duffy hinter sich einen dumpfen Aufprall, gefolgt von einem eindeutig amerikanischen Fluch.

Er musste grinsen, weil das eingetreten war, was er vorausgesehen hatte: Die Rucksäcke der beiden Amerikaner waren aus dem Gepäcknetz geschleudert worden.

Im gleichen Moment spürte er das Vibrieren seines Handys in der Jackentasche. Er hatte Empfang? Schnell zog er das Telefon heraus. Offenbar war man selbst im abgelegensten Winkel Asiens erreichbar.

Er warf einen Blick auf den Bildschirm und verzog schmerzlich das Gesicht, als er Anyas Namen las. Stimmt, er hatte ihr versprochen, gleich nach seiner Ankunft anzurufen. Und jetzt war er schon drei Tage in Nepal.

Ruf mich an, wenn du das liest!

Duffy lächelte. Typisch Anya. Sie verlor keine Zeit, weder mit Förmlich- noch mit Höflich- oder Liebenswürdigkeit. Sie kam immer sofort zur Sache, und oft klangen ihre Nachrichten leicht beunruhigt.

Duffy steckte das Handy in die Tasche zurück und schaute wieder aus dem Fenster. Er würde sich bei ihr melden, sobald sie in Kande waren, wo es WLAN gab. Jetzt hatte sie schon so lange gewartet, da konnte sie es auch noch ein bisschen länger aushalten.

Duffys Telefon klingelte, als er die Hälfte seiner Liegestütze absolviert hatte. Er streckte sich, um erkennen zu können, wer der Anrufer war, doch im Grunde war das unnötig: Er wusste es bereits. Es gab nur einen einzigen Menschen auf der Welt, den es interessierte, wo er sich aufhielt, der nach ihm fragte und hoffte, dass er ans Telefon ging. Er machte noch ein paar Liegestütze – in Form zu sein war überlebenswichtig –, aber es war zu spät, er konnte sich nicht mehr konzentrieren. Und wenn er jetzt nicht abnahm, würde sie ein zweites Mal anrufen. Und ein drittes Mal. Außerdem hatte er versprochen, sich bei ihr zu melden.

Also zog er die Beine mit einem Sprung an, schnellte in den Stand und schnappte sich das Handy, das auf dem Bett lag.

»Ja, hallo?«, keuchte er. »Hey, Anya.«

Sein Puls war erhöht. Sein Workout war nicht besonders lang, aber er absolvierte seine Übungen in schneller, konzentrierter Abfolge: Liegestütze, Bauchpressen, Mountain Climbers und Klimmzüge – sofern der Türstock es erlaubte.

»Wo bist du?« Direkt wie immer.

Er war sich nicht sicher, ob er es ihr sagen sollte. So ein Zimmer hatte sie bestimmt noch nicht gesehen. Es war klein, der Platz reichte gerade für ein Einzelbett, und an dem einen Ende befand sich ein Fenster mit austerngrauen Vorhängen. Das Bett bestand aus einem Gestell mit einer dünnen Matratze. Duffy hatte seinen Schlafsack bereits darauf ausgerollt. Seine Wanderstiefel hatte er an der Tür stehen lassen. Die grob verputzten Wände waren halb rosa, halb grün gestrichen; es gab weder Bilder noch Bücher, nicht einmal eine Aussicht – jedenfalls nicht heute: Die tiefen Wolken waren im Lauf des Nachmittags dicker geworden und drängten sich nun direkt über den Köpfen der Menschen. Wenn er aus dem Fenster schaute, fühlte er sich fast wie in Croydon. Das Badezimmer musste er sich mit anderen teilen, aber es hatte immerhin eine Toilette, wie sie in westlichen Ländern üblich war, und fließendes Warmwasser – sein letzter Luxus für eine ganze Weile.

Er hatte Glück gehabt, dass er ein Einzelzimmer bekommen hatte – noch ein Vorteil einer Trekkingtour außerhalb der Saison. Nachher würde er etwas zu Abend essen und dann früh ins Bett gehen. Körper und Geist sollten morgen frisch und ausgeruht sein.

»In einem Hotel in einer Stadt namens Kande«, antwortete Duffy auf ihre Frage. »Eine Stunde von Pokhara entfernt, falls du es na…«

»Gibt es dort WLAN?«, fiel Anya ihm ins Wort.

»Na ja, immer mal wieder, würde ich sagen.« Duffy runzelte die Stirn über die Ungeduld in ihrer Stimme. Sie kam immer ohne Umschweife zur Sache, aber das war selbst für ihre Verhältnisse sehr kurz angebunden. »Warum?«

»Du musst mir ein Foto von diesem Plüschtier schicken, das du gefunden hast.«

Eine Pause entstand, während er zu verarbeiten versuchte, was sie gerade gesagt hatte.

»Was?«, fragte er schließlich.

»Die Plüschkuh! Moodle.«

An die hatte er gar nicht mehr gedacht. Als er seinen Rucksack in Pokhara aus- und dann die eine Hälfte wieder eingepackt hatte – die andere befand sich in einem Schließfach in der Stadt –, war das Plüschtier ganz nach unten gewandert und vergessen worden.

»Wieso?«

»Ich muss sie sehen.«

»Aber wieso?«

»Schick mir das Foto. Ich erklär's dir gleich. Ich will erst sehen, ob meine Vermutung richtig ist.«

»Anya …«

»Tu's einfach.«

Er stöhnte. Jetzt wusste er wieder, warum sie Schluss gemacht hatten. »Jetzt gleich?«

»Jetzt gleich. Ich ruf dich an, sobald ich das Foto habe.«

Sie legte auf, und Duffy starrte perplex auf sein Telefon. Er hatte seine Ex nie so richtig verstanden, aber das war jetzt wirklich verwirrend.

Seufzend begann er, seinen Rucksack auf der Suche nach dem Plüschtier zu durchwühlen. Schließlich ertastete er es und zog es heraus.

»Hey, Kumpel, da bist du ja!« Wie jedes Mal, wenn er es anschaute, verspürte er jene eigenartige Mischung aus prickelnder Freude und dumpfem Schmerz. »Bereit für eine kleine Reise?«

Das Plüschtier antwortete nicht.

Er hielt es ins Licht, fotografierte es und schickte Anya das Foto. Er wusste nicht, wie lange das Senden dauern würde – gut möglich, dass es erst in ein paar Tagen rausgehen würde –, aber er bereitete sich innerlich schon mal auf ihre Bemerkungen hinsichtlich der zweifelhaften Satinvorhänge im Hintergrund vor.

Duffy setzte sich auf die Bettkante und machte ein paar Trizeps Dips. Seine Muskeln begannen zu brennen, und er genoss das Gefühl.

Sein Handy klingelte.

»Verdammt noch mal«, brummte er, setzte sich richtig hin, die Ellenbogen auf den Knien, und nahm ab.

»Ich hab's doch gewusst!«, stieß Anya atemlos hervor.

»Was hast du gewusst?«

»Du hast das Plüschtier von diesem kleinen Mädchen! Es ist genau das gleiche! Es sieht exakt so aus wie das in ihrem Post. Sie hat es hier in Wien verloren, und du hast es hier gefunden!«

Duffy starrte seine bestrumpften Füße an, während er versuchte, aus ihrem wirren Gerede schlau zu werden.

»Anya, ich hab nicht die leiseste Ahnung, wovon du sprichst.«

»Duffy! Checkst du deine Social-Media-Kanäle eigentlich nie?«

»Ich bin in Nepal, nicht in New York!«

»Ts, ts, ts«, machte sie missbilligend. »Da stehst du im Mittelpunkt eines Dramas und weißt nicht mal was davon!« Sie seufzte tief und leidgeprüft. »Ein kleines englisches Mädchen hat sein Kuscheltier verloren, sein Lieblingskuscheltier. Die Kleine kann nicht mehr schlafen und will nichts essen. Ihre Mutter ist total verzweifelt. Das Mädchen ist erst drei.«

»Und dieses Kuscheltier habe ich?«

»Ja! Sie hat es letztes Wochenende in einem Airbnb in Wien verloren. Sie waren Samstagnacht dort, und du hast Sonntagnacht dort geschlafen, richtig?«

»Richtig«, brummte er.

»Und du hast das Plüschtier in der Wohnung gefunden?«

»Das weißt du doch. Wir haben zu dem Zeitpunkt telefoniert.«

»Okay. Dann ist es ihres. Du musst es ihr schicken.«

Duffy lachte kurz auf. »Anya, welchen Teil von *Ich bin in Nepal* hast du nicht verstanden? Ich schwöre, hier ist weit und breit keine DHL-Niederlassung.« Er fuhr sich müde durchs Haar. Dieses ganze Drama zermürbte ihn. »Woher, zum Teufel, weißt du eigentlich davon? Kennst du die Leute?«

»Duff, die Geschichte ist viral gegangen. Die Mutter hat sie auf Facebook gepostet, und Harry Styles hat den Beitrag geteilt! Jennifer Lawrence auch! Und Justin Bieber! Und, halt dich fest, Margot Robbie!«

»Niemals, verdammte Scheiße!«, entgegnete er lachend.

»Und ob! Sie ist sechzehn Millionen Mal gelikt und über eine Million Mal geteilt worden. Es gibt sogar einen Hashtag-Trend: #findetmoolah.«

»Moolah?«

»Das Plüschtier!«

»Du meinst Moodle?«

»Sein Name ist Moolah. Und es ist eine Sie.«

Duffy betrachtete das Stofftier in seiner Hand.

»Nein, es ist eindeutig ein Er«, widersprach er dann.

Anya lachte in sechstausend Kilometern Entfernung. »Na schön, wenn du meinst. Jedenfalls musst du es zurückgeben. Die ganze Sache ist regelrecht explodiert. Du willst doch nicht das Monster sein, das einem kleinen Mädchen sein Kuscheltier wegnimmt, oder?«

»Ich bin jetzt ein Monster?«

»Du wirst eins sein, wenn jemand herauskriegt, dass du das Spielzeug an dich genommen hast und es trotz dieser Tragödie behältst. Hast du denn kein Herz?«

»Ich hab doch gar nichts gemacht! Ich hab's zufällig hinter dem Vorhang entdeckt, und du weißt doch – was man findet, darf man auch behalten.«

Anya schnappte in gespieltem Entsetzen nach Luft. »Du bist tatsächlich ein Monster! Ich hab's ja gewusst«, neckte sie ihn. »Ehrlich, Duff, du hast nicht die geringste Chance gegen die Kleine. Sie ist niedlicher als Bambi. Kein Mensch würde ihr das Kuscheltier vorenthalten. Jeder Richter würde gegen dich entscheiden.«

Jetzt war es Duffy, der lachen musste. »Oh, geht die Sache jetzt vor Gericht?«

»Darauf kannst du wetten.«

»Aber wer im Besitz einer Sache ist, dem gehört sie doch, oder?«

»Ich werde dir den Post schicken, damit du dieses süße Gesichtchen siehst und begreifst, womit du es zu tun hast.« Sie klang abgelenkt, und Duffy stellte sich vor, wie sie in ihrer Wiener Wohnung saß und in Kaschmirsocken und dem Sweatshirt ihres Mannes (seines hatte sie sich jedenfalls immer unter den Nagel gerissen) auf ihrem Handy scrollte. »Da musst du dann durch … Die Mutter hat ungefähr eine Million Fotos gepostet, und alle drücken auf die Tränendrüsen.«

»O Gott, nein, du verstopfst mir meinen Posteingang!«, sagte er schnell. »Um eine Datei dieser Größe herunterzuladen, reicht die Datenübertragungsrate hier draußen bei weitem nicht aus. Sie wird bis in alle Ewigkeit irgendwo im Äther zwischengespeichert sein!«

»Zu spät, ist schon draußen«, erwiderte Anya. Es klang sehr zufrieden.

Duffy seufzte. Die Datei würde nie bei ihm ankommen.

»Also gut, ich gebe mich geschlagen. Ich werde das Plüschtier bei der nächsten Gelegenheit zurückschicken, okay?«

»Und wann wird das sein? Sie ist so klein. Eine Dreijährige wird nicht verstehen, dass das Wochen dauern kann.«

»Was soll ich denn machen?« Er zuckte mit den Schultern. »Wenn es dich so beschäftigt, dann … dann setz dich doch mit der Mutter in Verbindung und erklär ihr alles. Sag ihr, das Plüschtier ist bei mir in Sicherheit.«

»Ich weiß!«, rief Anya ganz aufgeregt. »Verlang ein Lösegeld! Im Ernst!«, fügte sie lachend hinzu. »Es gibt nichts, was diese Mutter nicht tun würde, um Moolah zurückzubekommen. Du willst ein Haus? Kriegst du! Einen Porsche? Aber sicher doch! Nimm gleich zwei!«

»Ein Date mit Margot Robbie?«

»Kein Problem!«

Sie lachten beide. Als Freunde waren sie immer schon unschlagbar gewesen. Duffy wusste, er war ein schwieriger Partner gewesen, viel zu zornig und kaputt, als dass er ihre Liebe hätte akzeptieren können. Deshalb war er besonders stolz darauf, dass ihre Freundschaft trotz allem überdauert hatte.

»Himmel, so was Aufregendes ist mir noch nie passiert«, sprudelte es aus Anya heraus. »Ich bin eine Heldin! Die Frau, die Moolah gefunden hat!«

Duffy verdrehte die Augen bei der Vorstellung, dass er als der Mann bekannt werden würde, der Moolah quasi entführt hatte.

»Vielleicht wollen sie mich im Frühstücksfernsehen interviewen«, überlegte sie kichernd.

»Aber lass mich aus dem Spiel. Erwähne bloß nicht meinen Namen«, sagte Duffy sofort und rieb sich die Schläfen. Jetzt fand er die Sache nicht mehr lustig. Seinen Namen in den Medien zu sehen war das Letzte, was er wollte. »Sag der Mutter einfach, dass ich ihr das Ding schicke, sobald ich zurück in der Zivilisation bin, okay?«

»Okay, alles klar. Aber von deinen Millionen Lösegeld musst du mich wenigstens zum Abendessen einladen. Das bist du mir schuldig, wenn du wieder da bist.«

Wieder da. Sie schwiegen beide.

»Duff?«, fragte Anya schließlich.

»Ja, ich bin noch da. Sorry, die Verbindung war kurz weg«, log er.

Er starrte aus dem Fenster auf die Wolken. Alles war grau und gestaltlos, er fühlte sich, als wäre er mitten im Nichts. Die Stadt Wien mit ihrer pulsierenden Energie, ihrer Stabilität, ihrem Gewicht und ihrer Geschichte könnte hier niemals existieren. Nicht hier, wo alles substanzlos und immateriell war und jederzeit bereit wegzuwehen. Er riss sich zusammen.

»Hör mal, ich muss Schluss machen. Ich brauche was zu trinken und zu essen. Ich will früh ins Bett. Morgen ist ein wichtiger Tag.«

»Pass auf dich auf, hörst du?«, bat Anya in dem mütterlichen Tonfall, der ihm allein vorbehalten zu sein schien.

»Ich mache eine Trekkingtour, Anya – praktisch eine Wanderung in einem Nationalpark.«

»Ja, auf viertausend Meter Höhe«, gab sie hitzig zurück. »Ich kenne dich, vergiss das nicht.«

Nachdem sie sich Küsse geschickt und aufgelegt hatten, ließ sich Duffy aufs Bett fallen und starrte an die Zimmerdecke. Der Anruf hatte ihn aus der Fassung gebracht. Anyas Megawattenergie war oft kräftezehrend, und jetzt, wo sie Welten voneinander entfernt waren, standen ihre unbekümmerte Lebhaftigkeit und ihre feste Überzeugung, dass es immer ein Morgen geben würde, für alles, was er zurückgelassen hatte. Sie war in einer Welt verwurzelt, die nicht mehr die seine war.

Er spürte, dass ihn etwas anstarrte. Als er den Kopf drehte, schaute er in die Augen des Plüschtiers, das nach vorn gekippt war. Er nahm es in die Hand.

»Tja, Moodle. Moolah. Wer immer du auch sein magst. Da hast du mir was Schönes eingebrockt. Du hast mit keinem Wort erwähnt, dass du ein VIP bist. Hoffentlich machst du mir auf dem Rest der Reise nicht noch mehr Scherereien.«

Das Plüschtier hüllte sich in Schweigen.

»Du bist eher der wortkarge Typ, hm?«

8. Kapitel

Frome, Freitag, 2. Dezember

Natasha arbeitete gerade an dem Porträt von Sue Chelfords Weimaraner, dessen Blick sie noch ein wenig perfekter einzufangen versuchte, als sie hörte, wie Rob die Haustür aufschloss. Es folgten ein gedämpftes Geräusch, als er seine Reisetasche auf den Boden plumpsen ließ, und ein erschöpfter Seufzer.

Bella winselte vor Freude und schlitterte über das Eichenparkett auf ihn zu, um ihn zu begrüßen. Dabei wedelte sie so heftig mit dem Schwanz, dass sie ihn sich fast ins Gesicht gepeitscht hätte.

»Hallo, mein Mädchen«, flüsterte Rob und tätschelte ihre Flanke wie einen Sack Mehl. Diese Geräusche – die Geräusche eines glücklichen Heims voller Leben – zeigten an, dass alles wieder wie früher war. Es war viel zu still, wenn nur sie beide da waren (sie drei, Bella mitgerechnet), aber Mabels Freude und ihre eigene Erleichterung bei Robs Rückkehr wogen das fast wieder auf.

»Na, wie geht's meinen Lieblingsmädels?«, fragte Rob, als er ein paar Sekunden später den Kopf ins Atelier streckte.

Ihm bot sich ein Anblick häuslicher Behaglichkeit. Im Ofen knisterte ein Feuer, und eine Kerze verströmte den weihnachtlichen Duft von Zimt, Nelken und Gewürzen. Mabel saß auf ihrer Plastikspielmatte auf dem Fußboden, umgeben von bunter Knetmasse und kindgerechten Schneidewerkzeugen und Schablonen.

»Daddy!«, schrie sie, rappelte sich eilig auf und rannte mit ausgebreiteten Armen auf ihn zu.

Rob hob sie hoch und wirbelte sie im Kreis herum. Er lachte, als sie begeistert quietschte, zog sie dann an sich und prustete auf ihren Hals.

»Warst du auch ein braves Mädchen?«

Sie nickte.

»Ist das wahr?«, fragte er in singendem Tonfall.

»Ja«, versicherte sie ernst und mit einem Ausdruck personifizierter Unschuld.

Nichts deutete auf das Drama der letzten Tage hin. Vier Nächte lang hatte Natasha sie mitten in der Nacht gebadet und ihr unter der Bettdecke im Schein einer Taschenlampe Geschichten vorgelesen – alles nur, damit die schlaflosen Stunden sich gewollt und lustig anfühlten statt aufgezwungen und qualvoll. Und tatsächlich waren die Tränenausbrüche weniger heftig ausgefallen, allerdings fragte sich Natasha inzwischen, ob diese durchwachten Nächte ihrer Tochter nicht ein bisschen zu viel Spaß machten.

»Braves Mädchen«, lobte Rob und gab seiner Tochter einen Schmatz auf die Wange.

Dann setzte er sie ab und ging zu Natasha hinüber, die vor ihrer Staffelei saß.

»Hey du«, sagte er mit dieser tiefen, sexy Stimme, die Vergebung einforderte oder, sofern es nichts zu verzeihen gab, auch etwas anderes.

»Selber hey du«, erwiderte Natasha, bewegte aber nur die Augen, als er sich zu ihr beugte und ihr einen Kuss auf die Wange gab.

»War es schlimm?«

Sie nickte.

»Du siehst müde aus.«

»Vielen Dank«, erwiderte sie sarkastisch. Es wurmte sie, dass er so ausgeruht wirkte, doch als er ein betretenes Gesicht machte, bekam sie ein schlechtes Gewissen. »Entschuldige, ich will dir keine Schuldgefühle machen. So langsam wird es wieder. Alles in Ordnung.«

Rob, der einen Arm fest um ihre Schultern gelegt hatte, küsste sie noch einmal.

»Tut mir leid«, murmelte er. »Ich bin so schnell abgereist, wie ich konnte. Ich bin sogar früher weggekommen, weil ein Meeting nicht so lange gedauert hat wie erwartet, aber auf der M5 war ein Wahnsinnsverkehr …« Er zuckte hilflos mit den Schultern.

»Macht doch nichts. Jetzt bist du ja da.«

Er betrachtete die Kohlezeichnung. Natasha hielt sie nicht für ihre beste Arbeit. Sie hatte so viel daran herumgefeilt, dass sie ihr jetzt gekünstelt und übertrieben detailreich vorkam.

»Wow!«

Natasha kräuselte die Nase. Das winzige, kaum wahrnehmbare Zögern vor dem *Wow* war ihr nicht entgangen.

»Ich kriege die Augen einfach nicht hin«, meinte sie selbstkritisch.

»Also für mich sehen sie wie Augen aus. Rund und mit schwarzen Kreisen in der Mitte.«

»Haha.« Sie seufzte. »Nein, ich meine, ich kriege den Ausdruck nicht richtig hin.«

»Haben Hundeaugen überhaupt einen bestimmten Ausdruck?«

Sie wunderte sich über diese Frage. »Schaut Bella dich beim Nachhausekommen genauso an wie beim Fortgehen?«

»Touché.« Rob küsste ihre Nasenspitze. »Ich begreife allerdings immer noch nicht, warum du dich so abplagst.«

Natasha schaute ihm zu, wie er zum Ofen ging und Holz nachlegte.

»Weil es mir Spaß macht, ganz einfach«, erklärte sie. »Auch wenn es nicht immer den Anschein hat. Außerdem, was soll ich sonst machen? Mabel wird zunehmend mehr Zeit in der Kita verbringen, und du bist ständig unterwegs. Soll ich die ganze Zeit allein hier herumsitzen?«

»Ich dachte, jede Frau träumt davon, die Füße hochzulegen, sich mit ihren Freundinnen zum Essen zu treffen, zur Kosmetikerin zu gehen und zu shoppen.«

Sie legte die Stirn in Falten. Machte er einen Witz, oder meinte er das ernst?

»Meine Freundinnen arbeiten auch, weißt du?«

»Na ja, solange du nicht mit dem Gedanken spielst, wieder ins Büro zu gehen … Mabel braucht dich.«

»Ich weiß.«

Ihre Karriere als Statikerin war sowieso zu Ende gewesen, noch bevor sie richtig begonnen hatte. Nach der Hochzeit hatte sie gerade einmal sieben Monate gearbeitet, und obwohl sie jetzt, wo Mabel in der Kita war, mehr freie Zeit hatte, fühlte sie sich bereits abgehängt: Ihre früheren Studienfreunde hatten inzwischen mehrere Jahre Berufserfahrung und gehörten der unteren Führungsebene an. Natasha konnte lediglich Fähigkeiten im Windelwechseln vorweisen, dazu ein überwältigendes Repertoire an Kinderliedern sowie die Kunst, auch ohne Schlaf zu funktionieren. Und falls ihre Gebete erhört wurden, würde sie sich ohnehin bald wieder in den Mutterschutz verabschieden …

Die Arbeit war lediglich Mittel zum Zweck gewesen, ein Job, der ihr einen angenehmen Lebensstil ermöglichen sollte. Den hatte sie ja inzwischen, auch wenn sie nie geplant hatte, mit zweiundzwanzig zu heiraten und schwanger zu werden. Aber sie liebte es, Tierporträts zu zeichnen, und verdiente obendrein Geld damit, sodass sie sich nicht ganz so sehr wie eine Schmarotzerin vorkam.

Natasha bemerkte Robs finstere Miene.

»Mabel, was haben wir gesagt? Du sollst doch nicht am Daumen lutschen!« Er ging zu ihr und zog ihr den Daumen sanft aus dem Mund.

Mabel fing zu weinen an. Vorbei war es mit dem häuslichen Frieden, zerplatzt wie eine Seifenblase.

Rob sah Natasha verwirrt an. Sie hatten Monate gebraucht, um Mabel das Daumenlutschen abzugewöhnen.

Natasha zuckte mit den Schultern. »Sie schläft übrigens auch in unserem Bett.«

Sollte er es ruhig gleich wissen. Das war nicht der richtige Zeitpunkt, um über gute und schlechte Angewohnheiten zu diskutieren. Jetzt kam es nur darauf an, irgendwie zu überleben.

»Okay.« Er fuhr sich durch die Haare. Das Wochenend-Feeling, das sich in den ersten Minuten auf seinem Gesicht abgezeichnet hatte, verschwand dramatisch schnell. »Herrgott, und alles nur wegen eines verlorenen Plüschtiers!«

»Yep.« Sie seufzte resigniert und wandte sich wieder dem ausdruckslosen Blick des Weimaraners zu. Was brauchte es, um diesen Augen Leben einzuhauchen?

»Würde eine Flasche Rotwein und was zu essen helfen?«, fragte Rob, der genau wusste, wie er *ihre* Augen zum Leuchten bringen konnte. »Lass das jetzt. Geh und lass dir ein Bad einlaufen. Ich kümmere mich um die Dunkle Herrin der Nacht.«

Natasha kicherte. »Das wäre einfach perfekt – wenn wir heute Abend nicht bei den Tennants eingeladen wären.«

Rob erstarrte. »Bitte sag, dass das ein Scherz ist.«

»Nein, ist es nicht.« Sie zog die Brauen zusammen. »Das kannst du doch nicht vergessen haben. Ich habe dich gestern Abend daran erinnert, weißt du nicht mehr?«

Stöhnend richtete er sich auf und rieb sich mit beiden Händen übers Gesicht.

»Das habe ich glatt verschwitzt. Diese letzte Woche war die Hölle.«

Sie beobachtete, wie er sich mit abgehackten, frustrierten Bewegungen aus seinem Jackett schälte.

»Ist in der Firma alles okay?«

»Ja, bestens.« Er seufzte, und es klang völlig erschöpft. »Nur das Übliche – zu viel Arbeit und zu wenig Personal.«

»Du musst mehr Leute einstellen, Rob. Es kann doch nicht sein, dass immer alles an dir hängen bleibt. Du bist chronisch überarbeitet.«

Wie oft hatte sie ihm das schon gesagt? Zum Beispiel letzte Weihnachten, als Amazons Cloud Network zusammengebrochen war und er das Haus in fliegender Hast verlassen hatte. Oder im August, als er ihre Ferien in Devon vorzeitig abgebrochen hatte, weil der interne Server der Universität einen Tag vor Bekanntgabe der Prüfungsergebnisse abgestürzt war.

Was Natasha mehr Sorgen machte als die Auswirkungen auf die Familie, war der ständige Stress, dem Rob ausgesetzt war. Männer in seinem Alter erlitten Herzinfarkte bei deutlich geringeren Belastungen. Sie beteuerte immer wieder, dass sie weder so ein großes noch so ein luxuriöses Haus brauchten, aber Rob war unglaublich ehrgeizig: Für seine Familie war das Beste gerade gut genug.

»Das ist nur eine Phase«, wiegelte er ab. »Im Moment haben wir mehr am Hals, als wir bewältigen können, aber die Verträge, du weißt ja … Egal, wir sehen Licht am Ende des Tunnels.« Wieder fuhr er sich durchs Haar. Die Müdigkeit tat seinem guten Aussehen keinen Abbruch. »Außerdem ist zu viel Arbeit besser als gar keine.«

»Hm«, machte Natasha. Sie war da anderer Meinung. »Wie auch immer, ich glaube, du hast das Bad und die Flasche Wein nötiger.«

»Mh-mh, es ist eindeutig andersherum. Ich will sehen, ob du deine Bräunungsstreifen noch hast«, fügte er augenzwinkernd und mit jenem gewissen Funkeln in den Augen hinzu.

Sie grinste, als er zu ihr schlenderte und sie innig auf den Mund küsste.

»Wann sollen wir dort sein?«, fragte er dann.

Mabel saß wieder auf ihrer Spielmatte und knetete Rosa und Blau zu einem grässlichen Lila zusammen.

»Um halb acht. Ich habe sie schon vorgewarnt, dass wir Mabel mitbringen werden.«

»Ach ja? Hat Rosie keine Zeit?«

»Doch, aber jetzt, wo Moolah nicht als Einschlafhilfe zur Verfügung steht, akzeptiert unsere Kleine nur mich als Ersatz. Aber nun bist du ja wieder da, dann wird sie sich hoffentlich auf dich konzentrieren.« Sie lächelte ihm kurz und selbstgefällig zu.

»Natürlich wird sie das«, gurrte er, hob Mabel hoch und kitzelte sie. Dann schwang er sich das fröhlich krähende Mädchen auf die Schultern – Zeit für das abendliche Bad. »Sie ist doch Daddys Prinzessin, nicht wahr, mein Schnuckelchen?«

Die beiden verließen das Atelier, gingen den Flur hinunter, durch den Eingangsbereich und die Treppe hinauf, und Natasha hörte sie die ganze Zeit unentwegt plappern. So klang ein glückliches Zuhause voller Leben.

Die Autoscheinwerfer schwenkten über die Steinsäulen von Grayshott Manor, und das Spiel von Licht und Schatten ließ das Haus in der Dunkelheit reliefartig hervortreten. Das schmiedeeiserne Tor, das sich elektrisch schloss und öffnete, war ein anderes Kaliber als das vergleichsweise kleine Törchen der Stoneleighs. Die uralten Bäume entlang der Zufahrt wurden von Spots angestrahlt, wie um eine Darbietung der in ihrem Geäst lebenden Tiere zu beleuchten.

Es war ein stattliches Anwesen, aber, wie Natasha fand, auch ein wenig düster: blockartig im frühen Georgianischen Stil aus kaltem grauen Stein erbaut, mit klaffenden Fenstern und Dachgauben, die über ein Gesims spähten wie unartige Kinder. Im Sommer blühte eine pinkfarbene an der Fassade, die dem Ganzen etwas Majestätisches verlieh, aber um diese Jahreszeit sahen die kahlen, dornigen Ranken wie kaputte Kapillargefäße aus. Im mittleren Fenster des oberen Stockwerks stand ein großes antikes Ayres-Schaukelpferd, das eigentlich ganz bezaubernd war, doch Mabel weinte jedes Mal beim Anblick der wilden, stierenden Augen und des mit kräftigen Zähnen bestückten aufgerissenen Mauls.

Rob hatte sich umgezogen. Zu einer dunklen Jeans trug er ein frisches Hemd und ein marineblaues Samtjackett. Natasha hatte sich für ein blaugrünes seidenes Midikleid, hochhackige Slouchy Boots und mehrere Armreifen entschieden. Mabel kam im Schlafanzug, aber Natasha hatte ihr spaßeshalber eine Samtschleife in die Haare gesteckt, denn wenn die Tennants »sportlich elegant« sagten, meinten sie in Wirklichkeit immer »elegant«.

»Da sind sie ja, unsere Lokalpromis!«, rief Lauren, als sie die Tür aufriss.

»Unsere *was*?«, fragte Rob perplex. Mabel auf seiner Hüfte zeigte sich gänzlich unbeeindruckt.

Natasha schüttelte lachend den Kopf und wechselte einen raschen Blick mit Lauren.

»Ups, er weiß es noch gar nicht!«

Rob runzelte die Stirn. »Was weiß ich noch nicht?«

Lauren war entzückt. »Das ist ja zu komisch! Ich fasse es nicht! *Sechzehn Millionen Likes* für das Drama deiner Familie, und du hast keinen blassen Schimmer! Das ist einfach köstlich!«

»Was ist hier eigentlich los, Nats?« Robs Stimme hatte sich verändert, keine Spur mehr von Unbeschwertheit.

»Entspann dich.« Natasha legte ihm beruhigend die Hand auf den Arm. »Mein Post wegen Moolah auf Facebook ist viral gegangen, das ist alles.«

»*Viral?*« Er sprach das Wort im gleichen Tonfall aus, in dem er »Virus« sagte. In seiner Welt bedeutete das etwas Unheilvolles.

»Sechzehn Millionen Likes, Rob!«, wiederholte Lauren, als sie ihnen durch den gefliesten Flur vorausging, vorbei an flackernden gelben Kerzen und viktorianischen Landschaften in vergoldeten Rahmen. »Das ist der Wahnsinn! Wir sind alle schrecklich aufgeregt …«

Rob fasste Natasha am Ellenbogen. Lauren ging wild gestikulierend weiter, ohne zu merken, dass sie ihr Publikum verloren hatte.

»Warum hast du mir nichts davon gesagt?«, fragte er leise und ohne den geringsten Anflug von Belustigung in seinem Blick.

»Das wollte ich ja, als du nach Hause gekommen bist, aber dann hab ich's vergessen«, antwortete sie achselzuckend.

Sechzehn oder sechzehn Millionen Likes – für sie machte es keinen Unterschied, weil Moolah immer noch verschwunden war.

»Du hast es *vergessen*? Nach dem ganzen Theater, das wir diese Woche hatten?«

Sie zog eine Braue hoch. »*Wir?*«

Er straffte sich. Der Vorwurf in ihrer Stimme war unüberhörbar. *Er* hatte eine Arbeitswoche einschließlich ausreichender Nachtruhe in einem exklusiven Hotel hinter sich.

»Es war das Erste, worüber wir gesprochen haben, Nats«, zischte er. »Und du vergisst einfach zu erwähnen, dass sechzehn Millionen Menschen über uns reden? Was hast du gepostet?«

»Herrgott, Rob, komm wieder runter«, zischte sie zurück. »Niemand *redet* über uns. Die Leute teilen den Post, weil sie helfen wollen.«

»Was hast du gepostet?«, fragte er noch einmal.

»Dass wir Moolah verloren haben … und wo und wann. Und ein paar Fotos …«

»Fotos?«, schnauzte er.

»Natürlich! Die Leute müssen doch wissen, wie sie aussieht. Wie sollen sie denn sonst wissen, wonach sie Ausschau halten sollen?«

»Was für Fotos? Ist Mabel auch darauf zu sehen? Sind *wir* darauf zu sehen?«

Natasha schluckte. Jetzt begriff sie den Grund für seine Gereiztheit. Cybersicherheit hatte – logischerweise – für ihn oberste Priorität, und er predigte ihr immer wieder, keine Selfies zu posten: Identitätsdiebstahl war ein großes Geschäft. Kriminelle suchten sich das Ferienfoto eines x-beliebigen Users aus, um einen Fake-Account zu erstellen, der für alles Mögliche benutzt wurde, angefangen von Trolleinträgen bis hin zu ernsthaften Hacker-Angriffen.

»Ja, Mabel sieht man«, räumte sie ein. »Es gibt kein Foto nur von Moolah. Ich habe Mabel fotografiert, und Moolah war mit drauf. Eins ohne das andere ging nicht.«

In Wahrheit hatte sie bewusst Schnappschüsse herausgesucht, die Mabels enge Beziehung zu – und ihre Abhängigkeit von – Moolah demonstrierten. Die Leute mussten das ganze Ausmaß des Verlusts begreifen. Moolah war nicht bloß ein Plüschtier, sie war Nanny, Geschwisterchen und Haustier in einem.

»Wie viele Fotos hast du gepostet?«

»Fünf? Sechs?« Hätte sie geahnt, dass so viele Menschen Zeuge ihrer häuslichen Krise wurden, hätte sie sich auf weniger beschränkt.

»Von uns auch?«

»Von dir nicht. Nur eins von mir und Mabel.« Es war Natashas Lieblingsfoto, deshalb hatte sie der Versuchung nicht widerstehen können. Die Nahaufnahme zeigte sie und Mabel Wange an Wange, Moolah zwischen ihnen, fest an Mabels Brust gepresst.

Rob schloss die Augen, er wirkte müde.

»Immerhin etwas«, murmelte er und kniff sich in den Nasenrücken. Als er die Augen wieder aufmachte und Natashas fragenden Blick bemerkte, fügte er hinzu: »Was glaubst du, was das für einen Eindruck macht, wenn meine Kunden mich, den sie für die Sicherheit und den Schutz ihrer Daten engagieren, im Mittelpunkt eines Posts sehen, der viral gegangen ist?«

»Ich weiß. Tut mir wirklich leid. Ich hätte nie im Leben damit gerechnet, dass das Ganze so ein Riesenerfolg wird.«

Aus den Augenwinkeln nahm sie wahr, dass Lauren in der Tür zum Wohnzimmer stand. Mit hochgezogenen Brauen und offenem Mund verfolgte sie ihren Disput, die Arme halb erhoben, wie erstarrt in der Aufforderung, doch näher zu treten.

»Sorry«, entschuldigte sich Natasha lächelnd und eilte zu ihr. »Ich war mir nicht sicher, ob wir das Auto abgeschlossen haben.«

»Ich habe gerade gefragt, ob du wissen willst, wie es kam, dass die Zahl der Klicks durch die Decke gegangen ist«, wandte sich Lauren an Rob und biss sich auf die Lippe, als würde sie vor Aufregung gleich platzen.

»Aber sicher, mit jeder Faser meines Körpers«, versetzte er trocken.

Lauren warf den Kopf zurück und lachte. Gemeinsam betraten sie das Wohnzimmer, wo die anderen bereits versammelt waren. Der Geräuschpegel stieg sofort an. Alte Freunde drehten sich nach ihnen um, als ob sie tatsächlich Promis wären.

»Harry Styles hat ihn geteilt«, verriet Lauren stolz. An einem Konsolentisch blieb sie stehen und schenkte Champagner in Flötengläser ein. »Dann hat Justin Bieber ihn aufgegriffen. Als kleiner Junge sei ihm genau das Gleiche passiert, hat er geschrieben, und das habe ihm das Herz gebrochen. Tja, die Beliebers sind daraufhin regelrecht ausgeflippt. Kannst du dir ja vorstellen.« Sie verdrehte die Augen.

»Allerdings«, bemerkte Rob.

Er fing Natashas Blick auf, als sie ihm Mabel abnahm. Sie waren beide ein bisschen angeschlagen von ihrer Auseinandersetzung im Flur.

Natasha ging zu der kleinen Gruppe am Kaminfeuer. Zach Tennant, ihr Gastgeber, unterhielt sich mit Helena und Sara.

»Wie geht es ihr?«, erkundigte sich Sara, als hätte Mabel einen schrecklichen Unfall gehabt, und gab ihr ein Küsschen auf die Wange.

»Dickköpfig ist sie! Davon abgesehen hat sie keinen blassen Schimmer von dem ganzen Drama.« Natasha reichte Mabel an ihre Patentante weiter, die bereits die Arme nach ihr ausgestreckt hatte.

»Weißt du eigentlich, was du da angestellt hast, junge Dame?«, fragte Helena mit gespielter Strenge. »Du hast an Justin Biebers Kindheitstrauma gerührt!«

Mabel strampelte aufgeregt mit den Beinen. Auch wenn sie den Sinn der Worte nicht verstand, spürte sie doch, dass etwas sehr Aufregendes im Gange war.

Natasha ließ den Blick durch den Raum schweifen, auf der Suche nach Helenas Date. Dave. *Der* Dave. Hatte sie sich überreden lassen, ihn mitzubringen?

Sie entdeckte Marty, Saras Ehemann, der neben dem gut dreieinhalb Meter hohen Christbaum stand und in eine Unterhaltung mit einem Unbekannten vertieft war. Der Fremde war blond, groß und sah wie ein Rugbyspieler aus.

»Ich kann es einfach nicht fassen, wie sich die ganze Geschichte seit unserem Buchclubabend entwickelt hat«, lenkte Sara das Gespräch wieder auf das Drama zurück.

Natasha hatte das Gefühl, dass die anderen sich über nichts anderes unterhalten hatten. Nun, auf Dinnerpartys in Frome fielen nicht allzu oft die Namen von Hollywoodgrößen.

»Stimmt es, dass Amal Clooney den Post auch geteilt hat?«, wollte ihre Freundin wissen.

»Keine Ahnung, kann sein«, antwortete Natasha achselzuckend. »Ehrlich gesagt interessiert es mich nicht. Ich möchte einfach nur, dass Moolah wieder auftaucht.«

»Noch keine konkreten Hinweise?«, fragte Helena mitfühlend.

»Nein.« Natasha schüttelte den Kopf.

Die weltweite Anteilnahme verdeutlichte im Grunde nur, wie hoffnungslos die Situation war. Wenn sechzehn Millionen Menschen nicht imstande gewesen waren, das geliebte Plüschtier zu finden, mussten sie vielleicht einfach akzeptieren, dass sie Moolah für immer verloren hatten.

»Was hält eigentlich Rob von seinem neu erworbenen Promi-Status?« Zach runzelte die Stirn. »Er sieht nicht gerade glücklich aus.«

Natasha verzog das Gesicht. »Na ja, er hat gerade erst davon erfahren. Anscheinend habe ich vergessen, es ihm zu erzählen, als er nach Hause gekommen ist.«

»Er hat es gar nicht gewusst?« Ebenso wie Lauren vorhin wirkte nun auch Sara entzückt.

Wieder schüttelte Natasha den Kopf. Sie beobachtete, wie ihr gut aussehender Ehemann wohlwollend zu Laurens aufgeregten Ausführungen nickte. Sein Gesichtsausdruck spiegelte wie so oft milde Verwirrung wider. Er war zehn Jahre älter als alle anderen, und es schien ihn immer wieder zu erstaunen, wenn er sich in ihrer Mitte wiederfand.

»Hm. Entschuldigt mich, Ladys, ich will kurz mit ihm reden, bevor er über meinen Weinkeller herfällt.« Zach machte ein finsteres Gesicht. »Unser Treffen an Heiligabend ist gefährdet.«

»Ach ja?«

»Ja. Frank Watson will nicht, dass wir über sein Land marschieren. Er ist immer noch sauer, weil wir seine Schlehenhecke das letzte Mal so übel zugerichtet haben.« Er leerte sein Glas Bollinger so zackig wie der Anführer eines Sturmtrupps vor dem Einsatz. »Bin gleich wieder da.«

»Wir werden es überleben«, meinte Sara und stieß mit den beiden Frauen an.

Sie waren froh, wieder unter sich zu sein.

Helena setzte Mabel ab und schaute zu, wie sie zu den Spaniels der Tennants watschelte, die in einem großen Hundebett schliefen.

Der Raum war elegant eingerichtet: gelbe Seidenvorhänge und Chintzsofas, ein riesiger alter Ziegler-Teppich und viele dunkle Holzmöbel aus dem Besitz von Zachs Familie. Das Haus hatte seinen Eltern und davor seinen Großeltern gehört. Die Clique feierte hier sehr oft Silvester, weil es locker fünf Familien mit einer stetig wachsenden Kinderschar Platz bieten konnte.

»Okay, raus mit der Sprache«, raunte Sara Natasha zu. »Hat dir Harry Styles eine Nachricht geschickt? Oder Mr B.?«

»Wieso sollten sie?«

»Na ja, ich dachte nur. Könnte doch sein. Justin hat immerhin in seinem Post davon gesprochen, dass es die kleinen Dinge sind, die wirklich zählen. Deshalb dachte ich, er hätte vielleicht Kontakt aufgenommen, um dir … seine Hilfe anzubieten.«

»Ich finde, er hat schon genug getan«, erwiderte Natasha und nippte an ihrem Champagner.

Um ehrlich zu sein, ließ sie das alles ziemlich kalt. Natürlich hatte sie den Schock darüber, dass sich Julias Enkelin tatsächlich eingeschaltet hatte, erst einmal überwinden müssen. Doch als sie am Morgen nach dem Buchclubabend festgestellt hatte, dass Harry Styles' Post über Nacht mehr als eine Million Mal geteilt worden war, hatte sie alle Benachrichtigungen deaktiviert. Ihr Telefon war kurz davor gewesen zu explodieren, und selbst wenn sie die nächsten vier Wochen damit zubringen würde, die ganzen Kommentare zu lesen, könnte sie längst nicht alle abhaken.

»Hast du überhaupt mal nachgeschaut?«, fragte Sara misstrauisch und kniff die Augen ein wenig zusammen. »Ich kenne dich doch. Meine Nachrichten liest du auch oft tagelang nicht.«

»Sara, ich schlafe im Schnitt drei Stunden pro Nacht. Ich hab weder die Kraft noch die Zeit, um die ganzen Kommentare zu lesen. Es sind über dreißigtausend. Ich würde nicht mal die ersten zweihundert schaffen!«

»Ich rede nicht von Kommentaren, sondern von Nachrichten. Private Nachrichten. Das ist ein Unterschied, Nats. Die Beliebers werden Kommentare darüber schreiben, wie süß Justin ist, aber wenn jemand tatsächlich Moolah hat, wird er dir eine private Nachricht schicken und keinen Kommentar hinterlassen.«

»Oh.«

»Herrgott, du bist wirklich zu nichts zu gebrauchen.« Sara streckte ihre Hand aus, die Handfläche nach oben. »Gib mir dein Telefon.«

Natasha kam der Aufforderung widerspruchslos nach. Im Gegensatz zu praktisch all ihren Bekannten betrachtete sie ihr Telefon weder als Heiligtum noch als Mittelpunkt ihres Daseins.

»Hey.«

Sie schauten auf. Der blonde Mann mit dem Körperbau eines Rugbyspielers war zu ihnen getreten.

»Sie müssen Dave sein«, sagte Natasha und strahlte den neuen Freund ihrer ältesten Freundin an. »Ich bin Natasha Stoneleigh.«

Er erwiderte ihr Lächeln. Sie mochte den sanften Ausdruck in seinen Augen auf Anhieb. Natashas erster Eindruck war, dass Dave ein ausgeglichener, friedfertiger, zurückhaltender Mensch war – alles Eigenschaften, von denen Helena nicht wusste, dass sie sie brauchte.

»Ich weiß, ich hab schon viel von Ihnen gehört. Sie und Hels sind seit der Schulzeit gut befreundet. Mir ist schon klar, dass ich heute Abend in erster Linie Sie beeindrucken muss.«

»Ich schlage vor, wir duzen uns, einverstanden? Und was das Beeindrucken angeht – du rettest jeden Tag Tierleben. Das reicht vollauf, um uns alle hier zu beeindrucken.«

»Na ja, du würdest vielleicht anders darüber denken, wenn du mich heute Nachmittag gesehen hättest, bis zum Ellenbogen in der Gebärmutter einer Kuh …«

Sara verschluckte sich und musste husten.

»Ja, mein Beruf bringt eine ganze Menge komödiantischer Momente mit sich«, bestätigte Dave schmunzelnd.

Sieben Jahre Studium der Veterinärmedizin und trotzdem nicht das Ego ihrer Ärztefreunde? Er hatte Natasha bereits erobert.

»Und wie gefällt's dir hier?«

»Über zu wenig Arbeit kann ich mich in den knapp zwei Monaten, die ich hier bin, jedenfalls nicht beklagen.«

»Ich wäre ja schon vorbeigekommen, um mich vorzustellen, aber wir haben nur einen Hund und einen Goldfisch …« Natasha zuckte mit den Schultern. »Da hat es mir schlicht an Gelegenheiten gefehlt.«

»Ich war bei Hels, als der Goldfisch tragischerweise … verstarb. Ich hab's noch mit einer Herzdruckmassage versucht, aber es war nichts mehr zu machen.«

Natasha kicherte und legte sich den Zeigefinger an die Lippen.

»Pst! Mabel hat immer noch nichts gemerkt.« Sie schaute sich suchend nach ihrer Tochter um und sah sie im Hundebett sitzen, wo sie den Spaniels den Kopf tätschelte und ihnen mit ernster Miene etwas erzählte. Die Hunde schien es nicht im Geringsten zu stören.

»Und was machst du beruflich?«, fragte Dave.

»Du wirst es nicht glauben, aber ich arbeite auch mit Tieren. Allerdings nicht so zupackend wie du.« Als er sie fragend ansah, erklärte sie grinsend: »Ich bin Künstlerin und fertige Porträts von Haustieren an.«

Dave lachte. »Verstehe. Ich war mir nicht ganz sicher, was ich mir darunter vorstellen soll.«

»Sie ist absolut brillant«, versicherte Helena. »Du solltest ihre Arbeiten mal sehen. Das heißt, warte …« Sie zog ihr Smartphone aus der Gesäßtasche ihrer Hose und rief Natashas Instagram-Seite auf. »Hier. Fantastisch, oder?«

Dave nahm ihr das Telefon aus der Hand.

»Die sind wirklich gut. Vor allem dieser Border Collie.«

»Rona, ja. Sie ist eine ganz liebe Hündin.«

»Ihren Blick hast du super hinbekommen. Und das Fell sieht unglaublich echt aus. Wie machst du das?«

»Mit unzähligen winzig kleinen Pinselstrichen.«

»Malst du auch in Öl?«

»Ich arbeite mit allem – Wasserfarben, Öl, Acryl, Kohle und Bleistift. Kommt immer darauf an, was der Auftraggeber ausgeben will, um was für ein Tier es sich handelt und wie es dargestellt werden soll.«

»Hm«, machte Dave nachdenklich und gab Helena das Telefon zurück.

Natasha sah ihn aufmerksam an. Irgendetwas beschäftigte ihn ganz offensichtlich.

»In meiner alten Praxis hatte ich eine Kundin … ich komme nur im Moment nicht auf den Namen«, murmelte er. »Jedenfalls habe ich ihre Pferde behandelt. Ihr Mann geht auf die Jagd und besitzt einen außergewöhnlich prachtvollen Hengst. Als ich das letzte Mal bei ihr war, hat sie gemeint, sie würde den Hengst gern malen lassen. Sie wollte wissen, ob ich jemanden kenne, und ich habe verneint. Echt schade, sie hätte deine Arbeiten sicher gern gesehen.«

»Wahrscheinlich hat sie inzwischen jemanden gefunden«, sagte Natasha mit leisem Bedauern. Ein Jagdpferd wäre definitiv ein Fortschritt gegenüber all den Pudeln und Wellensittichen.

»Gut möglich. Das war im Sommer. Aber ich setze mich gern mit ihr in Verbindung und frage sie, wenn du willst. Wer weiß, vielleicht sucht sie immer noch.«

»Wo wohnt sie denn?«

»In Snowshill, bei Broadway.«

»In Worcestershire?«

»Ich glaube, das gehört zu Gloucestershire. Liegt direkt an der Grenze. Knapp hundert Kilometer von hier aus.«

»Mmm, das ist aber ziemlich weit.« Natasha zog die Nase kraus. »Das wäre mit viel Fahrerei verbunden, und meine Zeit ist knapp, weil ich Mabel zur Kita bringen und wieder abholen muss.«

Dave zuckte mit den Schultern. »Klar, versteh ich.«

»Aber es ließe sich einrichten«, ergänzte Helena schnell und mit einem kurzen Blick auf ihre Freundin.

Im Gegensatz zu Rob drängte sie Natasha immer, mehr Aufträge anzunehmen. Helena spürte die Rastlosigkeit, die in ihrer Freundin brodelte. Es war, als ob das Kleinstadtleben ihr Energiefeld komprimierte.

»Wer ist Anya Ebner?«, fragte Sara unvermittelt und schaute auf. Sie hatte die ganze Zeit durch Natashas Handy gescrollt.

»Hä?«

»Anya Ebner. Du hast dreiundzwanzig Nachrichten von ihr. Alle in Großbuchstaben!«

»Scheint eine Irre zu sein.« Helena machte ein finsteres Gesicht. »Antworte bloß nicht darauf!«

»Lass mal sehen.« Natasha griff nach ihrem Handy und klickte auf den Namen.

Ich weiß, dass Sie wahrscheinlich Tausende Nachrichten bekommen, aber BITTE, BITTE LESEN SIE DAS …

Natashas Mund formte sich langsam zu einem »O«, und ihre Augen wurden immer größer, als sie den Text einmal und dann noch einmal las. Dann machte sie einen Schritt rückwärts, als hätte man sie gestoßen, und schlug sich die Hand vor den Mund.

»O mein Gott! Ich glaub's ja nicht! Sie hat Moolah gefunden!«

Schlagartig verstummten sämtliche Unterhaltungen im Raum. Natasha blickte zu Mabel hinüber, aber ihre Tochter schlief, dicht an die Hunde geschmiegt. Drei kleine Säugetiere, die sich wie Herbstlaub in dem Tweedbett zusammengerollt hatten.

Sie drehte sich zu Rob um. Ihre Augen glänzten, und sie lachte kurz auf.

»Sie haben Moolah gefunden!«, wiederholte sie gedämpft. Dass Mabel schlief, war noch wichtiger als die gute Neuigkeit.

Lauren schnappte nach Luft. »Moolah lebt?«, rief sie auf ihre melodramatische Art, was ihr verächtliche Blicke sowohl von Rob als auch von ihrem eigenen Ehemann eintrug.

»Ja! Sie haben sie gefunden! Sie ist wieder aufgetaucht!« Natashas Lachen schien aus ihrem tiefsten Inneren aufzusteigen. Die Angst, die sie eine Woche lang im Würgegriff gehabt hatte, begann sich zu lockern wie eine Schlingpflanze, die man mit einer Axt durchtrennt hatte.

»Wo? Wer hat sie gefunden?«, wollte Sara wissen.

»Sie schreibt …« Natashas Herz hämmerte mit dreifacher Geschwindigkeit. Sie presste sich die Hand auf die Brust, als fürchtete sie, es könnte herausspringen.

Noch immer konnte sie nicht glauben, dass das wirklich passierte. Hatten sie tatsächlich die Nadel im Heuhaufen gefunden? »Sie schreibt, ein Freund hat Moolah in der Wiener Wohnung hinter einem Vorhang entdeckt, als sie gerade ein Videotelefonat geführt haben. Sie wohnt in Wien und hat die Wohnung für diesen Freund gemietet, nur für eine Nacht. Er ist am nächsten Morgen nach Asien weitergeflogen und jetzt in Nepal unterwegs.«

»Moment mal …« Helenas Augen wurden schmal. »Heißt das, Moolah ist jetzt mit diesem Freund in Nepal? Oder ist sie bei ihr in Wien geblieben?«

Natasha las die Nachricht ein weiteres Mal. Die Worte verschwammen ihr vor den Augen, weil ihr Körper mit Adrenalin überschwemmt wurde.

»Also, ich glaube … hm … ich glaube, in Nepal.«

Helena lachte laut heraus. »Na großartig! Am entlegensten Ort auf dem Planeten!«

»Entlegen heißt nicht unbedingt hinter dem Mond«, sagte Rob schnell. Er war herübergekommen und drückte liebevoll Natashas Schulter.

Sie sah ihn mit leuchtenden Augen an. Das Gefühl von Vertrautheit, das sich auf den Malediven eingestellt hatte, kehrte zurück wie die Flut nach der Ebbe. Vergessen war ihr Gezanke draußen in der Diele.

»Kathmandu ist eine moderne Stadt«, ergänzte er. »Dort gibt es garantiert Logistikunternehmen.«

»Ja, aber kein Mensch fährt nach Nepal, um sich ins Nachtleben zu werfen«, argumentierte Helena. »Der Typ ist bestimmt nicht in Kathmandu, sondern auf irgendeinem Berg.«

Lauren riss aufgeregt Mund und Augen auf. »Glaubst du, er will auf den Everest?«

»Das kann ich mir nicht vorstellen, wenn er ein Plüschtier von irgendeinem Kind einpackt«, sagte Zach. »Beim Klettern in dieser Höhe kommt es auf jedes Gramm an, das du mitschleppst.«

»Hm, aber vielleicht ist er doch auf einem Berg. Anya schreibt, er hat im Moment keine Möglichkeit, Moolah zur Post zu bringen.« Natasha kaute auf ihrer Unterlippe, während sie die Nachricht wieder und wieder las.

Schön, Moolah war nicht in Wien, dafür aber in Nepal und damit noch weiter weg.

Sara berührte sie sanft am Arm. »Sei lieber vorsichtig mit solchen Nachrichten. Es gibt eine Menge Spaßvögel dort draußen.«

»Ein Spaßvogel?« Natasha schüttelte den Kopf. Das war kein Scherz. Ausgeschlossen. Kein Mensch würde so grausam sein, einem Kind falsche Hoffnungen zu machen, oder?

»Im Ernst. Ich würde Mabel noch nichts davon erzählen – jedenfalls nicht, solange du nicht absolut sicher sein kannst. Ein Freund hat Moolah gefunden und nach Nepal mitgenommen …« Sara verzog schmerzlich das Gesicht. »Wie praktisch, findest du nicht? Sie machen dir Hoffnungen, halten dich hin … Die Leute ziehen andauernd solche Nummern ab.«

Natasha stieß ein kleines ersticktes Lachen aus. Sie schaute einen nach dem anderen an und bemerkte den wachsamen Ausdruck auf den Gesichtern ihrer Freunde.

»Aber warum? Warum sollte jemand so etwas tun?«

»Ein Gefühl von Macht? Wegen der Lacher?« Sara zuckte mit den Schultern. »Arme einsame Tastaturkrieger.«

Natasha spürte, wie ihr die Realität wieder die Zähne zeigte. Ihr Herz schlug heftiger, als der gleißende Hoffnungsstrahl zu verblassen begann und in bittere, niederschmetternde Enttäuschung umschlug. Sie sah zu Mabel hinüber, die immer noch schlief. Vielleicht hatten ihre Freunde recht, und es war besser, wenn sie vorläufig nichts von der Geschichte erfuhr.

»Aber … aber diese Anya schreibt, dass er uns Moolah schicken wird, sobald er in die Zivilisation zurückgekehrt ist.« Sie merkte selbst, wie sich das anhörte. Vage Versprechungen. Leere Worte.

»Dann will er also doch den Everest besteigen!«, rief Lauren triumphierend aus.

Zach seufzte. »Es gibt noch mehr in Nepal als den Mount Everest.«

»Was denn zum Beispiel?«

Zack blieb ihr die Antwort schuldig.

Lauren sah wieder Natasha an. »Na ja, wenn er dir Moolah nicht per Post schicken kann …«

»Ich fliege ganz bestimmt nicht nach Nepal!«, unterbrach Natasha sie. Sie lachte, aber es hörte sich dünn und spröde an. Abermals wanderte ihr Blick über die skeptischen Gesichter der anderen. »O Gott. Das Ganze ist ein Schwindel, oder?«

Es gab zu viel Wenn und Aber, zu viele Ungereimtheiten.

Mit einem Mal war es still um sie herum. Natasha riss sich zusammen. Sie durfte jetzt nicht zusammenbrechen, nur weil ihre Hoffnung in sich zusammenfiel. Das hier war eine Dinnerparty! Da konnte sie doch nicht wegen eines verlorenen Kuscheltiers in Tränen ausbrechen.

»Wie hat sie denn unterschrieben, diese Anya?«, fragte Lauren.

»Gar nicht. Ihr Freund habe versichert, Moolah bei nächstbester Gelegenheit zurückzuschicken. Das ist alles.«

»Das reicht nicht«, sagte Helena, die Natasha ihre Enttäuschung ansah, mit Bestimmtheit. »Fühl ihr auf den Zahn!«

»Und wie?«

Helena kniff die Augen ein wenig zusammen. Offenbar arbeitete ihr messerscharfer Verstand auf Hochtouren.

»Sie … sie soll dir die Adresse der Wohnung nennen, in der ihr alle abgestiegen seid. Die kennt doch niemand. Oder hast du sie irgendwo erwähnt?«

»Nein.« Natasha schüttelte den Kopf. »Ich habe nur geschrieben, dass wir Moolah in einem Airbnb in Wien verloren haben.«

»Okay. Dann ist das der erste Test. Du willst die Adresse der Wohnung.«

»Au ja!«, rief Sara begeistert und fuchtelte aufgeregt mit den Armen, sodass der Champagner in hohem Bogen aus ihrem Glas spritzte. »Und außerdem willst du einen Beweis, dass ihr Freund Moolah wirklich hat. Sie soll dir seine Mailadresse geben, und dann verlangst du von ihm, dass er dir ein Foto schickt.«

»Aber wenn er auf dem Weg zum Gipfel des Everest ist …«, wandte Lauren ein.

»Das ist er aber nicht, Schatz! Wie oft muss ich das jetzt noch sagen?« Zach klang gereizt.

»Selbst auf dem Gipfel des Everest dürfte es kein Problem sein, eine Verbindung herzustellen«, meinte Dave achselzuckend. »Heutzutage benutzen die meisten Bergsteiger Satellitentelefone.«

Helena warf ihrem neuen Freund einen verliebten Blick zu, als ob dieser Hinweis auf Satellitentelefone ihre Vermutung bestätigte, dass er in jeder Beziehung einfach brillant war.

»Sehr richtig. Schreib ihr und sag ihr, dass wir ein Lebenszeichen wollen.«

»Ein Lebenszeichen?«

Rob lachte, doch Helena schien das gar nicht komisch zu finden.

»Wir müssen ganz sicher sein.« Sie zeigte mit dem Finger auf seine schlafende Tochter. Ihr Patenkind schmiegte sich, den Daumen im Mund, an die Hunde und drückte sich ein Schlappohr an die Wange. »Ein Lebenszeichen.«

9. Kapitel

Whinfell, Oktober 2018

Es geht mir gut«, versicherte Natasha seufzend.

»Es geht ihr gut«, echote Helena.

»Jetzt lasst mich doch mal in Ruhe!«

»Ihr sollt sie in Ruhe lassen.«

»Hels?«

»Ja?«

»Lass mich in Ruhe.«

»Oh.«

Natasha seufzte erneut und stemmte sich in eine sitzende Position hoch. »Ich muss mich nicht hinlegen. Ich bin weder krank noch verletzt.«

»Aber du hast dich nicht mehr vom Fleck rühren können. *Schon wieder*«, betonte Sara. »Das war heute das zweite Mal.«

»Ja, das ist mir auch klar. Ich weiß selbst nicht, was mit mir los ist.« Natasha schüttelte müde den Kopf. Sie fühlte sich ausgelaugt. »Aber jetzt geht es mir wieder gut, also regt euch bitte ab, okay?«

»Vielleicht ist es Höhenangst«, sagte Lauren. Sie wirkte zufrieden mit sich selbst, weil sie an diese Möglichkeit gedacht hatte. »Wenn das jedes Mal passiert, sobald du irgendwo raufkletterst, könnte es durchaus Höhenangst sein.«

»Bisher hatte ich nie Probleme damit, aber …« Natasha zuckte mit den Schultern. »Ja, kann schon sein.«

Möglich wäre es. Wieso nicht?

»Beschäftigt dich etwas?«, fragte Rachel, und ihre Augen verengten sich zu schmalen Schlitzen.

»Rachel, sie wird bald heiraten!«, fauchte Helena. »Natürlich beschäftigt sie etwas. Hast du schon mal eine Braut gesehen, die nicht durchgedreht ist?« Sie zeigte mit dem Finger auf Rachel. »Und ich will eine ehrliche Antwort!«

Rachel zögerte einen Moment.

»Nein, noch nie«, bestätigte sie dann. »Sie sind alle total hysterisch.«

»Danke. Sie ist gestresst, aber das ist unter diesen Umständen völlig normal, wir werden also nicht in Panik verfallen«, sagte Helena und hörte sich eindeutig panisch an.

»Ich sag euch, was mich wirklich in Panik versetzen würde«, meinte Natasha und sah die anderen der Reihe nach an.

»Was?«, fragten sie wie aus einem Mund und mit besorgten Gesichtern.

»Auf meinem Junggesellinnenabschied stocknüchtern zu bleiben. Schlimm genug, dass ich mich vor Hunderten Leuten bis auf die Knochen blamiert habe …«

»Nicht zu vergessen der heiße Kursleiter«, warf Lizzie ein.

»Danke, Lizzie«, bemerkte Natasha trocken. Daran wollte sie nun wirklich nicht erinnert werden. »Aber wenn wir nicht bald anfangen, uns zu amüsieren, wird das Wochenende als der schlimmste Junggesellinnenabschied aller Zeiten in die Geschichte eingehen …«

Sara sah aus, als würde sie gleich in Tränen ausbrechen. Die Idee mit den Outdoor-Aktivitäten stammte von ihr, weil Natasha sich etwas ohne Nachtclub oder Stripper gewünscht hatte, was Sara, zumindest in Helenas Augen, dahingehend interpretiert hatte, dass sie »den intimen Kontakt mit Bäumen suchen und sich im Kinderplanschbecken vergnügen« wollte.

Niemand hatte es übers Herz gebracht, Sara zu sagen, dass es eine grauenvolle Idee gewesen war, statt nach London oder Paris in einen Center Parc zu fahren. Einzig die Tatsache, dass es ihr gelungen war, eins der luxuriösen Baumhäuser zu buchen, hatte das Wochenende gerettet.

»Und das ist einzig und allein meine Schuld«, fuhr Natasha hastig fort, eine Hand auf ihre Brust gepresst. »Ich übernehme die alleinige Verantwortung für den Misserfolg. Wie Hels so schön gesagt hat: Ich bin ein Angsthase und keine Tigerin. Und deshalb schlage ich vor, dass wir uns ins Koma saufen, damit wir das alles so schnell wie möglich vergessen.«

»Einverstanden!« Helena sprang auf und marschierte in die Küche, einen Arm in die Höhe gereckt wie ein römischer Befehlshaber. »Ihr werdet es nicht glauben, aber darauf bin ich vorbereitet.«

Glas klirrte, und einen Augenblick später kam sie zurück, einen Karton mit Flaschen unter jedem Arm.

»Sechs Flaschen Prosecco, drei Flaschen Stoli-Wodka und drei Flaschen Bombay-Sapphire-Gin«, zählte sie auf.

»Für uns sechs?« Lauren zog beunruhigt die Stirn in Falten.

»Sie will sich ins Koma saufen. Das kann sie haben«, versetzte Helena gelassen.

»Hast du was zum Mischen dabei?«, fragte Lizzie.

»Hä?«

»Du weißt schon – Cola, Orangensaft, Tonic? Oder trinken wir das Zeug pur?«

»Nein.« Helena schnitt eine Grimasse. »Fuck!«

»Ich hab Chips mitgebracht«, sagte Rachel und hielt eine große Tüte Doritos hoch.

»Sonst nichts? Brezeln? Oliven? Du solltest dich doch um die Snacks kümmern«, sagte Sara streng. »Du weißt, dass ich Doritos nicht ausstehen kann.«

Rachel griff in die Tragetasche und zog eine Tüte Hula Hoops heraus. »Abendessen!«

»Ihr wisst aber schon, dass es erst drei ist?«, sagte Lauren nervös, als Chipstüten raschelten und Flaschen geöffnet wurden.

Helena zog mit finsterem Gesicht die Zierfolie von einem Prosecco. »Wo ist das Problem?«

»Ich hol Gläser.« Lizzie stand auf und trabte in die Küche.

»Hör mal, Nats, statt bloß rumzusitzen und hübsch auszusehen, während wir hier die ganze Arbeit machen, könntest du dir mal die Überraschung ansehen, die wir extra für dich besorgt haben«, sagte Helena mit einem boshaften Grinsen. »Sie liegt auf deinem Bett.«

»O *nein*!« Stöhnend ließ sich Natasha in die Sofakissen zurückfallen. »Ihr habt versprochen, dass ihr das nicht macht!«

»Wir haben gelogen!«, gestand Sara kichernd.

»Was ist es denn?« Wahrscheinlich ein Ballettröckchen und ein rosa Krönchen.

»Schau doch nach«, antwortete Sara achselzuckend.

Rachel packte Natasha am Handgelenk und zog sie auf die Füße. »Na los, vorwärts!«

Sekunden später drang lautes Kreischen aus dem Schlafzimmer.

»Das kann nicht euer Ernst sein!«, schrie Natasha. »Das kann ich unmöglich anziehen!«

»O doch, du kannst! Komm ja nicht ohne zurück!«, donnerte Helena im Befehlston.

»O mein Gott«, wimmerte Natasha. »Das Ding ist potthässlich! … Einfach grauenvoll … Wo habt ihr das denn aufgetrieben? … O mein Gott …« Die verschiedenen Phasen des Aus- und Anziehens modulierten ihren Tonfall. »Au, jetzt krieg ich auch noch eine gewischt! … Das Ding ist statisch aufgeladen … Meine Haare fliegen …«

Minutenlang war nur gedämpftes Ächzen und Stöhnen zu hören.

»Was machst du denn so lange?«, fragte Rachel schließlich.

»Ich krieg den Reißverschluss nicht zu! Er ist verrostet!«

Weitere Sekunden vergingen, ehe Natasha mit Tippelschritten hereinkam. Sie trug ein hautenges Satinbrautkleid im Stil der Achtzigerjahre, dessen Stoff so glänzte, dass man sich praktisch darin spiegeln konnte. Das spitz konisch zulaufende Oberteil war mit unecht aussehenden Perlen besetzt; und die Spitzenärmel bauschten sich an den Schultern, während sie die Handgelenke fest umschlossen. Der verspielt abgestufte Rock war weit ausgestellt, und auf dem Kopf trug sie ein Band aus Seidenrosen, an dem Tüll befestigt war, der so steif abstand, dass man sich ohne Weiteres ein Auge daran ausstechen konnte.

Die anderen kugelten sich vor Lachen.

»O Gott, das ist ja noch hässlicher, als ich gehofft hatte«, japste Helena und hielt sich die Seiten.

»Wofür ist *das* denn?« Natasha zupfte an einer Schlaufe an der Ärmelmanschette.

»Ich glaube, die kannst du dir über den Mittelfinger streifen und den Ärmel über den Handrücken ziehen«, antwortete Sara.

»À la Morticia Addams, meinst du?« Natasha steckte ihren Mittelfinger durch die Schlaufe. Der Spitzenärmel straffte sich. »Wie hübsch.«

»Ich habe es im Charity-Shop entdeckt«, sagte Sara selbstzufrieden. »Ich sollte das grässlichste Kleid kaufen, das ich finden kann. Ich hab mir in Bristol die Beine abgelaufen, ehe ich über das da gestolpert bin.«

»Tja, Auftrag erfüllt, würde ich sagen.« Lächelnd hielt Natasha beide Daumen hoch. »Rituelle Demütigung nenne ich das.«

»Es könnte noch viel schlimmer sein«, meinte Helena und warf ihr einen »Sei lieber dankbar«-Blick zu. »Wir hätten ja auch darauf bestehen können, dass du in dem Ding ausgehst.«

Natasha schnappte erschrocken nach Luft, was eigentlich Laurens Eigenart war.

Lizzie schenkte allen Prosecco ein. »Okay, Mädels, ex und hopp!«

Sie reichte Natasha ein Glas, dann leerten alle ihre Gläser mit einem Zug. Das perlende Getränk prickelte angenehm in der Kehle.

Lizzie hielt die Flasche in der ausgestreckten Hand, um nachzuschenken.

»Jetzt sofort?« Lauren zog die Stirn kraus. Sie trank nur selten Alkohol.

»Das ist ein Junggesellinnenabschied, bei dem heute schon einmal medizinische Hilfe nötig war, und jetzt hat er einen Herzstillstand erlitten. Es gibt nichts Besseres als ein paar Drinks, um ihn wieder zum Leben zu erwecken. Also runter damit!«

»Jawohl«, brummte Lauren und trank aus.

»Wie wär's mit ein bisschen Musik?« Sara ging zum Sonos-Soundsystem hinüber und verband es mit ihrem Bluetooth.

»Ich geh schnell zum Supermarkt, bevor das hier völlig ausartet«, verkündete Helena plötzlich und stieg in ihre Stiefel.

»Was? Nein!«, rief Natasha. Mit dem Fahrrad waren es acht Minuten bis zum Supermarkt, der zu der Ferienanlage gehörte.

»Ich bin gleich wieder da. Ich will nur was zum Mischen für den Alk holen.«

»Du hast gerade zwei Gläser Prosecco hinuntergekippt! Du kannst jetzt nicht mehr Rad fahren. Wenn du nun ein unschuldiges Kind auf dem Weg zur Hüpfburg anfährst?«

»Deshalb muss ich ja jetzt sofort los. Später ist es zu spät. Ich hab zwanzig Minuten, bis der Alkohol ins Blut geht. Stoppt die Zeit!«

Sie schoss zur Tür hinaus, stürmte die Stufen hinunter … und war zwanzig Sekunden später wieder da, weil sie ihren Geldbeutel vergessen hatte.

»Stoppt die Zeit!«, wiederholte sie keuchend und raste ein zweites Mal hinaus.

»Der Prosecco ist alle!«, brüllte Lizzie, um die Musik zu übertönen, und schüttelte die letzten Tropfen aus der Flasche.

Die anderen tanzten unbeeindruckt weiter. Jede von ihnen hatte eine Flasche Prosecco getrunken, und das blieb nicht ohne Wirkung: Ausgelassen und beschwingt schwenkten sie die Arme und grölten die Lieder mit.

Natasha hatte fast vergessen, dass sie wie Elton Johns Braut aussah. Sie stand auf der Rückenlehne des Sofas und schmetterte den Text von Justin Biebers »Baby«, als wäre sie Meat Loaf.

»Dann eben Wodka!«, schrie Helena zurück.

Sie schwankte in die Küche, wo sie, mit zusammengekniffenen Augen zielend, in jedes Wasserglas einen kräftigen Schuss Stolichnaya goss, während Lizzie die Colaflaschen öffnete. Als sie die Gläser mit gespreizten Fingern ins Wohnzimmer zurücktrug, sah sie die Gruppe an der Tür.

Natasha, die immer noch lauthals sang und sich wie wild verrenkte, stand mit dem Rücken zur Tür. Dass etwas nicht stimmte, merkte sie erst, als die anderen nacheinander verstummten, aufhörten zu tanzen und sie, die selbstvergessen weiterrockte, belustigt anschauten.

»Was? Was ist los?«, schnaufte Natasha, rotwangig und mit glänzenden Augen, als der Song zu Ende war.

In dem Moment spürte sie Zugluft im Rücken. Als sie sich umdrehte und die Männer entdeckte, schrak sie so heftig zusammen, dass sie das Gleichgewicht verlor und in die Sofapolster plumpste. Berge von weißem Satin hüllten sie ein wie ein Fallschirm.

»Sorry, aber wir haben geklopft«, sagte der Typ, der ihr am nächsten stand, und lachte. »Tolle Stimme übrigens«, schob er grinsend hinterher und sah Natasha an.

»Ben! Schön, dass ihr gekommen seid!« Helena eilte auf die Männer zu und reichte ihnen die Gläser mit Wodka-Cola, obwohl sie Bier dabeihatten. »Hier, runter damit! Ihr habt einiges aufzuholen.«

»Hels, wer …«, begann Lauren, als die vier, ohne zu zögern, ihre Drinks hinunterkippten.

»Wir haben uns vorhin im Supermarkt getroffen. Ben saß an der Kasse und meinte, er hätte gleich Feierabend. Und dann kam Nats' reizender Retter Tom herein. Wir kamen ins Gespräch, und ich hab gesagt, sie sollen ein paar Kumpels auftreiben und mit uns feiern.« Sie zwinkerte vielsagend. »Das bringt ein bisschen Leben in die Bude.«

»Hab nicht den Eindruck, dass das nötig wäre«, meinte einer der Männer mit einem Blick auf die leeren Proseccoflaschen, die in einer Reihe nebeneinanderstanden. Er hatte einen Kinnbart und trug seine langen dunklen Haare zu einem Pferdeschwanz gebunden.

»Das ist noch gar nichts, wir wärmen uns gerade erst auf«, erklärte Helena und zwinkerte abermals. »Wie heißt du?«

»Jack. Ich arbeite in der Fahrradbude und bin für die Reparaturen zuständig. Das hier ist Andy, er ist Koch.«

»Oh, gut zu wissen«, flötete Rachel. »Falls wir später Heißhunger kriegen.«

»Tja, dann bin ich der richtige Mann für euch.« Andy grinste. »Schnellgerichte sind genau mein Ding.«

Er hatte rotblonde Haare und eine übel aussehende Brandwunde an der Hand, wie als Beweis für seine Kochkünste.

»Lizzie hier ist für alles zuständig, was Zeit braucht, wie Tee zum Beispiel«, sagte Helena und hakte sich stolz bei ihrer Freundin unter. »Sie hat gerade den Mietvertrag für ihre eigene Teestube unterschrieben.«

»Ehrlich?« Andy beäugte Lizzie, die sich unwillkürlich gestrafft hatte.

»Tom kennt ihr ja schon.« Ben trat zur Seite, um ihm Platz zu machen. »Er leitet die Kletterkurse und …«

»… leistet Erste Hilfe«, ergänzte Helena.

Natasha lachte gequält auf. Sie fand das gar nicht komisch. Ihre Freundinnen hatten ihr versichert, dass niemand sie in dieser lächerlichen Aufmachung sehen würde, am allerwenigsten *er*, vor dem sie sich heute schon einige Male blamiert hatte.

»Du bist also die Braut«, stellte Ben fest und musterte sie grinsend von Kopf bis Fuß.

»Wie kommst du darauf? Ich laufe immer so rum«, versetzte sie trocken.

»Nats ist zwar die Braut, aber leider auch ein Angsthäschen, deshalb ist sie degradiert worden. Das ist kein Junggesellinnenabschied mehr, sondern ein Kindergeburtstag«, witzelte Helena.

»Oh, die arme Nats! Aber jetzt macht sie es ja wieder wett.« Sara legte Natasha solidarisch einen Arm um die

Schultern und zupfte mit der anderen Hand an ihrem Satinrock, als wollte sie dafür sorgen, dass sie wirklich wie eine Braut aussah.

»Bist du nicht noch ein bisschen jung zum Heiraten?«, fragte Jack und öffnete seine Bierflasche, indem er den Kronkorken lässig am Fensterbrett wegschlug. Natasha wusste sofort, dass Helena das wahnsinnig cool finden würde.

»Zweiundzwanzig«, antwortete sie achselzuckend. »So jung auch nicht mehr.«

»Das ist ziemlich jung«, widersprach Tom. Er nahm Jack die geöffnete Flasche aus der Hand und setzte sie an den Mund.

»He!«, protestierte Jack.

Natasha musterte Tom. Er hatte sich umgezogen und trug nun statt der schwarzen Kletterklamotten Jeans und Hoodie. Dass er groß und breitschultrig war, hatte sie vorher schon gewusst, aber in Freizeitkleidung schien er ein völlig anderer Mann zu sein. Nicht mehr der Profi, der Angestellte, der Hilfsbereite. Kein irgendwie anonymer Typ mit schönen Augen, der einfach nur seinen Job machte.

Jetzt war er sozusagen als Privatmann hier, und wie er so dastand, mit dem Bier in der Hand, war es merkwürdig, sich daran zu erinnern, wie sie sich, auf seinen Schuhen stehend, an ihm festgehalten hatte oder wie er seinen Arm fest um sie gelegt und sie an der Kletterwand sicher nach unten gebracht hatte. Das Bewusstsein seiner körperlichen Nähe hatte sogar ihre lähmende Angst durchdrungen, war wie Blasen an die Oberfläche gestiegen und wieder nach unten gesunken.

»Nats Verlobter ist nicht mehr der Jüngste, daher die Eile«, erklärte Rachel grinsend und nahm das Glas Wodka-Cola entgegen, das Lizzie, die eine neue Runde eingeschenkt hatte, ihr reichte. »Er ist älter als sie und kann es sich nicht leisten, noch länger zu warten.«

»So? Wie viel älter ist er denn?«, wollte Andy wissen.

»Nur zehn Jahre«, antwortete Natasha und kehrte wieder in die Gegenwart zurück. »Sie übertreibt, wie üblich.«

Die Männer starrten sie allesamt verblüfft an. Andy schien sich verschluckt zu haben, jedenfalls musste er husten.

»Wie hast du ihn denn kennengelernt?«, fragte Ben.

Tom guckte scheinbar gelangweilt auf den Fußboden.

»Er ist in mich reingefahren«, antwortete sie.

»*Was?*«

Diese Reaktion kannte sie schon. Kein Mensch rechnete mit so etwas.

»Ja. Er hat mich an einer Kreuzung seitlich gerammt. Wir haben unsere Personalien ausgetauscht, und dann …« Natasha zuckte mit den Schultern. »Eine Stunde später hat er angerufen und gefragt, ob er mich zum Essen einladen darf. Als kleine Wiedergutmachung.«

»Kleine Wiedergutmachung, meine Fresse!«, prustete Ben.

Auch diese Reaktion kannte sie bereits.

»Dann hat dich also quasi der Blitz getroffen?«, witzelte Jack. »Liebe auf den ersten Blick und so?«

Natasha antwortete nicht. Nein, von Liebe auf den ersten Blick hatte keine Rede sein können, jedenfalls nicht bei ihr. Nicht eine Sekunde lang hatte sie romantische Gefühle gehegt, als sie und Rob ihre Telefonnummern ausgetauscht hatten. Sicher, er hatte schöne Augen – sexy Augen –, aber sie fand ihn viel zu alt.

Doch dann hatte er sich überaus charmant und aufmerksam gezeigt. Er hatte sich unglaublich um sie bemüht und von einer gemeinsamen Zukunft gesprochen, und Natasha war schwach geworden, weil das etwas völlig Neues für sie gewesen war. Die Typen, die sie von der Universität kannte, hatten nur eins im Kopf: Frauen abschleppen, Nacktfotos auf Handys, Tinder. Rob stand weit darüber. Er war ein reifer Mann, der sich dasselbe wünschte wie sie, nämlich eine große Familie und ein Zuhause. Instinktiv hatte sie gespürt, dass sie mit ihm nie wieder allein sein würde.

Genau wie sie hatte auch Rob seine Eltern verloren. Allerdings waren sie nicht in einem Krankenhaus dahingesiecht, sondern in ihrer Ferienvilla in der Karibik an einer Kohlenmonoxidvergiftung gestorben, verursacht durch einen defekten Boiler. Im Gegensatz zu Natasha, die ein Einzelkind war, hatte Rob eine ältere Schwester und einen jüngeren Bruder, aber Erbstreitigkeiten hatten die Geschwister entzweit. Seine Schwester hatte Anspruch auf den Familienschmuck erhoben, den ihre Mutter ausdrücklich Rob für seine zukünftige Frau versprochen hatte, und sein Bruder hatte eine ähnliche Nummer mit dem geliebten Sportwagen des Vaters abgezogen. So kam es, dass Rob seine Geschwister seit der Beerdigung nicht mehr gesehen hatte.

Natasha hatte sie immer noch nicht kennengelernt, obwohl sie unzählige Male versucht hatte, Rob zu einer

Versöhnung zu bewegen. Schließlich wusste sie, was es hieß, ganz allein auf der Welt zu sein. Natürlich hatten sie einander, doch das war zu wenig, zumal es auf seiner Seite ja noch eine Familie gab. Doch jedes Mal, wenn Natasha die Idee in den Raum stellte, die Geschwister zur Hochzeit einzuladen, krümmte sich Rob fast vor Schmerzen. Die Wunden waren einfach noch zu frisch. Er werde nicht zulassen, dass ihr großer Tag von schwelenden Konflikten verdorben wurde, beharrte er. Geplant war eine Hochzeit im engsten Kreis, nur sie beide und ein paar Freunde, James, sein Trauzeuge, und natürlich Helena als Trauzeugin. Eine kleine elegante Feier.

Doch das alles war nicht auf die Schnelle zu erklären, schon gar nicht völlig Fremden. Und irgendwie kam es Natasha illoyal vor, ihren Mutmaßungen über die vermeintliche Liebe auf den ersten Blick zu widersprechen. Es schien ihr unhöflich zu sein, die Fantasien durch Fakten zu widerlegen.

»Wann ist denn die Hochzeit?«

Natasha schluckte und spürte, wie ihr Magen absackte.

»Nächstes Wochenende. In Devon.«

»Das ist ja irre, Mann!«, sagte Jack. »Heute Abend feierst du hier mit uns in Cumbria, und nächste Woche um diese Zeit hast du schon vor dem Traualtar gestanden!«

»Aber in einem *sehr* viel hübscheren Brautkleid«, betonte Lauren, offensichtlich erfreut über diese Aussicht.

Natashas Freundinnen konnten zwar nicht an der Zeremonie teilnehmen – der hohe, runde, pavillonähnliche Bau, in dem sie sich das Jawort geben würden, bot nur Platz für sechs Personen und einen Tisch –, aber sie hatte sich bemüht, alle nach Kräften einzubinden. Rachel war für die Blumen zuständig, Lizzie hatte die Torte gebacken und Sara dieses Wochenende organisiert. Lauren wiederum hatte, als Oberste Garderobeninspekteurin, Natashas Termine für die Anproben vereinbart und in allem, von Schuhen über Nagellackfarben bis hin zu »etwas Blauem«, das letzte Wort gehabt.

»Was macht eigentlich der Bräutigam heute?«

Natasha wünschte, Jack hätte nicht gefragt. Sie biss sich auf die Lippe.

»Er spielt Golf in Wentworth mit seinem Trauzeugen«, erwiderte sie dann wahrheitsgemäß, obwohl es sich nach einem gesetzten älteren Herrn anhören musste.

Stille trat ein, allerdings nur für gerade einmal drei Sekunden. Dann prusteten Andy, Ben und Jack los und versprühten dabei ihr Bier. Vermutlich hatte keiner von ihnen jemals einen Golfclub betreten. In kurzen Hosen und langen Burlington-Socken konnte Natasha sie sich jedenfalls nicht vorstellen.

»Er ist ein richtiger Glückspilz, dieser alte Knacker, der Golf spielt, aber nicht Auto fahren kann! Allerdings ist der Deal noch nicht besiegelt!« Ben hielt lachend seine Bierflasche hoch. »In diesem Sinne, ein Toast auf das Küken hier!«

»Auf das Küken!«, schrien alle bis auf Tom, der schweigend seine Flasche hob. »Ex!«

Alle kamen der Aufforderung nach und stürzten hinunter, was sie in der Hand hielten, die einen Bier, die anderen Wodka.

Natasha beobachtete, wie Tom sie ansah, während er seine leere Flasche aufs Fensterbrett stellte und sich gleich die nächste nahm. Er hielt den Blickkontakt sogar dann noch, als er den Kopf in den Nacken legte und auch die zweite Flasche austrank.

Auf einmal hatte sie den Eindruck, dass der Raum leicht schwankte. Tom schien fest entschlossen zu sein, sich die Kante zu geben, so wie sie alle hier. Und sie war ihm eine Flasche Prosecco voraus.

Jemand – Sara – drehte die Musik wieder auf, eine Y2K-Playlist. Natasha wusste jetzt schon, dass sie nie wieder »Baby« hören könnte, ohne an die damit verbundene Demütigung zu denken, bei ihrer Tanzperformance in diesem lächerlichen Kleid überrascht worden zu sein.

Sie wandte den Blick ab. Sie war zwar schon betrunken, aber noch lange nicht betrunken genug. Sie sollte tanzen, nicht melancholisch werden. Also stand sie auf und ging in die Küche, wobei sie im Vorbeigehen mit ihrem weiten Rock eine leere Flasche von dem Beistelltisch fegte.

Der Wodka stand auf der Arbeitsplatte. Natasha hatte sich gerade einen kräftigen Schuss eingeschenkt und griff nach dem Orangensaft, als jemand neben sie trat. Auch ohne hinzusehen, wusste sie, wer es war. Der Duft seines Duschgels verriet ihn.

»Hey.«

Sie drehte sich um. Tom lehnte an der Arbeitsplatte.

»Hey«, hauchte Natasha und spürte, wie ihr das Blut plötzlich schneller durch die Adern jagte. Adrenalin? Brachte sie Tom mit Gefahr in Verbindung? Ihr Retter aus gefährlichen Situationen. Ihre Zuflucht?

Fragend schwenkte sie die Wodkaflasche in ihrer Hand, aber Tom hielt sein Bier hoch. Er schaute ihr in die Augen, und Natasha fühlte sich auf einmal befangen, so als hätten sie ein paar Schritte ausgelassen und noch vor einem Händedruck oder auch nur einer Unterhaltung gleich den Körperkontakt gesucht.

»Wie geht es dir jetzt?«

»Bestens«, antwortete sie und machte eine wegwerfende Handbewegung. Sie hatte keine Lust, über ihre Krisen zu reden. »Mein Tag hat sich seit unserer letzten Begegnung deutlich verbessert.«

Sie fasste einen Zipfel ihres Rocks und fächerte den Stoff auf, sodass das glänzende Material richtig zur Geltung kam.

Tom grinste. »Eindeutig. Wenn dein Zukünftiger dich jetzt sehen könnte …«

Natasha war froh, dass das nicht der Fall war.

»Und du?«, fragte sie zurück. »Wie war der Rest des Nachmittags? Keine Probleme mit deinem nächsten Kurs?«

»Nö. Eine Horde Neunjähriger, die herumgerannt sind wie die Blöden, anstatt mir zuzuhören.« Tom wackelte mit den Augenbrauen und trank einen Schluck Bier. »Alles wie gehabt.«

»Na ja, wenigstens keine weiteren Katastrophen.«

»Wieso Katastrophen?«

»Du hast doch garantiert Besseres zu tun, als Flaschen wie mich zu retten.«

»Von wegen! Das war das Beste, was mir heute passiert ist«, behauptete Tom schmunzelnd. »Ich durfte eine wunderschöne Frau retten, und zwar nicht nur einmal, sondern gleich zweimal.« Er schlug sich mit der Faust auf die stolzgeschwellte Brust. »Ich komme mir wie ein Superheld vor.«

Wunderschön? Er hielt sie für wunderschön? Natasha lachte scheu.

»Arbeitest du schon lange hier?« Sie nippte an ihrem Drink und betrachtete Tom über den Rand ihres Glases hinweg. Er hatte ein attraktives Profil – gerade Nase, volle Lippen …

Er schaute auf, sah, dass sie ihn beobachtete, und lächelte.

»Seit ein paar Monaten. Ich will mir das Geld für meine nächste Reise verdienen.«

»Echt? Wo soll's denn hingehen?«

»In die Vereinigten Staaten.«

»Wow!«

»Ja.«

»Und wohin dort?«

»Yosemite-Nationalpark.«

»Zum Bergsteigen?«

Er nickte.

Natasha kaute nervös auf ihrer Lippe. Kein Wunder, dass er auf dem Baumwipfelpfad vergessen hatte, sich am Seil einzuklinken. Sich in dieser Höhe zu bewegen musste für ihn so normal sein wie für andere Leute das Treppensteigen.

»Und wie lange bleibst du?«

»Bis mir das Geld ausgeht oder das Visum abläuft. Was zuerst kommt«, sagte er achselzuckend.

Er rollte die Schultern zurück, völlig unbewusst, wie es schien, als genüge der bloße Gedanke ans Klettern, um sein Körpergedächtnis zu aktivieren. Natasha ließ ihren Blick langsam über ihn wandern.

»Klettern ist total dein Ding, oder?«, fragte sie, als ihr bewusst wurde, dass sie ihn schon wieder anstarrte.

»Meine erste Liebe und wahrscheinlich auch meine letzte. Ich bin damit aufgewachsen. Klettern war die ganz große Leidenschaft meiner Mum, und sie hat mich und meine Schwester immer mitgeschleppt.«

»Deine Schwester klettert auch?«

»O ja. Sie ist die Beste von uns dreien.«

»Ehrlich?« Es gefiel ihr, dass er das neidlos zugab. »Wie alt ist sie?«

»Dreiundzwanzig. Sie ist meine Zwillingsschwester.«

»Ist nicht dein Ernst!« Natasha riss Mund und Augen auf und presste sich eine Hand an die Brust. »Du bist ein Zwilling? Ich wollte auch immer einer sein!«

»Frag jetzt bitte nicht, ob wir eineiig sind!« Tom zeigte warnend mit seiner Bierflasche auf sie.

»Wie käme ich denn dazu!«

»Wenn du wüsstest, wie viele das fragen!« Er schüttelte lachend den Kopf und nahm dann wieder einen kräftigen Schluck.

»Wer ist älter?«

»Lottie. Drei Minuten.«

»Dann bist du also der kleine Bruder.« Natasha musterte ihn und versuchte, sich seine Familie vorzustellen. »Hast du noch mehr Geschwister?«

»Nein, es gibt nur uns beide.«

»Klettert dein Dad auch? Ich sehe euch jetzt alle vor mir, wie ihr mit roten Wangen auf Bäume klettert …«

Tom schüttelte den Kopf. »Dad unterrichtet Physik. Er kennt die Gravitationsgesetze zu gut, um so etwas Dummes zu tun. Niemals würde er versuchen, sich ihnen zu widersetzen, sagt er immer.«

»Oje, er scheint nicht gerade begeistert zu sein von eurem Hobby.«

»Das ist die Untertreibung des Jahres. Er hält mich für einen Penner, für einen totalen Versager.«

Obwohl er es lässig dahinsagte, war der Schmerz in seiner Stimme nicht zu überhören.

Natasha zog die Brauen zusammen.

»Das tut mir echt leid. Das ist traurig.«

»Jedem das Seine.« Tom zuckte mit den Schultern und trank einen Schluck, aber als er weitersprach, klang seine Stimme härter. »Mir egal. Ich lebe mein eigenes Leben und mache, was ich für richtig halte. Ich muss immer an das Mantra meiner Mum denken: ›Tu heute, was zu tun ist. Wer weiß, ob morgen nicht der Tod anklopft.‹«

»Das ist ganz schön morbid!«

»Findest du? Das sehe ich anders. Mir macht dieser Satz immer wieder klar, wie wichtig das Hier und Jetzt ist. Eine buddhistische Weisheit, glaube ich.«

»Du bist Buddhist?«

»Nein, ich bin bloß ein Typ, der daran glaubt, dass man den Augenblick nutzen sollte.«

Sein Blick ruhte fest auf ihr, und sie spürte förmlich, wie sich die Wörter aus ihrem Kopf verabschiedeten. Plötzlich hatte sie das Gefühl, Tom werde sie gleich an sich ziehen.

Natürlich war der Alkohol schuld. Der vorzeitige körperliche Kontakt hatte ihre sozialen Fähigkeiten gleichsam gekidnappt und sie ihre Manieren vergessen lassen. Jetzt, wo sie wusste, wie es sich anfühlte, in seinen Armen gehalten zu werden …

»Und du? Du bist tatsächlich Statikerin?« Er grinste. »Hätte ich nicht gedacht.«

»Nein? Was hättest du denn gedacht?«

»Hm.« Als hätte sie ihm eine eingehende Prüfung erlaubt, stellte er seine Flasche ab und musterte Natasha aus halb zusammengekniffenen Augen langsam und gründlich. Genauso gut hätte er mit den Fingerspitzen über ihre nackte Haut fahren können. Sie musste ein Schaudern unterdrücken.

»Dass du Künstlerin bist.«

Was? Sie erstarrte. Wie konnte er das wissen?

Er streckte die Hand aus und griff nach ihrem rechten Arm. Behutsam drehte er ihn um und rieb mit dem Daumen leicht über einen dunkelgrünen Farbtupfer an der Unterseite ihres Handgelenks. Als er wieder aufschaute, verzogen sich seine Lippen zu einem trägen Lächeln.

Natasha musste schlucken. Wie war es möglich, dass ihm dieser winzige Fleck aufgefallen war? Sie hatte gemalt, kurz bevor Helena sie gestern abgeholt und hierhergefahren hatte.

»Tja, in meinen Träumen vielleicht«, sagte sie leise. Ihr Puls raste unter seinen Fingern und verriet sie.

»Träume können wahr werden, weißt du das nicht?« Der Anflug eines Lachens tanzte in seinen Augen, aber da war noch etwas anderes.

»Für dich vielleicht. Du kannst einfach weggehen und monatelang klettern, wenn dir danach ist.«

»Und was hindert dich daran zu malen?«

»Ich muss Geld für die Miete verdienen. Nur sehr wenige Künstler können von ihrer Arbeit leben.«

»Alles ist möglich, wenn man es nur unbedingt will.« Tom senkte den Blick und sah, dass er immer noch ihr Handgelenk umfasst hielt. »Hättest du deinen Arm gern zurück?«, fragte er lächelnd.

»O ja, vielen Dank, sehr nett von dir.«

Ihre Haut fühlte sich warm an von seiner Berührung, und sie hätte sich den Arm gern an die Wange gehalten. Doch dann wurde ihr bewusst, was sie da dachte, und sie straffte sich unwillkürlich.

Tom setzte die Bierflasche an die Lippen, und ihre anfangs so ungezwungene Plauderei geriet ins Stocken. Der Raum um sie herum schien kleiner zu werden.

»Und der Glückspilz?«, fragte Tom und sah sie an. »Was macht er eigentlich?«

Er. Natasha wurde bewusst, dass sie den Namen ihres Verlobten nicht erwähnt und Tom sie auch nicht danach gefragt hatte. Rob schwebte gestaltlos zwischen ihnen, wie ein Konzept, eine Idee, nicht wie der Mann aus Fleisch und Blut, mit dem sie ihr Leben teilen würde. Es war an der Zeit, seinen Namen auszusprechen, ihn in die Unterhaltung einzubinden.

»Er hat seine eigene Firma«, sagte sie. »IT-Consulting und Datenschutz.«

»War ja klar.« Tom schnaubte. »Kann ja gar nicht anders sein«, fügte er nach einem Augenblick hinzu.

»Wie meinst du das?«

»Na ja, es musste ja was in der Art sein«, meinte er achselzuckend.

»Wieso?« Irgendetwas schwang in diesen Worten mit. »Wie meinst du das?«, fragte sie noch einmal.

»Dass eine Frau wie du sich nicht zufriedengeben würde mit einem …« Seine Stimme verebbte.

»Einem *was*? Einem Penner?«, beendete Natasha den Satz. Herausfordernd suchte sie seinen Blick. Sie war gekränkt. Hielt Tom sie für einen Snob? Für eine Frau, die nur hinter dem Geld her war? »Woher willst du wissen, womit ich mich zufriedengebe?«

»Ich weiß es einfach. So läuft es nun mal. Du wirst ihn heiraten und ein richtig angenehmes Leben haben und endlich malen können, und das ist …«

Er brach abrupt ab, als hätte er sich gerade noch gefangen, bevor ihm etwas Unbedachtes herausrutschte.

»Das ist *was*?«

Er schüttelte den Kopf. »Vergiss es.«

»Das kann ich nicht vergessen!« Natasha lachte und fühlte sich zugleich ängstlich angespannt. Sie musste wissen, was er dachte. »Du kannst nicht einfach so etwas sagen und dann mitten im Satz aufhören! Ich werde ihn heiraten, ein angenehmes Leben haben, endlich malen können, und das ist – *was*?«

Tom sah sie an. »Das ist der Preis dafür, dass du ihn nicht wirklich liebst.«

Es fühlte sich an, als hätte er sie geohrfeigt. Sie zuckte zurück, machte einen Schritt weg von ihm.

»Wie … wie kannst du so etwas sagen?«, krächzte sie.

»Nun, ich glaube, dass es wahr ist.«

»Du kennst mich doch gar nicht.«

»Ich weiß.«

»Dann kannst du unmöglich solche Dinge behaupten! Du hast nicht die geringste Grundlage dafür!«

»Nein? Du hast Jacks Frage nach der Liebe auf den ersten Blick nicht beantwortet.« Tom zuckte mit den Schultern.

Das war ihm aufgefallen?

»Na und? Das besagt noch gar nichts!«

»Die meisten Frauen überschlagen sich fast, um dir zu erzählen, dass es Liebe auf den ersten Blick war, aber du hast ein Gesicht gemacht, als würdest du am liebsten die Flucht ergreifen. Also entweder du glaubst nicht an die Liebe auf den ersten Blick, oder aber es war keine Liebe auf den ersten Blick.« Er setzte die Flasche an den Mund. »Was von beidem trifft zu?«

Natasha zögerte für den Bruchteil einer Sekunde.

»Ich glaube nicht an die Liebe auf den ersten Blick«, antwortete sie dann.

»Oh.« Das war alles.

Mit wachsender Verärgerung beobachtete sie, wie er sein Bier trank. »Was soll das heißen – *oh*?«

»Gar nichts. Du hast ein Recht auf eine eigene Meinung.«

»Oh, sehr freundlich, vielen Dank«, versetzte sie sarkastisch. »Du bist also anderer Meinung?«

»Ja. Man kann jemandem begegnen, den man nicht kennt, und man kennt ihn doch irgendwie. Verstehst du, was ich meine?« Seine Worte schwebten auf sie herunter wie Schneeflocken.

»Das mag ja sein, aber das ist keine Grundlage für etwas Solides. Das ist nur etwas Körperliches. Sex, mehr nicht«, entgegnete sie streitlustig.

Das war die Basis für jeden ihrer One-Night-Stands in den letzten drei Jahren gewesen. Tom war genau wie jeder andere gut aussehende Fremde, den sie, betrunken und einsam, in irgendeinem Club aufgegabelt hatte.

Sie rief sich ins Gedächtnis, wie Rob an den Wochenenden ein Bad mit ihrem Lieblingsbadezusatz für sie einließ. Wie er ihr, obwohl es eine kulinarische Sünde war, ein Förmchen mit brauner Soße zu ihrem Lachs auf den Teller stellte, weil sie diese Kombination – genau wie ihr Vater früher – so gern mochte. *Das* war es, was eine innige Beziehung ausmachte: dass man den anderen wirklich kannte.

»Kann es nicht mehr sein? Nicht nur Körper, die sich anziehen, sondern eine Verbindung von Seele, Herz und Verstand?«

Natasha schluckte und musste an ihren seltsamen Walzer auf der Seilbrücke denken. Ihre Arme um seinen Hals, seine Hände auf ihrer Taille …

»Ich glaube nicht, nein.«

»Hm.« Tom trank einen Schluck und spielte dann zerstreut mit dem Kronkorken. »Interessant. Ich vermute mal, du hast noch nie einen Menschen verloren, der dir nahesteht, oder?«

»Wie kommst du darauf?«

Er sah sie an, während er sich lächelnd auf die Ellenbogen stützte. »Beantworte einfach meine Frage.«

»Doch, meine Eltern.«

»Oh.« Tom machte ein betroffenes Gesicht. »Das tut mir leid.«

Natasha zuckte mit den Schultern. Es tat immer allen leid, aber das änderte nichts an den Tatsachen. Sie fühlte seinen Blick mit einer neuen Intensität auf sich ruhen.

»Hast du …?«

»Einzelkind«, kam sie ihm schnell zuvor. »Aber viele Cousins und Cousinen.«

»Oh«, machte er erneut, und seine Mundwinkel zeigten nach unten. Er spielte immer noch mit dem Kronkorken, als er fragte: »Sind deine Eltern überraschend gestorben?«

Natasha schüttelte den Kopf. »Meine Mum hatte Krebs, mein Dad ein Emphysem. Sie haben beide gelitten.«

Tom nickte nachdenklich. »Deshalb hast du es so eilig mit dem Heiraten: Du sehnst dich nach einer Familie.«

»Was wäre so schlimm daran? Suchen wir nicht alle nach Sicherheit?«

Sein Kopf fuhr hoch. »Ich nicht. Ich will genau das Gegenteil.«

Auf die plötzliche Schärfe in seinem Ton folgte ein Augenblick des Schweigens. Die eigenartige Vertrautheit zwischen ihnen schwand, was ihnen Raum verschaffte.

»Gut«, sagte Natasha schließlich leise. »Ich möchte Sicherheit, und du suchst das Abenteuer. Du wirst mich nicht aufhalten und ich dich nicht.«

Sie nippte an ihrem Wodka und fragte sich, warum sie so nervös war, sich unter Druck fühlte.

»Na ja, du wirst mich nicht aufhalten«, sagte Tom nach einer ganzen Weile. Die Worte schienen an der Kante eines Steilhangs zu hängen. Natasha sah ihn an. »Aber vielleicht sollte ich dich aufhalten.«

Sie lachte verdutzt auf. »Wie bitte?«

»Ich mein's ernst. Du bist zweiundzwanzig. Dein Leben fängt gerade erst an. Wieso lassen deine Freundinnen das zu?«

»Wieso sie das *zulassen*?« Wieder lachte sie. Was bildete er sich eigentlich ein? »Vielleicht, weil sie – im Gegensatz zu dir – wissen, dass ich glücklich bin?«

Tom betrachtete sie, wie ein Psychologe es tun würde. Er studierte ihre Körpersprache, ohne auf ihre Worte zu achten.

Sie erwiderte seinen Blick, aber zu ihrer Überraschung entdeckte sie nichts Anmaßendes darin. Stattdessen bemerkte sie einige dunkle Stellen wie bei einer Porzellantasse, die gegen das Licht gehalten wurde.

Sie runzelte die Stirn. »Hast du auch einen Menschen verloren, der dir nahestand?«

Jetzt war er es, der sich in der Defensive fühlte.

»Ja«, bestätigte er knapp. »Aber das war etwas anderes.«

»Inwiefern?«

»Es kam unerwartet.«

»Spielt das eine Rolle? Ein Verlust ist ein Verlust.«

»Nein. Nur wenn du jemanden von einem Augenblick auf den anderen verlierst« – er schnippte mit den Fingern, und sie fuhr unwillkürlich zusammen –, »begreifst du auch, dass du jemanden von einem Augenblick zum anderen finden kannst.« Sie sah, wie seine Kiefermuskeln arbeiteten. Die Luft zwischen ihnen schien dicker zu werden. »Heute Morgen bin ich hierhergekommen, um meinen Job zu erledigen, und was ist passiert? Ich habe dich in den Armen gehalten. Nicht nur einmal, sondern zweimal.«

Natashas Herz hämmerte. Im Wohnzimmer wurde die Musik aufgedreht, und jemand – Lizzie? Sara? – kreischte vor Lachen.

»Im Gegensatz zu dir weiß ich heute, dass ich es annehmen muss, wenn mir das Leben etwas schenkt. Es wird nämlich auch Zeiten geben, in denen es mir etwas wegnimmt. Ich muss die Gelegenheiten, glücklich zu sein, erkennen und wahrnehmen, auch wenn es theoretisch keinen Sinn ergibt.« Mit einem breiten Grinsen fügte er hinzu: »Auch wenn sie in einer Woche einen anderen heiraten wird.«

»Du bist echt unmöglich«, sagte sie kichernd. Natürlich machte er nur Witze, es konnte gar nicht anders sein. Aber etwas an der Art, wie er sie ansah, so offen und direkt … »Ich glaube, wir sollten zurück zu den anderen.«

Natasha drehte sich weg, aber bevor sie die Hand von der Arbeitsfläche nehmen konnte, legte Tom seine fest darauf.

»Du denkst, es ist zu spät für einen Rückzieher, stimmt's?«

»Was?«

»So ist es doch, oder? Du wirst ihn heiraten, weil du dich dazu verpflichtet fühlst …«

Sie ließ ihn nicht weiterreden. »Was fällt dir eigentlich ein? Was unterstehst du dich?«

»Ich sage dir nur, wie ich die Dinge sehe.«

»Du weißt nichts über meine Beziehung. Gar nichts! Du kennst ihn ja noch nicht mal …«

»Aber ich kenne *dich*!«, entgegnete er heftig. »Ich kenne dich, Natasha. Soll ich dir sagen, was ich gesehen habe? Eine Frau, die buchstäblich gelähmt war vor Angst. Zweimal.«

»Ich habe Höhenangst«, behauptete sie.

»Das ist nicht wahr. Du hast selbst gesagt, dass du keine Angst vor Höhen hast, und ich habe gesehen, wie du die Kletterwand rauf bist. Ohne Probleme. Aber dann meldet sich plötzlich dein Bauchgefühl, und sobald du dich auf deine Instinkte verlässt, erstarrst du. Dein Körper hindert dich daran, auch nur die kleinste Bewegung zu machen.«

»Quatsch!«

»Das ist kein Quatsch. Dein Körper teilt dir mit, was dein Verstand nicht wahrhaben will. Das ist es, was da draußen passiert ist. Aber du hörst nicht zu. Du willst ihn nicht heiraten.«

»Das ist nicht wahr!«, protestierte sie aufgebracht.

Und doch war es ganz genau so, wie er sagte. Wie war es möglich, dass er es erkannt hatte und sonst niemand?

Was hätte sie erwidern sollen? Dass alles ein schrecklicher Fehler war, aber das Ganze schon zu weit fortgeschritten? Dass sie jede Nacht schluchzend aus dem Schlaf hochfuhr, weil sie träumte, dass der Standesbeamte die Trauung vollzogen hatte?

Es war zu spät. Rob hatte seinen Anzug ausgesucht, und sie hatte ihre Gelbfieberimpfung für die Hochzeitsreise bekommen. Sie konnte mit niemandem über ihre Zweifel reden, nicht einmal mit Helena. Warum also sollte sie ausgerechnet Tom ihr Herz ausschütten?

Er sah sie an. »Ich glaube, du machst einen Fehler. Und ich glaube, dass du das auch denkst.«

»Das stimmt nicht!«

»Nein? Willst du tatsächlich abstreiten, dass es zwischen uns knistert?«

Natasha starrte ihn an, völlig fassungslos, dass er das laut ausgesprochen hatte.

»Ich kenne dich kaum«, stammelte sie.

»Was besagt das schon? Und wenn zwischen dir und ihm alles in Ordnung wäre, wäre dieser Funke zwischen uns nicht übergesprungen.«

»Was für ein Funke denn? Ich habe keine Ahnung, wovon du sprichst.« Sie wandte sich ab. Wenn sie ihn anschaute, konnte sie nicht klar denken. Sie trug dieses grässliche Brautkleid, war betrunken und fiel auf die Anmache eines Fremden herein. »Ich liebe meinen Verlobten und kann es kaum abwarten, ihn zu heiraten«, murmelte sie.

Tom beugte sich zu ihr. »Sorry, was hast du gesagt?«

Natasha drehte sich wieder zu ihm.

»Ich sagte, ich liebe meinen Verlobten und kann es kaum abwarten, ihn zu heiraten«, wiederholte sie forsch.

Tom zuckte zusammen. Sein Blick ritzte ihre Haut auf und riss die Lügen heraus.

»Dann bilde ich mir das nur ein?«, vergewisserte er sich.

Sie hob trotzig die Schultern. »Ich weiß nicht mal, was ›das‹ sein soll.«

Er trat so dicht an sie heran, dass sich ihre Körper fast berührten, und Natasha schnappte unwillkürlich nach Luft.

»*Das.* Das meine ich.«

Er blickte auf sie hinunter, und es kam ihr so vor, als stünde sie wieder auf seinen Füßen, gehalten von seinen Armen, das Gesicht an seinen Hals gepresst …

»Ach, da seid ihr!« Sara spähte um die Ecke. »Beeilt euch, wir wollen ein Spiel spielen!«

»Was für ein Spiel?«

Aber Sara war schon wieder fort.

»Nats …« Tom streckte die Hand nach ihrem Arm aus, aber sie war schneller. Panisch lief sie Sara nach und ließ Tom stehen.

»Ich werde auf keinen Fall Scheiß-Strippoker spielen«, sagte Lauren gerade.

Natasha wäre beinah ins Schleudern gekommen. So ordinäre Ausdrücke benutzte Lauren nur, wenn sie ordentlich einen sitzen hatte.

Rachel tanzte mit Andy auf einem der Sofas. Wie viel hatten die anderen denn getrunken? Hatten sie Shots gekippt?

»Wenn du glaubst, dass ich strippe, verdammte Scheiße …« Lauren taumelte ein paar Schritte seitwärts und machte ein entsetztes Gesicht. Natasha fragte sich, warum. Sie war höchstwahrscheinlich die Einzige hier, bei der Slip und BH zusammenpassten. »Ich bin nämlich auch verlobt!«

Ben fasste sie lachend am Ellenbogen, um sie zu stützen.

»Alles gut, reg dich ab.« Er zuckte mit den Schultern. »Ich meine, ich hab nicht mal eine Unterhose an …«

Helena lachte Tränen, als sie Laurens Gesicht sah.

»Wie wär's mit Flaschendrehen?« Jack griff nach einer der leeren Proseccoflaschen.

»Hallo?« Natasha verzog unwillig das Gesicht. »Das ist ein Junggesellinnenabschied und keine Teenie-Party!«

»O nein! Ich werde auch niemanden küssen, verdammte Scheiße«, nuschelte Lauren. »Das gehört sich nicht.«

Jack verdrehte die Augen. »Na schön, dann spielen wir es mit Mutproben *und* mit Küssen. Dann kann sich jeder was aussuchen.«

»Sehr gut. Ich will küssen«, beharrte Helena dickköpfig. »Immerhin ist das ein Junggesellinnenabschied, und es sind bloß die zwei, die heiraten werden.«

Sie lachte und nippte an ihrem Drink und überließ es den anderen, sich auszurechnen, dass zufälligerweise vier Single-Frauen und vier Single-Männer anwesend waren.

Als Tom, eine volle Bierflasche in der Hand, hereingeschlendert kam, saßen sie bereits alle im Kreis. Natasha hielt ihren Blick gesenkt. Sie war immer noch aufgewühlt von der Episode in der Küche. Hatte er es einfach bei ihr probiert? Hatten die Jungs eine Wette abgeschlossen, wer die Braut verführen konnte? Ging es darum, wer zuerst kniff? Natasha hütete sich, Tom anzusehen.

»Ich wollte immer schon wissen, wie es hier oben aussieht«, sagte Jack neben ihr und nickte anerkennend. »Die Einrichtung ist echt cool.«

Natasha antwortete nicht. Toms Turnschuhe schoben sich in ihr Blickfeld, als er sich ihr gegenüber zwischen Lizzie und Rachel setzte.

»Irgendwie musste das Wochenende ja gerettet werden«, bemerkte Sara, die auf Jacks anderer Seite saß. »Nats hat uns klar zu verstehen gegeben, dass sie keine

Lust auf eine Tour durch die Nachtclubs hat. Und Stripper wollte sie auch keine.«

»Und keine Vegetarier«, flachste Helena mit einem kurzen Blick auf Natasha.

»Blieb also nur Center Parcs?«, spottete Ben.

»Danke!«, rief Helena. »Ganz meine Meinung!«

»Ich habe das für einen guten Kompromiss zwischen einem Magic-Mike-Ding und einem Wellnesswochenende gehalten«, rechtfertigte sich Sara. »Ich dachte, sie wünscht sich etwas … zum Verwöhnen, aber auch etwas Aufregendes.«

»Und ich war total scharf darauf, wie eine Polyester-Stufentorte herumzulaufen«, ergänzte Natasha. »Das war definitiv mein größter Wunsch!«

»Aber ein paar Höhepunkte hatte der Tag doch«, sagte Helena in einem Ton, den Natasha nur allzu gut kannte. »Nats hat es geschafft, nicht nur einmal, sondern gleich zweimal mit Tom auf Tuchfühlung zu gehen.« Sie sah Jack an. »Du hättest sehen sollen, wie er sie von der Seilbrücke geholt hat! Das war so was von heiß!«

Natashas Kopf fuhr hoch. Hatte Helena sie und Tom in der Küche ertappt? Hatte sie mitbekommen, dass es zwischen ihnen knisterte?

»Ehrlich?« Jack und Andy guckten ganz erstaunt.

»Nicht so, wie ihr denkt!«, versicherte Natasha schnell. »Hört nicht auf sie. Hels verarscht euch nur.«

»Hm, da wär ich mir nicht so sicher«, meinte Ben grinsend und stieß Toms Fuß mit seinem Schuh an. »Tom war ganz wild darauf hierherzukommen.«

»Red doch keinen Blödsinn, Natasha ist die Braut!«, protestierte Lauren. »Sie ist tabu.«

»Also ich hab gelesen, dass die zukünftige Braut ihren Verlobten auf ihrem Junggesellenabschied fünfmal eher betrügt als er sie auf seinem«, meldete sich Sara zu Wort und hielt beide Hände hoch. »Fünfmal!«

»Das glaube ich nicht!«, keuchte Lauren fassungslos.

»Ist aber so. Hab's auf Insta gesehen.« Sara zuckte mit den Schultern.

»Na dann!« Rachel lachte. »Dann muss es ja stimmen.«

»Okay.« Lizzie hielt eine leere Proseccoflasche hoch. »Ich fange an!«

Alle beobachteten schweigend, wie die schwere grüne Flasche auf dem Boden kreiselte, erst schnell, dann langsamer, bis sie schließlich stoppte und auf Jack zeigte.

»Kuss oder Mutprobe?«

»Kuss!«, rief Lizzie wie aus der Pistole geschossen.

»Starker Anfang«, sagte Jack lachend und stieß triumphierend die Faust in die Luft.

Als Lizzie aufreizend langsam zu ihm hinüberkroch, hob Natasha den Blick und sah, dass Tom sie beobachtete. Sie schaffte es nicht wegzuschauen, und als Lizzie sich vorbeugte, um Jack zu küssen, war ihr, als bliebe *ihr* die Luft weg. Toms Direktheit irritierte sie; seine Nähe beunruhigte sie.

»Ran an den Mann, Lizzie!«, rief Helena und klatschte in die Hände.

»Ju-huu! Braves Mädchen«, jubelte Sara, als sich Lizzie wieder hinsetzte. »Okay, Jack, du bist dran.« Sie stupste ihn mit dem Ellenbogen.

»Dann wollen wir mal sehen …« Er brachte die Flasche mit einer lässigen Bewegung aus dem Handgelenk zum Rotieren. Natasha starrte sie an, als handele es sich um eine gefährliche Waffe. Der Flaschenhals zeigte auf die Lücke zwischen Tom und Rachel. Natasha stockte der Atem.

»Rachel!«, schrie Helena, während die Jungs im gleichen Moment »Tom!« brüllten.

»Sie zeigt eindeutig auf mich!«, rief Rachel. »Ganz eindeutig!«

Sie kniete sich hin und gab Jack einen langen, kräftigen Kuss auf den Mund.

»Ich hab Zungen gesehen!«, empörte sich Lauren.

»Na und?« Helena schnaubte. »Sie ist Single. Sie kann ihn von Kopf bis Fuß ablecken, wenn ihr danach ist.«

Lauren verschlug es die Sprache bei diesem Bild. Natasha nippte an ihrem Drink und versuchte, nichts von alldem an sich herankommen zu lassen. Doch der Alkohol zeigte Wirkung. Es war gerade einmal sieben Uhr, aber sie hatte bereits jetzt das Gefühl, die Kontrolle verloren zu haben. Toms Worte hatten ihr zugesetzt, und die aufgekratzte, geile Stimmung im Raum wühlte sie auf. Es wäre das Beste, ins Bett zu gehen und diesen Tag definitiv zu beenden. Die dunkle Vorahnung, die sie den ganzen Tag gehabt hatte, wurde stärker.

Sie beobachtete, wie Rachel nach der Flasche griff, sie schwungvoll drehte … und sich dabei einen Fingernagel abbrach.

»Au!« Sie saugte an ihrem Finger, während sie darauf wartete, dass die Flasche zum Stillstand kam. »Natasha!«, rief sie lachend. »Wie in den guten alten Zeiten.«

Sie rutschte zu ihr. Obwohl sie ihr nur ein Küsschen auf den Mund gab, johlten die Männer wie bei einem Siegtreffer im Weltmeisterschaftsendspiel.

»Einen Augenblick mal!«, rief Jack, beide Hände hoch erhoben, als sich Rachel wieder setzte. »Was genau heißt ›wie in den guten alten Zeiten‹? Wart ihr zwei etwa …?«

Mit hochgezogenen Brauen sah er sie gespannt an und wartete darauf, dass ein pikantes Geheimnis enthüllt wurde.

»Wir waren elf und haben das Küssen geübt«, beeilte sich Natasha, jedweden Spekulationen zuvorzukommen. »Auch auf unseren Armen und den Spiegeln in den Umkleideräumen. Also bitte keine falschen Schlüsse ziehen.«

Sie beugte sich vor und ließ die Flasche kreiseln. Am besten das Ganze so schnell wie möglich hinter sich bringen.

»Tom!«, kreischte Lizzie.

Was? Nein! Natasha starrte die Flasche ungläubig an.

»Nein!«, platzte es aus ihr heraus, bevor sie sich bremsen konnte. »Ich bin die zukünftige Braut! Ich kann nicht …«

»Rachel hast du doch auch geküsst!«, wandte Andy ein.

»Das war was anderes!«

»Wieso? Entweder du küsst die Person, auf die die Flasche zeigt, oder du stellst dich einer Mutprobe.«

Sie zögerte. Sie fühlte Toms Blick auf sich ruhen. Ihr Herz raste.

»Also gut, dann die Mutprobe. Damit ein bisschen Leben in die Bude kommt.«

»Habt ihr das gehört?«, rief Lizzie jubelnd. »Von wegen Kindergeburtstag!«

»Okay, eine Mutprobe!« Helena schien sich zu freuen. »Was soll Natasha tun, Tom?«

»He, Moment mal – wieso Tom?« Natasha schluckte schwer. »Ich dachte, wir ziehen Lose aus einem Hut oder so was …«

»Siehst du hier irgendwo einen Hut?« Helena hatte ihre Arme weit ausgebreitet. Überall leere Flaschen und Chipstüten, aber kein Hut. »Nein, wenn du ihn nicht küssen willst, darf er dir eine Aufgabe stellen.«

Alle Blicke hefteten sich auf Tom. Er saß ganz still da, zurückgelehnt, die Knie hochgezogen und die Arme locker um die Beine gelegt. Die Bierflasche in seiner Hand war fast leer.

Was würde er sich ausdenken? Natasha wagte kaum zu atmen. Er konnte alles Mögliche von ihr verlangen, konnte Geheimnisse aufdecken, die sie unbedingt bewahren wollte. Sie wusste ja, dass er in ihr lesen konnte wie in einem offenen Buch, dass er Dinge wahrnahm, die anderen verborgen blieben. Sogar ihrer besten Freundin. Sogar Rob.

»Sie soll mit verbundenen Augen etwas Essbares erraten«, flüsterte Lizzie für alle gut hörbar, während Tom Natasha nachdenklich betrachtete und sich mögliche Optionen durch den Kopf gehen ließ.

Lauren stöhnte. »Nun mach schon! Nur ein schnelles Spiel ist ein gutes Spiel!«

Tom stellte seine Bierflasche ab und umfasste sein Handgelenk.

»Natasha soll die Person in diesem Kreis küssen, die sie wirklich küssen will«, sagte er dann, den Blick fest auf Natasha gerichtet.

Natasha machte den Mund auf und wieder zu. Sie hätte ihn einfach küssen sollen und basta. Dass die Flasche ausgerechnet auf ihn gezeigt hatte, war schlichtweg Pech gewesen. Aber jetzt …

Sie sah die anderen an, die gespannt warteten.

»Tja, Leute, tut mir leid, aber hier gibt's wirklich niemanden, den ich küssen möchte …«

»Feigling.« Das Wort fiel von seinen Lippen wie ein Stein.

Sie starrte ihn an. Die Stille blähte sich förmlich auf, und die Spannung wurde fast greifbar. Wenn sie jetzt nichts unternahm, würden die anderen etwas merken.

»Na schön. Dann werde ich eben dich küssen.«

»Weil ich derjenige bin, den du wirklich küssen willst?« Es klang, als würde er sie aufziehen, aber sie wusste, dass es ihm ernst war.

»Weil die Flasche auf dich gezeigt hat. Also bringen wir es hinter uns.«

»Ha, eine echte Romantikerin!« Jack lachte.

Tom lächelte. Er rutschte auf den Knien in die Mitte des Kreises und wartete, bis Natasha ihren bauschigen Rock so weit gerafft hatte, dass sie aufstehen konnte. Dann reichte er ihr die Hand und half ihr auf.

»Danke«, brummte sie, als er sie auf die Knie zog. Sie nahm seinen Duft wahr, und ihr stockte unwillkürlich der Atem, weil sie daran denken musste, wie er sie heute schon zweimal gerettet hatte.

»Du kannst mich auf die Wange küssen«, sagte Natasha, als sie voreinander knieten. Ohne aufzuschauen, drehte sie den Kopf zur Seite.

»Nein, *du* küsst *mich* auf die Wange«, sagte Tom ruhig. »Du warst an der Reihe. Du küsst mich.«

Ben, Andy und Jack lachten, als Tom ihr seine Wange hinhielt.

»Meinetwegen.« Als Natasha sich mit gespitzten Lippen vorbeugte, drehte Tom blitzschnell den Kopf, nahm ihr Gesicht in beide Hände und küsste sie innig auf den Mund. Die Jungs johlten, und Natasha spürte Toms Verlangen. Er wollte mehr, aber das würde er nicht bekommen.

»Wow, was war das denn, verdammte Scheiße?«, schrie Helena lachend, als sich Tom endlich von ihrer Freundin löste. »Meine Klamotten hätten fast Feuer gefangen!«

Toms Augen glitzerten triumphierend, als er Natasha ansah.

»Sie heiratet doch nächste Woche«, murmelte er. »Und wenn ich der Letzte bin, den sie als Single küsst, soll sie sich wenigstens daran erinnern.«

10. Kapitel

Nepal, Samstag, 3. Dezember

Duffy betrat den Küchenbereich. Er liebte die Geräusche hier, das Klirren von Löffeln gegen Porzellanschalen, die durch den Raum schwirrenden Unterhaltungen an den aufgebockten Tischen. Hier standen alle früh auf, nicht wie in Wien oder London, wo man sich gern lange im Bett rekelte; hier bestand der Luxus darin, in aller Frühe hinauszugehen, die Luft einzuatmen, die sich gefiltert und rosa gefärbt anfühlte, unter einem stillen Himmel zu sitzen.

Duffy hatte gut geschlafen, ruhig, während sich sein Körper auf die neue Frequenz der Berge einstellte, die nur ein paar Kilometer entfernt aufragten, mächtige Herrscher aus Granit. Er konnte die Veränderung bereits spüren. Es fühlte sich an, als ob Körper und Geist als Reaktion auf das Gebirge abhärteten. Und diese Anpassung war notwendig. Wie eine sich häutende Schlange musste er alles abstreifen, was hier nur eine Belastung wäre: Emotionen, Sanftheit, den Wunsch nach Komfort, die Sehnsucht nach Vergangenem.

»*Namaste*«, grüßte der Mann neben dem riesigen Suppentopf. Er trug eine wattierte Jacke und eine Schürze, und wenn er lächelte, sah man eine Lücke dort, wo ein Schneidezahn fehlte.

»*Namaste*«, erwiderte Duffy und trat näher.

Der Mann füllte Duffys Schale mit Porridge und Apfel und reichte ihm dann einen Becher mit heißer Zitrone, Honig und Ingwer.

Duffy ging an einen Tisch am Fenster und schaute hinaus. Das hier waren erst die Ausläufer der Ausläufer des Himalaja, aber wenn er sich heute Abend schlafen legte, würde er auf einer Höhe von tausendsiebenhundert Metern sein, und die Landschaft wäre eine völlig andere. Und morgen genauso. Mit jedem Tag schien er eine neue Welt zu betreten: hier grün, dort braun, weiter oben weiß. Von Bäumen zu Steinen zu Schnee; über eine Höhendifferenz von einigen tausend Metern von überbordender Fülle zu asketischer Kargheit.

»Hey, Duffy.«

Er schaute auf. Jay und Stevie kamen herein, schwenkten schnurstracks Richtung Suppenkessel und setzten sich dann zu ihm.

»Wie geht's dir, Mann? Wir haben dich gestern Abend vermisst«, sagte Stevie und steckte seinen Löffel in den Porridge.

»Bin am Telefon aufgehalten worden.«

»Deine Mum?«, witzelte Jay.

Duffys Lächeln blieb unverändert. »Schlimmer – meine Ex. Sie muss mich ständig bemuttern.«

»Das kenn ich«, sagte Jay. »So eine hatte ich auch mal. Sie hat's ja gut gemeint, aber verdammt noch mal! Es gab nichts, worüber sie sich keine Sorgen gemacht hat.«

Kopfschüttelnd schaufelte er seinen Porridge in sich hinein.

»Und bei dir, Stevie?«

»Nö«, meinte er achselzuckend. »Es interessiert kein Schwein, ob ich am Leben bin oder abkratze.«

Duffy hielt im Kauen inne. Er war sich nicht sicher, ob die Bemerkung so düster gemeint war, wie sie sich anhörte. Jays Schubser mit der Schulter und Stevies gackerndes Lachen lieferten ihm die Antwort.

»Deine schlechten Witze würden mir echt fehlen«, sagte Jay grinsend.

»Danke, Mann.«

Duffy legte beide Hände um seinen Becher und schaute aus dem Fenster. Die Lodge lag ganz am Anfang eines Wegs, der direkt zum Annapurna Base Camp hinaufführte. Dies war der letzte Außenposten der Zivilisation, auch wenn Anya möglicherweise anderer Meinung wärc. Ein paar eingeschossige Holzbauten mit Dächern – und teilweise auch Wänden – aus Wellblech standen verstreut in der Nähe. Auf den handgemalten Schildern an den Holzpfosten davor war »Restaurant« oder »Hotel« zu lesen, daneben standen die für Nepal typisch blauen Plastiktische und -stühle. Auf einem Steinmäuerchen saßen ein paar Frauen und schwatzten lebhaft. Ein Mann trieb eine kleine Ziegenherde den Weg entlang. Irgendwo krähte ein Hahn.

»Und, wie sieht dein Schlachtplan für heute aus?«, wollte Jay wissen.

Die Frage riss Duffy aus seinen Gedanken.

»Die Schlacht fällt aus«, antwortete er lächelnd. »Ich werde es geruhsam angehen lassen, den Weg genießen. Früher wollte ich einfach nur da rauf, so schnell wie möglich.« Er schüttelte den Kopf. »Dieses Mal will ich es richtig machen.«

»Der Weg ist das Ziel, hm?«, meinte Stevie und wiederholte damit, was Duffy in Pokhara gesagt hatte, als sie auf den Bus gewartet hatten.

»Ganz genau. Für heute Abend habe ich einen Zwischenstopp in Tolka eingeplant.«

»Echt?«

Duffy nickte. »Und ihr?«

»Vielleicht schaffen wir es bis Landruk«, antwortete Stevie achselzuckend. »Falls unsere Füße uns so weit tragen.«

»Hattet ihr nach dem Everest Base Camp Trek denn Zeit zum Regenerieren?«

»Eigentlich nicht. Die einzige Erholung, die wir hatten, war die Fahrt hierher.«

»Hm«, machte Duffy.

Seiner Meinung nach machten die beiden einen Fehler, doch diese Einschätzung behielt er für sich. Wer es bis zum Everest Base Camp geschafft hatte, verfügte über genügend Trekkingerfahrung und war nicht auf seine Ratschläge angewiesen.

Außerdem war jeder anders. Vielleicht waren die beiden viel fitter als er. Höchst unwahrscheinlich, aber durchaus möglich.

Sie frühstückten zu Ende. Keiner der drei hatte das Gefühl, unbedingt reden zu müssen.

Stevie und Jay schoben ihre Stühle als Erste zurück, sie wollten weiter. Wenn sie Landruk heute noch erreichen wollten, wären sie zwei Stunden länger unterwegs, was einen Wettlauf gegen die Zeit bedeutete. Sie würden mit den Temperaturen, dem Wetter, dem Tageslicht, der Streckenlänge und der Höhendifferenz kämpfen müssen; da konnten sie sich keine Verzögerung leisten.

»Na dann … War nett, dich kennenzulernen«, sagte Stevie und machte eine Ghettofaust. »Hoffentlich sehen wir uns dort oben.«

»Ja, das hoffe ich auch«, entgegnete Duffy. »Bleibt locker, Jungs.«

»Ganz bestimmt nicht«, antwortete Jay lachend.

Duffy schaute ihnen nach. Ein Teil von ihm, wenn auch ein sehr kleiner, beneidete sie um ihre Kameradschaft. Die Begegnung verstärkte das Gefühl der Isolation, und obwohl er einerseits froh war, wenn er durch nichts abgelenkt wurde, musste er zugeben, dass er andererseits einsam war.

Das Gefühl überkam ihn stets ohne Vorwarnung: wenn er eine delfinförmige Wolke entdeckte und sie gern jemandem gezeigt hätte. Wenn er um eine Biegung kam und in einen Regenbogen trat und wusste, dass ihm das niemand glauben würde. Wenn er gern irgendein bescheuertes Selfie gemacht hätte, aber niemand da war, dem er es hätte schicken können. Wenn er im Schnee stand und das Dröhnen der Stille hörte. Wenn er mit der Zunge Schneeflocken fing wie früher als kleiner Junge.

Trotzdem.

Es war besser so.

Duffy ging in sein Zimmer und packte seine wenigen Habseligkeiten zusammen, rollte seinen Schlafsack auf, steckte seine Holzzahnbürste ein. Er bezahlte hundert Nepalesische Rupien (einen US-Dollar) für die Übernachtung. Das Essen hatte genauso viel gekostet, doch das würde mit zunehmender Höhe teurer werden, weil die Lebensmittel weiter hinauf transportiert werden mussten.

Dann marschierte er los. Der Untergrund knisterte vom Frost, und der kalte Atem der Nacht lag noch in der Luft. Der Weg war hier noch weitgehend flach und führte ihn weg vom Dorf und der Zivilisation, vorbei an buschigen, ausladenden Sträuchern und an Bäumen, in denen Vögel krakeelten. Hühner pickten in der Erde. Ein schwarzer Hund mit einem Ringelschwanz, mit dem er sich beim Wedeln selbst auf den Rücken klopfte, trottete eine ganze Weile neben ihm her und stupste seine Hand an, weil er sich ein Leckerli erhoffte. Bei den Stufen, die den Beginn steileren Geländes markierten, machte er anstandslos kehrt und trabte zurück, während Duffy weiterging.

Jetzt wurde es ernst. Er ließ den Rest der Welt hinter sich, sie verblasste zu einem Schatten in seinem Rücken. Für den Trek zum Annapurna Base Camp brauchte man fünf Tage – vier, wenn man es so anging wie die beiden Amerikaner. Nicht die Entfernung war das Problem, sondern der Höhenunterschied. Sein Ziel lag in viertausend Metern Höhe, und da es bis dorthin lediglich fünfunddreißig Kilometer waren, würde praktisch jeder Meter qualvoll steil sein. Duffy machte sich keine Illusionen. Er wusste, dass er eine Welt des Schmerzes betrat.

Er war etwa eine halbe Stunde unterwegs, als das Smartphone in seiner Jackentasche summte – ein technologisches Geräusch, das sich in dieser übergroßen Wildnis völlig fremdartig anfühlte. Duffy blieb stehen und zog das Handy aus der Tasche. Das Netz war lückenhaft, und er wusste nie, wann – oder ob – er wieder eine ausreichende Signalstärke bekommen würde.

Wie es aussah, hatte er eine neue Mail. In der Betreffzeile stand DRINGEND, obwohl er den Namen des Absenders nicht kannte.

Lieber Mr Duffy,

eine Freundin von Ihnen, Anya Ebner, hat mir Ihre Mailadresse gegeben. Sie hat auf einen Beitrag geantwortet, den ich Anfang der Woche auf Facebook gepostet hatte. Es geht um das Kuscheltier meiner kleinen Tochter Mabel, eine Plüschkuh, die wir in Wien verloren haben. Anya hat erzählt, dass Sie in derselben Wohnung übernachtet, Moolah gefunden und mitgenommen haben und dann nach Asien gereist sind? Sie verstehen vielleicht, dass wir gewisse Zweifel an diesen Behauptungen haben. Der Post hat viel Aufmerksamkeit erregt, und uns ist klar, dass sich manche Leute nur wichtigmachen wollen. Anya hat uns zwar die Adresse der Wiener Wohnung genannt, und sie stimmt mit der überein, in der wir gewohnt haben, aber es ist schon ein merkwürdiger Zufall, dass Sie, offensichtlich mit Moolah im Gepäck, das Land verlassen haben.

Ich habe Mabel noch nichts gesagt, weil sie Moolah ganz schrecklich vermisst. Ich weiß nicht, ob Sie auch Kinder haben und nachvollziehen können, wie sehr unser Familienleben durch die ganze Geschichte leidet. Moolah war weitaus mehr als nur ein Spielzeug.

Falls das alles nur ein Scherz ist, sagen Sie es bitte offen und ehrlich, anstatt unsere Zeit zu verschwenden und mit unseren Gefühlen zu spielen. Für Sie mag das lustig sein, aber nicht für unsere dreijährige Tochter. Falls Sie jedoch tatsächlich im Besitz des Plüschtiers sind, wäre es nett, wenn Sie uns ein Foto als Beweis schicken könnten, damit wir uns selbst davon überzeugen können, dass es sich um unsere Moolah handelt. Dann wüssten wir, dass sie in Sicherheit ist und bald zurückkommen wird, auch wenn Sie nicht in der Lage sein sollten, sie sofort zurückzuschicken. Zumindest könnten wir unserer Tochter das Foto zeigen und sie damit trösten.

Sollten Sie sich aber einen Spaß erlauben, dann kann ich nur sagen: Schämen Sie sich!

Freundliche Grüße

Natasha Stoneleigh

Duffy lachte laut heraus, als er die bissige Nachricht ein zweites, ein drittes und sogar ein viertes Mal las. Sie wollte einen *Beweis*? Anscheinend hatte Anya mit ihrer Bemerkung über ein Lösegeld gar nicht so unrecht gehabt. Diese Frau führte sich tatsächlich auf, als hätte er das Plüschtier entführt. Ihre Worte klangen hochnäsig, selbstgerecht und hölzern, regelrecht spröde vor Anspannung. Wie nannte man solche Mütter doch gleich? Löwenmütter?

Er trat zur Seite, um einem Mann und einer Frau Platz zu machen, die sich auf dem Weg nach unten befanden. Die beiden stützten sich schwer auf ihre Walkingstöcke, weil ihre Knie bei jedem Schritt regelrecht wegknickten.

»*Namaste*«, grüßte Duffy.

Er amüsierte sich immer noch über die Nachricht, die absurde Forderung der Frau, ihre herablassende, gouvernantenhafte Zurechtweisung – *Schämen Sie sich!*

»Lachhaft«, brummte er vor sich hin und setzte sich wieder in Bewegung.

Die Steinstufen führten weiter hinauf und verloren sich in der Ferne, aber Duffy konzentrierte sich nur darauf, einen Fuß vor den anderen zu setzen. Er ließ nicht zu, dass seine Gedanken oder sein Blick weiter schweiften. Linker Fuß, rechter Fuß. Nur so würde er an sein Ziel gelangen. Ein Schritt nach dem anderen, das war alles, was im Leben zählte.

Er strich mit den Händen an den Rhododendronsträuchern entlang, deren gespreizte Blätter grünen Händen glichen, die ihn abklatschten. Der Anstieg war kontinuierlich steil; was auf einer Länge von zehn Metern erträglich, über hundert Meter hinweg jedoch kaum auszuhalten war, geschweige denn über tausend. Duffy war fit und stark, er konnte diese Strapazen besser bewältigen als neunundneunzig Prozent der Weltbevölkerung. Doch das machte es nicht leichter. Auch nicht, dass er diese Tour schon zweimal absolviert hatte.

Auf halber Streckte gönnte er sich ein heißes Getränk in einem Gasthaus, wo er sich auf eine der improvisierten Baumstammbänke für müde Wanderer setzte. Die Hände um den Emaillebecher gelegt, blickte er über das Tal.

Noch immer deutete nichts darauf hin, dass er sich im Schatten der höchsten Berge der Welt befand. Grüne Rhododendronwälder bedeckten die Hänge, und der Weg war eine mit Felsbrocken übersäte Piste aus Morast und Sand. Weit unten – und von hier oben nicht sichtbar – wälzte sich ein reißender Strom, der Modi Khola, durchs Tal; sein milchig trübes Schmelzwasser war der einzige Hinweis auf die Höhe des Gebirges.

Acht der vierzehn Achttausender auf dem Planeten waren in Nepal zu finden, doch trotz ihrer gewaltigen Höhe und Masse konnten sie sich hinter Biegungen und dicken Wolken verstecken. Vielleicht hatte die Metapher vom Elefanten im Raum hier ihren Ursprung? Etwas Unsichtbares, dessen Präsenz nichtsdestoweniger fühlbar war. Diese majestätischen Berge waren so alt wie das Leben und untrennbar mit jenem der Menschen hier verbunden, so essenziell wie die Luft zum Atmen.

Duffy legte respektvoll die Hände aneinander, als er sich von der alten Frau, die sein Getränk zubereitet hatte, verabschiedete. Er dachte an Stevie und Jay und fragte sich, wie sie wohl vorankamen. Wenn sie vor Einbruch der Dunkelheit in Landruk sein wollten, hatten sie noch einiges vor sich.

Hier draußen wollte jede Entscheidung gut überlegt sein, weil sie ernsthafte Konsequenzen nach sich ziehen konnte. Man musste sich vom Verstand leiten lassen, nicht vom Ego. Wenn sie nach Tolka kamen, mussten sie sicher sein, dass sie das nächste Etappenziel erreichen konnten, sonst saßen sie in der Klemme. Im Freien zu schlafen war schließlich keine Option.

Der Weg führte jetzt abwärts, das tat er oft, bevor es ein Stück weiter umso steiler bergauf ging. Es war frustrierend, die hart erarbeiteten Höhenmeter wieder aufzugeben, aber ein Gebirge war nun einmal keine gleichmäßige Masse. Es gab Schluchten und Spalten, Höhlen und Kluften, hausgroße Felsen mitten auf dem Weg.

Und die Berge waren ständig in Bewegung. 2015 hatte ein starkes Erdbeben nahe Kathmandu sogar den mächtigen Himalaja erschüttert. Katastrophale Steinlawinen hatten abgelegene kleine Dörfer unter sich begraben und mit einem Schlag ausgelöscht. Die Trekkingpfade, die früher mitten durch sie hindurchgeführt hatten, lagen heute über den verschütteten Häusern.

Ein Einheimischer näherte sich. Obwohl er den Mann noch nicht sehen konnte, erkannte Duffy am unverkennbaren Klingeln der Glöckchen, dass es sich um einen Nepalesen handelte. Das Geräusch war weit zu hören und vermochte selbst den Wind und das donnernde Tosen eines Flusses zu übertönen.

Augenblicke später tauchte der Mann auf. Er trug die traditionelle Daura Suruwal (ein dickes, gebundenes Hemd und eine locker sitzende, nach unten hin schmal zulaufende und in der Taille geschnürte Hose) und eine dunkle Tweedweste. Wie bei allen Nepalesen saß auf seinem Kopf ein Baumwoll-Topi – ein flacher, gewebter zylinderähnlicher Hut, dessen Muster sich je nach ethnischer Gruppe unterschied. Dieses Tal war die Heimat des Volkes der Gurung.

»*Namaste*«, grüßte Duffy lächelnd, als die hellen Maultiere mit nickenden Köpfen und gesenktem Blick trittsicher vorbeitrotteten. Die gewebten Packtaschen auf ihren Rücken leuchteten in verschiedenen Rot- und Blautönen, das mit Glöckchen behangene Zaumzeug wirkte festlich.

»*Namaste.*« Der Mann blieb stehen und musterte ihn. »Machhapuchhre?«

Duffy nickte. »Ja.«

Machhapuchhre war ein zum Annapurna-Massiv gehörender Berg. Sein Basislager befand sich direkt unterhalb jenem des Annapurna. Wenn alles glattging, würde er es in drei Tagen erreichen.

Der Mann zeigte in die Richtung, aus der er gekommen war. »Lawine.«

»Oh.« Duffy riss die Augen auf. Das war das letzte Etappenziel vor dem ABC. »Jemand verletzt?«

Der Mann machte einen gelassenen Eindruck und schien nicht in Eile zu sein.

»Nein. Dunkelheit. Keine Menschen.«

»Gut. Das ist gut.«

»Aber Weg ist … voll.«

»Der Weg ist blockiert?« Das waren keine guten Nachrichten. Etwas in Duffys Brust krampfte sich unwillkürlich zusammen. Er hatte die Langzeitwetterprognosen wochenlang verfolgt, und das Zeitfenster für den Aufstieg war relativ klein. Er wollte keine wertvolle Zeit wegen einer Lawine verlieren. »Wie lange, bis er geräumt ist?«

Der Mann wedelte mit den Händen. »Ein paar Tage.«

»Okay.« Duffy nickte und war ein wenig beruhigt. Mit ein bisschen Glück war der Weg wieder frei, bis er dort ankam.

Auf einer der beliebtesten Trekkingrouten im Himalaja war allen daran gelegen, die Wege nach Lawinen oder Felsstürzen möglichst schnell wieder zu räumen. Da ein ständiges Kommen und Gehen herrschte, buchten Bergsteiger ihre Zimmer normalerweise vor Ort. Saßen die Leute aber tagelang irgendwo fest, führte das zu Problemen weiter unten in den Bergen, weil die Anzahl der Plätze zum Schlafen und Essen begrenzt war.

»Danke für die Information«, sagte Duffy.

Der Mann nickte und schickte sich an weiterzugehen. Garantiert würde er jeden informieren, der ihm unterwegs begegnete, aber nur die wenigsten würden umkehren. Bis hierher zu gelangen war schon eine bemerkenswerte Leistung und kostspielig obendrein – internationale Flüge, die Transfers erst nach Pokhara, dann nach Kande, die Ausrüstung, Visa, Dokumente …

Die Maultiere setzten sich in Bewegung. Das melodische Klingeln der Glöckchen und die leuchtenden Farben der Packtaschen wirkten in diesem unwirtlichen Gelände wie aus der Zeit gefallen.

»Oh, da fällt mir etwas ein …« Duffy hatte die Worte ausgesprochen, noch ehe es ihm bewusst wurde. »Darf ich …?«

Er machte eine Geste, um Fotografieren anzudeuten, und zeigte auf die Maultiere.

Der Mann neigte seinen Kopf nach beiden Seiten, was bei den Nepalesen »Ja« bedeutete.

Duffy hatte noch nie gegen die goldene Regel verstoßen, den Rucksack erst in seinem Zimmer abzunehmen, aber dieses Mal war alles anders. Hastig streifte er sich die Riemen von den Schultern. Von jetzt an würde er sich nicht mehr an Regeln halten. Auf dieser Trekkingtour würde er Schlussstriche ziehen.

Er öffnete den Rucksack und holte die Plüschkuh heraus, die weltweit für Aufsehen gesorgt hatte.

Beim Anblick des Stofftiers lachte der Mann leise.

»Darf ich …?«, fragte Duffy grinsend.

»Ja, ja«, antwortete der Mann und klopfte dem Maultier leicht auf eine Stelle zwischen den Schultern.

Duffy versuchte, die Plüschkuh hinzustellen, aber entweder war das Maultier zu knochig oder Moodle zu drall.

»Ich es halten«, bot der Mann an und streckte die Hand nach dem Spielzeug aus.

Duffy bedankte sich, trat zurück und blickte durch den Sucher. Die Augen in dem zerfurchten braunen Gesicht des Nepalesen waren wachsam, intelligent und freundlich, und seine bescheidene Kleidung bildete einen scharfen Kontrast zu den prächtig und farbenfroh herausgeputzten Maultieren. Der belaubte Hintergrund verriet noch nichts von Duffys bevorstehendem Abenteuer.

Er drückte auf den Auslöser.

»Danke. Ich danke dir vielmals. *Namaskar.*« Er legte die Handflächen aneinander.

»*Namaskar*«, erwiderte der Mann lächelnd und ging seiner Wege.

Duffy betrachtete die Aufnahme auf dem Bildschirm. Ohne die Plüschkuh im Vordergrund wäre es ein großartiges Reisefoto gewesen, aber so wirkte es irgendwie lächerlich.

Immerhin liefert es Mrs Stoneleigh den gewünschten Beweis, dachte er sarkastisch, als er eine Nachricht tippte. Eigentlich hatte er vorgehabt, ihre Mail zu ignorieren, aber schließlich ging es hier um ein Kind, und er wusste, wie wichtig so ein Spielzeug sein konnte. Er wusste es nur zu gut.

Er drückte auf »Senden« und beobachtete den sich drehenden blauen Kreis. Jetzt lag es nicht mehr in seiner Hand. Vielleicht kam das Foto trotz bester Absichten nie bei dieser Frau an.

Egal. Duffy steckte das Handy zurück in die Tasche, schulterte seinen Rucksack und begann von Neuem, einen Fuß vor den anderen zu setzen.

Linker Fuß.

Rechter Fuß.

Hinter sich die Welt.

11. Kapitel

Frome, Samstag, 3. Dezember

Natasha stand im Morgenmantel und mit den Kaschmirbettsocken auf dem Treppenabsatz und starrte die verstaubten Kartons voller Weihnachtsschmuck an.

»Was machst du denn da, Rob?«, rief sie heiser.

»Das Dekozeug zusammensuchen, damit wir das Haus für Weihnachten schmücken können«, antwortete er.

Sie konnte nur seine Beine sehen, weil er auf Zehenspitzen auf der Dachbodenleiter stand und sich nach einer weiteren Schachtel streckte.

Natasha zog die Brauen zusammen.

Wir? Weihnachten? Jetzt?

»Wo ist Mabel?«

»Die schaut im Wohnzimmer *Peppa Wutz.*«

»Wann ist sie denn aufgewacht?«

»So um sechs.«

»Nicht schlecht«, brummelte Natasha und hatte unerklärlicherweise ein schlechtes Gewissen, weil sie verschlafen hatte.

Es war jetzt nach neun, die beiden waren also schon seit Stunden wach. Kein Wunder, dass Rob vor Energie schier platzte. Er drehte sich ein klein wenig auf der Leitersprosse.

»Hier, kannst du mir das mal abnehmen?«

Obwohl ihr Bewegungen jeglicher Art im Augenblick höchst unklug erschienen – es war schon eine Leistung, in der Senkrechten zu bleiben –, streckte Natasha die Arme über den Kopf.

»Kann das nicht bis zum nächsten Wochenende warten?« Sie ächzte unter dem Gewicht des Kartons und stellte ihn schnell neben den anderen auf dem Fußboden ab, während Rob herunterkletterte, die Leiter hinaufschob und die Dachbodenluke schloss. »Wir holen den Baum doch immer am zweiten Dezemberwochenende.«

»Ich weiß, aber nächstes Wochenende sieht es gar nicht gut aus«, sagte Rob mit einem nervösen Seitenblick auf sie und verzog das Gesicht.

»Was?« Ihre Stimme brach mitten im Wort und wurde eine Oktave schriller.

»Es tut mir leid. Ich wollte nichts sagen, bis es ganz sicher ist, und ich bin immer noch nicht hundertprozentig sicher, aber … tja. Möglicherweise …« Er seufzte entschuldigend. »Wahrscheinlich.«

»Aber du bist gerade erst zurückgekommen!«

»Ich weiß, aber höchstwahrscheinlich werde ich bis Freitag bleiben können.« Er packte die beiden obersten Kartons und trug sie nach unten.

Natasha schlurfte hinterher, sie war am Boden zerstört.

»Warum immer an den Wochenenden?«, fragte sie, obwohl sie die Antwort bereits kannte. Die Großrechner konnten nur an den Wochenenden programmiert werden, wenn in den Betrieben nicht gearbeitet wurde.

»Es sind nicht immer die Wochenenden. Jetzt bin ich ja auch hier, oder?«

»Aber … aber …«

Während sie Rob in die Küche folgte, bemühte sie sich vergeblich, ihren Verstand in Gang zu setzen. Sie hatte gestern Abend entschieden zu viel getrunken. Die Freude über die Nachricht von dieser Anya, gefolgt von der ernüchternden Enttäuschung, dass es sich wahrscheinlich um einen üblen Scherz handelte, hatte sie unglaublich durstig gemacht. Sie erinnerte sich vage, dass sie, befeuert von Empörung und Champagner, eine ziemlich harsche Mail geschrieben hatte.

Ganz so streitlustig fühlte sie sich heute nicht. Stöhnend trottete sie zum Geschirrschrank und griff nach ihrem Becher. Normalerweise begann sie den Tag mit Kamillentee, aber jetzt rebellierte ihr Magen schon beim bloßen Gedanken daran.

»Tee?«

»Danke, Schatz.« Rob öffnete einen der Kartons und starrte den Inhalt an, als sähe er ihn zum ersten Mal. »Wann haben wir *das* denn gekauft?«, fragte er völlig verblüfft und nahm ein Filzrotkehlchen von der Größe eines Strandballs heraus.

»Das haben wir seit Jahren, Rob! Das kannst du doch nicht vergessen haben!« Es stand immer auf dem Kaminsims, und Bella, der die Größe und die unheimliche Reglosigkeit des Vogels nicht geheuer waren, knurrte es regelmäßig an.

»Hm.« Er wusste, wann er sich geschlagen geben musste, und stellte das Rotkehlchen auf den Küchentisch.

Natasha tauchte den Teebeutel ins Wasser und schaute zu, wie Rob die Girlanden herausnahm, die um das Treppengeländer geschlungen und mit roten Schleifen fixiert werden würden – und zwar von ihr. Rob war große Klasse darin, irgendetwas anzufangen, aber es zu Ende zu bringen lag ihm weniger.

»Müssen wir das wirklich jetzt machen?« Seufzend schob sie ihm seinen Tee über die Kücheninsel und blieb mit dem Oberkörper darauf liegen, den Kopf auf den Armen. »Ich bin noch nicht in Weihnachtsstimmung. Viel zu früh«, murmelte sie und schloss die Augen.

»Du bist noch nicht in Weihnachtsstimmung, weil wir – erstens – noch keine Weihnachtsdekoration haben«, argumentierte Rob und schmunzelte über den kläglichen Anblick, den sie bot. »Und weil du – zweitens – total verkatert bist und wir – drittens – gerade aus dem Urlaub auf den Malediven zurückgekommen sind. Wir brauchen einen Kälteeinbruch, den ganzen Tag ein Feuer im Kamin und einen Baum mit Geschenken darunter, dann wirst du garantiert in Weihnachtsstimmung kommen. Also zieh dich an, damit wir losfahren und einen Baum aussuchen können.«

Natasha stöhnte und öffnete widerstrebend ein Auge.

»Sag mal, der Mega-Baum der Tennants hat nicht zufällig was mit diesem Ausbruch von Weihnachtsdekorationshysterie zu tun, oder?«, fragte sie misstrauisch.

»Hysterie würde ich das nicht nennen, Schatz, ich bin bloß nicht so kaputt wie du. Du warst ja gestern Abend mächtig gut drauf.«

War das etwa seine Umschreibung für »Du hast dich ganz schön blamiert«? Manchmal schwang in seiner

Stimme ein missbilligender Unterton mit, der sie rasend machte. Es war lange her, dass sie richtig ausgelassen gefeiert hatte, und es hatte so gutgetan.

»Ich wollte einfach mal wieder einen draufmachen«, flüsterte sie. »In letzter Zeit ist alles so beschissen.«

Nicht nur wegen der Sache mit Moolah, sondern auch, weil sie seit Monaten vergeblich versuchte, schwanger zu werden, und sich deshalb wie eine Versagerin vorkam. Sie hatte das Gefühl, sowohl Rob als auch Mabel zu enttäuschen, weil ihr Körper sie im Stich ließ.

Rob kam zu ihr und strich ihr über den Rücken. »Ich weiß. Es war schön, dich wieder mal fröhlich zu erleben. Hat mich an die alte Natasha erinnert. Ganz schön lange her, dass wir sie das letzte Mal gesehen haben.«

»Die alte Natasha?«, wisperte sie.

»Ja, das Mädchen, in das ich mich Hals über Kopf verliebt habe.« Er ging mit seinem Becher zu den Kartons zurück.

Was wollte er damit sagen? Dass sie nicht mehr dieses Mädchen war? Und wenn das der Fall war, dann …?

Sie schaute zu ihm auf. Er trug seine abgewetzte Jeans und einen lodengrünen Kaschmirpulli, dazu zwei verschiedene grellbunte Socken – er war eindeutig im Wochenendmodus.

»Du musst unbedingt zum Friseur«, stellte sie fest.

»Ja, ich weiß.« Er strich sich mechanisch die in die Stirn fallenden Haare zurück. »Mal sehen, vielleicht schaffe ich das später noch.«

Bella trottete über den Fliesenboden zu ihrem Trinknapf und schlabberte geräuschvoll. Das herumspritzende Wasser verwandelte den glatten Boden in eine

Rutschbahn. Mabel saß nebenan vor dem Fernseher; Schweinegrunzen und fröhliches Kinderlachen drangen herüber.

Natasha lächelte. Der Alkoholnebel lichtete sich für ein paar Augenblicke, und sie ging zu ihrer Tochter.

»Guten Morgen, Krümelchen«, sagte sie zärtlich, beugte sich über die Sofalehne, gab ihrer Tochter einen Kuss auf die Wange und atmete den Duft ihrer Haare ein. Schon komisch, wie sehr sie die Kleine vermisste, wenn sie auch nur eine Nacht getrennt von ihr war oder sich in einem anderen Zimmer aufhielt. »Und wie geht's Papa Wutz heute?«

Papa Wutz war Mabels Lieblingsfigur.

»Er hat die Wand kaputt gemacht.«

Ein beachtlicher Zickzackriss lief quer durch das Zeichentrickhaus, in der Wand steckte ein Nagel, und Papa Wutz hielt einen Hammer in der Hand.

»Er hat die Wand kaputt gemacht? Oje, das hört sich aber nicht gut an.«

»Mama Wutz ist böse auf ihn.«

»Kann ich mir vorstellen.« Natasha strich über Mabels verwuschelte Haare. Sie duftete immer nach Rosen und Sonnenschein. »Hast du Hunger? Möchtest du einen Toast?« Sanft rieb sie mit den Daumen über Mabels dunkle Augenringe. Die Erschöpfung hatte dem Kind sichtlich zugesetzt. »Mit Honig?«

»Mitonich«, echote Mabel so abwesend, als würde sie mit offenen Augen schlafen.

Natasha gab ihr einen Kuss auf die Stirn und schlenderte in die Küche zurück.

Bella lag ausgestreckt auf dem Fußboden und wedelte

mit dem Schwanz, als warte sie darauf, begrüßt zu werden.

»Jaja, du auch«, murmelte Natasha, bückte sich und streichelte ihr über den Kopf.

Rob hatte inzwischen alle Kartons heruntergetragen und öffnete einen nach dem anderen.

»Wie findest du Hels' neuen Freund, den Tierarzt?« Er blickte flüchtig auf. »Mir gefällt er.«

»Dave? Ja, mir auch. Macht einen netten Eindruck.« Natasha steckte eine Scheibe Brot in den Toaster und ging zum Vorratsschrank. »Scheint ein bodenständiger Typ zu sein. Und er ist den ganzen Abend nicht von ihrer Seite gewichen.«

»Wahrscheinlich, weil er nichts mit der restlichen Bande zu tun haben wollte«, scherzte Rob. »Ist es was Ernstes?«

»Glaub schon, aber Hels hält sich bedeckt.«

»Na, hoffentlich zieht sie nicht wieder die gleiche Nummer ab wie bei den anderen.«

»Was willst du damit sagen?«, fragte Natasha eine Spur aggressiv, weil sie glaubte, ihre Freundin verteidigen zu müssen.

»Normalerweise schickt sie doch die Guten in die Wüste, und Dave scheint ein anständiger Kerl zu sein.«

»Sie trennt sich von keinem nur so zum Spaß«, betonte Natasha. »Mark hat sie ständig um Geld angehauen, und Jim hat sie betrogen. Wieso sollte sie sich das gefallen lassen?«

»Schon«, sagte Rob, der bis zu den Ellenbogen in einem Karton steckte und darin herumwühlte. »Aber sie ist sechsundzwanzig, keine achtzehn mehr. Ich meine ja nur. In dem Alter heiratet man und gründet eine Familie. Sie sollte eine Gelegenheit wie diese nicht einfach wegwerfen.«

»Ich glaube nicht, dass sie Dave als Gelegenheit betrachtet, Rob! Sie verdient gut, ist beruflich erfolgreich, hat ihre eigene Wohnung.«

»Was ist er dann? Bloß ein guter Fick?«

»Ich bin sicher, dass es viel mehr ist als das, aber selbst wenn …« Natasha zuckte mit den Schultern. »Deshalb braucht sie ihn noch lange nicht zu heiraten. Ich weiß nicht, ob sie überhaupt jemals heiraten wird. Sie glaubt nicht an die Institution Ehe, und das würdest du auch nicht tun, wenn du die hässliche Scheidung ihrer Eltern miterlebt hättest. Das war die reinste Schlammschlacht. Sie haben nichts unversucht gelassen, um sich gegenseitig zu zerstören, und im Grunde nur erreicht, dass Hels und ihr Bruder völlig verkorkst sind.«

»Das ist traurig«, sagte Rob zerstreut, öffnete den nächsten Karton und zog eine Lichterkette heraus. »Wieso haben wir so viele von den Dingern?«

»Weil *du* ständig welche kaufst! Lichter für die Lorbeerbäume, Lichter für die Treppengeländer, Lichter für den Weihnachtsbaum …«

Er machte ein beleidigtes Gesicht.

»Was suchst du eigentlich?«, fragte sie, als er sich aufrichtete und sich stirnrunzelnd am Kopf kratzte.

»Den Kranz.«

»Was für einen Kranz?« Sie sah ihn perplex an.

»Für die Tür. Mit den Fasanenfedern. Der hat letztes Jahr toll ausgesehen, festlich und geschmackvoll zugleich. Nicht kitschig.«

Natasha zog finster die Brauen zusammen. »Den wirst du aber nicht finden. Wir haben keinen künstlichen Kranz und schon gar keinen mit Fasanenfedern.«

Rob blickte völlig verwirrt drein. »Haben wir nicht?«

»Nein, ich binde jedes Jahr einen frischen in Rachels Workshop. Nächste Woche findet übrigens wieder einer statt.«

»Im Ernst? Ich hätte schwören können, dass wir einen mit Federn haben.«

Natasha verdrehte die Augen. Wenn sie ihm jetzt die Augen zuhalten würde, wäre er nicht imstande, ihr zu sagen, was für eine Farbe seine Socken hatten.

»Du hast bestimmt zu viel Käse gegessen.« Seufzend schnappte sie die Brotscheibe, die aus dem Toaster katapultiert wurde, und schmierte Honig darauf.

Ihr Handy auf der Arbeitsfläche summte, und sie schaltete es mit dem einen Finger ein, der nicht klebte. Eine neue Mail war eingegangen. Konnte eigentlich nur Spam sein, der es irgendwie durch die Firewall geschafft hatte. Sie kannte keinen T. Duffy.

Ihr Finger schwebte bereits über dem Löschen-Knopf, als eine Erinnerung ihr umnebeltes Gehirn durchzuckte. Unwillkürlich schnappte sie nach Luft.

»O mein Gott!«, hauchte sie, als sie die Mail geöffnet hatte und das Foto auf dem Bildschirm sah. Sie schlug beide Hände vor den Mund. »Es war kein Scherz!«

»Was?«, fragte Rob und sah sie an.

»Es war kein Scherz! Er hat Moolah wirklich! Er hat ein Foto geschickt!«

»Lass mal sehen.« Rob lief zu ihr und spähte ihr über die Schulter.

Es war ein wunderschönes Foto – Moolah auf einer Art Packpferd mit leuchtenden Satteldecken und einem mit bunten Glöckchen geschmückten Zaumzeug. Ein älterer Mann hielt die Plüschkuh in der Hand und lächelte in die Kamera, sein Blick so intensiv, als könnte er durch das Objektiv hindurch direkt in ihre Seelen schauen.

»Ist er das?«

»Keine Ahnung … kann sein.« Natashas Gedanken überschlugen sich. »Seine Freundin hat gesagt, dass er nach Nepal gereist ist, aber sie hat nicht gesagt, ob er selbst Nepalese ist.«

»Er sieht nicht aus wie ein Duffy.«

»Hm«, machte Natasha vage.

Sie interessierte sich mehr für das Plüschtier als für den Mann und betrachtete Moolah ganz genau. Angestrengt suchte sie nach irgendeinem Hinweis, der ihr bestätigen würde, dass sie ihren Augen nicht trauen durfte. Es war doch nicht möglich, dass sie so viel Glück hatten, oder? Dass sie das geliebte Kuscheltier nach einer Woche und einer Reise über mehrere Kontinente tatsächlich wiedergefunden hatten? Und doch sah es ganz danach aus.

»Oder wie jemand, der gerade in Wien gewesen ist.«

»Was soll das denn heißen? Wie sieht denn deiner Meinung nach jemand aus, der gerade in Wien gewesen ist?«

Aber Rob hatte recht. Der Mann auf dem Foto schien ein Nepalese zu sein. Vermutlich ein Einheimischer, den dieser Duffy getroffen und gebeten hatte, für die Aufnahme zu posieren.

Ganz langsam fiel die Anspannung von Natasha ab, als sie sich endlich zu glauben gestattete, dass Moolah wieder aufgetaucht war. Sie war nicht in der Lage gewesen, Mabel so zu trösten und zu beruhigen, wie Moolah es konnte. Aber jetzt hatten sie endlich den ersehnten Beweis, das »Lebenszeichen«. Jetzt würde sich alles ändern.

Als sie an die Mail dachte, die sie gestern Abend geschrieben hatte – an ihren harschen Ton, weil sie das Ganze für einen schlechten Scherz gehalten hatte –, überkamen sie Schuldgefühle. Sie las die Nachricht.

Liebe Mabel,

ich freue mich, dir schreiben zu können, dass es Moolah gut geht und sie die frische Luft im Himalaja sehr genießt. Sie lässt dich grüßen und meint, es tut ihr leid, dass du dir Sorgen gemacht hast, aber sie wollte einfach ein bisschen was von der Welt sehen. Sie wird zurückkommen, sobald sie sich ein paar von den höchsten Bergen der Welt angeschaut hat. Die Leute kommen hierher, um den Himmel zu berühren, aber wir alle wissen, dass es eine Kuh war, die über den Mond gesprungen ist, und das will sie zu gern einmal versuchen. Ich verspreche, ich werde gut auf sie aufpassen.

Liebe Grüße, Duffy (der Freund aller Kühe)

PS: Mabel, Moolah möchte, dass du jetzt ganz viel schläfst, weil sie dir so viel zu erzählen hat und nicht will, dass du dabei einschläfst.

»Der Freund aller Kühe?«, spottete Rob. »Scheint ein richtiger Witzbold zu sein.«

»Das hat er für Mabel geschrieben, nicht für uns. Egal. Jedenfalls beweist es, dass er Moolah hat, und nur darauf kommt es an.« Natashas Katerstimmung ebbte schlagartig ab, und der Druck, der die ganze Woche auf ihr gelastet hatte, wich. »Wir sollten Mabel die Mail zeigen«, sagte sie und sah Rob an. »Meinst du nicht auch? Die Nachricht ist an sie gerichtet, und das Foto beweist, dass es Moolah gut geht. Er sagt ihr sogar, dass sie schlafen muss.«

Rob seufzte und machte ein zweifelndes Gesicht. »Ein Fremder am anderen Ende der Welt hat unserer Tochter nicht zu sagen, was sie zu tun oder wie sie sich zu fühlen hat.«

»Aber er hat ihr – *uns* – einen Riesengefallen getan.«

»Oder aber das Ganze wirft sie erneut aus der Bahn, jetzt, wo sie sich allmählich wieder fängt.«

»Wie oft bist du heute Nacht ihretwegen aufgestanden?« Natasha hatte durchgeschlafen, dafür hatte der Alkohol gesorgt.

»Zweimal.«

»Rob, sie ist drei Jahre alt, nicht drei Monate. Sie sollte durchschlafen. Wir haben doch nichts zu verlieren.«

»Wie du meinst, aber auf deine Ver…«

Doch Natasha war schon unterwegs ins Wohnzimmer.

»Mabel, guck mal! Schau!« Sie warf sich neben ihre Tochter aufs Sofa und streckte den Arm seitlich aus, damit Mabel sich an sie kuscheln konnte. »Wir haben eine Nachricht von jemandem bekommen, den wir alle sehr liebhaben. Willst du sie sehen?«

Mabel blinzelte. »Von wem?«

»Von Moolah, Baby, stell dir vor! Sie ist in den Ferien.«

»Moolah?« Der Daumen fiel Mabel aus dem Mund, und sie patschte auf das Handydisplay.

Als Natasha ihr das Foto zeigte, riss die Kleine Mund und Augen auf.

»Das ist Moolah!«, rief sie. »Sie ist auf einem Pferd!«

»Richtig. Sie sieht glücklich aus, findest du nicht? Da ist auch eine Nachricht für dich. Soll ich sie dir vorlesen?«

»Sie kann doch nicht schreiben.«

»Nein, ich weiß, und deshalb hat sie ihren Freund Duffy gebeten, das zu übernehmen. Er ist wohl ein Freund von Kühen.« Natasha konnte selbst nicht glauben, was sie da redete, aber ein Blick auf das Gesicht ihrer Tochter genügte, damit sie das Spiel mitspielte.

Sie las die Nachricht langsam vor.

»Stell dir das vor«, sagte sie dann. »Moolah wird die höchsten Berge der Welt sehen. Sie wird den Himmel berühren!«

»Und über den Mond springen!« Mabels große Augen glänzten.

»Sie ist ein richtiger Glückspilz, nicht wahr?«

»Warum hat sie mich nicht mitgenommt?«

»Du bist noch ein bisschen zu klein dafür, Schatz.«

»Wann kommt sie wieder nach Hause?«

Natasha zögerte. Wie lange dauerte eine Tour durch den Himalaja? Wochen? *Monate?*

»Bald. Versprochen.« Mehr konnte sie nicht bieten. »Jetzt weißt du wenigstens, dass sie zurückkommen wird.«

»Wird sie mir noch mehr Bilder schicken?«

»Äh …« Natasha biss sich auf die Lippe. Daran hatte sie nicht gedacht. Sie sah die Hoffnung in den großen Augen ihrer Tochter leuchten und sagte: »Sie wird es ganz bestimmt versuchen.« Dann lächelte sie strahlend und wechselte das Thema. »Und wir werden inzwischen schon mal unseren Weihnachtsbaum aussuchen, einverstanden?«

»Au ja!« Mabel hüpfte auf dem Polster auf und ab. »Ein Weihnachtsbaum, ein Weihnachtsbaum!«

Weihnachten war das Einzige, was Natasha kontrollieren konnte. Auch wenn Moolah wieder aufgetaucht war, änderte das nicht allzu viel, solange sie nicht zu Hause war. Aber wenn es diesem Mann gelungen war, ein Foto vom Ende der Welt zu schicken, würde er doch bestimmt weitere senden können?

Die Frage war allerdings, ob er bereit war, sich auf seiner »Einmal im Leben«-Reise durch das Senden von Updates an irgendein kleines Mädchen in England ablenken zu lassen.

Ganz abgesehen davon, dass der Ton von Natashas Nachricht an ihn nicht gerade freundlich gewesen war. Er hatte sie doch bewusst vor den Kopf gestoßen, indem er seine Antwort nicht an sie, sondern an Mabel gerichtet hatte. Sie spürte, dass sie ihn gekränkt hatte.

Aber das ließe sich ändern. Sie würde schon dafür sorgen, dass er sie sympathisch fand, selbst aus der Ferne. Das Glück ihrer Tochter hing davon ab. Operation Charmeoffensive lief an.

»Nein, der nicht.« Natasha schüttelte den Kopf.

»Wieso, was stimmt mit dem nicht?« Rob, der den

Baum senkrecht in der ausgestreckten Hand hielt, machte ein beleidigtes Gesicht.

Natasha kräuselte die Nase. »Der ist oben zu strähnig.«

»Strähnig?«

»Ja. Was ist mit dem dort?« Sie zeigte auf einen Baum hinter ihm.

Rob drehte sich um. »Du hast doch gesagt, der ist unten zu buschig!«

»Oh. Ja, stimmt.« Natasha hievte Mabel ein Stückchen höher auf ihrer Hüfte und zog ihr die Mütze tiefer über die Ohren. Es war knackig kalt, ihr Atem bildete kleine Wölkchen in der eisigen Luft. »Was meinst du?«, fragte sie ihre Tochter.

»Ich mag den rosanen.«

»Der ist nicht zu verkaufen, Schätzchen, der bleibt im Büro.«

»Ein Glück«, brummte Rob vor sich hin und stellte den Baum mit der strähnigen Spitze zurück. »So langsam musst du dich für einen entscheiden. Wir haben uns jetzt alle Nordmanntannen angeschaut.«

»Mir wär eine Fichte aber lieber. Das weißt du doch.«

»Was?« Er sah sie an, als wäre ihm das völlig neu. »Eine Fichte? Aber Nordmanntannen sind viel besser. Sie sind robuster und nadeln nicht so schnell.«

»Ich finde Fichten einfach altmodischer. Mehr Weihnachtsmann-mäßig«, entgegnete Natasha achselzuckend.

»Also manchmal bist du mir ein Rätsel.« Rob seufzte und stapfte in Jeans und Gummistiefeln zu den Fichten hinüber. Seine frühmorgendliche Weihnachtsbegeisterung hatte sich definitiv gelegt, und Natasha wusste, dass die Berieselung mit weihnachtlichen Popsongs ihn wahnsinnig machte.

Sie setzte Mabel ab und beobachtete, wie sie ihrem Vater hinterherwackelte. Als sie den Blick über das Verkaufsgelände wandern ließ, bedauerte sie, dass ihre Weihnachtsstimmung zu wünschen übrig ließ. Aber wenigstens waren sie nicht die Einzigen, die dieses Jahr »früh anfingen«. Der Parkplatz füllte sich zusehends. Aus den Autos stiegen hauptsächlich junge Familien, aufgedrehte Kinder zerrten ihre müden Eltern hinter sich her. Die Leute liebten es, ihren eigenen Baum zu schlagen.

Die Christbaumplantage war Emmas Idee gewesen, und sie hatte ungenutzte Weideflächen ihres Bauernhofs dafür zur Verfügung gestellt. Doch weil der Erfolg so groß war, gab es inzwischen auch ein Café, in dem heiße Schokolade, Glühwein, Lizzies Weihnachtskuchen und Mince Pies angeboten wurden. Sogar eine Krippenszene war aufgebaut worden, samt Rentieren und Eseln.

Natashas Telefon klingelte, und sie griff in die Manteltasche. Auch ohne auf das Display zu schauen, wusste sie, wer um diese Zeit anrief.

»Morgen, Dog Breath«, stöhnte sie, während sie langsam weiterging. »O mein Gott, Hels, ich glaube, mir platzt gleich der Schädel!«

Eine Pause entstand, und Panik machte sich in Natasha breit.

»Äh, hallo? Ist dort Natasha Stoneleigh? Die Tierporträtmalerin?«, fragte eine Frau. Sie hatte eine kultivierte Stimme und klang ein wenig älter. Und definitiv nicht wie jemand, dessen Spitzname Hundeatem war.

Mist!

»Ähm, ja, am Apparat«, antwortete Natasha gespreizt und beobachtete, wie Rob sich Mabel auf die Schultern setzte und sie den Eseln »vorstellte«.

»Oh, hallo, ich habe Ihre Telefonnummer von einem gemeinsamen Bekannten, Dave Trenchard.«

Natasha zog die Stirn kraus, während vage Erinnerungen in ihr aufstiegen, die nach und nach konkreter wurden. Offenbar war Dave von der schnellen Truppe. Sie war ihm gestern Abend zum ersten Mal begegnet. Hatte er seine frühere Kundin etwa heute Morgen kontaktiert? Jeder anständige, verkaterte Mann zwischen zwanzig und dreißig lag am Wochenende um diese Zeit doch noch im Bett, oder?

»Ah ja, Dave.«

»Dave war unser Tierarzt, bevor er umgezogen ist. Er ist ein ausgezeichneter Chirurg.«

»Ja, ich habe nur Gutes von ihm gehört.«

»Ich hoffe, Sie nehmen es mir nicht übel, dass ich Sie so früh störe, aber die Sache ist die: Ich habe ihm vor seinem Umzug erzählt, dass ich meinem Mann gern ein Porträt seines Pferdes zu Weihnachten schenken würde. Das war … oh, irgendwann im August. Er konnte mir niemanden empfehlen, und ich habe die ganze Sache, ehrlich gesagt, wieder vergessen – bis ich vor ein paar Minuten eine Mail von ihm bekam. Ich nehme nicht an, dass Sie *eventuell, möglicherweise* vor Weihnachten noch Zeit haben?«

Was hatte Dave gesagt, wo die Frau wohnte? Natasha erinnerte sich, dass es nicht gerade um die Ecke war.

»Na ja …« Ein verhängnisvolles Zögern.

»Ich habe gerade Ihre Instagram-Seite aufgerufen«, sagte die Frau schnell. »Ganz großartig, genau, was ich suche.«

»Danke, ich …«

»Sie haben unglaubliches Talent!«

»Danke.«

»Mir ist allerdings aufgefallen, dass keine Ölgemälde dabei sind.«

»Die sind teuer und zeitaufwendig. Ich fertige hauptsächlich Kohlezeichnungen und Aquarelle an. Die meisten meiner Kunden können sich kein Ölgemälde leisten.«

»Oh, ich schon«, sprudelte die Frau hervor. Natasha erinnerte sich nicht an ihren Namen. Hatte sie sich überhaupt vorgestellt? »Und ein Ölgemälde ist genau das, was mir vorschwebt.«

Natasha holte Luft. Sie konnte den unbändigen Willen der Frau, die nackte Verzweiflung hinter ihren Worten förmlich spüren.

»Es ist nur so, dass es schwierig wäre, ein Ölgemälde noch vor Weihnachten fertigzustellen.«

»Schwierig, aber nicht unmöglich?«

Natasha musste lachen. »Na ja, möglich ist alles, Mrs …«

»Lorn. Diana Lorn. Bitte nennen Sie mich Diana.«

»Okay. Diana. Es ist nur so …«

»Ich flehe Sie an«, fiel ihr Diana beschwörend ins Wort. »Ich zahle Ihnen dreißig Prozent mehr als Ihr übliches Honorar! Na, wie wäre das?«

Natasha blieb stocksteif stehen.

»Offensichtlich ist es Ihnen ernst damit«, stellte sie fest. »Sie wollen es wirklich bis Weihnachten haben.«

»Sie ahnen nicht, wie sehr! Es ist der reinste Horror, ein Geschenk für meinen Mann zu suchen. Er hat alles, er braucht nichts. Bitte sagen Sie, dass Sie es machen!«

Natasha biss sich auf die Lippe. »Was haben Sie sich denn vorgestellt – nur den Kopf oder den ganzen Körper?«

»Am liebsten den ganzen Körper. Er ist ein Prachtkerl, wissen Sie, und ein ausgezeichneter Springer. Vielleicht könnten Sie ihn in voller Aktion malen.«

Der Auftrag wurde immer größer, immer kostspieliger und immer aufregender. Die meisten Leute bestellten ein günstiges Kopfporträt, und Natasha kam diesem Wunsch gern nach, weil sie dann nach einer Vorlage arbeiten konnte. Für die Darstellung eines Pferdes, das über ein Hindernis sprang, würde sie vor Ort sein und das Modell in Aktion sehen müssen.

»Und groß«, fuhr Diana fort. »So groß wie möglich.«

»DIN-A1?«

»Auf jeden Fall. Oder größer. Das überlasse ich Ihnen.«

Natasha wusste weder, was sie sagen, noch, wie viel sie dafür verlangen sollte. Ein DIN-A1-Ganzkörperporträt in Öl war eine absolute Seltenheit, und falls sie den Auftrag annahm – großes *Falls* –, würde aus der kleinen Nebenbeschäftigung, mit der sie ihre Tage füllte, möglicherweise etwas werden, was ihrem künstlerischen Ehrgeiz und ihrer Leidenschaft entsprach. Verglichen mit den fantastischen Bronzeskulpturen, die Sara für ihre Kunden anfertigte – lebensgroße Hirsche, schreitende Fasane, majestätische schlafende Löwen –, kamen ihr ihre Tierporträts so amateurhaft vor. Doch das hier wäre Kunst, richtige Kunst. Die Art von Kunst, von der sie träumte.

»Das Problem ist, dass ich einige Male kommen müsste, um das Pferd in Aktion zu sehen. Und wenn ich Dave richtig verstanden habe, wohnen Sie ziemlich weit weg. Ich bin in Frome zu Hause, das liegt in Somerset.«

»Wir wohnen in Gloucestershire, aber ich würde Ihnen die Fahrtkosten selbstverständlich erstatten«, versicherte Diana.

»Das ist sehr nett, die Sache ist nur die: Ich habe eine dreijährige Tochter, die bloß ein paar Tage die Woche in der Kita ist. Entsprechend muss ich mir meine Arbeitszeit einteilen, was ein bisschen heikel ist, zumal so kurz vor Weihnachten.«

Ein kurzes Schweigen trat ein. »Und wenn ich Ihr Honorar verdopple?«

Natasha klappte der Unterkiefer herunter. »Sie wissen doch noch gar nicht, was ich verlange.«

»Nein, aber ich zahle Ihnen das Doppelte.«

Natasha blickte zur anderen Seite des Hofs. Inzwischen hielt Rob Mabel in den Armen und prustete ihr auf den Hals, was ihr ein fröhliches Quietschen entlockte. Er war ein wunderbarer Vater und Ehemann, der hart arbeitete, um ihnen alles bieten zu können. Wäre es nicht toll, wenn ausnahmsweise einmal sie ihn verwöhnen könnte?

»Tja, also … das ist wirklich sehr großzügig von Ihnen«, stammelte sie. »Vielen Dank.«

»Heißt das, Sie machen es?«

Natasha musste wieder lachen. Dachte die Frau ernsthaft, sie würde so ein Angebot ausschlagen?

»Ja, ich mache es. Aber ich darf keine Zeit verlieren, wenn es rechtzeitig fertig werden soll. Ich werde gleich Anfang der Woche zu Ihnen kommen und mir das Pferd ansehen. Was für ein Stockmaß hat es denn?«

»Arty? Knapp eins sechsundsechzig.«

Ein großer Bursche also.

»Okay. Passt es Ihnen am Montag? Da ist meine Tochter in der Kita, und unser Babysitter könnte sie abholen.« Da Moolah wieder aufgetaucht war und mit ihnen »in Verbindung« stand, ging Natasha davon aus, dass Mabel Rosie wieder akzeptieren würde. »Ich möchte ein Gespür für das Temperament des Pferdes bekommen. Wird Ihr Mann auch da sein, um ihn über einige Hindernisse springen zu lassen?«

»Nein, und er darf auch nichts von der ganzen Geschichte erfahren«, flüsterte Diana verschwörerisch. »Das soll eine Überraschung sein. Aber ich kann Arty longieren und ihn über ein paar niedrige Hindernisse springen lassen, wenn das reicht.«

»Ich denke, schon. Okay, dann bringe ich Mabel in die Kita und fahre anschließend direkt zu Ihnen. Ich werde etwa anderthalb Stunden für die Strecke brauchen, das heißt, ich bin gegen elf bei Ihnen.«

»Perfekt! Ich weiß gar nicht, wie ich Ihnen danken soll, Natasha! Sie ahnen ja nicht, wie glücklich Sie mich machen.«

»Das freut mich.« Natasha lächelte. »Könnten Sie mir Ihre Adresse an diese Nummer schicken?«

»Mach ich sofort. Dann bis Montag!«

»Bis Montag. Auf Wiedersehen.« Natasha beendete das Telefonat und eilte zu Rob, der ihr einen fragenden Blick zugeworfen hatte.

Mabel streckte den Eseln Heuhalme durch den Zaun, die von den Grautieren allerdings verschmäht wurden.

»Mit wem hast du denn gesprochen?«, fragte Rob.

»Rate mal«, erwiderte sie neckisch.

Sie war ganz aufgeregt, weil sie einen so großen Auftrag an Land gezogen hatte.

»Ha, sie spielt die Geheimnisvolle.« Grinsend nahm er sie bei der Hand und steuerte auf die Fichten zu.

Wenn du wüsstest, dachte Natasha gut gelaunt.

Mr Lorn wäre nicht der einzige Ehemann, der an Weihnachten eine tolle Überraschung erleben würde.

12. Kapitel

Nepal, Sonntag, 4. Dezember

»Hört sich an, als ob man auf uns schießen würde«, murmelte Ophélie, die französische Ärztin, ohne von den Karten in ihrer Hand aufzublicken.

Duffy nickte stumm. Die auf das Blechdach prasselnden Regentropfen klangen tatsächlich wie die Einschläge von Kugeln. Im Dezember regnete es hier so gut wie nie, aber wenn, dann umso heftiger.

Er war einen ganzen Tag unterwegs gewesen, als er Ophélie bei den heißen Quellen von Jhinu Danda getroffen hatte. Er hatte sich bemüht, langsam zu gehen, aber sein Körper war zu fit, zu ausgeruht, und so war er früher als geplant in der Lodge in Sinuwa angekommen. Wahrscheinlich hätte er es bis Sonnenuntergang sogar bis Bamboo, dem nächsten Etappenziel, schaffen können, aber er hielt sich an seinen Plan. Es war nicht nötig, einen Tag früher im ABC anzukommen. Diese auferlegte Zurückhaltung war eine gute Übung in Selbstdisziplin.

Duffy hatte die heißen Quellen eine gute Stunde für sich allein gehabt, bevor nach und nach andere Touristen eingetroffen waren. Es gab verschiedene Trekkingrouten, die sich sporadisch kreuzten; Duffy hatte sich eine relativ wenig begangene ausgesucht. Er mochte es nicht, vom Strom der großen organisierten Reisegruppen mitgerissen zu werden, wo alle die gleichen Baseballmützen oder die gleichen Fähnchen am Handgelenk trugen. Dennoch trafen die Leute etwa zur selben Zeit in den kleinen Siedlungen ein, die dann für ein paar Stunden von euphorischem Geplapper widerhallten.

»Hast du schon mal einen traurigen Trekker gesehen?«, hatte ihn seine Mutter einmal gefragt, als er noch klein gewesen war.

Nein, nie. Bis heute nicht.

Während der ersten Stunden seiner Wanderung war ihm überhaupt niemand begegnet, was auch daran lag, dass er, wo immer möglich, die älteren Routen nahm und sich für Pfade entschied, die von Reisegruppen gemieden wurden, weil ihre Instandhaltung zu wünschen übrig ließ. An manchen Stellen waren die Wege von Monsunregen oder Erdrutschen weggerissen worden, sodass Duffy sich Schritt für Schritt über das Geröll vorwärtstastete, wobei er sich an Ästen oder an der Böschung festhielt. Doch das störte ihn nicht, im Gegenteil. Mit der Kommerzialisierung der Routen ging eine Bereinigung einher, verbunden mit zahlreichen Sicherheitsvorkehrungen. Überall fand man Mauern, Handläufe, Rastplätze und wiederhergestellte Steintreppen. Aber das hier war Wildnis, und Duffy liebte dieses Ursprüngliche. Er sehnte sich danach, seine eigene wilde, animalische, instinktgesteuerte Seite auszuleben, und genoss es, wenn seine Sinne geschärft waren, alles Materialistische oder Egoistische unwichtig wurde und es nur noch ihn und einen Berg gab. Leben im Schatten des Todes.

Nur ein einziges Mal an diesem Tag hatte Duffy seine Entscheidung bereut …

Die New Bridge über den Modi Khola nach Jhinu Danda war eine beeindruckende zweihundertsiebenundachtzig Meter lange Hängebrücke: stabile Stahlseile, sichere Tritte, die offenen Seiten mit Maschendraht gesichert. Doch weiter unten im Tal gab es noch eine andere, nämlich die ursprüngliche, die alte Brücke. Duffy hatte seinen Rucksack in der Lodge gelassen und war die bewaldeten, steilen Hänge hinuntergeklettert.

Der Boden war hart und kalt unter seinen Händen, Zweige und dornige Schlingpflanzen kratzten ihm die Haut auf. Als er die alte Brücke zwischen den Bäumen durchschimmern sah, frohlockte er innerlich, doch seine euphorische Stimmung legte sich schnell, als er näher kam und den Zustand des Bauwerks sah. Die hölzernen Trittbretter waren weitgehend morsch und fehlten teilweise ganz. Die Seile waren bemoost und dröselten sich an manchen Stellen auf. Etliche Dutzend Meter weiter unten toste der Fluss. Wenn die Brücke unter seinem Gewicht nachgab …

Eine Erinnerung versuchte, sich an die Oberfläche zu drängen, und ein Adrenalinschub flutete seinen Körper, als ein femininer Duft, eine Empfindung, ihn aufreizend quälte und dann, ohne sich ganz zu manifestieren, in die Tiefe seines Gedächtnisses zurücksank.

Duffy trat auf die ersten Bretter, um sie, in den Knien wippend, probeweise zu belasten. Das Holz ächzte und knarrte, aber es hielt. Doch das besagte gar nichts, weil sich die größte Schwachstelle in der Mitte der Brücke befand. Entweder er riskierte es, oder er musste umkehren.

Zu guter Letzt setzte er sich auf den Boden und starrte zwanzig Minuten lang auf die andere Seite. Da das Tal an dieser Stelle schmaler war, spannte sich die Brücke über eine Länge von vielleicht hundert Metern, ein Drittel der neuen Brücke. Duffy überlegte, ob er langsam hinübergehen sollte. Oder besser rennen? Oder lieber den Rückzug antreten? Er hatte keine Angst vor dem Tod, aber war er bereit, *dafür* zu sterben? Er hatte nicht den weiten Weg auf sich genommen, um in den *Ausläufern* des Himalaja den Tod zu finden. War ein entspannendes Bad in einer heißen Quelle dieses Risiko wert?

Andererseits: Was war das Leben ohne Risiko?

Verstand und Körper rangen miteinander, und das klare, ruhige Mindset, das sich Duffy so angestrengt zu bewahren versuchte, zerfiel ganz langsam, während die gigantische Größe dieses Gebirges ihre Wirkung auf ihn ausübte. Dieser Ort schien den primitiven Drang, sich beweisen zu wollen, in ihm hervorzurufen. Hier draußen war er nichts weiter als ein Staubkorn. Der Tod lauerte hinter jeder Biegung. Die Frage war nur, ob er sich vor ihm verstecken würde …

Schlussendlich entschied er sich fürs schnelle Überqueren. Er stand auf. Halb rannte er, halb ging er mit raschen Schritten, als ob er den Bussen am Piccadilly ausweichen würde. Auf keinen Fall durfte er stehen bleiben, nicht eine Sekunde lang. Er ließ sich von seinem Instinkt leiten. Abenteuer statt Sicherheit. Körper und Verstand waren auf Überleben und Selbsterhaltung programmiert.

Erst auf der Mitte der Brücke sah Duffy, wie zerfasert und brüchig die Seile tatsächlich waren – sie würden keine weitere Regenzeit überstehen. Auf der anderen Seite angekommen, schlug sein Herz heftig. Duffy 1, Himalaja 0.

Als kurz darauf die Gruppe aus Frankreich eingetroffen war, hatte er im warmen Wasser gesessen, wie berauscht vom Glücksgefühl und vom Adrenalin. Das Bad in den heißen Quellen war ein Luxus, für den er gekämpft und den er sich verdient hatte. Vielleicht war er deshalb so gesellig gewesen. Für kurze Zeit hatte er seine Mission hinter sich gelassen – wie seinen Rucksack – und sich für das Leben, für diesen Augenblick, entschieden. Was er morgen zu tun, wer er zu sein hatte, war in den Hintergrund getreten.

Ophélie schlug ihn haushoch beim Rommé, aber das störte ihn nicht. Sie tranken Reiswein, und Duffy fühlte sich angenehm dösig. Obwohl er nur ein oder zwei Gläser getrunken hatte, spürte er den Alkohol. Die Höhe verstärkte die Wirkung.

Die anderen aus Ophélies Gruppe, Mediziner wie sie, hatten sich nach und nach in ihre Zimmer zurückgezogen. Duffy fragte sich, ob ihnen aufgefallen war, dass sie länger als üblich Blickkontakt gehalten, lauter als üblich über ihre Geschichten gelacht hatten.

Ophélie teilte sich ein Zimmer mit Claudie, und sie hatte ihn noch nicht gefragt, ob er einen Zimmergenossen hatte oder allein schlief.

»Rommé!« Mit einem triumphierenden Lächeln legte sie ihre Karten ab.

Sie war es eindeutig gewohnt, zu gewinnen und zu bekommen, was sie wollte. Das Leben verlief ganz nach ihren Wünschen.

»Du bist zu gut für mich.« Duffy grinste und zeigte ihr sein Blatt, das typisch für sein Glück war.

Er zuckte mit den Schultern und registrierte, wie ihr weit oben in der Brust der Atem stockte, als sich ihre Blicke trafen.

Ophélie war auf dem Weg ins Tal. Sie wussten beide, dass sie sich nicht wiedersehen würden.

»Bist du müde?«, fragte sie.

Duffy verneinte mit einer Kopfbewegung. Ohne den Blick abzuwenden, stand er langsam auf und ging zu ihr hinüber. Sie tippte nervös mit der Fußspitze auf den Boden. Duffy schaute kurz zu, bevor er sie wieder ansah.

»Und du?«

»Non.« Sie schüttelte den Kopf. Man musste kein Arzt sein, um zu erkennen, dass ihre Pupillen vergrößert waren.

Er beugte sich zu ihr hinunter, verharrte einen Sekundenbruchteil und küsste sie dann.

Ophélie, die Finger in seinen Haaren vergraben, erwiderte seinen Kuss leidenschaftlich. Ihre Wangen glühten, als sie sich von ihm löste.

»Hast du ein Einzelzimmer?«, flüsterte sie atemlos.

Duffy lächelte. Offenbar war er nicht der Einzige, der im Hier und Jetzt lebte.

»Ja. Ich bin ein richtiger Glückspilz.«

Es war noch nicht einmal Mitternacht, aber der Himmel trug sein Nachtgewand schon seit Stunden, und die Dunkelheit war durchlässig geworden, was den grünen Schimmer des Smartphones noch intensiver leuchten ließ.

Duffy lag auf dem Bauch und versuchte zu schlafen. Jetzt konnte er die Erschöpfung in seinen Muskeln spüren.

Ophélie war gerade gegangen. Sie würde morgen talwärts wandern, unterstützt von der Schwerkraft, er aber hatte einige steile Anstiege vor sich und musste sich erholen, so gut es ging.

Er drehte den Kopf auf dem Kissen und bemühte sich, die eingegangene Benachrichtigung zu ignorieren. Doch das Zimmer war jetzt in grünliches Licht getaucht, und er fragte sich, von wem die Nachricht wohl sein mochte. Von Anya? Von seinem Vater? Das waren die einzigen Kontakte auf seiner SIM-Karte, die er nicht gelöscht hatte.

Für diese Reise hatte er alles auf das absolute Minimum heruntergeschraubt. Kein überflüssiges Gepäck, sowohl im konkreten als auch im emotionalen Sinn. Keine Ablenkungen. Kein Lärm. Keine Versuchungen, die ihn zur Umkehr bewegen könnten. Nichts sollte ihn dazu veranlassen, das Ganze auf ein anderes Mal, auf ein anderes Jahr zu verschieben.

Stöhnend stemmte sich Duffy auf den Ellenbogen hoch und griff nach dem Telefon.

»O Jesus«, knurrte er beim Anblick des Namens.

Anya, die keine Ahnung von seinen Plänen hatte, hatte seine Kontaktdaten weitergegeben. Jetzt hatten sie also drei Leute. Das war unerfreulich und definitiv störend. Er kniff sich in den Nasenrücken.

»Nicht schon wieder.«

Hätte er das Handy doch ausgeschaltet! Er klickte auf die Nachricht.

Das Erste, was Duffy sah, waren glänzende blaue Augen, umringt von gelben Kreisen, wie die Feuerreifen, durch die im Zirkus die Tiger sprangen. Dunkle Shirley-Temple-Locken rahmten ein pausbäckiges Gesichtchen mit roten Lippen ein. Ein Kind wie aus dem Bilderbuch. Unbeschreiblich süß, die personifizierte Unschuld.

»Hallo, Mabel«, murmelte Duffy.

Sie hielt das Foto von Moolah mit ihren drallen Händchen an ihre Wange gepresst. Verdammt, die Kleine war wirklich niedlich. Kein Wunder, dass sie die halbe Welt um ihren kleinen Finger gewickelt hatte.

Duffy bereitete sich innerlich auf die weniger reizenden Worte der Mutter vor.

Lieber Duffy,

ich kann Ihnen gar nicht sagen, wie viel Ihre Nachricht uns bedeutet. Eine größere Freude hätten Sie uns nicht machen können.

Er zog eine Braue hoch. Damit hatte er nicht gerechnet.

Sie haben unser Weihnachtsfest gerettet und unser kleines Mädchen überglücklich gemacht. Vielen, vielen Dank! Wir haben Ihr Foto ausgedruckt und neben ihrem Bett an die Wand geklebt, damit sie Moolah vor dem Einschlafen sehen kann, und heute Abend ist sie anstandslos schlafen gegangen – zum ersten Mal, seit wir aus Wien zurück sind.

Danke, dass Sie Ihre Worte direkt an Mabel gerichtet und ihr erzählt haben, Moolah mache Ferien und erlebe tolle Abenteuer. Moolah bei Ihnen zu wissen tröstet sie, und die Vorstellung, dass ihre Kuh über den Mond springen wird, regt ihre Fantasie mächtig an. Heute Abend hat sie darauf bestanden, dass wir uns den Mond ansehen. Allerdings ist fast Vollmond, deshalb habe ich ihr gesagt, dass es für Moolahs Sprung wahrscheinlich noch zu früh ist. Ich hoffe, dass wir dadurch Zeit gewinnen, bis Sie irgendwohin kommen, von wo aus Sie Moolah zurückschicken können.

Außerdem möchte ich mich für meinen unfreundlichen Ton in meiner ersten Mail entschuldigen. Ich war erschöpft und frustriert und, um ganz ehrlich zu sein, ziemlich betrunken. Wir waren auf einer Dinnerparty, als ich Anyas Nachricht gelesen habe, und unsere Freunde waren überzeugt, dass es sich um einen üblen Scherz handeln müsse. Ich fürchte, sie haben mich in Rage gebracht. Ich hätte es vollkommen verstanden, wenn Sie nicht geantwortet hätten, aber dass Sie es getan haben und noch dazu auf eine so nette Art und Weise … Wir könnten Ihnen nicht dankbarer sein, ehrlich.

Sicher müssen Sie sich in Nepal großen Herausforderungen stellen, und es wird eine Menge Dinge geben, um die Sie sich kümmern müssen. Aber wenn Sie Mabel dennoch ein weiteres Foto von Moolah schicken könnten, würde uns das unendlich viel bedeuten.

Mit herzlichem Dank und vielen lieben Grüßen
Natasha

»Mit vielen lieben Grüßen« … Anscheinend waren sie beste Freunde.

Duffy las den Text noch einmal. Er wusste genau, dass diese Natasha ihm Honig um den Bart schmierte.

Nun, sollte sie nur, es störte ihn nicht. Das alles lag hinter ihm.

Er hob die Hand und zog den Vorhang ein Stückchen zurück. Der Mond stand hell und fast voll am Himmel wie ein gigantischer Camembert. Im Dezember wurde er auch »kalter Mond« genannt – und eignete sich definitiv nicht für einen Kuhsprung, dachte er schmunzelnd.

Duffy ließ den Vorhang wieder fallen, öffnete auf dem Handy die Galerie und rief den Schnappschuss mit der Plüschkuh vor der Hängebrücke auf. Das Foto war entstanden, unmittelbar bevor er auf die andere Seite gerannt war. (Wäre der schlimmste Fall eingetreten, wäre das eine merkwürdige letzte Aufnahme gewesen.) Bei den heißen Quellen hatte er noch ein zweites Foto gemacht – Moolah am Rand des Naturbeckens, vom aufsteigenden Dampf halb verdeckt.

Er hatte selbst nicht gewusst, warum er die Fotos geknipst hatte. Eigentlich hatte er nicht die Absicht gehabt, sich noch einmal bei der Familie zu melden. Er war hier draußen nicht auf der Suche nach Freundschaft. Andererseits …

Duffy warf einen Blick auf die andere Betthälfte, wo sich immer noch ein Ophélie-förmiger Abdruck abzeichnete. Es war schwerer als gedacht, Menschen zurückzulassen. Selbst eine noch so flüchtige Verbindung konnte Spuren hinterlassen.

Duffy dachte an das Foto des kleinen Mädchens. Auch wenn die Mutter ihn zu manipulieren versuchte, so war die Freude des Kindes echt; so etwas konnte man nicht fälschen. Die Augen der Kleinen strahlten vor Glück, und er begriff ganz genau, wie viel ihr dieses Spielzeug bedeutete.

Also begann er, eine Antwort zu tippen. Das gespenstische grüne Leuchten des Handys wirkte in der nepalesischen Dunkelheit völlig fehl am Platz. Duffy wusste, dass er schlafen und sich ausruhen musste, aber manche Dinge konnten nun mal nicht warten.

13. Kapitel

Snowshill, Gloucestershire, Montag, 5. Dezember

»Geh ein Stück weiter zurück, Bella, ich kann nichts sehen!«

Der Hund, der angeschnallt auf dem Beifahrersitz saß, hechelte aufgeregt. Bella fuhr für ihr Leben gern Auto, vor allem, wenn sie vorne sitzen durfte, was nur ging, wenn Rob nicht dabei war.

»Rechts abbiegen«, wies die mechanische Stimme Natasha an. *»Rechts abbiegen.«*

Natasha setzte den Blinker und schaute nach rechts und links. Von links näherte sich ein Bus, und dahinter reihte sich ein Auto an das andere.

»Neeein«, stöhnte sie und trommelte mit den Fingern ungeduldig aufs Lenkrad. »Auch das noch! Wir sind sowieso schon spät dran.«

Es war eine Fahrt mit Hindernissen gewesen. Hinter Bourton-on-the-Water war wegen Baumfällarbeiten nur eine Spur frei gewesen, was sie zusätzliche fünfzehn Minuten gekostet hatte, und auf der A 429 war es nach einem Unfall zu Behinderungen gekommen. Zu guter Letzt hatte sie eine Abzweigung verfehlt und erst nach gut drei Kilometern eine Wendemöglichkeit gefunden.

Eine Lücke tat sich auf, und Natasha fädelte sich schnell in den fließenden Verkehr ein. Wenige hundert

Meter weiter bog sie nach links auf Nebenstraßen ab. Es hatte geregnet, sodass der Wagen durch Pfützen rauschte und durch unsichtbare wassergefüllte Schlaglöcher rumpelte.

»Zweihundert Meter bis zum Ziel«, leierte die Navi-Stimme.

Natasha fuhr am Ortsschild von Snowshill vorbei und bremste, um ein paar Reiter passieren zu lassen. Das Dorf lag eingebettet inmitten steil ansteigender Hügel wie in einer Schale. Honigfarbene Steinhäuser stießen in krummen Reihen aneinander, und die alten bleigefassten, ein wenig schiefen Fenster fingen das Morgenlicht ein. Kleine Gauben erhoben sich aus den bemoosten Schieferziegeln der niedrigen Dächer, die auf den Häusern saßen wie ins Gesicht gezogene Mützen. Die meisten Türen waren in verschiedenen, scheinbar aufeinander abgestimmten unsauberen Grüntönen gestrichen und von Geißblatt und Rosen umrankt, die zwar im Sommer eine Fülle duftender Blüten hervorbringen würden, sich jetzt aber mit kahlen Zweigen an die Mauern klammerten.

In seinem strengen Winterlook machte das Dorf nicht gerade den besten Eindruck, aber welcher Ort konnte das schon von sich behaupten? Bis jetzt war der Dezember ein Schmuddelmonat gewesen, und der heutige Tag bildete da keine Ausnahme. Der Himmel hatte sich in tristes Schlachtschiffgrau gehüllt und eine düstere Schattendecke über den Boden geworfen. Nirgends auch nur die Andeutung eines Sonnenstrahls oder irgendwelche Winterblüher, nicht einmal eine Katze, die auf einem Mäuerchen saß. Das Dorf lag da wie schlafend. Weiter vorn ragte eine alte normannische Kirche auf. Die Straße führte um sie und den Friedhof herum wie eine Flussschleife und dahinter wieder aus dem Dorf hinaus.

»Fünfzig Meter bis zum Ziel.«

Natasha beugte sich so weit vor, bis ihr Kinn das Lenkrad berührte.

Direkt hinter der Kirche links, hatte Diana ihr gesimst. Die schmalen Reihen schiefer Cottages entlang der Straße und des Dorfplatzes endeten abrupt, und das ein wenig zurückgesetzte Tor einer Einfahrt kam in Sicht, halb verdeckt von einer riesigen, ausladenden Birke. Eine hohe Steinmauer verwehrte den Blick auf das Grundstück dahinter, aber an der Mauer war eine Schieferplatte mit den eingravierten eleganten goldenen Lettern »Cressley Manor Farm« angebracht.

Natasha – froh, dass sie sich nur achtzehn Minuten verspätet hatte – bog in die schmale, frisch gekieste Zufahrt, die auf ein schönes kastenförmiges Haus zuführte. Rechts davon befand sich ein Stall; Pferdeköpfe nickten über die Stalltüren. Der Anblick entlockte Natasha ein Lächeln.

Eine Frau in Reithose und Stiefeln trat aus einer der Boxen, in der einen Hand einen Sack Heu. Als sie Natasha neben dem ramponierten alten Land Rover einparken sah, winkte sie fröhlich.

»Du bleibst hier und bist schön brav«, sagte Natasha zu Bella und tätschelte sie. »Ich bin bald wieder da.«

Sie schnallte die Hündin ab, damit sie sich hinlegen konnte (was sie aber nicht tun würde: Sie würde aufrecht sitzen bleiben und durch die Fenster Ausschau nach ihrem Frauchen halten), und gab ihr einen Kauknochen zum Zeitvertreib.

»Hallo, Natasha. Freut mich sehr, Sie kennenzulernen!« Diana kam mit ausgestreckter Hand und forschen Schritten auf sie zu. »Wie war die Fahrerei? Hoffentlich nicht allzu schlimm?«

»Es ging. Nur das Stück auf der Autobahn war kein Vergnügen.«

»Kann ich mir vorstellen. Der reinste Albtraum!« Diana verdrehte die Augen. Ihre rostroten Haare waren zu einem Pferdeschwanz gebunden; sie hatte ein sommersprossiges Gesicht und lebhaft funkelnde haselnussbraune Augen. Natasha hatte sich die Frau ganz anders vorgestellt. Als sie ihre Ausrüstung von der Rückbank nahm, sagte Diana: »Sie können Ihren Hund gern mitnehmen. Das Grundstück ist komplett eingezäunt, und die Pferde sind Hunde gewohnt.«

»Das ist sehr nett, danke, aber sie hat ein Problem mit Fremden und kann ziemlich nerven. Wir haben sie vom Tierschutz und vermuten, dass die Vorbesitzer sie eingesperrt und stundenlang allein gelassen haben. Sie bleibt höchstens eine Stunde allein, dann fängt sie an, die Wohnung zu zerlegen. Aber im Auto fühlt sie sich wohl – Hauptsache, sie kann mich sehen.«

»Furchtbar, wie manche Leute mit Tieren umgehen! Da kriege ich echt zu viel. Aber hier hat sie Sie ja die ganze Zeit im Auge.«

Diana ging mit ihr Richtung Stall. Während ein Fuchs und ein Falbe die beiden neugierig beobachteten, drehte ein Apfelschimmel ihnen demonstrativ sein Hinterteil zu.

»Ich kann Ihnen gar nicht genug dafür danken, dass Sie mich noch reinquetschen, Natasha. Sie müssen entschuldigen, dass ich so viel Druck gemacht habe, aber als ich Ihre Arbeiten sah, wusste ich sofort, dass Sie die Richtige sind. Ich hätte es nicht ertragen, noch einmal ein Jahr warten zu müssen. Ich trage die Idee schon so lange mit mir herum.«

»Ihr Mann hat also keine Ahnung?«

»Nicht die geringste«, bestätigte Diana fröhlich. Sie standen vor den Boxen. »Sie können sich wahrscheinlich denken, welches sein Pferd ist?«

Natasha lächelte. Hätte seine stattliche Größe ihn nicht verraten, dann sicherlich die Starallüren.

»Ich vermute stark, dieser liebenswürdige Bursche hier.« Als sie mit der Zunge schnalzte, schnaubte das Pferd und schüttelte den Kopf. »Wie heißt er denn?«

»Artemis. Arty.«

»Das passt zu einem Pferd, das porträtiert werden soll«, bemerkte Natasha schmunzelnd.

»Das stimmt allerdings. Warten Sie, ich hole ihn heraus und führe ihn auf die Weide, damit Sie ihn sich richtig anschauen können.«

»Hätten Sie etwas dagegen, wenn ich kurz mit ihm hierbleibe? Ich würde gern so eine Art Blickkontakt zu ihm herstellen, um eine Verbindung aufzubauen und zu sehen, wer er wirklich ist.«

»Natürlich nicht. Tun Sie, was Sie für richtig halten.«

»Darf ich ihm das geben?« Natasha zog einen Salzleckstein aus ihrer Manteltasche.

»Versuchen können Sie's. Er mag die, aber er ist ein launisches Biest. Simon ist der Einzige, bei dem er sich benimmt. Draußen auf der Weide werde ich alle Hände voll zu tun haben, um ihn unter Kontrolle zu halten, aber er gibt gern an, Sie werden sehen. Er ist eitel wie ein Pfau und weiß genau, wie gut er beim Hindernisspringen aussieht.«

Natasha kicherte. Wieder schnalzte sie mit der Zunge, damit Arty den Kopf drehte. Sie musste ihm in die Augen schauen, sein Wesen ergründen. Die Augen waren das Fenster zur Seele, bei Mensch wie Tier gleichermaßen, daran glaubte sie ganz fest.

»Hey, Arty«, lockte sie ihn mit singender Stimme. »Guck mal, was ich hier habe! Wär das nichts für dich?«

Sie schnalzte erneut mit der Zunge. Seine Ohren zuckten jedes Mal, wenn sie das tat. Natasha hatte seine Aufmerksamkeit, auch wenn er den Gleichgültigen spielte.

Sie summte vor sich hin und klopfte im Takt zur Melodie gegen die Stalltür. Wieder zuckten Artys Ohren. Die unterschiedlichen Geräusche weckten seine Neugier, und die würde früher oder später siegen.

Und tatsächlich: Nach einer weiteren Minute drehte er sich um.

»Ich bin beeindruckt.« Lächelnd beobachtete Diana, wie sich seine Nüstern blähten, als er Natashas Geruch aufnahm, und sich von ihr streicheln ließ. »Tief beeindruckt. Sie haben offensichtlich ein besonderes Gespür für Pferde. Reiten Sie?«

»Nein.« Natasha lachte, als Arty sie mit dem Maul anstupste, so als ob er ihre Nähe suchte.

»Du lieber Himmel, er scheint fest entschlossen, mich als Lügnerin hinzustellen!«

»Bist du insgeheim ein Seelchen?«, murmelte Natasha, während sie dem Pferd seitlich am Kopf entlang und über die Ganaschen strich. Es gelang ihr, den Blickkontakt herzustellen. Arty vertraute ihr, sie konnte es sehen. »Du hast die ganze Zeit nur eine Show abgezogen, stimmt's?«

»Also ich weiß wirklich nicht, was ich sagen soll. Mein Hufschmied nennt ihn Luzifer, und unser Tierarzt – unser früherer Tierarzt, Dave – musste ihn sedieren, wenn er bloß seine Zähne kontrollieren wollte. Das ist nicht Artys Standardverhalten, das dürfen Sie mir glauben!«

»Vermutlich Anfängerglück.« Natasha trat zurück, damit Diana ihm das Halfter überstreifen konnte. Als sie den Führstrick eingeklinkt hatte, öffnete sie die Boxentür.

»Wer so viel mit Tieren arbeitet wie Sie, weiß bestimmt ganz genau, wie man eine Beziehung zu ihnen herstellt, oder?« Diana führte Artemis über den Kies zu einem Tor. Auf der Weide dahinter waren ein paar niedrige, aus blau-weißen Stangen bestehende Hindernisse aufgebaut.

»Ja, das stimmt. Mir geht es nicht nur um Äußerlichkeiten, ich bemühe mich vor allem, ihren Charakter wiederzugeben. Es sind Haustiere, die geliebt werden, und so wollen ihre Besitzer sie dargestellt sehen.« Natasha ging voraus, um das Tor zu öffnen.

»Danke. Was war das ungewöhnlichste Haustier, das Sie gezeichnet haben?«

»Da muss ich nicht lange nachdenken«, antwortete Natasha sofort. »Eine fünfeinhalb Meter lange Python.«

»Wie bitte?«

»O ja.«

»Ist es Ihnen auch da gelungen, den Charakter einzufangen?«, fragte Diana lachend.

»Das, was vorhanden war, ja.«

Als Artemis das Gras unter seinen Hufen spürte, begann er zu tänzeln, warf den Kopf hin und her und hob seinen Schweif. Diana klinkte den Führstrick aus, und Natasha beobachtete das Pferd konzentriert dabei, wie es seine Freiheit genoss. Es buckelte einige Male und trabte dann locker an der Umzäunung entlang.

»Ein unglaublich schönes Tier«, murmelte Natasha und bewunderte den edlen Hals, die flatternde Mähne und die vom Überspringen der vielen Hecken gekräftigte Rückenmuskulatur.

»Ja, nicht wahr? Simon sagt immer, ein Jagdpferd sollte den Kopf einer Herzogin und den Hintern einer Köchin haben.«

Natasha musste lachen. Diesen Spruch hörte sie zum ersten Mal.

»Arty ist drei Viertel Vollblüter und ein Viertel Irish Draught. Das ist die beste Kombination, sagt Simon – breiter Brustkorb mit viel Platz für ein kräftiges Herz, starke Schultern, kurze Beine und kurzer Rücken, kraftvoller Antrieb hinten und vorne ausreichend breit für ein Gefühl von Sicherheit. Nicht zu vergessen die Füße! ›Kein Hufeisen, kein Pferd‹, sagt Simon immer. Manchmal denke ich, er hat eine Affäre mit dem Hufschmied – ständig fragt er, wann er das nächste Mal herkommt.«

Natasha kicherte, hielt den Blick aber weiter auf Arty gerichtet. Abgesehen von seiner natürlichen Anmut und der Eleganz seiner Bewegungen hatte er die Eigenart, den Kopf nach links zu werfen. Das wirkte irgendwie kokett, als wüsste er genau, dass er etwas Besonderes war. Natasha verstand jetzt, weshalb sich Diana ein Ganzkörperporträt wünschte.

Sie zog ihr Handy aus der Tasche und begann zu fotografieren. Auch Artys Fellfarbe war wunderschön, ein scheckiges Grau wie der Himmel an einem Regentag, das sich an der Hinterhand zu getupftem Stahlgrau vertiefte. Der Gedanke, das Wesen des Pferdes festzuhalten – sofern sie es zu erfassen vermochte –, erfüllte Natasha mit aufgeregter Vorfreude. Das wäre eine Bewährungsprobe: nicht nur für ihre Nerven, sondern auch für ihr Talent. Rob behauptete immer, sie setze sich zu sehr unter Druck, aber vielleicht war genau das Gegenteil der Fall, und der Druck war nicht groß genug.

Sie fühlte sich in einem Schwebezustand, als wartete sie darauf, dass das Leben irgendwie grandioser wurde oder heller oder sich beschleunigte. Manchmal kam sie sich vor, als wäre sie an einen unsichtbaren Pflock gefesselt, unfähig, sich zu erheben oder davonzurennen.

Die letzte Woche mit einer erschöpften, regelrecht traumatisierten Mabel war furchtbar zermürbend gewesen. Jetzt war die Krise entschärft, doch das hatte nichts an der inneren Leere geändert, die Natasha ständig quälte. Sie wünschte sich so sehr ein Geschwisterchen für Mabel. Die Sehnsucht nach einem weiteren Baby war so groß, dass sie ihre Gefühle nicht in Worte fassen konnte. Aber was sollte sie tun? In den Abgrund starren und einfach warten?

»Er hat so eine Art, den Kopf nach links zu drehen, nicht wahr?«, murmelte sie.

»Ja, stimmt. Er denkt wahrscheinlich, das ist seine Schokoladenseite«, vermutete Diana schmunzelnd.

Natasha klappte ihren Jagdstuhl auf und kramte dann ihren Skizzenblock aus dem Rucksack.

»Ich werde zunächst einmal ein paar Bleistiftskizzen anfertigen.«

»Wunderbar! Und was soll ich tun?«

»Ihn longieren, dann kann ich seine Beine studieren.«

»Soll er auch springen?«

»Nur kurz. Das reicht für heute.«

»Arty!« Diana pfiff und hob beide Arme. Das Pferd sah kurz in ihre Richtung – und dann wieder weg. »Komm her, mein Junge!« Sie ging auf ihn zu und lockte ihn, damit sie ihn wieder anbinden konnte.

Natasha kontrollierte ihre Bleistifte und machte sich an die Arbeit.

Es war spürbar kälter geworden, als Natasha schließlich zufrieden zusammenpackte. Sie hatte vier Seiten mit verschiedenen Studien zu Vorderbeinen, Hinterhand, Schweif und Abzeichen gefüllt. Das war ein guter Anfang.

Diana hatte ein bisschen mit Artemis geübt, während sich die Minuten zu Stunden dehnten, und sich dabei so weit entspannt, dass sie Natashas Anwesenheit fast vergessen hatte. Auch das Pferd schien das Training genossen zu haben.

»Bis bald, mein Großer«, murmelte Natasha, als der Riegel an der Boxentür vorgeschoben wurde, und strich ihm über die Nüstern.

Diana begleitete sie zum Auto. Als Natasha ihre Ausrüstung hinten einlud, sprang Bella auf dem Beifahrersitz freudig auf, und ihr Schwanz klopfte aufgeregt gegen die Sitze.

»Hallo, mein Mädchen«, begrüßte Natasha sie lächelnd. »Du bist aber eine Brave gewesen.« Sie sah Diana an. »Darf ich sie kurz rauslassen, bevor wir starten? Wir haben einen langen Heimweg vor uns.«

»Aber natürlich!«

Natasha leinte Bella an, und der Hund sprang heraus. Sofort senkte Bella die Nase auf den Boden und lief schnuppernd alles ab, wobei sie wild mit dem Schwanz wedelte.

»Hier riecht es gut nach allen möglichen Tieren«, bemerkte Natasha.

»O ja, das …«

Plötzlich drang ohrenbetäubendes Kindergeschrei über die Hecke vom Nachbargrundstück herüber. Dann hörte das Johlen und Kreischen ebenso unvermittelt auf, wie es begonnen hatte.

»Du lieber Himmel!«, sagte Natasha verdattert. Als ob man mit offenen Fenstern an einem Schulhof vorbeigefahren wäre.

»Das sind nur die Nachbarn«, meinte Diana gelassen. »Sie haben sechs Kinder.«

»*Sechs?*«

Diana nickte. »Als alle sechs unter zehn Jahre alt waren, war es ziemlich heftig.«

»Für Sie wahrscheinlich genauso wie für die Eltern«, mutmaßte Natasha schmunzelnd.

»Oh, uns macht das nichts aus, im Gegenteil. Unsere

drei sind im gleichen Alter wie die Ältesten drüben. Die Kinder sind hier wie dort ein und aus gegangen. Und Emily und James sind total sympathisch.«

»Und geschafft, vermute ich, oder? Ich meine, ich habe nur eins, und das ist manchmal schon echt anstrengend.«

»Ach, wissen Sie, Emily kann sich Personal leisten … *Reiche Familie*«, fügte sie lautlos hinzu.

»Oh.« Natasha wusste nicht, was sie darauf erwidern sollte. »Wow! Aber trotzdem. *Sechs!*«

»Nachdem Rupert zur Welt kam, hat sie ein Machtwort gesprochen und darauf bestanden, dass James …« Diana ahmte mit Zeige- und Mittelfinger eine Scherenbewegung nach.

»Wundert mich nicht.« Natasha grinste. »Ich würde da auch kein Risiko eingehen.«

Plötzlich zog Bella, die anscheinend einen besonders interessanten Geruch in der Nase hatte, an der Leine und zerrte Natasha ein paar Schritte mit sich.

»Wann würde es Ihnen denn das nächste Mal passen?«, fragte Diana.

»Äh …« Natasha ging in Gedanken rasch ihren Terminkalender durch. Morgen fand Rachels Kurs im Kranzbinden statt. »Wäre Ihnen Mittwoch recht? Meine Tochter ist montags, mittwochs und freitags in der Kita, da kann ich mir mehr Zeit nehmen und muss mich nicht abhetzen.«

»Mittwoch passt wunderbar. Wie alt ist Ihre Tochter denn?«

»Gerade drei geworden.«

»Oh, wie süß! Das schönste Alter.« Diana nickte wehmütig. »Da sind sie noch kleine Engelchen.«

»Ja, sie schafft es spielend, uns um den Finger zu wickeln.« Bella hatte das Interesse an dem Geruch verloren und hörte auf, an der Leine zu zerren. »Prima! Das war ein richtig guter Anfang heute. Hat mich sehr gefreut, Sie kennenzulernen.«

Natasha öffnete die Beifahrertür, Bella sprang hinein, und Natasha legte ihr den Sicherheitsgurt um. Diana schaute lächelnd zu.

»Das Vergnügen war ganz meinerseits. Kommen Sie gut nach Hause!« Diana ging langsam rückwärts und winkte. »Dann bis Mittwoch!«

Natasha setzte zurück und bog auf die Landstraße, wo immer noch Pfützen glitzerten. Die Sonne war eine milchige Scheibe hinter steingrauen Wolken.

Plötzlich merkte Natasha, wie kalt ihr von dem stundenlangen In-der-Kälte-Sitzen war, und sie drehte die Heizung voll auf. Dann schaltete sie das Radio ein. Sie fror und fühlte sich geistig erschöpft, aber sie war glücklich. Glücklicher als in den ganzen letzten Monaten, sogar glücklicher als auf den Malediven (was sie Rob wohlweislich nicht auf die Nase binden würde). Ihre Intuition hatte sie nicht getrogen: Das war genau die Ablenkung, die ihr über diese schwierige Zeit hinweghelfen würde, bis ihr Leben wieder in geordneten Bahnen verlief. Ausgefüllte Tage und ein aktives Leben, das war es, was sie brauchte.

Wie hieß es noch so schön? *Happy wife, happy life.*

14. Kapitel

Whinfell, Oktober 2018

»Oh, sorry!«

Tom schaute auf, als die Tür aufflog und Natasha, eine verknotete Mülltüte in der Hand, heraustrat. Er saß an die Holzwand des Baumhauses gelehnt, die Arme auf den angewinkelten Knien.

»Du räumst auf? Ist das dein Ernst?«, fragte er mit einem Blick auf die Mülltüte.

»Ich muss mich irgendwie beschäftigen. Das ist die reinste Fleischbeschau da drin.«

»Dann setz dich lieber nicht hierher«, witzelte er, aber er wirkte alles andere als testosterongeladen, wie er so dasaß, den Kopf angelehnt, und einen Schluck Bier trank.

Natasha betrachtete ihn und versuchte, das aufgeregte Kribbeln zu ignorieren. Zwanzig Minuten lang hatte sie Tom gesucht, war von Zimmer zu Zimmer gegangen, immer unter dem Vorwand, ihr Handy irgendwo verlegt zu haben. Sie hatte schon gedacht, er sei gegangen, und jetzt entdeckte sie ihn hier draußen.

»Was machst du denn hier?«

»Das Gleiche wie du: Ich bin geflüchtet.« Er zuckte mit den Schultern. »Die geile Meute da drin ist ein Albtraum. Die wollen mich alle vernaschen.«

Sie lachte. »Du bist ein Witzbold.«

»Witzig genug, um dich ins Bett zu kriegen?«

»Keine Chance!« Natasha grinste und stellte die Mülltüte ab, dann trat sie ans Geländer und ließ ihren Blick über den Park wandern. Das Baumhaus wurde dezent angestrahlt, das sich färbende Laub vom Licht hervorgehoben. Auch die Fußgängerwege waren beleuchtet, und Fahrräder lehnten an Wänden. Kein Mensch war unterwegs.

Natasha blieb noch eine Weile stehen, lauschte dem Wind und dem Kindergeschrei aus den Ferienhäusern. Es war nach zehn, die Kinder hätten längst im Bett sein sollen. Natasha war so betrunken, dass sie sich fast schon wieder nüchtern fühlte.

Sie drehte den Kopf und sah Tom an. Obwohl sie praktisch Fremde waren, hatte ihr Schweigen etwas seltsam Angenehmes, Vertrautes.

»Du hast also keine Freundin?«

»Nö.«

Sie zog eine Braue hoch. »Auch keinen festen Freund?«

Er lächelte. »Nö.«

»Hm. Das überrascht mich.«

»Dass ich keinen festen Freund habe?«

Sie drehte sich achselzuckend zu ihm um, die Ellenbogen auf das Holzgeländer gestützt. Es störte sie schon lange nicht mehr, dass sie aussah, als wäre sie einem Brautmodenmagazin der Achtzigerjahre entsprungen.

»Wieso überrascht dich das?« Tom legte den Kopf in den Nacken und sah sie an. Seine Augen wirkten trüb. Er wirkte müde, sogar melancholisch.

»Na ja, du siehst gut aus, hast Ausstrahlung, bist witzig …«

»Küsst fantastisch.«

»Yep, du küsst fantastisch«, bestätigte Natasha grinsend. Sie würde nicht einmal versuchen, das abzustreiten. »Wenn auch ein bisschen aufdringlich.«

Er zuckte mit den Schultern. »Du weißt doch – morgen klopft vielleicht der Tod an.«

»Hör auf damit!«, bat sie schaudernd.

»Kann ich nicht. Wir sollten alle in dem Bewusstsein leben, dass das alles ist, was wir bekommen: einen einzigen Versuch. Jeden Tag nehmen, wie er kommt. Jede einzelne Minute.«

Natasha erwiderte nichts darauf. Sie hatte die Erinnerung an die heutigen Vorfälle noch nicht abzuschütteln vermocht. Ein düsteres Gefühl lastete auf ihr, lauerte wie ein böser Kobold und wartete nur auf eine Gelegenheit, über sie herzufallen, wenn sie am wenigsten damit rechnete.

Der Wind fuhr durch die Bäume, und Natasha fröstelte.

»Geh lieber wieder rein«, sagte Tom. »Der Wind frischt auf.«

Sie musterte ihn einen Augenblick und schlenderte dann zu ihm hinüber.

»Das geht nicht. Da drin ist meine Tugend in Gefahr.«

Er drehte den Kopf und sah sie belustigt an.

»Und du glaubst, bei mir ist sie sicher?«, fragte er, als sie sich zu ihm setzte und ihre Arme und Beine sich berührten.

Sie sehnte sich nach seiner Nähe. Als er sie in seinen Armen gehalten hatte, um sie vom Baumwipfelpfad in Sicherheit zu bringen, hatte sie sich gefühlt wie noch nie zuvor: geborgen. Es hatte sich angefühlt, wie nach Hause zu kommen.

»Ja, bei dir fühle ich mich sicher«, sagte sie leise, nahm ihm das Bier aus der Hand und trank einen Schluck.

»Wow, so viel zum Thema Friendzone. Was ist bloß aus meinem Aufreißer-Talent geworden?«

Natasha gab ihm grinsend sein Bier zurück.

»Erzähl, wer ist mit wem da drin?«, fragte Tom, den Blick in die Ferne gerichtet.

»Na ja, Rachel und Andy testen das Sofa auf seine Belastbarkeit, und Jack und Hels sind in ihrem Zimmer verschwunden. Lauren macht in der Küche Toastbrote mit Ben, was frustrierend ist, weil sie verlobt ist und er nur seine Zeit vergeudet. Sara und Lizzie liegen auf dem Fußboden und spielen ›Würdest du eher …‹« Natasha ließ ihren Blick träge über ihn gleiten. »Willst du nicht reingehen und Bens Wingman spielen?«

Tom drehte den Kopf und sah sie an. »Du meinst, er kann Sara haben und ich Lizzie? Oder umgekehrt?«

»Warum nicht?«, murmelte sie achselzuckend.

Er schwieg ein paar Sekunden, dann sagte er: »Nein.« Mehr nicht. Sein Blick ruhte noch eine ganze Weile auf ihr, dann wandte er wieder den Kopf.

»Bist du sauer auf mich?«, fragte sie unvermittelt.

»Es steht mir nicht zu, sauer auf dich zu sein.«

»Was ist es dann?«

»Nichts. Es ist nichts.«

»Du hast doch was. Ich habe das Gefühl, dass du sauer auf mich bist.«

Tom drehte ihr abermals den Kopf zu, und dieses Mal lag etwas Düsteres in seinem Blick.

»Nein. Du machst mich einfach nur rasend.«

»Wieso? Weil ich *heirate*?« Natasha lachte leise. »Findest du das nicht ein bisschen lächerlich? Wir sind uns heute Morgen das erste Mal begegnet, und du bist genervt, weil ich den Mann heiraten werde, den ich liebe und mit dem ich seit einem Jahr zusammen bin?«

»Ein Jahr?« Er schnaubte verächtlich. »Ich habe Socken, die älter sind.«

»Hast du nicht gesagt, darum geht es nicht? Dass man jemandem begegnen kann und sofort weiß, dass er der Richtige ist?«

Er wackelte mit den Brauen. »Du hast mir also zugehört.«

»Du hast mir ja keine Wahl gelassen.«

»Aber du wirst nichts unternehmen.«

Natasha lachte kurz auf. »Was soll ich denn *unternehmen*? Da gibt es nichts zu unternehmen.«

»Weil zwischen uns beiden nichts ist? Ich glaube, mit dem Märchen haben wir vorhin aufgeräumt, oder?«

Ihr Körper kribbelte immer noch bei der Erinnerung an Toms Kuss. So war sie noch nie geküsst worden.

»Tom, was erwartest du von mir?« Sie hob hilflos die Hände. »Eigentlich ist es reichlich unverschämt, einer völlig Fremden von ihrer Hochzeit abzuraten, findest du nicht?«

»Es wäre unverschämt, es *nicht* zu tun. Und du bist keine völlig Fremde. Zugegeben, ich weiß nicht, wo du aufgewachsen bist oder was deine Lieblingsfarbe ist oder ob du allergisch gegen Katzen bist, aber etwas in mir erkennt etwas in dir wieder. Willst du das wirklich abstreiten?« Er sah ihr in die Augen, fest und herausfordernd.

»Allerdings.«

»Lügnerin. Der Kuss da drin hat etwas anderes erzählt.«

Natasha schwieg einen Moment. Der Kuss hatte ihr unbestreitbar den Boden unter den Füßen weggezogen.

»Das war nur ein Spiel«, entgegnete sie schließlich dennoch. »Und ich wollte keine Spielverderberin sein.«

»Dann küss mich noch einmal, hier draußen, wo keiner zuschaut. Beweis mir, dass zwischen uns nichts ist.«

Sie schnaubte spöttisch, aber ihr Herz klopfte heftig.

»Glaubst du ernsthaft, ich falle auf so was rein?« Sie zog die Beine an, schlang die Arme darum, legte die Wange auf die Knie und sah Tom an.

Er musterte sie mit finsterer Belustigung. Die Art, wie er die Kiefer aufeinanderpresste und sein Handgelenk umklammert hielt, verriet seine Frustration. Die Wahrheit blitzte zwischen ihren neckischen, flirtenden Bemerkungen auf, pfeilschnell wie eine Libelle über Seerosen, die die Blätter nur leicht berührte, sich aber nie darauf niederließ.

Natasha erstarrte, als Tom die Hand ausstreckte und mit dem Finger die Konturen ihres Gesichts nachzeichnete, als wäre sie etwas Kostbares, etwas, was er verstehen wollte. Die Berührung hatte etwas so Intimes, dass sie dachte, sie hätte ihn lieber küssen sollen.

»Glaubst du, ich bin heute Morgen mit dem Gedanken aufgewacht, dass es lustig wäre, jemandem die Hochzeit zu ruinieren?«

»Du kommst mir eigentlich nicht wie ein Soziopath vor«, sagte sie ruhig. Sie wagte nicht, sich zu rühren.

»Vielen Dank«, murmelte er, den Blick unverwandt auf ihr Gesicht geheftet, wie um es sich genauestens einzuprägen. »Glaubst du, ich bin mit dem Gedanken, dich völlig aus dem Konzept zu bringen, auf den Baumwipfelpfad gestiegen, als du dort oben zur Salzsäule erstarrt warst?«

»Nein.«

»Glaubst du, dass die Braut in spe, die ich gleich zweimal gerettet habe, auf mich den Eindruck einer Frau gemacht hat, die sich auf ihre Zukunft freut?«

Natasha fuhr zurück und lehnte den Kopf an die Wand.

»Ich habe Höhenangst, das habe ich dir doch gesagt.«

»Gesagt hast du es, ja.« Tom lachte leise, dann sah er sie ernst an. »Aber es stimmt nicht.«

Sie lehnten beide zusammengesunken an der Wand des Baumhauses, doch zwischen ihnen spannte sich ein unsichtbarer, vibrierender Draht.

Tom schüttelte langsam den Kopf. Sein Gesicht war ein Mosaik aus widerstreitenden Gefühlen.

Würde er sie küssen? Natasha beobachtete, wie sein Blick zu ihrem Mund hinunterwanderte und einen Moment dort verharrte. Ihr Herz raste, aber sie bewegte sich nicht.

Auch Tom rührte sich nicht. Schließlich drehte er den Kopf weg und stieß einen tiefen Seufzer aus.

»Ich hätte diese Schicht nicht übernehmen sollen. Ich habe gleich gewusst, dass es ein Fehler ist.«

»Wie meinst du das?«

»Eigentlich hätte ich an diesem Wochenende freigehabt.«

»Dann wärst du jetzt aber nicht auf einer Party in einem Baumhaus«, scherzte sie.

Tom warf ihr einen kurzen Blick zu. »Hierherzukommen war auch ein Fehler.«

»Wieso?«

»Schlimm genug, dass *du* ihn nicht heiraten willst«, sagte er ruhig. »Aber jetzt will *ich* auch nicht, dass du ihn heiratest.«

Es hätte sie mit Sicherheit umgehauen, wenn sie nicht schon gesessen hätte.

»Du wirst mir jetzt hoffentlich keinen Heiratsantrag machen«, brachte sie mühsam hervor.

»Nein.« Ein angedeutetes Lächeln umspielte seine Mundwinkel. »Aber deine Hochzeit nächstes Wochenende versaut mir meinen schönen Plan, dich zum Essen einzuladen.«

O Gott. Natasha wollte etwas sagen, fand aber keine Worte. Die Emotionen in Toms Augen rührten weder vom Alkohol noch von irgendeinem albernen Spiel her. Etwas verband sie miteinander. Da war eine Vertrautheit, die es nach so kurzer Zeit eigentlich nicht geben konnte. Sie hatte das Gefühl, dass er ihr bester Freund war, jemand, den sie seit Jahren kannte. Sie hätte so gern den Kopf an seine Schulter gebettet und sich an ihn geschmiegt. Sie wollte ihn lachen, reden und singen hören, sie wollte wieder mit ihm tanzen.

Als hätte Tom ihre Gedanken erraten, streckte er die Hand aus, vergrub seine Finger in ihren Haaren und zog sie sanft an sich, bis ihr Mund seinem ganz nah war.

»Küss mich.«

»Ich kann nicht«, hauchte sie und zitterte fast vor unterdrücktem Verlangen.

»Küss mich.« Der Druck seiner Fingerspitzen verstärkte sich, seine Frustration wuchs.

»Ich kann nicht«, flüsterte sie noch einmal.

Sein Blick bohrte sich in ihre Augen, heiß und brennend. Natasha hatte das Gefühl, in die Sonne zu starren.

»Dann werden wir nie erfahren, was daraus hätte werden können.« Tom zog seine Hand zurück und rückte von ihr ab. Die plötzliche Kälte ließ sie frösteln.

Er erhob sich geschmeidig, und sie saß da, umgeben von dem sich bauschenden Rock. *Was?*

Als Tom seine Bierflasche abstellte und auf die Treppe zuging, rappelte sie sich auf.

»Wo willst du hin?«

»Nach Hause. Ich hab keine Lust, mich zu quälen.« Er drehte sich zu ihr um, und der Ausdruck in seinen Augen sagte alles. Darin las sie die Antwort auf all die Fragen, die sie ihm nicht gestellt hatte. Das hier war kein Scherz für ihn. »Ich sollte dir wohl viel Glück für nächstes Wochenende wünschen.«

»Aber … du kannst doch nicht einfach gehen!«

»Es ist alles gesagt, Nats. Für mehr ist keine Zeit, und du bist nicht bereit, mir eine Chance zu geben.« Er ging die ersten Stufen hinunter.

Natasha verspürte den verzweifelten und völlig irrationalen Wunsch, ihn zurückzuhalten.

Wieso sollte sie das tun? Wozu? Es war doch gut, dass er ging.

»Bitte bleib, Tom.«

Er blickte kurz zurück, blieb aber nicht stehen. Eine Sekunde später war er aus ihrem Blickfeld verschwunden.

»Wenn du jetzt gehst, werde ich dich nie wiedersehen«, rief sie und rannte zum Geländer.

Er breitete die Arme aus. »Dann kann dein Verlobter ja wenigstens ruhig schlafen!«

Er marschierte weiter, in das Wäldchen hinein, wo er Stück für Stück in die Dunkelheit eintauchte, erst der Kopf, dann die Schultern, zum Schluss die Beine …

»Tom! Das ist doch albern! Komm zurück!«, schrie Natasha. Sie war in die Hocke gegangen und spähte durch das Geländer, um ihn nicht aus den Augen zu verlieren. »Tom! Du kannst noch nicht gehen! Es ist noch so früh!«

Die Nacht starrte ungerührt zurück.

»Tom!« Ihre Stimme brach und zersplitterte zu einem heiseren Flüstern. »Das ist nicht fair.«

15. Kapitel

Nepal, Dienstag, 6. Dezember

Siebenhundert Höhenmeter. Das war das heutige Pensum. Linker Fuß, rechter Fuß. Einfach weitergehen. Duffy versuchte, an nichts zu denken, sich ausschließlich auf den Augenblick zu konzentrieren. Doch während sein Körper seine Arbeit tat, verhielt sich sein Verstand widerspenstig, und seine Gedanken schweiften umher. Sie kratzten am Schorf von Erinnerungen, aber es juckte nicht mehr und tat auch nicht mehr so weh wie früher.

Er dachte an die Lichtschwerter, die er und Lottie zu ihrem sechsten Geburtstag bekommen hatten, an ihre unzähligen Duelle. Er hörte das Lachen ihrer Mutter, die eingerissene Papierkrone auf ihrem dicken braunen Haar, als sie am weihnachtlichen Tisch saßen und nach dem Platzen der Knallbonbons die Witze vorlasen. Er sah Crumble, ihren ersten Hund, wie sie ihren Tennisball von dem Hang im Garten hinunterrollen ließ.

Linker Fuß, rechter Fuß.

Duffy erinnerte sich an den Ausdruck in den Augen seines Vaters, als er die Eins in Mathe im Abiturzeugnis sah und wenigstens einen Tag lang stolz auf seinen Sohn war. Er wusste noch, wie sich jene seltsame Krümmung der Zeit angefühlt hatte, als er, einen Monat nach der bestandenen Fahrprüfung, auf Blitzeis ins Schleudern geraten war und gewusst hatte, dass er gegen den Baum prallen würde. Er fröstelte beim Gedanken an die Gänsehaut auf seinen Armen, als er zum allerersten Mal »Bohemian Rhapsody« gehört hatte. Er hatte immer noch das Knacken seines Oberschenkelknochens im Ohr, als er beim Rollschuhfahren gestürzt war.

Sein Weg führte ihn an Reisfeldern und terrassenförmigen Wiesen vorbei, durch Bambus-, Rhododendron- und Eichenwälder, über Hängebrücken und unter Wasserfällen hindurch. Hier, diesseits der unsichtbaren Grenze, hinter der die Luft dünn werden und nichts mehr wachsen würde, überschlug sich die Natur beinah, um in verschwenderischer Fülle ihre unzähligen Variationen zu präsentieren – dreißigtausend unterschiedliche Grüntöne unter einem bleiernen Himmel.

Im Geist ging Duffy die E-Mail durch, die er beim Frühstück gelesen hatte. Er hatte sie ungefähr dreißigmal gelesen, es gab ja sonst nichts zu tun.

> … war ganz begeistert von dem Foto von Moolah an den heißen Quellen. Ich musste ihr gleich ein heißes Bad einlaufen lassen und die Tür schließen, damit der Dampf drinblieb und wir so tun konnten, als wären wir auch dort. Die Hängebrücke sah ja lebensgefährlich aus! Sie sind doch nicht etwa darüber gegangen, oder? Kann ich mir nicht vorstellen. Das war sicher nur ein tolles Motiv …
>
> Der Winter hier ist so lang und trostlos, da tun Ihre Postkarten richtig gut. So nennen wir sie nämlich. Ich drucke die Fotos aus, klebe sie auf die

Rückseite von Weihnachtskarten und laminiere sie, damit Mabel sie in ihrem Zimmer aufhängen kann. Ich weiß, wer besitzt schon ein Laminiergerät? Nun, Leute wie ich …

Schreiben Sie bitte, wenn Sie Zeit haben. Passen Sie auf sich auf …

Von »Sie sollten sich schämen« zu »Passen Sie auf sich auf« in drei leichten Schritten. Duffy konnte sich die Frau gut vorstellen, eine dieser gestylten Ladys aus den Grafschaften rings um London, mit unerschütterlichem Selbstbewusstsein, langen glänzenden Haaren und einem großen chromblitzenden SUV.

Ein Mann überholte ihn am Hang. Er trug einen Brokat-Topi und eine blaugrüne Daunenjacke. Ein Mann aus einer völlig anderen Welt.

»*Namaste*«, grüßte er und ging mit gesenktem Kopf weiter, nur ein wenig schneller als Duffy.

»Entschuldigung? Sir?«, rief Duffy, als er den großen gewebten Korb auf dem Rücken des Mannes sah.

Der Fremde blieb stehen, und Duffy zog das Plüschtier aus dem Getränkeflaschennetz seitlich an seinem Rucksack, wo er es griffbereit verstaut hatte. Er konnte zum Fotografieren nicht jedes Mal seinen Rucksack abnehmen, nicht einmal für dieses kleine Mädchen. Möglicherweise würde er ihn sonst nicht wieder schultern.

»Darf ich?«

Der Mann lächelte und drehte sich zur Seite, damit Duffy das Plüschtier so in den mit Gemüse gefüllten Korb setzen konnte, dass nur der Kopf herauslugte. Dann schoss er ein Foto.

»*Namaskar.*«

Linker Fuß, rechter Fuß. Die Zeit glitt vorüber. Es gab jetzt fast keine flachen Abschnitte mehr; entweder es ging steil bergauf oder steil bergab. Einmal kam er an einem schneeweißen Pony vorbei, das mitten auf dem Pfad stand. Es rührte sich nicht, als Duffy darum herumging, sondern verharrte völlig regungslos, wie in Trance. Unwillkürlich fragte er sich, ob er es nur träumte oder ob das Tier ihn träumte.

Mit zunehmender Höhe änderte sich das Wetter. Auf dreitausend Metern frischte der Wind immer auf, und die Temperaturen sanken. Wenn er sich heute Abend in Deurali schlafen legte, würde er eine Mütze aufsetzen müssen.

Duffy war froh über diese Anzeichen, die die Nähe der Berge ankündigten, er konnte ihre Präsenz bereits spüren. Obwohl es kontinuierlich und steil aufwärtsging, waren diese üppig grünen, waldbedeckten Ausläufer von der Größe der Alpen Zwerge verglichen mit den Riesen, die auf der anderen Seite auf ihn warteten.

Die Anspannung in seiner Brust nahm zu, so als verkrampfte sich sein Herz in Erwartung des Augenblicks, da er um die Ecke biegen und der grandiosen Erhabenheit des Himalaja gegenüberstehen würde. Wie oft sich ihm dieser Anblick auch bieten mochte, es war immer das Gleiche. Das Bild, das diese Berge boten – ihre kolossale Ausdehnung und Höhe, wie sie aufragten und sich schier endlos erstreckten, wie sie an der Erdkruste zupften und sie zu spitzen Eisgipfeln zogen –, überwältigte ihn jedes Mal wieder aufs Neue. Es war ebenso unfassbar, wie wenn man sich die Ewigkeit vorzustellen versuchte oder einen randlosen Raum ausmessen wollte.

Linker Fuß, rechter Fuß.

Lottie, wie sie Pfannkuchen zubereitete und dazu sang. Ihre Granny, die ihnen auf dem Klavier den »Flohwalzer« beibrachte. Der Rubik-Würfel, den er in weniger als drei Minuten löste (unter zwei hatte er es nie geschafft). Wie er *sie* in einem Kreis von Fremden und Freunden küsste und wusste, was sie nicht wusste. Ihr einundzwanzigster Geburtstag in Glastonbury und Lottie, die Backstage-Pässe für die Pyramid Stage ergatterte. Der Geschmack seiner ersten selbst angebauten Tomate (zu unreif; die zweite war besser). Die Radtour mit Ben von John O'Groats nach Land's End um einer Wette willen.

Spucken im Tempel verboten.

Das Schild – er erkannte es und erinnerte sich daran – riss Duffy aus seinen Erinnerungen. Er war dem Tor zum nächsten Abschnitt der Reise jetzt ganz nah und konzentrierte seine Gedanken auf die Gegenwart.

Bisher hatte er seine Aufmerksamkeit konsequent auf den vor ihm liegenden Weg gerichtet, aber jetzt, da er sich dem Übergang von einer Landschaft zu einer völlig anderen näherte, hielt er inne und drehte sich um. Es war praktisch das erste Mal, dass er zurückschaute, um zu sehen, wie weit er gekommen war. Das Gebirge hinter ihm breitete sich in schwärzlich-grünen vertikalen Falten aus, und tief hängende Wolken schoben sich durch v-förmige Schluchten wie grasende Schafe.

Ein paar Minuten lang betrachtete Duffy die Schönheit dieser Region, nahm wie zum Abschied jede Einzelheit in sich auf. Dann drehte er sich um und setzte seinen Aufstieg fort.

Hinter einer langen Biegung tat sich in dieser sonst so zusammengepressten Landschaft eine Hochebene auf. Der Anblick zählte zum Kernstück seiner Erinnerungen: gebleichtes, vom Wind niedergedrücktes Gras, leuchtend bunte, wie Vogelflügel wild flatternde Gebetsfahnen an langen Schnüren, die an hohen Holzstangen festgezurrt waren und sich irgendwo in der Ferne verloren oder sich in heillosem Durcheinander kreuzten.

Das Geräusch der knatternden Fahnen ließ ein weiteres Bild aus der Vergangenheit auftauchen: seine Mutter, wie sie die gewaschenen Bettlaken ausschüttelte und zum Trocknen draußen aufhängte. Diese Erinnerung gehörte, wie auch die übrigen, zu einem anderen Duffy, einem anderen Leben, einer anderen Welt.

Er hob den Blick zu den schneebedeckten Kolossen, die sich endlich zeigten. Kein Versteckspielen mehr. Trotzig und unerschrocken hielten sie seinem Blick stand, als er ihre gewaltige Größe zu erfassen versuchte – und scheiterte. Sie ließ sich nicht messen, aus dieser Entfernung ebenso wenig, wie wenn er auf ihren Gipfeln gestanden hätte. Sie gehörten dem Reich der Riesen, der Götter, der Ungeheuer an. Sie waren wunderschön und grausam, überwältigend und gnadenlos. Wer könnte ihnen widerstehen?

Der Tempel lag ein Stück abseits des Pfades. Duffy wanderte hinüber. Obwohl er weder Hindu noch Buddhist war, ja nicht einmal mehr Optimist, schloss er die Augen, öffnete sein Herz und sprach ein Gebet. Und als er fertig war, drehte er die metallenen Gebetsmühlen und murmelte dabei das Mantra: »*Om mani padme hum. Om mani padme hum.*«

Schließlich setzte er sich auf einen großen Stein und ließ den Blick schweifen. Angesichts der majestätischen Giganten war er sich seiner Bedeutungslosigkeit sehr wohl bewusst, dennoch schien seine Seele beschwingt zu pfeifen, und seine Nerven kribbelten. Eine Veränderung ging in ihm vor. Er verwandelte sich in den Mann, der er sein musste, und ihm wurde klar, dass all die Erinnerungen kein Zeichen von emotionaler Schwäche waren, sondern eine Brotkrumen-Spur, die hinter ihm zurückblieb, während er weiter seinen Weg ging. Er warf Ballast ab.

Als er nach einer ganzen Weile wieder aufstand, merkte er, dass er vor Kälte zitterte. Höchste Zeit, sich zur Lodge aufzumachen, damit er sich ausruhen konnte. Morgen war auch noch ein Tag. Ein weiterer großer Tag.

Nach ein paar Schritten fiel Duffy das Versprechen ein, das er letzte Nacht in der Dunkelheit abgegeben hatte. Er zog das Plüschtier aus der Rucksacktasche und platzierte es auf einem der Holzpflöcke. Dahinter flatterten die Gebetsfahnen an ihren Schnüren, die kein Ende zu nehmen schienen.

Das wird ihr bestimmt gefallen, dachte er. *Der kleinen Mabel aus Somerset …*

16. Kapitel

Frome, Dienstag, 6. Dezember

»Rachel?«

»Hm?« Die Floristin schaute von den Mistelzweigen auf, die sie am Waschbecken bündelweise in Eimer voll Wasser stellte.

»Hast du zufällig Fasanenfedern da?«, fragte Natasha und band einen weiteren Eukalyptuszweig an dem Metallring fest. Der Stängel war ein bisschen widerspenstig, sie hätte eine dritte Hand gebrauchen können. Doch das dachte sie oft, ob sie nun Mabels Spielsachen zusammensuchte, Wäsche bügelte oder ihre Skizzen zu Papier zu bringen versuchte, bevor die Erinnerung verblasste.

»Fasanenfedern?« Rachel runzelte die Stirn. »Für deinen Kranz?«

»Ja.«

»Für einen *Advents*kranz?« Ihr ungläubiger Ton sagte alles.

»Ja, Rob hat neulich davon angefangen. Er findet, das sieht todschick aus.«

»Aber Fasanenfedern gehören zu den herbstlichen Deko-Artikeln«, sagte Lauren mit Nachdruck. Sie war die inoffizielle Autorität für Stilfragen.

Rachel überlegte kurz. »Also wenn du unbedingt Federn willst, kann ich hinten im Garten mal nachsehen, ob irgendwo Taubenfedern rumliegen. Kommt drauf an, ob Breezy in letzter Zeit was erwischt hat.«

Helena und Lizzie lachten. Die gefleckte Katze war ein gnadenloser Killer. Rachel hätte vermutlich eine Matratze mit den Federn der erlegten Beutetiere stopfen können.

»Haha!« Natasha lächelte und streckte den anderen die Zunge heraus. »War nur so eine Idee.« Als sie nach einem Stechpalmenzweig griff, stach ihr eins der spitzen Blätter unter den Daumennagel. »Autsch! Verdammte Scheiße!«

»Ausdruck, Nats!«, trillerte Lauren, neben sich ein Glas perlenden Champagner und einen hinreißend üppigen Kranz. Wenn Rob beim Anblick des Christbaums der Tennants schon vor Neid erblasst war, würde er wahrscheinlich schäumen beim Anblick des traumhaft schönen Kranzes an ihrer alten Eichentür.

Im Hintergrund dudelten Weihnachtslieder.

»Sag mal, Nats, hast du schon gesehen, dass du siebzehn Millionen Likes hast?«, fragte Lizzie unvermittelt.

»Im Ernst?« Natasha machte ein überraschtes Gesicht. Nachdem Duffy ihr ein »Lebenszeichen« von Moolah geschickt hatte, hatte sie sich nicht mehr eingeloggt. Social-Media-Zahlen interessierten sie nicht. »Du lieber Himmel, ich kann nicht glauben, dass das immer noch angeklickt wird. Ich hab doch gepostet, dass wir sie gefunden haben!«

»Wenn erst mal ein solches Ausmaß erreicht ist, kannst du so was nicht mehr aufhalten. Das entwickelt eine Eigendynamik. Wie bei einem Monstertruck – den kannst du ab einer bestimmten Geschwindigkeit auch nicht mehr bremsen.«

»Ja, wahrscheinlich.«

»Ich finde es ganz reizend, dass die Leute immer noch Interesse zeigen. Das beweist nur die positive Kraft der sozialen Medien.« Lauren lächelte, als ob ihr bei dem Gedanken ganz warm ums Herz würde.

»Hast du noch mal was von dem Typ gehört?«, wollte Rachel wissen, die mit der Champagnerflasche herumging, um nachzuschenken.

Natasha hielt die Hand über ihr Glas. Die anderen konnten von hier aus zu Fuß nach Hause gehen, aber sie würde Mabel später bei Rosie abholen und musste noch fahren.

»Ja. Ich glaube, er ist auf den Geschmack gekommen. Seht euch das an.« Natasha griff nach ihrem Smartphone und rief die Fotos auf: Moolah auf einem Packesel; Moolah vor einer gefährlich aussehenden Hängebrücke; Moolah hinter den von heißen Quellen aufsteigenden Dampfschwaden; Moolah, wie sie aus einem wäschekorbähnlichen Ding auf dem Rücken eines Mannes herauslugte; Moolah auf einer Holzstange mit wehenden leuchtend bunten Fahnen im Hintergrund.

Ihre Freundinnen gerieten ganz aus dem Häuschen vor Begeisterung.

»O mein Gott!«

»So viele!«

»Das ist so was von cool!«

»Das ist echt süß!«, sagte Lauren mit singender Stimme. »Und das alles macht er für Mabel?«

»Ihr solltet erst mal seine Mails lesen. Er richtet sie direkt an sie.« Natasha zog die Nase kraus.

Helenas Braue schoss hoch. »Nicht an dich?«

»Nein. Ich bin nur Mabels Mummy.« Natasha grinste. »Ich hab ihm ein paarmal geschrieben in der Hoffnung, ihn aus der Reserve zu locken, aber er antwortet mir nie direkt. Ich glaube, er hat mir meine allererste Nachricht noch nicht verziehen. Ich hab sie später noch einmal gelesen, und ich muss zugeben, dass sie nicht gerade freundlich ausgefallen ist. Ich würde mich auch nicht mögen. Egal, wie auch immer. Ich bin ihm einfach bloß dankbar, dass er das alles für Mabel macht. Sie ist jedes Mal total aufgeregt, wenn sie wieder eine Postkarte bekommt.«

»Eine Postkarte?«

»So nennen wir das. Ich drucke die Fotos aus, laminiere sie und hänge sie in ihrem Zimmer an die Wand.«

»Du *laminierst* sie?« Helena stöhnte auf. »Klar, wie könnte es auch anders sein.«

»Er schickt euch tatsächlich regelmäßig welche?«, fragte Rachel erstaunt. »Da hast du aber Glück gehabt mit deinem Globetrotter. Die meisten Leute würden vermutlich nicht ein einziges Mal antworten.«

»Ja, ich weiß, es ist wirklich erstaunlich und übertrifft all unsere Erwartungen. Nepal ist uns sechs Stunden voraus, sagt Rob, und er schickt die Fotos immer ungefähr zur gleichen Zeit, wahrscheinlich wenn er abends wieder im Hotel ist. Wo es WLAN gibt.«

»Die haben Hotels dort?«, fragte Lauren.

»Keine, in denen du absteigen würdest«, frotzelte Helena und tätschelte ihr die Schulter. »Ich kann mir dich beim besten Willen nicht auf einem Plumpsklo vorstellen.«

»Helena!«, rief Lauren empört, während die anderen lachten.

»Hast du eine Ahnung, wo genau er sich aufhält?«, fragte Lizzie.

»Keinen blassen Schimmer. Er hat Mabel nur erzählt, dass er Berge sehen wird, die das Dach der Welt berühren, und dass Moolah von dort aus über den Mond springen kann.«

»Das hat er wirklich gesagt?«, flötete Rachel, beide Hände über dem Herzen und den Kopf zur Seite geneigt.

»Dann könnte es der Everest sein«, murmelte Lauren.

»Ja, das denke ich auch. Jedenfalls ist das eine hilfreiche Geschichte, weil Mabel jetzt so fasziniert ist von der Vorstellung, dass ihre Kuh über den Mond springen wird, dass sie gar nicht mehr fragt, wann Moolah denn endlich nach Hause kommt. Ich habe ihr Bilder vom Mondzyklus gezeigt, und zufällig haben wir heute Vollmond – und keine Kuh kann über einen vollen Mond springen.«

»Das wäre wirklich zu viel verlangt«, versetzte Helena trocken.

»Wir gewinnen also zwei Wochen, bis der Mond so weit abgenommen hat, dass er überspringbar wird. Bis dahin ist der Typ hoffentlich irgendwo in der Nähe einer DHL-Filiale«, sagte Natasha lachend.

Rachel seufzte. »Ich glaube, ich habe mich in ihn verliebt.«

Natasha grinste. »Dann schnapp ihn dir.«

»Ist er verheiratet? Wie alt ist er? Hast du ihn mal gesehen?«

»Keine Ahnung, und nein, er schickt immer nur Fotos von Moolah. Vielleicht besser so. Wer weiß? Vielleicht ist er ein gruseliger alter Knacker, und dann kriegt es Mabel mit der Angst zu tun, weil er ihr geliebtes Kuscheltier sozusagen in seiner Gewalt hat.«

»Hm«, machte Lauren zustimmend und mit besorgter Miene.

Helena legte die Stirn in Falten. »Ich glaube nicht, dass alte Knacker durch den Himalaja wandern. Dafür muss man ganz schön fit und jung sein. Oder zumindest ziemlich jung.«

»Ja, kann schon sein«, erwiderte Natasha zerstreut. »Hier, das ist seine letzte Nachricht.«

Sie reichte den anderen ihr Telefon. Ihre Champagnergläser in den Händen, steckten sie die Köpfe zusammen und lasen schweigend.

Hi, Mabel und Mabels Mummy,

viele Grüße aus dem Himalaja! Moolah ist total übermütig, ich habe die größte Mühe, sie zu bremsen, damit sie nicht im Galopp die Berge hinaufstürmt. Ich sage ihr immer wieder, wie wichtig es ist, langsam zu machen, weil die Luft hier oben so zart ist, dass man davon krank werden kann. Also lassen wir uns Zeit und haben unterwegs jede Menge Spaß. Im Korb des Lastenträgers zu sitzen fand sie richtig toll. Hoch oben im Gebirge, wo Autos nicht fahren können, gibt es auch Teehäuser und Gaststätten, und diese Träger bringen Lebensmittel und alles, was sonst noch benötigt wird, dorthin. Moolah hat es genossen, sich eine Weile ausruhen zu können …

»Oooh!« Lauren lachte. »Wie süß!«

»Ist das nicht nett, dass er schreibt, die Luft ist so zart?« Natasha tippte mit dem Finger auf die Stelle. »Hätte er geschrieben, die Luft wird dünn, hätte Mabel vielleicht Angst bekommen.«

»Das ist wirklich rücksichtsvoll«, sagte Rachel ernst.

Am Tempel haben wir eine Pause eingelegt. Moolah haben die Gebetsfahnen so gut gefallen, dass sie sie dir unbedingt zeigen wollte. Jede Fahne steht für ein Gebet, und sie werden so hoch oben aufgehängt, damit der Wind die Gebete zum Himmel hinauftragen kann. Die Menschen in Nepal glauben, dass sie positive Schwingungen aussenden, wenn sie im Wind flattern. Moolah fand es toll in dieser Luft voller positiver Energie, und ich auch. Manche dieser Fahnen leuchten richtig, siehst du das? Das sind die mit den neuen Gebeten; wo sie ausgeblichen sind, hat der Wind die Gebete schon fortgetragen, damit sie erhört werden.

»Ob er Religionslehrer ist?«, überlegte Lauren laut.

»Oder bloß ein alter Hippie«, witzelte Helena.

Wir sind jetzt schon ziemlich hoch oben, da ist es viel kälter und windiger, und wir können Schnee sehen, aber Moolah und ich nehmen uns ganz oft in die Arme, damit wir nicht frieren. Jetzt haben wir auch die richtig großen Berge vor uns. Morgen erreichen wir einen, der Machhapuchhre heißt, was so viel wie »Fischschwanz« bedeutet, weil er wie einer aussieht. Aber ich glaube, es könnte auch der Schwanz einer Meerjungfrau sein, was meinst du? Schau ihn dir auf einem Bild an und entscheide selbst.

Aber jetzt müssen wir schlafen, damit wir morgen ausgeruht sind. Wir brauchen unsere Kraft.

Moolah sagt, sie drückt dich ganz fest, und du sollst brav ins Bett gehen und schlafen, wenn es Zeit ist.

Dein Freund Duffy

»Das ist einfach phänomenal!« Rachel seufzte. »Wirklich außergewöhnlich. Ich meine, er muss das alles ja nicht machen, geschweige denn sich so viel Mühe geben.«

»Das denke ich auch schon die ganze Zeit. Vielleicht ist er froh, dass er etwas zu tun hat?«

»Ist er allein unterwegs?«

»Gesagt hat er nichts.« Natasha zuckte mit den Schultern. »Aber warum sollte er auch?«

»Mmm. Wenn er tatsächlich allein reist, muss es ganz schön einsam sein dort oben. Ich kann mir nicht vorstellen, an einem so abgelegenen Ort zu wandern, ohne jemanden zum Reden zu haben.«

»Du kannst ja nicht mal aufs Klo wandern, ohne jemanden zum Reden zu haben«, bemerkte Helena trocken.

Alle lachten und gingen zu ihren Hockern am Werktisch zurück.

»Und, wie läuft's mit deinem sexy Tierarzt, Hels?«, erkundigte sich Lizzie, während sie nachdenklich einen Schleierkrautstängel hin und her drehte.

»Heiß und scharf.«

Natasha lächelte, als ihre beste Freundin vielsagend mit den Brauen wackelte, aber irgendwie war sie auch bedrückt. Nicht einmal auf den Malediven hätte man das, was sich zwischen ihr und Rob abgespielt hatte, als »heiß und scharf« bezeichnen können, höchstens als … ganz nett. Und jetzt, zurück im Alltagstrott, zwei Schiffe, die in der Dunkelheit aneinander vorbeiglitten, wäre sogar »ganz nett« ein Fortschritt gewesen.

Als sie auf dem Weg hierher gewesen war, hatte Rob angerufen und gemeint, es werde spät werden. Also wieder einmal allein vor dem Fernseher essen.

Energisch knipste Natasha ein paar Blättchen von den Hagebuttenzweigen ab, entschlossen, sich nicht vom Selbstmitleid bezwingen zu lassen, das in letzter Zeit ihr ständiger Begleiter zu sein schien.

Helena schaute auf. »Oh, Nats, da fällt mir ein: Dave hat erzählt, dass er eine frühere Kundin kontaktiert hat. Wegen eines Auftrags für dich.«

»Ja, ich war schon bei ihr, ich hätte es dir noch erzählt. Sag ihm bitte danke von mir, ja? Sie hat mich am Samstagmorgen angerufen, gleich nachdem er ihr gemailt hatte.«

»Du meine Güte, die hatte es aber eilig!«

»Sie will das Porträt unbedingt bis Weihnachten haben. Sie zahlt mir sogar das Doppelte.«

»Wow!« Lauren wirkte tief beeindruckt.

»Das freut Rob bestimmt total, oder?«, meinte Lizzie.

»Er weiß gar nichts davon. Das ist mein kleines Geheimnis. Ich will ihm nämlich von dem Geld was Schönes zu Weihnachten kaufen.«

»Was denn?«, fragte Helena.

»Weiß noch nicht genau. Eine Vintage-Uhr vielleicht? Ich brauche noch ein paar Ideen.«

Insgeheim hoffte Natasha jedoch, dass sie eine Überraschung für Rob hätte, die mit Geld nicht zu kaufen war. Falls sie bis dahin schwanger wäre, würde sie es ihm mitteilen, indem sie Mabel an Heiligabend in einen »Große Schwester«-Pulli steckte.

»Iiih, ihr zwei seid so ekelhaft glücklich.« Rachel schüttelte mit gespieltem Abscheu den Kopf. »Überraschungsgeschenke, Traumurlaub in den Tropen … Du weißt aber schon, dass ihr nicht mehr in der Dating-Phase seid, sondern verheiratet, oder? Das Eheleben sollte eigentlich langweilig und ein bisschen trist sein.«

Natasha setzte ihr bestes Lächeln auf, als sie den Stängel behutsam bog und in das Drahtgeflecht steckte. Rachels Worte spiegelten wider, was alle dachten: dass sie und Rob das perfekte Paar waren. Aber sie registrierte auch immer öfter, was die Leute *nicht* sagten. Sie fragten zum Beispiel nicht, ob sie es »versuchten« oder ob bald noch mehr kleine Füße durchs Haus trippeln würden oder ob sich Mabel ein Geschwisterchen wünschte. Die Zeitspanne zwischen dem ersten und einem weiteren Kind dehnte sich und wurde allmählich … vielleicht nicht verdächtig, aber auffällig. Die Leute ahnten so langsam, dass es ein Problem gab. Natasha hoffte inständig, dass das ihr letztes Weihnachten zu dritt sein würde. Und dass dieses Baby ihre innere Leere füllen würde …

Nein. Nicht »hoffte«. Energisch schüttelte sie alle Zweifel ab. *Es würde so sein.* Es konnte gar nicht anders sein. Sie war Optimistin, und das würde das schönste Weihnachtsfest werden, das sie je gefeiert hatten.

Und doch nagte etwas an ihr. Eine Frage war aufgeflammt und leuchtete beharrlich wie das nie verlöschende Feuer eines Leuchtturms.

Was, wenn nicht?

Was dann?

Der Vollmond zeichnete fette Balken auf den Teppich und tauchte das Zimmer in gespenstisches Silberlicht. Natasha schlief gern bei offenen Vorhängen.

Sie hatte die Scheinwerfer von Robs Auto in die Einfahrt schwenken sehen. Sie fühlte sich schwer und träge vom Wein, aber ihr Verstand fand keine Ruhe. Rob hatte vor achtzehn Stunden das Haus verlassen. Sie war noch im Bett gewesen, als er gegangen war, und lag im Bett, als er jetzt zurückkam. Mabel hatte er überhaupt nicht gesehen.

Sie schloss die Augen und versuchte, den Stress daran zu hindern, sich in ihren Muskeln festzusetzen. Der Ehealltag sah nun einmal so aus. Allen Paaren ging es so oder so ähnlich: schwer zu vereinbarende Terminkalender, kleine Kinder, der Druck der beruflichen Selbstständigkeit.

Natasha wusste, dass es ihnen in vielerlei Hinsicht sehr gut ging: Haus und Garten, ein schickes Auto, ab und zu ein exklusiver Urlaub, Kaschmirpullis und diamantbesetzte Ohrringe. Sie besaßen schöne Dinge, aber schöne Dinge konnten nicht verhindern, dass sie sich einsam fühlte.

Sie starrte die an der Wand hinaufkriechenden

Schatten an. In Nepal war es jetzt sechs Uhr morgens, die Sonne würde in klarer Luft über schneebedeckten Bergen aufgehen, während hier der Mond wie ein runder Anhänger über nebligen Feldern hing. Überall lebten die Menschen ihr Leben. Nur: War das hier wirklich ihres?

Die Frage tauchte immer wieder auf, hartnäckig und aufdringlich, und wollte sich einfach nicht vertreiben lassen …

Natasha seufzte. Im gleichen Augenblick knarrte die Tür, und Rob schlich auf Zehenspitzen ins Zimmer. Er schälte sich aus seinem Jackett, nahm seinen Schlips ab und stieg aus seiner Hose. Dabei fasste er die Hosenbeine unten so am Saum, dass sie aufeinanderlagen und die Bügelfalte nicht knitterte. Er hängte seine Sachen immer über den Sessel auf seiner Seite des Bettes. Zum Schluss öffnete er seine Manschettenknöpfe und zog die Messingkragenstäbchen aus dem Hemdkragen, tappte zu seinem Schrank und ließ sie in eine offene Lederschatulle fallen.

Natasha, zugedeckt bis zum Kinn, beobachtete ihn aus halb zusammengekniffenen Augen, nicht sicher, ob sie sich schlafend stellen sollte oder nicht. Wenn Rob merkte, dass sie noch wach war, würde er Sex wollen, und sie war nicht in Stimmung.

Ihre Laune war im Lauf des Tages in den Keller gerutscht, und ihre innere Unruhe hatte sich auch auf Bella übertragen. So waren sie beide durch das viel zu große Haus gewandert, zu wenige und zu leise, als dass sie es hätten mit Leben füllen können. Wine o'clock hatte sehr früh begonnen …

Nicht einmal der Kurs im Kranzbinden zusammen mit ihren Freundinnen, mit Weihnachtsliedern und Champagner, hatte es geschafft, Natasha in Festtagsstimmung zu versetzen. Das Ergebnis war dementsprechend ausgefallen: Ihr schlaff an der Haustür hängender Kranz sah aus wie gerupft, so als spiegele er ihren Seelenzustand wider. Sie überlegte, ob sie ihn nicht wieder abnehmen und einen bei Waitrose kaufen sollte. War er Rob überhaupt aufgefallen?

Natasha kam sich wie eine der Frauen von Stepford vor – eine attraktive Hülle, unter der sich emotionale Taubheit verbarg.

Nachdem sie Mabel ins Bett gebracht hatte, hatte sie eine Flasche Sauvignon Blanc aufgemacht und Helena per FaceTime zu erreichen versucht. Doch ihre Freundin besuchte heute Abend mit Dave ein Konzert, was Natasha an die heiße Affäre der beiden erinnert und ihre Niedergeschlagenheit nur noch verstärkt hatte.

Seit ihrer Zeit an der Uni hatte sie kein Konzert mehr besucht, außer dem Glyndebourne-Festival, ein einziges Mal, und das zählte nicht. Sie hatte niemanden gehabt, den sie hätte anrufen können. Alle ihre Freundinnen waren entweder ausgegangen oder verbrachten einen kuscheligen Abend mit ihren Partnern, und so hatte sie dem einzigen anderen Menschen geschrieben, der möglicherweise auch gerade einsam war.

Vermutlich hatte sie schon bessere Ideen gehabt …

Duffy war natürlich kein Freund, aber eine freundliche Präsenz an der Peripherie ihres Lebens.

Er könne sich nicht vorstellen, so hatte sie begonnen, wie viel seine Nachrichten Mabel bedeuteten, wie glücklich er ihre Tochter mache – und damit auch sie –, wie unendlich dankbar sie ihm seien. Sie hatte geschrieben, dass sie sich ihm verbunden fühlten, obwohl sie sich nicht persönlich kannten, und seine Großzügigkeit nie vergessen würden – er war ein Teil ihres Lebens geworden, und vielleicht gehörten sie jetzt ja auch ein klein wenig zu seinem? Er ließ sie an seiner Reise teilhaben, das war doch etwas, oder?

Wie es denn in Nepal so sei, hatte sie wissen wollen. Fühlte er sich sicher in den Bergen? Fühlte er sich frei? Fühlte er sich einsam in dieser Abgeschiedenheit, oder konnte man sich nur in der Menge einsam fühlen?

Natürlich würde sie keine Antwort auf ihre Fragen bekommen, Natasha machte sich keine Illusionen. Duffy sprach nur mit Mabel. Er und sie waren keine Freunde, und sie hatte ein vages Unbehagen empfunden, nachdem sie auf »Senden« gedrückt hatte.

Rob streifte sein Hemd ab und trug jetzt nur noch Boxershorts und Socken. Er arbeitete für seine Figur genauso hart wie für alles andere, und so hatte er beim Baden auf den Malediven wirklich gut ausgesehen. Sie waren ein schönes Paar, die Leute drehten sich nach ihnen um, und das gefiel ihm.

Doch Natasha fragte sich manchmal, ob es nicht am Altersunterschied lag, dass die Leute ihnen nachstarrten. Robs dunkle Haare waren inzwischen grau meliert, und obwohl er eindeutig älter war als sie, war sie doch total perplex gewesen, als man ihn einige Male tatsächlich für ihren Vater gehalten hatte.

Im hellen Mondlicht sah sie etwas glitzern – ein Siegelring an seinem linken kleinen Finger. Sie starrte lange darauf und überlegte, ob sie an Halluzinationen litt. Rob hatte doch noch nie einen Siegelring getragen. Warum fing er jetzt damit an? Und wann hatte er ihn gekauft?

Jetzt fiel es ihm anscheinend auch auf, denn er schaute ihn eine Sekunde lang an, zog ihn dann vom Finger und warf ihn ebenfalls in die Lederschatulle. Als hätte er ihren schlaftrunkenen, aber starren Blick gespürt, drehte er plötzlich den Kopf und sah sie an.

»Du bist ja wach.« Es klang erschrocken.

Beim Klang seiner Worte fuhr Natasha unwillkürlich zusammen.

»Ja, ich hab nur gedöst. Wie spät ist es?«

Rob trat ans Bett. »Kurz nach Mitternacht.«

»So spät?«

»Ich weiß.« Er seufzte. »Hat sich nicht vermeiden lassen.«

Die Matratze schaukelte ein wenig, als er ins Bett stieg und sich von hinten an sie schmiegte. Sie fröstelte, weil er sich so kalt anfühlte.

»Ganz schön frostig draußen. Es ist sternenklar«, murmelte er. Sie spürte seinen Atem in ihrem Nacken, als er sie näher an sich zog. »Wie war dein Tag?«

»Ganz nett.«

»Nur ganz nett?«

Natasha zögerte. »Ruhig eben. Ich war in Rachels Workshop und anschließend mit den Mädels essen.« Dass sie am Nachmittag an den Pferdeskizzen gearbeitet hatte, verschwieg sie ihm.

»Hört sich gut an.« Er schob ihre Haare beiseite und küsste die freigelegte Stelle. »Und Mabel?«

»Alles bestens. Ist ins Bett gegangen und sofort eingeschlafen.«

»Wow! Haben wir das weiteren Nachrichten von unserem verrückten Kuhfreund McDuff zu verdanken?«

»Ja. Er hat ihr heute noch mehr Fotos geschickt, ich hab sie schon aufgehängt.« Ihre Worte stießen aneinander wie fallende Dominosteine.

»Allmählich hat sie eine ganz schöne Sammlung. Ich werde sie mir morgen früh anschauen.« Seine Haut fühlte sich nicht mehr ganz so kalt an, aber es war fast, als würde er ihr Wärme entziehen, sodass jetzt sie auskühlte. »Du hast mir gefehlt«, murmelte er und ließ seine Hände über ihren Körper gleiten.

»Du mir auch.« Natasha schloss die Augen und versuchte sich zu entspannen, als Rob sie herumdrehte und seine Beine um ihre schlang. Das war es doch, wonach sie sich den ganzen Tag gesehnt hatte – nach dieser innigen Nähe. Jetzt war er bei ihr, ihr Mann, Gefährte, Liebhaber, Freund, und doch ließen sich die dunklen Schatten nicht vertreiben.

Rob küsste sie fester, drängender, und Natasha bemühte sich, alles auszublenden und sich ihren Empfindungen hinzugeben. Doch als sie seinen Kuss erwiderte, fiel ihr zum allerersten Mal etwas auf: Er war wieder da, bei ihr.

Und sie fühlte sich trotzdem einsam.

17. Kapitel

Nepal, Mittwoch, 7. Dezember

»Hey, Duff!«

Verblüfft schaute er auf, während er die Stufen zu der Lodge mit dem blauen Dach hinaufstapfte. Er war es nicht gewohnt, bei seiner Ankunft fröhlich begrüßt zu werden.

Auf der Terrasse saßen Stevie und Jay, die Schuhe ausgezogen, die Füße auf dem Steinmäuerchen. Es herrschte Hochbetrieb, alle Tische waren besetzt. Man hätte denken können, man sei in einer Après-Ski-Bar in den Alpen und nicht in einem Basislager im Himalaja. In jedem Fenster und auch auf der Terrasse spannten sich Wäscheleinen voller Kleidungsstücke. Die Schatten der Wolken rasten über den Boden. Duffy war sieben Stunden unterwegs gewesen und hatte einen Höhenunterschied von etlichen hundert Metern bewältigt.

»Hey«, rief er grinsend, ging zu den beiden hinüber und schüttelte ihnen kräftig die Hand.

»Wir dachten schon, du kommst nicht mehr«, meinte Stevie schmunzelnd und zog einen Plastikstuhl heran, während Duffy seinen Rucksack abstreifte.

»Ich hab zehn Mäuse gewettet, dass du aufgegeben hast«, erzählte Jay lachend.

»Tropfen für Tropfen wird der Wassertopf gefüllt,

Kumpel. Ich habe mir bewusst Zeit gelassen, weil ich die Landschaft genießen und frisch sein wollte, wenn ich hier ankomme.«

Dennoch stieß Duffy einen tiefen Seufzer aus, als er sich auf den Stuhl fallen ließ. Es war eine Wohltat, seine Knochen zu entlasten.

»Na ja, frisch sind wir nicht mehr, eher überreif. Wir hängen schon seit zwei Tagen hier rum und drehen Däumchen.«

»Die Lawine?«

Stevie nickte. »Du weißt es also schon.«

»Hab einen Lastenträger in der Nähe von Chhomrong getroffen, der hat es mir erzählt. Ich hätte allerdings gedacht, dass der Weg inzwischen geräumt ist.«

»Ist er auch. Seit heute.« Stevie verdrehte die Augen. »Aber jetzt ist es zu spät. Wir werden morgen in aller Frühe aufbrechen.«

Duffy verschränkte die Hände hinter dem Kopf und schaute zum Fischschwanzberg hinüber. Oder war es doch ein Meerjungfrauenschwanz?

»Es gibt wahrscheinlich schlimmere Orte, um festzusitzen«, stellte er fest. »Was für eine grandiose Aussicht!«

»Stimmt«, pflichtete Jay ihm bei.

Das Machhapuchhre Base Camp – kurz MBC – lag nur vierhundert Meter unter dem Annapurna Base Camp – ABC – auf knapp viertausend Metern Höhe. Die bewaldeten Täler hatte Duffy hinter sich gelassen und damit eine Region betreten, die mit ihrem kargen, gefrorenen, felsenübersäten Untergrund an eine Mondlandschaft erinnerte.

Nur wenige Dutzend Meter von dem schmalen Plateau entfernt, auf dem sie saßen, erhoben sich steile Geröllhalden. Die Schneegrenze reichte weit herunter wie ein ausgefranster Saum, die herabstürzenden Bäche waren gefroren, und weit und breit war kein einziger Baum zu sehen. Hier oben wurde Stein statt Holz als Baumaterial verwendet, und die Leute trugen warme Sachen: Fleece- und Daunenjacken, dazu Mützen.

»Hier.« Jay beugte sich zu einem Plastikkasten, nahm ein Bier heraus und reichte es Duffy.

Der nahm es dankbar entgegen und schlug den Kronkorken mit dem Handballen an der Tischkante herunter. Normalerweise trank er auf Trekkingtouren keinen Alkohol, weil das den Körper nur unnötig belastete, aber morgen würde es ein leichter Tag werden. Die meisten Alpinisten wanderten von hier aus zum ABC – eine Tour von ein paar Stunden – und dann zurück nach Bamboo; das ließ sich an einem Tag schaffen. Doch Duffy hatte sich eine andere Route ausgesucht.

Er setzte das Bier an die Lippen und genoss den Geschmack, während ihm die kühle Flüssigkeit durch die Kehle rann. Noch so ein simples Vergnügen, das er vermeintlich hinter sich gelassen hatte. Anscheinend hatte das Leben, das seine Krallen in ihn geschlagen hatte, nicht die Absicht, ihn freizugeben.

Flüchtig dachte er an Ophélie. Wo sie jetzt wohl sein mochte? Wenn sie erst wieder in der Zivilisation war, würde sie vermutlich keinen Gedanken mehr an ihn verschwenden.

Er seufzte, legte den Kopf in den Nacken und schaute zum Himmel hinauf. Mit einem Mal war ihm, als würde sich seine Seele strecken und verlagern. Er bemerkte einen Steppenadler, der sich – die gefingerten Schwingen zur Gänze ausgestreckt – von der Thermik tragen ließ. Während er seine Kreise zog, zerriss sein Schrei die Lüfte. In dieser Höhe konnten nicht viele Tierarten leben; das hier war das Land des Mondes und der Sterne.

Duffy dachte an die Plüschkuh in der Seitentasche seines Rucksacks und griff hinunter, um sich zu vergewissern, dass sein Talisman noch da war.

»Hilfe!«

Laute Rufe erschollen. Alle erschraken und blickten sich suchend um.

»Wir brauchen Hilfe!«

»Dort hinten!« Stevie sprang als Erster auf und zeigte auf ein paar farbige Punkte in etwa hundert Metern Entfernung. Zwei Bergwanderer waren auf dem Pfad zusammengebrochen. Der eine rappelte sich auf und versuchte, den anderen auf die Füße zu zerren.

Duffy, Stevie und Jay hechteten über die Steinmauer und rannten los. Inzwischen waren alle auf der Terrasse aufgestanden und reckten die Hälse.

Bei den beiden Wanderern handelte es sich um ein junges, allem Anschein nach italienisches Pärchen Anfang zwanzig.

»Bitte helft uns! Wir brauchen ein Bett«, keuchte die Frau, die unter dem Gewicht ihres Freundes, den sie stützte, fast zusammenbrach. »Wir können nicht weiter, wir müssen unbedingt hierbleiben.«

»Was ist passiert?«, fragte Stevie.

Er und Duffy nahmen den jungen Mann in ihre Mitte, während Jay sich um die Frau kümmerte. Sie schlotterte vor Angst, Erschöpfung und Kälte am ganzen Körper und hatte die Augen weit aufgerissen; ihr Blick wirkte starr und panisch. Duffy und Stevie schleppten den Mann, der keinen Schritt mehr aus eigener Kraft tun konnte, zum Camp.

»Wir hatten das ABC gerade erreicht, als er zu halluzinieren anfing und wirres Zeug redete. Er hat schon den ganzen Tag über Kopfschmerzen geklagt, deshalb habe ich darauf bestanden, dass wir absteigen. Und dann ist er plötzlich zusammengeklappt.«

»Er hat AMS«, sagte Stevie sofort – *Acute Mountain Sickness* oder akute Höhenkrankheit.

Auf viertausend Meter Höhe war die Luft so dünn, dass die Beine schwer wurden und sich im Kopf alles drehte. Fieber, Halluzinationen, Übelkeit, rasende Kopfschmerzen und anhaltender Schwindel machten jeden noch so kleinen Handgriff zu einer Mammutaufgabe. Selbst die erfahrensten Alpinisten brauchten ausreichend Zeit, damit sich der Körper akklimatisieren konnte.

»Von wo aus seid ihr heute aufgebrochen?«, fragte Duffy.

»Sinuwa.«

»Ihr seid an einem *einzigen* Tag von Sinuwa zum ABC rauf?«

Die Frau riss angstvoll die Augen auf, als sie das Entsetzen in seiner Stimme bemerkte.

»Eigentlich wollten wir hier übernachten, aber es war kein Bett frei«, verteidigte sie sich. »Sie wollten uns nach Deurali zurückschicken, damit wir dort warten, bis der Weg geräumt ist. Dann könnten wir wieder aufsteigen, haben sie gemeint.«

»Und warum habt ihr das nicht gemacht?«

»Unsere Flüge sind doch gebucht! Wenn wir uns nicht an den Zeitplan halten, werden wir sie verpassen. Und Antonio hat nicht mit sich reden lassen. Wir haben doch nicht den weiten Weg zurückgelegt, damit wir vierhundert Meter vom ABC entfernt wieder umkehren, hat er gemeint …«

Duffy enthielt sich jeden Kommentars. Wie oft hatte er dieses Argument im Lauf der Jahre schon gehört?

»… und so haben wir beschlossen weiterzumarschieren.«

»Und die Lawine? Wie seid ihr daran vorbeigekommen?«

»Leicht war es nicht. Wir sind aufgestiegen, um sie zu umgehen, aber wir haben uns überanstrengt. Ich glaube, Antonio war dehydriert. Als er über Kopfschmerzen geklagt hat, wusste ich sofort, dass wir einen Fehler gemacht haben. Wir sind zu schnell zu hoch aufgestiegen. Aber wir hatten doch keine Wahl!«

Duffy hielt seinen Blick zu Boden gerichtet. Es machte ihn wütend, dass die beiden solche Risiken eingegangen waren. Man hatte immer eine Wahl – sie hatten schlicht die falsche getroffen.

Der Mann war groß und kräftig, gegen ihn war seine Freundin eine halbe Portion. Wäre er weiter oben zusammengebrochen, hätte sie ihn niemals weiterschleppen können. Es wurde bald dunkel, und sie hätten eine Nacht im Freien verbringen müssen, bei Temperaturen von zwanzig Grad unter null oder noch tiefer.

Aus den Augenwinkeln musterte er kurz ihre Kleidung. Die Sachen waren nicht schlecht, aber es war keine professionelle Trekkingausrüstung. Keiner von beiden hätte die Nacht überlebt.

Sie hatten die Treppe zur Lodge fast erreicht, und viele Leute eilten herbei, um zu helfen. Auch die einheimischen Wirtsleute und ihre Angestellten kamen heraus und machten besorgte Gesichter. Duffy wusste, was ihnen Sorge bereitete.

»Keine Betten …«

»Gebt ihnen meins«, sagte er schnell. »Auf den Namen Duffy.«

Der Nepalese nickte dankbar und lief wieder hinein.

»Du hast schon reserviert?«, fragte Stevie schnaufend, als sie die Stufen hinaufstolperten.

»Ja«, bestätigte er.

Ausnahmsweise. Normalerweise war das nicht nötig, weil das »Wer zuerst kommt, mahlt zuerst«-System funktionierte. Aber nach seiner Begegnung mit dem Lastenträger hatte er befürchtet, dass genau das passieren würde – dass Trekker abgewiesen und sich auf dem Weg nach unten stauen würden –, und deshalb hatte er bereits reserviert.

Die Einheimischen nahmen ihm und Stevie den kollabierten Mann ab, und Duffy ließ erleichtert die Schultern kreisen. Sie beobachteten, wie er ins Warme getragen wurde und seine Freundin, leichenblass im Gesicht, hinterhertaumelte.

»Himmel«, keuchte Stevie mit pfeifendem Atem, als sie an ihren Tisch zurückschlurften.

Duffy ließ sich auf seinen Stuhl fallen, beugte sich zu seinem Rucksack, zog die Plüschkuh heraus und berührte sie leicht mit den Lippen, wie zum Schutz, als könnte der Kontakt mit dem jungen Paar Unglück bringen. Dann setzte er das Stofftier auf den Tisch, schob die Bierflasche zur Seite und fotografierte es vor dem Hintergrund der schroffen, schneebedeckten Hänge.

»Was zum Kuckuck …?«, rief Jay lachend und nahm einen weiteren Schluck Bier.

»Jungs, das ist Moodle. Mein Glücksbringer.«

»Das Ding da?«

»So was braucht man hier draußen. Wir alle brauchen ein bisschen Glück, das haben wir doch gerade gesehen. Wäre der Typ ein Stück weiter oben zusammengeklappt …« Duffy schüttelte den Kopf.

Jay beugte sich vor und platzierte das Plüschtier auf Duffys Schulter.

»So«, sagte er und machte ein Foto mit dessen Handy.

Duffy lachte, als er es betrachtete: ein erwachsener Mann, der sich mit einem schmuddeligen Stofftier fotografieren ließ.

»Zum Schießen«, kommentierte er grinsend.

Das würde er der kleinen Mabel auf keinen Fall schicken. Sein bärtiges Gesicht mit dem wilden Ausdruck in den Augen, als hätte das gerade Erlebte ihn gehörig aufgewühlt, hatte etwas Dramatisches. Der emotionalen Mail nach zu urteilen, die er am Morgen von Mabels Mutter erhalten hatte, schien die Familie allerdings ihre eigenen Dramen zu haben. Die Frau war ihm zwar nicht sympathisch, aber er wusste auch, dass man sich nicht auf dem Dach der Welt aufhalten musste, um sich einsam zu fühlen – und sie hatte sich so einsam angehört, wie er tatsächlich war.

»Zum Schießen ist, wenn du ernsthaft glaubst, dass dieses kleine Ding dich vor irgendwas beschützen wird«, sagte Stevie gedehnt.

»An irgendetwas muss ich doch glauben.«

»Dafür gibt's Religionen.«

»Für viele, ja. Für dich auch?«

Ein kurzes Schweigen folgte seinen Worten.

»Weiß nicht. Wir wandern einfach nur«, erwiderte Stevie schließlich und überging die Aufforderung zu einer Diskussion mit einem Achselzucken.

Jay setzte seine Bierflasche an die Lippen und trank.

»Ich bin nicht hier draußen, um Antworten zu suchen, und ich brauche ganz sicher kein Maskottchen, um meine Nerven zu beruhigen«, sagte er dann. »Nicht, solange ich das da habe.«

Duffy drehte den Kopf und spähte in Jays Jackentasche. Als er die zerdrückten Blätter darin sah, traute er seinen Augen nicht. Seine Brauen schossen in die Höhe.

»Ist das etwa …?«

»Yep. Frisches Weed.«

Duffy starrte ihn an. »Wo hast du das her?«

»Gefunden. An unserem ersten Tag hier. Ist außerhalb eines Dorfs wild gewachsen.«

»Ach, komm schon!« Duffy schüttelte lachend den Kopf.

»Nein, Mann, im Ernst. Das Zeug ist da richtig gewuchert. Wir haben ein paar Stängel mitgehen lassen. Nicht viel, das ist garantiert nicht aufgefallen. Eigentlich wollten wir das Kraut erst rauchen, wenn wir wieder in Pokhara sind, aber … Ich meine, wir sitzen hier fest …«

Er zuckte mit den Schultern. »Wird langsam kalt hier draußen. Warum nicht reingehen und chillen?«

Duffy zögerte. Die Sonne war schon lange hinter dem Bergmassiv verschwunden, und das Tageslicht nahm rapide ab. Aber der Himalaja war kein Spielplatz, kein Witz. Der Vorfall vorhin hatte gezeigt, dass jeder Fehler schwerwiegende, wenn nicht gar tödliche Folgen haben konnte. Er musste seine fünf Sinne beisammenhaben, er konnte es sich nicht leisten, seinen Verstand zu vernebeln.

All das wusste Duffy. Er wusste aber auch, dass er noch einige Tage in dieser dünnen Luft verbringen und es daher langsam angehen lassen würde. Er hatte nicht die Absicht, sich unter Druck zu setzen. Warum also nicht zur Entspannung ein bisschen Gras rauchen?

Das Erlebnis mit den beiden Italienern war ihm an die Nieren gegangen; er spürte, wie die Nervosität begann, an ihm zu nagen. Die bloße Tatsache, hier zu sein, stellte merkwürdige Dinge mit ihm an. Er hatte das ungute Gefühl, dass schlafende Ungeheuer sich regten. Er stand im Schatten seines Schicksals, er fühlte die Verwandlung in sich, versuchte, sie durch schiere Willenskraft herbeizuführen, alle Emotionen abzustreifen und ein leeres Gefäß aus Muskeln und Knochen zu werden.

Doch das Leben ließ sich nicht so leicht abschütteln. Es lockte mit unzähligen Kleinigkeiten – mit warmem Wasser, einer heißen Mahlzeit, einem weichen Bett. Und jetzt mit einem Joint, einer letzten Zuflucht am letzten Tag seines alten Lebens.

Duffy sah die beiden Amerikaner an. Zorn und sogar Trotz flammten in ihm auf. Er hatte alles und nichts zu verlieren. Mabels Mutter hatte doch keine Ahnung, was Einsamkeit wirklich bedeutete!

»Klar, warum nicht?«

Duffy griff nach dem Joint und nahm einen weiteren langen Zug. Es war eine Ewigkeit her, dass er gekifft hatte. Er spürte, wie das Rauschgift unaufdringlich und sanft in seinen Körper flutete und die scharfen Kanten, die seine Welt zu einem schmerzvollen Ort machten, abschliff. Mit einem Mal fühlte er die Schwere in seinen Gliedern und in seinem Herzen nicht mehr. Vergessen war die blutende Blase an seinem rechten Knöchel, die Enttäuschung seines Vaters, Anyas Tränen … All die Menschen, die er im Stich gelassen und schockiert hatte, ihre vorwurfsvollen Blicke – alles wurde weggeweht, nur das Gute blieb zurück.

»Woran denkst du, Duff?«, fragte Jay, als er ihm den Joint abnahm.

Die drei saßen auf den zwei schmalen Betten an der Wand unter den Fenstern. Stevie war bereits eingeschlafen.

»Du siehst irgendwie … bekifft aus«, stellte Jay fest.

Duffy legte beide Hände über den Mund, als er merkte, dass er grinste. Dann ließ er seine Hände fallen, als wären sie ihm zu schwer geworden.

»An ein Mädchen, dem ich mal begegnet bin«, antwortete er schließlich.

Jay zog eine Braue hoch. »Hier?«

»Nein. Ist schon ein paar Jahre her.«

»Ha, ja.« Jay seufzte beinah wehmütig, so als könnte er sich gut daran erinnern. »Wie war sie denn so?«

»Wunderschön.«

»Tja, das sind sie immer.« Jay seufzte erneut.

Duffy schloss die Augen und beschwor ihr Bild herauf, was er sich sonst nie gestattete. Er hielt nichts davon, in der Vergangenheit zu verweilen oder von der Zukunft zu träumen, er konzentrierte sich einzig und allein auf die Gegenwart. Diese Disziplin hatte die letzten vier Jahre seines Lebens geprägt.

Blicke nicht zurück. Richte deine Aufmerksamkeit auf den nächsten Schritt.

Doch jetzt ließ er seine Gedanken treiben, folgte seinem Herzen, das ihn wie ein roter Ballon an der Schnur zurückführte. Zurück zu ihr.

»Wie heißt sie denn?«

»Natasha. Alle haben sie Nats genannt.«

»Hübsch.«

»Ja, das war sie.«

»Was ist passiert?«

Duffy schwieg einen Moment. »Sie hat einen anderen geheiratet. Den Falschen.«

Jay machte ein verwirrtes Gesicht. »Und du warst der Richtige?«

»Kann sein … weiß nicht … Falls ich es war, habe ich es damals nicht gewusst. Ich war nicht bereit dafür. Und habe ganz sicher nicht danach gesucht.«

»Ah, Mann, ich bin heute noch nicht bereit dafür«, erwiderte Jay achselzuckend. »Und ich bin zweiunddreißig.« Er reichte Duffy den Joint.

Duffy inhalierte und genoss das Gefühl, seine Gedanken ausnahmsweise frei schweifen zu lassen. Er fühlte sich wie ein Schwertwal, der aus der Gefangenschaft in die Freiheit entlassen wird und schnell und geschmeidig durch die Tiefen des Meeres gleitet.

»Ich hab einfach gewusst, dass es passt. War nicht bereit dafür, hab nicht danach gesucht, aber ich wusste, sie oder keine.«

Er starrte an die Decke. Es fiel ihm so leicht, ihr Bild heraufzubeschwören. Noch heute sah er sie in dieser Küche stehen, in diesem Kleid, und mit ihm diskutieren.

Er irre sich, hatte sie behauptet, weil sie das Offensichtliche einfach nicht wahrhaben wollte: dass ihr Körper sie vor dem anderen Mann warnte und dass zwischen ihr und ihm der Blitz eingeschlagen hatte.

Warum hatte sie ihm nicht geglaubt? Was wäre anders gelaufen, wenn sie ihm vertraut hätte?

»Und, hast du noch Kontakt zu ihr?«

Duffy schnaubte. Das Meer schrumpfte zu einer Pfütze zusammen und trocknete aus.

»Nein. Hab sie nie wiedergesehen.«

»Gar nicht?«

Er schloss die Augen und versuchte zu verdrängen. »Sie hat geheiratet, und ich … bin meiner Wege gegangen.«

»Aber du denkst immer noch an sie.«

»Nicht, wenn ich es verhindern kann.« Duffy drehte den Kopf, lächelte zu Jay hinüber und streckte die Hand nach dem Joint aus. Der Amerikaner reichte ihm die Haschzigarette. »Deshalb lasse ich normalerweise die Finger von diesem Zeug. Ein disziplinierter Geist bringt Glück.« Er tippte sich an die Schläfe.

»Ein disziplinierter …? Ah, Mann, wer verzapft denn einen solchen Scheiß?«

»In diesem Fall Buddha.«

Ein kurzes Schweigen, dann platzten beide laut heraus.

Als sie sich beruhigt hatten, nickte Jay mit dem Kinn in Richtung Duffys Arm.

»Daher also das Tattoo, hm?«

Duffy starrte auf seinen Unterarm mit dem schlichten schwarzen Schriftzug *Die Wurzel des Leidens ist Bindung*.

»Das ist nämlich ganz schön deprimierend.«

Duffy sah ihn an. »Nur ein kleiner Reminder. Hast du noch nie einen geliebten Menschen verloren?«

Jay zögerte. »Doch, meine Mum, als ich dreizehn war. Autounfall.«

»Dann kennst du es ja.«

Jay blickte ihm in die Augen. »Ja.«

»Tut mir leid.«

»Ja, mir auch.«

Duffy kniff seine Augen fest zusammen; der Schmerz war trotz der Betäubung spürbar. Marihuana war keine Lösung, sondern nur ein Heftpflaster, eine Art Kurzzeitnarkose, die es ihm erlaubte, jene Teile seines Verstandes und seines Herzens zu erforschen, von denen er sich normalerweise fernhielt. Doch sobald die Wirkung nachließ, würde er hierher zurückkehren, wo alles begonnen hatte und wo es, so oder so, enden würde.

Aber jetzt noch nicht. Nein. Duffy nahm Jay den Joint ab und zog kräftig daran, bis die Spitze glühte. Er ließ sich fallen, hoffte, tiefer zu sinken, zurück in jene Zeit, als er das letzte Mal glücklich gewesen war. Hoffte, sich daran erinnern zu können, wie es sich angefühlt hatte –

duftende Haare und weiche Haut, geflüsterte Worte in der Dunkelheit eines Lebens, das ihr gemeinsames hätte werden können. Er wollte diese gestohlenen Minuten noch einmal durchleben, bevor der morgige Tag und mit ihm vielleicht der Tod kam.

Als Duffy aufwachte, fühlte er sich so steif, als wäre er in Zement gegossen. In der Nähe klapperte und klirrte es, und er spürte einen kühlen Luftzug, als eine Tür nach draußen ins Schloss fiel. Mühsam, weil er ein steifes Genick hatte und seine Wange an kaltem Plastik klebte, hob er den Kopf. Was zum Teufel …?

Als er den Kopf in die andere Richtung drehte, sah er ein kleines Stück entfernt Leute an einem Tisch sitzen und Schalen mit Dal Bhat und Momos – gefüllte Klöße – essen. Er begriff, dass er auf einem Tisch im Speiseraum geschlafen hatte. Das kam hier oben schon einmal vor, wenn alle Betten belegt waren. Seines hatte er dem italienischen Pärchen zur Verfügung gestellt, und im Zimmer der Amerikaner war kein Platz mehr gewesen, nachdem die anderen Gäste eingetroffen waren.

Obwohl Duffy seine Daunenjacke trug, schlotterte er vor Kälte. Ächzend rollte er sich zusammen wie eine Raupe, um sich zu wärmen. Sein Verstand schrie nach Körperwärme und beschwor erneut Erinnerungen an *sie* herauf, als wäre sie mit dem Rauch verwebt, dessen Geruch an seinen Haaren haftete.

Seine Muskeln protestierten heftig, als er sich stöhnend in eine sitzende Position hochstemmte. Er schaute zu den Leuten am Nebentisch, die ihn über ihre Frühstücksschalen hinweg beobachteten.

»Hey«, brummte er.

»Guten Morgen«, erwiderte einer der Frühaufsteher lächelnd und prostete ihm mit seinem Honig-Zitronen-Tee zu.

Duffy atmete tief durch und warf einen Blick aus dem Fenster. Obwohl es noch dunkel war, sah er, dass es heftig schneite. Dicke Flocken wirbelten in schwindelerregendem Tempo herum wie Derwische. Tiefhängende Wolken rasten vorüber, hüllten die nahen Berghänge ein und gaben sie Sekunden später wieder frei.

Duffy empfand es jedes Mal als Ironie, sich in einer der eindrucksvollsten Landschaften der Erde aufzuhalten und bei solchen Wetterverhältnissen wie jetzt nichts davon sehen zu können. Als befände man sich im Auge eines Hurrikans, spielte sich das Drama anderswo ab.

Er streckte den Rücken durch und schwang einige Male die Arme, damit das Blut wieder zirkulierte. Dann rutschte er vom Tisch und schälte sich aus seinem Schlafsack. Seine Trekkingstiefel standen neben ihm auf dem Fußboden. Immerhin hatte er die Geistesgegenwart besessen, sie auszuziehen – die Spikes an den Sohlen hätten das Schlafsackfutter geschreddert. Er stieg hinein, schnürte sie zu und stand auf. Die Schwerkraft zog ihn abwärts, und sein Körper wappnete sich für einen neuen Tag.

Duffy schlenderte Richtung Küche und rieb sich voller Vorfreude auf eine warme Mahlzeit die Hände. Er war, wenig verwunderlich, am Verhungern. Hinter der Schwingtür waren hektische Stimmen, das Klappern von Pfannen und das hackende Geräusch von schnippelnden Messern zu hören. Die Angestellten bereiteten sich auf den Andrang der Gäste vor. Trekker waren keine Langschläfer, für sie war es normal, vor Sonnenaufgang aufzustehen, und heute, nach der durch die Lawine erzwungenen mehrtägigen Pause, würden sie es erst recht eilig haben.

Kurz entschlossen bestellte er ebenfalls eine Schüssel Dal Bhat und Momos. Hatte er in Kande noch hundert Nepalesische Rupien für das Essen bezahlt, musste er hier fünfhundert hinblättern.

Angebot und Nachfrage, dachte er und lächelte müde.

Ihm wurde bedeutet, dass ihm das Essen am Tisch serviert werden würde, und so schlurfte er zu den Fenstern hinüber und schaute hinaus. Er wollte sich gerade hinsetzen, als etwas seine Aufmerksamkeit erregte. Das Gesicht an die Scheibe gepresst, spähte er hinaus. Eine kleine Gestalt hockte mit hochgezogenen Schultern auf dem Terrassenmäuerchen und starrte ins Leere.

Duffy runzelte die Stirn. Die Jacke kannte er doch, aber woher?

Dann dämmerte es ihm. Er stieß die Tür auf und überquerte die Terrasse.

»Hey. Alles in Ordnung? Ist es nicht zu kalt, um hier draußen zu sitzen?«

Die junge Italienerin hob den Kopf. Ihr blasses Gesicht war tränenüberströmt.

»O nein«, flüsterte Duffy, der sofort begriff. Er setzte sich neben sie.

»Antonio ist nicht aufgewacht«, sagte sie und starrte ihn fassungslos an. »Er ist einfach nicht mehr aufgewacht!«

18. Kapitel

Frome, Donnerstag, 8. Dezember

»Gibst du mir bitte mal die Butter, Schatz?«

Natasha blickte auf. Rob streckte ihr über den Frühstückstisch hinweg einen Arm entgegen, sein Gesichtsausdruck wirkte leicht gequält. Kalter Toast war ihm ein Graus. Kalter Toast und lauwarmer Tee.

Als sie ihm die Butter reichte, fiel ihr Blick auf seine Hand. Kein Ring.

»Sag mal, hast du gestern Abend einen Siegelring getragen?«, fragte sie, als sie sich Orangensaft einschenkte.

Mabel nuckelte an einem Trinkjoghurt, und Bella lauerte unter ihrem Stuhl darauf, dass etwas für sie abfiel.

Rob sah sie an. »Ich?«

»Ja, du.«

Er dachte kurz nach. »Weiß nicht. Kann sein.« Er zuckte mit den Schultern. »Warum?«

Kann sein? Eine sonderbare Antwort. Er musste doch wissen, ob er einen Ring getragen hatte oder nicht.

»Ich habe noch nie einen Siegelring an dir gesehen.«

»Nein?« Er zog die Brauen zusammen. »Hm.«

Natasha wartete, aber es kam nichts mehr.

»Wann hast du den denn gekauft?«, fragte sie schließlich ungeduldig.

»Den hab ich immer schon gehabt.« Wieder ein Achselzucken. »Ein Geschenk meiner Eltern zum achtzehnten Geburtstag.«

»*Was?*« Natasha starrte ihn an. Wie war es möglich, dass sie das nicht gewusst hatte? »Und warum trägst du ihn dann nicht ständig? Ich denke, die soll man nicht ablegen.«

Rob seufzte genervt. »Ach, ich weiß auch nicht, Nats. Manchmal stört er mich, und dann lege ich ihn ab, und manchmal lasse ich ihn am Finger und denke gar nicht daran. Wieso machst du so viel Aufhebens darum?«

»Tu ich ja gar nicht«, protestierte sie schwach. Vielleicht war der Ring mit zu vielen Erinnerungen an seine Eltern verbunden. Die Wunde war immer noch nicht vernarbt, das bittere Zerwürfnis mit seinen Geschwistern hatte den Heilungsprozess zusätzlich verzögert. »Ich finde es nur merkwürdig, dass er mir nie aufgefallen ist, wenn du ihn seit deinem achtzehnten Geburtstag hast, das ist alles.«

»Was kann ich denn dafür, dass du keinen Blick für Details hast«, ätzte er bissig und schaute dann sofort auf. Als er Natashas bestürzte Miene sah, schob er nach einem hastigen Blick auf die gänzlich ahnungslose Mabel schnell hinterher: »Entschuldige. Ich wollte meinen Frust nicht an dir auslassen. Ich bin so …«

Er brach ab und seufzte müde.

»Du hast recht. Du hast so viel um die Ohren, wieso sollte dir das auch auffallen? Ich meine, es ist bloß ein Ring. Mal trage ich ihn, mal nicht.« Rob hob kurz die Schultern. »Lass uns bitte nicht streiten. Ich hab heute schon genug am Hals, ein Termin jagt den nächsten, ich weiß gar nicht, wie ich das alles schaffen soll. Vormittags bin ich bei einem Kunden in Bristol, und heute Nachmittag reiht sich bis sieben ein Meeting ans andere.«

Natasha starrte auf ihre Schüssel. Das bedeutete, dass Rob nicht vor halb neun nach Hause kommen würde. Und sie würde wieder einmal allein vor dem Fernseher essen.

»Was hast du denn, Schatz?«

Sie blickte auf. Rob betrachtete sie aufmerksam, seinen angebissenen Toast in der Hand.

»Was?«, murmelte sie.

»Stimmt was nicht? Du wirkst so … abwesend.«

Natasha schluckte, griff zu ihrem Löffel und versuchte, Appetit für ihren Porridge aufzubringen.

»Nein, alles in Ordnung«, behauptete sie. »Ich bin da.«

Ihre Kaugeräusche und das Klirren des Bestecks klangen viel zu laut in der traumhaft schönen Küche. Natasha dachte an vergangene Nacht, an ihren ruhigen, beinah höflichen Sex, und wieder einmal spürte sie dieses innere Beben, ausgelöst durch Angst, Einsamkeit und dem Gefühl, dass es zwischen ihnen nicht so gut lief, wie sie sich einzureden versuchte.

»Und, was hast du für heute geplant?«

»Äh, na ja …« Natasha dachte an die fast zweihundert Kilometer, die sie fahren würde, um das Geld für sein Weihnachtsgeschenk zu verdienen. »Später hab ich einen Zahnarzttermin«, schwindelte sie.

»Oh.«

»Und so langsam sollte ich mit den Weihnachtseinkäufen anfangen. Carol nimmt heute Bestellungen für die Weihnachtspuddings entgegen, das darf ich nicht vergessen.« Ihre Stimme war völlig ausdruckslos.

»Hört sich nach einem netten Tag an.« Rob nickte. »Schön, dass wenigstens einer von uns so was hat«, bemerkte er ohne eine Spur von Bitterkeit. Er trank seinen Tee aus, schob seinen Stuhl zurück, stand auf, rückte seine Krawatte zurecht und beugte sich dann zu Mabel hinunter, um ihr einen Kuss aufs Haar zu drücken. »Sei ein braves Mädchen, okay? Mummy ist müde. Du musst ganz viel mit ihr schmusen.«

»Okay, Daddy«, sagte Mabel und spitzte die Lippen für einen dicken, nassen Schmatz.

Rob lachte und gab ihr einen Kuss. »Du lustiger kleiner Krümel, du! Du kriegst einen ganz dicken Kuss, wenn ich heut Abend nach Hause komme, auch wenn du schon schläfst, einverstanden?«

»Tschüss, Daddy.« Mabel wandte sich wieder ihrem Teller zu.

Sie war daran gewöhnt, dass ihr Vater oft fort war, und nahm es klaglos hin. Er war da, wenn er da war, so einfach war das. Natasha wünschte, sie könnte es mit der gleichen Gelassenheit akzeptieren.

Sie wartete, bis Rob um den Tisch herumkam, um auch sie zu küssen.

Zerstreut klopfte er seine Taschen nach seinen Handys ab und fand nur eins.

»Wo ist denn das andere?«, brummte er.

»Auf dem Tischchen im Flur«, antwortete Natasha.

Dort legte er es, zusammen mit seinen Schlüsseln, immer hin, wenn er nach Hause kam, und ließ seinen Arbeitstag damit hinter sich – zumindest theoretisch.

»Ach so, ja, klar. Ich muss los. Stressiger Tag.«

Wie immer.

»Geh nur, geh«, sagte sie matt.

Er blieb zögernd vor ihr stehen. »Schon dich ein bisschen, okay? Du siehst erschöpft aus.«

»Mir geht's gut. Geh nur.«

»Okay.« Er lief aus der Küche, und Natasha lauschte den vertrauten Geräuschen. Zuerst kam das Klirren der Schlüssel, dann das Klicken des Türschlosses, das Surren des elektrischen Tors, das Piepen der sich öffnenden Zentralverriegelung, das Knirschen von Schritten auf dem Kies, das Zuschlagen der Autotür und schließlich … Stille.

Natasha fühlte einen Druck auf der Brust, und ihr war nach Weinen zumute, aber sie hätte nicht sagen können, warum oder weswegen. Irgendetwas stimmte nicht, nur was?

Vor ihrem Traumurlaub auf den Malediven war sie felsenfest überzeugt gewesen, dass eine andere Frau dahintersteckte, dass Rob eine Affäre hatte. Was könnte es sonst sein? Aber einmal ganz abgesehen davon, dass der Mann kaum die Energie fürs Frühstücken hatte, geschweige denn dafür, eine andere Frau zu verführen und mit ihr zu schlafen, wusste Natasha, dass er sie wahnsinnig liebte – das spürte sie jedes Mal, wenn er sie anschaute. Manchmal kam es ihr so vor, als wollte er sie mit Haut und Haaren verschlingen, weil er nie genug von ihr kriegen konnte. Er liebte sie mit einer Intensität, die sie nie für möglich gehalten hätte. Er trug sie auf Händen.

Und dieser Mann sollte fremdgehen? Das ergab absolut keinen Sinn. Und doch wurde sie jetzt wieder von diesen paranoiden Gedanken verfolgt, fühlte sie sich wieder klein und unbedeutend.

Natasha wandte sich Mabel zu und schob ihr die Haare aus dem Gesicht.

»Sollen wir dir heute Zöpfe flechten?«, fragte sie.

Ihre Tochter gab keine Antwort. Alles, was mit Kämmen zu tun hatte, mochte sie überhaupt nicht.

»Na komm, Zeit zum Anziehen. Es ist ganz schön kalt heute, du wirst deine Thermounterwäsche brauchen.« Der tägliche Spaziergang der Kita-Gruppe fiel nur aus, wenn es Bindfaden regnete oder ein Sturm tobte, doch es herrschte strenger Frost, und der Himmel präsentierte einen spektakulären blutroten Sonnenaufgang, der Natasha immer nervös machte. *Morgenrot, schlecht Wetter droht.* Als sie die Treppe hinaufstiegen, sah sie, wie sich die Schafe auf der Weide zusammendrängten.

»Sei ein Schatz und geh bitte noch Pipi machen«, sagte sie zu Mabel, als diese am Bad vorbeitappen wollte. »Ich zieh mich schnell an, dann komme ich nach.«

Sie lief ins Schlafzimmer und ließ ihren Blick über das ungemachte Bett und den Fußboden wandern. Robs zusammengeknüllte Socken und Boxershorts lagen immer noch herum, und der Anzug, den er gestern Abend über die Stuhllehne drapiert hatte, hing auch immer noch dort.

Unvermittelt blieb Natasha stehen, als ihr die nächtliche Szene wieder einfiel. Dann ging sie entschlossen zu Robs Kleiderschrank und spähte in die Lederschatulle. Kragenstäbchen, Manschettenknöpfe, jede Menge Kleingeld … Sie wühlte mit dem Finger darin herum … aber kein Siegelring.

Das ergab keinen Sinn. Sie sah noch genau vor sich, wie er ihr die Butter gereicht hatte. Da hatte er den Ring mit Sicherheit nicht getragen. Folglich hätte er hier sein müssen, wo er ihn gestern Abend hingelegt hatte.

Hatte er ihn an einen anderen, sichereren Platz getan? Aber wohin? Einen Safe besaßen sie nicht.

Natasha zog ein paar Schubladen heraus – eine für seine Socken, eine für seine Unterhosen, eine für seine zusammengerollten Krawatten. Nichts. Sie öffnete die Schublade seines Nachttischs. Sie kniete sich hin und guckte unters Bett. Als Erinnerung an seine Eltern hatte der Ring einen sentimentalen Wert, und sie wollte nicht, dass er versehentlich im Staubsauger landete.

»Mummy.« Natasha schaute auf.

Ihre Zahnbürste im Mund, kam Mabel ins Zimmer getappt. Ein Bächlein schäumender Zahnpasta lief ihr übers Kinn und tropfte von dort herunter.

»Nein, nein, nein, Mabel!« Sie sprang auf und hob sie hoch. »Was habe ich dir gesagt? Du sollst nicht mit der Zahnbürste im Mund herumlaufen! Wenn du hinfällst, tust du dir weh.«

Einmal ganz abgesehen davon, dass sie keine Zahnpastaflecken auf dem Teppichboden wollte.

Im Vorbeigehen griff sie nach ihrem Handy, das sie zum Laden auf ihren Nachttisch gelegt hatte. Dann trug sie Mabel ins Bad, ließ sie die Zahnpasta ausspucken und setzte sie auf die Toilette.

»Mach Pipi für Mummy, okay?« Sie wischte ihr den Mund ab, nachdem sie die Zahnbürste herausgenommen hatte.

Langsam richtete sie sich auf, schaltete das Telefon ein

und wartete auf den Ton, der den Eingang neuer Mails verkündete. Jedes Mal, wenn sie Duffys Namen sah, überlief sie ein freudiges Kribbeln. An Moolahs Abenteuern teilzuhaben, zu sehen, wo sie sich gerade befand, war innerhalb einer Woche der schönste Teil des Tages geworden. Mabel kreischte jedes Mal vor Aufregung, und Natasha bezweifelte, dass Duffy jemals verstehen würde, wie viel seine Nachrichten für Mutter und Tochter bedeuteten …

Augenblick mal! Eine vage Erinnerung streifte sie. Sie hatte das Gefühl, eine Dummheit begangen zu haben, ein Gefühl, das sie immer überkam, wenn sie zu viel Wein getrunken hatte …

O Gott! Jetzt fiel es ihr wieder ein. Die E-Mail. Betrunken und rührselig, einsam und frustriert hatte sie sich an den Menschen gewandt, der genau das tat, was sie nicht tat: leben, frei sein, Abenteuer erleben.

Natasha presste sich eine Hand auf den Mund, während sie auf Duffys Namen in ihrem Posteingang starrte. Was hatte sie geschrieben? *Was hatte sie geschrieben?*

Nervös klickte sie auf die Mail, doch statt einer Nachricht füllte ein Foto den Bildschirm aus. Sie vergrößerte es mit zwei Fingern, betrachtete es … und spürte, wie ihr der Boden unter den Füßen weggezogen wurde. Ihr Herz setzte einen Schlag aus. Sie wusste später nicht zu sagen, wie lange sie so dagestanden hatte.

»Mummy?«

Natasha schaute auf. Mabel saß immer noch auf dem Klo fest.

»Oh.« Das Gesicht maskenhaft starr, versuchte sie krampfhaft, sich auf die Gegenwart zu konzentrieren, als sie den verwirrten Ausdruck auf dem wunderschönen Gesicht ihrer Tochter sah. »Schau nur, wie spät es ist!« Sie schluckte schwer. »Wir müssen uns beeilen, sonst kommen wir zu spät in die Kita.«

Ihre Stimme hörte sich sogar für sie selbst fremd und eigenartig an, aber besser wollte es ihr nicht gelingen. Das Blut rauschte ihr in den Ohren, ihr Herz hämmerte wild, und ihr Körper schien ein medizinischer Notfall geworden zu sein. Sie stolperte ins Schlafzimmer und streifte sich die erstbesten Sachen über.

Genau das Gleiche machte sie bei Mabel. Sie kämmte sie nicht einmal, sondern schob ihr einfach ein Haarband über den Kopf. Vier Minuten später saßen sie im Auto. Bella hechelte aufgeregt, weil sie sich auf den Ausflug freute.

Es dauerte aber noch eine Weile, bis sie tatsächlich losfahren konnten. Erst ließ Natasha Mabels Lunchdose in der Küche liegen; dann musste sie noch einmal ins Haus, weil sie den Funkempfänger für das Tor vergessen hatte, und schließlich sprang sie ein drittes Mal aus dem Auto, weil sie die Haustür nicht geschlossen hatte.

»Denk dran, dass Rosie dich heute abholen wird. Ihr werdet Kuchen zusammen backen, okay?«, sagte sie mit monotoner Stimme und starrte immer wieder auf das Handy im Becherhalter, als wäre es eine Bombe, die jederzeit hochgehen konnte.

Unmöglich. Das kann nicht sein, sagte sie sich in einem fort auf dem Weg ins Dorf.

An der Kita rannten Kleinkinder mit Rucksäcken über den Mänteln in Gummistiefeln herum, während die Mütter, die sie abgeliefert hatten, in kleinen Grüppchen an den Autos standen und schwatzten.

»Rosie wird sie heute abholen«, sagte Natasha ruhig.

»Ist gut.« Die Erzieherin musterte sie mit einem merkwürdigen Gesichtsausdruck. »Geht es Ihnen nicht gut, Mrs Stoneleigh?«

»Doch. Warum sollte es mir nicht gut gehen?«

Natasha machte mit gesenktem Kopf einen Bogen um die Mütterschar rings um Laurens Range Rover – das würde nur zu einem Besuch in Lizzies Café führen –, lief zu ihrem Auto zurück und steuerte es wie auf Autopilot durch das Dorf. Eigentlich hätte sie auf direktem Weg nach Snowshill fahren sollen, doch stattdessen fand sie sich vor der Zahnarztpraxis wieder und hatte nicht die geringste Ahnung, wie sie dorthin gekommen war.

Helena lehnte neben dem Hintereingang, in der einen Hand einen Kaffeebecher, in der anderen eine Zigarette. Natasha registrierte beiläufig, dass sie eine E-Zigarette statt einer Schachtel Marlboro Lights hätte halten sollen, aber im Moment war ihr das herzlich egal.

Helena fielen bei ihrem Anblick fast die Augen aus dem Kopf.

»Verdammte Scheiße, was …?« Sie drückte ihre Zigarette aus und wartete, bis Natasha die Gartenpforte aufgestoßen hatte und den Weg heraufgelaufen war. »Was ist denn passiert, um Gottes willen? Du bist weiß wie die Wand!«

»Ich muss mit dir reden.«

»Den Eindruck hab ich auch.«

»Drinnen.«

Helena ließ sich nicht lange bitten. »Komm rein.« Sie riss die Brandschutztür auf und schob Natasha in ihr Sprechzimmer. »Ein Notfall«, erklärte sie ihrer Assistentin, die, einen Stapel Patientenakten im Arm, durch den Flur auf sie zueilte. »Schicken Sie mir den Neun-Uhr-fünfzehn-Termin erst, wenn ich wieder rauskomme.«

Sie schloss die Tür und drehte sich zu Natasha um, die ihr das Handy hinstreckte.

»Was ist das?«, fragte sie mit einem Blick auf das Foto. »Oder besser gesagt, wer ist das?«

»Das ist Duffy.«

»Oh, das ist also der wunderbare Mister Duff!« Helena sah genauer hin. »Er ist jünger, als ich dachte. Und attraktiver …«

»Schau noch mal ganz genau hin. Erkennst du ihn nicht?«, fragte Natasha eindringlich.

»Sollte ich?« Helena zog eine Braue hoch. »Ich bin kein Fan von Bärten, das weißt du doch.« Trotzdem betrachtete sie das Foto ein weiteres Mal. »Hm, ja, irgendwie kommt er mir bekannt vor.« Sie schnitt eine Grimasse. »O Gott, hab ich etwa mit ihm gevögelt?«

Sie legte eine Hand über die untere Hälfte des Bildschirms und kniff die Augen zusammen.

»Was machst du denn?«

»Ich versuche, ihn mir ohne Bart vorzustellen.« Einige Sekunden lang blieb ihre Miene ausdruckslos, dann riss sie Augen und Mund auf und starrte Natasha bestürzt an.

»O mein Gott, er ist es!«, kreischte Natasha, wirbelte auf dem Absatz herum und griff sich mit beiden Händen in die Haare.

»Fuck!«

»Wie … wie kann das sein? … *Er!* … Ausgerechnet er! … Ich meine, so einen Zufall gibt's doch gar nicht!«, jammerte sie.

»Immer langsam, vielleicht irren wir uns ja. Lass mich noch mal ganz genau hingucken …« Helena fixierte den Bildschirm so angestrengt, dass Natasha schon fürchtete, er werde einen Sprung bekommen. Dann sah sie, wie die Gesichtszüge ihrer Freundin entgleisten. »Nein, er ist es. Kein Zweifel.«

»O mein *Gott*!« Natasha schlang sich die Arme um den Unterleib und krümmte sich.

»Beruhige dich, Nats. Setz dich hin!«, befahl Helena und drückte sie energisch auf ihren Behandlungsstuhl aus schwarzem Leder. »Zugegeben, das ist eine unerwartete Entwicklung. Aber jetzt lass uns erst mal tief Luft holen und das Foto in aller Ruhe betrachten.«

Sie steckten die Köpfe zusammen und schauten sich das Foto schweigend an. Es war eindeutig ein Schnappschuss, man konnte die Bewegung erahnen. Duffy hatte Moolah auf seiner Schulter und lachte, in den Augenwinkeln bildeten sich feine Fältchen. Er hielt ein Bier in der Hand, und an den Tischen ringsum konnte man Leute sitzen sehen. Die Aufnahme hätte genauso gut im französischen Wintersportort Val Thorens entstanden sein können.

Die dunklen Haare waren viel länger, als Natasha sie in Erinnerung hatte, und sein Gesicht wirkte hagerer, obwohl der Eindruck wegen des kurzen Barts auch täuschen konnte. Eines aber stand fest: Als sie ihm direkt in die Augen blickte, spürte sie wieder jenes Kribbeln im

Bauch, jenes elektrisierende Gefühl, genau wie damals auf dem Baumwipfelpfad und später in der Küche, als er ihr Wahrheiten gesagt hatte, die sie nicht hatte hören wollen.

»Das ist er. Das ist Tom.«

»Aber der Typ hier heißt Duffy. Oder Duff. Der Kuhfreund. Wie auch immer, jedenfalls nicht Tom.« Helena guckte auf die E-Mail-Adresse. tduffy@gmail.com. »Mist!«

»Wie ist das möglich?«, flüsterte Natasha kaum hörbar.

»Zugegeben, das ist ein Irrsinnszufall, aber das hat nichts zu bedeuten.« Helena sah sie scharf an. »Ich meine, das war einmal, in einem anderen Leben. Du hast die Vergangenheit hinter dir gelassen.«

Hatte sie das wirklich? Natasha schwieg. Sie träumte bis heute von Tom, was sie jedoch nie irgendjemandem erzählt hatte. Wie könnte sie auch? Schließlich war sie eine verheiratete Frau und Mutter. Und nach allem, was passiert war …

Nein, die Träume, von denen sie sich wünschte, sie würden nie enden, waren ein Geheimnis, in das nicht einmal ihre beste Freundin eingeweiht war. Tagsüber verbannte Natasha Tom strikt aus ihren Gedanken, aber nachts ließ sich ihr Unterbewusstsein nicht beeinflussen. Und wenn er in ihren Träumen zu ihr kam, erwachte sie am nächsten Morgen glücklich und zufrieden.

»Das weiß ich doch«, entgegnete sie jetzt und kratzte sich an der Augenbraue. Ihre anfängliche Panik legte sich allmählich. Helena schaffte es immer, sie zu beruhigen. »Es ist bloß so – ich glaube, ich habe ihm geschrieben. Als ich einen über den Durst getrunken hatte.«

»Du *glaubst*?«

»Ich weiß es«, verbesserte sich Natasha. »Ich habe mich einsam gefühlt, und da habe ich ihm geschrieben, wie viel seine Nachrichten Mabel bedeuten, nicht nur ihr, sondern uns allen. Und dann … dann habe ich angefangen zu schwafeln.«

»Zu schwafeln?«

»Na ja, könnte sein, dass ich etwas von Einsamkeit gefaselt habe.«

Helena zog die Brauen zusammen. »Bist du denn einsam?«

Natasha schluckte schwer. »Manchmal schon.«

Helena schien darüber nachzudenken. Offenbar war ihr nie in den Sinn gekommen, dass ihre in gesicherten finanziellen Verhältnissen lebende Freundin einsam sein könnte.

»Nun, das ist eigentlich nicht verwunderlich. Rob ist ja der reinste Workaholic.« Sie drückte liebevoll Natashas Hand.

Natasha erwiderte nichts darauf. Noch wollte sie nicht zugeben, dass sie nie einsamer war, als wenn Rob da war. Sie fühlte sich einsam in ihrer Beziehung. Diese Erkenntnis war ihr erst gestern Abend gekommen, und sie würde zuallererst mit ihm darüber sprechen müssen, alles andere wäre illoyal ihm gegenüber. Sie wusste noch nicht, wie sie das Ganze handhaben sollte, ohne ihre Ehe zu gefährden oder gar zu zerstören.

Und jetzt hatte sie zu allem Überfluss auch noch diese Mail bekommen, die Tom wieder in ihr Leben katapultiert hatte und dafür sorgte, dass sein Schatten auf ihre Familie fiel.

»Glaubst du, er hat dir deshalb dieses Foto geschickt?«, fragte Helena mit einem Blick auf das Smartphone. »Um dich aufzumuntern? Oder eine Art Beziehung zu dir herzustellen?«

»Schon möglich. Sonst sehen seine Nachrichten anders aus.«

»Deine ja auch.«

»Stimmt.«

Helenas Augen verengten sich zu schmalen Schlitzen, als ihr ein Gedanke kam.

»Sag mal, könnte es sein, dass er weiß, wer du bist?«

»Wie denn? Er kennt meinen jetzigen Familiennamen nicht, und ich bin garantiert nicht die einzige Natasha auf der Welt.«

Helenas Verstand arbeitete auf Hochtouren; das konnte Natasha an der Art ablesen, wie sich ihre Augen eine winzige Spur von links nach rechts bewegten.

»Aber in dem Facebook-Post war ein Bild von dir«, fiel ihr dann ein.

»Er hält sich irgendwo im Himalaja auf. Du hast dort streckenweise ein Mobilfunknetz, aber das wird sicher nicht benutzt, um in den sozialen Medien zu surfen.«

»Und du hast ihm nichts geschickt, was ihm irgendeinen Hinweis geben könnte?«

Natasha schüttelte den Kopf. »Ich habe ihm ein einziges Foto von Mabel geschickt, mehr nicht. Nichts von mir.«

»Gut. Dann sorg dafür, dass es so bleibt. Irgendwelche Komplikationen können wir nicht brauchen. Er hat dir schon beim letzten Mal gehörig den Kopf verdreht …«

Das war eine glatte Untertreibung. Die Woche vor der Hochzeit hatte sie wie in Trance durchlebt, und an die Trauzeremonie erinnerte sie sich so gut wie gar nicht. Es war ohnehin nur eine Feier im kleinsten Rahmen gewesen – ein »luxuriöses Durchbrennen«, wie Rob es formuliert hatte, weil keine Angehörigen anwesend waren. Doch als Natasha später die Fotos durchsah, hatte sie das Gefühl beschlichen, die Hochzeit von jemand anderem zu betrachten. Sie hatte regelrecht unter Schock gestanden.

»Das darf nicht noch einmal passieren«, fuhr Helena fort. »Wir müssen Moolah zurückbekommen, das ist die Hauptsache, und danach wird er aus deinem Leben verschwinden, ohne zu ahnen, dass er überhaupt drin war.«

Natasha blinzelte. »Ja …«

Helena sah sie prüfend an. Natasha wusste, dass ihre Stimme fremd und verzerrt klang, aber sie konnte es nicht ändern. Sie fühlte sich, als hätte man sie auf links gedreht.

Sie konnte es immer noch nicht fassen: Duffy und Tom waren ein und dieselbe Person!

Eine Weile schwiegen sie beide, während sie diese unglaubliche Entdeckung zu verarbeiten versuchten. Dann biss sich Helena auf die Unterlippe – eine Marotte, die immer ein unangenehmes Geständnis ankündigte.

»Er hat mir eine SMS geschickt.«

»Was?« Natashas Kopf ruckte hoch.

»Ein paar Tage nach der Hochzeit. Ihr zwei wart in den Flitterwochen, und da kam aus heiterem Himmel diese

Nachricht.« Helena seufzte. »Zuerst hatte ich keine Ahnung, von wem sie ist. Ich hatte seine Nummer ja nicht.«

»Und wie ist er an deine gekommen?«

»Ich hatte sie seinem Kumpel gegeben. Jack? James? Der, den ich im Supermarkt getroffen hatte. Für den Fall, dass sie uns nicht finden.« Sie zuckte mit den Schultern. »Er muss sie Tom gegeben haben.«

»Was hat er geschrieben?«

Helena druckste herum.

»Hels? Was hat er geschrieben?«, wiederholte Natasha mit Nachdruck.

»Es war nur eine Frage. ›Hat sie es getan?‹«

Hat sie es getan?

Natasha blieb das Herz stehen. »Und was hast du geantwortet?«

»Na, ›ja‹ natürlich! Und hinzugefügt, er soll dich, verdammt noch mal, in Ruhe lassen.«

Was er auch getan hatte.

Natasha starrte auf ihre Hände. Eine Flut von Emotionen, die sie nicht deuten konnte, brach über sie herein. Zorn? Ärger? Verzweiflung? Helena hatte das Richtige getan, das war ihr klar. Dennoch …

Ihr heftig klopfendes Herz lag ihr bleischwer in der Brust. Sie sprang auf.

»Was willst du jetzt machen? Jetzt, wo du weißt, dass er es ist.«

Helena beobachtete Natasha, wie sie rastlos im Zimmer auf und ab ging und die Regale und Instrumentenschalen anstarrte, ohne etwas wahrzunehmen.

»Machen? Gar nichts werde ich machen.«

»Du wirst ihm kein Foto zurückschicken?«

»Natürlich nicht.«

Helena sah sie aus zusammengekniffenen Augen an. »Und du bist sicher, dass du das kannst – mit ihm kommunizieren, obwohl du jetzt weißt, wer er ist?«

»Hier geht es um Mabel«, erwiderte Natasha ruhig. »Nicht um mich.«

»Okay.« Helenas Blick folgte ihr, während sie, ihre Hände knetend, in Achterschleifen durch das Zimmer tigerte. »Solange du dir da ganz sicher bist …«

19. Kapitel

Nepal, Donnerstag, 8. Dezember

Sie sprachen kaum ein Wort, die Stimmung war gedrückt. Eigentlich hätte diese Etappe der Höhepunkt der Tour sein sollen, aber sie waren mit ihren Gedanken ganz woanders. Sie bewegten sich langsam, mit schweren Gliedern; jetzt war ihnen nur allzu bewusst, was passierte, wenn man seinen Körper überforderte. AMS war mehr als nur Atemnot, Kopfschmerzen oder Übelkeit und Erbrechen. Unbehandelt kam es zu lebensbedrohlichen, oft tödlichen Flüssigkeitsansammlungen in der Lunge – Höhenlungenödem (HAPE) – oder im Gehirn – Höhenhirnödem (HACE).

Sie wussten nicht, woran Antonio gestorben war, und würden die genaue Todesursache auch nie erfahren, aber eines stand fest: Seiner Partnerin gegenüber hatte er die Symptome verharmlost. Er hatte sich nicht anmerken lassen, wie schlecht es ihm ging. Weil er sein Ziel um jeden Preis erreichen wollte, hatte er keinen Gedanken daran verschwendet, dass sie dann möglicherweise allein absteigen musste, hinter der Bahre mit seinem Leichnam darauf. Es würde Tage dauern, bis sie und ihr toter Freund in Kande abgeholt werden würden. Die gebuchten Flüge würden sie antreten können, allerdings anders, als sie sich das vorgestellt hatten.

Duffys Zorn wuchs mit jedem Schritt. Antonio war eine Zahl in der Statistik geworden, ein weiteres Menschenleben, das in diesen Granittempeln geopfert worden war, wo die Grenze zwischen Leben und Tod fließend war. Sie flatterte wie eine Gebetsfahne im Wind, zeigte mal in diese Richtung, mal in die andere. Hier oben gab es keinerlei Gewissheiten. Man konnte sich weder auf den Sauerstoff in der Luft verlassen noch auf den Boden unter den Füßen. Sicher, Training half, eine gute Ausrüstung half, medizinische Kenntnisse halfen, Vorbereitung und Routenplanung halfen. Doch das alles konnte jeden Augenblick bedeutungslos werden. Wenn die Berge sich regten und der Himmel den Atem anhielt, wurde der Mensch wie Papier zerknüllt und zerdrückt, achtlos weggeworfen. Auf der ganzen Strecke hieß es Mensch gegen Berg. Duffy wusste, erst wenn er irgendwo am Straßenrand stehen und per Anhalter nach Kathmandu zurückfahren würde, konnte er sagen, dass er gewonnen und seine Mission erfüllt hatte.

Es schneite immer noch heftig. Der Schnee knirschte unter ihren Füßen, als sie die Viertausendmetergrenze passierten und durch den Pass stapften.

Sie waren seit fünf Stunden unterwegs. Ihr Aufbruch hatte sich verzögert. Ein Mann war ums Leben gekommen, und es wäre nicht richtig gewesen, einfach weiterzumachen, als wäre nichts geschehen. Also hatten sich praktisch alle Alpinisten und Einheimischen versammelt, um für den Verstorbenen zu beten. Erst danach hatten sie sich auf den Weg gemacht.

Sie trugen Spikes und jedes warme Kleidungsstück, das sie eingepackt hatten; ihre Walkingstöcke hinterließen kleine Löcher im Schnee. Nachdem die Wege geräumt worden waren und die Staus sich aufgelöst hatten, strömten so viele Touristen über den Berg, wie Duffy es noch nie erlebt hatte. Von oben kamen jene, die am Annapurna gestrandet waren, hinter ihnen folgten diejenigen, die notgedrungen am Machhapuchhre ausgeharrt hatten.

Er konnte Stevie und Jay ein paar Schritte hinter sich hören. Sie hatten beschlossen, gemeinsam zum ABC zu wandern, aber die Ereignisse des frühen Morgens hatten sie derart aufgewühlt, dass sie einander keine gute Gesellschaft waren.

Duffy erinnerte sich an ein Zitat, das er als Junge einmal gelesen hatte: »Die Berge haben ihre eigene Art, mit übersteigertem Selbstvertrauen umzugehen.« Der Ausspruch stammte von Hermann Buhl, einem der ganz großen Alpinisten und Bergsteiger und eins seiner Idole. Die großspurige Zuversicht seiner amerikanischen Freunde, diese Berge schon bezwingen zu können, hatte sich in Luft aufgelöst; von ihrer Überheblichkeit war nichts geblieben.

Alle drei hatten ein schwammiges Gefühl im Kopf. Am vergangenen Abend hatten sie viel dummes Zeug geredet, und die Erinnerung daran drängte an die Oberfläche, ohne sie ganz durchbrechen zu können.

Duffy verspürte einige Mal ein Zwicken im Hirn, als sich etwas in den Vordergrund zu schieben versuchte, aber es war verschwommen, und er bekam es einfach nicht zu fassen. Irgendwann gab er es auf, weil die Tragödie ihn viel zu sehr beschäftigte.

Der Tod des Italieners hatte ihn tief erschüttert, so sehr, dass er große Mühe hatte, in den gewohnten

Trekkingmodus zu schalten: linker Fuß, rechter Fuß … Doch es war nicht nur der Schock. Duffy fragte sich, ob es möglicherweise eine Mahnung, ein Warnschuss oder – noch schlimmer – ein Omen war.

Und wie hätte man unter diesen Umständen auch nicht abergläubisch sein können? Sie waren fast am Ziel, das Camp würde jeden Moment in Sichtweite kommen, und sie würden endlich zum Herzen des Himalaja vorstoßen, dem Annapurna Sanctuary, einem breiten, wie ein Amphitheater geformten Gletscherbecken, umgeben von gigantischen Bergen, die aussahen wie mächtige Götter, die der Welt den Rücken zugekehrt hatten.

Duffy hob den Blick zu den Gipfeln. Der Machhapuchhre ragte hinter seiner rechten Schulter auf, der Hiunchuli über seiner linken, Annapurna Süd daneben, dann Annapurna Fang, die Gangapurna und Annapurna III, dessen Grat zum Machhapuchhre zurückführte. Der Talkessel inmitten des Bergrings hatte einen Durchmesser von sechzehn Kilometern. In seiner Mitte floss der Modi Khola in eine dreitausendsechshundertsechzig Meter tiefe enge Schlucht, die sich weiter südlich zu dem Tal weitete, das er durchquert hatte.

All diese Berge boten einen majestätischen, atemberaubenden Anblick, aber es gab einen, vorn in der Mitte, der sie mit seiner dreigipfligen Spitze alle beherrschte: Annapurna I.

Duffys Füße hielten automatisch inne, und sogar sein Herz stoppte mitten in der Kontraktion, als er sich in den Anblick der gigantischen Südwand vertiefte, die nur auf ihn zu warten schien. Annapurna I war kein Bilderbuchberg mit kantigen Hängen und einem klar definierten

Gipfel. Nicht wie der Everest. Nicht wie der Fujiyama. Nicht wie der Kilimandscharo. Er war viel besser – und viel schlimmer. Er war der Berg der Bergsteiger, einer, an den sich nur die Besten heranwagten.

»Scheiße«, keuchte Stevie, der neben ihn getreten war, ehrfürchtig.

Duffy nickte. »Ja.«

»Das ist ein Monster.«

»Ja.«

Annapurna I war einer von weltweit vierzehn Achttausendern. Der Schneefall ließ nach, und durch einige Wolkenlücken fielen goldene Sonnenstrahlen. Sie hoben die Konturen des Bergmassivs hervor, dessen gewaltige Ausdehnung und Höhe der Verstand fast nicht zu erfassen vermochte, nicht einmal aus dieser geringen Entfernung.

»Man sollte nicht glauben, dass das der tödlichste Berg auf der Welt ist.« Stevie sah ihn an. »Jeder Dritte, der hinaufsteigt, kommt nicht wieder zurück.«

»Ja. Er ist ein Killer«, bestätigte Duffy, obwohl er wusste, dass es sogar noch mehr waren: achtunddreißig Prozent, um genau zu sein.

Jetzt hatte auch Jay zu ihnen aufgeschlossen. Schwer atmend stützte er sich auf seine Walkingstöcke.

»Alles in Ordnung?«, erkundigte sich Duffy. Die extreme Kälte konnte die Symptome der Höhenkrankheit noch verschlimmern, und sie durften jetzt kein Risiko eingehen.

»Ja, mir geht's gut. Kann bloß nicht glauben, wie langsam ich geworden bin.«

»Ich weiß. Das ist brutal.«

»Sollen wir eine Pause machen?«

Jay schüttelte den Kopf. »Nein, gehen wir weiter. Es wird umso schöner sein, sich auszuruhen, wenn wir dort sind.«

»Okay.«

Sie setzten sich wieder in Bewegung. Linker Fuß, rechter Fuß, die Abdrücke von Spikes und Stockspitzen im Schnee.

»Bedeutet Göttin der Fülle, weißt du?«, schnaufte Stevie.

»Was?« Duffy drehte den Kopf leicht nach hinten.

»Annapurna. Heißt so viel wie Göttin der Fülle.«

»So?«, schnaubte Duffy und blickte wieder nach vorn.

Göttin der Fülle? Der Berg hatte ihm immer nur genommen.

Den ganzen Tag über herrschte eine nachdenkliche Stimmung. Die Tragödie, die sich im letzten Camp ereignet hatte, hatte bei allen ihre Spuren hinterlassen. Viele von denen, die das MBC mit ihnen verlassen hatten, kehrten nach der Ankunft im Annapurna Base Camp praktisch sofort wieder um, weil sie so schnell wie möglich absteigen und in die verhältnismäßig sicheren waldreichen Täler zurückkehren wollten.

Duffy, Jay und Stevie brachen zu einem geruhsamen Spaziergang auf und bestaunten die eindrucksvollen, von Schneeverwehungen und Eis geschaffenen Skulpturen. Im weichen Tiefschnee war das Vorwärtskommen mühsam, aber die frische Luft tat gut. So ließ sich der Kopf wunderbar durchpusten. Von Camp I kamen ihnen ein paar Bergsteiger entgegen, mit denen sie allerdings kaum ein Wort wechselten. Sogar hier, auf dem Dach der Welt, gab es eine Hierarchie: Trekker gegen Bergsteiger; Amateure gegen Profis; die Lässigen gegen die Leidenschaftlichen.

Einmal sahen sie einen roten Hubschrauber hoch über Annapurna III kreisen. Auf der Suche nach winzigen Farbtupfern auf der blendend weißen Leinwand aus Schnee überflog er einen bestimmten Abschnitt gleich mehrere Male.

»Es grenzt echt an ein Wunder, dass sie manchmal tatsächlich jemanden finden«, meinte Jay. »Manchmal entdecken sie bloß noch ein Seil. Unglaublich, oder? Das muss aus der Luft doch wie ein Bindfaden aussehen.«

Duffy beobachtete schweigend, wie der Hubschrauber die Bergsektion immer wieder abflog. Er hatte das Gefühl, selbst zu versteinern, wenn er nur lange genug da stehen blieb.

Zurück im Base Camp zogen sie sich nach einem frühen Abendessen in ihre Zimmer zurück. Nachdem er die letzte Nacht auf einem Tisch verbracht hatte, ging Duffy davon aus, dass er wie ein Murmeltier schlafen würde, doch er wachte bereits nach wenigen Stunden wieder auf. Sein Verstand – oder war es seine Seele? – ließ ihn nicht zur Ruhe kommen. Zu guter Letzt stand er auf, schälte sich aus seinem Schlafsack und stieg in seine Outer-Shell-Sachen. Auf Zehenspitzen – so gut das in Trekkingstiefeln möglich war – schlich er durch den langen Flur und trat hinaus in die Kälte.

Es hatte aufgeklart, und die Schneewolken hatten sich in andere Regionen verzogen. Duffy hob sein Gesicht zum Nachthimmel mit seinem Spitzenbesatz aus Sternen. Manche silbern, andere golden wanden sie sich zu üppigen, spiralförmige Galaxien. Egal, was andere sagen mochten, es gab nirgendwo sonst einen Nachthimmel, der mit diesem hier vergleichbar war. Polarlichter besaßen zweifellos ihre eigene Schönheit, aber nur in großer Höhe fand man eine solche Klarheit. Es war, als ob die Grenze zwischen dieser Welt und der nächsten hier oben verschwamm.

»Ich habe mich den Lebenden nie so fern und den Toten nie so nahe gefühlt.« Auch dieser Satz stammte von einem seiner Idole, Erhard Loretan, aber Duffy hätte es selbst nicht besser formulieren können.

Er schloss die Augen und konzentrierte sich auf die Toten, als könnte der Wind ihre Stimmen oder ihren Geruch herantragen. Er war so nah dran. Warum konnte er sie nicht fühlen? Sein Herz schlug langsam und schwer, und der vertraute Druck baute sich allmählich auf, so wie jedes Mal, wenn er diese Tür in seiner Seele aufstieß.

Es war zwecklos.

Er war nah dran. Aber noch nicht nah genug.

Alle wachten früh auf, als hätte die über den Grat des Bergmassivs stolpernde Sonne sie mit einem rosaroten Finger angestupst. Als Duffy aus dem Fenster schaute, sah er, dass die Hälfte der Gäste bereits auf den Beinen war, um den Sonnenaufgang zu fotografieren. Er zog sich schnell an und ging ebenfalls nach draußen, wo seine beiden amerikanischen Weggefährten auf dem Mäuerchen vor der Lodge hockten, rauchten und den Blick bewunderten.

»Genau darauf haben wir gewartet, nicht wahr, Jungs?«, sagte er und gesellte sich zu ihnen.

»Und das Warten hat sich echt gelohnt«, murmelte Jay beinah andächtig.

In behaglichem Schweigen sahen sie zu, wie zarte Wolkenfetzen über einen Himmel trieben, der in leuchtendem Flamingorosa erstrahlte. Es sah aus, als wären sie an den Gipfeln hängen geblieben und zerrissen. Frühstücksgerüche wehten durch sich öffnende Türen heraus, und im Hintergrund hörte man fröhliches Geplapper, dessen Fehlen gestern auffällig gewesen war.

Duffy blickte zur Gipfelwand des Annapurna hinauf, konnte aber auf diese Entfernung nicht erkennen, ob sich einige der Bergsteiger bereits an den Aufstieg machten. Männer und Frauen krabbelten wie Ameisen auf den Bergen herum und boten ihre ganze Stärke, Willenskraft und Geschicklichkeit auf, um sie zu bezwingen, während die Berge es einfach hinnahmen. Doch sie waren nichts weiter als Liliputaner, die Gulliver zu überwältigen versuchten und sich einbildeten, dass es sich um einen fairen Kampf handelte oder dass sie, sollte es ihnen tatsächlich gelingen, damit irgendetwas bewiesen hätten.

»Ich bin gleich wieder da«, sagte Duffy unvermittelt.

Augenblicke später kam er mit dem Plüschtier zurück.

Stevie lachte. »O Mann, du und deine Kuh!«

»Das ist mein Talisman«, entgegnete Duffy achselzuckend.

Er platzierte das Stofftier auf dem Mäuerchen und fotografierte es vor dem Hintergrund des farbenprächtigen Himmels und des Bergriesen. Sein Blick wanderte zu dem blassen Mond, der seit zwei Tagen abnahm. Noch konnte keine Kuh darüber springen.

Duffy legte die Stirn in Falten.

»Was ist los?«, fragte Jay.

»Mir ist gerade eingefallen, dass ich gestern etwas vergessen habe.« Und vorgestern auch. In Deurali hatte er kein Netz gehabt, und gestern hatte die schlimme Geschichte mit dem Italiener alles andere überlagert.

»Und das wäre?«

»Ein Foto nach Hause zu schicken.«

Drei Tage lang hatte Mabel keine Nachricht von ihm bekommen. Sofort meldete sich sein schlechtes Gewissen. Da er sich nun mal auf diese Brieffreundschaft, wenn man es so nennen wollte, eingelassen hatte, rechnete Mabel bestimmt mit weiteren Fotos. Von den Menschen, die ihm am nächsten standen, hatte er sich abgewandt, aber es war zu verlockend, diese beiden Unbekannten – das kleine Mädchen und seine Mutter irgendwo in Somerset – an seinen Reiseerlebnissen teilhaben zu lassen.

»An wen denn?«

Duffy zögerte. Was sollte er antworten? Dass er einem völlig fremden kleinen Mädchen Fotos schickte? Das würde sich reichlich merkwürdig anhören.

»An die Tochter einer Freundin. Das Plüschtier gehört ihr, ich hab's aus Versehen eingepackt.«

»Aus Versehen?«, wiederholte Stevie schmunzelnd. »Du hast gerade behauptet, das Ding sei dein Talisman. Du hast es absichtlich eingepackt, gib es zu!«

»Okay, okay, schon gut!« Duffy hob lachend beide Hände. »Als Entschädigung sende ich ihr jeden Tag

Fotos unserer ›Abenteuer‹.« Er malte Anführungszeichen in die Luft.

Jay machte ein skeptisches Gesicht. »Und die kommen tatsächlich an?«

»Anscheinend. Keine Ahnung, wie lange es dauert, aber die Mutter antwortet mir jedes Mal, deshalb …« Er verstummte.

Da war es wieder, dieses Jucken im Gehirn, der Funken einer Erinnerung, der zu zünden versuchte. Er tippte auf seinem Handy herum, ging seine Mails durch und öffnete die letzte Nachricht von Mabels Mutter.

> Wie ist es denn dort? Ist es wirklich so Ehrfurcht gebietend? So einsam? Die Einsamkeit hat doch sicher auch ihre schönen Seiten, oder? Manchmal glaube ich, dass man in einem Raum voller Menschen noch viel einsamer sein kann ...

Nein, die hatte er gelesen. Es war etwas anderes, das an ihm nagte.

Er starrte auf den dürftigen Posteingang mit gerade einmal zwei Namen – den von Anya und den von Natasha Stoneleigh.

Moment mal … Er klickte auf den »Gesendet«-Ordner.

08/12/2022 Natasha Stoneleigh 02:12

Er hatte ihr geantwortet? Er konnte sich überhaupt nicht daran erinnern. Als er auf die Nachricht klickte und das Foto sah, das Jay am Mittwochabend auf der Terrasse des MBC von ihm geschossen hatte, wusste er auch sofort, warum: Er war total zugedröhnt gewesen.

Duffy starrte das Foto an. Es sah aus, als wäre es auf einer wilden Party im *La Folie Douce* in Val d'Isère aufgenommen worden. Warum zum Teufel hatte er ihr *das* geschickt? Es war geradezu widerwärtig, und es zeigte nichts, was Mabel hätte spannend finden können – keine Maulesel, keine Wasserfälle, nur ihn und Moolah. Warum sollte sich Mabel dafür interessieren?

Er betrachtete sein Gesicht. Seit er Pokhara verlassen hatte, hatte er in keinen Spiegel mehr geschaut. Unwillkürlich fasste er sich ans Kinn, ertastete seinen kräftigen Bart. Abgenommen hatte er auch, was nicht verwunderlich war.

Immerhin lachte er. Er sah zwar ungepflegt und zerzaust aus, aber wenigstens nicht wie ein vollkommen Irrer. Er wirkte einigermaßen nett und harmlos.

Zum Glück hatte er keine Nachricht dazugeschrieben – nicht auszudenken, was er in seinem bekifften Zustand möglicherweise ausgebrütet hätte. Andererseits wirkte das Foto ohne Text wahrscheinlich noch befremdlicher.

Er überlegte, was er tun sollte. Das Foto war offensichtlich seine Antwort auf die Worte der Mutter über Einsamkeit gewesen, aber seitdem hatte sie nichts mehr von sich hören lassen. Vermutlich war sie geschockt, dass so einer wie er das Kuscheltier ihrer Tochter an sich genommen hatte.

Als er das Telefon in seine Jackentasche zurücksteckte, kam er sich wie ein Idiot vor.

Der Himmel färbte sich feuerrot, und sein rosa Widerschein überzog den Schnee. Duffy starrte in die Ferne. Er ärgerte sich über sich selbst und gleichzeitig über sein schlechtes Gewissen. Schuldgefühle waren das Letzte, was er hier draußen gebrauchen konnte.

»Und, wie sieht die Planung für heute aus?«, fragte Stevie in die gedankenschwere Stille hinein. »Gemütlich frühstücken und anschließend eine Erkundungstour? Wie wär's mit einem Trek nach Westen, um uns Hiunchuli näher anzusehen? Der Berg ist total unterbewertet.«

»Hört sich gut an«, antwortete Duffy seufzend und verdrängte jeden Gedanken an Mabel und ihre Mutter. Ein Ruhetag ohne Druck und ohne Schuldgefühle war genau das, was er jetzt brauchte.

»Ja, finde ich auch«, stimmte Jay zu. Die Hände hinter dem Kopf verschränkt, genoss er immer noch den Blick. Er schaute kurz zu Duffy hinüber. »Warum kommst du nicht mit uns auf den Circuit?«

»Danke, aber ich will noch ein, zwei Tage hierbleiben.«

»Im Ernst?« Jay machte ein verwirrtes Gesicht. »Hast du nicht gesagt, der Weg ist das Ziel?«

»Schon, aber das Ziel ist auch das Ziel«, entgegnete Duffy achselzuckend.

Jay lachte. »Was willst du denn hier machen? Einen Schneemann bauen? Braun werden?«

Duffy grinste. »Wieso nicht?«

»Deine Entscheidung.« Jay hob eine Schulter. »Okay, lasst uns erst mal was essen, bevor wir den Tag in Angriff nehmen.«

Er stand auf, und Stevie erhob sich ebenfalls.

Duffy blieb noch einen Augenblick sitzen und betrachtete das Plüschtier, das aus Knopfaugen zurückstarrte. Ein Gedanke durchzuckte ihn. Wenn die beiden Amerikaner morgen absteigen und in die Zivilisation zurückkehren würden, könnte er ihnen Moodle – Moolah – mitgeben, damit sie sie der kleinen Mabel schickten.

Andererseits … Das Ding war sein Talisman, sein Glücksbringer, was allein schon die Art bewies, wie es ihm der Zufall in die Hände gespielt hatte. Da konnte er es jetzt doch nicht hergeben, oder? Ausgerechnet jetzt, wo er es nötiger brauchte denn je.

Sie würden es bestimmt verstehen, und wenn nicht, wäre es auch egal. Er war nicht mit diesen Leuten befreundet, war ihnen nicht verpflichtet. Er hatte in gutem Glauben gehandelt und sich nichts zuschulden kommen lassen, sondern lediglich etwas Verlorenes gefunden und behalten. Er hatte es nicht gestohlen, dem Mädchen nichts weggenommen.

Außerdem würden sie sich nie begegnen. Sein Leben und ihres hatten sich auf einem holprigen Stück Weg gestreift, aber er befand sich schon wieder auf einer anderen Straße auf der anderen Seite der Welt, und sie entfernten sich immer weiter voneinander, was die abgerissene Verbindung deutlich zeigte. Er würde nichts tun müssen, um den Kontakt abzubrechen, das Ganze würde nach und nach einfach einschlafen. Begonnen hatte dieser Prozess ja offensichtlich schon …

Duffy erhob sich, stopfte das Plüschtier in seine Jackentasche und ging in die Lodge. Sie waren vorher Fremde gewesen, und das würden sie auch wieder werden.

20. Kapitel

Frome, Freitag, 9. Dezember

Das prasselnde Feuer spie glühende Funken aus, die auf dem Steinboden vor dem Kamin tanzten und zischten, bis sie sich in schwarze Stille verwandelten. Auf den Tischen flackerten Kerzen, Stechpalmenzweige steckten in Krügen, Leute unterhielten sich lebhaft und laut.

Natasha starrte gedankenverloren auf die Wand des Pubs, wo ein Druck ihre Aufmerksamkeit erregt hatte: eine Pferdekutsche, die Kutscher in roten Mänteln auf dem Kutschbock, die Pferde mit wild rollenden Augen und geblähten Nüstern.

»Nats? Schatz?«

Sie blinzelte, als sich eine Hand auf ihren Arm legte.

»Hm? Was?«

»Du bist ganz schön weit weg heute Abend«, stellte Rob lachend fest und drückte kurz ihren Oberschenkel.

»Tut mir leid. Entschuldige.« Sie setzte sich aufrecht hin wie eine Schülerin, die dabei ertappt worden war, wie sie aus dem Fenster starrte. »Was hast du gesagt?«

»Dave hat erzählt, dass das ›Komedia‹ in Bath ein neues Programm hat. Das sollten wir uns mal anschauen, findest du nicht?«

Rob und sie? In einem Comedy-Club? »Unbedingt.«

»Ist echt zum Brüllen«, versicherte Dave. »Genau das Richtige nach einem langen Tag, an dem ich nichts anderes gemacht habe, als die Genitalien von Hengsten zu reinigen.«

Helena kicherte und gab ihm einen liebevollen Klaps auf den Arm. Dave beugte sich zu ihr und küsste sie auf die Stirn.

Natasha beobachtete die Szene belustigt. Für eine Frau, die sich bewusst als heißes Luder stylte, führte ihre Freundin allmählich ein auffällig braves und aufgeräumtes Leben.

Als die Bedienung mit ihrem Essen kam – dampfende Pies für Helena und Dave, ein Steak für Rob, Fish and Chips mit Erbsen für sie selbst –, lehnten sie sich alle zurück. Doch während die anderen gierig zum Besteck griffen, starrte Natasha appetitlos auf ihren Teller. Dabei hätte sie eigentlich einen Bärenhunger haben müssen, denn sie hatten eine geschlagene Stunde auf ihr Essen gewartet, weil der Pub brechend voll war.

Schließlich fing sie an, aber als sie nach ein paar Bissen aufschaute, bemerkte sie, dass Helena sie beobachtete.

»Ich bin echt froh, dass es heute so spontan geklappt hat«, sagte Rob mit einem Seitenblick auf die beiden Frauen, die ungewohnt still waren. »So was sollten wir öfter machen.«

»Na ja, für uns ist das einfacher als für euch«, meinte Helena und blickte von Natasha zu ihm. »Wir müssen nicht erst einen Babysitter besorgen.«

»Eigentlich ist es eher Bella, die Probleme macht.« Rob verdrehte die Augen, während er ein Stück von seinem Steak absäbelte. »Aber mit Rosie haben wir wirklich Glück, sie ist zuverlässig und springt auch mal in letzter Sekunde ein. Und Mabel liebt sie, das ist die Hauptsache.«

»Seid froh, dass ihr sie nicht mehr überallhin mitnehmen müsst. Ich glaube, auf die Dauer wäre das ziemlich anstrengend«, meinte Dave.

Rob nickte. »Das kannst du laut sagen. Seit Moolah wieder aufgetaucht ist, hat sich die Lage entspannt. Jetzt geht Mabel wieder anstandslos ins Bett und schläft tief und fest.«

»Ach so, ja …« Dave grinste. »Das hätte ich fast vergessen, die Harry-Styles-Geschichte. Ist er dein neuer bester Freund geworden?«, wandte er sich an Natasha, um sie in die Unterhaltung mit einzubeziehen.

Sie riss sich zusammen. »Von wegen! Er folgt mir nicht einmal auf Insta«, erwiderte sie mit gespielter Empörung. »Unglaublich, oder? Man sollte doch meinen, dass es ihn interessiert, ob es ein Happy End für uns gegeben hat.«

»Natürlich hat es ein Happy End gegeben«, sagte Helena schnell und blickte ihr dabei fest in die Augen. »Wenn es für euch kein Happy End gegeben hat, dann weiß ich auch nicht …«

Die beiden Frauen starrten sich über den Tisch hinweg an. Nicht gerade subtil …

Natasha verschluckte sich an ihrem Fisch, weil ihre Kehle wie zugeschnürt war, und begann zu husten.

»Alles in Ordnung?«, erkundigte sich Rob und tätschelte ihr den Rücken.

»Mm-hmmm«, nuschelte sie mit tränenden Augen.

Dave griff nach seinem Weinglas. Er hatte einen vollmundigen Pinot Noir bestellt, der Rob ausgezeichnet zu schmecken schien – er hatte schon ganz rote Wangen.

»Hels hat erzählt, dass du täglich einen kleinen Bericht über Moolahs Reise durch die Anden bekommst.«

»Himalaja«, verbesserte Helena, ohne Natasha aus den Augen zu lassen.

»Himalaja, richtig.« Dave nickte und schaute Natasha fragend an, weil sie nicht reagierte.

»Hm? Oh … ja, er … bemüht sich ganz rührend. Wir nennen seine Fotos Postkarten, damit es sich mehr nach einem Abenteuer anhört. Mabel freut sich jedes Mal wie verrückt.«

Rob lachte leise. »Nats druckt alle aus und hängt die Fotos über Mabels Bett auf, damit sie Moolah vor dem Schlafengehen sehen kann.«

»Sie laminiert sie sogar«, ergänzte Helena.

»Was hat er heute eigentlich geschickt?«, fragte Rob.

Natasha zögerte, und ihr Herzschlag beschleunigte ein wenig. »Gar nichts.«

»Kein Foto, nichts?«

»Nein.« Sie sah ihren Mann an und hoffte auf ein paar beruhigende Worte.

Duffys Foto war immer noch auf ihrem Handy, aber sie hatte nicht auf die Nachricht geantwortet. Seit gestern Morgen, als sie Helena das Foto gezeigt hatte, hatte sie die Mail nicht mehr geöffnet, dennoch hatte sie beinah das Gefühl, dass ihr Smartphone wie ein Geigerzähler klickte, was sie ganz nervös machte.

»Hm. Dann hat er wahrscheinlich kein Netz. Wie hat Mabel es aufgenommen?«

»Na ja, ich habe versucht, ihr zu erklären, dass er sich praktisch am Ende der Welt aufhält und genauso gut auf dem Mond sein könnte, aber …«

Rob wandte sich ab und Dave zu. »Die Astronauten auf der ISS haben jetzt auch Zugriff auf eine Cloud, hast du das schon gehört?«

»Im Ernst?« Dave wirkte beeindruckt.

»Ja. Die ISS ist ja seit über zwanzig Jahren im Grunde nichts anderes als ein erdumkreisendes Weltraumlabor. In der fehlenden Schwerkraft wird alles Mögliche erforscht, ob es nun um Krebszellen geht oder um Verbrennungsmotoren. Irgendwo habe ich von insgesamt über dreitausend Experimenten gelesen. Aber da die Computerkonnektivität begrenzt ist und es schwer war, Prioritäten zu setzen …«

Natasha sah Rob an. Er war offenbar ganz in seinem Element. Interessierte es ihn denn überhaupt nicht, dass Mabel herzzerreißend geweint hatte, als beim Frühstück keine Postkarte da gewesen war? Dass die Erzieherinnen in der Kita wieder ihre liebe Not mit ihr hatten?

Für Mabel herrschte seit drei Tagen, nicht seit zwei, Funkstille, weil Natasha ihr das Foto von Duffy – oder Tom, wie sie jetzt wusste – vorenthalten hatte. Sie fürchtete, es könnte Mabel verunsichern, wenn der bis dato anonyme Unbekannte plötzlich ein Gesicht bekam. Solange sie sich auf Moolah und ihre Abenteuer konzentrieren konnte, war die Tatsache, dass *der Mann da* sie mitgenommen hatte, nebensächlich. Doch das bedeutete eben drei Tage ohne Nachricht von Moolah, und Natasha geriet allmählich in Panik.

»Ich komme mit«, sagte Helena und warf ihre Serviette auf den Tisch.

Natasha schaute sie verdutzt an. »Was?«

»Ich komme mit. Ich muss auch.« Helena schob ihren Stuhl zurück.

Natasha zögerte nur kurz. Sie hatte, wie beide wussten, kein Wort davon gesagt, dass sie auf die Toilette musste. Doch da sie den Girl-Code kannte, erhob sie sich. Rob und Dave waren ohnehin so in ihre Unterhaltung vertieft, dass sie kaum aufblickten.

Nervös folgte sie Helena über den gemusterten Teppichboden. Ein Tête-à-Tête auf dem Klo verhieß nichts Gutes. Helena stieß die Toilettentür so energisch auf, dass sie gegen die Wand mit der cremefarbenen Strukturtapete knallte. Natasha beobachtete, wie ihre Freundin einen Blick in alle Kabinen warf, um sicherzugehen, dass sie allein waren, und sich dann, die Arme über der Brust verschränkt, ihr zuwandte.

»Du hast letzte Nacht kein Auge zugemacht, oder? Du siehst beschissen aus.«

»Danke.«

»Und dann dieser permanente Blick ins Leere …« Helena zog eine Braue hoch. »Also los, red schon.«

Als Natasha ihre älteste Freundin anschaute, hörte sie ein Toben und Zetern in ihrem Inneren. Unausgesprochene Worte drängten nach draußen. Sie bekam einen roten Kopf, so viel Groll – nein, Wut – hatte sich aufgestaut und versuchte sich jetzt Bahn zu brechen. Dinge, die sie noch nie jemandem erzählt hatte, pulsierten in ihr.

Helenas Augen verengten sich zu schmalen Schlitzen. »Was?«

Die Worte stiegen in Natasha auf wie eine Welle, die sich aufbaute, immer steiler wurde und sich schließlich überschlug.

»Du hättest mir sagen müssen, dass er dir eine Nachricht geschickt hat!«

Sie beobachtete, wie die Welle Helena vor die Füße krachte.

»Hä?«

»Nach der Hochzeit.«

»Ach so. Das.«

»Das?« Natasha zuckte zusammen.

Seit sie gestern Morgen die Zahnarztpraxis verlassen hatte, ging ihr die Frage »Hat sie es getan?« nicht mehr aus dem Kopf. Was sie auch tat, sie wurde sie einfach nicht los.

Von der Praxis war sie auf direktem Weg zu Diana gefahren, dabei hätte sie später nicht einmal mehr sagen können, wie sie dorthin gekommen war. Beim Zeichnen hatte sich ihre Hand wie automatisch bewegt, während Arty über die Boxentür hinweg mit ihr geflirtet hatte. Und als Rob zu Hause angerufen und gemeint hatte, es werde wieder spät werden, war sie ausnahmsweise dankbar dafür gewesen.

Sie hatte online ein paar Weihnachtsgeschenke gekauft und sogar einen Apfelkuchen gebacken, während sie sich einen Podcast anhörte. Aber womit sich ihre Hände auch beschäftigten – mit Fahren, Zeichnen, Backen, Mabel baden –, ihre Gedanken kreisten in einer Endlosschleife:

Warum hatte er das getan?

Warum hatte Hels es ihr verschwiegen?

Vor allem aber: Was hätte sie gemacht, wenn Hels es ihr erzählt hätte?

Helena machte ein finsteres Gesicht. »Und was hätte es gebracht, wenn ich es dir erzählt hätte?«

»Gar nichts. Aber ich hatte trotzdem ein Recht darauf, es zu erfahren. Es ging um *mich.*«

»Nats! Du hattest gerade geheiratet, und zwanzig Minuten später warst du schwanger! Hättest du das ernsthaft aufs Spiel setzen wollen wegen eines Kerls, den du beim Junggesellinnenabschied kennengelernt hast?«

Helena wirkte aufrichtig bestürzt. Natasha spürte, wie sich der Druck hinter ihren Augen aufbaute, aber sie würde nicht weinen. Niemand würde jemals die Wahrheit erfahren. Sie hatten alle keine Ahnung. Nicht die geringste.

Sie wandte den Blick ab, nagte an ihrer Unterlippe und grub sich die Fingernägel in die Arme.

»Schau, Nats, ich kann ja verstehen, dass du durch den Wind bist. Wirklich. Ich meine, wie groß war die verdammte Chance, dass Tom Duffy McDuffduff von allen Airbnbs auf der Welt ausgerechnet dieses bucht? Aber das war einfach nur ein saublöder Zufall, okay?« Sie starrte Natasha aus zusammengekniffenen Augen an. »Du denkst doch hoffentlich nicht, dass das eine Art Zeichen ist, oder? Dass das Schicksal euch wieder zusammenbringen will?«

»Nein, natürlich nicht!«, antwortete Natasha unwirsch, konnte ihr aber nicht in die Augen sehen.

»Wenn das dahinterstecken würde, wäre er nämlich zur selben Zeit wie du in Wien gewesen«, fuhr Helena ruhig fort. »Nicht einen Tag später.«

Natasha blinzelte und bekam Herzklopfen. Hatte es das Schicksal vermasselt?

»Vollkommen richtig«, erwiderte sie, doch ihre Stimme zitterte.

»Du warst in ihn verknallt, Nats. Ein letztes Abenteuer vor der Ehe. Es waren intensive Stunden voller Emotionen, aber du hast ihn gerade mal zwei Tage gekannt. Liebe braucht Zeit, um sich zu entwickeln.«

»Er hat gesagt, dass sich alles in einem einzigen Augenblick entscheiden kann – man kann jemanden in einem einzigen Augenblick verlieren, und ein einziger Augenblick genügt, um zu wissen, dass man den richtigen Menschen gefunden hat.«

»Klar hat er das gesagt«, bemerkte Helena trocken. Wie oft hatte sie Variationen dieses Satzes an irgendeiner Bar gehört? »Zugegeben, *möglicherweise* gibt es ja die Liebe auf den ersten Blick, zumindest theoretisch. Aber vergiss nicht, dass er sich aus dem Staub gemacht hat, Nats. Was auch immer du in ihm gesehen hast: Er ist verduftet, bevor es ernst wurde. Er war kein strahlender Held, der dich erobern wollte, sondern ein Süßholzraspler und Feigling. Und falls du diese ganze Geschichte für einen Wink des Schicksals hältst und nach Gründen suchst, um ihn anzurufen und ihm mitzuteilen, dass du die Kleine von damals bist … Also ich will dir ja nicht wehtun, Schätzchen, aber vermutlich wird er sich nicht einmal mehr an dich erinnern.«

Es war, als hätte Helena ihr mit einem Baseballschläger eins übergezogen.

»Wahrscheinlich hast du recht. Aber das will ich ja auch gar nicht«, behauptete Natasha mit erstickter Stimme.

»Was dann?«

Natasha fand keine Worte. In ihrem Gehirn war nichts als ein starkes Rauschen, und scharfe Klingen schienen sich in ihr Herz zu bohren.

»Hör zu.« Helena trat vor sie hin und legte ihr die Hände auf die Schultern. »Du hast kalte Füße bekommen, und da kam dieser Typ als Retter in der Not, alles klar. Wir waren alle sternhagelvoll und haben Dinge getan, die wir nicht hätten tun sollen – Lauren kann es noch so vehement abstreiten, aber ich habe mit eigenen Augen gesehen, wie sie mit diesem Fahrradmechaniker in der Küche rumgeknutscht hat. Aber was im Center Parc passiert ist, bleibt dort, okay? Zwischen euch beiden hat es geknistert, gut, aber das hier ist das richtige Leben.«

Sie schüttelte Natasha sanft.

»Wir beide auf dem Klo, während Rob und Dave sich über Astronauten unterhalten. Rob ist derjenige, den du liebst. Du und er und Mabel passt so perfekt zueinander, dass man sich fast übergeben möchte. Ihr seid eine Bilderbuchfamilie. Ich könnte schreiend davonlaufen, wenn ich euch sehe!«

Natasha schüttelte den Kopf. »Unser Leben ist alles andere als perfekt.«

»Das weiß ich doch. Wessen Leben ist das schon? Aber manchmal glaube ich, dir ist gar nicht klar, was du an ihm hast.«

Natasha hatte das Gefühl, als hätte ihr jemand eine Ohrfeige verpasst. Nein, keine Ohrfeige – als wäre sie durchschaut worden. Ihr schrecklichstes, intimstes Geheimnis sickerte aus ihr heraus.

»Wie meinst du das?«

»Na ja, manchmal hat es den Anschein, als ob der arme Rob sich ständig beweisen muss«, erklärte Helena und hob beschwichtigend die Hände.

Der arme Rob? »Das ist nicht wahr!«

»Doch, Nats. Es ist, als müsste er sich immer noch um dich bemühen, aber was soll er denn noch alles machen? Er reißt sich den Hintern auf, um dir alles bieten zu können. Er beklagt sich nie darüber, dass ich andauernd in eurer Küche hocke und euren Wein trinke. Er macht dir ständig Komplimente, er liebt dich abgöttisch …«

»Das weiß ich.«

»Was ist es dann?« Helena legte ihr wieder die Hände auf die Schultern und schüttelte sie, nur halb im Scherz. »Glaubst du etwa immer noch, dass er eine Affäre hat?«

»Nein.« Natasha schüttelte den Kopf. »Ich weiß, dass er nicht fremdgeht.«

»Was ist es dann?«, wiederholte Helena ihre Frage.

Natasha seufzte. Wie sollte sie etwas erklären, was sie selbst nicht verstand?

»Es ist nicht Robs Schuld, sondern meine. Das Problem bin ich. Ich … ich … fühle mich so abgestumpft, so leer.«

Helena ließ die Hände sinken, als sich Natasha beschämt an den Waschtisch lehnte. Zuzugeben, dass sie sich mit ihrem Mann einsam fühlte, war eine Sache. Aber von emotionaler Leere zu sprechen, und das nach ihrem Traumurlaub? Nach allem, was Rob für sie tat?

»Du versuchst seit einem Jahr, schwanger zu werden, richtig?«, begann Helena behutsam.

»Seit anderthalb Jahren«, verbesserte Natasha leise und mit gesenktem Blick.

»Richtig, ja, seit anderthalb Jahren. Das ist eine immense psychische Belastung für jedes Paar. Da dürfte es ganz normal sein, dass man ein wenig abstumpft.«

Natasha schaute hoffnungsvoll auf. Ihre größte Befürchtung war, dass sie ihren Mann nicht mehr lieben könnte, und sie wollte auf gar keinen Fall, dass Mabel als Scheidungs- und Einzelkind aufwuchs.

»Meinst du wirklich?«

»Aber ja! Du setzt dich selbst unter Druck. Vergiss nicht – es ist schon einmal passiert, also wird es auch ein zweites Mal passieren.«

»Das sagt Rob auch immer.«

»Dann hör auf ihn!«

»Ich werde einfach das Gefühl nicht los, dass irgendetwas nicht stimmt. Ich meine, so lange, wie wir es schon versuchen …«

»Rob ist viel unterwegs, Schätzchen. Ich wette, viele fruchtbare Tage verstreichen ungenutzt.«

»Schon, aber …«

»Wie war's denn mit deinem Fruchtbarkeitsfenster, als ihr auf den Malediven wart?«

»Hat gepasst.«

»Dann mach einen Test.«

Aus Helenas Mund hörte sich das so einfach an.

»Ich *fühle* mich aber nicht schwanger.«

»Was bist du – eine Hellseherin? Natürlich fühlst du dich nicht schwanger, es sind ja erst zwei Wochen! Aber wenn du zum Beispiel nächste Woche einen Test machst und das heiß ersehnte Ergebnis bekommst, wird alles andere vergessen sein, das garantiere ich dir. Auch diese … Ablenkung.«

»Was meinst du?«

»Duffy.« Helena musterte sie prüfend. »Und selbst wenn er vom Dach der Welt herunterfallen und Moolah nie wieder gesehen werden sollte, würde Mabel schnell darüber hinwegkommen, wenn sie ein Geschwisterchen zum Spielen hätte. Kinder vergessen, Nats. Sie haken die Vergangenheit einfach ab, wenn etwas Besseres kommt.«

Natasha wandte den Blick ab. Könnte sie das von sich doch auch behaupten! Sie hatte geglaubt, die Vergangenheit zusammengerollt, fest vernäht und in einem Safe eingeschlossen auf dem Meeresgrund versenkt zu haben. Stattdessen hatte sie ein Foto auf ihrem Handy, das den Mann, den sie vergessen musste, Bier trinkend und in fröhlicher Gesellschaft zeigte. Sie hatte es ständig bei sich, in ihrer Tasche, in ihrer Hand, neben ihrem Kopfkissen. Eine Büchse der Pandora, die sie nicht mehr loswurde.

»Das sind zwei völlig verschiedene Dinge. Moolah ist unersetzlich für Mabel. Ich muss sie unbedingt zurückkriegen.«

»Hm. Das ist hoffentlich keine Umschreibung für einen geplanten kleinen Ausflug nach Nepal, oder? Suchst du etwa nach einer Ausrede, um ihn sehen zu können?«

»Red doch keinen Unsinn! Aber ich habe irgendwie ein ungutes Gefühl. Das ist jetzt der dritte Tag ohne Nachricht von ihm.«

»Nur wenn wir die Morgengabe von gestern nicht mitzählen«, murmelte Helena nachdenklich.

»Was wir auch nicht tun. Das Foto kann ich Mabel unmöglich zeigen. Das würde sie nur verwirren.«

»Und Rob? Hast du es ihm gezeigt?«

»Natürlich nicht. Warum soll er ein Foto von ihm sehen?«

»Und warum soll er es *nicht* sehen?« Helena zog eine Braue hoch. »Rob ist ihm nie begegnet. Er hat keine Ahnung, dass du damals in den Kerl verknallt warst und ihn auf deinem Junggesellinnenabschied geküsst hast. Es würde ihm nicht das Geringste ausmachen, wenn er wüsste, wie Duffy aussieht. Für ihn ist er bloß irgendein Typ, der mit dem Kuscheltier seiner Tochter in der Tasche in den Bergen herumkraxelt. Du bist die Einzige, für die das Foto eine Bedeutung hat …«

»Es hat keine Bedeutung für mich!«

»Und warum hat er es dir dann geschickt?«

»Keine Ahnung. Er weiß doch gar nicht, wer ich bin! Er kennt mich nur als Mabels Mum.«

»Vielleicht hat er es doch irgendwie herausgefunden und dir das Foto deshalb geschickt. Er könnte ein Bild von dir auf Insta entdeckt haben und …«

»Das haben wir doch alles schon durchdiskutiert«, fiel Natasha ihr ungeduldig ins Wort. »Dort draußen hat er garantiert keine ausreichende Signalstärke für einen Zugriff auf die sozialen Medien.« Sie schüttelte energisch den Kopf. »Völlig ausgeschlossen.«

»Könnte er deine Identität nicht doch irgendwie herausgefunden und deshalb beschlossen haben, sich vornehm zurückzuziehen?«

»Das kann er nicht machen!« Natasha starrte ihre Freundin entsetzt an. »Nicht, solange er Moolah hat!«

»Dann ist die ganze Aufregung also nur wegen Moolah? Und nicht, weil du ihn wiedergefunden hast?«

Natashas Herz raste und machte es ihr fast unmöglich, logisch zu denken.

»Wenn er einfach so von der Bildfläche verschwindet und uns hängen lässt ... Wie soll ich das Mabel beibringen?«, fragte sie ruhig. »Er darf die Verbindung nicht abreißen lassen.«

Helena sah sie scharf an. »Na schön, und wie lange ist er noch unterwegs? Das sind doch jetzt schon fast zwei Wochen, oder? Er muss doch irgendwann mal an einer Stadt vorbeikommen.«

»Das ist genau so, als wäre er in der Wüste Gobi unterwegs und würde ein Starbucks suchen. Er tourt durch den Himalaja! Vielleicht noch wochenlang.«

»Dann schick ihm eine Mail und frag ihn, wo er ist! Sitz nicht einfach herum und warte auf eine Nachricht von ihm! Frag ihn, wann er eine Ortschaft erreicht. Das wird er dir doch sagen können, er muss ja eine Karte haben. Und es ist nicht zu viel verlangt. Du hast schließlich eine dreijährige Tochter, und jeder weiß, dass es keine tyrannischeren und irrationaleren Menschen auf diesem Planeten gibt als Dreijährige.«

Natasha musste lachen, und ihre Anspannung löste sich. »Da hast du allerdings recht.«

»Ich habe immer recht«, behauptete Helena schmunzelnd. »Glaub mir, die Zeit wird dafür sorgen, dass sich diese ganze Geschichte in Wohlgefallen auflöst. Moolah war weg, Moolah ist wieder aufgetaucht, Moolah wird wieder nach Hause kommen. Duffy wird seiner Wege gehen und du deiner. Kapiert?«, fügte sie augenzwinkernd hinzu.

Natasha seufzte. »Kapiert.«

»Und jetzt komm.« Helena hakte sich bei ihr unter. »Sonst denken die Jungs noch, dass wir aus dem Fenster geklettert sind und um die Häuser ziehen. Du wirst mit deinem Mann flirten und keinen Gedanken mehr an unangemessene Nachrichten und Selfies von bärtigen Typen mit einer Plüschkuh als Fetisch verschwenden.« Sie lachte laut über ihre wenig schmeichelhafte Beschreibung. »Ha! Also wenn dich das nicht abtörnt, bist du wirklich ein hoffnungsloser Fall!«

Ja, dachte Natasha und ließ sich von ihrer Freundin hinausführen. *Ich bin wirklich ein hoffnungsloser Fall.*

21. Kapitel

Whinfell, Oktober 2018

»Oh. Mein. Gott.« Helenas Stimme klang wie die einer Dragqueen. Die Haare standen ihr senkrecht vom Kopf ab, die Wimperntusche war halbmondförmig unter den Augen verschmiert, und sie trug den Schlafanzug mit der Innenseite nach außen. »Das, meine Liebe, nenn ich einen Junggesellenabschied.«

Natasha schaute zu, wie sie sich mit ausgebreiteten Armen auf das Sofa gegenüber fallen ließ. Als sie in die Polster plumpste, hüpfte eine Bierflasche unter den Kissen hervor und fiel auf den Fußboden, wo die letzten Tropfen herausliefen.

Teilnahmslos beobachtete Natasha, wie sie im Teppich versickerten. Nach einer unruhigen Nacht war sie schon vor sechs Uhr aufgewacht, mit pelziger Zunge und in Dauerschleife kreisenden Gedanken. Die anderen hatten noch geschlafen, als sie mit dem Aufräumen und Putzen anfing, doch die Beschäftigung hatte ihr gutgetan. Es war genau das gewesen, was sie gebraucht hatte, die perfekte Ablenkung.

Zuerst hatte sie sämtliche Bier-, Wein-, Prosecco- und Wodkaflaschen eingesammelt sowie die Gläser gespült. Dann hatte sie die Pizzakartons zusammengedrückt und mit der Mülltüte, die von gestern Abend noch auf der Veranda stand, zu den Recyclingbehältern getragen. Zu guter Letzt hatte sie die Spülmaschine eingeschaltet, den vermissten BH von der Rückenlehne des Sofas geklaubt, die Sofakissen aufgeschüttelt und alle Türen aufgerissen, um frische Luft hereinzulassen. Die Gäste, die nach ihnen hier wohnen würden, würden nicht ahnen, was für ein Gemetzel hier stattgefunden hatte.

Ja, in ihrer Unterkunft war alles wieder in Ordnung, aber in ihrem Kopf herrschte immer noch das blanke Chaos.

»Lizzie und Lauren machen gerade Schinkensandwiches«, sagte sie und schaute von der Illustrierten auf, in der sie noch keine einzige Zeile gelesen hatte. »Sara ist unterwegs, um Ketchup zu besorgen.«

»Ketchup, Himmel, ja!« Helena verschränkte die Arme über dem Gesicht und stöhnte. »Ein Schinkensandwich ohne Ketchup … eine grauenhafte Vorstellung, findest du nicht?«

»Hm«, murmelte Natasha, die sich durchaus Schlimmeres vorstellen konnte.

Helena ließ einen Arm sinken. »Was ist los?«

»Was soll denn los sein?«

»Du bist so still.«

Natasha verdrehte die Augen. »Ich hab einen Mordskater und leide vor mich hin, okay?«

»Hmph«, machte Helena, gab sich aber offenbar mit dieser Erklärung zufrieden, jedenfalls legte sie sich den Arm zum Schutz gegen das grausam grelle Sonnenlicht wieder übers Gesicht.

»Oh, du bist schon auf!«, rief Lauren, die ein Tablett

mit Teebechern hereintrug. »Wir wollten dich gerade wecken. Wir waren nicht sicher, ob Jack noch da ist.«

»Nö.« Helena grinste und seufzte zufrieden. »Hab ihn schon vor Stunden rausgeworfen.«

»Geile Nacht?«, fragte Lauren und musterte sie halb neidisch, halb vorwurfsvoll.

»O ja«, antwortete Helena gedehnt. Dann setzte sie sich auf und griff nach einem der Teebecher.

Lauren gab ihr einen Klaps auf die Hand. »Hey, der ist für Sara!«

»Tja, Pech gehabt. Der frühe Vogel kriegt den Tee.«

»*Der frühe Vogel?* Du hast bis jetzt gepennt!«

Helena strahlte ohne eine Spur von schlechtem Gewissen, schloss die Augen und nippte genüsslich an ihrem Tee.

Schritte kamen die Außentreppe heraufgestapft, und einen Augenblick später trat Sara durch die Tür.

»Hab den Ketchup«, verkündete sie schnaufend und lief auf direktem Weg in die Küche.

»Nimm dir einen Tee!«, rief Helena ihr nach. Dann fiel ihr auf, wie ordentlich es im Wohnzimmer aussah, und sie runzelte die Stirn. »Der Putztrupp war aber früh da heute.«

»Das war Nats«, sagte Lauren. »Wir haben ihr nur geholfen, den Abfluss wieder freizukriegen.«

»Iiih!« Helena schnitt eine Grimasse. »Wieso hast du das gemacht?«

Natasha, die sich immer noch hinter ihrer Illustrierten versteckte, zuckte mit den Schultern.

»Es sind noch mehr da, keine Sorge«, verkündete Lizzie und trug eine Platte mit Sandwiches herein.

Hinter ihr folgte Sara, die die Ketchupflasche schüttelte.

Ruhe kehrte ein, während alle aßen und tranken, um ihre Batterien wieder aufzuladen. Natasha hatte bereits fünf große Gläser Wasser hinuntergestürzt und das Schlimmste hinter sich. Niemandem schien aufgefallen zu sein, dass ihre Nacht schon sehr früh zu Ende gewesen war.

»Und, haben alle gut geschlafen?«, nuschelte Helena mit vollem Mund.

»Einige offensichtlich besser als andere«, grummelte Lizzie. »Rachel klebt immer noch an diesem - wie heißt er doch gleich?«

»Andy«, kam Lauren ihr zu Hilfe.

Helenas Lippen verzogen sich zu einem trägen Lächeln, während sich ihr Blick auf Lauren heftete. Die wurde blass.

»Warte mal … hab ich dich nicht mit Ben in der Küche knutschen sehen?«

»Ganz bestimmt nicht!«

Helena schnappte nach Luft, als die Erinnerungen klarer wurden.

»O doch! Natürlich hab ich euch gesehen! Du hast ihn gegen den Kühlschrank gedrückt und abgeknutscht!«

»Du spinnst ja!«

Helena fiel lachend in die Polster zurück und stampfte mit ihren nackten Füßen auf den Boden.

»O mein Gott, das ist zum Brüllen! Ich könnte mich totlachen!«

»Da gibt's überhaupt nichts zu lachen«, blaffte Lauren. »Es ist nichts passiert, und ich will nicht, dass irgendwelche blöden Gerüchte in Umlauf gebracht werden. Zach würde das gar nicht komisch finden, das kannst du mir glauben.«

»Reg dich ab, Schätzchen.« Helena beugte sich vor und tätschelte ihr das Knie. »Das bleibt doch unter uns. Alles, was hier passiert ist, ist offiziell nicht passiert.«

»Es *ist* auch nichts passiert, Herrgott noch mal!«

»Weiß ich doch.« Hels zwinkerte ihr zu und tippte sich mit der Fingerspitze seitlich an die Nase.

»Arrrgh!«, knurrte Lauren genervt.

»Bleibt noch der heiße Tom. Liz? Sara? Wer von euch hat ihn sich gekrallt?«

»Er ist abgehauen.« Lizzie seufzte. »Und wir zwei haben Musical.ly Routines gemacht.« Sie sah Sara an. »Du hast die Videos doch nicht gepostet, oder?«

»Natürlich nicht«, antwortete Sara. Doch sobald sich Lizzie weggedreht hatte, grinste sie über das ganze Gesicht.

»Wann?«, fragte Helena säuerlich.

»Hä?«

»Wann ist der heiße Tom abgehauen?«

»Weiß nicht mehr genau«, antwortete Sara achselzuckend. »Früh. Anscheinend hat er keinen Bock mehr gehabt.«

»Das hab ich aber anders in Erinnerung. Als wir Flaschendrehen gespielt haben, war er doch total gut drauf.« Misstrauisch schaute Helena zu Natasha. »Wo warst *du* eigentlich? Du bist auch ziemlich früh verduftet.«

»Hm-hm«, machte Natasha, weil sie genau wusste, was ihre älteste Freundin dachte. »Ich war ziemlich früh platt und bin ins Bett. *Allein.*«

»Kannst du das beweisen?«

»Zufällig ja. Lizzie ist reingekommen und hat mich geweckt, um zu sehen, ob ich noch atme.«

»Als gute Freundin tut man so was! Wir waren alle ganz schön voll.«

»Danke, Schätzchen«, sagte Natasha lächelnd. »Ich weiß das zu schätzen.«

»Du bist auf deiner eigenen Party früh ins Bett, und dann bist du früh aufgestanden, um zu putzen?« Helena wirkte völlig unbeeindruckt. »Also wenn das nicht der mieseste Junggesellinnenabschied aller Zeiten war, dann weiß ich auch nicht.«

»*Mir* hat es gefallen, und ich habe mich prächtig amüsiert, also mach mir kein schlechtes Gewissen deswegen.«

»Wie du meinst. Du bist eben doch ein Angsthase und keine Tigerin …«

Küss mich.

Ich kann nicht.

»… zum Glück macht man das nur ein einziges Mal.«

Natasha zwang sich in die Gegenwart zurück. »Ja, und wenn du mal an der Reihe bist, wirst du garantiert dafür sorgen, dass ich verdammt alt aussehe.«

»Glaubst du im Ernst, ich bin so blöd, dass ich mich in eine Lage bringe, wo ich mich in einem so hässlichen Kleid zeigen muss?«

Alle lachten.

Du willst ihn nicht heiraten.

»Uns bleiben noch ein paar Stunden, um uns zu erholen«, stellte Lauren mit einem Blick auf die Küchenuhr fest. »Um zwölf sind wir im Spa angemeldet, danach gibt's ein spätes Mittagessen, und um vier checken wir aus. Wir haben das Luxus-Meersalzpeeling und die Algenpackung für dich bestellt, Nats.«

Ich will auch nicht, dass du ihn heiratest.

»Nats?«

»Hm?« Sie bemerkte, dass die anderen sie anstarrten. »Sorry. Mein Brummschädel.«

Lauren beugte sich vor und sah sie mit ernster Miene an.

»Meersalzpeeling«, wiederholte sie. »Algenpackung.«

»Im Grunde genommen machen sie Maki aus dir«, stellte Helena grinsend fest.

»Super! Klingt gut«, erwiderte Natasha ausdruckslos.

Gestern um diese Zeit war sie ihm das erste Mal begegnet. Auf dem Baumwipfelpfad. Zur Salzsäule erstarrt.

Stellen Sie sich auf meine Füße.

Und jetzt gut festhalten.

Können Sie Walzer tanzen?

Wie groß war die Chance gewesen, ihm zu begegnen? Und warum gerade jetzt? Warum nicht vor einem Jahr? Oder vor einem Monat? Warum ausgerechnet eine Woche vor ihrer Hochzeit? Sie feierten ihren Junggesellinnenabschied, Himmel noch mal! Helena hatte recht, das war der mieseste Junggesellinnenabschied aller Zeiten.

Natasha versuchte, Robs Gesicht vor ihrem inneren Auge heraufzubeschwören. Seine funkelnden Augen, sein verführerisches Lächeln. Und während er Golf spielte, flirtete sie mit einem Fremden.

Das war Wahnsinn. Sie musste den Verstand verloren haben.

Sie wollte nach Hause und das alles hier vergessen. Sobald sie wieder bei Rob wäre, würde sie keinen Gedanken mehr an diesen Typ verschwenden. Ihr Leben würde wie geplant verlaufen.

Seufzend legte sie die Illustrierte aus der Hand. Sie würde das schaffen. Sie musste bloß noch ein paar Stunden durchhalten.

Aber zuallererst würde man sie in eine Maki-Rolle verwandeln.

Die Bademäntel waren dick und flauschig, die Schlappen flach und breit wie Entenfüße. Natasha zog den Gürtel straff und blickte in den Spiegel der Umkleidekabine, während sie ihre Haare zusammenband. Sie versank fast in dem übermäßig großen Kleidungsstück, und irgendwie passte das: Sie hatte das Gefühl, dass ihr alles eine Nummer zu groß war.

»Was für eine Farbe soll ich nehmen?« Helena wedelte ihr mit den Fingern vor dem Gesicht herum. »Hellgrün, gelb oder schwarz?«

»*Schwarz?*«, rief Natasha entsetzt. »Du bist meine erste Brautjungfer, du kannst dir die Nägel doch nicht schwarz lackieren!«

Helena stieß ein kehliges Lachen aus. »Ich *liebe* es, wenn du dich in ein Brautmonster verwandelst. Schon eine ganze Weile her seit dem letzten Mal.« Sie versetzte Natasha einen leichten Rippenstoß. »Ich muss mich beeilen. Viel Spaß beim Dich-verwöhnen-Lassen. Bis später!«

Natasha schaute ihr nach. Irgendwie gelang es Helena, sogar in Bademantel und Schlappen stilvoll zu wirken.

Sie wandte sich wieder ihrem Spiegelbild zu und versuchte, die Frau zu sehen, die sie war und doch auch wieder nicht. Die Frau unter der sichtbaren Oberfläche, die sie bekniete, Tom zu suchen und ihm zu sagen, dass er recht hatte und sie die Hochzeit am liebsten abblasen würde.

Irgendetwas stimmte nicht mit ihr und Rob. Sie konnte nicht sagen, was es war, aber sie fühlte sich in seiner Nähe nicht so wohl und entspannt wie mit Tom, den sie gerade einmal vierundzwanzig Stunden kannte. Und Zweifel sollte man ernst nehmen, oder etwa nicht? Schließlich ging es hier um eine Entscheidung, die den Rest ihres Lebens betraf. Rob würde sicher nicht mit einer Lüge leben, nicht zweite Wahl sein wollen.

Dann blinzelte sie, und der Schleier fiel. Natasha sah wieder sich selbst – die konventionelle, auf Sicherheit bedachte und vor allen Dingen praktisch veranlagte Frau. Wo sollte sie ihn denn suchen? Sie kannte ja nicht einmal seinen vollen Namen oder seine Adresse.

Sie stieß sich vom Waschbecken ab und ging zur Rezeption. Hinter einer Glaswand konnte sie Helena und Lauren sehen, fröhlich schwatzend, die Füße in einer Fußbadewanne. Helena hatte eine Farbkarte auf dem Schoß; anscheinend überlegte sie noch immer, welche Nagellackfarbe am besten zu ihrem Brautjungfernkleid passte. Natasha wurde bewusst, dass es ihr völlig egal war, ob ihre Freundin sich die Fingernägel schwarz lackierte oder nicht.

Lizzie, Rachel und Sara saßen im Whirlpool und sezierten die Ereignisse der letzten Nacht.

»Natasha?«

Sie drehte den Kopf. Ihre Kosmetikerin – Rocco, laut ihrem Namensschildchen – sah sie lächelnd an.

»Wenn Sie mir bitte folgen würden?« Sie ging durch den champagnerfarbenen Flur bis ganz ans Ende. »Reagieren Sie auf bestimmte ätherische Öle allergisch?«

»Äh, nein, ich glaube nicht«, murmelte Natasha.

»Hier steht, dass Sie nächstes Wochenende heiraten?«

»Äh, ja.«

»Herzlichen Glückwunsch! Da sind Sie bestimmt schon ganz aufgeregt.«

»Ja …«

Rocco hielt ihr die Tür auf. Der Behandlungsraum hatte große doppelverglaste Fenster nach zwei Seiten mit Vertikaljalousien davor. In der Mitte stand eine Massageliege voller Handtücher, und auf den Regalen waren diverse Fläschchen mit Ölen und Cremes angeordnet. Es duftete nach Mandeln und Rosen, und es war angenehm warm, was die Blutzirkulation anregen und eine wohlige Schläfrigkeit herbeiführen sollte.

»Okay, Natasha, wenn Sie bitte alles ablegen würden, auch Ihren Schmuck, und sich dann schon mal auf die Liege legen? Decken Sie sich gut zu. Ich bin gleich wieder da.«

Natasha sah sie kurz an und rang sich ein Lächeln ab.

»Danke …«

Sie schlurfte ans andere Ende des Raums, wo auf einem Konsolentischchen unter dem Fenster eine Schmuckschale stand. Gedankenverloren nahm sie ihre Ohrringe ab und hakte den Verschluss ihrer Halskette auf, während sie aus dem Fenster starrte. Ihr war nach Weinen zumute. Nach Schreien.

Draußen radelte eine vertraute Gestalt vorbei. Schwarzes Kapuzenshirt, schwarze Hose, herunterbaumelnde weiße Kopfhörerkabel …

Plötzlich kam Leben in die Welt. Plötzlich kam Leben in *sie*.

»Tom!« Natasha hämmerte mit der Faust an die Scheibe, aber das Glas war dick. Nur die auf dem Sims stolzierende Taube wirkte ein wenig verstört. »O mein Gott!«, wimmerte sie, als Tom nichts ahnend weiterradelte.

Panik erfasste sie, genau wie am vergangenen Abend, als er zwischen den Bäumen verschwunden war. Sie konnte ihn schon nicht mehr sehen.

Ohne nachzudenken, rannte sie los, so schnell es in den Einheitsgrößenschlappen möglich war.

»Nein, nein, nein, nein«, murmelte sie.

Im Flur kam ihr Rocco entgegen, einen Stapel Handtücher in den Armen.

»Natasha! Wo wollen Sie denn hin?«, fragte sie verdutzt.

»Ich … ich hab was vergessen! Bin gleich wieder da!«, rief sie keuchend und ohne anzuhalten.

Sie schlitterte durch die Lobby und durch die Doppeltür ins Freie, wo sie einen Moment stehen blieb und sich verzweifelt umschaute. Von Tom keine Spur. Familien radelten über die Wege, Spaziergänger mit Taschen voller Badetücher oder Proviant schlenderten vorbei, fröhliches Kindergeschrei erscholl aus dem Wald.

Schließlich sprintete sie nach links, in die Richtung, in die er gefahren war. Nach ungefähr hundert Metern kickte sie die hinderlichen Schlappen von den Füßen und rannte barfuß weiter, während sie mit den Augen die Umgebung absuchte. Wo konnte er sein?

Immerhin wusste sie jetzt, dass er sich noch auf dem Gelände aufhielt. Es sei denn, er hatte sich auf dem Heimweg befunden, weil seine Frühschicht zu Ende war …

Oder wollte er Ben oder Andy oder Jack besuchen? In welchem Gebäude waren die Angestellten denn untergebracht? Sie hatte keine Ahnung.

»Fuck!«, schrie sie, während sie immer noch weiter hetzte, immer noch Ausschau hielt.

Dann stand sie unversehens vor der Kletterhalle, die fast so groß war wie ein Flughafenterminal. Das war zu einfach. Oder? War er tatsächlich da, wo sie ihm gestern zum zweiten Mal begegnet war?

Sein Fahrrad war nirgends zu sehen, aber vielleicht hatte er es auf der Rückseite abgestellt.

Natasha lief hinein … und blieb wie angewurzelt stehen. Seile hingen an den grauen, blauen und violetten Kletterwänden; Leute hievten und zogen sich hinauf, die einen behände und gelenkig, die anderen mühsam und schwerfällig. Das Leben ging weiter, als wäre nichts geschehen. Nur ihres war an einem Nagel hängen geblieben und hatte sich um hundertachtzig Grad gedreht, sodass sie auf einmal in eine ganz andere Richtung blickte.

Und dann entdeckte sie ihn. Er schlenderte auf eine Tür mit der Aufschrift »ZUTRITT NUR FÜR PERSONAL« zu. Natasha lief los, im Zickzack um Leute herum, die ihr für Sekundenbruchteile die Sicht versperrten.

»Tom!«

Halb schrie, halb flüsterte sie, als sie sah, dass er einen Code in ein Tastaturfeld eingab.

»Tom!«

Eine Hand auf der Tür, warf er einen Blick zurück – und machte ein verdattertes Gesicht, als er sie auf sich zusprinten sah.

»Nats! Was machst du denn hier?« Er streckte ihr beide Hände entgegen, wie um sie aufzufangen. »Was … wie siehst du denn aus?«

Natasha schaute an sich herunter. Sie hatte völlig vergessen, dass sie einen Bademantel trug und barfuß war, doch sie riss sich zusammen. Sie war so unglaublich froh, ihn gefunden zu haben.

»Gefällt's dir etwa nicht?«, japste sie. »Hast du das Brautkleid gestern lieber gemocht?«

Er grinste. »Das war definitiv nicht zu toppen.«

Ihre Blicke trafen sich. Natasha rutschte der Magen in die Kniekehlen, und ihr Mund öffnete sich ein wenig. Doch auf einmal wurde ihr bewusst, dass sie gar nicht wusste, was sie ihm sagen sollte – oder warum sie überhaupt hier war. Sie hatte keinen Plan. Ihre Füße waren einfach losgelaufen und hatten sie hierhergetragen.

Tom schaute auf. An seinem Blick und seinem leichten Lächeln konnte sie erkennen, dass die Leute offensichtlich zu ihnen hersahen.

»Komm«, sagte er leise und stieß die Tür auf. »Wir dürfen hier keine Flüchtlinge aus dem Spa aufnehmen«, witzelte er, legte ihr eine Hand aufs Kreuz und schob sie in den Raum.

Es war ein Lager, wie Natasha jetzt sah. Seile hingen von Haken, und die Regale an den Wänden boten Platz für Kletterschuhe, Geschirre, Helme und anderes Sportequipment.

Die schwere Brandschutztür fiel hinter ihnen ins Schloss und dämpfte die Geräusche aus der Halle. Tom bog um eine Ecke. Als sie hinter einem Stapel mit Schachteln voller Kletterkreide standen, hüllte die Stille sie ein wie eine Wolke.

Tom drehte sich zu Natasha um und sah sie fragend an. Vermutlich dachte auch er daran, wie jäh der Abend gestern geendet hatte.

»Ich habe geglaubt, du seist längst abgereist«, sagte Tom.

»Später Check-out. Ich bin für einen … Meersalzwickel und ein Algenpeeling angemeldet. Oder umgekehrt. Irgendwas in der Art. So wie Sushi …«, faselte Natasha.

Er machte ein völlig verwirrtes Gesicht.

»Aber dann habe ich dich vorbeiradeln sehen, und da wollte ich …«

Was? Was wollte sie?

»Dich verabschieden?«, ergänzte er in das Schweigen hinein. »Das haben wir doch gestern Abend schon gemacht, oder?«

»Nein. Dazu hatte ich keine Gelegenheit, du bist einfach gegangen.«

»Was hätte ich denn tun sollen? Das ist das erste Mal, dass ich eine Hochzeit zu verhindern versuche. Kein besonders tolles Gefühl.«

»Also hast du einfach aufgegeben.«

»*Einfach?*« Er schnaubte ungläubig. »Nein, nicht ›einfach‹, aber du musst mir schon entgegenkommen. Ich habe dir gesagt, wie ich die Sache sehe, aber wenn du nicht offen über deine Gefühle sprichst …« Er brach achselzuckend ab.

Natasha sah ihn an – eine Ewigkeit, wie ihr schien – und versuchte durch bloße Willenskraft, ihre Gefühle zu konkretisieren, damit sie die panische Angst, ihn zu verlieren, in Worte fassen konnte. Der Verlust ihrer Eltern, die Angst vor dem Alleinsein, hatte jede ihrer Entscheidungen diktiert: ihr Studium, ihre Berufswahl, ihren Sprint zum Traualtar (Rob hatte sie allerdings viermal fragen müssen, ob sie ihn heiraten wollte; seinen ersten Antrag hatte er ihr nach exakt vier Wochen gemacht, was sogar ihr zu schnell gegangen war). Sie hatte fest daran geglaubt, einen Notfallplan zu haben, etwas, was ihr Halt und Sicherheit gab. Doch dann war Tom gekommen. Tom mit seiner Spontaneität und dem Feuerwerk, das er in ihrem Kopf zündete. Und das machte ihr Angst. Sie hatte so etwas auch schon mit anderen Männern erlebt, und es hatte jedes Mal schnell – oder schlimm – geendet. Doch mit Tom war es etwas anderes, war es so viel mehr.

Er machte einen Schritt auf sie zu und ergriff ihre Hände.

»Rede mit mir. Sag es einfach.«

Natasha blinzelte. Es war, als würde sie versuchen, einen Lastwagen zu schieben, ein Schiff zu wenden, einen schlaffen Ballon steigen zu lassen.

»Ich habe das Gefühl, ich kriege keine Luft mehr …«

»Okay.«

»Ich stecke in einer Kiste und komme nicht mehr raus.«

»Okay.« Er sah sie aufmerksam an.

»Ich bin selbst in diese Kiste geklettert, weil ich mich darin sicher gefühlt habe. Zumindest eine Zeit lang. Aber jetzt … fühle ich mich wie in einer Falle, aus der es kein Entkommen gibt. Alle sagen, wie gut es mir geht und wie viel Glück ich habe, aber ich empfinde das überhaupt nicht so. Und du scheinst das als Einziger zu erkennen.«

»Ich weiß.«

»Ich … ich möchte mich ja auf meinen Instinkt verlassen. Aber woher weiß ich, dass ich das mit dir nicht nur als Fluchtmöglichkeit sehe? Woher weiß ich, dass ich dir vertrauen kann? Das könnte doch auch nur eine Anmache sein.«

»Das ist es nicht, und das weißt du auch«, sagte er schlicht. »Das Leben ist zu kurz für irgendwelchen Scheiß, Nats. Ich meine, was ich sage, und ich sage, was ich denke. Und ich denke, du solltest nächsten Samstag mit mir zu Abend essen.«

Sie lachte zwar, hatte aber immer noch ein mulmiges Gefühl. Vorbereitungen waren getroffen, die ganze Hochzeitsmaschinerie in Gang gesetzt worden. Natasha kam sich wie im Teilchenbeschleuniger vor – ihre Zukunft raste unaufhaltsam auf sie zu.

Tom zog sie näher an sich. »Komm her.«

Sie machte einen Schritt auf ihn zu. Ihr Herz hämmerte. Sie wusste, dass sie nahe daran war, die Grenze zu überschreiten, und sie wusste auch, dass sie das nicht tun sollte. Aber warum war sie ihm dann nachgerannt?

»Du hast doch bestimmt eiskalte Füße«, murmelte er.

Sie schaute nach unten. Ihre Füße waren im Moment das einzig Taube an ihr.

»Stell dich auf meine Schuhe.«

Zögernd kam sie der Aufforderung nach. Sie legte Tom die Arme um den Hals, während er ihre Taille umfasste, so wie bei ihrer allerersten Begegnung. Vor gerade einmal vierundzwanzig Stunden.

Natasha schloss die Augen. Die Welt ringsherum versank, aber dieses Mal hatte sie keine Angst. Seine Haut war nur Millimeter von ihrem Mund entfernt, als er sich nach ein paar Augenblicken zu bewegen begann und mit ihr durch den Lagerraum tanzte. Ihre Lippen berührten flüchtig und zwangsläufig seinen Hals.

Tom hielt inne.

»Küss mich«, flüsterte er.

Und dieses Mal tat sie es. Sie stellte sich auf die Zehenspitzen und presste ihre Lippen auf seine, einmal und dann noch einmal. Sie war sich jetzt ganz sicher – nächstes Wochenende wollte sie mit diesem Mann essen gehen.

22. Kapitel

Annapurna Base Camp, Samstag, 10. Dezember

»Tja, jetzt heißt es Abschied nehmen.« Duffy winkelte seinen Arm an und hielt seine Hand senkrecht hoch.

Stevie ergriff sie und zog ihn grinsend in seine Arme. »*Hasta mañana*, Kumpel.«

Ihre Rucksäcke waren gepackt, sie hatten die Jacken angezogen und die Mützen aufgesetzt. Der Wind frischte auf und jagte die Wolken über den Himmel.

»Viel Spaß auf dem Circuit. Der Trek soll der Hammer sein.«

»Ich bin auch total aufgeregt, Mann.« Jay trat vor und umarmte Duffy ebenfalls.

»Seid vorsichtig, wenn ihr zum Thorong La kommt. Der Pass liegt fünfeinhalbtausend Meter hoch, das solltet ihr nicht unterschätzen …«

Stevie lachte.

»Ich mein's ernst. Haltet euch lieber nicht zu lange dort auf.«

»Keine Bange«, sagte Stevie. »Bist du sicher, dass du noch hierbleiben willst?«

»Ganz sicher. Mein Körper findet es langsam richtig gut hier.«

»Du akklimatisierst dich.«

Duffy zuckte mit den Schultern. »Hört mal, könnt ihr mir einen Gefallen tun?«

Stevie nickte. »Klar, Mann.«

Duffy zog ein Päckchen unter seiner Jacke hervor. »Könnt ihr das bei der ersten sich bietenden Gelegenheit für mich aufgeben? Es ist wirklich wichtig.«

»Nach England?« Stevie warf einen Blick auf die Adresse, die Duffy auf die Rückseite eines Lageplans gekritzelt hatte, der am Empfang der Lodge ausgelegen hatte. Verpackt war das Ganze in eine umgestülpte Plastiktüte, in die er normalerweise seine nassen Sachen steckte, anschließend hatte er das Ganze mit Klebeband zugeklebt. Hoffentlich roch es nicht allzu streng.

Duffy zog zwanzig US-Dollar in Scheinen aus seiner Jackentasche.

»Das sollte reichen. Es ist wirklich wichtig, okay?«, wiederholte er mit Nachdruck. »Sobald sich eine Gelegenheit bietet. Per Express.«

»Alles klar, Mann. Kannst dich auf uns verlassen.«

Duffy nickte und hoffte, dass die beiden ihr Versprechen hielten. Sie würden das Päckchen sicher nicht wegwerfen, aber würden sie daran denken? Bei passender Gelegenheit daran denken? Eine Stunde lang hatte er hin und her überlegt, was er tun sollte, aber keine Patentlösung gefunden. Wie er sich auch entschied, vollkommen beruhigt war er nicht.

»Du weißt ja, wie du uns erreichen kannst, also lass von dir hören, okay? Wär schön, wenn wir wieder was zusammen unternehmen könnten. Vielleicht sehen wir uns ja in ein paar Wochen in Pokhara.«

»Vielleicht, wer weiß.«

Jay lachte und tätschelte Duffys Arm. »Du kannst nicht ewig hier oben bleiben, Mann.«

Duffy grinste. »Zugegeben, das wäre suboptimal.« Er schaute zu, wie die beiden Amerikaner ihre Rucksäcke schulterten. Sie ächzten leise, als sich das Gewicht auf ihre müden, geschundenen Knochen verteilte.

»Mach's gut, Mann!« Jay salutierte und wandte sich in Richtung Weg.

»Pass auf dich auf«, sagte Stevie augenzwinkernd.

»Und du auf dich.«

Duffy blickte ihnen nach, wie sie sich mit schweren Schritten entfernten. Ihre Walkingstöcke und Spikes bohrten Löcher in den Schnee, und ihre warme, wasserdichte Kleidung leuchtete so farbenfroh wie die Gebetsflaggen an den kreuz und quer gespannten Schnüren über ihren Köpfen.

Nach dem Frühstück brachen Dutzende von Trekkern auf. Das Wetter war morgens im Allgemeinen stabiler als später am Tag, deshalb hatten es alle eilig fortzukommen.

Doch Duffys Tagesplan sah etwas anderes vor. Während er wartete, wollte er ein kleines Workout in seinem Zimmer absolvieren, um seine Kondition zu erhalten. Als er sich zum Gehen wandte, streifte sein Blick die mächtigen, steilen Felswände des Annapurna. Er blieb einen Moment stehen und versuchte, diese kolossale Masse zu erfassen, als könnte Vertrautheit Unbekümmertheit erzeugen. Doch das war nicht der Fall.

Er duckte sich durch den Eingang der Lodge und ging auf sein Zimmer.

»Mr Duffy!«, rief eine Stimme auf dem Flur.

Duffy erhob sich vom Bett und steckte den Kopf durch die Tür. Es war die Frau, bei der er gestern eingecheckt hatte.

»Hey.«

»Mann sein da.«

Tom nickte. »Danke. Ich komme.«

Er setzte sich aufs Bett, stieg in seine Stiefel und vergewisserte sich ein letztes Mal, dass er alles eingepackt hatte. Sein Herz schlug ein bisschen schneller, als er den Reißverschluss seiner Jacke zuzog.

Eine Gruppe Lastenträger war eingetroffen. Die meisten von ihnen saßen zusammen an einem Tisch, tranken Tee und plauderten mit den Inhabern der Lodge.

Der Mann, auf den Duffy gewartet hatte, stand abseits an der Wand, neben sich einen konischen Lastenkorb, der so voll war, dass am oberen Rand eine Verstrebung aus Bambus angebracht worden war, die den Kopf des Mannes um ein gutes Stück überragen würde. Er trug eine blaue wattierte Jacke und eine dazu passende Hose, und in seine von Wind und Wetter gegerbte Haut hatten sich noch mehr Falten gegraben, seit sie sich vor gut zehn Jahren das letzte Mal gesehen hatten.

»Sanani Sherpa.« Duffy ging lächelnd und mit ausgebreiteten Armen auf ihn zu.

Der Mann betrachtete ihn aufmerksam. Sein Lächeln ließ seine Züge weicher erscheinen.

»Master Tom Duffy. Du bist groß geworden.«

Als sie sich nach einer langen Umarmung voneinander lösten, spürte Duffy Emotionen aus seinem tiefsten Inneren aufsteigen. Einige der anderen Träger schauten fragend zu ihnen herüber. Offenbar hatte die freundschaftliche Zuneigung zwischen den beiden Männern sie neugierig gemacht.

»Du bist also zurückgekommen«, sagte Sanani und legte ihm väterlich eine Hand auf die Schulter.

Duffy nickte. »Wie könnte es anders sein?«

»Wie könnte es anders sein«, pflichtete Sanani ihm bei. Doch sein forschender Blick verriet Duffy, dass früher oder später ein Gespräch über die Ereignisse in der Vergangenheit und die Tragödien, zu denen sie geführt hatten, unumgänglich war. »Du siehst gut aus. Frisch.«

»Ich fühle mich auch so. Ich habe es langsam angehen lassen. Kein Druck, kein Stress. Ich habe den Trek als Urlaub betrachtet.«

»So kann man es auch sehen.« Der Sherpa lachte, wurde aber sofort wieder ernst und schaute Duffy prüfend in die Augen. »Und hier drin?« Er tippte sich an den Kopf. »Bist du stark da drin? Bist du darauf vorbereitet?«

»Ich habe mich vier Jahre lang darauf vorbereitet. Vor zwei Jahren habe ich den Lhotse bestiegen und den Nanga Parbat. Letztes Jahr den Dhaulagiri.«

»Der Körper, ja. Der Kopf auch. Aber das Herz?« Sanani nahm Duffys Kopf in seine Hände. »Du hast traurige Augen, mein Freund.«

»Mag sein, aber danach werde ich keine traurigen Augen mehr haben. Ich *muss* es tun.« Als der Träger die Stirn in Falten legte, fügte Duffy hinzu: »Keine Sorge, Sanani. Ich bin bereit.«

»Dann ist es gut.« Lächelnd tätschelte der Sherpa Duffys Schulter. Dann wandte er sich dem gewebten

Lastenkorb zu, nahm ein paar Dinge heraus und wartete, bis Duffy seinen Rucksack hineingestellt hatte.

»Hast du alles herausgenommen, was du brauchst?«, fragte Sanani.

»Yep«, antwortete Duffy und klopfte auf seine Jackentasche. Er spürte etwas Festes unter seiner Hand. »Halt, nein, warte, das hätte ich fast vergessen. Geht ja gut los.«

Grinsend kramte er sein Smartphone heraus und verdrehte die Augen. Wozu sollte er das Handy mitnehmen? Er würde weder ein Signal haben noch die Möglichkeit, es aufzuladen.

Er hatte es bereits ausgeschaltet, aber als er es wegpacken wollte, zögerte er. Vor seiner Abreise aus Europa hatte er einen Screenshot von einem Familienfoto erstellt, ihn sich aber noch nicht angesehen. Nach dem Telefonat am Wiener Flughafen war ihm die Lust auf Familie vorerst vergangen.

Hätte er seinen Vater in seine Pläne eingeweiht, hätten sie möglicherweise einen offenen, ehrlichen Dialog miteinander geführt. Doch was für ihn selbst eine Erleichterung gewesen wäre, hätte für seinen Vater eine immense Belastung bedeutet, weil er sich Sorgen gemacht hätte. Und so hatte sich jeder wie gewohnt in seine bequeme Ecke zurückgezogen. Aber angesichts der Ungewissheit dessen, was ihn erwartete, sehnte Duffy sich plötzlich danach, das Gesicht seines Vaters ein letztes Mal zu sehen.

»Ich werde lieber noch mal nachsehen.« Er schaltete das Handy wieder ein. »Nur um sicherzugehen, dass ich nichts Wichtiges verpasst habe …«

Sanani nickte. »Lass dir Zeit, mein Freund.« Er lehnte sich wieder an die Wand.

Duffy wartete, während das Telefon mit einem leisen Summen wieder zum Leben erwachte und Updates heruntergeladen wurden. Vor seinem inneren Auge konnte er das Familienfoto schon sehen. Als es dann auf dem Bildschirm auftauchte, hatte er sekundenlang das Gefühl, im warmen Sonnenschein zu stehen. Das Bild zeigte seine Eltern, ihn und Lottie beim Zelten, als er neun gewesen war, im Sommer vor dem Tod seiner Mutter. Alle vier waren schlank und hatten lange Glieder. Braun gebrannt und lächelnd blinzelten sie in die Sonne.

Duffy konnte sich nicht erinnern, wer das Foto gemacht hatte. Er wusste nur noch, dass sein Vater damals – vorher – ganz anders gewesen war. Zelten war nie sein Ding gewesen, er war nur seiner Familie zuliebe mitgegangen. Zum Feuermachen hatte er grünes Holz genommen, das nie brannte, und er hatte jedes Mal vergessen, die Milch für seinen »lebenswichtigen« Tee einzupacken. Außerdem hatte er es gehasst, mit einer Rolle Klopapier in der Hand über einen Zeltplatz zu den Toiletten laufen zu müssen. Aber er hatte immer viel gelacht, und niemand erzählte spannendere Lagerfeuergeschichten als er. Damals war er noch kein zorniger Mann gewesen.

Das Telefon vibrierte in Duffys Hand. Eine Nachricht im Posteingang. Eine letzte Botschaft von der Welt.

Sanani grinste. »Gutes Timing.«

»Typisch«, meinte Duffy.

Als er auf das Icon klickte und Anyas Namen sah,

seufzte er, aber das tat er jedes Mal, wenn er an sie dachte. Obwohl er sie zutiefst verletzt und nicht so geliebt hatte, wie sie es verdiente, hielt sie an ihrer Freundschaft fest.

Er öffnete die Nachricht, doch sie enthielt keinen Text, sondern nur Fotos. Von Mabel. Das erste zeigte sie auf einem Fahrrad-Kindersitz in einem üppig grünen Park, Moolah guckte vorn aus ihrer Jacke heraus.

Duffy schloss die Augen. Er erinnerte sich, dass Anya an jenem Abend in Kande gesagt hatte, sie werde ihm Fotos der Kleinen schicken.

»Sie ist niedlicher als Bambi. Kein Mensch würde ihr das Kuscheltier vorenthalten.«

Er spürte, wie sich sein Magen verkrampfte, als er das nächste Foto anklickte – Mabel als Baby in Windeln, wie sie in Superman-Pose an einem Strand schlief, die winzige Faust fest um Moolah geschlossen.

Scheiße!

Mabel neben einem Schneemann, in dessen Schal Moolah steckte.

Scheiße, Scheiße und noch mal Scheiße.

Mabel auf einem Stuhl unter schwebenden Ballons, wie sie die Kerzen auf einer Geburtstagstorte ausblies und dabei scheinbar von Moolah auf dem Tisch unterstützt wurde.

Fuck! Er hatte die falsche Entscheidung getroffen.

Herrgott, wie viele kamen denn noch? Kein Wunder, dass die Übertragung Tage gedauert hatte.

Als Duffy das nächste Foto anklickte, taumelte er rückwärts gegen die Wand, als hätte ihm jemand einen kräftigen Stoß verpasst. Er blinzelte angestrengt, einmal, zweimal, dreimal. In seinem Inneren tat sich ein dunkler Abgrund auf, so tief, dass niemals Licht bis dorthin vordrang.

»Sie sind wunderschön.« Sanani war neben ihn getreten und betrachtete das Foto von Mabel und Natasha, Wange an Wange, Moolah zwischen ihnen. »Deine Familie?«

»Nein«, flüsterte Duffy kaum hörbar. »Die von jemand anderem.«

Duffy wandte den Blick ab und schaltete das Telefon mit einem kräftigen Druck aus.

»Alles in Ordnung?«, fragte Sanani, der ihn offenbar genau beobachtet hatte.

»Ja, alles bestens. Das ist ein altes Foto. Aus der Vergangenheit«, brummte Duffy mürrisch. Er steckte das Handy in den Rucksack, ganz nach unten, und trat dann einen Schritt zurück.

Sanani musterte ihn sorgenvoll. »Wenn du dir wirklich sicher bist …«

»Ja, bin ich«, entgegnete Duffy. Adrenalin flutete sein System und schnürte ihm die Brust zu. Kampf oder Flucht. Er riss sich zusammen. »Das kann alles nach unten. In der vorderen Tasche sind ein paar Briefe …« Er klopfte kurz darauf, damit Sanani Bescheid wusste.

Der nickte, hob den Lastenkorb hoch und trug ihn zu den anderen Sherpas hinüber. Er sprach in seiner Sprache mit ihnen und klopfte ebenfalls auf die Vordertasche. Ein paar Männer schauten herüber, murmelten etwas, gestikulierten.

»Sie werden ihn hinuntertragen und in mein Haus bringen, wie wir es besprochen haben«, sagte Sanani, als er zu Duffy zurückkam. »Meine Frau weiß, was zu tun ist.«

»Ich danke dir.« Duffy gelang es nur mit größter Mühe, die Fassung zu bewahren. Er fühlte sich wie nach einem Überfall. Sein Herz raste. Warum jetzt? So viele Jahre hatte er sie aus seinen Gedanken verbannt, und ausgerechnet jetzt trat sie wieder in sein Leben, zu einem Zeitpunkt, wo er sich anschickte, es zu verlassen? War es nicht ein grausamer Witz des Schicksals, dass sie am Anfang seiner Reise da gewesen war und jetzt, am Ende, wieder?

Die Zeit verspottete ihn. Ein launisches Schicksal sorgte dafür, dass er sich stets am Rand ihres Lebens bewegte, ohne dass es ihm jemals gelang, sie einzufangen, sich zu erkennen zu geben …

Moment mal!

Ihm dämmerte, dass er das doch getan hatte. Das Foto, das Stevie von ihm aufgenommen und das er ihr geschickt hatte. Danach war nichts mehr von ihr gekommen, keine manipulativ-charmanten oder einsamen Nachrichten mehr. Hatte sie ihn wiedererkannt? Natürlich hatte er sich inzwischen verändert, seine Haare waren länger als damals, und er hatte sich einen Bart stehen lassen.

Erinnerte sie sich überhaupt noch an ihn? Oder war das Wunschdenken, weil es seiner Eitelkeit schmeichelte? Sie war verheiratet und hatte ein Kind. Sicher hatte sie ihre Begegnung schon vor langer Zeit hinter sich gelassen.

Duffy stand stocksteif da, in seine Erinnerungen versunken. Vier Jahre lang hatte er mit dem Timing gehadert, das sie getrennt hatte, sich mit »Wenn doch nur« und »Was wäre, wenn« gequält. Doch jetzt kam ihm der Gedanke, dass möglicherweise alles so war, wie es sein sollte. Natasha war nicht für ihn bestimmt. Das war der Grund, weshalb er sie immer wieder verpasste – damals in Cumbria, letzten Monat in Wien und jetzt aufs Neue ... Die Sterne hatten niemals wirklich günstig gestanden.

Würde er heute hier stehen, wenn sich alles um einige wenige Stunden verschoben und Natasha sich für ihn anstatt für ihren Verlobten entschieden hätte? Er wusste es nicht. Doch auf seinem vorgezeichneten Weg wäre das die falsche Abzweigung gewesen. Schon als Zehnjähriger war ihm völlig klar gewesen, dass das Schicksal ihn ausersehen hatte, an den Hängen dieser Berge zu stehen und zu spüren, wie sich der kalte Schatten der Göttin der Fülle über ihn senkte. Ob es ihm gefiel oder nicht – die Umstände hatten sich verschworen, um ihn hierher, an diesen Punkt, zu führen, und das Foto von Natasha und ihrer Tochter war das ersehnte Instrument, auch die letzten Verbindungen zu durchtrennen.

Nein, das Timing war nicht falsch, sondern absolut perfekt, weil er jetzt erkannte, dass er einer Illusion nachgejagt war, einen Traum geträumt hatte, der nicht der seine war. Jetzt war er frei und ungebunden und konnte ins Unbekannte aufbrechen, um seine inneren Dämonen zu bekämpfen und seine Geister zu besiegen.

Mit neuer Dankbarkeit und Entschlossenheit wandte sich Duffy dem Sherpa zu. Er war bereit für den bevorstehenden Kampf.

»Du bist der Einzige, der bei dieser Tour für mich infrage kommt, Sanani.«

Der Träger hob den roten, fast vierzig Kilo schweren Rucksack mühelos hoch und reichte ihn Tom.

»Ich würde nicht zulassen, dass ein anderer meinen Platz einnimmt. Wir haben beide noch eine Rechnung offen.«

»Du bist ein guter Freund, Sanani.« Ohne eine Miene zu verziehen, schulterte Duffy das Gepäckstück, das doppelt so groß war wie sein Trekkingrucksack.

»Am Ende des heutigen Tages wirst du anders darüber denken«, erwiderte Sanani grinsend und schob die Arme durch die Gurte seines orangeroten Rucksacks. »Es hat viel geschneit. Viele Lawinen.«

»Ja, ich habe es verfolgt.«

Beide Männer nestelten an den Gurten und Schnallen, bis alles richtig eingestellt und die Gewichtsverteilung optimal war. Duffy war viel größer als Sanani. Doch der stämmige, kräftige Sherpa verfügte über dreißig Jahre Erfahrung im Höhenbergsteigen und hatte die Besten der Besten auf die Gipfel begleitet.

Sanani sah ihn an. »Bist du bereit?«

Duffy atmete tief durch. Eine sauerstoffhaltigere Luft als diese würde er in den nächsten drei Wochen nicht mehr einatmen. Möglicherweise nie wieder.

»So bereit, wie man nur sein kann.« Er hob den Blick zur mächtigen Göttin der Fülle, die gebieterisch und unbezwingbar über ihnen thronte. »Camp I, wir kommen.«

23. Kapitel

Snowshill, Montag, 12. Dezember

Natasha sprang aus dem Auto. Bella, die sofort wusste, wo sie waren, wedelte aufgeregt mit dem Schwanz.

Diana besuchte ein Cellokonzert ihrer Tochter in Oxford, aber Artemis stand in seiner Box, sodass Natasha weiterarbeiten konnte. Sie war gar nicht böse, dass Diana nicht da war. Ständig kam sie und fragte, ob sie irgendwie helfen könne. Außerdem brachte sie ihr eine Tasse Tee nach der anderen, was die Heimfahrt zu einem Wettlauf mit ihrer vollen Blase machte.

»Na, dann komm«, sagte Natasha und öffnete die Beifahrertür. Doch gerade als sie Bella die Leine über den Hals streifen wollte, schoss die Hündin aus dem Auto. Natasha wirbelte erschrocken herum. »Bella! Böses Mädchen!«, rief sie, als der Hund ein Eichhörnchen über die Einfahrt und den angrenzenden Rasen jagte. »Bella! Komm sofort zurück!«

Automatisch tastete sie nach der Hundepfeife, die sie beim Gassigehen immer um den Hals trug, aber die Pfeife lag noch im Fußraum. Als sich Natasha danach bückte, registrierte sie, dass das Tor auf war. Diana hatte es ihretwegen offen gelassen, damit sie hereinfahren konnte, aber wenn die Hündin auf die Straße rannte …

»Bella! Hierher!«, schrie sie panisch und richtete sich wieder auf.

Das Eichhörnchen schlug einen Haken nach links, flitzte über das Gras und in das Blumenbeet an der Grenze zum Nachbargrundstück, wo eine ausladende alte Birke inmitten einer Hecke wuchs.

»Nein, nein, nein, nein!« Mit einem lauten Stöhnen lief Natasha zu ihr hinüber.

Mittlerweile versuchte Bella, auf dem Bauch unter dem Gestrüpp hindurchzurobben. Natasha konnte nur noch das Hinterteil und den wedelnden Schwanz sehen.

»Bella, komm *sofort* hierher!«

Eine Sekunde später war der wedelnde Schwanz verschwunden.

»Fuck!«

Natasha machte kehrt und lief die Einfahrt hinunter, dann die des Nachbargrundstücks hinauf und in den Garten. Doch sie war nicht dafür angezogen, einem Hund nachzujagen. Sie würde von hier aus direkt zur Kita fahren müssen, wo heute das Krippenspiel stattfand – Mabel spielte eine Schneeflocke. Die Quasten an den Reißverschlüssen ihrer Fairfax-Lederstiefel schwangen hin und her, und ihre olivgrüne Skinny-Jeans war zu eng und zu wenig elastisch, als dass sie mühelos darin hätte rennen können.

Der Nachbargarten war genauso gepflegt wie der von Diana, aber hier lagen Kinderräder herum, und es gab auch ein Trampolin und ein Klettergerüst. In jedem Fenster funkelten Weihnachtssterne im skandinavischen Stil, und an der Haustür hing ein prachtvoller Kranz. Ein verdreckter großer Audi mit Allradantrieb und einem »Rettet die Eisbären«-Aufkleber an der hinteren Stoßstange stand in der Einfahrt.

»Himmelherrgott, Bella, komm endlich her«, schnauzte Natasha und rannte über den Rasen, als der Hund auf den Hinterläufen unter der Birke herumhüpfte und am Stamm hinaufbellte, weil sich das Eichhörnchen hoch oben ins Geäst gerettet hatte. »Bella!«

Endlich bekam sie die Hündin zu fassen und konnte ihr das Halsband über den Kopf streifen. Im gleichen Moment ging die Haustür auf, und eine Frau erschien im Türrahmen.

»Kann ich Ihnen helfen?«, fragte sie kühl.

Sie hatte lange, glatte blonde Haare, war feingliedrig und gertenschlank. Über einem geblümten Kleid trug sie einen schlabbrigen Cardigan, und die Füße in den dicken Socken steckten in flauschigen Birkenstocks.

»O mein Gott, bitte entschuldigen Sie!« Natasha richtete sich auf. »Mein Hund ist nebenan aus dem Auto gesprungen, bevor ich ihn anleinen konnte, und einem Eichhörnchen nachgejagt. Es tut mir wirklich leid.«

Die Frau beäugte sie misstrauisch, trat dann einen Schritt vor die Tür und warf einen kurzen Blick Richtung Nachbargrundstück.

»Diana ist heute gar nicht da.«

Natasha blinzelte verdutzt. Hielt die Frau sie etwa für eine Einbrecherin? Oder eine Pferdediebin?

»Ja, ich weiß, sie besucht das Cellokonzert ihrer Tochter. Das geht schon in Ordnung, ich muss nicht ins Haus, ich bin nur im Garten.«

Die Frau schwieg. Anscheinend traute sie ihr noch immer nicht.

»Ich male eins ihrer Pferde«, fügte Natasha hinzu.

Jetzt hellte sich das Gesicht der Frau auf. »Ah, dann sind Sie die Künstlerin, die Arty porträtiert!«

»Ja, genau.« Natasha ging über den Weg auf sie zu, wie um zu beweisen, dass sie ein anständiger Mensch und keine Kriminelle war.

Die Frau war, ebenso wie Diana, ein paar Jahre älter als sie selbst, aber mit den hohen Wangenknochen und den hellgrünen Augen äußerst attraktiv. Sie wirkte keineswegs erschöpft oder gestresst, wie Natasha es bei sechs Kindern erwartet hätte. Allerdings hatte Diana erwähnt, dass ihre Nachbarin sich Hausangestellte leisten konnte.

Bella, die sich Fremden gegenüber immer scheu verhielt, schmiegte sich eng an Natashas Beine.

»Diana ist ja so froh, dass sie Sie gefunden hat! Ich musste ihr versprechen, es für mich zu behalten und Simon gegenüber kein Sterbenswörtchen zu verraten«, sagte die Frau verschwörerisch. »Er ist ganz vernarrt in dieses Pferd.« Sie verdrehte die Augen.

»Na ja, Arty ist ja auch ein Prachtexemplar.«

Bella hatte wieder Witterung aufgenommen. Wahrscheinlich Eichhörnchen, Pferde … Mechanisch strich ihr Natasha über den Kopf.

»Schaffen Sie es denn noch rechtzeitig bis Weihnachten? Diana hat gesagt, dass Sie sich ganz schön ranhalten müssen.«

»Das stimmt, aber das krieg ich schon hin. Ich denke, das wird heute mein letzter Besuch hier sein, alles andere kann ich dann im Atelier machen.« Rund um die Uhr.

»Malen Sie nur Pferde?«, erkundigte sich die Frau und verschränkte die Arme ein wenig fester vor der Brust.

»Nein, Haustiere im Allgemeinen, also normalerweise Hunde und Katzen, aber auch Wellensittiche. Einmal waren es sogar Ratten.«

»Du meine Güte!« Die Frau verzog lachend das Gesicht. »Haben Sie eine Visitenkarte?«

»Oh, äh, ja, im Auto.« Natasha deutete bedauernd mit dem Daumen Richtung Hecke.

»Ich würde gern unsere Katze malen lassen. Sie ist jetzt sechzehn, und ich rechne jeden Morgen damit, dass sie nicht mehr aufgewacht ist. Die Kinder hängen sehr an ihr. Für sie wird es eine absolute Katastrophe sein, wenn sie nicht mehr da ist. Ein Porträt wäre eine schöne Erinnerung.« Lächelnd senkte sie den Blick und betrachtete Bella. »Du bist auch eine ganz Liebe, nicht wahr?« Sie sah Natasha an. »Wie heißt sie denn?«

Erstaunt registrierte Natasha, dass sich Bella, die zu der Frau getrottet war und jetzt vor ihr saß, von ihr streicheln ließ.

»Bella … Wir haben sie vom Tierschutz, und sie hat normalerweise panische Angst vor Fremden.«

»Hm, Hunde mögen mich. Sie scheinen zu spüren, dass ich ein Katzenmensch bin, und versuchen deshalb mit allen Tricks, mich zu bekehren.«

Natasha lachte leise. Ihr Blick fiel auf die Haustür.

»Wow, der Kranz ist wirklich wunderschön!«

Die Frau drehte sich halb um. »Danke. Vom Blumenladen hier im Dorf.«

»Tatsächlich? Da werde ich auf dem Rückweg ein paar Blumen für die Erzieherin in der Kita meiner Tochter mitnehmen. Dort findet heute das Krippenspiel statt.«

»Ja, alle Jahre wieder. Kleine Aufmerksamkeiten für Lehrer und Erzieher.« Die Frau lächelte und erwähnte mit keinem Wort, dass sie alles sechsfach kaufen musste. »›Florabundance‹ ist gleich um die Ecke. Halten Sie sich links, dann die erste rechts und immer geradeaus, Sie können es gar nicht verfehlen. Oder der ›Tesco‹ an der A 44, die haben dort auch immer schöne Sträuße.«

»Prima, vielen Dank.« Natasha beobachtete, wie Bella sich an die Frau drängte und ihre Hand anstupste, damit sie sie weiter streichelte. »Sorry, sie ist eine richtige Nervensäge … Gut, ich mach mich dann besser mal an die Arbeit, ich muss heute pünktlich los. Es hat mich sehr gefreut, Sie kennenzulernen. Und Entschuldigung noch mal, dass Bella und ich durch Ihren Garten getrampelt sind.«

Die Frau machte eine wegwerfende Handbewegung. »Ich werde Diana nach Ihren Kontaktdaten fragen, wenn das für Sie in Ordnung ist.«

»Selbstverständlich«, erwiderte Natasha lächelnd und wandte sich zum Gehen.

»Ich werde mich nach Weihnachten bei Ihnen melden, wenn der ganze Stress vorbei ist.«

»In Ordnung. Wie heißen Sie eigentlich?«

»Emily. Emily Richards.«

»Alles klar. Ich bin Natasha. Diana weiß, wie Sie mich erreichen können.«

»Super!«

»Bis dann!«

Natasha winkte und lief dann mit Bella die Einfahrt hinunter, um die Ecke und die nächste Einfahrt wieder hinauf. Die Autotür stand offen, und ihre Handtasche lag auf dem Beifahrersitz. Jeder hätte sie mitnehmen können.

»Da hast du mich ja ganz schön blamiert«, sagte Natasha zu ihrer Hündin, die glücklich und mit hängender Zunge neben ihr hertrottete. »Was soll ich bloß mit dir machen?«

Nachdem sie eineinhalb Stunden mit der schlafenden Bella zu ihren Füßen Skizzen angefertigt hatte, waren ihre Hände und Füße eiskalt geworden. Es wehte ein schneidender, böiger Wind, und für einen längeren Aufenthalt im Freien war sie nicht warm genug angezogen. Was für Temperaturen wohl im Himalaja herrschten, wenn es hier schon so kalt war?

Halt, stopp! Energisch schob sie den Gedanken beiseite. Sich immer schön beschäftigen, lautete die Devise.

Sie warf einen Blick auf die Uhr. Das Krippenspiel begann um drei, und jetzt war es zwölf. Rob war diese Woche wieder geschäftlich in Leeds, es gab also keinen Plan B. Wenn sie nicht pünktlich in der Kita eintraf, würden beide Elternteile Mabels Auftritt als Schneeflöckchen verpassen.

»Na komm, ab ins Auto, bevor du wieder irgendwas anstellst«, sagte Natasha zu ihrem Retriever und stand von dem Hocker auf, den Diana für sie draußen gelassen hatte.

Als sie Bella ins Auto verfrachtete, hörte sie nebenan einen Wagen in die Einfahrt rollen. Er stoppte, und eine Handbremse wurde angezogen.

Sie ging zum Stall zurück und bedankte sich bei Artemis, dem sie einen Salzleckstein an die Boxentür gehängt hatte, mit einem liebevollen Klaps. Dann schoss sie noch ein paar Fotos.

»Mach's gut, mein Großer«, verabschiedete sie sich. »Du machst deine Sache sehr gut.«

»Bringst du bitte das Vogelhäuschen mit rein, James? Es muss schon wieder aufgefüllt werden«, hörte sie Emily auf der anderen Seite der Hecke rufen. Augenblicke später knirschten Schritte auf dem Kies, die sich rasch näherten und schließlich bei der Birke hielten, in deren Geäst eine Amsel zwitscherte. »Ich glaube, die Eichhörnchen stibitzen das ganze Futter. Oder die Elstern.«

Die banalen Dinge des Dorflebens. Natasha fragte sich, wie es wohl sein mochte, Nachbarn in allernächster Nähe zu haben. Ein Blick in die Ferne war zwar schön und gut, aber mit einer Freundin über den Gartenzaun hinweg plaudern zu können, war noch besser. Und die beiden Frauen hier hatten offensichtlich ein gutes Verhältnis zueinander.

Natasha packte ihre Utensilien zusammen und ging, beinah im Gleichschritt mit dem Nachbarn, über die Einfahrt. Als sie kurz darauf wegfuhr, blickte sie flüchtig zu Emilys Haus hinauf, aber die Nachbarn waren schon wieder hineingegangen.

Sie fand den Blumenladen auf Anhieb und parkte direkt davor.

»Du wartest hier und bist schön brav, verstanden?« Sie gab Bella einen Kuss auf den Kopf.

Die Türglocke bimmelte, als Natasha eintrat.

»Hallo«, grüßte eine Frau und schaute von den Stängeln auf, die sie band. Sie hatte braune krause Haare und trug einen Dufflecoat sowie gelbe fingerlose Handschuhe.

In unterschiedlich hohen Eimern wurden Blumen in Hülle und Fülle angeboten: langstielige Rosen, Callas, Weidenkätzchen und Misteln, mit Beeren besetzte Stechpalmen- und Knallerbsenzweige, Tuberose …

»Kann ich Ihnen behilflich sein?«

»Ich suche etwas für die Erzieherin meiner Tochter.«

»Da sind Sie nicht die Einzige! Jeder möchte den Lehrern oder Erziehern seiner Kinder etwas zu Weihnachten schenken. Schauen Sie doch mal bei den Sträußen links von Ihnen, ob da etwas dabei ist. Sie sind relativ klein, aber nicht mickrig.«

Natasha schaute sich kurz um und entschied sich für einen Strauß aus Rosen, Freesien und Tulpen.

»Das ging ja schnell«, sagte sie lächelnd und trat an die Ladentheke. »Sie haben eine tolle Auswahl.«

»Danke.« Die Floristin lächelte. »Das macht dann acht neunzig, bitte.«

»Da fällt mir ein …« Natasha blickte sich in dem kleinen Laden um. »Haben Sie zufällig noch Türkränze?«

»Türkränze? Ja, ich habe gerade noch einmal welche gemacht. Die sind immer so schnell weg, dass ich kaum nachkomme.« Ihre Stimme war leiser geworden, weil sie in den hinteren Teil des Ladens gegangen war.

»Ich habe einen bei Emily Richards gesehen, und der war einfach traumhaft«, rief Natasha. »Sie war es auch, die Sie mir empfohlen hat.«

Als die Floristin zurückkam, hatte sie sich mehrere Kränze über ihre Unterarme gestreift.

»Wirklich? Das ist aber nett von ihr. Sind Sie eine Freundin von Emily?«

»Nein, ich arbeite …« Natasha konnte sich gerade

noch bremsen. Sie durfte den Grund ihres Aufenthalts hier nicht verraten, sonst erfuhr Dianas Mann womöglich davon. »… nebenan«, beendete sie den Satz. »Im Garten der Lorns'. Daher kenne ich Emily.«

»Ah. Tja, so ist das hier. Jeder kennt jeden.« Sie ließ die Kränze von ihren Armen auf die Theke rutschen. »So, das wäre eine kleine Auswahl. Ich muss unterschiedliche anbieten, in einem kleinen Dorf wie diesem will keiner den gleichen Kranz wie der Nachbar an seiner Tür hängen haben.«

Natasha kicherte. »Kann ich mir vorstellen.« Ihr Blick glitt über die verschiedenen Ausführungen – die einen mit Kiefernzapfen, andere mit Schlehen- und Knallerbsenzweigen, wieder andere … »Der da ist es! Er ist einfach perfekt!«

»Ah ja, der ist sehr beliebt. Den verkaufe ich viel. Die Fasanenfedern bekomme ich von einem einheimischen Jäger, das Ganze ist also regional und nachhaltig.«

»Ja.« Natasha war glücklich. Rob würde sich freuen. Das war genau, was er sich vorgestellt hatte, und nach ihrem eigenen kläglichen Versuch im Kränzebinden neulich in Rachels Workshop … »Ich nehme ihn.«

»Wunderbar! Das macht dann alles zusammen … dreißig neunzig.«

Natasha hielt ihre Kreditkarte an das Bezahlterminal.

»Brauchen Sie einen Beleg?«, fragte die Floristin, den eingewickelten Strauß im einen Arm, den Kranz im anderen.

»Nicht nötig, vielen Dank.«

»Ich danke Ihnen. Und fröhliche Weihnachten!«

Das hatte ihr dieses Jahr noch niemand gewünscht.

»Fröhliche Weihnachten«, erwiderte sie lächelnd und verließ den Laden.

Natasha strahlte, als sie wieder ins Auto stieg.

»Das war ein richtiger Glückstreffer.« Sie zeigte Bella, was sie gekauft hatte, bevor sie beides auf die Rückbank legte. »Und jetzt fahren wir zu unserem Mädchen.«

Sie drehte den Schlüssel im Zündschloss, wählte Laurens Nummer und schaltete Bluetooth ein. Während sie sich anschnallte, den Blinker setzte und einen Blick in den Seitenspiegel warf, schallte der Wählton aus den Lautsprechern.

»Hey, Nats!«, flötete Lauren. »Wie geht es dir?«

»Bestens. Wo bist du? Es hört sich an, als wärst du in einem Windkanal.«

Lauren lachte. »Bei Ros. Sie hat mir gerade eine Balayage gemacht, und die ist ganz fantastisch geworden. Ich sehe mindestens zehn Jahre jünger aus, oder?«

»Mindestens!«, bekräftigte Ros pflichtschuldigst.

Natasha grinste.

»Du solltest dir auch eine machen lassen, das würde dir garantiert hervorragend stehen.«

»Ja, kann sein«, murmelte Natasha zerstreut. Hinter ihr hatte ein Lieferwagen eingeparkt und nahm ihr die Sicht auf den Verkehr. Sie reckte den Hals, um besser sehen zu können. Zwei Fahrzeuge näherten sich. »Hör mal, ich sitze im Auto, deshalb nur ganz kurz. Kommst du heute Nachmittag zum Krippenspiel?«

»Ob ich …?« Lauren blieb kurz die Luft weg. »Nats, das ist das allererste Krippenspiel meiner Babys! Keine Macht der Welt könnte mich davon abhalten, dort hinzugehen!« Eine Pause entstand, weil der Föhn dem Telefon jetzt sehr nahe kam. »Warum fragst du? Du willst doch nicht etwa kneifen?«

»Nein, aber ich bin noch in Gloucestershire, ich fahre jetzt los und auf direktem Weg zur Kita. Aber könntest du mir vielleicht einen Platz reservieren, falls ich irgendwo im Stau stecken blei…«

Zwei Autos fuhren vorbei.

»Nats? Bist du noch da?«

Natasha starrte vor sich hin, während ihr Verstand das Gesehene zu verarbeiten versuchte. Alles war verschwommen. Es war so blitzschnell gegangen. Licht war von der Windschutzscheibe reflektiert worden. Sie hatte die Autos gesehen, aber nicht wirklich wahrgenommen. Und dennoch, dieses Profil, diese Körperhaltung …

»Nats?«

Sie drückte auf »Anruf beenden«. Das Blut rauschte ihr in den Ohren, während sie mit zitternden Fingern Helenas Nummer wählte. Ihre Standardreaktion bei Panikattacken.

Ihre Freundin nahm nach dem zweiten Klingeln ab.

»Ich bin in der Praxis, Nats«, zischte sie. »Ich kann jetzt nicht re…«

»Rob ist gerade an mir vorbeigefahren.«

Ein verblüfftes Schweigen, dann: »Na und?«

»Ich bin in Gloucestershire.«

»Was? Ich dachte, er ist diese Woche wieder in Leeds?«

»Das dachte ich auch, aber er ist gerade eben an mir vorbeigefahren, Hels, direkt an mir vorbei.« Natasha hörte, wie ihre Stimme die Oktaven hinaufkletterte. »Was macht er hier? Er ist zweihundertfünfzig Kilometer weit weg. Angeblich. Was macht er hier?«

Sie wusste ebenso gut wie Helena, dass sie sich eine Erklärung von ihr erhoffte, irgendeine außer der offensichtlichen. Es gab nur einen Grund, weshalb ein Mann seine Frau in diesem Punkt belog.

»Wo ist er jetzt?«

»Gerade an mir vorbeigefahren, sag ich doch.«

»Ich meine, wo ist er hin? Kannst du ihn noch sehen?«

Natasha beugte sich vor und guckte angestrengt aus dem Fenster, aber die Straße machte weiter vorn eine Kurve.

»Nein, ich … nein … Aber es ist nur eine kleine Straße ohne Abzweigungen … Er muss irgendwo da vorn sein.« Ihre Stimme war brüchig geworden. »O mein Gott, ich kann nicht glauben, dass das wirklich passiert! Was soll ich denn jetzt machen? Hels! Was soll ich machen?«

Helena zögerte keine Sekunde.

»Fahr ihm nach«, stieß sie gepresst hervor.

24. Kapitel

Annapurna Camp III, Dienstag, 13. Dezember

Der Anblick der leuchtenden Punkte im Schnee war eine Wohltat für ihre schmerzenden Augen und geschundenen Körper. Die letzten zehn, elf Stunden hatten sie sich an Fixseilen bergauf gekämpft, ihre Steigeisen in Schnee und Eis gebohrt, mit jedem einzelnen Schritt eine schier übermenschliche Leistung vollbracht. Camp III lag auf einem Bergsattel auf einer Höhe von 6 126 Metern, achthundert Meter über Camp II. In dieser Höhe musste der Körper Schwerstarbeit leisten, um Muskeln, Gehirn, Herz und andere Organe mit Sauerstoff zu versorgen, die in dieser lebensfeindlichen Zone allmählich den Dienst versagten. Ab einer Höhe von achttausend Metern hielt es kein Mensch länger als einige wenige Tage aus.

Sie waren im Dunkeln aufgebrochen und kamen in der Dämmerung an, kämpften sich von einem verlassenen Lager zum nächsten. Unter Bergsteigern galt der Annapurna als einer der gefährlichsten Berge der Welt, umso mehr um diese Jahreszeit, wenn sich tiefer Luftdruck zu niedrigen Temperaturen und stürmischen Winden gesellte (es fiel allerdings kein Schnee – oberhalb von fünftausend Metern blieb es bis März trocken, was am Boden für eine stabile, feste Schneedecke sorgte).

Für gewöhnlich hielt man diejenigen für die besten Bergsteiger, die die höchsten Gipfel bezwungen hatten, doch es gab feine Unterschiede. Was die technischen Schwierigkeiten betraf, rangierten zum Beispiel Annapurna oder Nanga Parbat vor dem Everest, und eine Winterbesteigung war noch einmal ein ganz anderes Kaliber. K2, einer der vierzehn Achttausender, war nur ein einziges Mal im Winter bestiegen worden, und auch am Annapurna waren Winterbesteigungen sehr selten. Manche Teams kehrten wieder um, sobald sie sahen, was sie erwartete. Ein Bergsteiger musste seine persönlichen Grenzen kennen, das war das Wichtigste. Oder wie es jemand so schön formuliert hatte: »In den Bergen gibt es nur zwei Optionen: Entweder du kannst es, oder du kannst es nicht.«

Umkehren war keine Option für Duffy. Dieses Mal nicht. Entweder er schaffte es, oder er kam bei dem Versuch ums Leben.

Die gespenstische Stille in den Lagern erinnerte sie auf schaurige Weise daran, dass das hier kein Spiel war. Wer im Camp I am Mount Everest eintraf, kam sich vor wie auf einer Party. Die leuchtend bunten Farben der Zelte auf dem einer Mondlandschaft ähnelnden Eisplateau dienten zwar der besseren Sichtbarkeit, aber sie verliehen dem Ort zugleich auch eine Festivalatmosphäre, was in Anbetracht dessen, dass sie an einem der höchsten Punkte der Welt standen, irgendwie merkwürdig wirkte. Musik spielte, Leute schlenderten mit Kaffeebechern in der Hand zwischen den Zelten umher oder kochten sich Nudeln und plauderten miteinander wie in einem Pub in Soho. Für die großen Teams aus Sherpas, Trägern und

Bergführern, die nötig waren, um Leute auf den Gipfel des Everest zu befördern, die es allein nicht schaffen würden, mussten Dutzende Zelte errichtet werden.

Der Annapurna hingegen war nur etwas für Profis. Das Massiv wies nicht nur gigantische Eistürme auf, die jederzeit abbrechen konnten, sondern war auch anfällig für Lawinen und Gletscherbrüche. Die Fixseile, wie man sie etwa als Hilfsmittel für die Besteigung des Everest verwendete, konnten hier nur bedingt eingesetzt werden. Deshalb gehörte der Annapurna zu den weltweit gefährlichsten Bergen.

Und deshalb stand hier nur ein einziges Zelt.

»*Namaste*«, rief Sanani, doch niemand antwortete.

»Hallo?« Duffy klopfte an die Zeltplane. Nichts. Sein Blick suchte die Bergwand ab. »Die müssen noch irgendwo dort oben sein.« Aber es wurde dunkel. Da kletterte man nicht mehr draußen herum.

»Sieht gut aus hier«, meinte Sanani keuchend, der den Schnee festgetreten hatte, damit sie ihr Zelt aufbauen konnten.

Duffy schaute nach oben und hielt nach Bruchkanten oder überhängenden Schneefeldern Ausschau. Lawinen waren hier ein allgegenwärtiges Risiko.

Das Zelt war schnell errichtet, die Isomatten und Schlafsäcke in Windeseile ausgerollt. Sanani stellte das Dreibein auf, entzündete ein Feuer darunter, füllte Schnee in einen kleinen Topf, hängte ihn darüber und gab eine Wasseraufbereitungstablette hinein. Duffy wollte nur noch schlafen, aber in dieser Höhe stellte Dehydration eine ernst zu nehmende Gefahr dar, und sie mussten jedes gesundheitliche Risiko minimieren.

Der Schock über den Tod des italienischen Trekkers, einen vermeidbaren Tod, steckte ihm noch in den Knochen. Ob seine Freundin inzwischen in Kande angekommen war? Und Stevie und Jay, hatten sie Bamboo erreicht?

Seine Gedanken wanderten auch zu Mabel und Natasha. Obwohl er nicht über den Zeitunterschied nachdenken wollte, lieferte sein Gehirn ihm automatisch die Information, dass es in England jetzt zwölf Uhr mittags war.

»Was für einen Tag haben wir heute, Sanani?«, murmelte er.

»Dienstag. Dienstag, den Dreizehnten.«

Duffy fragte sich, was die beiden an einem Dienstag Mitte Dezember um diese Uhrzeit wohl machten. Ob es bei ihnen schneite? Wahrscheinlich würde es eher regnen.

Er trat aus dem Zelt. Wie erhofft, wirkte die eisige Luft betäubend und löschte jeden bewussten Gedanken an Natasha aus. Nachdem er einige Male tief durchgeatmet hatte und sein Kopf frei geworden war, wandte er sich dem Berg zu, der ihn fast sein ganzes Leben lang in seinen Träumen und Gedanken verfolgt hatte. Endlich spürte er ihn unter den eigenen Füßen, grub seine Spikes in den Schnee und das Eis auf seiner Oberfläche. Er konnte eigenhändig die Flanken des Berges tätscheln wie ein Reiter sein Pferd. Er wusste, dass er, verglichen mit der Masse des Annapurna, nichts weiter als ein Staubkorn war und dass seine ganze Existenz auf diesem Planeten nicht einmal eine Sekunde währte, gemessen am Alter dieses Riesen. Doch das spielte keine

Rolle. Noch zweitausend Meter, und er hätte ihn bezwungen.

Sie würden mindestens ein paar Tage hierbleiben. In Camp I hatten sie nur eine Nacht verbracht, und in Camp II waren es zwei gewesen, was für die meisten Teams sehr wenig war. Aber auch wenn sich Duffy durch den gemächlichen Aufstieg zum Base Camp gut vorbereitet und entsprechend schnell akklimatisiert hatte, hatten sie jetzt eine Höhe erreicht, die den Körper extrem belastete. Und obwohl sich Camp IV lediglich dreihundertfünfzig Meter oberhalb ihres jetzigen Standorts befand, würde ihnen diese Etappe alles abverlangen.

Der als Ice Ridge, Eisgrat, bekannte Abschnitt hatte keine Fixseile und erforderte ein enormes bergsteigerisches Können – Duffy hatte sich vier Jahre lang dafür gequält. Er hatte einen Körper geformt, der imstande war, sein eigenes Gewicht an einem einzigen gekrümmten Finger zu halten und sich gleichzeitig auf die Hälfte zusammenzufalten. Er hatte sich ausgewogen ernährt, um sein Körperfett zu reduzieren, damit er keine zusätzliche Energie für überschüssiges Gewicht verbrauchte. Er hatte jede Route, jeden Aufstieg, jeden Grat studiert. Er war bereit.

Jetzt musste er frisch und ausgeruht bleiben und auf ein gutes Wetterfenster warten. Stürme, begleitet von golfballgroßen Hagelkörnern und messerscharfem Eisregen, konnten dort oben Geschwindigkeiten von hundert Stundenkilometern oder mehr erreichen. Die Sicht betrug dann weniger als eine Armlänge, die Temperaturen konnten innerhalb von Minuten auf dreißig Grad unter null absinken und nachts noch einmal zwanzig Grad tiefer fallen.

Bald würde es dunkel sein. Sananis Stirnlampe leuchtete das Zelt aus, sodass es wie ein überdimensionales Glühwürmchen aussah. Ob es unten im Basislager jemand sehen würde? Viele Trekker, er selbst mit eingeschlossen, hatten von der Terrasse aus mit Ferngläsern die Felswände auf irgendwelche Anzeichen menschlicher Aktivitäten abgesucht.

Duffy schaute prüfend zum Himmel hinauf. Nichts deutete auf einen aufziehenden Sturm hin. Es war klar und schwach windig und ein wenig milder, als er erwartet hatte. Wenn es so blieb, würde das Team aus dem Nachbarzelt morgen vor Sonnenaufgang aufbrechen und das Eisfeld überqueren können. Man war gut beraten, sich nicht unter einem sich langsam erwärmenden Sérac aufzuhalten, wenn einem bereits die Sonne auf den Rücken brannte und man vom gleißenden Licht fast schneeblind wurde. Er und Sanani würden ein paar Nächte zum Akklimatisieren hierbleiben und dann ihren Weg fortsetzen.

Das Knirschen von Schnee und der hüpfende Strahl einer Taschenlampe kündigten die Rückkehr ihrer Zeltnachbarn an.

»Hey, Leute«, grüßte Duffy und hob die Hand, als der erste Mann, gefolgt von einem zweiten, um einen großen schneebedeckten Felsblock bog. Beide schnauften schwer.

»Hey«, erwiderte der Erste überrascht. »Seid ihr gerade erst angekommen?« Er sprach Englisch mit Akzent.

»Ja, vor einer Viertelstunde. Und ihr?«

»Vor drei Tagen«, keuchte der Mann. »Wir haben ein paar Seile befestigt.«

Duffy nickte. »Wie sieht's denn da oben aus?«

»So lala. Wir wollen nach Möglichkeit morgen aufbrechen. Das Wetter soll kalt, aber ruhig sein.«

Wieder nickte Duffy. Kalt, aber ruhig. Das musste er selbst auch sein. Er durfte nicht zulassen, dass er in die Vergangenheit abrutschte, seine Gedanken zu einer Frau abdriften ließ, die nie zu ihm gehört hatte.

Doch das war leichter gesagt als getan. Auf dem ganzen Weg hierherauf hatte er beinah spielerisch jeden ihrer wenigen gemeinsamen Augenblicke noch einmal durchlebt und gar nicht bemerkt, wie sein Körper um Gnade flehte. Er sah sie auf dem Baumwipfelpfad, grotesk erstarrt wie eine Zeichentrickfigur. Er erinnerte sich, wie es ihn regelrecht umgehauen hatte, als sie ihm, noch auf seinen Füßen stehend, in die Augen geschaut hatte; wie sie sich an der Kletterwand an ihm festgehalten hatte; wie sie in diesem komischen Kleid wild auf dem Sofa getanzt und später versucht hatte, ihm in der Küche aus dem Weg zu gehen. Er sah ihr Gesicht vor sich, als er sie geküsst und gewusst hatte, dass sie es auch spürte. Er erinnerte sich an ihre Ausflüchte, als sie draußen gesessen hatten und sie es nicht fertigbrachte, das Richtige zu tun. Er sah sie vor sich, im Bademantel und barfuß in der Kletterhalle, auf seinen Füßen tanzend im Lagerraum …

»Kalt, aber ruhig – das klingt perfekt«, sagte Duffy jetzt und zwang sich in die Gegenwart zurück.

»Ja, aber in letzter Zeit kommt es immer wieder zu plötzlichen Wetterumschwüngen. Letzte Woche haben wir ein Team im Camp I getroffen, das am Ice Ridge von massiven Schneefällen überrascht wurde und umkehren musste.«

»Alle wohlauf?«

»Ja, aber da oben hat sich eine ganze Menge Zeug gelockert, der Scheiß kann jederzeit runterkommen.«

»Noch jemand über uns?«

»Im Moment sind nur wir hier oben«, antwortete der andere achselzuckend.

»Woher kommt ihr?«

»Aus der Schweiz. Ich bin Hans Keller, und das ist Jürgen Roth.« Duffy nickte dem anderen Mann zu, dessen Wimpern gefroren waren. »Und du? Bist du Engländer?«

»Ja. Allerdings klettere ich nicht allein, sondern mit Sanani Sherpa. Er ist ein alter Freund der Familie.«

»Deine Familie hat nützliche Freunde, der Name sagt mir durchaus was.« Der Mann lächelte leicht. »Und wie heißt du?«

Die Frage nach dem Namen war unter Bergsteigern üblich. Für den Fall, dass das Schlimmste eintreten sollte …

»Tom.« Er schluckte schwer. »Tom Duffy.«

Der Schweizer legte den Kopf ein wenig schief und schien zu überlegen, als hätte er den Namen schon einmal gehört.

»Warte … bist du etwa …?«

»Ja«, sagte Tom schnell. Kalt, aber ruhig.

Ein kurzes Schweigen entstand. Dann nickte Hans, als hätte er begriffen, und gab Duffy einen kräftigen Klaps auf die Schulter.

»Dann viel Glück.«

»Danke.« Sie wussten beide, dass er es brauchen würde.

25. Kapitel

Whinfell, Oktober 2018

Und, wie war's?«, fragte Helena, als Natasha leichtfüßig die Umkleideräume betrat.

»Himmlisch.«

»Das glaub ich dir aufs Wort! Du siehst umwerfend aus.«

»Ach, weißt du, ich habe mich für eine Kopfmassage entschieden. Mir war nicht danach, mich mit Salz abrubbeln zu lassen.«

»Deinem Kater ist die Kopfmassage garantiert auch besser bekommen«, meinte Helena lachend, als sich Natasha mit zitternden Händen und vor unterdrückter Freude kribbelnden Gliedern anzog. »Was sagst du zu meinen Nägeln?« Helena wedelte mit den Fingern.

Natasha riss sich zusammen. »Oh! Mintgrün. Toll!«

Helena musterte sie misstrauisch. »Wieso sagst du nicht, dass ich aussehe, als hätte ich Wundbrand?«

Natasha lachte und streifte sich ihren Pulli über den Kopf. »Hätte ich das sagen sollen?«

»Ich habe damit gerechnet, dass du mir vorwirfst, die Farbe würde nicht zu den Kleidern der Brautjungfern passen.«

Natasha setzte sich auf die Bank und schlüpfte in ihre Turnschuhe.

»Ich möchte nur, dass du glücklich bist, Hels. Bist du glücklich?«

»Ehrlich gesagt weiß ich das jetzt nicht mehr so genau«, antwortete ihre Freundin, die noch misstrauischer geworden war.

»Ich jedenfalls bin es.«

»Was genau hat sie dir da drin gegeben?« Helenas Augen verengten sich zu schmalen Schlitzen. »Bist du high?«

Natasha lachte nur, schnappte ihren Bademantel und warf ihn in den Wäschekorb.

»Komm jetzt. Wo sind die anderen?«

»Halten uns unsere Plätze im Restaurant frei.«

Draußen hob Natasha ihr Gesicht himmelwärts und genoss die sanfte Wärme der Oktobersonne. Sie fühlte sich so leicht und frei wie ein Vogel. Alles, was sie belastet, um den Schlaf gebracht, ihr das Herz schwer gemacht und ihre Adern mit Blei ausgegossen hatte, war verschwunden. Zum ersten Mal seit Monaten konnte sie wieder klar sehen, war die Welt hell und scharf umrissen.

Rob war ohne jeden Zweifel ein anständiger Mann, und sie liebte ihn auch. Aber seit er sie gebeten hatte, seine Frau zu werden, spukte ihr ständig eine Frage im Kopf herum: Liebte sie ihn so sehr, dass sie den Rest ihres Lebens mit ihm verbringen wollte?

Als sie auf eine längere Verlobungszeit gedrängt hatte, hatte er dagegengehalten, dass er zehn Jahre älter sei und eine Familie gründen wolle. Wozu also warten?

Jetzt wusste sie es.

Gemeinsam mit Helena radelte sie am See entlang zu dem Restaurant im Herzen des Feriendorfs. Dabei warf

Natasha ihrer Freundin immer wieder verstohlene Blicke zu. Wie gern hätte sie ihr von alldem erzählt, was gerade passiert war! Aber sie musste ihr Geheimnis für sich behalten, so schwer es ihr auch fiel. Sie musste zuerst mit Rob sprechen – das war sie ihm schuldig. Ihr Entschluss würde ihn zutiefst verletzen und schockieren, aber sie konnte ihm wenigstens den Respekt entgegenbringen, den er verdient hatte.

Die anderen saßen an einem großen runden Tisch, knabberten Brot und unterhielten sich angeregt, als Natasha und Helena hereinkamen.

Bei Natashas Anblick riss Lizzie Augen und Mund auf.

»Mein Gott, du siehst hinreißend aus!«, rief Rachel.

»Fällt dir das jetzt erst auf?«, gab Natasha schmunzelnd zurück und zog eine Braue hoch.

»*Die* Behandlung will ich auch«, hauchte Lauren und legte ihre Hand an Natashas Wange, als könnte sie so die Ursache für ihr Strahlen feststellen. »Was war es gleich noch mal? Das Tote-Meer-Salzelixier?«

»Ehrlich gesagt hab ich mich für eine Kopfmassage entschieden.«

»Wirklich?« Die Enttäuschung war Sara deutlich anzuhören. Da sie auch sämtliche Wellnessbehandlungen ausgesucht und gebucht hatte, würde sie natürlich gekränkt sein. Aber Natasha konnte ihren Freundinnen unmöglich erzählen, dass sie die ersten vierzig Minuten ihrer neunzigminütigen Behandlung verpasst hatte.

»Ja, und es war ganz fantastisch, vielen Dank dafür.« Natasha lächelte strahlend. »Da wir gerade dabei sind – ich möchte mich bei euch allen ganz herzlich bedanken.«

»Oooh, wie süß«, gurrte Lizzie.

»Eine Rede!« Helena schlug mit ihrer Gabel an Natashas Glas.

»Nein, keine Rede!«, widersprach Natasha. Schnell hielt sie das Glas fest, um das Klirren zu dämpfen, und schaute sich verstohlen um, ob einer der anderen Gäste es gehört hatte.

Dann sah sie wieder ihre Freundinnen an und setzte ein Lächeln auf. Sie kam sich wie eine Lügnerin vor, weil sie ihnen die Wahrheit verschwieg. Dass sie in die Geschichte hineingezogen werden würden, wenn alles aufflog, belastete sie zusätzlich. Aber sie hatte keine andere Wahl. Rob musste es als Erster erfahren.

»Ich weiß, dass ich es euch nicht leichtgemacht habe an diesem Wochenende. Ich bin die schlimmste Braut in spe auf einem Junggesellinnenabschied, die die Welt je gesehen hat – ich mag keine Stripper, ich bin früh ins Bett gegangen, und ich habe unsere Zimmer geputzt!«

»Nicht zu vergessen die Panikattacken«, warf Helena ein. »Nicht nur einmal, sondern gleich zweimal.«

»Danke, dass du mich daran erinnerst, aber ja, das auch noch. Ich habe ganz grandios rundherum versagt. Trotzdem sollt ihr eines wissen« – Natasha presste sich eine Hand an die Brust – »diese Party war absolut perfekt. Ihr könnt euch nicht vorstellen, was für eine Freude ihr mir damit gemacht habt. Ihr werdet es mir sicher nicht glauben, wenn ich sage, dass alles wunderbar war, so, wie es war. Aber ich versichere euch« – sie sah alle der Reihe nach an und hoffte, sie würden sich an diese Worte erinnern, wenn der Super-GAU eintrat – »ich werde dieses Wochenende niemals vergessen. Ich kann mich glücklich schätzen, euch als Freundinnen zu haben.«

»O Nats!« Lauren hatte beide Hände über ihr Herz gelegt und schien den Tränen nahe zu sein.

»Wow, das nenn ich mal eine Katastrophe in einen Glücksfall verwandeln«, spottete Helena und verdrehte die Augen. Dann griff sie zu ihrem Glas und stürzte das Wasser hinunter, als wäre es ein doppelter Wodka.

»Wie du in diesem Kleid auf dem Sofa gerockt hast – das werde ich mein Leben lang nicht vergessen«, sagte Rachel lachend, beugte sich zu Natasha und umarmte sie. »Das Ding war potthässlich, aber du hast gute Miene zum bösen Spiel gemacht, sogar als die Jungs gekommen sind. Ich an deiner Stelle hätte mich ins Schlafzimmer geflüchtet und wär nicht mehr rausgekommen.«

»Du bist doch ins Schlafzimmer geflüchtet und nicht mehr rausgekommen«, bemerkte Sara trocken. »Mit Andy.«

Rachel schlug lachend die Hände zusammen. »Auch wieder wahr!« Sie zeigte auf Helena. »Sie hat das Gleiche mit Jack gemacht.«

Helena zuckte mit den Schultern. »Das war gar nichts verglichen mit dem, was sich Lauren in der Küche geleistet hat.«

Lauren klappte der Unterkiefer herunter. »Da war überhaupt nichts, das hab ich dir doch gesagt!« Sie schien zu überlegen, ob sie eines der kleinen Butterpäckchen nach ihr werfen sollte.

»Ich weiß. Es ist nichts passiert.« Helena zwinkerte ihr zu und tippte sich seitlich an die Nase.

»Wem sagst du das?«, brummelte Lizzie mit einem kurzen Blick Richtung Sara.

Alle lachten. Die Bedienung kam, um ihre Bestellungen aufzunehmen.

»Wir sind noch nicht so weit«, sagte Lizzie.

»Lassen Sie sich Zeit, ich komme nachher noch mal.« Sie wandte sich zum Gehen.

»Oh, äh, Sie könnten uns schon mal ein paar Flaschen Champagner bringen«, sagte Natasha schnell. »Die gehen auf mich.«

»Kommt nicht infrage«, protestierte Rachel. »Du bist die Braut.«

Nein, das war sie nicht mehr, aber Natasha lächelte nur.

»Das ist mein Dankeschön an euch für dieses Wochenende. Das Taxi kommt um vier, wir haben also Zeit genug, um ein letztes Mal anzustoßen, oder?«

»Ganz deiner Meinung«, pflichtete Helena, die ziemlich blass um die Nase war, ihr bei. »Ich brauche dringend was Alkoholisches. Ich leide schon an Entzugserscheinungen.«

Das Gepäck stand neben der Tür des Rezeptionsgebäudes. In einer halben Stunde würde das Taxi da sein. Das war zu wenig Zeit, um noch irgendetwas zu unternehmen, aber zu viel Zeit, wenn man warten musste. Die Freundinnen hatten sich auf die Sofas verteilt.

Natasha warf einen Blick auf ihr Smartphone, das drei Uhr dreißig anzeigte. »O Mist!«

Alle schauten auf.

»Was ist?«, fragte Sara.

»Ich hab mein Armband im Spa vergessen!« Natasha umklammerte ihr Handgelenk.

»Was für ein Armband?«, wollte Helena wissen.

»Das silberne«, antwortete Natasha mit ruhiger Stimme.

Dabei trug sie keins mehr, seit sie vor zwei Jahren mit ihrem Tiffany-Bean-Armband an einer Türklinke hängen geblieben war.

»Ich hol's dir«, bot Lizzie, die Hilfsbereite, sofort an.

»Nein, nein, lass nur.« Natasha war bereits aufgesprungen. »Ich bin schneller.«

Lizzie zuckte mit den Schultern. »Ich kann auch schnell radeln.«

»Schon, aber du weißt nicht, in welchem Behandlungsraum ich war.«

»Ach so, ja. Wie du willst.« Lizzie sank in die Polster zurück.

»Aber beeil dich«, mahnte Sara streng. »Unser Zug geht um vier Uhr sechsunddreißig. Wenn wir den verpassen, sitzen wir noch zwei weitere Stunden hier fest, und ich muss morgen früh raus. Also bitte keine Komplikationen.«

»Keine Sorge, ich bin gleich wieder da.« Natasha lief schon nach draußen, wo sie sich auf ihr Mietfahrrad schwang und wie eine Verrückte zu strampeln begann. Ihre Haare flatterten im Wind, und sie kam sich wie die Heldin in einem Kriegsfilm vor.

Obwohl nur zweieinhalb Stunden vergangen waren, seit sie Tom gesehen hatte, konnte sie es kaum erwarten, ihn wiederzusehen. Er habe den ganzen Tag Kurse in der Kletterhalle, hatte er gesagt, aber zusammen mit einem Kollegen, der ihn für ein paar Minuten vertreten könne.

Der Gedanke, in den Zug zu steigen und ohne Tom wegzufahren, war für sie unerträglich. Es würden fast fünfhundert Kilometer zwischen ihnen liegen, aber ihnen beiden war klar, dass sie das, was getan werden musste, persönlich erledigen musste. Hierzubleiben war keine Option. Noch nicht. Sie würden später besprechen, wie es weitergehen sollte.

Ein Lächeln glitt über Natashas Gesicht. Fast hätte sie laut herausgelacht, als sie an die gestohlenen Momente im Lagerraum der Kletterhalle dachte, an den Geruch der Kletterkreide, an Toms muskulösen Körper, sein ersticktes Stöhnen und daran, wie er ihren Namen in ihre Haare geflüstert hatte.

Sie bog auf den Weg zur Kletterhalle. Dort angekommen, sprang sie vom Rad, ließ es unsanft auf den Boden fallen und rannte los. Der Personaleingang auf der Rückseite des Gebäudes, wo sie sich mit Tom treffen würde, lag ein wenig abseits der Hauptwege, sodass sie ungestört wären.

Mehr als ein paar Minuten seien nicht drin, hatte er sie gewarnt, weil sonntagnachmittags immer Hochbetrieb herrsche. Aber das war besser als gar nichts. Der Mann, den sie erst seit gestern Morgen kannte, war für sie so wichtig wie die Luft zum Atmen. Er zirkulierte in ihren Adern, er war der elektrische Impuls, der ihr Herz zum Schlagen brachte. Jetzt zweifelte Natasha nicht mehr daran, dass es sie gab, die Liebe auf den ersten Blick.

Während die Minuten verstrichen, wanderte sie vor der Tür, die nur von innen geöffnet werden konnte, auf und ab. Angestrengt bemühte sie sich, ihre Ungeduld zu unterdrücken. Vermutlich half Tom einem Kind beim Abseilen oder war jemandem beim Anlegen der Geschirrgurte behilflich …

Fünf Minuten vergingen.

Vielleicht hing er ganz oben an der Wand, um jemanden zu retten, der – wie sie gestern – festsaß und nicht mehr allein herunterkam. Oder ein Seil war aus dem Karabiner gerutscht, und er musste hinaufklettern, um es wieder zu befestigen. So etwas kam vor.

Während sie in wachsender Unruhe hin und her tigerte, versuchte sie, ihn durch schiere Willenskraft dazu zu bringen, aus der Halle zu treten. Jede Minute, die sie hier draußen wartete, war eine verlorene Minute.

Und wenn sie hineinging? Aber wenn er nun herauskam, während sie zur Vorderseite lief? Dann würde er womöglich denken, sie sei schon fort oder, schlimmer noch, gar nicht erst gekommen.

Nach einigen weiteren Minuten schaute sie auf die Uhr. Drei Uhr zweiundvierzig. Für den Rückweg brauchte sie vier Minuten. Sie durfte keine Zeit mehr verlieren.

Kurz entschlossen rannte sie zur Vorderseite und machte sich Vorwürfe, weil sie das nicht gleich getan, sondern kostbare Minuten vergeudet hatte. Als sie die Tür aufriss, schallte ihr das von den Wänden und der hohen Decke zurückgeworfene und um ein Vielfaches verstärkte Kinderkreischen entgegen. Zielstrebig eilte sie zu der Kletterwand am hinteren Ende der Halle. Ihr kam der Gedanke, dass ihr Aufenthalt hier immer mit dramatischen Umständen verbunden zu sein schien.

Tom. Tom. Wo steckte er? Natashas Blicke schossen von links nach rechts, von oben nach unten, über die vielen Menschen hinweg. Aber wo war Tom?

Vor einer der Kletterwände stand eine Kursleiterin. Sie hielt ein Seil und rief etwas zu einem jungen Mädchen hinauf.

»Entschuldigung«, japste Natasha. »Können Sie mir sagen, wo ich Tom finde?«

Die Frau warf ihr einen kurzen Blick zu und konzentrierte sich dann wieder auf das Kind.

»Tom ist nicht da«, sagte sie schnell. »Sehr gut, Annie! Und jetzt den rechten Fuß!«

Natasha starrte die Frau geschockt an.

Die Kletterlehrerin bemerkte es und drehte sich zu ihr um.

»Was haben Sie gesagt?«, krächzte Natasha heiser.

»Tom ist nicht da. Ich wurde gebeten, ihn zu vertreten. Ich weiß nicht, wo er ist, tut mir leid.«

»Aber … hat er denn keine Nachricht hinterlassen? Oder eine Telefonnummer?«

Die Frau musterte sie flüchtig. Anscheinend dämmerte ihr jetzt, worum es hier ging – um etwas Privates.

»Nein. Er hat nur gesagt, dass er sofort wegmuss, und dann ist er gegangen. Das war's.«

Natasha taumelte einen Schritt rückwärts. Etwas drückte ihr die Brust zusammen, und der Himmel stürzte ein. So kam es ihr jedenfalls vor.

»Soll ich ihm etwas ausrichten?«, fragte die Frau, als sie Natashas leichenblasses Gesicht bemerkte.

Stumm schüttelte Natasha den Kopf. Sie brachte kein Wort heraus. Sie begriff überhaupt nichts mehr. Dann war das alles doch nur ein Spiel gewesen, seine schönen Worte nichts als leere Sprüche, um sie herumzukriegen? War er nur auf ein Abenteuer aus gewesen?

Plötzlich sah sie ganz klar. Er hatte die Braut auf ihrer Junggesellinnenabschiedsparty verführt. Was hatte Sara gesagt? Die Braut betrüge ihren Verlobten auf ihrer Party fünfmal eher als er sie? Und Tom hatte ganz genau gewusst, welche Knöpfe er bei ihr drücken musste.

Als sie sich, über ihre Füße stolpernd, umdrehte, sah sie Helena dastehen und sie beobachten. Natasha wischte sich hastig die Tränen ab.

»Woher weißt du, dass ich …?«, begann sie, als ihre Freundin zu ihr eilte.

»Für eine Kopfmassage muss man das Armband nicht ablegen«, erwiderte Helena leise. »Ganz abgesehen davon, dass du keine Armbänder mehr trägst.«

Natasha blinzelte, aber die Tränen flossen immer noch. Mit aller Macht unterdrückte sie die Schluchzer, die sich Bahn brechen wollten. Sie würde Tom ganz sicher nicht den Gefallen tun, hier zusammenzubrechen. Nicht in Gegenwart seiner Kollegen, die es ihm bestimmt brühwarm weitererzählen würden.

»Er hat gesagt …«, begann sie mühsam beherrscht, dann versagte ihr die Stimme.

Sie hatte alles, was sie mit Rob verband, für einen gut aussehenden Kerl mit Kletterseil und verführerischem Lächeln aufs Spiel gesetzt. Wie hatte sie nur so dumm sein können?

»Ich kann's mir ungefähr vorstellen«, murmelte Helena mitfühlend und drückte den Arm ihrer Freundin.

»Ich bin so eine Idiotin«, flüsterte Natasha.

»Nein, du hast einfach Angst bekommen.«

Hatte sie kalte Füße bekommen? War es das? Das war so klischeehaft. So erbärmlich.

Helena hakte sich bei ihr unter und zog sie fürsorglich näher an sich.

»Er ist ein attraktiver, sportlicher Typ, aber es ist nichts passiert. Nicht wirklich.«

»Aber Rob …« Panik erfasste Natasha. Es war, als explodiere eine schwarze Wolke in ihrem Herzen.

Helena ließ sie nicht ausreden. »Rob wird nie etwas davon erfahren. Ihr seid noch nicht verheiratet. Außerdem konnte er sich zehn Jahre länger austoben als du. Ein letzter heißer Flirt ist erlaubt …«

Ein heißer Flirt? Für Natasha hatte es sich wie der Zusammenprall zweier Galaxien angefühlt. Wie nach Hause kommen.

»Ich verspreche dir, das alles hat nichts zu bedeuten. Spätestens in zwei Tagen hast du ihn vergessen. Und denk dran: Was hier passiert ist, bleibt hier«, betonte Helena.

Natasha nickte matt. Wie zersprungenes Glas, das nie wieder seine alte Form annehmen würde, würde sie nie wieder die Gleiche sein.

»Ja«, flüsterte sie rau. »Was hier passiert ist, bleibt hier.«

26. Kapitel

Snowshill, Donnerstag, 15. Dezember

Natasha schleppte ihre Staffelei vom Auto zum Stall hinüber. Bella saß noch angeschnallt auf dem Beifahrersitz. Sie würde die Hündin erst herauslassen, wenn sie alle Utensilien an Ort und Stelle hatte. Die sperrige Staffelei war nicht einfach zu tragen, aber das war ihr egal. Alles war ihr egal. Natasha funktionierte einfach und bemühte sich, weder zu denken noch zu fühlen.

Diana hatte ihr vom Küchenfenster aus zugewinkt, aber Natasha hatte sie gebeten, ihr nicht über die Schulter zu schauen, wenn sie die neue Leinwand vorbereitete. Sie müsse sich voll und ganz auf ihre Arbeit konzentrieren – die Festlegung des Maßstabs und des Fluchtpunkts, die Auswahl der Farben, das Skizzieren der Umrisse … In Wirklichkeit hatte sie einfach keine Lust zu reden. Ihr Leben bröckelte, ging jeden Tag ein klein wenig mehr den Bach runter, und sie schien nichts dagegen unternehmen zu können.

Ihre schlimmsten Befürchtungen waren eingetroffen: Ihr Mann hatte eine Affäre, Duffy hatte seit einer Woche nichts mehr von sich hören lassen, und heute Morgen hatte sie ihre Periode bekommen. Die Leere in ihrem Inneren wurde größer und größer, und sie konnte nicht einmal innehalten und sich damit auseinandersetzen.

Denn wenn sie auch nur eine einzige Emotion zuließe, würde das eine Lawine auslösen, die sie unter sich begrub. Wenn sie diese Woche überstehen wollte – und um Mabels willen musste sie das –, musste sie alle Gefühle ausblenden.

Helena war seit ihrem panischen Anruf am Montag jeden Abend mit Curry und Wein zum Reden herübergekommen. Doch viel zu diskutieren gab es nicht, weil Natasha nichts Näheres über den Seitensprung ihres Mannes wusste. Und Helena argumentierte, es könne immer noch eine plausible Erklärung geben.

Robs Verfolgung hatte nicht wie die Verfolgung eines untreuen Ehemanns im Film geendet. Natasha hatte ihn eingeholt, als er wegen einiger Reiter langsamer fahren musste. Anschließend war sie ihm mit dem nötigen Abstand zu einer Tankstelle gefolgt und von dort weiter nach Broadway, wo er in einer Fleischerei, einer Zoohandlung und einer Weinhandlung gewesen war. Danach war er in die Richtung zurückgefahren, aus der er gekommen war, und von der A 44 Richtung Snowshill abgebogen. Als sich in dem dichten Verkehr endlich eine Lücke aufgetan hatte und Natasha ebenfalls abbiegen konnte, war Rob nicht mehr zu sehen gewesen.

Ihr war keine Zeit geblieben, nach ihm zu suchen. Sie musste auf dem schnellsten Weg zurück nach Frome, wenn sie Mabels Krippenspiel nicht verpassen wollte. Der Vorhang ging gerade auf, als sie nach vorn zur ersten Reihe lief, wo Lauren ihr einen Platz freigehalten hatte. Als Natasha am Ende Beifall klatschte, glänzten Tränen des Stolzes in ihren Augen. Für die anderen musste es aussehen, als ob alles in bester Ordnung wäre.

Ihre Sonnenbräune und ihr Lächeln täuschten alle darüber hinweg, dass sie am Boden zerstört war.

Bisher wusste nicht einmal Rob selbst, dass sie ihm auf die Schliche gekommen war. Sie benutzte ständig Ausreden, um nicht mit ihm sprechen zu müssen.

Hels ist da; Curry-Abend; wir reden morgen.

Akku gleich leer; wir reden morgen.

Auf seine WhatsApp-Nachrichten antwortete sie mit Emojis, die nichts von ihren wahren Gefühlen preisgaben.

Sie wusste immer noch nicht, wie sie das Ganze handeln sollte. Helenas Rat folgen und ihn damit konfrontieren? Ihn so lange ausfragen, wie seine Woche gewesen sei, bis sie ihn in die Enge getrieben hatte? Darauf warten, dass er Bella einen neuen Ball gab, während er eine mitgebrachte Flasche Burgunder entkorkte und berichtete, er habe sich außerplanmäßig mit einem potenziellen neuen Kunden in Gloucestershire getroffen?

Die Hoffnung wollte noch nicht schwinden. Die Familie zusammenhalten, ihre Ehe retten, damit Mabel mit einem präsenten, liebevollen Vater aufwachsen konnte – das war es, was Natasha wollte. Aber wo würde sie die Grenzen ziehen? Womit konnte sie leben, was würde sie akzeptieren? Sollte der schlimmste Fall eintreten und Rob einen Seitensprung beichten – sollte sie ihn dann im Haus wohnen lassen oder ihn hinauswerfen? Würde sie ihm zugutehalten, dass er ehrlich war?

Würde sie ihm je wieder vertrauen können? Würde sie ihm jemals verzeihen können?

Als sie die Leinwand an einer windgeschützten Stelle auf die Staffelei gestellt hatte, holte sie Bella aus dem Auto und band sie an einem Anlegepflock an, damit sie nicht wieder auf Eichhörnchenjagd ging.

Es war kühl, um die vier Grad, aber sonnig. Natasha machte sich zügig an die Arbeit, ihre Augen huschten zwischen Arty und der Leinwand hin und her, ihre Hand war ständig in Bewegung. Das Malen nahm sie so sehr in Anspruch, dass sie völlig darin aufging und all ihre Probleme zusammenschrumpften. Sie konnte atmen. Einfach nur atmen.

Stimmen drangen vom Nachbargrundstück herüber. Am Rand ihres Blickfelds nahm sie Diana wahr, wie sie die Terrasse mit dem Gartenschlauch abspritzte. Vögel zwitscherten im kahlen Geäst der Bäume; die Pferde in den Ställen schnaubten, prusteten und tänzelten. Gelegentlich fuhr ein Auto vorbei; Kirchenglocken schlugen die Stunde. Natasha spürte, wie sie mit dieser Kulisse verschmolz wie Tinte, die vom Pergament aufgesaugt wurde, wie sie selbst weicher wurde, während sich ihre Hand souverän über die Leinwand bewegte. Die in die vorbereitenden Skizzen investierte Zeit machte sich jetzt bezahlt, weil ihr motorisches Gedächtnis ihre Linienführung unterstützte. Ihr Vertrauen in ihr Bauchgefühl und in ihr Können wuchs. Sie konnte das. Gut sogar. Besser als nur gut.

Nach einer Weile trat Natasha einen Schritt zurück, um die Vorzeichnung zu begutachten. Strahlte sie Energie und Anmut aus? Stimmten die Proportionen? Das Wesen des Pferdes würde sie später mithilfe der in verschiedenen Schichten aufzutragenden Ölfarben einfangen.

Sie lächelte zufrieden. So weit, so gut. Jetzt musste sie Artemis in Bewegung sehen.

Sie drehte sich zum Haus, aber Diana war wieder hineingegangen.

»Du bleibst da«, sagte sie zu Bella, die den Kopf gehoben hatte, weil sie instinktiv spürte, dass ihr Frauchen weggehen würde. »Ich bin gleich wieder da.«

Natasha lief zum Haus. Auch hier hing ein prachtvoller Kranz von »Florabundance« an der Haustür, mit Schneebeeren-, Stechpalmen- und Schlehenzweigen. Natasha wollte gerade die Stufen hinaufgehen, als sich die Tür öffnete und Diana mit Gartenhandschuhen und -schere heraustrat.

»Ich wollte gerade zu Ihnen«, sagte Natasha und lächelte matt.

»Soll ich Arty auf die Koppel führen?«

»Wenn es Ihnen nichts ausmacht. Sie müssen ihn nicht longieren oder so was, ich möchte ihn einfach nur in Bewegung sehen.«

Dianas Augen leuchteten, so aufgeregt war sie. »Kein Problem. Ich lasse ihn auch für Sie steppen, wenn Sie wollen.«

Natasha musste lachen. Diana streifte sich die Handschuhe ab und legte sie zusammen mit der Gartenschere auf die Stufen. Dann gingen sie zusammen zum Stall hinüber.

»Es war total faszinierend, Ihnen zuzuschauen. Keine Bange, ich konnte nichts sehen – ich weiß ja, Sie möchten nicht, dass ich das Bild anschaue, bevor es fertig ist –, aber wie konzentriert Sie arbeiten! Unglaublich! Ist Ihnen eigentlich das Kaninchen aufgefallen?«

Natasha runzelte die Stirn. »Welches Kaninchen?«

»Ich fasse es nicht!«, rief Diana lachend. »Einmal hätten Sie es fast getreten, weil es Ihnen direkt vor die Füße gehoppelt ist.«

Schritte knirschten auf dem Kies.

»Oh, das ist aber nett von dir, Emily, danke!«

Natasha blickte auf und sah die Nachbarin die Einfahrt heraufkommen, in den Händen einen großen Le-Creuset-Bräter.

»Das wäre aber nicht nötig gewesen. Ich hätte ihn schon geholt.«

»Ach was«, wehrte Emily ab, die in ihren bequemen Birkenstocks flott auf sie zukam. »Ich bin froh, wenn ich ein paar Minuten aus diesem Irrenhaus rauskomme. Rupert leidet an einem schweren Fall von Männergrippe.« Sie verdrehte vielsagend die Augen.

»Oh, der Arme!«

»Von wegen *der Arme*. Der braucht bloß ein paar Paracetamol und eine Halsschmerztablette, und damit hat es sich.« Emily hatte zu ihnen aufgeschlossen. »Hallo«, grüßte sie Natasha lächelnd.

Inzwischen waren sie am Stall angelangt. Diana öffnete die Boxentür und griff nach einem Halfter.

»Emily, das ist die Künstlerin, von der ich dir erzählt habe – Natasha Stoneleigh.«

»Wir haben uns bereits …« Emily brach abrupt ab. »Stoneleigh?«

Natasha nickte. »Ja.«

»Hm. Der frühere Geschäftspartner meines Mannes hieß auch Stoneleigh. Ein hübscher Name, hat mir immer gefallen. Im Gegensatz zu seinem Träger.«

Diana machte ein finsteres Gesicht, während sie Arty zerstreut das Halfter überstreifte.

»Ja, ich erinnere mich. Ist er nicht ins Ausland gezogen?«

»Ja, nach Ibiza. Er hat Yoga für sich entdeckt.« Emily schnitt eine Grimasse. »Oder besser gesagt: Er hat entdeckt, dass viele Frauen Yoga machen. Er war immer ein Schürzenjäger.« Sie schüttelte den Kopf. »Mir war es ganz recht, dass James die Geschäftsbeziehung abgebrochen hat.«

»Das glaub ich gern«, murmelte Diana.

Natasha gab keinen Mucks von sich. Sie wusste, das war ein Zufall, so ungewöhnlich war der Name nicht. Aber nach allem, was sie diese Woche herausgefunden hatte, schrillten bei der Verknüpfung von »Stoneleigh« und »Schürzenjäger« doch die Alarmglocken und schürten ihre irrationale, aber nicht auszurottende Angst, dass Rob sie betrog.

Unterwegs hatte sie nach seinem Auto Ausschau gehalten, jede Seitenstraße und jede Einfahrt genau unter die Lupe genommen. Eigentlich war keine weitere Fahrt hierher geplant gewesen, aber nach dem Drama vom Montag hatte es sie förmlich hergetrieben, um zu spionieren und zu schnüffeln. Die sprichwörtliche eifersüchtige Ehefrau …

»Ich hab dir doch erzählt, dass ich Simon ein Porträt von Arty zu Weihnachten schenken will, aber du weißt ja …«

Diana legte sich einen Finger an die Lippen. Dann schnalzte sie einmal mit der Zunge, und Arty hob den Kopf, damit sie die Boxentür öffnen konnte.

Natasha und Emily folgten ihr zur Koppel, wo sie das Gatter aufstieß und das Pferd hindurchführte.

»Wir haben uns schon kennengelernt«, verriet Emily.

»Bella hat ein Eichhörnchen in ihren Garten gejagt«, erklärte Natasha, die Mühe hatte, ihre Gedanken zu sammeln. »Ich bin hinterhergerannt, um sie wieder einzufangen, und ich glaube, Emily hat mich im ersten Moment für eine Einbrecherin gehalten, die die Lage auskundschaften wollte.«

»Da wären Sie aber eine wirklich schicke Einbrecherin gewesen«, sagte Emily. »Ihre Stiefel waren traumhaft schön.«

»Oh, vielen Dank.«

Alle drei schauten zu, wie Arty über die Wiese trabte und ein paarmal übermütig buckelte.

Diana verließ die Koppel und schloss das Gatter hinter sich.

»So, ein glückliches Pferd in Bewegung.«

»Danke«, murmelte Natasha. Sie würde Leinwand und Staffelei hierhertragen müssen, aber im Moment schaffte sie es kaum, einen Fuß vor den anderen zu setzen. Einfach nur da zu sein, zu lächeln und zu atmen – das war schon anstrengend genug.

Für einen kurzen Moment sagte niemand etwas. Die beiden Frauen sahen sie erwartungsvoll an. Spürten sie den Tumult in ihrem Inneren?

Schließlich streckte Emily ihrer Nachbarin den Bräter hin.

»Hier, bitte schön. Und mach dir keinen Kopf, wenn du das Ding nicht richtig sauber kriegst. Den zu spülen ist eine Mordsarbeit.«

»Du bist ein Engel«, sagte Diana seufzend. »Weihnachtsessen für zwölf Jagdgäste heute Abend«, fügte sie, an Natasha gewandt, erklärend hinzu.

»Ah.«

Diana sah Emily an. »Wie wär's mit einem Kaffee?«

»Ja, gern. Wenn du Zeit hast … James kann so lange die Stellung halten. Wir kommen uns andauernd in die Quere. Ich würde das Haus zu gern einmal für mich allein haben. Wenn ich nur wüsste, wie ich das anstellen soll.«

»Natasha?«

»Das ist sehr nett, vielen Dank, aber ich möchte die Gunst der Stunde nutzen«, erwiderte sie und versuchte sich erneut an einem matten Lächeln.

»Das verstehe ich.« Diana runzelte ein wenig die Stirn, als sie hinzufügte: »Aber Sie sagen Bescheid, wenn Sie etwas Warmes zu trinken möchten. Es ist ganz schön frisch heute.«

Die beiden Frauen wandten sich zum Haus.

»Äh, nur so aus Neugier, wie hieß dieser Mr Stoneleigh eigentlich mit Vornamen?«, rief Natasha ihnen mit klopfendem Herzen hinterher. Sie zuckte betont gleichgültig mit den Schultern. »Nicht dass er ein Verwandter ist.«

»Himmel, das will ich aber nicht hoffen!« Emily blickte bestürzt drein. »Nach allem, was ich gerade über ihn gesagt habe …« Sie lachte. »Er heißt Robert. Rob Stoneleigh.«

»Oh.« Natasha gefror das Blut in den Adern. »Nein«, sagte sie leise. »Kein Verwandter.«

»Ein Glück!« Wieder lachte Emily. Zu Diana sagte sie:

»Das ist so ein grauenvoller Mensch. Wer ihn einmal getroffen hat, vergisst ihn nie wieder!«

Natasha schloss die Haustür auf und ließ Mabel und Bella voranstürmen. Als sie nach Hause gekommen war, hatte das vollständig im Dunkeln liegende Haus noch einsamer als sonst gewirkt, deshalb hatte sie zuerst die Weihnachtsbaumbeleuchtung und das Licht in der Diele eingeschaltet, bevor sie noch einmal zum Auto gegangen war, um zunächst Staffelei und Leinwand, dann ihre Stifte zu holen.

Sie hatte wieder auf Autopilot geschaltet, blieb ständig in Bewegung, um vor ihren Gefühlen davonzulaufen. Emilys Worte hatten sie den ganzen Tag verfolgt, aber sie konnte noch nicht zulassen, von ihnen eingeholt zu werden. Erst musste sie Mabel etwas zu essen machen, sie baden und ihr eine Gutenachtgeschichte erzählen. Das alles konnte sie nicht als hysterisches Häufchen Elend.

Rational betrachtet war ihr außerdem klar, dass es eine ganze Menge Robert Stoneleighs geben musste. Es war nicht gesagt, dass es sich um ein und denselben Mann handelte, nur weil der andere ein Schürzenjäger war und sie ihren Ehemann verdächtigte fremdzugehen.

Sie bückte sich nach der Post auf der Fußmatte und sah sie mit toten Augen flüchtig durch – Prospekte, die sie nie aufschlug, Kreditkartenangebote, die sie nicht interessierten … Dazwischen ein rot umrandeter Zettel mit einer Notiz des Postboten: *Päckchen in der Brennholzkiste*.

Natasha ging wieder hinaus, lief zu dem niedrigen Holzkasten, hob den Deckel an und entdeckte ein kleines, in eine silberne Plastiktüte gewickeltes und mit Klebeband zugeklebtes Päckchen auf den Brennholzscheiten. Verdutzt starrte sie es an.

Dann bemerkte sie, dass es nicht an sie adressiert war …

Sie riss es an sich, wirbelte herum und rannte ins Haus zurück.

»Mabel! Mabel, wo steckst du? Ich hab was für dich! Komm schnell!«

Sie lief durchs ganze Haus und fand ihre Tochter zu guter Letzt im Wohnzimmer, wo sie auf dem Fußboden saß und Minicracker futterte, die sie aus der Speisekammer stibitzt hatte. Bella lag daneben und verfolgte hoffnungsvoll, wie Mabels Hand zwischen Tüte und Mund hin und her wanderte.

»Schatz, schau mal, was für dich gekommen ist! Eine wunderbare Überraschung! Sollen wir es aufmachen?« Natasha stellte fest, dass ihre Hände tatsächlich zitterten, als sie auf die rote Briefmarke mit dem kunstvollen Tempel zeigte. »Errätst du, aus welchem Land das geschickt worden ist?«

Mabel guckte sie erwartungsvoll an.

»Aus Nepal, Schatz. Da, wo Moolah Ferien macht.«

Anfangs hatte es Tränen gegeben, als keine Nachrichten mehr gekommen waren, aber als Natasha plötzlich auch weinte, hatte Mabel aufgehört, nach Moolah zu fragen. Seitdem war Duffys Namen nicht mehr erwähnt worden.

»Moolah?!« Mabel war im Nu auf den Beinen. Die Tüte Minicracker wurde achtlos fallen gelassen, und Bellas Hoffnungen erfüllten sich.

Natasha lachte entzückt. »Hier, mach du es auf, Schatz.«

Zum ersten Mal seit Tagen war ihr Lächeln echt, als sie das Klebeband von einer Ecke löste, damit Mabel einen Anfang hatte. Es grenzte fast an ein Wunder, dass das Päckchen heil angekommen war, so schludrig war es verpackt.

Sie hasste ihn für seinen sorglosen Umgang mit etwas so Kostbarem. Sie hasste ihn dafür, dass er ohne Vorwarnung einfach von der Bildfläche verschwunden war. Nach all der Mühe, die er sich mit seinen Fotos gemacht hatte, hätte ihm doch klar sein müssen, dass Mabel maßlos enttäuscht sein würde, wenn er plötzlich nichts mehr von sich hören ließ. Offensichtlich hatte er nicht die geringste Ahnung von Kindern.

Und von ihren Mails hatte er nicht eine einzige beantwortet.

Aber wenigstens hatten sie Moolah wieder. Das war ein kleines Wunder, für das sie dankbar sein musste, auch wenn alles andere den Bach runterging.

Natasha beobachtete, wie Mabel ganz aufgeregt an dem Klebeband und dem Plastik fummelte, doch dann auf einmal …

Ihre Tochter hob den Kopf und schaute sie bestürzt an. Natasha sackte das Herz in die Magengrube, als sie die Tränen in Mabels Augen sah.

»Was ist? Was …?«

Sie spähte in das Päckchen. Leuchtend bunte quadratische Baumwolltücher. Eine ganze Menge. Sie waren an einer Schnur befestigt.

»Wo ist Moolah, Mummy?« Mabels Unterlippe zitterte,

und die ersten Tränen kullerten ihr über die Wangen. »Sie ist nicht da.«

»Lass mich mal sehen …« Natasha wühlte in dem Päckchen herum und riss die Fahnen heraus. Definitiv keine Moolah. Das Plüschtier glänzte durch Abwesenheit.

Dieser Dreckskerl!

Dieses Arschloch!

Natasha schäumte vor Wut. Am liebsten hätte sie herumgeschrien und etwas an die Wand geworfen. Warum konnte nicht ein einziges Mal irgendetwas klappen? Warum zum Teufel hatte er ihnen diese Dinger geschickt? Wozu?

Sie sah Mabel an, die vor Enttäuschung bitterlich weinte. Ihr kleiner Körper wurde von Schluchzern geschüttelt.

»Aber die sind doch wunderschön, Schatz«, sagte Natasha mit vor Anspannung verzerrter Stimme und zog die Fahnen auseinander. »Das sind Gebetsfahnen, die uns Duffy da aus Nepal geschickt hat. Er wollte dir eine Freude machen, weißt du?«

Jetzt erst fiel ihr auf, dass etwas Buntes, Glänzendes mit den Fahnen herausgefallen war. Sie bückte sich danach. Eine Postkarte mit einem Foto von ein paar am Berg weidenden Yaks.

»Schau mal, da ist eine Karte dabei.«

Natasha drehte sie um und war erleichtert, als sie den Text auf der Rückseite sah. Seine Handschrift war sauber und sorgfältig, er hatte sich offensichtlich große Mühe gegeben.

»Liebe Mabel«, las sie laut vor, *»ganz viele Grüße aus Nepal! Wir sind jetzt ganz hoch oben in den Bergen, wo es*

richtig kalt ist, aber die Aussicht ist wunderschön. Wir haben ein paar Yaks gesehen, das sind Moolahs nepalesische Verwandte, deshalb war sie auch ziemlich aufgeregt. Sie haben zwei Mägen und benutzen ihre Hörner, um in Schnee und Eis nach Gras zu graben. Das ist doch cool, oder? Ich hätte dir ein Foto von ihnen geschickt, aber wir sind zu weit weg, und ich habe mein Handy nicht bei mir. Bis du das hier bekommst, werden ein paar Tage vergangen sein, ohne dass du etwas von uns gehört hast. Ich hoffe, du bist nicht traurig deswegen. Moolah vermisst dich ganz schrecklich, aber jetzt kann sie bald über den Mond springen. Sie ist schon ganz aufgeregt deswegen. Die Gebetsfahnen sollen extra viel Glück bringen, deshalb hat sie mich gebeten, sie dir zu schicken, damit der Wind deine guten Wünsche für ihren Sprung von England bis hierher tragen kann.

Sie schickt dir einen dicken Schmatz, Mabel, und umarmt dich.

Duffy (Freund aller Kühe und Mit-über-den-Mond-Springer)«

Natasha schwieg einen Augenblick. Es war nicht dasselbe, wie Moolah zurückzubekommen, aber es war immerhin etwas und eindeutig besser als die letzten sieben Tage Funkstille. Dass er sein Smartphone nicht dabeihatte, erklärte auch die unbeantworteten Mails.

Allerdings verstand sie immer noch nicht, warum er ihnen Moolah nicht einfach zurückgeschickt hatte. Warum dieser Ersatz in Form von Fahnen? Warum hing er so an dieser Plüschkuh?

Sie riss in gespielter Begeisterung die Augen auf und schnappte nach Luft.

»Ich kann nicht glauben, dass Moolah Yaks gesehen hat! Die wollte ich immer schon sehen!«

Mabel starrte sie verwirrt an. Sie hörte zum allerersten Mal von Yaks.

Natasha hielt die Fahnen hoch. »Und jetzt können wir Moolah unsere ganz speziellen Wünsche für ihren Mondsprung schicken! Ist das nicht toll, Mabel? Bisher konnten wir ihr ja nur die Daumen drücken. Aber jetzt, wo wir die Gebetsfahnen haben, wird der Wind all unsere Hoffnungen und Wünsche und unsere ganze Liebe zu Moolah auf den Berg hinauftragen, dorthin, wo auch die Yaks sind.«

Mabels Tränen waren versiegt. Jetzt strahlten ihre Augen.

»Und Duffy!«

Natashas Lächeln wurde unsicher. »Und Duffy, richtig.«

»Können wir ihr meine Zauberküsse schicken?«

»Na klar. Du gibst der Fahne einen Kuss, und der Wind wird ihn zu ihr tragen.«

»Und das Bild, das ich für sie gemalt habe?«

»Das auch! Wir heften es an eine Fahne, und der Wind wird alle Gefühle, die damit verbunden sind, zu ihr wehen.«

Natasha konnte zusehen, wie die Erleichterung durch Mabels kleinen Körper rieselte und ihr Frieden brachte.

»Jetzt müssen wir nur noch einen Platz finden, wo wir die Fahnen aufhängen können, damit der Wind alles mitnehmen kann. Duffy hat irgendwann erzählt, dass es Unglück bringt, wenn sie am Boden liegen, weißt du noch?«

Sofort sprang Mabel auf und riss die Fahnen mit beiden Armen hoch, als ob Krokodile danach schnappen würden.

»Ich weiß, wo! Ich weiß, wo!«

Sie rannte Richtung Küche, ein ganzes Stück Schnur am Boden hinter sich herschleifend. Bella hielt das für ein Spiel und versuchte, die Schnur mit dem Maul zu packen.

Plötzlich blieb Mabel stehen und drehte sich um.

»Mummy?«

»Ja?«

»Ich hab Duffy lieb. Er ist mein Freund.«

»Ja, das ist er.«

»Hast du ihn auch lieb?«

Natasha schluckte schwer. Eine Flut von Worten, die nie ausgesprochen werden durften, stieg in ihr auf, drohte aus ihr herauszubrechen. Sie erstickte fast daran.

»Wie könnte ich ihn nicht liebhaben, mein Schatz? Deine Freunde sind auch meine Freunde.«

27. Kapitel

Annapurna-Südwand, Freitag, 16. Dezember

Duffy hob den Kopf und starrte stumpfsinnig den nächsten Eisturm an, eine knollige, verzerrte Wand aus Schnee und Eis, nur drei Meter hoch, aber dahinter würde noch eine liegen und noch eine und noch eine … Er stand auf dem Ice Ridge, einem der gefährlichsten Abschnitte des Aufstiegs. Der wellenförmige, gut dreihundert Meter lange Grat bestand aus vom Wind zu gefährlichen Zacken geschliffenen Gebilden und war nicht breiter als einen halben Meter.

Duffy kannte seinen genauen Standort nicht, weil er nicht über die jeweilige Eiswand hinwegschauen konnte. Er konnte nur darüberklettern. Hinauf und wieder hinunter, hinauf und wieder hinunter. Das war keine schöne, sondern eine anstrengende, zeitraubende Kletterei, aber auch der einzige »sichere« Weg zwischen Camp III und IV.

Am oberen Ende des Grats wachten dreihundert Meter hohe Eisklippen über die Rinnen. Immer wieder brachen hausgroße Brocken ab, manchmal durch die Erwärmung bei Sonnenschein, manchmal nach heftigem Schneefall, manchmal auch einfach nur so, ohne ersichtlichen Grund. Erst heute Morgen hatten er und Sanani – auf ihre Eispickel gestützt, gekrümmt vor Erschöpfung und schwer atmend – an den westlichen Hängen unterhalb von ihnen einen Lawinenabgang verfolgt. Bei dem Schauspiel war ihnen das Blut in den Adern gefroren. Wären sie dort unten gewesen, hätten sie keine Chance gehabt.

Sie kamen nur quälend langsam voran. Auf sechstausenddreihundert Metern Höhe hatten sie nur noch halb so viel Kraft wie im Basislager. Obwohl sie von Luft umgeben waren und der Wind um sie herumwirbelte wie ein Kobold, war der Sauerstoffgehalt extrem niedrig. Jemand, der nicht akklimatisiert war, hätte innerhalb von fünfzehn Minuten das Bewusstsein verloren. Reden war ein Luxus, den sie sich nicht leisten konnten, und so stiegen sie schweigend die Wand hinauf, begleitet vom Hintergrundgeräusch ihrer Eispickel und Steigeisen, die sich knirschend in den gefrorenen Schnee bohrten.

Die Fixseile an einigen Stellen kamen ihnen wie eine Gnade vor. Dort klinkten sie ihre Gurte ein, machten Trittschlingen und benutzten Steigklemmen, die das Kletterseil nach oben durchlaufen ließen, aber nach unten blockierten.

Sanani befand sich unterhalb von Duffy und für ihn nicht sichtbar hinter einer Eiswand. Duffy wartete ein paar Minuten und versuchte, die Kopfschmerzen, die ihn seit ein paar Stunden quälten, zurückzudrängen. Dann drückte er auf den Funksender in seiner Jackentasche.

»Duffy an Sanani Sherpa, alles okay bei dir? Over.«

Es dauerte eine Minute, bis sein Gerät knisterte und die Antwort kam.

»Sanani Sherpa an Duffy, alles in Ordnung. Bin gleich drüben. Over.«

Duffy blickte auf das Massiv hinunter, auf das gefaltete Gestein der Bergriesen unter seinen Füßen, die Kruste der Erde. Das Wettergeschehen spielte sich in einer tieferen atmosphärischen Schicht ab. Er sah, wie sich erste Wolken bildeten. Über den Gipfeln von Gangapurna und Annapurna III wehten dünne Schneeschleier wie Gischt – Anzeichen dafür, dass ein starker Sturm aufzog.

Sanani war zwar ein Experte, was die eisige Architektur der Berge betraf, aber das Wetter war genauso gefährlich wie die riesigen Eisklippen. Sie durften hier auf dem Grat nicht von einem Sturm überrascht werden. Es gab nur zwei Möglichkeiten: schnell an ihr Ziel gelangen oder umkehren.

Duffy nahm den nächsten Eisturm ins Visier und wappnete sich innerlich. Sie waren jetzt seit sechs Stunden unterwegs. Er wusste, dass es nicht mehr weit sein konnte bis zu Camp IV. Also holte er aus, schlug den Pickel ins Eis und zog sich hoch.

Ed Viesturs, ebenfalls eins seiner Idole, hatte einmal gesagt: »Den Gipfel zu erreichen ist optional. Wieder runterzukommen ist ein Muss.«

Duffy war anderer Meinung. Für ihn galt jetzt genau das Gegenteil. Er musste den Gipfel erreichen, unter allen Umständen. Dort oben zu stehen würde seine Rache sein. Was danach mit ihm passierte, war ihm egal.

Der Sturm peitschte den Schnee auf. Zischend und pfeifend wie Dämonen heulte er um das Zelt, zerrte an ihm und drückte dagegen. Duffy lag auf der Isoliermatte im Schlafsack, versuchte, die Wärme nicht entweichen zu lassen, und lauschte dem Knattern des Ripstop-Nylons.

Er und Sanani hatten über Funk kurz mit den Schweizern gesprochen, die inzwischen in Camp VI, neunhundert Meter weiter oben, angekommen waren. Dort herrschten noch tiefere Temperaturen, und der Sturm hatte fast Orkanstärke erreicht. Den Männern war die immense Erschöpfung deutlich anzuhören gewesen, als sie Informationen ausgetauscht hatten.

Es muss keinen Spaß machen, um Spaß zu machen.

Der Wind trug Lotties Stimme heran. Duffy konnte sie so deutlich hören, als befände sie sich bei ihm im Zelt. Es war ihr Lieblingszitat gewesen. Sie hatte es ihm an den Kopf geworfen, wenn er sich an einem Felsen abmühte oder an der Wand danebengriff und fluchend und schimpfend abstürzte und in den Seilen hing, während Lottie weiterkletterte. Sie war immer besser gewesen als er.

Duffy schloss die Augen und bemühte sich, an nichts zu denken. Das war nicht der richtige Zeitpunkt, um Erinnerungen nachzuhängen.

Sanani neben ihm schlief friedlich, während der Sturm an Stärke zunahm. Den Prognosen zufolge würde er rasch weiterziehen, er war nur ein kleiner Tyrann, der mit ihnen spielte. Es war der andere, der im Osten bereits in den Startlöchern stand, der den Schweizern Sorge bereitete. Da sie schon einmal von heftigen Winden zur Umkehr gezwungen worden waren, wollten sie den Sturm abwarten und danach den Aufstieg zum Gipfel wagen. Mühsam gewonnene Höhe wieder aufzugeben war immer ein herber Rückschlag. Viele, die sich auf ein Kräftemessen mit dem Berg einließen, bezahlten ihre Entscheidung mit dem Leben. Die Schweizer waren klüger, und er auch. Zum Bergsteigen gehörte Geduld ebenso wie Ausdauer. Und falls nötig, konnte er warten. Er hatte Verzögerungen aufgrund des Wetters und Probleme mit der Akklimatisierung eingeplant. Er hatte genug Zeit und Geld mitgebracht und sein Team sowie seine Ausrüstung auf ein Minimum beschränkt, damit er flexibel blieb und schneller auf die jeweiligen Umstände reagieren konnte.

Und dennoch hatte Duffy ein ungutes Gefühl, das nicht mehr weichen wollte. Er machte die Augen fest zu und versuchte, den Schlaf herbeizuzwingen. Er war körperlich erschöpft, aber geistig hellwach. Sein Verstand fand keine Ruhe.

Sechs Tage waren vergangen, seit er *sie* wiedergesehen hatte. Der anfängliche Schock hatte ihn unermüdlich angetrieben, doch sobald er zur Ruhe kam, war sie wieder da und sickerte in seine Gedanken wie Rauch. Er war vollkommen durcheinander. Nichts hatte ihn auf dieses unverhoffte Wiedersehen vorbereitet, genauso wenig wie damals auf seine allererste Begegnung mit ihr, auf das allererste Mal, als sich ihre Blicke getroffen hatten. Als hätte er an der Bruchlinie eines Erdbebens gestanden.

Obwohl Duffy wusste, dass ihn jede Ablenkung das Leben kosten konnte, schwebten an seinem inneren Auge unaufhörlich Bilder von Natasha vorüber. Nur eine Eisklippe, eine Lawine, ein Gletscherbruch, der ihn mit sich riss, würde sie auslöschen können. Falls es so käme, würde sein letzter Gedanke dann ihr gelten?

Niemals würde er ihr Gesicht nach ihrem ersten Kuss vergessen, diesen Ausdruck von mit Angst vermischtem Verlangen, als sie die Wahrheit erkannte. In einem

Brautkleid auf dem Boden eines Baumhauses kniend, hatte sie begriffen, dass sie den falschen Mann heiraten würde.

Und es trotzdem getan.

Und jetzt hatte sie eine Familie, eine wunderschöne Tochter, die ihr wie aus dem Gesicht geschnitten war. Ihre erste Mail hatte ihm gezeigt, dass sie alles für das Glück ihres Kindes tun würde. Sie war mit Sicherheit eine gute Mutter, aber war sie auch eine gute Ehefrau? Führte sie das Leben, das er ihr vorausgesagt hatte – ein Leben in Wohlstand in einem großen Haus, wo sie ihre Tage mit Malen verbrachte und ihre Nächte an der Seite eines Mannes, den sie nicht hatte heiraten wollen? War sie glücklich? Glücklich genug? Oder innerlich leer, so wie er?

Duffy schlug die Augen auf und starrte auf der Suche nach Ablenkung in die Dunkelheit. Er setzte sich auf und ließ einen Moment den Kopf hängen. Seine Kopfschmerzen gingen nicht weg, und er hatte sich zweimal erbrochen, seit sie hier waren. Noch war er nicht an seine Grenzen gestoßen, aber es würde nicht mehr lange dauern.

Sanani, der ihn mit Argusaugen beobachtete, hatte gemeint, dass sie mindestens drei Nächte hierbleiben würden. Falls sich sein Zustand bis dahin nicht gebessert hatte, würden sie zu Camp III zurückkehren.

Absteigen wollte Duffy auf gar keinen Fall. Er war sich nicht sicher, ob er den Eisgrat jemals wieder in Angriff nehmen könnte.

Der Wind heulte wie ein Wolf aus Luft, der um das Zelt herum seinem Schwanz nachjagte. Duffy schaltete seine Stirnlampe ein und schaute zu, wie seine Krallen über die Zeltwände kratzten. Es gab so vieles, was sie hier oben töten konnte, allem voran der Wind.

Es war schon erstaunlich, dass so eine dünne Plastikhaut, an deren Innenseite sich morgen früh eine dicke Eisschicht gebildet haben würde, effektiven Schutz bei Temperaturen von minus vierzig Grad bieten konnte. Nicht minder erstaunlich war es, dass die leichten, dünnen Seile ihr Gewicht aushielten, wenn ein Fuß keinen Halt gefunden hatte. Oder dass die zierlichen Felshaken, die in den Berg geschlagen wurden, sie sicherten. Dass ein Eispickel verhindern konnte, dass sie über eine Eisklippe in eine Gletscherspalte rutschten. Hier oben entschieden winzige Kleinigkeiten über Leben und Tod.

Ihm kam der Gedanke, dass Natasha es nicht einmal erfahren würde, falls er den Tod finden sollte. Sie würde ihr Leben weiterleben und nicht ahnen, dass er diese Welt verlassen hatte. Vielleicht hatte sie ihn schon vergessen, und sein Name würde ihr überhaupt nichts sagen, selbst wenn sie es erführe.

Weshalb sollte sie sich an ihn erinnern? Für sie war es nicht das Gleiche gewesen wie für ihn. Sie glaubte nicht an Liebe auf den ersten Blick …

Fuck! Sie hatte sein Gehirn schon wieder gekapert. Was für eine Ironie, dass er so hoch aufgestiegen war, nur um sich so down zu fühlen!

Duffys Blick fiel auf Sananis Satellitentelefon, das zwischen ihren Schlafsäcken lag. Der Sherpa trug es immer bei sich, benutzte es aber nur im Notfall – sechs Dollar die Minute waren sehr viel Geld in einem Land, in dem das jährliche Durchschnittseinkommen achthundertdreißig Dollar betrug.

Duffy griff danach. Er würde Sanani das Geld für den Anruf geben. Er hätte ihm auch sein ganzes Geld gegeben, wenn er nur mit dem einen Menschen auf dieser Welt reden konnte, dem noch etwas an ihm lag. Die dunkle Vorahnung wurde immer stärker, und er fühlte eine quälende Unruhe in sich.

Leise schob er sich aus dem Zelt und zog den Reißverschluss zur Hälfte hoch. Die Nummer kannte er auswendig.

Während er dem Freizeichen lauschte, überlegte er, wie spät es wohl sein mochte. Um fünf war es dunkel geworden. War es jetzt acht? Oder zwei Uhr morgens? Und in Europa?

»Hallo?«, meldete sich eine Frau mit leiser, zerstreuter Stimme.

»Anya?«

Eine Pause, dann ein hörbares Nach-Luft-Schnappen.

»Duffy! O mein Gott, ich hab die Nummer nicht erkannt! Es ist so schön, deine Stimme zu hören! Ich denke so oft an dich. Wie geht es dir?«

Die Worte sprudelten nur so aus ihr heraus, und er musste lächeln. Die Anspannung fiel ein wenig von ihm ab.

»Mir geht es so weit gut, bin ein bisschen müde. Und du, wie geht es dir?«

Sie stöhnte. »Ach, unser neues IT-System hat sämtliche Personaldaten aufgemischt, und ich arbeite seit zwei Wochen daran, alles wieder auf die Reihe zu kriegen.«

Duffy grinste und stellte sich einen Bürojob vor: Tag für Tag vor einem Bildschirm sitzen, der Kälte der Klimaanlage oder der Wärme der Zentralheizung ausgeliefert, das Mittagessen aus Plastikbehältern löffelnd. Das war nichts für ihn.

»Na ja, wenn das jemand auf die Reihe kriegen kann, dann du.«

»Wo bist du?«

Ihre Stimme klang ein wenig verzerrt und kam erst mit einiger Verzögerung bei ihm an, da die Verbindung über einen Satelliten hergestellt wurde.

Er biss sich auf die Unterlippe. »Auf einem Berg.«

Es entstand eine Pause, die diesmal nichts mit der Satellitenverbindung zu tun hatte. Anyas beredtes Schweigen war immer ein Alarmsignal.

»Von Bergsteigen hast du nichts gesagt. Du hast von einer Trekkingtour gesprochen.«

»Es ist alles in Ordnung, wirklich«, versicherte er hastig. »Ich bin fast oben.«

Mehr oder weniger. Noch eine Strecke so hoch wie ein Berg der Alpen, und er wäre auf dem Gipfel.

Das Schweigen dauerte an. »Welcher Berg? … Duffy?«

Er seufzte. Ihm war klar, er würde nicht darum herumkommen, es ihr zu sagen, und vielleicht wollte er das sogar. Wenn er es nicht tat, wäre er spurlos verschwunden, sollte der schlimmste Fall eintreten. Jedenfalls so lange, bis seine Briefe ihre Empfänger erreichten.

»Annapurna.«

»Annapurna III?«

Sie bot ihm ein Schlupfloch an, damit er lügen konnte. Sie hoffte wider alle Vernunft.

»Nein. Annapurna I.«

Ein weiteres langes Schweigen. Ein teures Schweigen. Für ihn fühlte es sich wie ein Zwölf-Dollar-Schweigen an, aber sie hatte ein Recht, wütend auf ihn zu sein. Das akzeptierte er.

»Und du hast mir nichts davon gesagt.« Ihrer Stimme war anzuhören, wie gekränkt sie war.

»Ich habe niemandem etwas gesagt.«

»Nicht einmal deinem Vater?«

Ihm am allerwenigsten. Duffy presste die Augen zusammen.

»Nur dir.«

»Ich hätte es wissen müssen!«, rief Anya außer sich. »Ich hätte wissen müssen, dass es nicht nur eine Trekkingtour ist!«

»Tut mir leid. Ich wollte dich nicht anlügen, aber …« Sie wussten beide, dass sie alle Hebel in Bewegung gesetzt hätte, um ihn aufzuhalten, wenn er es ihr erzählt hätte. Sie hätte seinen Vater informiert, die Medien, jeden, der bereit war zuzuhören, um ihn daran zu hindern, ins Flugzeug zu steigen. »Ich muss das tun, Anya. Bitte versteh mich doch.« Er bemühte sich um einen sachlichen Ton. »Sonst kann ich nicht mit der Vergangenheit abschließen. Das weißt du besser als irgendjemand sonst.«

»Aber wenn du ums Leben kommst …«

»Dann soll es so sein. Dann war mir das Ende meines Wegs hier immer schon vorherbestimmt.«

»Das kann nicht dein Ernst sein!«, flüsterte sie entsetzt.

Er schwieg einen Augenblick.

»Ich glaube fest daran, dass ich es schaffen werde«, sagte er dann.

»Ich zweifle nicht an deinen Fähigkeiten, Duffy! Du bist ein begnadeter Bergsteiger, das Klettern liegt dir im Blut. Aber es gibt so viele Faktoren, die du nicht kontrollieren kannst. Das Wetter! Die Lawinen! Die Gletscherabbrüche! All die Dinge, vor denen du mich jahrelang gewarnt hast und die sich deiner Kontrolle entziehen.«

»Wir minimieren das Risiko, wo immer wir können.«

»*Wir?*«

»Sanani Sherpa begleitet mich.«

»Sanani? Ich dachte, er hätte sich zurückgezogen, nachdem …«

»Das hat er auch. Aber als ich ihn gefragt habe, hat er sofort zugesagt. Auch er hat noch eine Rechnung offen.«

Anya atmete geräuschvoll aus. Teure Sekunden verstrichen in nachdenklichem Schweigen.

»Na ja, immerhin etwas«, murmelte sie schließlich. »Wenn dich jemand dort oben vor Gefahren beschützen kann, dann ist er es.« Ihre Stimme klang spröde vor Sorge, und Duffy wusste, dass sie an den Nägeln kaute.

»Hör auf, an deinen Nägeln zu knabbern«, sagte er leise.

»Woher weißt du …?«

»Ich weiß es einfach.«

Noch eine Sechs-Dollar-Pause. Dann: »Wie hoch oben bist du?«

»Camp IV. Sechseinhalbtausend Meter.«

»Und das heißt?«

»Das heißt, wir haben den Ice Ridge überwunden. Es war brutal, aber wir mussten uns beeilen, weil ein Sturm aufgezogen ist. Wir werden wahrscheinlich ein paar Tage hierbleiben.« Seine Kopfschmerzen erwähnte er wohlweislich nicht. »Der nächste Sturm ist schon im Anmarsch, wir können die Zeit also zum Regenerieren nutzen.«

»Und was dann?«

»Dann kommt die Traverse …«

»Die Schreckliche Traverse?«, hakte sie nach.

Duffy zögerte. Anya war anscheinend eine aufmerksame Zuhörerin gewesen. Den Abschluss des Ice Ridge bildete eine noch nie bezwungene Eiswand. Der einzige Weg, sie zu umgehen, war eine Traverse, die Chris Bonington und sein Team 1970 als Erste gemeistert hatten und die später den Beinamen »Schreckliche Traverse« bekam. Der mit Fixseilen versehene Quergang in der Felswand war so extrem gefährlich, dass die Lastenträger ihn nicht passieren konnten, sondern in Camp IV zurückbleiben mussten.

»Ja. Aber wenn wir die geschafft haben, ist es bloß noch ein Trek durch die Schneefelder hoch zu Camp V, und dann sind wir am Fuß des Rock Band. Noch ein bisschen klettern, und schon stehen wir auf dem Gipfel.«

»Bei dir hört sich das wie ein Kinderspiel an.«

»Wenn das Wetter mitspielt, ist es zu schaffen.«

»Vorausgesetzt, es kommt nicht zu einem Eissturz. Der Sérac oberhalb der Schneefelder …«

Er konnte Anya nichts vormachen, sie war selbst Bergsteigerin. Sie hatte ihn geliebt, und seine Leidenschaft war auch ihre geworden. Gemeinsam hatten sie die Karten studiert und die verschiedenen Routen miteinander verglichen, ohne dass sie jemals auf die Idee gekommen wäre, dass er sie tatsächlich in Angriff nehmen würde. Camp V duckte sich in eine Felsspalte am Fuß des Rock Band, aber auf dem Weg dorthin wären sie völlig ungeschützt, und der Sérac ragte nur hundert Meter oberhalb des Lagers auf.

»Ich werde kein unnötiges Risiko eingehen, Anya.«

»Das sagen alle Bergsteiger. Bis sie in Sichtweite des Gipfels sind. Dann heißt es: alles oder nichts, Tod oder Ruhm.«

An das Rock Band, eine achthundert Meter aufwärtsführende Felsformation, schlossen sich weitere Schneefelder an, und dann endlich der Gipfel, 8 091 Meter hoch.

»Nicht für mich.«

»*Gerade* für dich! Erzähl mir doch keinen Scheiß, Duffy! Wir wissen beide, warum du dort raufgeklettert bist.«

Er versuchte gar nicht erst, es abzustreiten.

»Hör zu, falls mir etwas zustoßen sollte …«

»Halt den Mund!«, schrie sie. »Sag so was nicht!« Als würde er das Schicksal herausfordern, wenn er die Worte nur aussprach.

»Ich muss es dir sagen, Anya.« Seine Stimme wurde brüchig. »Ich muss, okay?« Er wartete ein paar Sekunden. Sie schwieg. Offenbar hatte sie begriffen, was auf dem Spiel stand. »Mein Trekkingrucksack ist zu Sananis Haus gebracht worden. Er wohnt in Muna, einem kleinen Dorf. Muna, okay? Vergiss es nicht. Es sind Briefe darin. Einer für dich, einer für Dad.«

»Das ist nicht okay von dir, Duffy.« Er konnte hören, dass sie weinte. »Er hatte ein Recht, es zu erfahren! *Wir* hatten ein Recht, es zu erfahren.«

»Ich wollte nicht, dass ihr euch Sorgen macht.«

»Nein, du wolltest nicht, dass wir dich davon abhalten«, rief sie.

Er schluckte schwer. Sie anzurufen war egoistisch gewesen. Wie üblich hatte er von ihr Unterstützung erwartet und bereitete ihr als Gegenleistung nur Kummer.

»Anya … ich verspreche, ich werde alles tun, damit ich zurückkomme.«

Achtunddreißig Prozent kamen allerdings nicht mehr zurück. Das wusste sie ebenfalls, aber sie wies ihn nicht darauf hin. *Sie* würde sich hüten, das Schicksal herauszufordern.

»Ich möchte, dass du weißt, dass ich dich liebe. Und dass es mir leidtut, dass ich so war, wie ich war. Du bist die beste Freundin, die ich je hatte …«

Ein lauter, kurzer, scharfer Knall ließ ihn herumfahren. Er erstarrte und lauschte in die Dunkelheit.

»Duffy? Was war das?«

Ein Donnerschlag? Dann hätte er einen Blitz sehen müssen. Außerdem war das Geräusch ziemlich nah gewesen. Auf einmal begann der Boden unter seinen Füßen heftig zu vibrieren, das Zelt zitterte und schwankte …

»Duffy?«, kreischte Anya, als das Grollen zu einem ohrenbetäubenden, polternden Donnern anschwoll. »Duffy!«

28. Kapitel

Frome, Freitag, 16. Dezember

Natasha saß im Sessel und starrte auf die Christbaumbeleuchtung. Die Lichter hatten etwas Magisches, Hypnotisches. Im Kamin prasselte ein Feuer, und sie hatte bereits eine halbe Flasche Sauvignon intus. Bella lag an ihrem Lieblingsplatz, hob aber immer wieder den Kopf, wie um sich zu vergewissern, dass mit ihrem Frauchen alles in Ordnung war. Offenbar spürte sie, dass etwas nicht stimmte.

Rob war auf dem Heimweg. Er fahre jetzt los, hatte er ihr vor drei Stunden geschrieben, er musste jeden Augenblick da sein.

Natasha hatte sich ihren Schlachtplan zurechtgelegt. Er bestand darin, nichts zu unternehmen. Helena hatte recht – es konnte unzählige Gründe für seinen Aufenthalt in Gloucestershire geben. Vielleicht hatte er geschäftlich dort zu tun gehabt, so wie ihre Arbeit sie auch dorthin geführt hatte. Vielleicht hatte er einen Termin wahrgenommen, der so unwichtig war, dass er ihn nicht erwähnt hatte. Warum das Schlimmste annehmen? Was für eine Art von Ehefrau hegte gleich den bösesten Verdacht?

Nachdem sie gestern Abend die vor Aufregung über Duffys Päckchen ganz aufgekratzte Mabel beruhigt und zu Bett gebracht hatte, hatte sie das Internet stundenlang nach Männern mit dem Namen Robert Stoneleigh durchforstet und Dutzende gefunden, bevor sie auf den richtigen gestoßen war. Anscheinend hatte er sich im Norden von Ibiza niedergelassen, wo er als zertifizierter Yogalehrer und Intimitätscoach arbeitete. Er war ziemlich attraktiv und machte den Eindruck, als wüsste er das auch. Er entsprach exakt dem Bild, das Emily und Diana von ihm gezeichnet hatten.

Über »ihren« Rob hatte Natasha natürlich nichts gefunden. Ein Datensicherheitsexperte, der einen laxen Umgang mit sozialen Medien pflege, sei der Inbegriff der Ironie, sagte er immer. Es war ein Running Gag, dass sie ihre liebe Not gehabt hatte, ihn auf ihre Hochzeitsbilder zu kriegen, und Fotos von ihm auf Instagram fand man schon gar nicht.

Sie nahm einen kräftigen Schluck Wein und zwang sich zu entspannen. Sie hatte sich die ganze Woche verrückt gemacht, und wofür? Alles war halb so wild. Dann war sie eben nicht schwanger. Wenigstens würden sie jetzt den Spezialisten aufsuchen, um der Sache auf den Grund zu gehen. Rob hatte es ihr versprochen. Und Mabel war total aufgeregt wegen ihrer Gebetsfahnen und Moolahs anstehendem Sprung über den Mond. Und das Pferdeporträt entwickelte sich besser, als sie zu hoffen gewagt hatte. Sie hatte Neuland betreten und sich mit dem Ergebnis selbst überrascht.

Gestern und heute hatte sie ihre Skizzen von Arty auf die Leinwand übertragen. Für den Hintergrund hatte sie ein schwärzliches Grün mit umbrabraunen verwischten Tupfern als Einsprengsel von Sonnenlicht gewählt.

Das Bild zeigte Arty im Trab, den Kopf in der für ihn typischen Weise leicht zur Seite gedreht. Sie hatte bereits begonnen, die Fellfarbe mit den dunkleren Flecken an der Hinterhand und den silbernen Glanz aufzutragen. Wenn alles gut ging und Rob ihr am Wochenende Mabel abnehmen konnte, würde sie Anfang der nächsten Woche fertig werden und Diana das Gemälde am Mittwoch bringen können – vier Tage vor Weihnachten. Natasha hatte eine Vintage-Rolex im Schaufenster eines Antikschmuck-Geschäfts gesehen, die Rob gefallen könnte.

Noch ein Schluck Wein. Der Fernseher war auf stumm geschaltet, und ihr fiel jetzt erst auf, dass immer noch Disney lief. Sie schnappte sich die Fernbedienung und zappte durch die Kanäle. Es waren viel zu viele, um sich für einen zu entscheiden, und so schaltete sie auf BBC One um.

Bella sprang auf. Autoscheinwerfer schwenkten in die Einfahrt, tauchten das Haus in Licht und erloschen, als der Wagen abgestellt und der Motor ausgeschaltet wurde. Schritte auf dem Kies. Ein Schlüssel, der ins Türschloss geschoben wurde.

Rob war wieder zu Hause.

Natasha wartete auf die Erleichterung, die sich bei diesen Hintergrundgeräuschen – dem Soundtrack einer glücklichen Familie – immer in ihr breitmachte, sich dieses Mal aber nicht einstellen wollte. Ihr Verstand erstarrte wie ein Getriebe mit einem verklemmten Zahnrad, unfähig, sich weiterzubewegen.

Was hatte den Stillstand verursacht? Sie bekam es nicht zu fassen.

»Hey!«, rief Rob und warf seine Schlüssel in die Schale auf dem Konsolentischchen. Seine Ledersohlen klackerten über den Parkettboden. »Habt ihr mich vermisst?«

Er steckte den Kopf ins Zimmer, ließ seinen Blick über das Weinglas in ihrer Hand, das Feuer im Kamin und den Fernseher wandern, wo *EastEnders* lief.

»Ah, ich verstehe«, sagte er grinsend. »So sieht das also aus, wenn ich nicht da bin, hm? Füße hoch, Wein trinken, Serien gucken.«

»Haha!«

Er kam zu ihr, beugte sich über sie und gab ihr einen Kuss. »Du hast mir gefehlt«, murmelte er.

Natashas Lächeln zitterte. *Ich habe dich gesehen.*

»Du mir auch. Wie war deine Woche?« Sie stand auf und folgte ihm in die Küche.

»Ganz gut«, erwiderte er, schälte sich aus seinem Jackett und hängte es über die Stuhllehne. »Anstrengend«, fügte er seufzend hinzu, griff nach ihrem Weinglas und nahm einen großen Schluck. »Mmm.« Er schloss genießerisch die Augen. »Davon hätte ich gern mehr.«

Natasha ging zum Kühlschrank und griff nach der Weinflasche.

Rob lockerte seinen Schlips. »Ist Mabel schon im Bett?«

»Ja, ihr sind buchstäblich die Augen zugefallen.« Sie schenkte ein Glas voll und reichte es ihm.

»Das ist doch mal ganz nett zur Abwechslung.«

»Tja, das Päckchen aus Nepal, das gestern in der Post war, hat wahre Wunder bewirkt.«

Rob klappte der Unterkiefer herunter. »Moolah ist wieder da?«

»Nicht sie. Duffy hat ihr Gebetsfahnen geschickt.«

»*Was* hat er ihr geschickt?«

Natasha trat an die Hintertür und knipste die Außenbeleuchtung an. An der quer über den Rasen gespannten Wäscheleine flatterten die bunten Fahnen im Wind.

»Was zum Kuckuck …?« Rob legte eine Hand seitlich ans Gesicht, weil das Glas spiegelte, und spähte hinaus. »Ist der Zirkus in der Stadt?«

Seine abfällige Bemerkung ärgerte sie. Sie fand die Fahnen wunderschön.

»Weißt du noch, was er einmal über die Gebetsfahnen geschrieben hat – dass der Wind die Gebete mit sich trägt und für positive Energien sorgt? Er hat sie Mabel geschickt, damit sie Moolah ihre Gebete und guten Wünsche schicken kann. Moolah wird doch über den Mond springen.«

Rob drehte sich wieder zu ihr um. »Aber das ergibt doch keinen Sinn! Warum hat er nicht einfach die verdammte Kuh zurückgeschickt? Ich dachte, das sei nur eine Ausrede, weil er sich mit ihrem Kuscheltier, das er – ein erwachsener Mann, wohlgemerkt – gar nicht erst hätte an sich nehmen dürfen, am Ende der Welt aufhält. Wenn er ihr diese Dinger da schicken kann, warum dann nicht Moolah?«

Genau dieselbe Frage hatte sich Natasha auch schon gestellt.

»Du hast recht, das wäre einfacher gewesen, aber ich finde es trotzdem total süß. Mabel ist ganz aus dem Häuschen, sie wollte unbedingt, dass wir die Fahnen da draußen aufhängen. Sie redet nur noch von Moolah und ihrem Sprung über den Mond.«

Rob schlenderte zur Kücheninsel, trank sein Glas in einem Zug leer und schenkte sich nach.

»Und was ist, wenn Moolah *nicht* über den Mond springt?«

»Wie meinst du das?«

»Unser exzentrischer Freund Duffy McDuff vom Clan McDuff hat ein Versprechen gemacht, das er unmöglich halten kann. Hätte er Kinder, wüsste er, was für ein fataler Fehler das ist. Für Mabel wird eine Welt zusammenbrechen, wenn sie den Schwindel durchschaut. Und wer muss die Scherben zusammenkehren? Wir! Während er nach Tibet abschwirrt. Oder nach Timbuktu. Oder wo auch immer Leute wie er sich herumtreiben.«

Leute wie er. Natasha starrte auf den Fußboden.

Rob nahm einen Schluck Wein und musterte sie dann. Offenbar registrierte er erst jetzt die Anspannung, die sie ausstrahlte wie einen Niederfrequenzton.

»Du siehst müde aus, Schatz. Hast *du* denn schlafen können?«

»Ich schlafe nie gut, wenn du nicht da bist, das weißt du doch«, antwortete sie und wandte sich ab, um seinem prüfenden Blick auszuweichen.

Sie öffnete den Kühlschrank und tat, als überlege sie, was sie zum Essen machen könne.

»Jetzt bin ich ja wieder da.« Er trat hinter sie, legte eine Hand auf ihre Hüfte, schob mit der anderen ihre Haare beiseite und küsste sie auf die Halsbeuge. »Du hast mir gefehlt. Noch mehr als sonst. Du warst ganz schön schwer zu erreichen.«

»Ich? Red doch keinen Unsinn«, brummte sie und

spürte, wie ihr Puls raste. »Ich habe eben eine Menge um die Ohren gehabt.«

»So? Was denn? Dich mit deinen Freundinnen zum Kaffee treffen und Verabredungen zum Spielen für Mabel organisieren?«

»Herrgott noch mal, Rob! Es ist die Woche vor Weihnachten, und ich weiß nicht, wo mir der Kopf steht!«, erwiderte sie gereizt. Sein herablassender Ton nervte sie.

Er wich zurück. »Du hast recht, das war eine dumme Bemerkung. Sollte nur ein Scherz sein. Du bist bestimmt völlig erledigt, immerhin warst du die ganze Woche mit Mabel allein. Wieso lässt du dir nicht ein Bad ein, und ich koch uns was Feines?«

»Lass nur.« Warum dachte er immer, ein Bad sei die Antwort auf all ihre Probleme?

»Nein, ich bestehe darauf.« Er griff nach der Weinflasche und schenkte ihr nach. »Du brauchst eine kleine Auszeit. Du darfst es nicht übertreiben …« Sein Blick streifte ihren Bauch.

»Nein«, sagte sie tonlos. »Ich habe meine Periode bekommen.«

»Oh.« Bestürzt, weil ihm jetzt der Grund für ihre schlechte Laune klar wurde, stellte er die Weinflasche ab. »Das tut mir so leid, Darling. Alles in Ordnung?«

»Ja, es geht mir gut.« Ihre Stimme klang spröde, und sie nickte, wenn auch ein bisschen zu heftig.

»Nein, es geht dir nicht gut. Deswegen kannst du auch nicht schlafen.« Rob trat wieder zu ihr und nahm ihr Gesicht in seine Hände. »Ich will nicht, dass du dir Gedanken machst, wie du es mir sagen sollst. Es ist alles gut. Wir haben ja noch den nächsten Monat. Und den übernächsten. Wir werden es weiter versuchen und fest daran glauben, und irgendwann klappt es auch. Du wirst sehen.«

Das wäre die Gelegenheit, ihn an sein Versprechen zu erinnern – dass sie einen Spezialisten aufsuchen würden, um organische Ursachen für ihre Kinderlosigkeit auszuschließen. Aber das war nicht der richtige Zeitpunkt für diese Unterhaltung. Ihre Ehe stand auf der Kippe – sollten sie da wirklich ein weiteres Kind in die Welt setzen?

»Gut«, sagte Rob, der ihr Schweigen offenbar als Zustimmung wertete. »Ich mache uns jetzt was zu essen, und du nimmst unterdessen ein Bad. Danach setzen wir uns ans Feuer und gucken uns einen Film an. Ich werde deine Lieblingskerzen anzünden und es dir so richtig gemütlich machen. Möchtest du eine Wärmflasche?«

Natasha sah ihn ausdruckslos an. Sie wusste, dass er an die Unterleibskrämpfe dachte, die ihre Tage immer begleiteten. Er war so fürsorglich, dass sie hätte schreien können.

»Nein danke.«

Sie drehte sich um und marschierte aus der Küche. Sie zitterte förmlich vor unterdrückten Gefühlen.

Manchmal glaube ich, dir ist gar nicht klar, was du an ihm hast, hörte sie Helenas Stimme in ihrem Kopf.

Sie war schon im Flur, als sie Rob eine Schublade aufziehen hörte.

»Wo sind denn die Streichhölzer, Schatz?«

»In der zweiten Schublade«, murmelte sie.

Dort befand sich alles, was nirgendwohin gehörte: Streichhölzer, Taschenlampe, Gummibänder, Entlüftungsschlüssel, Inbus-Schlüssel … Natasha drehte gerade das Wasser im Bad auf, als ihr einfiel, dass sie die

Streichhölzer genommen hatte, um den Ofen in ihrem Atelier anzuzünden.

»Warte, Rob! Nicht reingehen! Ich hol sie dir!«, rief sie und rannte wieder nach unten.

Zu spät. Er hatte sich anscheinend gedacht, dass sie den Ofen angemacht hatte, denn er stand in ihrem Atelier neben der Staffelei, die Streichholzschachtel in der Hand. Wegen der frischen Ölfarben hatte sie die Leinwand nicht abgedeckt. Rob hatte ja keinen Grund, ihr Atelier zu betreten. Zum Wegräumen wäre morgen auch noch Zeit, hatte sie gedacht.

»Mein Gott, Tasha! Das ist ja sensationell!« Seine Augen leuchteten, als ihre Blicke sich trafen. Er wirkte so lebendig wie seit langer Zeit nicht mehr. »Wieso hast du mir nichts davon gesagt?«

Natasha war an der Tür stehen geblieben und wünschte, er hätte das Bild nicht gesehen. Schließlich sollte niemand etwas davon erfahren. Aber im Grunde spielte es keine Rolle. Rob konnte nicht ahnen, dass sie ihm von diesem Zusatzverdienst ein Geschenk kaufen wollte. Und sie malte das Bild ja nicht für ihn.

»Wirklich? Gefällt es dir?«, fragte sie, ganz glücklich über seine Reaktion.

»Gefallen ist gar kein Ausdruck. Darling, ich hab ja gewusst, dass du gut bist, aber das hier … Du bist ja eine richtige Künstlerin!«

Natasha warf ihm einen befremdeten Blick zu. Was sollte das denn heißen? Was war sie in seinen Augen denn bisher gewesen?

Sie trat neben ihn und betrachtete ihr Werk. Obwohl es noch einiges zu verbessern gab, erfüllte es sie jetzt schon mit größerem Stolz als alles, was sie bisher geschaffen hatte.

»Kein Wunder, dass du erschöpft bist! Hoffentlich hast du dein Honorar entsprechend angepasst!«

Natasha lächelte. So viel hatte sie noch nie verdient. Ein früheres Monatsgehalt – für die Arbeit einer Woche.

»Himmel, du hast ihn wirklich perfekt getroffen.« Rob starrte fasziniert auf das Gemälde. »Der Schweif, die Flecken an der Hinterhand da, die lustige Art, wie er den Kopf zur Seite dreht … Das ist er, wie er leibt und lebt.« Er gab ihr einen Kuss auf die Wange. »Ich bin ja so stolz auf dich. Gut gemacht!«

Er ging aus dem Atelier, und Natasha schaute ihm nach. Ihr hatten sich die Nackenhaare gesträubt. Die Welt schien sich langsamer zu drehen, während ihr Verstand schneller arbeitete.

Die lustige Art, wie er den Kopf zur Seite dreht … Das ist er, wie er leibt und lebt.

Das konnte er doch nur wissen, wenn er Arty kannte.

Sie stand stocksteif da. Jetzt nur nicht … nur nicht in Panik geraten. Sie hatte sich fest vorgenommen – und es Helena versprochen –, rational zu bleiben. Keine Paranoia. Aber seine Reaktion und was er da gesagt hatte … Und sie hatte ihn in dem Dorf gesehen, in dem Artys Besitzer wohnten …

Natasha suchte nach einer plausiblen Erklärung, aber als sie nachdachte und sich konzentrierte, kamen die Erinnerungen. Frische Erinnerungen; wie das Öl auf der Leinwand waren sie noch nicht getrocknet.

Sie schloss die Augen, horchte in sich hinein und rief sich die Szene am Stall ins Gedächtnis zurück. Sie hatte den kalten Wind kaum wahrgenommen, weil sie so in ihre Arbeit vertieft gewesen war. Aber jetzt erinnerte sie sich an ihre klammen Hände und an das kaum hörbare Rascheln in unmittelbarer Nähe. Bella war es nicht gewesen. Bella hatte neben ihr gelegen und geschlafen.

Sie dachte angestrengt nach. Rascheln … Ein Kaninchen. Es hatte an einem Löwenzahn geknabbert.

Doch da war noch mehr. Vogelgezwitscher. Ein Flugzeug am Himmel. Stimmen im Garten. Auf der anderen Seite der Hecke. Gemurmel. Hintergrundgeräusche.

Lass mich das machen. Ich komm besser ran.

Banal, weil vertraut. Sie hörte sie täglich, deshalb hatte sie sie nicht als ungewöhnlich wahrgenommen. Erst jetzt wurde ihr klar, dass sie *dort* ungewöhnlich waren. Sie hatte *ihn* gehört. Sie hatte *ihn dort* gehört.

Natasha machte die Augen auf. Übelkeit stieg in ihr auf. Emily …?

Sie schlug die Hand vor den Mund, ihre Knie gaben nach, und sie taumelte zu ihrem Schreibtisch, wo sie sich auf den Stuhl fallen ließ. Rob hatte eine Affäre mit Emily Richards? Das konnte doch nicht wahr sein!

Mit Tränen in den Augen starrte sie durch die Glastür des Ofens auf die glimmende Asche. Das war doch nicht möglich. Nein. Doch. Etwas sagte ihr, dass es so war.

Sie zog geräuschvoll die Luft ein. Plötzlich kam Bewegung in sie. Das Steinchen flog aus dem Getriebe, und ihr Verstand funktionierte wieder einwandfrei.

Sie loggte sich bei Instagram ein. Emily Richards … Emily Richards … Wahrscheinlich gab es Tausende Frauen mit diesem Namen. Sie scrollte sich durch, verzweifelt nach einem Avatar Ausschau haltend, der zu dieser Frau passen könnte.

Sie fand einen einzigen, der infrage kam, und klickte darauf. Privates Profil.

»Fuck!«, zischte sie und scrollte weiter. Ohne Erfolg. Zu jung, zu dunkelhaarig, privates Profil.

Natasha ließ sich gegen die Lehne fallen. Ihr Körper vibrierte vor innerer Unruhe. Jetzt würde sie nicht mehr so tun können, als wäre alles in bester Ordnung. So eine gute Schauspielerin war sie nicht. Sie wusste, was sie wusste, auch wenn sie es nicht beweisen konnte: Emily war Robs Geliebte.

Plötzlich kam ihr Dianas Name in den Sinn. Lorn war ein eher seltener Nachname. So viele Lorns würde es doch sicher nicht geben, oder? Natasha gab »Diana Lorn« ein und beugte sich vor, als sie einen Pferde-Avatar erblickte. Sie klickte darauf – ein öffentliches Profil.

Es handelte sich zweifelsohne um die Diana, die sie kannte. Fast jedes Foto zeigte ein Pferd oder ein Pony in einer Jagdszene, beim Vielseitigkeitsreiten, beim Polo. Keine Personen.

Natasha scrollte weiter. Diana und Emily waren doch befreundet, vielleicht würde sie etwas finden?

Sie arbeitete sich durch die Wochen und Monate, bis sie zu einem Bild vom Garten der Lorns kam, aufgenommen im letzten Sommer. Anscheinend war das ganze Dorf zu einem Fest eingeladen gewesen – auf dem Rasen war ein großes Festzelt aufgebaut, mit Wimpelgirlanden und Heuballen im Hintergrund. Zehn Fotos. Von Kindern, die Hau-den-Maulwurf spielten, von einem Zuckerwattestand, vom Ponyreiten …

Natashas Herzschlag setzte aus, als sie genau das fand, wonach sie gesucht hatte. Diana und Emily, nebeneinander, beide in geblümten Kleidern und mit Sonnenhüten, in der Hand ein Glas Pimm's. Neben Emily stand Rob. Er hatte den Kopf zu ihr geneigt und ihr vertraulich eine Hand auf die Hüfte gelegt. Alle lachten und wirkten entspannt und unbeschwert.

Natashas Blick fiel auf die getaggten Personen. Sie klickte Robs Foto an …

»Darling, dein Bad …?«

Sie schaute auf. Er stand in der Tür, die Simpsons-of-Piccadilly-Schürze umgebunden und in der Hand eine Schere zum Schnippeln von Kräutern.

»Ich komme«, flüsterte sie.

Er wandte sich zum Gehen, und ihr Blick heftete sich wieder auf das getaggte Foto.

Sie sah ihre Welt einstürzen wie ein Kartenhaus. Sie begriff sofort, dass es aus und vorbei war. Sie starrte auf seinen Rücken.

»Oh, äh, James …«

»Ja?«

Nach einem Augenblick dämmerte ihm, was gerade passiert war.

Die Schritte auf dem Kies. So vertraut, dass ihr Gehirn das Geräusch nicht beachtet hatte. Das Auffüllen des Vogelhäuschens. Familienalltag. Der Siegelring, der Türkranz … Gegenstände aus einem anderen Leben, die ihr vor Augen führten, dass das keine Affäre war.

Nicht Emily war die andere Frau, die Geliebte.

Sie war es, wie Natasha jetzt, vier Jahre zu spät, erkannte.

29. Kapitel

»Natasha, bitte, hör mir zu – ich liebe dich.«

Sie war aufgesprungen und wich jetzt zitternd zurück. »Nein.«

»Doch!« Robs Augen waren groß und loderten vor Angst. »Ich habe vom ersten Augenblick an gewusst, dass ich nicht ohne dich leben kann! Als ich nach dem Unfall wieder ins Auto gestiegen und weggefahren bin, habe ich regelrecht geschlottert – *geschlottert* –, so grauenvoll war der Gedanke, ich könnte dich nie wiedersehen! Ich wusste, ich musste irgendetwas tun.«

»Und du hast gedacht, Bigamie ist die Lösung?«, schleuderte sie ihm halb weinend, halb lachend entgegen. Sie konnte es nicht glauben. Ihr Verstand weigerte sich schlicht. »Wie konntest du nur?«

Ihre Stimme klang wie gehäutet, und sie presste sich eine Hand auf die Brust, als wollte sie ihr Herz anhalten oder verhindern, dass es heraussprang. Sie glitt in eine Art Schockzustand, weil es einfach zu viel und sie nicht fähig war, es zu begreifen. Sie konnte einfach nicht … konnte einfach nicht …

»O mein Gott«, wimmerte sie und sackte zusammen. Ihre Beine trugen sie nicht mehr. Bleischwere Luft schob sich in ihre Lunge und drückte sie zu Boden.

Rob eilte zu ihr und legte die Arme um sie. Offenbar wollte er, dass sie sich hilflos wie ein kleines Kind, Schutz suchend, an ihn schmiegte.

»Mein Schatz«, murmelte er, seine Brust an ihrem Gesicht.

Plötzlich erkannte Natasha, dass sie so dicht an seinem Körper noch nie hatte atmen können. Etwas in ihr hatte immer mehr Luft, mehr Raum gebraucht.

»Du bist die Liebe meines Lebens, das musst du mir glauben. Ich weiß, dass ich einen Fehler gemacht habe. Glaubst du, ich wüsste das nicht? Aber was hätte ich tun sollen? Du hättest mich verlassen. Ich hatte keine andere Wahl!«

»Keine andere Wahl?« Obwohl sie unfähig war, diese Ungeheuerlichkeit zu erfassen, sich benommen, betäubt und wie unter Drogen fühlte, fand sie die Kraft, ihn zurückzustoßen. »Du hattest eine Familie! Du hättest dich für deine Frau und deine Kinder entscheiden müssen, die zu Hause auf dich gewartet haben!«

»Ich weiß.« Er schlug die Hände vors Gesicht und schüttelte den Kopf. »Ich weiß. Sie haben etwas Besseres als mich verdient …«

»Ach ja, findest du?« Der Sarkasmus gab ihr neuen Auftrieb. »Du denkst wirklich, Emily hat einen Mann verdient, der nur mit ihr verheiratet ist? Du denkst wirklich, deine Kinder haben einen Vater verdient, dem eine einzige Familie genügt? Du hast sechs Kinder mit ihr! Sechs!«

Er ließ die Hände sinken. Seine Augen waren gerötet. »Das weiß ich, Nats, aber ich war einfach in Panik, verstehst du? Ich konnte nicht klar denken. Das war nicht geplant. Ich war losgefahren, um einen verdammten Blumenkohl zu besorgen! Ich hatte doch nicht damit gerechnet, dass du in mein Leben platzen würdest!«

Sie riss die Augen auf. »Ach so, jetzt bin *ich* schuld daran!«

»Nein. Nein, natürlich nicht.« Er schüttelte energisch den Kopf. »Aber der Zusammenstoß, die Art, wie wir uns kennengelernt haben … plötzlich warst du einfach da … als ob es Schicksal wäre.«

Natasha starrte ihn an. Rob war ihr Schicksal? Es war ihre Bestimmung, mit einem Mann verheiratet zu sein, der ein zweites Leben, eine zweite Familie, ja sogar einen zweiten Namen hatte? Das sollte ihr Schicksal sein? Unmöglich! Sie hatte etwas Besseres verdient als einen halben Ehemann, ein halbes Heim, ein halbes Leben.

All die Jahre hatte er immer wieder beteuert, wie sehr er sie liebe, aber sie hatte sich nie geliebt *gefühlt*. Alles, was er tat, hatte etwas Besitzergreifendes, als wäre sie eine Trophäe oder ein eifersüchtig bewachter Besitz. Er allein hatte die Bedingungen für ihr gemeinsames Leben diktiert. Er hatte ihr dieses vollständig eingerichtete Haus zur Hochzeit geschenkt, und während er nach Belieben kam und ging, blieben sie und Mabel da, nicht ahnend, dass sie in einem goldenen Käfig eingesperrt waren. Nicht Liebe lag seiner Großzügigkeit und Fürsorglichkeit zugrunde, sondern reiner Egoismus. Er war schlicht und einfach ein Narzisst.

Natasha beobachtete, wie er sich aufrichtete und sich, die Ellenbogen nach vorn gerichtet, mit beiden Händen durch die Haare fuhr.

Eine Träne kullerte ihr über die Wange.

»Du«, flüsterte sie. »Es geht nur um dich. Und was ist mit Emily? Was ist mit mir? Du hattest kein Recht, in mein Leben einzudringen und all die Dinge zu sagen, die du zu mir gesagt hast. Mir das alles hier vor die Nase zu setzen!« Ihre ausladende Handbewegung umfasste ihr wunderschönes, steriles Zuhause, ihr gemeinsam aufgebautes, leeres Leben. »Du warst bereits verheiratet und hattest eine Familie! Hätte ich dir wirklich etwas bedeutet, hättest du mir das nicht angetan. Ich habe einen Mann verdient, der voll und ganz zu mir gehört!«

Tom. Sein Gesicht tauchte vor ihrem inneren Auge auf. Als sie in dem Baumhaus voreinander gekniet und sich geküsst hatten. Beide hatten es gespürt, hatten es gewusst. Da war etwas zwischen ihnen, etwas Besonderes …

Ein heftiger Schluchzer schüttelte sie so sehr, dass sie erneut zusammensackte.

»Ich hatte diese Chance verdient, und du hast sie mir genommen!«, stieß sie weinend hervor. »Du hast doch gewusst, dass ich nicht so schnell heiraten wollte. Ich hab Nein gesagt.« Sie schaute zu ihm auf. »Ich hab Nein gesagt!«

»Aber dann hast du Ja gesagt.«

»Weil du mich in einem fort bedrängt hast! Weil du mein Nein nicht akzeptiert hast! Du hast so getan, als würdest du ganz romantisch um mich werben, aber in Wirklichkeit hast du mich manipuliert.« Sie starrte ihn an, blinzelte, weil sie ihn durch ihre Tränen nur verschwommen sah. Sie fühlte sich so kraftlos, als hätten sich die Knochen in ihrem Körper aufgelöst. Wieder schluchzte sie auf. »Warum hast du es so weit getrieben? Sag mir das! Wir hätten eine kleine Affäre haben können, ich hätte nie etwas von Emily erfahren, du hättest bekommen, was du wolltest, und wir hätten unser Leben weiterleben können. Eine kleine Affäre, die niemandem wehgetan hätte.«

Rob schüttelte den Kopf und ging neben ihr in die Hocke.

»Das dachte ich anfangs auch«, räumte er ein. »Ich dachte, ich würde dich wieder aus meinen Gedanken kriegen. Ich war vorher noch nie fremdgegangen …«

Natasha schnaubte ungläubig.

»Ich schwöre es beim Leben meiner Kinder!«

»Wag es ja nicht!«, fauchte sie und zeigte mit dem Finger auf ihn. Rob wich zurück. »Wag es ja nicht! Nach allem, was du getan hast, ist dein Wort keinen Pfifferling mehr wert.«

Er schluckte schwer. »Ich habe mitbekommen, wie mein Partner jede Frau rumgekriegt hat …«

»Oh, du meinst Rob? Rob Stoneleigh?«

Er zögerte und nickte dann. »Er war alles, was ich nicht war. Ich wollte nie wie er sein. Ich habe ihn bedauert, weil er ein Sklave seiner sexuellen Begierden war. Er konnte einfach nicht anders. Er hat jede Frau als Herausforderung betrachtet.«

»Ganz im Gegensatz zu dir«, ätzte sie mit vor Verachtung triefender Stimme.

»Ja. Ob du es glaubst oder nicht.« Er senkte den Blick. »Aber dann kamst du. Zugegeben, ich dachte an eine Affäre. Ein paar Dates, Sex, und dann lebt jeder wieder sein Leben.« Er hob den Blick, sah sie mit diesen scheinbar aufrichtigen grauen Augen an, die sie einzulullen versuchten. »Aber ich konnte es nicht. Weil ich mich in dich verliebt habe. Und mir ist klar geworden, dass ich dich nicht gehen lassen kann, auch wenn du für mich nicht das Gleiche empfindest. Ich habe dich mehr geliebt als du mich, das war mir klar, und ich wusste, du würdest dich früher oder später von mir trennen. Ich wusste, du würdest mich verlassen, wenn ich dich nicht heirate.«

»Du hast mich geheiratet, um mich an dich zu ketten?«

»Ich habe dich geheiratet, um mein Leben mit dir zu verbringen.«

»Dein halbes Leben!«, blaffte sie.

Er zuckte zurück und hob abwehrend die Hände, als hätte er sich nichts vorzuwerfen und ihre Aggressivität wäre absolut unangebracht.

»Bitte. Bitte, Nats. Ich konnte nicht riskieren, dich zu verlieren.« Seine Stimme war brüchig geworden. Er leierte ständig das Gleiche herunter und hörte sich an wie eine Schallplatte mit einem Sprung.

»*Mich verlieren?* Ich war nie dein Eigentum.« Sie starrte ihn hasserfüllt an, während sie immer noch versuchte, das ganze Ausmaß seiner Lügen zu begreifen. Ihre Ehe in Trümmern … Die rechtlichen Konsequenzen … »Was hast du ihr erzählt, wo du jetzt bist?«

Er wandte den Blick ab, als berühre es ihn schmerzlich, Emilys Namen hier, in ihrem Zuhause, zu erwähnen.

»Was hast du ihr erzählt?«, wiederholte Natasha, wobei sie jedes Wort betonte.

»Dass ich hier bin … in Somerset.« Seine Mundwinkel hingen schlaff herunter, wodurch er älter wirkte. Alt. »Dass wir ein Büro hier haben.«

Sie schnaubte höhnisch. »Ahnt sie etwas von mir und Mabel?«

Eine absurde Frage. Keine Ehefrau konnte sich so etwas vorstellen. Und doch hatte sie selbst gespürt, dass etwas nicht stimmte. Sosehr sie sich auch bemüht hatte, in die Illusion ihres gemeinsamen Lebens einzutauchen – ihre Instinkte hatten immer vibriert, als wären sie zu fest geschnürt. Sie hatte eine Affäre vermutet, weil ein Seitensprung das Naheliegendste war.

Gott, das kam ihr jetzt so abgeschmackt vor! Rob hatte einen so viel größeren Betrug aufgezogen.

»Also?«

»Nein. Die Kinder sind für sie die Hauptsache. Es gibt nicht viel, was sie darüber hinaus interessiert.«

»Dann gibst du jetzt also *ihr* die Schuld?«

»Nein! Nein, so hab ich das nicht gemeint …«

»Wundert es dich, dass sie so wenig Zeit für dich hat? Mit sechs Kindern wüsste ich auch nicht, wo mir der Kopf steht. Zumal du ständig unterwegs bist. Die arme Frau! Gott, die arme, arme Frau! Mit einem Mann wie dir gestraft zu sein … Was hast du nur getan?«

Sie starrte ihn voller Abscheu an. Er war ein völlig Fremder und ihr gemeinsames Leben nichts als ein Trugbild. Sie hatte fast fünf Jahre ihres Lebens mit diesem Mann verbracht und erkannte jetzt erst, wer er wirklich war. Als bewegte er sich rückwärts, schien er immer kleiner, immer bedeutungsloser zu werden.

Ihre Augen wurden schmal. »Ich habe dich gesehen, weißt du?«

»Was?« Er zog die Brauen zusammen. »Wo? Wann?«

»In Snowshill. Am Montag. Du bist direkt an mir vorbeigefahren.«

Er machte ein verwirrtes Gesicht. »Was wolltest du dort?«

»Malen.« Sie zeigte auf die Staffelei. »Bei deinen Nachbarn.«

Sie konnte ihm ansehen, wie es bei ihm klick machte. Seine Gedankenlosigkeit, als er Arty auf dem Bild erkannt hatte, hatte ihn entlarvt.

»Ich war im Blumenladen, um einen Kranz mit Fasanenfedern zu kaufen – so einen, wie du ihn neulich gesucht hast, weißt du noch?«

Ohne ihren Zwischenstopp dort wäre Rob nicht an ihr vorbeigefahren, sondern sie wären im Abstand von fünf Minuten auf derselben Straße hintereinander hergefahren.

Er schluckte schwer. »Ich … ich hab nicht nachgedacht. Ich war … ganz durcheinander.«

»Kann ich mir vorstellen. Es muss furchtbar verwirrend sein, ein Doppelleben zu führen. Und vor allem anstrengend.«

Er regte sich nicht und konnte ihr auch nicht in die Augen schauen. Schämte er sich? Hatte er Schuldgefühle? Ihr Blick fiel auf seine Hand.

»Warum hast du den Siegelring hier abgenommen?«

Er antwortete nicht, aber sie konnte es sich auch so denken.

»Er trägt deine Initialen, nicht wahr? J.? Oder J.R.?«

»Hör zu, Nats …«

»Und was ist mit deinem Partner – Rob? Was hält er

von der ganzen Geschichte? Weiß er, dass er verheiratet ist und in Somerset wohnt?«

»Natürlich nicht.« Er verzog schmerzlich das Gesicht. »Rob lebt auf Ibiza. An dem Tag, als ich dich traf, hatte er mir gerade erklärt, dass er alles hinschmeißen und abhauen würde. Er war total durchgeknallt, hatte jahrelang gekokst und dann eine neue Leidenschaft entdeckt. Also hat er seine Wohnung verkauft, seine Kleidung, seine ganzen Habseligkeiten, um praktisch in einem Zelt auf einem Felsen zu leben. Er hat mir seine Kontonummer genannt und gemeint, ich solle ihn entweder ausbezahlen oder den Laden auflösen. Also saß ich da und hatte den ganzen Mist am Hals. Auf einmal konnte *ich* zusehen, wie ich alles auf die Reihe kriege.«

»Und dann hast du ihn ausbezahlt.« Emily stamme aus einer reichen Familie, hatte Diana gesagt. Die Puzzleteilchen fügten sich zusammen. Mit einem Mal begriff Natasha, wie sein Betrug hatte funktionieren können. »Du hast seine Firmenkreditkarten behalten, sein Handy und seine Identität gestohlen. Und dann hast du dich mir gegenüber als er ausgegeben.«

»Ich bin nicht stolz darauf.«

»Na, ich weiß nicht recht«, entgegnete sie sarkastisch. In ihr war nur noch blinde, fassungslose Wut. »Ein Täuschungsmanöver dieser Größenordnung? Da kannst du schon stolz drauf sein. So etwas gelingt nur ganz wenigen. Du bist ein Ausnahmetalent, Rob. Sorry – *James*.«

»Nicht«, murmelte er bedrückt.

Sie sprang auf. »Wieso nicht? So heißt du doch! Rob existiert nicht. Jedenfalls nicht in deiner Version.«

Sie begann, auf und ab zu gehen, die Hände in den Haaren vergraben, die Fingerkuppen auf die Kopfhaut gepresst. Das half ihr beim Nachdenken und gab dem Adrenalin ein Ventil, während das Herz weiterschlug und das mit Informationen überflutete Gehirn auf Hochtouren arbeitete.

Was sollte sie denn jetzt machen? Mabel! O Gott, wie sollte sie ihr das beibringen? Ihre Ehe fußte auf einer Lüge. Sie war nicht rechtmäßig verheiratet. Nichts war real. Es fühlte sich an, als würde das ganze Haus zu Staub zerfallen.

»Wer war dieser Mann auf unserer Hochzeit?«, fragte sie unvermittelt. »Dein Trauzeuge? James?«

Sie hatte ihn seitdem nie wiedergesehen. Er sei beruflich in Sydney, hatte Rob erzählt, und halte ausschließlich per WhatsApp Kontakt zu ihm.

Er senkte den Blick. »Ein Bettler an der Tankstelle in Bristol. Ich habe ihm einen Anzug gekauft und ihn dafür bezahlt, dass er meinen Freund spielt.«

»Du hast einem völlig Fremden Geld gegeben, damit er sich als dein Freund ausgibt?«, flüsterte sie entgeistert. »Deine Eltern … sind sie wirklich tot?«

Er zögerte kurz und schüttelte dann den Kopf. »Sie wohnen in der Nähe von Oxford.«

Wieder begann sie heftig zu schluchzen. Während eine Lüge nach der anderen ans Licht kam, malte sie sich bereits mögliche weitere Konsequenzen aus. Nicht genug damit, dass sie vor dem Scherbenhaufen ihrer Ehe stand – diese Geschichte würde sich herumsprechen, im Dorf würde man über sie tratschen, am Ende erfuhren womöglich noch die Medien davon.

Rob hatte sich ebenfalls aufgerichtet und beobachtete sie mit vor Angst und Kummer verzerrtem Gesicht.

»Wir werden eine Lösung finden, Nats. Wir schaffen das. Ich weiß es.«

Sie warf den Kopf zurück und lachte hysterisch.

»Ach ja? Und wie? Willst du Emily meinetwegen verlassen?« Sie war laut geworden, und ihre Wangen hatten sich vor Zorn gerötet.

»Ja«, antwortete er nach kurzem Zögern.

Sie hielt abrupt inne. »Was?«

»Ich werde mich von ihr trennen. Ich werde ihr sagen, dass ich mich in eine andere Frau verliebt habe. Sie muss nicht wissen, in wen. Und dann … dann werden wir ein zweites Mal heiraten, du und ich, und zwar richtig, als Natasha und James. Wir werden irgendwohin ziehen, wo uns niemand kennt, und irgendwann wird Gras über diese ganze Geschichte wachsen.«

Sie starrte ihn völlig perplex an.

»Niemand wird je davon erfahren.«

Ein unkontrollierbares Zittern überkam sie. »Du würdest Emily und deine Kinder verlassen?«

»Ich liebe dich, Nats! Ich hätte diese Entscheidung schon vor Jahren treffen müssen, das ist mir jetzt klar. Ich möchte meinen Fehler wiedergutmachen.«

Ihr klappte der Unterkiefer herunter. »Du glaubst, du kannst alles wiedergutmachen, indem du deine Kinder für Mabel und mich verlässt?« Sie wich vor ihm zurück. »Du begreifst offensichtlich nicht, was Sache ist. Ich bin fertig mit dir, James, Rob, wer auch immer du bist! Du ekelst mich an!«

»Nats, nicht …« Er streckte die Hand nach ihr aus.

»Fass mich nicht an! Ich ertrage deinen Anblick nicht mehr!«

»Nein.« Tränen liefen ihm übers Gesicht, während er langsam den Kopf schüttelte.

»O doch. Wir sind fertig miteinander! Kapierst du denn nicht, was du angerichtet hast? Du hast alles kaputt gemacht!«, schrie sie. »Du kannst doch nicht ernsthaft glauben, dass wir einfach noch mal von vorn anfangen! Du willst Emilys Leben – und das deiner *sechs* Kinder – um unser gemeinsames Leben willen zerstören? Meinst du, ich will einen Mann wie dich als Mabels Vater? Das kann nicht dein Ernst sein!«

Ihr versagte die Stimme.

»Du bist ein Lügner und Betrüger, und ich glaube dir kein Wort mehr«, stieß sie dann voller Verachtung hervor. »Ich könnte dich niemals mehr lieben. Und um ehrlich zu sein, bezweifle ich, dass ich dich jemals geliebt habe.«

»Was?« Er versteinerte. »Was sagst du da?«

»Du hast mich schon verstanden. Ich habe dich nie genug geliebt. Aber es gab jemanden, den ich wirklich geliebt habe, an einem einzigen Tag mehr, als ich dich in meinem ganzen Leben lieben könnte …«

»Halt den Mund!«, befahl er mit veränderter Stimme. »Du lügst! Nimm das zurück.«

Plötzlich fiel ihr etwas ein, eine winzige Kleinigkeit, die in der Flut von Informationen untergegangen war.

»O mein Gott«, flüsterte sie.

Ihr Herz begann so heftig zu klopfen, dass sie fürchtete, es werde ihr gleich aus der Brust springen. Sie fing an zu lachen, und der Heiterkeitsausbruch ließ ihre Augen leuchten.

»Warum lachst du?« Rob ging langsam auf sie zu. »Hör auf, Natasha! Wer war es? Ich will wissen, wer es war!«

Sie konnte nicht aufhören, selbst wenn sie gewollt hätte. Sie fühlte sich völlig frei, so als hätte sie den Schleudersitz in einem brennenden Flugzeug ausgelöst, das auf die Erde zuraste.

»Los, sag es!« Rob stieß sie grob gegen die Wand und packte sie mit beiden Händen am Hals. Sein Blick hatte etwas Glasiges, und sein Gesicht war zu einer grotesken Maske von Wut und Eifersucht verzerrt, als er langsam zudrückte. »Sag mir, wer es war!«

Panisch krallte sie die Finger in seine Unterarme, damit er seinen Griff lockerte. Sie schlug nach ihm, während sie an Mabel dachte, die oben schlief. Mabel …

Nein! Nein …

Der Druck in ihrem Kopf war kaum auszuhalten. Sie würde binnen Sekunden ohnmächtig werden. Verzweifelt versuchte sie, seine Hände von ihrem Hals zu lösen, und trat gleichzeitig nach ihm, so fest sie konnte. Ihre Blicke trafen sich, und sie sah die Veränderung in seinen Augen, als käme er wieder zu sich. Im gleichen Moment rammte sie ihm das Knie zwischen die Beine.

Er ließ los, krümmte sich und taumelte rückwärts. Heftig schluchzend kniete er auf dem Fußboden, vor Kummer, Angst und Schmerz heulend wie ein wildes Tier.

»Verzeih mir! Bitte verzeih mir!«

Natasha rang keuchend nach Luft. Sie schlotterte am ganzen Körper. Dicke Tränen tropften ihr von den Wimpern und zerplatzten auf dem Boden wie Kristallkügelchen. Wie hatte es nur so weit kommen können?

»Hey! Was …?«

Mit einem Aufschrei fuhr Natasha herum. In der Tür zur Küche stand Helena, in der einen Hand eine Flasche Wein, in der anderen eine Tüte Maltesers. Ihr Gesichtsausdruck wechselte von milder Verwirrung zu grimmiger Härte.

Ihre Augen verengten sich zu schmalen Schlitzen. »Was zum Teufel ist hier los, verdammte Scheiße?«

Das Feuer war fast ausgegangen. Helena legte ein paar Scheite nach und stocherte mit dem Schürhaken in der Glut. Natasha schaute zu, wie die Flammen hochzüngelten und sich zu neuer Schönheit entfalteten. Das Holz knackte und knisterte, Funken stoben auf, tanzten und hüpften, um dann zu erlöschen.

Natasha spürte, wie das Sofapolster nachgab, als Helena sich wieder neben sie setzte und ihr fürsorglich die Decke, die sie ihr über die Beine geworfen hatte, wieder unter die Oberschenkel stopfte. Sie redeten seit Stunden. Rob – James – hatte seine Sachen gepackt und das Haus verlassen. Er würde nicht zurückkommen. Natasha hatte gedroht, die Polizei zu rufen, falls er sich noch einmal blicken ließe.

Helena riet ihr, die Polizei auf jeden Fall einzuschalten, aber noch fühlte sich Natasha mit dieser Entscheidung überfordert. Zeigte sie ihn wegen Bigamie oder Betrugs an, und er wurde vor Gericht gestellt und verurteilt, würde ihr und Mabel zwar Gerechtigkeit widerfahren, doch gleichzeitig würden sechs Kinder ihren Vater verlieren, und diese Kinder und ihre Mutter waren genauso Opfer wie sie selbst und Mabel.

Sie seien ohne ihn besser dran, beharrte Helena, und wahrscheinlich hatte sie recht. Dennoch war Natasha unschlüssig, was sie tun sollte.

»Und wenn du Emily die Entscheidung überlässt?«, fragte Helena, beide Hände um ihr Glas gelegt. »Soll sie entscheiden, ob dieses verlogene Arschloch in den Knast wandern soll oder nicht.«

»Das bedeutet aber, dass ich ihr alles erzählen muss, und das wird ihr Leben zerstören. Egal, ob sie bei ihm bleibt oder ihn anzeigt – ihr Leben wird nie wieder dasselbe sein.«

»Das gilt auch für euch beide. Denk an dich, und hör auf, dich ständig um andere zu sorgen.«

»Mabel und ich kommen schon klar«, murmelte Natasha, die Lippen an den Rand ihres Glases gepresst, den Blick ins Feuer gerichtet.

Helena sah sie nachdenklich an und seufzte dann.

»Also ich weiß nicht, Nats. Wäre ich mit so einem verlogenen Mistkerl verheiratet, würde ich es wissen wollen. Er sagt zwar, dass er das vorher noch nie getan hat, aber kannst du dir da sicher sein? Woher weißt du, dass er nicht noch eine Ehefrau oder eine Geliebte irgendwo hat? Er könnte seit Jahren reihenweise Frauen flachlegen. Ich finde, die arme Emily hat ein Recht darauf, die Wahrheit zu erfahren. Dann kann sie selbst entscheiden, was sie machen will.« Sie zuckte mit den Schultern. »Wer weiß, vielleicht hält sie sogar zu ihm. Es sind schon seltsamere Dinge passiert.«

Natasha dachte über diese Möglichkeit nach. Könnte Emily sie vielleicht sogar der Lüge bezichtigen? Menschen neigten dazu, eine unangenehme Realität zu verdrängen und zu verleugnen; sie sahen das, was sie sehen wollten.

Sie selbst hatte es ja nicht anders gemacht. Statt auf ihr Bauchgefühl zu hören, hatte sie verbissen an ihren Vorstellungen von einer glücklichen Familie und erfolgreichen Ehe festgehalten. Sie hatte sich vor ihrem wahren Ich versteckt und dadurch zu der Täuschung beigetragen.

Aber obwohl es ihr regelrecht den Boden unter den Füßen weggezogen hatte – und sie nicht wusste, ob sie jemals wieder in der Lage wäre, einem anderen Menschen zu vertrauen –, fühlte sie sich auf eigenartige Weise *intakt*. Ihr Leben lag in Trümmern, und dennoch empfand sie eine unglaubliche Erleichterung, weil Rob nicht zurückkommen würde. Die Tür ihres goldenen Käfigs stand offen.

Es war diese Erkenntnis gewesen – dass sie endlich frei war –, die ihren hysterischen Lachanfall ausgelöst hatte. Rob hatte keinerlei Ansprüche. Es würde einen sauberen, glatten Schnitt geben. Wenigstens etwas Gutes in diesem ganzen Chaos.

Zwar wusste sie noch nicht, wie sie Mabel das alles erklären sollte, aber jetzt stellte es sich als Glücksfall heraus, dass sie an seine häufige Abwesenheit gewöhnt war. Mabel hatte nachts nie nach ihm gerufen und war auch nie auf seinen Schoß geklettert, wenn sie schmusen oder getröstet werden wollte. Sie und ihre Tochter waren von Anfang an ein Zweierteam gewesen; in ihrem Alltag würde sich daher nicht viel ändern.

»Was wird mit dem Haus und allem hier passieren, wenn du zur Polizei gehst?«, fragte Helena. »Werden sie alles beschlagnahmen? Das macht man doch in Betrugsfällen, oder?«

»Ich weiß es nicht.« Natasha fröstelte bei der Vorstellung, ihr Zuhause zu verlieren. »Es läuft alles auf seinen Namen – das Haus, die Autos …« Sie riss erschrocken die Augen auf. »Glaubst du, Emily könnte Ansprüche gegen mich geltend machen? Das alles hat er wahrscheinlich mit ihrem Geld gekauft. Sie soll aus einer wohlhabenden Familie stammen.«

»Du musst unbedingt mit einem Anwalt reden«, sagte Helena und bedachte sie mit einem mitfühlenden Blick.

»Ausgeschlossen! Wenn jemand davon erfährt …«

Helena tätschelte ihr beruhigend das Knie. »Ein Anwalt unterliegt der Schweigepflicht. Er muss alles, was du ihm erzählst, vertraulich behandeln.«

»Ich weiß nicht recht.« Natasha ließ den Kopf in die Hände sinken. »Ich habe keine Ahnung, was ich machen soll.«

»Das musst du auch nicht jetzt entscheiden. Für heute hast du genug durchgemacht.« Helena überlegte kurz. »Vielleicht könntest du eine Abmachung mit ihm treffen. Er überschreibt dir alles – das Haus, das Auto, das Bankkonto, das er als Rob Stoneleigh geführt hat –, und als Gegenleistung sicherst du ihm zu, dass du nicht zur Polizei gehst.«

»Das ist Erpressung.«

»Ich würde es anders nennen … eine Vereinbarung zwischen mündigen Erwachsenen. Er hat die Wahl – er kann einwilligen oder ablehnen. Und du kannst dich immer noch an die Presse wenden.«

»Das würde ich nie tun!«

»Das weiß er aber nicht.«

»Doch, das weiß er.«

Helena schüttelte den Kopf. »Die Regeln haben sich geändert. Es gibt nichts mehr, dessen er sich sicher sein kann. Du bist in einer starken Position, Nats. Du hältst die Polizei und die Presse aus der Geschichte raus und bekommst im Gegenzug alle Vermögenswerte als Abfindung. Er muss nicht ins Gefängnis, und du und Mabel seid finanziell abgesichert. Ein gerechter Tausch.«

»Aber dann müsste ich Emily gegenüber den Mund halten. Ist es nicht meine moralische Verpflichtung, ihr zu sagen, mit was für einem Kerl sie verheiratet ist?«

»Was Emily zusteht, ist eine Sache, was dir zusteht, eine andere. Es ist deine Entscheidung, ob du seiner Frau die Möglichkeit geben willst, selbst eine Entscheidung zu treffen. Aber wenn du mich fragst, *ich* würde es wissen wollen – und du auch, so wie ich dich kenne.«

»Ja, kann sein«, erwiderte Natasha leise. Sie sah ihre Freundin an, die sie besorgt musterte. Traurig lächelnd lehnte sie den Kopf an die Rückenlehne. »Was würde ich nur ohne dich machen, Hels? Die ganzen letzten Wochen hatte ich das Gefühl, irgendwie auseinanderzufallen. Nur du hast mich zusammengehalten.«

Helena zwinkerte ihr zu. »Zum Glück bist du nicht schwanger! Du denkst vielleicht, schlimmer kann es nicht kommen, aber es ist immer noch Luft nach unten!«, fügte sie vielsagend hinzu.

Natasha antwortete nicht. Helena hatte recht – es hätte alles noch viel schlimmer kommen können. Sie war noch weit vom absoluten Tiefpunkt entfernt.

»Was ist?« Helena beugte sich vor.

»Gott sei Dank bist du genau im richtigen Augenblick rübergekommen«, sagte Natasha leise und streifte die Freundin mit einem kurzen Blick. Ihr Hals fühlte sich dort, wo er sie gewürgt hatte, immer noch warm und empfindlich an.

»Du denkst doch nicht, dass er wirklich …?« Helena sprach es nicht laut aus.

Natasha antwortete nicht sofort. Die nackte Panik, die in ihr aufgestiegen war, als er sie am Hals gepackt und sie keine Luft mehr bekommen hatte. Der Gedanke, sterben und ihr Kind allein lassen zu müssen …

»Nein, ich glaube nicht«, flüsterte sie. »Er hat für ein paar Sekunden die Kontrolle verloren, aber als ihm klar geworden ist, was er da tut …«

Sie erinnerte sich genau an den Ausdruck in seinen Augen, als er wieder zur Besinnung gekommen war. Aber andererseits … Sie hätte es niemals für möglich gehalten, dass er handgreiflich gegen sie werden würde, und doch war es passiert.

Wusste Emily, wozu der Mann an ihrer Seite fähig war? Hatte sie nicht ein Recht darauf, es zu erfahren?

Natasha ließ ihren Blick durch das Zimmer wandern; er fiel auf die gerahmten Familienfotos an den Wänden. Obwohl ihre Welt zusammengebrochen war, sah alles so perfekt aus wie immer.

Nach Mabels Geburt hatten sie ein Fotoatelier aufgesucht – sie und Rob in Jeans und weißen Shirts, Wange an Wange, mit strahlendem Lächeln, Mabel auf ihren Armen zwischen ihnen. Die Fotos hatten sie innerlich nie berührt, auch wenn sie nicht hätte sagen können, warum das so war. Sie waren zweifelsohne eine fotogene

Familie, und jeder Besucher bewunderte diese Aufnahmen, aber sie hatten etwas Leeres, Nichtssagendes. Natasha hatte sich eingeredet, ihr gemeinsames Leben habe ein pulsierendes Herz, und das hatte sie durch diese Fotos zu untermauern versucht.

Rob war nicht der Einzige, der belogen und betrogen hatte. Ihre Ehe war eine Lüge gewesen, aber diese Lüge hatten sie beide gelebt.

Plötzlich durchzuckte sie ein Gedanke.

»Wieso bist du eigentlich gekommen?« Fragend sah sie Helena an. »Hatten wir was ausgemacht?«

»Oh, äh, nein, nein.« Ihre Freundin machte ein betretenes Gesicht und kratzte sich am Kopf.

»Wo ist Dave? … O Gott, habt ihr euch verkracht?«

»Nein, nein, alles in Ordnung. Er ist zu Hause und schläft auf dem Sofa.«

»Gut. Aber wieso bist du dann gekommen?«

»Ich hab mir Sorgen gemacht, weil du nicht auf meine Textnachrichten geantwortet hast. Da dachte ich, ich schau mal vorbei und gucke, ob alles in Ordnung ist. Aber das eilt nicht, das müssen wir nicht jetzt …«

»Welche Nachrichten meinst du?«

»Das kann warten, wirklich. Nichts Besonderes. Das können wir auch morgen besprechen.«

Natashas Augen wurden schmal. Helena würde nicht ohne Grund einen heißen Typen allein auf dem Sofa zurücklassen.

»Was ist los? Jetzt sag schon!«

»Das kann bis morgen warten, wirklich. Für heute hast du genug durchgemacht, und tun kannst du sowieso nichts, also …«

»*Tun?* Wovon redest du? Jetzt sag endlich, was los ist, Hels!«

Helena seufzte. »Ich habe da was in den Nachrichten gehört.«

»In den *Nachrichten*?«

»Ja, aber es ist jetzt nicht so wichtig«, schob Helena schnell hinterher.

»Du hast mir geschrieben, und als ich nicht geantwortet habe, bist du ins Auto gestiegen und hergefahren, um dich zu vergewissern, dass alles in Ordnung ist. Und jetzt behauptest du, es sei nicht so wichtig?«

Die beiden Frauen starrten einander an, als wollte jede die Gedanken der anderen lesen. Dann schnappte sich Natasha die Fernbedienung und schaltete BBC News 24 ein.

»Was für eine Meldung könnte mich betreffen?«, murmelte sie mit zittriger Stimme.

Helena beugte sich hinüber und versuchte, ihr die Fernbedienung zu entreißen.

»Bitte lass das jetzt, Nats! Für heute reicht's, und von hier aus kannst du sowieso nichts unternehmen, um ihm zu helfen. Schlaf ein bisschen, und wir reden morgen früh darüber.«

»*Ihm?* Von wem redest du?«

Natasha starrte auf den Bildschirm. Die Angst pulsierte immer noch durch ihren Körper, und ihre Nerven waren bis zum Zerreißen gespannt; jede Faser befand sich in höchster Alarmbereitschaft. Der Nachrichtensprecher interviewte einen Politiker zum Thema Gesundheits- und Pflegesystem, aber es war der rote Nachrichtenticker am unteren Bildschirmrand, der Natashas Blick auf sich zog.

»Britischer Bergsteiger Tom Duffy im Himalaja verschollen. Es kann nicht ausgeschlossen werden, dass er ums Leben gekommen ist.«

Jetzt war der absolute Tiefpunkt erreicht.

30. Kapitel

Annapurna Camp IV, Freitag, 16. Dezember

Duffy lag mit seltsam verrenkten Gliedern auf dem Bauch, als er wieder zu sich kam. Was war passiert?

Das Gesicht im Schnee blinzelte er einmal, zweimal. Er konnte nichts sehen. Nur Schwärze. War er tot?

Nein, wäre er tot, würde er nicht diesen enormen Druck auf seinem Körper spüren, diese brennende Hitze, den Drang, sich die Kleider vom Leib zu reißen. Wieder blinzelte er und versuchte dann, seine Finger und seine Zehen zu bewegen, was auch gelang. Er presste seine Handflächen auf die glühend kalte Oberfläche – kalt? – und hob behutsam den Kopf.

Der Wind peitschte ihm ins Gesicht, und er registrierte benommen, wo er war. Der Sturm tobte mit unverminderter Stärke. Jetzt erinnerte er sich an das donnernde Gebrüll des Berges, als er sich von seiner Schneelast befreit hatte – wie ein nasser Hund, der sich schüttelte.

Eine Lawine.

Wie lange war er bewusstlos gewesen? Eine Minute? Zehn? Eine Stunde? Nein, dann wäre er definitiv nicht mehr am Leben.

Duffy begann, mit Armen und Beinen zu rudern, vorsichtig, Zentimeter für Zentimeter, bis er sich so weit von den schweren Schneemassen befreit hatte, dass er sich hinknien konnte. Er griff automatisch nach seiner Stirnlampe, aber sie war weg. Der abnehmende Mond spendete kaum Licht, und seine Augen gewöhnten sich nur langsam an die Dunkelheit. Als er blindlings ringsherum nach etwas tastete, was ihm nützlich sein könnte, fanden seine Hände einen großen Felsblock unmittelbar vor sich. Hatte der Felsen ihm das Leben gerettet?

Duffy erinnerte sich, wie er vorwärtsgehechtet war und hinter etwas Stabilem Schutz gesucht hatte. Ihm war nur der Bruchteil einer Sekunde geblieben, um zu reagieren. Es grenzte an ein Wunder, dass er nicht vollständig unter den Schneemassen begraben worden war. Anscheinend war die Lawine von dem Felsen abgelenkt worden und der größte Teil an ihm vorbei in die Rinnen gerauscht. Hätte sie ihn mit voller Wucht erfasst, stünde er jetzt nicht mehr hier. Er …

Sanani!

Er war nicht allein unterwegs gewesen. Der Gedanke durchfuhr ihn wie ein Blitz, und er rappelte sich auf, drehte sich blinzelnd um die eigene Achse. Jetzt war er dem böigen Wind schutzlos ausgeliefert und wurde heftig von ihm attackiert. Keine Spur von positiven Schwingungen.

Auf einmal wurde ihm bewusst, dass er zwar seine Thermokleidung, aber keinen Anorak trug und dass er am ganzen Körper heftig schlotterte. Er musste unbedingt seine Jacke finden oder das Zelt – im Idealfall beides –, sonst würde die eisige Kälte erledigen, was die Lawine nicht geschafft hatte.

»Sanani!«, brüllte er. Seine Stimme wurde vom Wind fortgetragen wie von Zauberhand. »Sanani!«

Duffy schirmte das Gesicht mit beiden Händen gegen den gefrorenen Schnee und die Eispartikel ab, die vom Sturm aufgepeitscht und in messerscharfe Wurfgeschosse verwandelt wurden. Als er eine Weile angestrengt in die Dunkelheit geblinzelt hatte, nahm er etwas wahr, eine kleine Verwerfung in all dem Schwarz, das ihn umgab, etwa dreißig Meter hangabwärts.

»Sanani!«

So schnell er konnte, stapfte er durch die Schicht aus Neuschnee. Sie war nur kniehoch, was ihn in dem Gedanken bestärkte, dass sie Glück im Unglück gehabt hatten. Das hier war nur ein Streifschuss der Göttin der Fülle.

Das Zelt war offenbar auf der Lawine aus Schnee, Eis und Geröll geritten – ähnlich einem Surfbrett auf dem Meer – und dann von einem weiteren massiven Felsen gestoppt worden. Das Gestänge bog sich unter einem waschmaschinengroßen Block aus Eis und gefrorenem Schnee, der auf der Eingangsseite lag. Duffy erinnerte sich, dass er den Reißverschluss fast zugezogen hatte, als er nach draußen gegangen war, damit der Wind nicht hineinpfeifen und seinen Freund wecken konnte.

»Sanani Sherpa, kannst du mich hören?«, brüllte er.

Dann ging er so weit wie möglich in die Knie, stemmte sich mit der Schulter gegen den scharfkantigen, schmerzhaft kalten Brocken und schob ihn mit äußerster Kraftanstrengung ein paar Meter nach links, wo er ins Rollen kam und talwärts polterte. Das von seiner Last befreite Zelt richtete sich wieder auf, und Duffy zerrte am Reißverschluss.

»Sanani!«, keuchte er.

Beim Anblick des wüsten Durcheinanders, das er mehr ahnte als sah, hielt er einen Moment inne. Das Zeltgestänge schien intakt zu sein, aber ihre Ausrüstung war ans andere Ende geschleudert worden und hatte Sanani unter sich begraben.

»Meine … Brust«, stieß der Sherpa schwer atmend hervor.

War er gegen die Felsen geknallt oder von den schweren Rucksäcken unglücklich getroffen worden?

Duffy kroch zu ihm und schaufelte alles von ihm herunter.

Sanani stieß einen Schmerzensschrei aus. Das war kein gutes Zeichen.

»Wo?«, keuchte Duffy. »Wo tut es weh?«

Sanani zeigte auf sein Brustbein und ließ seine erhobene Hand wie zum Schutz, wo sie war.

»Habe es … knacken gehört.«

Duffy starrte ihn an. Die namenlose Angst, die ihn in dem Sekundenbruchteil vor dem Lawinenabgang befallen hatte, beschlich ihn aufs Neue. Auf einer Höhe, wo schon normales Atmen eine Herausforderung darstellte, war ein Brustbeinbruch eine Katastrophe.

Mit gebrochenen Knochen würde Sanani die Erschütterungen beim Abstieg nicht aushalten. Auf gar keinen Fall würde er den Ice Ridge überwinden oder irgendeine Last tragen können. Allein das Risiko, an eine Felswand zu stoßen … Er würde nicht die Kraft haben, sich mithilfe der Steigklemmen am Seil hochzuziehen, und er würde keine Gurte zum Abseilen anlegen können.

»Okay, okay«, sagte Duffy betont ruhig, um seine Panik zu überspielen.

Doch Sanani hatte sein ganzes Leben lang als Sherpa gearbeitet und wusste ganz genau, was so ein Knochenbruch bedeutete: Er würde nicht aus eigener Kraft absteigen können. Es sah eher danach aus, dass er auf diesem Berg bleiben würde.

Duffy schlug die Hände vors Gesicht. Die Chancen standen sehr schlecht für sie.

»Fuck!«, schrie er in seine gewölbten Hände.

»Schon gut«, hauchte Sanani und berührte ihn tröstend am Arm.

Die Geste brachte Duffy endgültig aus der Fassung.

»Nein. Es ist nicht gut. Es passiert schon wieder.« Seine Stimme brach, und er merkte selbst, dass er sich wie der Zehnjährige von damals anhörte. Ein hilfloser kleiner Junge.

»Ich kenne … die Risiken … es war … meine Entscheidung.«

»Du bist nur meinetwegen hier! Das ist ganz allein meine Schuld!«

»Nein.«

»Doch! Ich hätte dich nie darum bitten dürfen!« Duffy presste die Fingerspitzen fest an seinen Kopf.

»Das hat … nichts mit dir zu tun … ich habe … vor langer Zeit … etwas versprochen.« Sanani schnappte vor Schmerzen nach Luft.

»Meiner Mum?« Duffy ließ die Hände sinken und starrte ihn mit Tränen in den Augen an.

Sanani nickte. »Habe versprochen … dich … zu beschützen … hier oben … sie hat gewusst … du würdest kommen … und ich auch … ich akzeptiere, was kommen mag.«

Duffy betrachtete seinen Freund, der so gefasst und würdevoll dem Unabänderlichen ins Auge blickte. Der Berg würde ein weiteres Opfer fordern, und er selbst würde einen weiteren geliebten Menschen verlieren. Wie viele denn noch?

Andererseits: Wer sagte, dass Sananis Tod unvermeidbar war?

Auf einmal überkam ihn unbändiger Zorn.

»Ich nicht!« Er würde sich dem Schicksal nicht kampflos ergeben. »Ich will verdammt sein, wenn ich das einfach so hinnehme! Du wirst nicht hier oben sterben, hörst du?«

Er richtete sich auf und blickte sich hektisch im Zelt um. Er würde entschlossen und schnell handeln müssen.

Hastig begann er, mit beiden Armen den mittlerweile hereingewehten Schnee so weit wie möglich aus dem Zelt zu fegen. Sanani musste warm und trocken gehalten werden, das war das Wichtigste. Dann drehte er die beiden Rucksäcke um, schüttelte alles heraus und wühlte in den Sachen.

»Ich brauche deine Stirnlampe.« Er hielt sie hoch. »Ich lass dich nicht gern im Dunkeln zurück, das weißt du, aber mit Licht bin ich schneller. Meine ist mir weggerissen worden. Das Satellitentelefon ist auch weg. Ich hab telefoniert, als die Lawine runterkam.« Und jetzt war es entweder unter zig Tonnen Schnee begraben oder in die Tiefe geflogen.

»Nicht … über den Ice Ridge«, röchelte Sanani.

Duffy zögerte. Der Sherpa hatte recht. Der schmale Eisgrat war schon bei Tageslicht eine Herausforderung und jetzt bei Dunkelheit, bei Sturm und nach einem Lawinenabgang erst recht.

»Ich werde zu Camp VI aufsteigen, wo sich das Schweizer Team befindet, und von dort Hilfe anfordern.«

»Nein.«

»Doch.«

»Nein … zu weit … zu lang …«

»Ich beeil mich.«

»Gefährlich … zu schnell …«

»Mir geht es gut«, log er und ignorierte seine Kopfschmerzen.

»Kein … Mond.«

»Ich schaff das schon. Es reicht, wenn ich ein paar Meter weit sehe. Ich klettere ja nicht zum ersten Mal im Dunkeln. Und von hier oben ist der Sonnenaufgang etwas ganz Besonderes«, fügte er hinzu, vergaß aber das Lächeln bei diesen Worten.

In Wirklichkeit waren seit Sonnenuntergang erst ein paar Stunden vergangen – wahrscheinlich war es noch nicht einmal Mitternacht. Aber wenn er die neunhundert Höhenmeter zu Camp VI aufsteigen wollte, durfte er keine Zeit verlieren. In dieser Höhe kostete jeder Schritt, jede Bewegung das Vielfache an Kraft; er würde sich jeden Atemzug hart erkämpfen müssen. Aber er hatte keine andere Wahl: Sanani musste so schnell wie möglich abtransportiert werden. In dieser hilflosen Position würde er binnen weniger Stunden lebensbedrohlich unterkühlen.

Duffy schälte sich aus seiner nassen Thermokleidung, zog das zweite, von getrocknetem Schweiß steife Set an und streifte sich den warmen Anorak über, den er auf seinem Schlafsack zurückgelassen hatte. Er würde nur das Nötigste mitnehmen. Nachdem er sich die Bandschlinge quer über den Oberkörper gehängt hatte, zählte er die Karabiner und überprüfte die Steigklemmen. Das aufgewickelte Kletterseil schob er sich über die andere Schulter. Dann streifte er sich die Spikes über die Stiefel, schnappte sich zwei Eispickel und die Klappleiter, die zwar sperrig war, aber nützlich wäre, falls er auf eine Gletscherspalte stieß, und setzte seinen Helm auf. Herabstürzende Gesteins- oder Eisbrocken konnten sich in tödliche Geschosse verwandeln – im Yosemite Nationalpark war ihm einmal ein Helm von einem fallenden Felsbrocken glatt in zwei Teile gespalten worden.

Bei der Rettungsdecke zögerte er kurz, nahm sie schließlich aber doch mit. Sie würde sein einziger Schutz sein, falls ihm etwas zustoßen sollte. Auch die Kortisonspritzen packte er ein. Er würde sich schnell und ohne künstlichen Sauerstoff der Todeszone nähern, da konnte er jedes verfügbare Hilfsmittel brauchen.

Als er fertig war, schaute er auf den Sherpa hinunter, der, beide Arme schützend über der Brust verschränkt und das Gesicht zu einer Grimasse verzerrt, regungslos dalag.

»Geht es so für dich? Oder soll ich dir helfen, dich aufzusetzen?«

»Nein … ist … gut so.«

»Gut« war es ganz eindeutig nicht. Duffy suchte sämtliche Kleidungsstücke zusammen und deckte Sanani damit zu. Er hatte Glück im Unglück gehabt, weil er beim Abgang der Lawine in seinem Daunenschlafsack gelegen hatte und sich nun zwischen ihm und dem Zeltboden eine isolierende Schicht befand. Duffy schob alles Essbare neben ihn – Päckchen mit Trockennudeln, Energie-Gels –, stellte dann die Wasserflasche in Sananis Steigeisen, damit sie nicht umkippte, und platzierte sie in seiner Reichweite. Zu guter Letzt zog er ihm die Wollmütze wieder richtig über den Kopf. Wärme und Flüssigkeit würden in den nächsten Stunden entscheidend sein.

»Wir sind noch einmal glimpflich davongekommen, Sanani«, sagte er, während er das Adrenalin in seinen Adern spürte. »Die Lawine hat uns nicht mit voller Wucht erwischt, und die Felsen haben das rutschende Zelt gestoppt. Wir haben Glück gehabt, und das Glück wird uns treu bleiben, hörst du?«

Sanani nickte. Sicher hörte er die gespielte Tapferkeit in Duffys Stimme.

»Oh, die Funkgeräte«, murmelte Duffy mehr zu sich selbst, während sein im Schnellgang arbeitender Verstand an alles zu denken versuchte.

Er durfte nichts übersehen. Jede Kleinigkeit konnte über Erfolg oder Misserfolg entscheiden, über Leben oder Tod. Er zog den Reißverschluss seiner Jackentasche auf. Sein Funkgerät befand sich zum Glück immer noch darin. Anschließend kontrollierte er die Taschen von Sananis Mantel, der jetzt über ihn gebreitet war, nahm das Funkgerät heraus und legte es ihm in die Hände.

»Funk mich an, wenn irgendetwas ist, okay? Und wenn du bloß meine Stimme hören willst: Funk mich an. Wenn es dir schlechter geht: Funk mich an.«

Sanani beobachtete ihn schweigend, aber seine Augen sagten alles.

Duffy ging neben ihm in die Hocke.

»Ich werde mich beeilen, ich verspreche es. Ich werde zurückkommen. Ich lasse dich nicht im Stich.«

Der Sherpa bewegte mit äußerster Anstrengung den Arm, damit er Duffys Hand berühren konnte.

»Überleben ist der Triumph«, flüsterte er. Der bekannte Satz stammte von Jean Troillet, einem berühmten Bergsteiger.

Jeder Alpinist stand irgendwann vor der Entscheidung: Lohnte es sich, für einen Traum zu sterben? Lohnte sich das Leben, ohne einen Traum zu haben?

Duffy wusste, was Sanani damit sagen wollte. Der Sherpa hatte schon einmal ein ähnliches Szenario durchlebt, eins, das Duffy strikt aus seinen Gedanken verbannte.

Er nickte nur und verschränkte seine Hand mit der des Sherpas.

Sanani murmelte ein kurzes Gebet, Worte aus der Puja, mit denen er die Göttin Annapurna um Schutz für Duffy bat. Nachdem ihre Blicke sich ein letztes Mal berührt, ihre Seelen sich ein letztes Mal miteinander verbunden hatten, trat Duffy in die Nacht hinaus.

Auf der vereisten Traverse – der Schrecklichen Traverse, wie Anya ihm ins Gedächtnis gerufen hatte – kam er nur langsam voran. Auf dem Quergang in der Wand fanden Hände und Füße sehr viel schwerer Halt als beim vertikalen Aufstieg. Duffy glitt mehrere Male aus und hing in der Finsternis über dem Abgrund, nur gehalten von dem am Fixseil eingeklinkten Kletterkarabiner. Der Wind toste und heulte, als er sich Zentimeter für Zentimeter an der Gipfelwand entlangtastete. Er hatte das Gefühl, einen Zweikampf mit Mutter Natur auszutragen – sie schenkte ihm nichts, und sie gewährte ihm keine noch so kleine Atempause, während er mit Eis und Schnee, vereistem Fels und gefährlich steilem Gefälle, dünner Luft und orkanartigem Sturm rang.

War sie auch hinter ihm her? Hatte sie es darauf angelegt, ihn in den Achtunddreißig-Prozent-Club zu holen?

Duffy klammerte sich fester an die Felswand, weil der Wind an ihm zerrte, als wollte er ihn herunterreißen. Als er endlich das Schneefeld erreichte, hatte er das Gefühl, umgestülpt worden zu sein. Seine Beine zitterten so sehr, dass er kaum stehen konnte. Mit gesenktem Kopf, das Kinn auf die Brust gepresst, setzte er einen Fuß vor den anderen. Er befand sich jetzt unmittelbar unterhalb des Sérac, von dem vor wenigen Stunden ein Teil abgebrochen und auf sie heruntergestürzt war. Sollte das jetzt wieder passieren, gäbe es kein Entkommen – er stand direkt in der Schusslinie. Wenn er das Schneefeld überquerte, kam er vielleicht ums Leben, doch wenn er es nicht tat, würde Sanani unweigerlich sterben.

Also stapfte er weiter. Seine Wangen brannten von dem verharschten Schnee, den ihm der Wind ins Gesicht peitschte. Im schmalen Kegel seiner Stirnlampe konnte er die in wilder, bösartiger, wahnsinniger Raserei wirbelnden Schneeflocken sehen. Das hatte nichts mit den verschneiten Winterlandschaften seiner Kindheit zu tun – dies war das Land der Yetis und Lawinen, nicht der Schneemänner und Schneeballschlachten. Das Wort »Schneefeld« selbst war irreführend: Es weckte

Assoziationen von ebenen Flächen – auch wenn diese eine Neigung von fünfundsechzig Grad hatten –, doch in Wirklichkeit handelte es sich um welliges Gelände aus vom Wind zu grotesken Figuren und Buckeln geformten Schneeschichten. Diese Hindernisse begrenzten die Sichtweite und mussten umgangen werden, sodass die Strecke, die er zu Fuß zurücklegte, doppelt so lang war, wic es der Flug eines Adlers gewesen wäre.

Als Duffy den schmalen Zugang zu Camp V am Fuß der Felswand erblickte, war er schätzungsweise fünf oder sechs Stunden unterwegs gewesen. Die Anspannung fiel von ihm ab, und er ließ erleichtert die Schultern nach unten sacken. Obwohl er nur das Nötigste mitgenommen hatte, kam es ihm so vor, als schleppte er einen Gorilla auf dem Rücken. Seine Lunge kämpfte um jeden Atemzug, und das Herz hämmerte so laut, dass es den pfeifenden Wind übertönte.

Bei jedem Schritt sondierte er mit den Eispickeln die Schneeschicht, um verborgene Gletscherspalten zu erkennen. Gefahren lauerten überall – über ihm, um ihn herum, unter ihm.

Nach weiteren neunzig Minuten hatte er die niedrige Höhle erreicht. Die Stille im Inneren war fast ohrenbetäubend, als er das Toben und Brausen des Sturms hinter sich ließ. Sein Kopf drohte zu platzen. Er musste würgen, aber da sein Magen leer war, erbrach er nur Galle. Er sackte zusammen, fiel auf den harten, aber trockenen Gesteinsboden, rollte sich auf die Seite und schlief ein, ohne seinen Rucksack abzunehmen.

*

Es war Mitternacht. Helena war gegangen, nachdem Natasha ihr versichert hatte, dass es ihr gut ging. Dennoch konnte sie sich unmöglich hinlegen und schlafen. Stattdessen wanderte sie ruhelos hin und her, mit schrill vibrierendem Körper und kalter Angst im Herzen.

Tom konnte nicht tot sein. Ausgeschlossen. Sie glaubte nicht, dass er tot war. Er war so … lebendig, dass er regelrecht vor Vitalität sprühte. Lebenskraft durchfloss ihn wie flüssiger Sonnenschein: Sie leuchtete in seinen Augen, strahlte aus seinem Lächeln.

Natasha wusste noch, wie es sich angefühlt hatte, von ihm angesehen und berührt zu werden. Als hätte sein Blick sie mit goldenem Glanz überzogen.

Nein. Er lebte, sie wusste es einfach. Jemand, der so voller Leben war wie er, würde nicht jung sterben. Dafür lebte er zu gern, und er war fest entschlossen gewesen, bewusst und glücklich zu leben. Er hatte genau gewusst, was er wollte, und alles getan, um es zu bekommen. Er hatte *sie* gewollt. Sie erinnerte sich noch, was er damals in der Küche zu ihr gesagt hatte.

Heute weiß ich, dass ich es annehmen muss, wenn mir das Leben etwas schenkt. Es wird nämlich auch Zeiten geben, in denen es mir etwas wegnimmt. Ich muss die Gelegenheiten, glücklich zu sein, erkennen und wahrnehmen, auch wenn es theoretisch keinen Sinn ergibt.

Es ergab keinen Sinn, dass sie vier Jahre später immer noch an ihn dachte. Es ergab auch keinen Sinn, dass sie sich in der Nacht, in der ihr Leben zerstört wurde, mehr um ihn als um sich selbst sorgte. Irgendjemand musste doch etwas wissen, musste mehr Informationen haben, als dass er verschollen war.

Gab es ein britisches Konsulat in Nepal? Vielleicht wusste man dort mehr …

Sie blieb abrupt stehen. Nein.

Plötzlich fiel ihr ein, an wen sie sich wenden musste. Sie griff nach ihrem Telefon, klickte auf die App und schrieb in aller Eile:

> Bitte rufen Sie mich so schnell wie möglich an, egal zu welcher Uhrzeit. Es ist dringend. Bitte. Bitte. Bitte. BITTE!

Natasha warf das Handy aufs Sofa und begann, nervös an ihrem Daumennagel knabbernd, wieder hin und her zu tigern.

*

Der Sturm war weitergezogen, und die Sonne ging auf, als Duffy die Augen aufschlug. Wie viel Zeit war vergangen? Zwei Stunden? Vier? Ein ganzer Tag? Er hätte nie gedacht, dass man so erschöpft sein konnte, ohne daran zugrunde zu gehen.

Er starrte auf das Massiv, weiße gezackte Gipfel, die sich in einen blauen Himmel bohrten. Ihre unfassbare Größe stand in krassem Gegensatz zu seiner eigenen Bedeutungslosigkeit – er war unsichtbar für jeden, der von einem dieser anderen Berge herüberschaute. Wie viele Augenpaare mochten es sein?

Er dachte an die Trekker im Basislager, an Stevie und Jay, an das italienische Paar – sie alle hatten diese Wand ehrfürchtig betrachtet (oder betrachteten sie jetzt gerade), ohne die geringste Ahnung, dass er in einer ihrer Felsnischen steckte. Die Göttin der Fülle hatte ihn mit Haut und Haaren verschlungen. Doch das hatte sie, wenn man es genau nahm, schon vor langer Zeit getan.

Camp VI lag auf einer Höhe von 7 315 Metern, 331 Meter über ihm. Ein Felsenband aus nacktem, metamorphem Gestein galt es noch zu überwinden, dann konnte er Hilfe für Sanani anfordern. Im Gegensatz zu dem Eisgrat, für den er Eispickel und Steigeisen benötigt hatte, würde er für diesen Abschnitt nur das Seil brauchen. Und mit der Seiltechnik war er bestens vertraut. Erschwert würde das Ganze lediglich durch die extreme Höhe.

Ächzend setzte er sich auf und streifte seinen Rucksack von den Schultern. Dann griff er zu dem sechs Millimeter starken Seil und band, so schnell es seine steif gefrorenen Glieder zuließen, zwei verschieden große Schlaufen. Trotz Sonnenschein und Windstille war es bitterkalt, mindestens zwanzig Grad unter null, sodass er seine Handschuhe immer nur für Sekunden ausziehen konnte. Mit zitternden Fingern sicherte er die Schlaufen durch Prusikknoten und band sie oben und unten in sein Gurtzeug ein. Auf Meereshöhe hätte er das in fünf Minuten geschafft, hier oben brauchte er fünfzig dazu.

Er kramte ein paar koffeinhaltige Gel-Packs aus dem Rucksack und drückte sich den Inhalt in den Mund, das Gesicht zu einer Grimasse verzogen. Er hatte den Geschmack noch nie gemocht. Wieder begann er zu würgen, weil sein Magen gegen die aufgezwungene Nahrung protestierte, aber er behielt sie bei sich. Und das war gut so, denn wenn er Sanani helfen wollte, brauchte er die Kalorien und Elektrolyte.

Seine Kopfschmerzen wurden schlimmer, und er überlegte hin und her, ob er sich eine der Kortisonspritzen setzen sollte. Doch das Notfallmedikament gegen akute Höhenkrankheit hatte üble Nebenwirkungen – Schlafstörungen, Psychosen, gefährlichen Blutdruckabfall –, und so entschied er, vorerst darauf zu verzichten. Noch war er bei klarem Verstand und hatte alles unter Kontrolle.

Nachdem er seine Handschuhe an- und die Gamaschen hochgezogen hatte, trat Duffy aus der Höhle und begann den Aufstieg.

*

Natasha starrte auf das klingelnde Telefon. Unwillkürlich hielt sie den Atem an, während ihr Herz wie wild klopfte. Wenn sie abnahm, würde sie möglicherweise Antworten bekommen, aber würden es auch die erhofften sein? Was, wenn sich ihre schlimmsten Befürchtungen bestätigten? Wäre es nicht besser, so lange wie möglich im Ungewissen zu bleiben?

Ganz langsam streckte sie die Hand aus.

»Hallo?«, flüsterte sie, als würde ein vorsichtiger Einstieg in die Unterhaltung das Kommende abmildern.

Schweigen. »Hallo? Spreche ich mit Natasha?«

Sie schloss die Augen. Die Frau hatte einen leichten Akzent.

»Ja, hi, Anya. Danke, dass Sie mich so schnell zurückrufen.«

»Kein Problem. Ich war noch wach.« Eine kurze Stille trat ein. »Sie haben wahrscheinlich gehört, was mit Duffy passiert ist, oder? Sind Sie deshalb noch auf?«

Natasha machte die Augen noch fester zu. *Was mit Duffy passiert ist.* Die Worte hatten einen unheilvollen Klang.

»Mm-mm«, machte sie, einen Finger auf den Lippen, als könnte das die Tränen zurückhalten. »Wissen Sie, ob es ihm gut geht?«

Eine idiotische Frage. Er war verschollen, möglicherweise tot! Aber sie brachte es nicht über sich, diesen Meldungen Glauben zu schenken. Ihr Verstand weigerte sich einfach.

»Ich habe keine Ahnung.« Anya seufzte. Es hörte sich zittrig, resigniert an. »Ich habe mit ihm telefoniert, als die Lawine niederdonnerte.«

»Eine Lawine?« Das Wort ritzte sie auf wie ein Skalpell.

»Seitdem habe ich ihn nicht mehr erreicht. Manchmal klingelt das Telefon, manchmal nicht, was aber auch daran liegen kann, dass der Satellit außer Reichweite ist …«

Satelliten, Lawinen … was für eine Welt war das? Diese Frage konnte sich Natasha selbst beantworten: *Seine* Welt, die Welt des Abenteuers, für die er sich entschieden hatte, so wie sie sich für Sicherheit entschieden hatte. Sie hatten beide das bekommen, was sie sich gewünscht hatten.

»Aber solange es klingelt, gebe ich die Hoffnung nicht auf. Wenn es ein Signal empfangen kann, kann es nicht allzu tief verschüttet sein. Er hat es in der Hand gehabt, als es passiert ist, also …«

Anyas Stimme verlor sich. Sie wussten beide, dass das gar nichts bedeutete. Er konnte trotzdem unter Schneemassen begraben liegen oder gegen Felsen geschleudert oder in die Tiefe gerissen worden sein …

Natasha entschlüpfte ein Stöhnen, als das Nichtwahrhaben-Wollen in Kummer und Verzweiflung umschlug. Sie hatte das Gefühl, sich aufzulösen und in ein Nichts zu verwandeln. Kraftlos sank sie auf den Fußboden. Wie sollte er einen Lawinenabgang überleben? Und wie sollte sie ohne ihn weiterleben? In den letzten vier Jahren hatte es keinen Tag gegeben, an dem sie nicht an ihn gedacht hatte – er war immer da gewesen, ein Flüstern in einem Winkel ihres Bewusstseins, ein Schatten auf ihrem Herzen.

»Hat er …« Anya räusperte sich, ihre Stimme klang erstaunlich gelassen. »Hat er das Plüschtier Ihrer Tochter immer noch?«

Natasha unterdrückte ein Schluchzen. Dachte Anya, das sei der Grund, weshalb sie Kontakt zu ihr aufgenommen hatte? Damit sie etwas über den Verbleib des Stofftiers erfuhr, wenn es um ein Menschenleben ging?

»Das ist mir vollkommen egal«, antwortete sie mit brüchiger Stimme.

»So?«

»Ja! Ich mache mir Sorgen um *ihn*.« Glaubte diese Frau, sie wolle eine Story, um sie dann auf ihren Social-Media-Accounts auszuschlachten? »Ich … ich kenne ihn von früher.«

»Sie kennen Duffy?« Die Überraschung war ihr deutlich anzuhören.

»Nur flüchtig.« Und doch in- und auswendig.

Eine Verbindung von Seele, Herz und Verstand – das waren seine Worte gewesen.

Eine kurze Pause. Sie hörte, wie Anya langsam ausatmete. »Oh.«

»Ich habe ihn allerdings als Tom gekannt. Ich wusste nicht, wie er mit Nachnamen hieß.«

»Ich dachte, alle nennen ihn Duffy.« Es lag etwas Besitzergreifendes in der Art, wie sie das sagte.

»Vielleicht hat es zu seinem Job gehört, dass er mit Vornamen angeredet wurde.«

»Zu seinem Job? Wann war das?«

»Vor vier Jahren, unmittelbar vor meiner Hochzeit. Er war einer der Kletterlehrer bei Center Parcs.«

»Augenblick mal …« Eine weitere Pause. »Natasha? … O mein Gott, sind Sie etwa *Nats*?«

»Äh, ja, warum?«, antwortete sie verdutzt.

Am anderen Ende der Leitung schnappte Anya laut nach Luft, dann folgte ein dumpfes Stöhnen.

»*Du* bist Nats? *Die* Nats?«

Natasha war sich nicht sicher, wie sie das verstehen sollte. »Äh …«

»Er und ich haben uns deinetwegen getrennt.«

»Wie bitte?«

»Alles gut. Ich bin inzwischen verheiratet, und Duffy und ich sind Freunde. Richtig gute Freunde. Aber die Sache mit dir hat ihn ganz schön fertiggemacht, weißt du das?«

»Die Sache mit mir?«, echote Natasha, und ihr Herz begann zu rasen.

»Wie konntest du ihm das antun? Nach allem, was passiert war, musste er auch noch dich verlieren!«

Natasha spürte, wie der Boden unter ihr zu schwanken und nachzugeben schien. Sie verstand überhaupt nichts mehr. Er war doch derjenige gewesen, der sie im Stich gelassen hatte!

»Ich … verstehe nicht …«

»Nein? Bist du sicher?« Spott schwang in Anyas Stimme mit. »Ich weiß nämlich noch ganz genau, wie ich mit ihm auf dem Campingplatz im Yosemite gesessen habe, als die Sonne hinter dem El Capitan unterging, und wir uns aus unserem Leben erzählt haben – wie man das eben am Anfang einer Beziehung so macht. Es war alles total unkompliziert.«

Sie schwieg einen Augenblick.

»Ich war ganz schön sauer, als er gemeint hat, mit dir sei es Liebe auf den ersten Blick gewesen und dass er versucht habe, dir die geplante Hochzeit auszureden«, fuhr sie dann fort. »Er hat nicht einmal so getan, als berühre ihn das nicht mehr, als sei alles in bester Ordnung. Du warst der Tropfen, der das Fass zum Überlaufen gebracht hat.«

Natasha hatte es die Sprache verschlagen. Das ergab doch alles keinen Sinn.

Er hatte ihr nachgetrauert? Sie hatte sich an ihre Abmachung gehalten und war zum Treffpunkt erschienen, um sich von ihm zu verabschieden, aber er hatte sie versetzt!

»Ach, vielleicht bin ich zu streng«, brummte Anya in das Schweigen hinein. »Ich hätte die Warnsignale erkennen müssen, aber er wirkte so verletzlich, angeschlagen wie ein verwundeter Kämpfer, und ich konnte einfach nicht widerstehen.« Sie seufzte erneut. »Wie jede Frau habe ich geglaubt, ich könnte das gebrochene Herz des Mannes, den ich liebe, wieder heilen.«

»Was war denn passiert?«

»Wie meinst du das?«

»Du hast gerade gesagt, nach allem, was passiert war, musste er auch noch dich verlieren.«

Anya schnaubte ungläubig. »Tu doch nicht so, als ob du das nicht wüsstest!«

»Ich weiß es wirklich nicht!«

»Seine Schwester war gestorben.«

Was? Natasha fehlten die Worte. Sie zerfielen in ihrem Mund zu Asche.

»Das musst du doch gewusst haben«, beharrte Anya.

»Nein … Wann war das?«, stammelte Natasha.

»Im Oktober 2018.«

Vor vier Jahren. »Weißt du, wann genau?«

»Am Einundzwanzigsten. Das war ein schwerer Schlag für ihn. Und du hast wirklich nichts davon gewusst?«

Natasha schloss die Augen. Sie und Rob hatten am 27. Oktober geheiratet; ihre Junggesellinnenabschiedsparty hatte am Wochenende davor stattgefunden …

Tom ist nicht da.

Offensichtlich hatte er alles stehen und liegen lassen, als er es erfahren hatte. Er musste am Boden zerstört gewesen sein. Er und Lottie, seine Zwillingsschwester, seine große Schwester, hatten sich sehr nahegestanden. Natasha erinnerte sich noch gut, wie liebevoll er über sie gesprochen hatte.

Aber *sie* hatte ihm nicht vertraut. Ungeachtet all dessen, was er gesagt und getan hatte, hatte sie das

Schlechteste von ihm gedacht und ihn für einen Aufreißer gehalten.

Und dann, als wäre nichts gewesen, war sie Mrs Robert Stoneleigh geworden.

Hat sie es getan?

In Natashas Kopf drehte sich alles. Was hatte sie nur getan?

»Wie ist sie denn ums Leben gekommen?«, wisperte sie.

»Sie wurde von einem Felsbrocken am Kopf getroffen. Sie muss sofort tot gewesen sein. Das sei das einzig Gute, hat Duffy gemeint.«

»Von einem Felsbrocken?«

»Ja, die Bergsteiger über ihr hatten ihn losgetreten.«

»Es war ein Kletterunfall?«

»Ja, klar.« Anya sagte das in einem Ton, als verstünde sich das von selbst. »Wundert mich, dass du nichts davon gehört hast. Duffy ist in den ersten Flieger gestiegen, den er kriegen konnte, aber da war es schon überall in den Nachrichten.«

Natasha dachte angestrengt nach, aber die Woche vor ihrer Hochzeit hatte sie wie in Trance erlebt. Zutiefst verletzt und bitter enttäuscht über das vermeintlich böse Spiel, das Tom mit ihr getrieben hatte, war ihr nicht danach zumute gewesen, sich über das aktuelle Geschehen zu informieren. Stattdessen hatte sie ihre Wohnung, die der Makler während ihrer Flitterwochen verkaufen sollte, komplett neu gestrichen und sich dabei so verausgabt, dass sie nicht mehr in der Lage war, zu denken oder zu fühlen. Als sie mit Rob vor den Standesbeamten getreten war, hatte sie Farbe unter den Fingernägeln gehabt, aber nicht die Art von Farbe, die Tom an ihrem Arm entdeckt und die ihre wahre Leidenschaft, ihr wahres Ich, verraten hatte.

»So wie jetzt auch wieder«, fuhr Anya fort. »Sobald die Medien den Namen Duffy aufschnappen, wittern sie eine Schlagzeile.«

Natasha kehrte blinzelnd in die Gegenwart zurück. »Wieso, was ist mit dem Namen?«

»Na, wegen seiner Mutter. Steph Gilmour Duffy.«

Natasha schnappte nach Luft. »Steph Gilmour war seine Mutter?«

Sie erinnerte sich, von ihr gehört zu haben. In den späten Neunzigern und frühen Nullerjahren hatte Gilmour als das Aushängeschild der Bergsteigerszene für Schlagzeilen gesorgt. Mit der Presse hatte sie eine Hassliebe verbunden. Einerseits steigerte ihr attraktives Äußeres auf dem Titelblatt – strahlend blaue Augen, dunkler Kurzhaarschnitt und braun gebrannte lange, schlanke Gliedmaßen – die Verkaufszahlen; ihr bergsteigerisches Können und ihr Draufgängertum faszinierten die Leute. Andererseits wurde sie regelrecht fertiggemacht, weil sie ab dem Moment, da sie Kinder hatte, nach Ansicht vieler ein inakzeptables Risiko einging.

Tom und Lottie. Ihre Kinder.

Du hast noch nie einen Menschen verloren, der dir nahesteht, oder? … Nur wenn du jemanden von einem Augenblick zum anderen verlierst, begreifst du auch, dass du jemanden von einem Augenblick zum anderen finden kannst.

Natasha zog die Stirn in Falten, während sie sich zu erinnern versuchte.

»Ist sie nicht ums Leben gekommen, als sie jemandem helfen wollte?«

»Doch. Ein verletzter Bergsteiger war von einem Sturm überrascht worden und konnte nicht mehr aus eigener Kraft absteigen. Ihre Sherpas rieten ihr vom Aufstieg ab, aber sie hat das Lager nachts heimlich verlassen. Sie ist nie bei dem Verletzten angekommen. Vermutlich ist sie von einer Lawine in die Tiefe gerissen worden. Obwohl ihre Sherpas wochenlang alles abgesucht haben, wurde ihre Leiche nie gefunden.«

»O mein Gott, der arme Tom!« Natasha schlug sich entsetzt die Hand vor den Mund. »Dann hat er seine Mutter und seine Schwester verloren …«

»Ja. Und beide am selben Berg.«

»Was?«

»Am Annapurna. Sie sind beide dort verunglückt. Deshalb ist er jetzt dort.«

Natasha gefror das Blut in den Adern, als sie das hörte. Jeder Satz schockte sie mit einer neuen Enthüllung. Schlimm genug, dass er offenbar von einer Lawine erfasst worden war. Aber dass er diese Reise unternommen hatte als – ja, als was? Als eine Art Wallfahrt oder Opfergang?

»Er hat gesagt, er mache eine Trekkingtour«, rechtfertigte sich Anya, als sich das Schweigen hinzog. »Er war schon ein paarmal dort: mit seinem Vater und Lottie nach dem Tod ihrer Mutter, damit sie Abschied nehmen konnten, und dann vor ein paar Jahren an seinem und Lotties Geburtstag. Immer nur zum Trekken. Im Basislager zu sitzen und den Berg zu betrachten erfülle ihn mit Frieden, hat er gemeint, dann fühle er sich seiner

Mutter und seiner Schwester ganz nah. Das sei der einzige Ort, an dem er sich nicht allein fühle. Aber als er mir dieses Mal von dem geplanten Trip erzählt hat, hat er mir nur die halbe Wahrheit gesagt. Und ich weiß auch, warum – damit ich ihn nicht davon abhalte.«

Natasha spürte förmlich, wie sich der Blutfluss in ihren Adern verlangsamte. »Wovon?«

»Den Job zu Ende zu bringen, wie er sich immer ausdrückt. Er will zu Ende bringen, was seine Mum und Lottie begonnen haben. Steph war besessen davon, die erste Frau zu sein, die alle Achttausender ohne Flaschensauerstoff besteigt. Zehn hat sie geschafft. Lottie und Tom wollten ihr zu Ehren auch die restlichen vier besteigen.«

»Aber dann ist auch Lottie tödlich verunglückt.«

»Ja. Zwei haben sie gemeinsam bezwungen, nur der Annapurna und der Dhaulagiri haben noch gefehlt. Tom meinte, sie sollten sich den Annapurna für den Schluss aufheben, als eine Art Abschied, weil der Berg die Leiche ihrer Mutter nicht mehr hergegeben hat. Aber Lottie hat sich geweigert. In ihren Augen hätte das dem Berg eine Art Sonderstatus verliehen, und das wollte sie nicht. Schließlich hatte der Berg ihre Mutter getötet. Das Ganze artete in einen Streit aus, und sie redeten eine ganze Weile kein Wort miteinander. Von ihrem Aufstieg am Annapurna hat er erst erfahren, als ihn die Nachricht von ihrem Tod erreichte. Bis heute macht er sich bittere Vorwürfe. Er kann sich nicht verzeihen, dass er nicht mit ihr gegangen ist. Das ist Teil seines Traumas. Er glaubt, er habe es verdient, allein zu sein, und er habe es nicht verdient, glücklich zu sein.«

Natasha schloss wieder die Augen.

»Ist er denn ganz allein?«, fragte sie leise. »Was ist mit seinem Vater?«

»Sie haben kaum Kontakt. Als Reaktion auf Stephs Tod wollte er ihn und Lottie am Klettern hindern. Er hat sie nicht mehr gefahren, also sind sie getrampt. Oder er hat ihnen die Kletterseile zerschnitten, die sie sich von ihrem selbst verdienten Geld gekauft haben. Tom war stinksauer, wenn er darüber gesprochen hat, aber ich kann seinen Dad irgendwie verstehen: Er wollte nicht auch noch seine Kinder verlieren. Leider hat er aus Angst die falschen Methoden gewählt, und das hat sie nur noch mehr voneinander entfremdet.«

Natasha sah Toms unbekümmertes Lächeln vor sich. Sie hatte ja keine Ahnung gehabt, wie viel Kummer und Schmerz sich dahinter verbarg.

»Und er hat dir wirklich nie etwas davon erzählt?«, fragte Anya verwundert.

»Er hat ein paar Andeutungen gemacht, aber wir hatten zu wenig Zeit«, antwortete Natasha mit tonloser Stimme. »Und als wir uns kennengelernt haben, hat er noch nichts von der Tragödie mit Lottie gewusst.«

»Dann hast du einen ganz anderen Mann gekannt.«

»Kann sein.«

»Der Tom, den ich kannte, war zornig und verloren. Er hatte das Gefühl, dass ihm immer nur genommen wurde – seine Mutter, seine Schwester … du.«

»Aber ich hatte doch keine Ahnung …«

»Nein. Trotzdem hat er dich verloren.«

Natasha empfand regelrecht körperliche Schmerzen bei diesen Worten. Hatte er sie damals gehasst? Hatte er geglaubt, sie habe ihn einfach abserviert?

Sie massierte sich die Schläfen, als es in ihrem Kopf dumpf zu pochen begann. Zu viele Dramen für eine einzige Nacht.

»Wie war er denn, als du mit ihm zusammen warst?«

»Oh, er war mein Seelenverwandter – dachte ich jedenfalls.« Anyas Stimme zitterte ein wenig. »Wir hatten eine Menge gemeinsam. Als wir uns in Kalifornien kennengelernt haben, war ich selbst begeisterte Bergsteigerin. Ich habe mir ausgemalt, wie wir unser Leben mit Campen und Klettern verbringen würden, aber schon bald wurde mir klar, dass er seine Dämonen hatte. Was das Klettern anging, lagen sowieso Welten zwischen uns – er kletterte praktisch, seit er laufen konnte. Ich habe mich bemüht, mit ihm mitzuhalten, aber er trieb sich zu Höchstleistungen an und vergrößerte seinen Vorsprung, so als wolle er Abstand gewinnen. Er behauptete zwar, mit mir zusammen sein zu wollen, aber er hat nicht danach gehandelt. Auch wenn er körperlich anwesend war – mit dem Kopf und dem Herzen war er immer irgendwo anders.«

»Und wie ist es mit euch weitergegangen?«

»Wir haben uns getrennt, als ich nicht mit ihm in den Himalaja wollte, um den Dhaulagiri zu besteigen. Das war natürlich schwer für ihn, denn eigentlich hätte Lottie seine Seilpartnerin sein sollen. Er war gestresst und distanziert; ich kam einfach nicht an ihn heran. Als ich ihm gesagt habe, dass ich abreisen werde, hat er mich gebeten zu bleiben, weil er mich brauche, aber in Wirklichkeit hat er mich nie gebraucht. Er ist diesen Weg ganz allein gegangen, ich habe ihn lediglich auf einem kurzen Stück begleitet.«

Sie schwieg einen Augenblick, als falle ihr das Sprechen schwer. Natasha hörte, wie sie einen zittrigen Atemzug tat.

»Es war nicht leicht, das zu akzeptieren. Ich habe ihn sehr geliebt und wollte ihm helfen, aber heute weiß ich, dass das Ganze von Anfang an eine einseitige Sache war. Sein Herz hat mir nie gehört, und es hätte mir auch nie gehört, weil er es bereits an dich verloren hat …«

Natasha presste sich eine Hand auf den Mund, während ihr die Tränen übers Gesicht liefen. Sie hatte nichts von alldem gewusst.

»Am liebsten hätte ich ihn komplett aus meinem Leben gestrichen, aber das wäre für uns beide unerträglich gewesen«, fuhr Anya fort. »Er konnte ja nichts dafür, dass er mich nicht so liebte wie ich ihn, und er war so schrecklich einsam.«

Wieder verstummte sie.

»Jedenfalls hat sich herausgestellt, dass wir als Freunde besser taugen«, fügte sie dann hinzu. »Ich habe meinen späteren Mann kennengelernt und bin nach Wien gezogen. Duffy hat gelegentlich angerufen, um mir ein Lebenszeichen zu geben. Er denkt wahrscheinlich, dass ich die Einzige bin, die es interessiert, ob er noch am Leben ist. Er hat immer etwas Trauriges an sich gehabt, sogar wenn er gelacht oder Witze gemacht hat, aber ich hatte auch das Gefühl, dass er innerlich ein wenig zur Ruhe gekommen war, wenigstens teilweise abschließen konnte. Nach dem Dhaulagiri ist er nach Südamerika gefahren, wo es ihm gut gefallen hat. Auf einmal war vom Annapurna keine Rede mehr, und ich dachte, er hätte sich mit der Vergangenheit ausgesöhnt. Aber jetzt …«

Sie schluchzte auf.

»Jetzt glaube ich, dass er das alles von langer Hand geplant hat. Deshalb auch diese Gelassenheit – weil er wusste, dass er endlich in Angriff nehmen würde, was ihn so viele Jahre verfolgt hat. Er hat seinen Frieden damit geschlossen.« Wieder schluchzte sie. »Ich hätte es wissen müssen … Wie konnte ich nur so dumm sein und ihm die Geschichte von der Trekkingtour abkaufen!«

Natasha schwieg einige Augenblicke. Eine Frage drängte sich ihr auf, aber sie bezweifelte, dass sie die Antwort hören wollte.

»Wie meinst du das – er hat seinen Frieden damit geschlossen? Glaubst du, er … will dort aus dem Leben scheiden?«

Eine drückende, beklemmende Stille trat ein. Natasha konnte hören, wie Anya um Fassung rang.

»Sprichst du von Selbstmord? Nein, das nicht. Aber ich glaube, er ist bereit zu sterben. Er denkt vermutlich, er hat nicht mehr viel, wofür es sich zu leben lohnt … Ich vermute, er rechnet nicht damit, dass er wieder zurückkommt.«

Natasha ließ den Kopf auf das Sofapolster fallen. Tränen strömten ihr übers Gesicht. Tom hatte geglaubt, dass er nicht geliebt wurde. Das war unerträglich. Hätte er doch gewusst, dass er nachts in ihren Träumen auftauchte, dass sich sein Name für immer in ihr Herz eingebrannt hatte …

Vereint in ihrem Kummer, schwiegen sie beide.

»Er wollte mich in Wien besuchen«, murmelte Anya schließlich mit erstickter Stimme. »Sein Flug ging von

Buenos Aires über Paris. Dort hat er einen Zwischenstopp eingelegt und ist hierhergeflogen, nur um mich zu sehen. Mir kam dieser Umweg meinetwegen ein bisschen merkwürdig vor, aber ich habe mich so auf das Wiedersehen gefreut und deshalb nicht weiter darüber nachgedacht. Aber dann mussten wir zu meiner Schwiegermutter, weil sie gestürzt ist, und ich habe Tom verpasst. Also ist er ganz umsonst hergekommen. Er war enttäuscht, hat es aber mit Fassung getragen. Ich habe ihn gedrängt, doch noch eine Nacht zu bleiben. Dann würde er seinen Anschluss verpassen, hat er gemeint …«

Wieder schluchzte sie.

»Wäre ich doch nur da gewesen … Ich hätte ihm ganz bestimmt angesehen, was er vorhat. Ich hätte es in seinen Augen gesehen. Er hat mir nie etwas vormachen können, er konnte mich nicht einmal dann anlügen, wenn die Wahrheit wehgetan hat. Ich hätte ihn davon abgehalten, in den Flieger zu steigen.« Sie verstummte und fuhr dann leise fort: »Ich hab gestern Abend gleich gemerkt, dass etwas nicht stimmt.«

Natashas Herz setzte einen Schlag aus. »Inwiefern nicht stimmt?«

»Er hat sich irgendwie anders angehört, müde natürlich, aber auch … angespannt. Als ob er Vorkehrungen treffen, sich verabschieden wolle. Er habe mir einen Brief geschrieben, hat er gesagt und erklärt, wo ich ihn finden würde, falls ihm etwas zustoßen sollte.« Anya weinte jetzt so heftig, dass Natasha Mühe hatte, sie zu verstehen. »Als hätte er gewusst, dass etwas Schlimmes passieren würde. Wie eine Vorahnung … Und dann habe ich … habe ich die Lawine gehört …«

Natasha riss sich das Telefon vom Ohr. Doch das Bild hatte sich bereits in ihrem Kopf, in ihrem Körper festgesetzt.

»Ich habe seinen Namen gebrüllt, aber dieses Donnern und Krachen … Es hat sich so furchtbar angehört, dass ich das Telefon fallen ließ. Als Tom nicht mehr reagiert hat, habe ich die Nepal Mountaineering Association in Kathmandu angerufen, damit sie das Annapurna Rescue Center verständigen und ein Rettungsteam losgeschickt wird. Er hat gesagt, sie seien in Camp IV, so haben sie wenigstens einen Anhaltspunkt für die Suche. Sobald es hell ist, kann auch der Hubschrauber starten, nur landen kann er so weit oben nicht, weil die Luft zu dünn ist.«

»Verstehe.« Natasha atmete tief ein und versuchte, sich auf das Lawinenunglück zu konzentrieren. Tom war nicht damit geholfen, dass sie vor Kummer zerflossen. Sie mussten überlegen, was sie tun, wie sie ihm helfen konnten. Ein Rettungsteam war unterwegs, und noch wussten sie nicht mit Sicherheit, dass er ums Leben gekommen war. Viele waren von Lawinen verschüttet und lebend geborgen worden. »Das ist gut«, stieß sie gepresst hervor. »Zum Glück hat er angerufen. Sonst wüssten wir gar nicht, wo genau auf dem Berg er sich aufgehalten hat.«

Anya stöhnte auf. »Wir wüssten nicht einmal, dass er sich *auf* dem Berg aufgehalten hat. Das hätten wir frühestens in ein paar Wochen oder gar Monaten erfahren, wenn sein Vater und ich seine Briefe bekommen hätten. *Falls* wir sie bekommen hätten.«

Natasha schloss die Augen. Wahrscheinlich hätte sie es nie erfahren. Sie hätte weiter Mails geschrieben und in den Äther gejagt.

»Wie lange wird das Rettungsteam bis zu Camp IV brauchen?«

»Vom Basislager aus? Schwer zu sagen. Das sind über zweitausend Höhenmeter, das heißt, das größte Problem ist die Akklimatisierung. Eine akute Höhenkrankheit ist lebensbedrohlich.«

Das galt anscheinend für alles dort oben. »Kann ich irgendetwas tun?«

»Nein, wir können nicht das Geringste tun. Ich werde ihn weiterhin auf dem Satellitentelefon anrufen – hoffentlich hält der Akku lange. Der GPS-Tracker wird dem Rettungsteam helfen, sie zu orten.«

Würden sie dann schon nach Leichen suchen?

»Gut. Das ist … gut.« Natasha biss sich auf die Lippe und wünschte verzweifelt, sie könnte mehr tun, als untätig herumzusitzen und zu warten. Wieder massierte sie sich die Schläfen. Die Kopfschmerzen schienen sich festsetzen zu wollen. »Hast du überhaupt geschlafen? Du hörst dich total erledigt an.«

»Nein, ich hab das Telefon nicht aus der Hand gelegt.«

In Wien war es jetzt halb drei Uhr morgens.

»Soll ich dich für ein paar Stunden ablösen? Dann kannst du ein wenig schlafen.«

»Das kann ich nicht von dir verlangen.«

»Wieso nicht? Wir lieben ihn beide«, erwiderte Natasha schlicht und aufrichtig.

Anya zögerte nur kurz. Sie wussten beide, dass sie keine Rivalinnen waren.

»Also gut. In Ordnung. Wir werden einen langen Atem brauchen und müssen uns unsere Kräfte einteilen.«

»Genau. Deshalb werde ich dich jetzt ablösen. Bei dir ist es jetzt halb drei, richtig? Ich übernehme bis halb sieben deiner Zeit, einverstanden? Dann bist du wieder dran.«

»Bist du sicher?«

»Hundertprozentig. Wir machen Vier-Stunden-Schichten.«

»Okay, dann schicke ich dir die Telefonnummer und die Kontaktdaten der Einsatzleitung der Bergrettung. Gib ihnen sofort Bescheid, wenn du Duffy erreichen solltest. Er wird höchstwahrscheinlich verletzt oder unterkühlt sein, möglicherweise hat er einen Schock erlitten. Verlier keine Zeit damit, irgendwelche Erinnerungen auszugraben, er soll dir so viele Anhaltspunkte wie möglich geben – nur für den Fall, dass die Verbindung abbricht. Das erleichtert die Suche. So hilfst du ihm am meisten, okay?«

»Okay.« Natasha konnte sich nicht vorstellen, wie es sein würde, seine Stimme wieder zu hören. Es war lange her seit dem letzten Mal, im Lagerraum der Kletterhalle, als er ihr zärtliche Worte ins Ohr geflüstert hatte.

»Und keine Panik, wenn die Verbindung unterbrochen wird. Das liegt daran, dass sich der Satellit auf seiner Umlaufbahn weiterbewegt. Manchmal dauert es ein Weilchen, bis die Signale wieder empfangen werden. Man gewöhnt sich daran.«

»Alles klar.« Natasha nagte an ihrer Unterlippe. »Ich würde dich gern etwas fragen, Anya.«

»Schieß los.«

»Das mag zum jetzigen Zeitpunkt eine komische Frage sein, aber … warum hat Tom Moolah mitgenommen? Sogar ich weiß, dass das Gewicht bei der Besteigung eines der höchsten Berge der Welt eine entscheidende Rolle spielt. Da kommt es auf jedes Gramm an. Warum also ein Plüschtier mitschleppen?«

Anya stieß einen langgezogenen Seufzer aus. »Wir haben per Video telefoniert, als er es gefunden hat. Er hat gesagt, das sei ein Zeichen.«

»Ein Zeichen?«

»Ja. Lottie hat wohl als kleines Mädchen so ein Stofftier gehabt und es überallhin mitgenommen. Moodle. Er war total glücklich über seinen Fund, hat sich gefreut wie ein kleiner Junge. Das werde sein Talisman sein, hat er gemeint. Wenn Lottie selbst nicht dabei sein könne, dann wenigstens das Plüschtier.«

Und dann hatte er sich aufgemacht, den Berg zu besteigen, an dem sie umgekommen war, ebenso wie ihre Mutter.

Natasha sah ihn wieder vor sich in dieser Küche damals – so zielstrebig, so charismatisch, so weitsichtig. Als hätte er sich seine eigene Zukunft vorausgesagt: *Tu heute, was zu tun ist, wer weiß, ob morgen nicht der Tod anklopft.*

31. Kapitel

Annapurna Camp VI, Samstag, 17. Dezember

War es Mittagszeit? Die Sonne schien ihren Höchststand erreicht zu haben. Duffy lehnte an der Felswand, ein Bein ausgestreckt, das andere angewinkelt in der Prusikschlinge. Noch einmal am Seil hochziehen, dann sollte Camp VI in Sichtweite sein. Mit letzter, von einem Schrei begleiteter Anstrengung hievte er sich über die Felskante und blieb auf dem Bauch liegen wie ein aus dem Wasser gezogener Aal. Die Erschöpfung hatte er längst hinter sich gelassen – sie war einem überwältigenden Taubheitsgefühl gewichen. Er funktionierte einfach.

Einige Augenblicke blieb er keuchend liegen, dann versuchte er, sich auf Hände und Knie zu stemmen. Aufzustehen traute er sich nicht.

»Hallo?«, krächzte er und hob schnaufend den Kopf.

Er konnte das orangerote Zelt der Schweizer Alpinisten sehen. Sie hatten es auf einem kleinen, an die Felswand angrenzenden Plateau aufgeschlagen – ein kärgliches Zuhause in dieser feindseligen Umgebung, aber Duffy hatte nie etwas Schöneres gesehen. Hier erwarteten ihn Sicherheit, eine Atempause, eine Verbindung zum Rest der Welt. Er mobilisierte seine letzten Kraftreserven, rappelte sich auf und stolperte auf das Zelt zu.

»Hey«, rief er schwach. »Hey!«

Er klopfte mit der behandschuhten flachen Hand auf das Nylongewebe, wischte unbeholfen mit dem Ärmel darüber.

»Jemand … zu Hause?«

Keine Antwort. Schliefen sie etwa? Er zog den Reißverschluss herunter, spähte ins Innere und sah die zusammengerollten Schlafsäcke, die Backpacks in der Ecke.

»Fuck!«, flüsterte er.

Er streifte einen Handschuh ab und berührte den kleinen Topf auf dem Dreibein – er war kalt. Offenbar war er seit Stunden nicht benutzt worden.

»Nein …«

Duffy fiel auf die Knie, zog die Rucksäcke heran und durchwühlte sie. Das verstieß gegen den Bergsteigerkodex, aber er hatte keine Wahl. Ein Menschenleben stand auf dem Spiel. Wenn er keine Hilfe anfordern konnte, würde Sanani hier oben sterben. Aus eigener Kraft würde sein Freund nicht absteigen können, und er allein würde es nicht schaffen, ihn abzuseilen. Er brauchte Unterstützung, also musste er das Telefon finden. Wo war es? Wo waren die beiden Schweizer?

Aber Duffy wusste es bereits. Die Stille, die ihn empfangen hatte, als er über die Felskante geklettert war, hatte es ihm mitgeteilt. Der klare Himmel hinter ihm und die relative Windstille hatten es ihm erzählt.

Er war zu spät gekommen. Die beiden nutzten die günstigen Bedingungen, um den Gipfel zu besteigen.

*

Der Wählton des auf laut gestellten Telefons schallte durch die Küche. Es klingelte neunundzwanzigmal. Natasha, die befürchtete, das ständige Klingelnlassen könnte den Akku schnell leerorgeln, wartete jeweils sechs Minuten und wählte dann erneut. Zehn Minuten kamen ihr zu lang vor, fünf zu kurz.

Sie und Anya hatten je eine Vier-Stunden-Schicht hinter sich. Jetzt war Natasha wieder an der Reihe, und sie war froh über die Beschäftigung, die sie ablenkte.

Helena hatte Mabel das Frühstück gemacht und war dann mit ihr schaukeln gegangen, damit Natasha sich hinlegen und schlafen konnte, aber sie war ungefähr alle vierzig Minuten hochgeschreckt und jetzt nicht ausgeruhter, als wenn sie überhaupt nicht geschlafen hätte.

Sie brühte sich noch einen Kaffee auf und setzte sich wieder an ihren Laptop. Als das Telefon neben ihr auf der Kücheninsel die Verbindung wieder aufbaute, hatte sie Toms Familie bereits eine Stunde lang gegoogelt. Sie hatte Fotos seiner Mutter und seiner Schwester aufgerufen. Obwohl sie natürlich keine eineiigen Zwillinge waren, war Lottie eindeutig die weibliche Version von Tom – strahlend und selbstbewusst, energiegeladen und intelligent.

Natasha hatte Interviews gelesen, die Steph nach den Besteigungen des Lhotse, des Everest und des K2 gegeben hatte. Für ihre Solo-Expedition auf den Nanga Parbat war sie sogar mit dem Piolet d'Or – der bedeutendsten Auszeichnung im Bergsport – geehrt worden. Sie sprühte förmlich vor Vitalität und wirkte auf eigenartige Weise lebendiger als alle anderen um sie herum.

Er habe jemanden verloren, hatte Tom ihr damals

erzählt, aber nicht erwähnt, um wen es sich dabei handelte. Eine Mutter wie Steph zu verlieren … Natasha konnte sich nicht einmal ansatzweise vorstellen, was das für ihn und Lottie bedeutet haben musste. Und so hatten alle beide versucht, ihr nahe zu sein, indem sie ihr nacheiferten. Indem sie auf die Gipfel kletterten, die ihre Mutter erklommen hatte.

Einträge unter Toms Namen gab es nur wenige. In einigen Zeitungsarchiven hatte Natasha Fotos der vielleicht sieben- oder achtjährigen Zwillinge mit Klettergurten und Seilen gefunden, die aus der Zeit stammten, als Steph sich auf die Besteigung des Lhotse vorbereitet hatte. In diversen Bergsteiger-Blogs wurde Toms Namen ebenfalls erwähnt, doch es schien, als habe er den Hinweis auf seine berühmte Mutter bewusst vermieden. Weil der Druck dann zu groß geworden wäre? Oder weil er fand, sein Schmerz sei Privatsache? Ihr hatte er es ja auch verschwiegen …

Obwohl er behauptet hatte, es bestehe eine seelische Verbundenheit zwischen ihnen, gab es so vieles, was sie nicht voneinander wussten. Ihre Lebensgeschichte, Beweggründe, Ziele, Ängste … Die Zeit war nicht ihr Verbündeter gewesen. Andererseits hatte sie fast fünf Jahre an Robs Seite verbracht und trotzdem nicht einmal seinen richtigen Namen gekannt.

Es war schier unvorstellbar, dass ihr Leben mit ihm ein so abruptes, brutales Ende gefunden und er erst gestern Abend das Haus verlassen hatte. Seine Sachen hingen noch im Kleiderschrank, sein Gesicht lächelte ihr von den Familienfotos entgegen, seine Laufschuhe standen an der Hintertür …

Es war die schlimmste, die längste Nacht ihres Lebens gewesen, aber noch war der Albtraum nicht vorüber. Hier war es jetzt kurz nach elf Uhr morgens, im Himalaja dagegen fünf Uhr abends. Eine weitere Nacht brach an.

Das Telefon beendete die Verbindung, und Natasha drückte erneut auf die Timertaste für die Wahlwiederholung. Sechs Minuten bis zum nächsten Versuch …

*

Duffy bewegte sich im Zeitlupentempo; die rasenden Kopfschmerzen machten rasche Bewegungen unmöglich. Es war nicht mehr weit bis zum Gipfel, aber der Neuschnee, den der Sturm letzte Nacht gebracht hatte, reichte ihm bis zu den Oberschenkeln und erschwerte das Vorwärtskommen.

Er hatte die Achttausendermarke überschritten und befand sich jetzt in der sogenannten Todeszone. Die gespenstisch dünne Luft jagte und wirbelte um ihn herum und saugte ihn aus. Seine Lunge war nicht imstande, sich zu füllen, sein Herz schlug viel zu schnell und zu heftig. Schillernde Kreise tanzten ihm vor den Augen, und seine Finger brannten immer noch vor Kälte, weil er die Handschuhe hatte ausziehen müssen, um die Trittschlingen zu knoten. Auf molekularer Ebene begann sein Körper bereits abzusterben.

Sobald er den Gipfel erreicht hätte, würde er sofort wieder absteigen müssen. Hier oben konnte man nur einige wenige Stunden ohne künstlichen Sauerstoff überleben. Die meisten würden es nicht einmal bis hierher schaffen, aber seine Mutter hatte den Aufstieg ohne Sauerstoffzufuhr bewältigt und Lottie ebenfalls, deshalb war er gar nicht auf die Idee gekommen, Sauerstoffflaschen mitzunehmen. Er wollte es so durchziehen, wie die beiden es geplant hatten. Er tat es für sie und brachte zu Ende, was sie begonnen hatten.

Aber so – so schnell, viel zu schnell – hätte es nicht sein dürfen. Auf der Suche nach zwei Fremden mit einem Telefon auf einem der höchsten Berge der Welt.

Er ließ seinen Blick über die lebensfeindliche Umgebung schweifen und hoffte, irgendwo die Schweizer zu entdecken. Streckenweise konnte er ihren Spuren folgen, aber der unablässige Wind verwischte sie, deckte sie zu. Duffy tröstete sich mit der Gewissheit, dass er die beiden hier oben unmöglich verfehlen konnte. Es gab nur eine einzige Route zum Gipfel. Entweder sie genossen die Aussicht von dort oben, oder sie befanden sich schon wieder auf dem Rückweg. Er würde sie jeden Augenblick erspähen und könnte Alarm schlagen … Es konnte sich nur noch um Minuten handeln.

Flüchtig streifte ihn der Gedanke, dass es eigentlich ziemlich spät war, um sich noch auf dem Gipfel aufzuhalten. Die meisten Bergsteiger machten sich in aller Frühe, oft noch bei Nacht, an den Aufstieg, damit sie den Sonnenaufgang von dort oben bewundern konnten. Außerdem tauten Schnee und Eis durch die Sonneneinstrahlung, wurden nass und schwer. Die Schweizer hätten schon längst wieder unten sein müssen, aber es gab zahllose mögliche Gründe für die Verzögerung: Probleme mit den Seilen oder bei der Akklimatisierung, ein Ausrutschen oder ein Sturz …

Duffy hielt einen Moment inne, um seinen alten Freund anzufunken.

»Sanani, kannst du mich hören? Over«, keuchte er, schwer auf seinen Eispickel gestützt.

Es dauerte fast eine Minute, bis der Sherpa sich meldete.

»Hier … Sanani … Over.« Seine Stimme war schwach, sein Atem ging rasselnd.

»Alles in Ordnung, Kumpel?«, fragte Duffy besorgt.

»Alles … gut … hier. Over«, antwortete Sanani kraftlos.

»Okay, das ist gut … Hab Camp VI gleich erreicht«, log Duffy. Warum sollte er ihn unnötig beunruhigen? »Halt durch, mein Freund … Bald trifft Hilfe ein … Halt durch, okay?«

Eine lange, von statischem Rauschen erfüllte Pause trat ein. Fast zweitausend Höhenmeter trennten sie jetzt – sie hätten sich genauso gut auf zwei verschiedenen Bergen befinden können. Sogar die Wetterbedingungen hier oben waren andere als weiter unten: Während hier Temperaturen von weit unter minus dreißig Grad herrschten, war es bei Sanani mindestens zehn entscheidende Grad wärmer.

»Werde … durchhalten … Over and … out.«

Die Angst jagte ihm einen eisigen Schauer über den Rücken, als er das Funkgerät wieder in der Jackentasche verstaute. Wenn er nun zu spät kam und seinen Freund nicht mehr retten konnte? Sein Geist war willig, aber das Fleisch unendlich schwach.

Oder was, wenn die Schweizer gar kein Satellitentelefon bei sich trugen? Nicht alle Alpinisten benutzten eins, weil sie solche Hilfsmittel ablehnten – sie wollten der ursprünglichen Kletterei treu bleiben.

Duffy zwang sich durch schiere Willenskraft weiter. Linker Fuß … rechter Fuß … linker Fuß …

Er erinnerte sich an seinen gemütlichen, beinah mühelosen Trek durch die Ausläufer des Gebirgsmassivs. Daran, wie er durch dichte Wälder marschiert und über Hängebrücken gehüpft war, als befände er sich auf einem Spielplatz. Wie er mit neuen Freunden Bier getrunken und Gras geraucht hatte, wie er für eine Nacht den Trost von Sex mit einer Unbekannten genossen hatte. Alles war so kinderleicht gewesen in jener »anderen Welt«, wo man einen tiefen, satten Atemzug für selbstverständlich nahm, wo Körper warm und sinnlich waren, nicht spröde, steif und eiskalt.

Er bemerkte etwas, was in der am Abendhimmel kurz zwischen den aufziehenden Wolken hervortretenden Sonne glitzerte, und blieb stehen. Was war das?

Er griff nach dem kleinen Fernglas, das an seinem Hals baumelte, schaffte es aber nicht, das Fokussierrad mit seinen behandschuhten Fingern zu drehen. Die Handschuhe ein weiteres Mal auszuziehen war zu riskant, also versuchte er, schneller zu gehen, aber auch das funktionierte nicht. Ihm blieb nichts anderes übrig, als einen Schritt nach dem anderen zu machen. Mehr war im Moment nicht drin.

Duffy konnte nur schätzen, wie lange er bis zu der Stelle unterwegs gewesen war. Vierzig Minuten? Schwer zu sagen. Die Sonne war jedenfalls inzwischen von immer dicker werdendem Dunst verschluckt worden. Alles wirkte dumpf und kontrastarm und machte es fast unmöglich, die Position der Lichtquelle am Himmel genau zu bestimmen. Auch die Konturen der Zeit verschwammen. Es gab keine Orientierungspunkte mehr, und Duffy hatte das Gefühl, als wäre seine ganze Welt auf das kleine grellweiße Stück Schnee unmittelbar vor ihm zusammengeschrumpft.

Er hielt abrupt inne und starrte das Ding an, das er ein paar hundert Meter weiter hinten hatte funkeln sehen. Es war ein Eispickel, der auf der anderen Seite einer klaffenden Spalte steckte, die den Schnee wie eine Narbe durchzog. Beim Anblick des zu spät ins Eis geschlagenen Pickels raste Angst durch Duffys Adern. Die beiden Schweizer waren in die Spalte gestürzt. Das konnte ebenso gut sechs Stunden wie sechs Minuten her sein, aber der Tod schien ganz nahe zu sein, als surfte er auf dem Wind.

»Nein!«

Mit einem Aufschrei der Verzweiflung ließ er sich fallen und robbte auf dem Bauch Zentimeter für Zentimeter weiter. Wo eine Gletscherspalte war, waren oft noch andere. Er ließ den Blick prüfend über den Schnee wandern. Sackte er irgendwo ein ganz klein wenig ab? Hatte er irgendwo einen anderen Schimmer, eine andere Beschaffenheit? Aber das fahle Licht war gegen ihn – so wie die grelle Mittagssonne gegen die Schweizer gewesen sein musste.

Duffy kroch mit äußerster Vorsicht weiter, während er auf das Knirschen und Ächzen des Schnees horchte. Möglicherweise erstreckte sich die Gletscherspalte direkt unter ihm, und er würde es erst merken, wenn er in die Tiefe stürzte.

»Hallo?«

Er wollte rufen, brachte aber nur ein leises Krächzen zustande. Er hätte nicht einmal mehr die Kerzen auf der Geburtstagstorte eines Kleinkinds ausblasen können. Unendlich behutsam bewegte er sich bis zum Rand der Spalte und spähte hinein.

Nacktes Entsetzen packte ihn beim Anblick des bodenlosen Abgrunds. Blaues Eis in gezackten, geriffelten Schichten, so weit das Auge reichte. Wer hier hineinfiel, würde das Gefühl haben, bis zum Mittelpunkt der Erde zu stürzen.

Er nahm seine ganze Kraft zusammen.

»Hallo?«, brüllte er.

Das Echo trug seine Stimme an einen Ort hinunter, an dem nie ein Mensch existiert hatte oder je existieren könnte.

»Ist dort unten jemand?«

Nichts als Stille stieg zu ihm auf. Die Schweizer Bergsteiger waren tot – und damit starb auch seine einzige Hoffnung auf Rettung für Sanani.

Duffy riss seinen Blick von der Eisspalte los, rollte sich auf den Rücken und stieß einen lautlosen, gequälten Schrei aus. Es war alles umsonst gewesen. Er war Geistern nachgejagt. Er hätte über den Ice Ridge absteigen und zum Basislager zurückkehren sollen. Neunzehn Stunden Kletterei, ein kräfteraubender, viel zu schneller Aufstieg in zu große Höhen für nichts und wieder nichts!

Wie sollte er Sanani erklären, dass keine Hilfe kommen würde? Jetzt konnte ihn nichts mehr retten. Der Tod würde seine knochigen schwarzen Finger nach ihm ausstrecken.

Er war sich nicht einmal sicher, ob er sich selbst würde retten können. Er musste zu Camp VI absteigen, wo er im Zelt der Schweizer den nächsten Sturm abwarten konnte, der sich bereits ankündigte. Außerdem wäre er dort knapp unterhalb der Todeszone, was das Atmen deutlich erleichtern würde. Boningtons Expedition hatte 1970 zwei Monate für den ersten erfolgreichen Aufstieg auf dieser Route gebraucht, aber nur einen einzigen Tag für den Abstieg.

Absteigen. Das war es, was er tun musste. Das sah der neue Plan vor. Doch als er keuchend im Schnee lag und der Wind an ihm zerrte, verspürte er das überwältigende Bedürfnis, das hier zu Ende zu bringen.

Er drehte den Kopf. Obwohl er flach auf dem Rücken lag, konnte er den etwa hundertfünfzig Meter entfernten Gipfel sehen. Feine Schneeschleier stoben himmelwärts, sodass es aussah, als würde der Berg rauchen.

Duffy drehte den Kopf wieder weg.

Er musste zu Camp VI absteigen, sonst würde er den Berg nicht lebend verlassen. Die beiden Schweizer waren tot, Sanani würde sterben – drei der vier Männer auf ihrer steinernen Flanke waren der Göttin der Fülle bereits zum Opfer gefallen. Würde er selbst der Nächste sein?

Bis zum Sonnenuntergang war es nicht mehr lange. Der Wind würde auffrischen, und er konnte es sich nicht leisten, an dieser exponierten Stelle von einem Sturm überrascht zu werden. Er musste schnellstmöglich absteigen.

Er rollte sich auf den Bauch und richtete sich vorsichtig auf. Er schwankte im Wind, der ihn attackierte und nach ihm schnappte. Von Norden zogen Wolken heran. Duffy konnte seine Mutter lachen und seine Schwester frotzeln hören. Endlich konnte er sie wahrnehmen, sie spüren! Sie waren Teil des Winds, Teil des Bergs geworden.

Doch hier, so weit oben, hatten sie nie gestanden.

Als er wieder zum Gipfel hinaufschaute, war er sich der Tragweite seiner Entscheidung bewusst. Es ging um Leben oder Tod.

Überleben ist der Triumph, hatte Sanani gesagt.

Stimmte das? Aber was hatte er, wofür es sich zu leben lohnte? War nicht der Sieg der Triumph? Der Sieg über den Berg, den er für seine Mutter, seine Schwester erringen wollte? Er war so weit gekommen. Sollte es jetzt wirklich hier zu Ende sein?

Duffy machte einen Schritt bergauf.

Warum?, konnte er die Stimme seines Vaters in seinem Kopf fragen hören.

Weil er da ist!, lautete die vom Wind herangetragene Antwort seiner Mutter und seiner Schwester.

Er war da, der Gipfel, fast zum Greifen nah.

*

Mabel saß auf dem Fußboden und puzzelte, während Natasha vor ihrer Staffelei stand und auf die Leinwand starrte. Sie beschäftigte sich, so gut sie konnte, aber ihre Gedanken schweiften immer wieder ab. Sie konnte sich vor Müdigkeit kaum auf den Beinen halten, und doch schlief sie so unruhig, dass der Schlaf keine Erholung brachte.

Das Telefon lag auf dem Schreibtisch hinter ihr. Es wählte immer noch automatisch alle sechs Minuten. Im Hintergrund liefen Cartoons im Fernseher. Es war ein kalter Tag, und im Kamin brannte seit dem Morgen ein Feuer. Bella, die Pfoten noch schmutzig vom Über-die-Felder-Rennen, hatte sich davor niedergelassen und schlief. Aus der Küche drang immer mal wieder lautes Geschepper, meist gefolgt von einem derben Schimpfwort. Helena kochte – das verhieß nichts Gutes.

Für den zufälligen Betrachter wäre es eine ganz normale häusliche Szene gewesen. Aber hinter der Fassade des scheinbar Alltäglichen, einem fürsorglichen Ehemann zum Beispiel, verbargen sich oft die schlimmsten Albträume.

Das Telefon hatte sich ausgeschaltet, und Natasha drückte den Timer für die Wahlwiederholung. Als der Wählton aus dem Hörer schallte, wandte sie sich wieder dem Porträt von Artemis zu. Innerhalb von drei Stunden hatte sie das geschafft, wofür sie normalerweise eine Stunde brauchte. Sie hob den Pinsel und konzentrierte sich auf das Tüpfeln der Hinterhand. Den pastosen Farbauftrag im Hintergrund würde sie weitgehend so belassen.

Sie registrierte erst nach einem Augenblick, dass der Wählton verstummt war.

Hastig riss sie das Telefon an sich.

»Tom?«

Eine lange Pause. Die Zeitverzögerung, von der Anya gesprochen hatte?

»Nein«, röchelte schließlich jemand so leise, dass sie es fast nicht verstehen konnte.

»Tom? Bist du das?«

Eine weitere Pause. »Nicht … mehr da.«

Nicht mehr da? Was hatte das zu bedeuten? Der Mann hörte sich mehr tot als lebendig an.

»Wer … wer ist da?«, rief sie und hielt krampfhaft die Tränen zurück. Wollte er damit sagen, dass Tom tot war?

»Sanani … Sherpa.«

Ein Sherpa? »Wo sind Sie?«

»Camp … IV.«

»Camp IV am Annapurna?« Tom sei in Camp IV gewesen, als sie mit ihm telefoniert habe, hatte Anya erzählt.

»Ja …«

Natasha versuchte angestrengt, sich zu sammeln. Was hatte Anya ihr eingeschärft?

»Okay, hören Sie, Hilfe ist unterwegs. Ein Rettungsteam steigt vom Basislager auf. Sie sollten bald da sein.«

»In … Ordnung«, sagte der Mann gequält. Er schien jedes Wort mühsam hervorzupressen.

»Sind Sie verletzt?«

»Ja … Brust gebrochen.«

Natasha verzog schmerzlich das Gesicht. »Sie haben das Telefon jetzt erst gehört?«

Sie und Anya wählten es abwechselnd seit zweiundzwanzig Stunden an.

»War … in Tasche … unter Schnee.«

Natasha begriff. Mit einem Brustbeinbruch konnte er seine Arme nur eingeschränkt bewegen. Und das Telefon ganz allein aus dem Schnee auszugraben musste mörderische Schmerzen bereitet haben.

Nicht mehr da. Sie schloss die Augen und wappnete sich innerlich, bevor sie die nächste Frage stellte.

»Sie haben gesagt, Tom sei nicht mehr da – was meinen Sie damit? Wo ist er jetzt?«

Sie hielt den Atem an, während sie auf das eine Wort wartete, das sie in abgrundtiefe Verzweiflung stürzen würde.

»Oben …«

Sie machte die Augen wieder auf. »Oben?«

»Hilfe … holen …«

Tom lebte? Sie lachte erleichtert auf. Er lebte! Er war nicht tot! Aber in der nächsten Sekunde erstarb ihr Lachen. Noch weiter hinaufzuklettern war doch, wie in ein brennendes Haus zu laufen!

Plötzlich waren im Hintergrund undefinierbare Geräusche zu hören.

»Was ist das?«, fragte sie, als die Geräusche näher kamen und lauter wurden.

Sie bekam keine Antwort, aber jetzt konnte sie deutlich aufgeregte Stimmen hören, die in einer ihr unbekannten Sprache redeten.

»Hallo? Sanani? Sind Sie noch da?«

Auch dieses Mal bekam sie keine Antwort. Sie hörte Reißverschlüsse, die auf- oder zugezogen wurden, Rufe, hektische Stimmen, einen gedämpften Aufschrei.

»Hallo? Kann mich jemand hören?«, schrie Natasha ins Telefon.

Der tumultartige Lärm schwoll an. Fast hörte es sich wie ein Überfall an, aber das mussten die Bergretter sein. Natasha hoffte inständig, dass sie es waren.

»Hallo?«, rief sie abermals.

Ein Rascheln und ein statisches Rauschen, dann meldete sich eine jüngere, kräftige, frische Stimme:

»*Namaste, yo ko ho?*«

»Hallo? Sprechen Sie Englisch?«

»Ja. Wer ist da?«

»Ich …« Was spielte es für eine Rolle, wer sie war? »Meine Freundin hat mit Tom Duffy telefoniert, als die Lawine abging. Sie war es, die Sie verständigt hat.«

»Tom Duffy? Er ist nicht da.«

»Nein, er ist offenbar weiter oben. Um Hilfe zu holen.«

»Camp V?«

»Weiß ich nicht, tut mir leid. Ich weiß nur, dass er weiter hinaufgeklettert ist.«

»Ist er verletzt?«

»Weiß ich auch nicht.«

Noch mehr Krach und Stimmengewirr.

Natasha versuchte, sich die Szene vorzustellen – die Bergung von Alpinisten nach einem Lawinenunglück im Himalaja –, aber sie sah nur eine gewaltige Masse von Geröll und Schnee und Eis und Tom irgendwo mittendrin.

Eine Stimme im Hintergrund sagte etwas, was eine Diskussion auslöste. Dann fragte der Mann, der mit ihr gesprochen hatte: »Sie Ehefrau?«

»Was?« Die Frage überrumpelte sie.

»Sie Frau von Tom Duffy?«

Sie dachte blitzschnell nach. Sie würde mehr erfahren, wenn sie sich als seine Frau ausgab.

»Ja«, antwortete sie. »Ich bin seine Frau.«

»Moment …«

*

Das Schneeloch, das Duffy sich gegraben hatte, war zu flach und bot nur unzureichend Schutz gegen den Sturm, aber mehr hatte er in der Eile nicht geschafft. Seine bleiernen Glieder gehorchten ihm nicht mehr; seine Koordinationsfähigkeit hatte sich weitgehend verabschiedet, genau wie seine Kraft. Zusammengerollt saß er da und schaute zum Nachthimmel hinauf, wo der sichelförmige Mond an einer Schnur zu baumeln schien. Es waren noch einige Tage bis Neumond, wenn er der Welt scheinbar den Rücken zukehrte und sich eine Nacht lang gelassen zurückzog.

Duffy hatte das Gefühl, als würde alles in Zeitlupe geschehen – das Augenblinzeln, das Atmen. Die Kopfschmerzen hatten sich nicht gebessert, aber wenigstens konnte er jetzt, wo der Schnee nicht mehr in der Sonne gleißte und blendete, seine müden, trockenen Augen ausruhen.

Ich habe mich den Lebenden nie so fern und den Toten nie so nahe gefühlt. Der Satz der Bergsteiger-Legende Erhard Loretan kam Duffy wieder in den Sinn. Er hätte nicht treffender beschreiben können, was er empfand.

Plötzlich knisterte sein Funkgerät. Das Knacken und Rauschen übertönte sogar den Wind.

»Tom Duffy? Können Sie mich hören? Over.«

Trotz seines benebelten Zustands registrierte Duffy, dass das nicht die Stimme von Sanani war.

»Ich bin vom Annapurna Rescue Center. Wir sind in Camp IV bei Sanani Sherpa. Wo sind Sie? Over.«

Ein kleines Lächeln huschte über Duffys Gesicht. Anya. Natürlich. Er hätte es wissen müssen. Anya. Immer. So. Effizient.

»Tom Duffy, können Sie mich hören? Over.«

Quälend langsam bewegte er den Arm, zog das Funkgerät hervor und drückte auf den Knopf.

»Hier … Tom Duffy. Ich bin … ganz oben.«

Eine unheilvolle Pause trat ein. Er konnte das Entsetzen förmlich hören.

»Sie sind *auf dem Gipfel*?«

»Knapp unterhalb … Felswand …« Duffy fielen die Augen zu. Die Lebenskraft sickerte aus ihm heraus. Wäre sie sichtbar gewesen, so wie Blut, hätte man die Flecken im Schnee sehen können. So aber würde es den Anschein erwecken, als schliefe er, wenn man ihn fände.

»Sind Sie verletzt? Over.«

»Er-f-frierungen an Händen … Unter-k-kühlung … Kopfschmerzen … AMS.« Er seufzte matt.

Er wusste, was das bedeutete. Aber er würde nie erfahren, ob es sich um ein Lungen- oder ein Hirnödem handelte.

»Haben Sie ein Biwak?«

Sie wussten beide, dass ein Zelt in Gipfelhöhe einem Sturm nicht standhalten würde. Es würde mitsamt allem, was darin war – Menschen mit eingeschlossen –, weggeweht werden.

»Schneeloch …«

»Können Sie zu Camp VI absteigen?«

»Nein …«

»Sind Sie sicher?«

Er ließ die Augen geschlossen. Er hatte nicht mehr die Kraft, sie zu öffnen.

»Ja … Sanani … gebrochenes … Brustbein.«

»Wir kümmern uns bereits um ihn. Haben Sie Kortison?«

Er runzelte die Stirn. »Ja … aber …« Die Spritze hervorzukramen, sie sich zu setzen, kostete viel zu viel Kraft. »Nein …«

»Wenn Sie es haben, nehmen Sie es. Sie müssen zu Camp VI absteigen.«

»Nein.« Das Wort entschlüpfte ihm wie ein Wunsch. »Zu spät … für mich … ich … gehöre hierher …«

Eine lange Pause. Er konnte Stimmen hören, abgehackt und undeutlich, aber laut und erregt.

»Tom Duffy, Ihre Frau ist am Telefon.«

»Meine …?«

»Ich stelle sie durch … Augenblick …«

Er presste sich das Funkgerät ans Kinn. Der Sturm heulte und tobte und zerrte an ihm, als wollte er ihm seine Kleider, seine Haut herunterreißen …

»Tom?«

Ihre warme, weiche Stimme beschwor Bilder von Äpfeln und Rosen in ihm herauf. Vor seinem inneren Auge sah er einen Bauerngarten, er hörte Kinderlachen, das Gebell eines Hundes … Dinge aus einer anderen Welt, die ein Gefühl von Geborgenheit vermittelten. Sein Leben, sein Schicksal war ein anderes gewesen: Felsen und Eis, Schweiß und Schmerz. Und Einsamkeit.

»Anya …«

Wieder knisterte es in der Verbindung. Duffy blickte zum Himmel hinauf und fragte sich, wo sich der Satellit, der das Signal empfing und nach Wien weiterleitete, gerade befinden mochte.

»Nein, ich bin's. Natasha … Nats.«

Er schlug langsam die Augen auf und hob automatisch den Kopf. Ein Fehler. Der Sturm fuhr ihm so heftig ins Gesicht, dass er den Kopf sofort wieder sinken ließ.

Ihre Stimme bebte. Etwas machte ihr Angst.

»Tom … ich weiß, es ist lange her, und … wir hätten schon viel früher miteinander reden sollen, aber … aber ich möchte, dass du etwas für mich tust, okay?«

Halluzinierte er? War das der Anfang vom Ende? Starb sein Gehirn allmählich ab?

»Okay«, murmelte er. Er hätte wissen müssen, dass sein letzter Gedanke ihr gelten würde.

»Ich möchte, dass du zu Camp VI absteigst, hörst du? Du musst absteigen.«

»Ich … kann nicht …«

»Doch, du kannst«, entgegnete sie schnell und mit Bestimmtheit. »Du kannst, und du musst. Du musst absteigen!«

»Nein …«

»Doch. Du hast einmal zu mir gesagt, oben anzukommen sei optional, aber wieder runterzukommen, sei ein Muss. Erinnerst du dich?«

Er lächelte schwach. Er sah sie wieder vor sich in diesem grässlichen Kleid, die Wangen gerötet, der Blick misstrauisch, der Mund eine Einladung zum Küssen.

»Stimmt, das … das habe ich … gesagt … nicht wahr?«

»Du hast viele kluge Dinge zu mir gesagt, und ich hätte auf dich hören sollen … Aber jetzt musst du auf mich hören.«

Die Entschlossenheit in ihrer Stimme war ihm neu.

Sie schien reifer geworden zu sein. Ja, natürlich – sie war Ehefrau und Mutter.

»Sie haben mir gesagt, dass du dort oben bleiben willst, aber das geht auf gar keinen Fall, hörst du? Du musst absteigen!«

Er schwieg. Dann dämmerte es ihm.

»Wegen Moolah … Mabel …«

»Nein, Mabel braucht Moolah nicht. Sie braucht *dich*. Wir beide brauchen dich!«

Er verstand nicht, was sie damit sagen wollte.

»Mich?«

Ein Knacken und Knistern und dann ein Schluchzer.

»Sie ist von dir, Tom. Mabel ist von dir …«

Seine Kopfschmerzen explodierten. Der Druck ließ schlagartig nach, verwandelte sich in farbiges Konfetti und tanzende Sternchen.

»Bitte, Tom … bitte lass uns nicht allein!« Für eine Sekunde versagte ihr die Stimme. »Steh auf und komm herunter!«

Sein Gehirn sprang wieder an, die Synapsen setzten sich vehement gegen die wie ein Betäubungsmittel wirkende Eiseskälte zur Wehr.

»Mabel …?« Er verstand die Bedeutung ihrer Worte immer noch nicht.

»Ja! Du musst sie unbedingt kennenlernen … Ich werde dir alles erklären. Sie liebt dich jetzt schon, weißt du?«

Weinte sie? Ihre Stimme klang so anders.

»Aber … ich … kann mich nicht … bewegen.« Ein frustrierter Unterton schwang in seiner Stimme mit, er hörte es selbst. Es war zu spät. Es war für alles zu spät.

Wie immer. Er spürte bereits, wie er in die Tiefe gezogen wurde.

»Weißt du noch, dass ich das Gleiche zu dir gesagt habe? Und wie du mir geholfen hast?«

Emotionen entfalteten sich in ihm wie Knospen im Frühling nach der Winterruhe. Er erinnerte sich genau, wie sie vor ihm gestanden hatte – wie ihre Haare geduftet, ihre Hände an seinem Hals sich angefühlt, ihr warmer Atem ihn gestreift hatte …

»Mach die Augen zu. Sag mir, was du siehst. Drei Dinge.«

Bilder durchzuckten ihn wie Feuerwerksraketen, Farben flossen in das Schwarz und Weiß seiner eisigen Welt.

»Ich sehe dich und Mabel auf diesem Foto … Ich sehe Lottie …« Ein kleiner Ausruf des Schreckens entfuhr ihm. »Ich kann Mum sehen …«

Ein Schweigen trat ein, und er hatte das Gefühl, etwas Falsches gesagt zu haben.

»Und jetzt nenn mir drei Dinge, die du hören kannst.«

»Ich höre dich … ich kann Lottie hören … und Mum …« Bei diesem letzten Wort versagte ihm die Stimme.

»Und jetzt nenn mir drei Dinge, die du fühlen kannst.«

Er fühlte die Nähe des Todes. »Wind … Kälte …«

»Und Moolah?«

Er presste den Arm an seinen Oberkörper und spürte das weiche Etwas in seiner Jackentasche.

»Ja, Moolah auch …«

»Und Moolah ist dein Glücksbringer, stimmt's?«

»Ja …«

»Ja, genau. Deshalb ist sie bei dir. Deshalb hast du sie gefunden und mitgenommen. Sie wird dich nach unten bringen. Sie ist dein Talisman. Du musst dich für uns entscheiden, Tom!«, rief sie weinend. Ihre Stimme wurde schwächer. »Nicht für deine Mum, nicht für Lottie. Das würden sie nicht wollen! Hörst du, Tom? Du musst dich für uns entscheiden!«

Der Sturm schwoll an, als versuchte er, ihre Worte an sich zu reißen und davonzutragen. Oder war er selbst es, der wegging? Er konnte seinen Körper nicht mehr spüren. Der Wind schien ihn abzutragen, Schicht für Schicht, um seine Seele zu befreien, damit er bis in alle Ewigkeit mit ihr spielen konnte wie mit einer Feder, die in den Schneeschleiern über den Gipfeln wirbelte …

»Tom …!«

Das Wort streifte seine Haut wie Engelsgeflüster.

Natasha.

Mabel.

Uns.

Aber es war zu spät. Dieses Mal blieb ihnen definitiv keine Zeit mehr.

32. Kapitel

Wien, Freitag, 23. Dezember

Es schneite; weiche Schneeflocken wirbelten über einen samtenen Himmel. Mabel legte den Kopf in den Nacken und streckte die Zunge heraus, um sie zu fangen, und Natasha machte es ihr nach, ohne auch nur einen Gedanken daran zu verschwenden, was die Leute wohl von ihr denken mochten.

»Die schmecken süß«, sagte Mabel lachend.

Natasha lächelte. »Logisch. Sie sind ja auch aus Zucker.«

Mabel kicherte und machte den Mund noch weiter auf.

Natasha trug ihre Tochter auf der Hüfte, während sie über den gut besuchten Weihnachtsmarkt schlenderten. Die barocke Karlskirche, die ein wenig an eine opulente Hochzeitstorte erinnerte, bildete einen imposanten Hintergrund für die bescheidenen Holzbuden. Lichterketten spannten sich quer über den Karlsplatz und um ihn herum, und die von Christbäumen gesäumten Wege brachten ein wenig Waldatmosphäre in die Stadt. Hier war alles eine Nummer kleiner und beschaulicher als auf dem riesigen Christkindlmarkt auf dem Rathausplatz, der jedes Jahr Zehntausende Besucher aus allen möglichen Ländern anlockte.

Solche Menschenmassen waren Natasha im Moment ein Gräuel. Nach den traumatischen Erlebnissen der letzten Woche war ihr Nervenkostüm immer noch so angegriffen, dass sie das Gewimmel und die Hektik nicht vertrug.

Eigentlich hätte Mabel schon längst im Bett sein müssen, aber nach dem Flug taten ihnen die frische Luft und die Bewegung gut. Morgen war ein großer Tag, und der Spaziergang half, Natashas Nerven zu beruhigen.

Obwohl es gerade mal vier Wochen her war, dass sie in dieser Wohnung übernachtet hatten, konnte sich Mabel nicht daran erinnern. Aber bei ihrer Ankunft damals hatte sie ja auch geschlafen, und am anderen Morgen war sie in fliegender Eile wieder hinausgetragen worden. Für Natasha hingegen war der Besuch des Orts, der eine entscheidende Wende in ihrem Leben einleiten sollte, fast eine Art Wallfahrt. Sie war zu dem Vorhang gegangen, hinter dem Tom Moolah entdeckt hatte, wie sie von Anya wusste, und hatte beinah ehrfürchtig dahinter gespäht. Sie war mit der Hand über die Sofapolster gefahren, wo er sich behaglich ausgestreckt hatte, und hatte sich vorgestellt, wie Tom nur zwölf Stunden nach ihr im selben Bett geschlafen hatte.

Die Zeit, sie war nie ihr Freund gewesen. Die Sterne hatten nie wirklich günstig gestanden für sie beide. Wie oft hatten sie einander nur knapp verpasst! Und wie oft hatte sie sich gewünscht, alles wäre anders gekommen …

Während sie vor ihrem Trauma geflüchtet war, war Tom geradewegs auf seines zugerannt, hatte die Konfrontation gesucht.

Was hatte er damals in der Küche zu ihr gesagt? Sicherheit sei eine Illusion?

Er hatte recht gehabt. Sie hatte in Rob die Familie gesucht, die sie verloren hatte. Es war die Hölle gewesen, ihre Eltern sterben zu sehen und zu wissen, dass sie jetzt wirklich ganz allein war. Als Einzelkind hatte sie immer schon ein leicht störbares Sicherheitsempfinden gehabt – das Gefühl, vor den Stürmen des Lebens nur durch dünne Papierwände geschützt zu sein –, und mit dem Tod ihrer Eltern hatten sich ihre schlimmsten Befürchtungen bewahrheitet.

Danach hatte sie sich zurückgezogen. Anstatt nach London zu ziehen und ihren neuen Job anzutreten, hatte sie sich nach ihrem Studium für das vertraute Städtchen ihrer Kindheit und seine soziale Geborgenheit entschieden. Ihr alter Freundeskreis war ihr Schutzwall geworden.

Dann war Rob gekommen, und als Mabel auf die Welt kam, hatte sich Natasha mit einer ans Zwanghafte grenzenden Verzweiflung Geschwister für sie gewünscht, damit sie die Sicherheit und die Kameradschaft kennenlernte, die sie selbst nie gekannt hatte. Sie wollte nicht, dass Mabel wie sie aufwuchs – immer allein, immer die Außenseiterin.

Und jetzt waren sie beide allein. Aber sie hatten einander.

Rob spielte in ihrer Geschichte keine Rolle mehr. Obwohl seit seinem Auszug erst eine Woche vergangen war, verblasste sein Bild bereits wie auf einem Fotofilm, der versehentlich Licht abbekommen hatte.

Die wenigen Male, die sie seitdem miteinander gesprochen hatten, war Rob von ihrer Gefasstheit spürbar irritiert gewesen. Damit hatte er offensichtlich nicht gerechnet. Er hatte wohl eher erwartet, dass sie am Boden zerstört sein oder aber toben und ihm heftige Vorwürfe machen würde. Doch sie wollte weder Rache noch Gerechtigkeit. Sie wollte einfach nur, dass er aus ihrem Leben verschwand.

In den ersten Tagen nach dem großen Krach hatte sich Natasha auf die kleinen Dinge des Alltags konzentriert. Es gab so viel aufzudröseln und zu verarbeiten, dass es ihr schon kaum gelang, zueinander passende Socken zusammenzusuchen, geschweige denn, Entscheidungen für ihr weiteres Leben zu treffen.

Bis jetzt gab sich Mabel auf ihre Fragen nach Daddy mit der Antwort »er muss arbeiten« zufrieden. Natasha wusste, sie würde es ihr irgendwann erklären müssen. Aber bis dahin genossen sie es, mit Bella über die Felder zu spazieren und schaukeln zu gehen, nachmittags Mince Pies zu backen und Girlanden und Engel aus Papiertaschentüchern zu basteln. Helena kam ständig vorbei, um nach ihnen zu sehen und sich zu vergewissern, dass sie mit allem versorgt waren.

Wenn Ruhe im Haus eingekehrt war, meistens nachts, hatte sie gemalt. Das Malen war Balsam für ihre Seele, eine Therapie, die ihr beim Verarbeiten der Ereignisse half. Sie trug die Ölfarben auf, tupfte und strichelte und wischte und spachtelte mit nie gekannter Konzentration. Sie hatte ihre kreative Duftmarke gesetzt und gleichzeitig zu sich gefunden. Als sie zu guter Letzt von der Staffelei zurückgetreten war und das fertige Werk begutachtet hatte, war die Entscheidung über ihre weiteren Schritte gefallen.

Gestern hatte sie Diana das Bild gebracht und mit stiller Genugtuung die aufrichtige Freude ihrer Kundin beobachtet. Leider hatte sie diesen persönlichen Triumph nicht lange genießen können.

Dreißig Minuten später saß sie in einem Café im Nachbarort Emily gegenüber, entschuldigte sich für die Geheimniskrämerei und sagte warnend, sie müsse sich auf einen Schock gefasst machen. Ohne viele Worte legte sie als Erstes ein Hochzeitsfoto von sich und Rob, dann ein Familienfoto mit Mabel und Bella (kein Wunder, dass Bella keine Angst vor Emily gehabt hatte – sie hatte den Geruch wiedererkannt, den Rob jedes Mal mitgebracht hatte) vor sie hin, und zu guter Letzt zeigte sie ihr die blauen Flecke an ihrem Hals.

»Ich weiß es erst seit letzter Woche«, hatte sie leise und entschuldigend gesagt, als Emily die Tränen übers Gesicht gelaufen waren.

Auch sie hatte den Verdacht gehabt, dass ihr Mann fremdging, aber einen Betrug dieses Ausmaßes hatte sie sich ebenso wenig vorzustellen vermocht wie Natasha. Natürlich war für Emily alles noch viel schlimmer. Er war die Liebe ihres Lebens und der Vater ihrer Kinder.

Dass Rob nicht Mabels Vater war, machte es für Natasha einfacher, während sich Emily mit drängenden Fragen konfrontiert sah: Wollte sie einen Mann, der einer anderen Frau nachgestiegen war und sie geheiratet hatte? Wollte sie einen Mann als Vater ihrer Kinder, der trotz einer Vasektomie fröhlich an seine Zweitfamilie geglaubt hatte?

Er habe sich kurz nach der Geburt ihres Jüngsten, des heute fünfjährigen Rupert, dem Eingriff unterzogen, vertraute Emily ihr an – also etwa zur gleichen Zeit, als er den Unfall verursacht und Natasha kennengelernt hatte. Da eine Schwangerschaft innerhalb eines Jahres nach einer Vasektomie immer noch möglich war, hatte er nicht daran gezweifelt, dass Mabel von ihm war.

Obwohl er gewusst hatte, wie verzweifelt sich Natasha ein Kind wünschte, hatte er sie die ganze Zeit belogen und in dem Glauben gelassen, eines Tages werde es schon klappen. Das war von allem, was er ihr angetan hatte, das Schlimmste. Das würde sie ihm niemals verzeihen.

Jetzt allerdings dankte sie ihrem Schicksal, dass sie nicht schwanger geworden war.

Die beiden Frauen waren sich einig, dass sie wegen der Kinder einen Skandal vermeiden wollten. Natasha würde sich mit dem Haus und dem während der »Ehe« erworbenen Vermögen zufriedengeben, nie wieder Kontakt zu Emily aufnehmen, und niemand, auch nicht die Nachbarn auf der anderen Seite der Hecke, bräuchte etwas davon zu erfahren. Falls das Emilys Wunsch war.

Es war nicht Rob, den sie schützen wollte, sondern seine Familie. Emily brauchte Zeit – sie würde das Ganze erst einmal verarbeiten müssen –, aber Natasha wäre nicht allzu überrascht, wenn sie sich um der Kinder und ihres gemeinsamen Lebens willen für ihre Ehe entscheiden würde. Sechs Kinder, sechs gebrochene Herzen? Brachte eine Mutter das über sich?

Welche Entscheidung Emily auch treffen würde – es würde zumindest eine fundierte Entscheidung sein. Und ihre eigene.

Sie waren zwar nicht als Freundinnen, aber auch nicht als Feindinnen auseinandergegangen. Auf der Heimfahrt hatte Natasha ununterbrochen geweint, aber als sie in die Einfahrt gebogen war, hatte sie sich das Gesicht trocken gewischt und gewusst, dass sie nie wieder auch nur eine einzige Träne seinetwegen vergießen würde.

Lag es am Timing oder am Blickwinkel, dass diese Tragödie sich in eine Farce verwandelt hatte? Wäre Tom nicht in Lebensgefahr gewesen und nicht wieder in ihr Leben getreten, hätte Robs Betrug ihr dann den Boden unter den Füßen weggezogen?

Das war nämlich nicht eingetreten. Sie war nicht am Boden zerstört, sondern fühlte sich auf wunderbare Weise frei. So wie damals im Oktober vor vier Jahren, als sie für ein paar Stunden an eine gemeinsame Zukunft mit Tom geglaubt hatte. Nicht weil sie jemanden gebraucht hatte, sondern weil etwas in ihr etwas in ihm wiedererkannt hatte. Es war weitaus mehr gewesen als sexuelle Anziehung – eine Verbindung von Seele, Herz und Verstand. Liebe auf den ersten Blick. Liebe für die Ewigkeit.

Natasha hatte Bella bei Helena und Dave abgeliefert, der mittlerweile bei ihr eingezogen war – »mit allem, was in eine halbe Schublade passt«, wie er vom Sofa aus trocken bemerkt hatte. Dann, Mabel auf dem Arm und die Rolle Banknoten für ihr Porträt von Arty noch in der Manteltasche, hatte sie zwei Flugtickets nach Wien gekauft.

Und jetzt waren sie hier. Es fühlte sich wunderbar an, wieder in der Stadt zu sein, wo alles begonnen hatte. Der Kreis hatte sich geschlossen.

Anya hatte alles arrangiert, die Wohnung gebucht und den Kühlschrank aufgefüllt. Morgen würden sie sich zum Lunch treffen. Natasha hatte fragen müssen, wie sie einander denn erkennen würden, was richtig komisch war, weil sie sich Anya durch diese ganze Geschichte freundschaftlich verbunden fühlte.

»Guck mal, Mummy!«, kreischte Mabel und zeigte auf eine Holzspielzeugbude. Dabei ruckte und zappelte sie auf dem Arm ihrer Mutter, um sie in die gewünschte Richtung zu dirigieren.

Natasha gab ihr lachend einen Kuss auf die Wange und ließ sich steuern. Sie verschmolzen mit der Menge, zwei Schneeflocken im Schnee, nicht anders als alle anderen. Niemand ahnte ihre Geheimnisse. Sie waren einfach eine Mutter und eine Tochter wie so viele andere, die sich auf Weihnachten und die Zeit danach freuten.

*

Tom beobachtete die beiden ungestört aus einiger Entfernung. Das starke Band zwischen Mutter und Tochter war deutlich erkennbar – kein Wunder, dass Natasha alle Hebel in Bewegung gesetzt hatte, um das verschwundene Kuscheltier zu finden.

War es Zufall gewesen oder Bestimmung, dass sich ihre Wege nach so langer Zeit wieder gekreuzt hatten? Hätte er noch eine Chance bekommen, wenn es dieses Mal nicht geklappt hätte? Und danach noch eine? So lange, bis endlich alles so war, wie es sein sollte?

Die beiden standen jetzt vor einer Bude mit Bauernhoftieren aus Holz. Der Standbetreiber hielt ein Schweinchen hoch und erklärte Mabel, wie das Tier auf Deutsch hieß. Er schien, als wäre er ganz fasziniert von der Kleinen.

Alle betrachteten sie ganz verzückt. Sie war wirklich ein süßer Fratz. Tom konnte kaum glauben, dass sie tatsächlich seine Tochter war.

Und genauso wenig konnte er glauben, dass ihm der Berg, der ihm seine Mutter und seine Schwester genommen hatte, eine Tochter zurückgegeben hatte. Dieser Gedanke hatte ihm die Kraft gegeben, die Kortisonspritzen aus seinem Rucksack zu kramen, sich das Medikament zu injizieren, über die Wand abzusteigen, heraus aus der Todeszone, bis er das Zelt der beiden verunglückten Schweizer erreichte. Dort hatte er den orkanartigen Sturm abgewartet. Dann, nach Sonnenaufgang, war das Rettungsteam eingetroffen.

Der Weg hinunter war beschwerlich und schmerzhaft gewesen, aber bei weitem nicht so beschwerlich und schmerzhaft wie der Weg hinauf, als er der Welt den Rücken gekehrt, lächelnd jeden Versuch einer Annäherung abgewehrt und es aufgegeben hatte, jemals Frieden oder Glück zu finden. Er hatte nicht damit gerechnet zurückzukommen. Er hatte geglaubt, die Welt halte nichts mehr für ihn bereit; zu viel Liebe war ihm genommen worden.

Die Ironie, dass er ausgerechnet in der Todeszone zum Leben zurückgefunden hatte, entging ihm nicht. Als Natashas Anruf durchgestellt worden war, hatte sein Leben am seidenen Faden gehangen. Hätte er nicht ihre Stimme gehört, hätte sie nicht die Dinge zu ihm gesagt, die sie zu ihm gesagt hatte, würde er immer noch und für alle Zeiten dort oben im ewigen Eis liegen.

Einst hatte er sie gerettet, und jetzt hatte sie ihn gerettet. Nicht alle hatten so viel Glück.

Sanani hatte ein starkes Schmerz- und Beruhigungsmittel bekommen und war dann langsam und vorsichtig zum Basislager transportiert worden, wo schon ein Hubschrauber wartete, der ihn zum Krankenhaus flog.

Tom selbst hatten die Bergretter einen Tag später, als er wieder ein wenig bei Kräften war, nach unten und ins Krankenhaus gebracht, wo er das Bett neben dem von Sanani bekommen hatte.

Hans und Jürgen hingegen, die beiden Schweizer, nach denen er vergeblich gesucht hatte, würden auf dem Berg bleiben. Das Rettungsteam hatte ihre Leichen zwar in der Gletscherspalte entdeckt, allerdings in einer Tiefe, aus der sie nicht geborgen werden konnten.

Auch wenn er dem Berg entkommen war, so hatte seine Besteigung doch ihre Spuren hinterlassen. Als das Rettungsteam eintraf, betrug seine Körpertemperatur nur noch knapp neunundzwanzig Grad; er litt an schwerem Windbrand, an Erfrierungen dritten Grades an vier Fingern und hatte eine gebrochene Rippe.

Zwei Tage lang hatte er Sauerstoff und Infusionen bekommen, sich dann aber gegen den Willen der Ärzte selbst entlassen – schließlich hatte er sein Flugzeug nicht verpassen dürfen. Nichts hatte ihn aufhalten können.

Er wusste, dass er im Augenblick reichlich mitgenommen aussah, aber er würde seine Narben wie ein Tattoo tragen, ein Andenken an die Göttin der Fülle. Sie hatte ihm viel genommen, aber auch viel gegeben. Was ihn betraf, so waren sie quitt.

Natasha und Mabel standen immer noch an der Spielzeugbude. Sie lachten und waren beide so wunderschön, dass es ihm einen Stich versetzte. Er konnte ihn immer noch spüren, den Mann von damals, der in einem Baumhaus versucht hatte, das Herz einer Frau in einem Brautkleid zu gewinnen.

Tom trat aus dem Schatten und ging auf sie zu.

*

»Hey diddle-diddle … the cat and the fiddle …«

Beim Klang der tiefen Stimme, die leise den Anfang des englischen Kinderreims sang, fuhr Natasha zusammen und wirbelte herum. Hinter ihr stand Tom – mit Moolah auf seiner Schulter.

Mabel starrte ihn eine Sekunde lang völlig verdattert und wie versteinert an, dann schossen ihre Ärmchen nach vorn.

»Moolah!«

Hätte Natasha sie nicht festgehalten, wäre sie heruntergefallen, so stürmisch warf sie sich Tom entgegen, grapschte nach ihrem Kuscheltier und presste es sich ans Gesicht.

»Moolah«, murmelte sie.

Tom fing Natashas Blick auf, als Mabels Kopf an seine Brust sank. Er schloss für einen Moment die Augen, hob dann den Arm und strich ihr zärtlich übers Haar.

Natasha kamen unwillkürlich die Tränen.

»Hi«, flüsterte sie.

»Hi.«

Noch nie war ein so kleines Wort so voller Emotionen

gewesen. Es barg eine ganze Welt, drei Herzen, ein neues Leben in sich.

Sie betrachteten einander auf der Suche nach den Veränderungen, die die letzten vier Jahre mit sich gebracht hatten. Er hatte eindeutig abgenommen, die Haare waren länger, und die Augen strahlten heller; außerdem konnte sie auf seinem frisch rasierten Gesicht noch Spuren des schweren Windbrands erkennen. Aber sein Lächeln war immer noch das gleiche. Und Mabel hatte es von ihm geerbt, das sah sie jetzt.

Natasha hätte sich am liebsten an ihn geschmiegt und ebenfalls den Kopf an seine Brust gelegt, aber sie beherrschte sich. Sie hatten so lange gewartet, da kam es auf ein paar Minuten auch nicht mehr an.

»Ich dachte, du kommst erst morgen«, sagte sie leise.

»Ich habe einen früheren Flug genommen. Ich war gerade auf dem Weg zur Wohnung, als ich euch entdeckt habe.«

Sie lächelte. »Hast du uns etwa nachspioniert?«

»Na klar. Eine kleine Risikoeinschätzung. Ich muss doch wissen, worauf ich mich einlasse, oder?«

»Allerdings.« Sie grinste. »Wir sind zwei harte Brocken, weißt du?«

Er sah sie unverwandt an. »Ihr seid unglaublich, ihr zwei.« Seine Stimme war belegt vor Rührung.

Mabel richtete sich wieder auf. Erst jetzt schien ihr bewusst zu werden, dass sie sich an einen Fremden geklammert hatte.

»Mabel, das ist Duffy«, sagte Natasha behutsam. »Wie sagt man zu jemandem, der gut auf Moolah aufgepasst und sie heil wieder nach Hause gebracht hat?«

Das Mädchen nuschelte etwas Unverständliches.

Natasha zog ihr den Daumen aus dem Mund.

»Noch einmal, bitte.«

»Danke, Duffy.«

»So ist es besser.«

Er hielt unwillkürlich die Luft an, als Mabel ihm das erste Mal ganz ungeniert und neugierig in die Augen schaute. Sah er, wie ähnlich sie ihm war?

»Gern geschehen, Mabel. Sie war eine tolle Reisegefährtin.«

Natasha konnte ihm ansehen, dass auch er sich beherrschen musste, um sie beide nicht an sich zu ziehen. Doch noch war es zu früh für Spontaneität. Noch spielte sorgfältiges Timing eine wichtige Rolle.

»Ist sie über den Mond gesprungen?«

Natashas Magen plumpste ein Stück tiefer. Tom hatte etwas versprochen, was er nicht halten konnte. In diesem einen Punkt hatte Rob recht gehabt.

»Das ist jetzt nicht so wichtig …«

Tom legte den Kopf schief und sah Mabel an. »Hast du denn die Gebetsfahnen aufgehängt und Moolah gute Gedanken geschickt?«

Mabel nickte heftig.

Er machte ein überraschtes Gesicht. »Wirklich?«, fragte er lachend.

»Sie hängen immer noch an der Wäscheleine hinterm Haus.« Natasha verdrehte die Augen. »Unser Postbote weiß nicht so recht, was er davon halten soll.«

Wieder lachte er. »Das ist wunderbar, Mabel, danke. Sag mal, weißt du noch, wie's weitergeht? ›*Hey diddle-diddle, the cat and the fiddle, the* …‹«

»*Cow jumped over the moon!*«, krähte Mabel, als Tom ein großes Hochglanzfoto aus seiner Jackentasche zog.

Ein Sternenhimmel, der zu einem anderen Planeten zu gehören schien – einem Planeten mit fremden, spiralförmigen Galaxien –, war darauf zu sehen. Unzählige Sterne funkelten gestochen scharf an einem samtigen Himmel. Der Dreiviertelmond, viel näher und klarer, als Natasha ihn je gesehen hatte, lag auf dem Rücken, und Moolah setzte mit einem eleganten Satz über ihn hinweg.

Auftrag erfüllt!, hatte Tom auf die Rückseite des Fotos geschrieben.

Natashas Blick fiel auf die bandagierte Hand, die er fast die ganze Zeit in seiner Jackentasche hatte. Er musste sich die Handschuhe ausgezogen haben, um das Plüschtier in die Luft zu werfen und im richtigen Moment auf den Auslöser zu drücken. Was für ein Risiko war er für dieses Foto eingegangen – und alles nur, um sein Versprechen einem kleinen Mädchen gegenüber zu halten. Seinem kleinen Mädchen.

»Sie musste ein paarmal Anlauf nehmen, weil der Mond selbst so weit oben noch ganz schön weit weg ist. Aber es hat ihr Spaß gemacht, und sie hat gemeint, es sei die Mühe wert gewesen«, sagte Tom leise, den Blick auf Mabel gerichtet, die das Foto mit leuchtenden Augen betrachtete. »Das darfst du behalten.«

»Gehst du wieder dort hinauf?«, fragte das Mädchen.

»Nein«, antwortete er mit einem flüchtigen Blick auf Natasha.

»Warum nicht?«

»Weil es mir hier unten besser gefällt.«

»Hast du Angst gehabt, dass du runterfällst?«

»Ja, ein bisschen schon. Aber Moolah hat mir Mut gemacht und mich ganz fest gedrückt. Das kann sie gut, nicht wahr?«

Mabel nickte ernst.

»Mm. Bei ihr hab ich mich sicher gefühlt. Kein Wunder, dass du sie so liebhast.«

»Hast du sie auch lieb?«

»O ja, sehr sogar.«

Mabel blinzelte verwirrt, als sie hörte, wie brüchig seine Stimme geworden war. Sie schaute ihn an, dann Moolah, dann wieder Tom.

»Wir können sie uns teilen, wenn du magst.«

Er machte große Augen. Tränen standen darin. »Wirklich?«

Wieder nickte sie ernst. »Aber nachts bleibt sie besser bei mir. Sie hat nämlich Angst im Dunkeln.«

»Ja, das ist mir aufgefallen. Ich finde, das ist eine sehr gute Idee.«

Natasha, die den beiden schweigend zuhörte, sah, wie weich seine Züge wurden, wie etwas in ihm schmolz, als Mabel ihm Moolah ans Gesicht hielt und er seine Wange an dem Plüschtier rieb. In den wenigen Telefonaten, die sie in den vergangenen Tagen geführt hatten, waren sie übereingekommen, kein Wort über Väter zu verlieren, keine Zärtlichkeitsbekundungen zu zeigen, nichts zu tun oder zu sagen, was das Mädchen verwirren könnte.

Sie hatten so viel zu bereden! Natasha hatte ihm noch nicht die ganze Geschichte ihrer Ehe erzählt, weil sie ihn in seinem geschwächten Zustand nicht damit belasten wollte. Dafür wäre später noch Zeit, denn jetzt war die Zeit ausnahmsweise auf ihrer Seite.

»Ganz schön kalt hier draußen«, brummte sie.

Sie wollte an einen warmen, geschützten Ort, wo sie endlich allein sein konnten; wo sie sich auf seine Füße stellen und mit ihm tanzen und den Kopf an seine Brust legen konnte.

»O ja, es liegen schon ein paar Erfrorene herum«, scherzte er und sah sie an.

Sie lächelte. Er wusste definitiv besser als sie, was richtige Kälte war. »Lass uns nach Hause gehen, einverstanden?«

Nach Hause. »Ja.«

Als sie sich zum Gehen wandten, griff Tom nach ihrer Hand und hielt sie ganz fest, während sie – Mabel und Moolah zwischen sich – über den Weihnachtsmarkt nach Hause schlenderten. Eine Familie wie viele andere.

Autorin

Karen Swan arbeitete lange als Modejournalistin für Zeitschriften wie *Vogue*, *Tatler* und *YOU*. Heute lebt sie mit ihrer Familie im englischen Sussex und schreibt jedes Jahr zwei Romane – einen für die Sommersaison und einen zur Weihnachtszeit.

Karen Swan im Goldmann Verlag:

Ein Geschenk von Tiffany. Roman
Ein Geschenk zum Verlieben. Roman
Ein Weihnachtskuss für Clementine. Roman
Winterküsse im Schnee. Roman
Winterglücksmomente. Roman
Sternenwinternacht. Roman
Winterwundertage. Roman
Das Funkeln einer Winternacht. Roman
Der Glanz einer Sternennacht. Roman
Der Zauber eines Wintertages. Roman
Winterträume im Schnee. Roman
Ein Geschenk zur Winterzeit. Roman

Sommerhaus mit Meerblick. Roman
Ein Sommer in den Hamptons. Roman
Sterne über Rom. Roman
Eine Insel zum Verlieben. Roman
Das Leuchten eines Sommers. Roman
Sommerträume am Meer. Roman
Sommer im Paradies. Roman
Sommernächte in Paris. Roman

Alle auch als E-Book erhältlich.